Euforie

2

Christiaan Weijts

EUFORIE

Roman

Uitgeverij De Arbeiderspers

Utrecht · Amsterdam · Antwerpen

MIX
Papier van verantwoorde herkomst
FSC® C110751

De auteur ontving voor het schrijven van dit boek een werkbeurs van het Nederlands Letterenfonds. Dit boek is mede mogelijk gemaakt door een verblijf in het Netherlands Institute for Advanced Study in the Humanities and Social Sciences (NIAS) te Wassenaar.

Eerste druk november 2012
Tweede druk januari 2013
Derde druk maart 2013

Omslag: Studio Ron van Roon
Foto auteur: Erik Smits

ISBN 978 90 295 8627 6 / NUR 301
www.arbeiderspers.nl

ARCHITECTEN: Allemaal idioten. Vergeten altijd de trap in huizen te plaatsen.

– GUSTAVE FLAUBERT, *Woordenboek van pasklare ideeën*

I

Welja, parkeer dat ding maar gewoon voor m'n neus. Vlak voor hem is een motorrijder opgedoken, die abrupt remt en de weg blokkeert. Waar die gek ineens vandaan komt, weet hij niet. Het is voor het eerst dat Johannes Vermeer een bestelbus bestuurt. In het stadsverkeer voelt hij zich een log vrachtschip tussen de plezierbootjes.

Hij mept z'n vuist in het midden van het stuur maar er komt geen geluid. Alleen uit de staart van voertuigen achter hem klinkt getoeter. Het is onzinnig druk op de Loosduinsekade, terwijl het bijna zomervakantie is. Horen al die lui niet rond te dobberen in appartementzwembaden in Spanje of Turkije?

De kerel is overduidelijk niet van plan om door te rijden. Sterker nog, hij zet z'n knipperlichten aan, stapt af en klapt het vizier van z'n helm op als hij, met zo'n typische tred vol wrok en verongelijktheid, op Vermeer z'n raampje afkomt. *En nog praatjes hebben ook, die pleerol.* Zijn leren handschoen begint tegen het glas te bonken. Als antwoord zet Vermeer z'n zonnebril af om een lading bijtend zuur te lanceren.

Dan pas stuit hij op het logo ter hoogte van de man z'n borstkas. Meteen lichten ook de andere attributen op die hem identificeren: de portofoon, de pistoolhouder, de wapenstok, de handboeien, de ongeduldig-autoritaire blik in z'n ogen. Hij blijft op de ruit kloppen en roept iets wat Vermeer niet verstaat. *Ja ja, godsamme, ik rij voor het eerst met dit bakbeest, weet ik hoe die tyfusramen opengaan.* Tegen zijn zin in gedraagt hij zich paniekerig, dat wil zeggen: hij begint lukraak wat dashboardknopjes uit te proberen, met als voornaamste resultaat dat de airco stilvalt en het speakervolume steigert.

Concentreren nu. Terwijl het ene deel van hemzelf het busje meester probeert te worden, is het andere het afgelegde traject bliksemsnel aan het nalopen op een gemist stoplicht, een te hoge snelheid – best mogelijk op zo'n lang recht stuk – of nog erger. *Ach zeik niet, als ik iemand had aangereden dan had ik dat goddomme toch wel...*

Dan schuift het raampje alsnog open, heel kalmpjes, misplaatst gelijkmatig: de slaafse onverstoorbaarheid van elektronica heeft iets onuitstaanbaars. Wat de agent te melden heeft verdrinkt in de herrie. Het is een cd, dezelfde Philip Glassachtige zenuwmuziek die Olivier – Vermeers compagnon en de eigenaar van dit voertuig – vaak tijdens het werk draait. Hier is het de begeleiding bij een druk mimende agent, die iets uitlegt en in de verte wijst. Het enige wat Vermeer opvangt is: 'De laadruimte, die is leeg?'

'Zo goed als,' roept hij. 'Alleen wat karton.'

De agent wil dat blijkbaar met eigen ogen vaststellen. Zonder toestemming te vragen schuift hij de laaddeur aan de zijkant open, voert een minimale inspectie uit en trekt de deur weer dicht, die met een smak in het slot valt. Er volgt een uitleg waar Vermeer opnieuw niets van meekrijgt, totdat de man zijn helmhoofd de auto in duwt en schreeuwt, als boven aan een trap tegen iemand beneden: 'Als u mij volgt, dan breng ik u d'r heen.'

Er is geen tijd om vragen te stellen. Zodra Vermeer knikt, verlaat de helm hem. De agent klapt het vizier dicht en bestijgt zijn tweewieler weer. Gedwee wijkt het verkeer als hij de trambaan op zwenkt. Als Vermeer wil volgen slaat z'n motor af, wat hem vaker overkomt in vreemde auto's, vooral in diesels. Hij start opnieuw, concentreert zich op het samenspel van de pedalen, en rijdt het gat dicht. Achter hem tingelt nijdig een tram die hij niet zag aankomen. *Die takketrams ook altijd.* Antoni Gaudí was in Barcelona omvergereden door een tram – hij vond dat voetgangers principieel voorrang hadden – en omdat de architect van de Sagrada Família eruitzag als een dronken zwerver wilde geen enkele taxi hem naar het ziekenhuis rijden. Hij stierf een paar dagen later in het armenhospitaal waar de politie hem had gedropt.

Hoewel Vermeer net wel onweer hoorde rommelen verderop, brandt de zon nog vol op het dak. Hij is echter te zeer van slag om uit te zoeken waar de schakelaar van de airco zit, of die van Philip Glass, of wie ook het brein is achter dit opgefokte gepiel. Bovendien moet hij die agent scherp in de gaten houden. Voorbij het Westeinde Ziekenhuis, waar het een drukte van belang is, chauffeert die de Prinsegracht op, waar ze alsnog in een opstopping belanden en mogen aansluiten in een karavaan die stapvoets naar het Spui en de Grote Markt schuifelt. Alweer zo'n kaarsrechte weg. God had net een liniaal gekregen toen hij Den Haag schiep. Rechts staan opnieuw twee agenten, al kunnen het ook parkeerwachters zijn. Overheidstoezicht in uniform moet ons een gevoel van bescherming geven, en doet dat doorgaans ook vrij behoorlijk, maar vanaf een bepaalde omvang bewerkstelligt het juist het tegendeel. Het omslagpunt is lastig te bepalen. Anne, zijn dochter van zes, vroeg zich eens af wanneer een mandarijn een sinaasappel werd, en hoe klein een kleine sinaasappel moest zijn om tot het mandarijnendom toe te treden. Was er een glijdende schaal met een schemerig overgangsgebied, zoals zij meende, of was er – en dat was zijn standpunt – juist een *substantieel* verschil, zodat een flink uitgevallen mandarijn best groter kon zijn dan een pietepeuterig sinaasappeltje?

Hoe dichter hij het centrum nadert, hoe meer politie er op de been is. Eerst valt het niet op, en kan het nog voor toeval doorgaan. Maar al gauw staan ze op bijna elke straathoek, met z'n tweeën of drieën de chaos te dirigeren, in gele veiligheidshesjes en met donkere petjes. Wagens met zwaailichten staan aan de kant en vuren koude schijnsels en slagschaduwen af op de muren.

'Achteruit!'

Een jongen in een dik donkerblauw vest stuurt een kleine menigte terug een zijstraat in, die hij afsluit met een rood-wit lint.

'Allemaal naar achteren!'

Vermeers eerste gedachten neigen naar bouwwerkzaamheden, al staan er geen graafmachines, pishokken, keten en al die andere troep die nodig is bij het stollen van architectendromen. Daarna houdt hij het even op het optuigen van een zomerfestival, met alle onvermijdelijke veiligheidsmaatregelen. Je kunt tegenwoordig nog geen braderie organiseren of je moet een peloton ME'ers paraat zetten. Ook andere hypothesen – voetbalrellen, demonstranten, een hardloopevenement – verwerpt hij. Pas als hij jankende sirenes hoort die ambulances aankondigen die de andere weghelft doorklieven, in reeksen van drie of vier wagens achter elkaar, begrijpt hij dat er werkelijk iets gaande is.

Op de achtergrond volgt zijn denken nog halsstarrig routinegetrouw het voorgenomen programma voor deze dag, de zesde juli. Hij heeft van Olivier dit busje geleend, waarmee hij wat karton – of *foamboard*, zoals dat spul eigenlijk heet – bij een groothandel in Kijkduin heeft opgehaald. Dadelijk zou hij in het centrum een zooi plexiglas, piepschuimblokken en staaldraadspoelen inladen en gaan lunchen met zijn oude studievriend Arend Koolvis. Sinds die jongen staatssecretaris is, ziet Vermeer hem bijna nooit meer, maar nu het kabinet met zomerreces is, heeft Arend een halve middag voor hem vrijgemaakt. Tegen drieën zou hij naar het Statenplein rijden waar hij zijn volle bak zou legen in het souterrain van hun bureau. (LVE ARCHITECTEN staat er naast de voordeur; achter de initialen schuilen de oprichters: Olivier Liebach, Johannes Vermeer en Kasper Eijsvogel.) Daar zal het materiaal als grondstof gaan dienen voor maquettes. Dat hoopt hij althans. Voorlopig blijven de opdrachtenordners zo goed als leeg. Dat krijg je, als je aan het begin van de bouwcyclus staat. Elke economische crisis merken architecten het eerst en het langst. Al jaren ligt de bouwwereld op z'n gat. Zelfs projecten die met pijn en moeite zijn binnengesleept, worden alsnog afgeblazen. *Uitgesteld en afbesteld*. Elke maand is het een bescheiden mirakel dat ze de salarissen van hun personeel nog kunnen uitkeren. Vervolgens zou hij Anne uit school halen, en de bestelbus terug naar Olivier brengen, bij wie ze zouden blijven eten totdat Celine, zijn vrouw, ze zou komen halen met hun eigen Saab, waarin zij twee uur geleden naar haar werk reed, in het Mediapark in Hilversum.

Hier loopt het verkeer nu echt vast. Twintig meter voordat de trambaan onder de grond duikt staan alle banden aan het asfalt verkleefd. De dagelijkse obstipatie die de stad lijdzaam uitzit, met gegrom, getoeter, gesein en gedoe. Vermeer trommelt met z'n vingers op het stuur en kijkt rond.

Deze gedempte gracht was ooit bedoeld om te imponeren, als nieuwe aanvoerroute vanuit het Westland. Minstens vijf ramen breed moesten de panden zijn. Bar weinig van terechtgekomen, al staan er beslist mooie exemplaren tussen – tjokvol klassieke bouwkunst, zoals veel in deze stad: frontons, pilasters, voluten... *de hele mikmak*. Verderop is het daar gauw mee afgelopen. Eerst is er, boven het tramstation, dat plein dat maar geen plein wil worden, en dan stuit je op de stapelblokken die sinds de jaren zestig de stad zijn binnengemarcheerd. Allemaal angstvallig trouw aan Bauhaus' en Le Corbusiers verbod op versiering, en meer algemeen op alle manifestaties van schoonheid. Aan het Spui culmineert dat allemaal in het steriele witte stadhuiscomplex van Richard Meier, die radicale Le Corbusierepigoon, die nog steeds af en toe iemand stuurt die controleert of de ambtenaren er wel uit bijkleurende witte mokken drinken. Het IJspaleis. Vermeer kan zich niet herinneren ooit in die omgeving te zijn geweest zonder zich schrap te zetten tegen akelige wind. Passanten werpen elkaar haastige blikken van medelijden toe boven hun dichtgetrokken jaskragen. Veel ambtenaren leggen dit traject twee keer per dag af, en zitten tussendoor achter hun pc's in die torens. Gevolg: depressies, burn-outs en allerlei fysieke 'klachten'.

Dan bereikt hem het hakkende propellergeluid van een helikopter die laag boven de straten cirkelt, als een bromvlieg rond een geurige bloemkelk. Hij gaat half uit het raam hangen om iets te kunnen zien, maar zijn gordel belemmert hem, en bovendien is er ineens weer beweging. De motoragent geeft een ruk aan het gas en blijkt ruim baan te hebben tot aan het oude Kantongerecht. Daarachter wolkt rook. Gelijktijdig met het waarnemen van een brandgeur – een verstikkend scherpe walm, die in elk geval olie en gesmolten plastic lijkt te bevatten – ziet Vermeer twee mensen op de grond, gehurkt, de armen rond hun opgetrokken knieën, en allebei gewikkeld in foliedekens die hij alleen uit journaalbeelden kent. Op een portiektrap verzorgt iemand met een theedoek de hoofdwond van een oudere vrouw. Drie meter naast hen omhelst een jong stel elkaar. Zijn blik blijft haken aan een meisje op een brancard dat langs zijn raam glijdt. Hij vindt haar een fractie later terug in zijn zijspiegel; ze is met de slang van een zuurstofmasker verbonden aan een verpleegster die meeholt.

Maar hij kan niet te veel om zich heen kijken. Hij moet zich concentreren op z'n begeleider, tegen wie hij bijna op knalt omdat hij maar net op tijd kan stoppen voor het plotselinge rood van zijn lichten, dat meteen overgaat in knipperoranje. Vermeer stapt uit.

'Kom mee.'

Kom mee.

Je moet de agent tien, vijftien meter volgen om het te zien: de hellingbaan naar de ondergrondse parkeergarage heeft het begeven. Met een ontiegelijke rotklap moet die omlaaggesodemieterd zijn, in het gat van de tramtunnel. Wat ervan over is heeft de vorm van een brokkelige plak koek, waar roestige stengels betonmat uitsteken.

'Hier ligt er nog een...!' Je hoort een stem beneden, niet eens paniekerig, eerder als van een verhuizer die met zware spullen in de weer is. 'En daar ook...'

Gaat zo'n rijbaan zo gemakkelijk naar de gallemiezen? En moet dat met zo'n heftige rookontwikkeling gepaard gaan? Oké, je hebt bouwkunde gestudeerd, maar de gang naar je parate technische kennis zit potdicht.

Ook verderop is iets in elkaar gedonderd. Straatstenen en betonbrokken hebben geparkeerde auto's bedolven, en hun omgeving bepoederd met wit gruis, waarin zich stukken huid aftekenen, een arm, een voet met een sok.

Jezus. Beneden is het een invasie van werkers in het zwart met gele hesjes en helmen met lampen. Als insecten krioelen ze in de schaduw tussen de puinhopen, ze bungelen aan kabels, bevelen schreeuwend naar omstanders, zwarte vegen in de gezichten. Vreemd hoe je ook – het kan door het seizoen komen – het gegil blijft associëren met dat van opgewonden zwembadbezoekers.

'Hier drie!'

Waar jij staat is het een meter of tweeëneenhalf diep.

'Vervoer!' roept de agent omlaag, en wijst naar jou. Meteen gebaart de aangesprokene beneden naar een hoop puin. Je kijkt om, omdat je nog instructies verwacht, maar je begeleider is al vertrokken. Naast Oliviers bestelbus staan er twee uit dezelfde klasse, met de laaddeuren open. Vier mannen dragen aan de punten een strakgespannen laken met iets zwaars erin dat ze, en dat oogt wat klungelig, naar binnen sjouwen. Dus dat is de bedoeling? Gaan ze over op particuliere voertuigen? Je onderdrukt een kokhalsneiging en slikt iets zuurs weg. Hoe groot is de totale ambulancevloot van alle ziekenhuizen in de omgeving, vraag je je af. *Of zijn wij, gadverdamme, alleen goed voor de lijken?*

2

Zoals iedereen fantaseert Johannes Vermeer wel eens hoe hij zou handelen bij zoiets als een ramp of een gijzeling. Doorgaans vertolkt hij in die gruwelscenario's een kleine of grotere heldenrol, maar waar zijn dagdromen nooit rekening mee hielden is dat er in werkelijkheid geen wilsinspanning of keuzes blijken te bestaan, waarmee ook de aanspraak op heroïek wankelt. Dat wil zeggen: hoewel hij beslist die gewonde man achter in Oliviers bestelwagen zal tillen, hoewel hij hem naar het ziekenhuis zal rijden, hoewel hij hem daar overdraagt in de handen van een inderhaast opgetrommelde verpleegster, die, meent hij te zien, haar badpak nog aanheeft onder haar witte jas, en hoewel hij daarna terugkeert naar het rampgebied, waar zijn hulp niet langer nodig blijkt – hoewel hij al die ongebruikelijke handelingen zal verrichten, is het alsof hij het allemaal ondergáát, alsof zijn denken zich in een vreemde taal voltrekt. De overheersende gewaarwording is dat hij één geheel vormt met de omgeving, met de chaotische paniek en dat zijn bewegingen daarbinnen niettemin volstrekt vanzelf spreken. Alles komt hem voor als helder en op een rare manier *kloppend*. Dit hele universum van krijsen en rennen houdt er een onwrikbare logica op na die je maar het beste kunt volgen. Sterker nog, zijn instinct vertelt hem dat de geringste weigering om er onbezonnen in mee te gaan hem fataal kan worden.

Kom mee.

Beneden in de tunnel zit je gehurkt naast de man die uit een berg rotzooi is bevrijd. Je schat hem achter in de vijftig, maar bent je ervan bewust dat deze situatie niet iemands meest aanlokkelijke kanten naar boven haalt en hij best jonger kan zijn. De man is bij kennis en kijkt angstig rond, of, want daar heeft het ook veel van weg, *kwaad*. Zijn zwarte jasje is bij de schouder opengereten en onthult een bloedige vleeswond in de bovenarm. Hij is vrij dik. Het is allemaal een beetje weerzinwekkend.

'Ama... je moe... ama...' perst hij uit zijn keel, en stokt dan – god weet wat voor pijnen verbijtend – neemt een hap adem en probeert het opnieuw. 'Am... am... je moe... áma...'

Ja ja, rustig nu maar, ouwe. Als je dit overleeft mag je ouwehoeren zoveel je wilt. Naast je is een gespierde kerel verschenen, met lang haar en een opgerolde doek rond z'n slapen. Je noemt hem in gedachten Rambo en overlegt met hem over de methode om hem naar boven te krijgen.

'Je mm... moe...'

Nu is het inderdaad een nijdige blik die jullie gewonde lanceert, witheet van woede. Hij draagt geen schoenen. Om de een of andere reden gaan die bij ongelukken altijd als eerste uit. Zijn sokken hebben een ruitmotief. Rambo en jij zijn er gauw over uit. Er lijkt ook geen andere mogelijkheid te zijn dan dat ze hem samen aan z'n benen en bovenlijf optillen – jij pakt z'n hielen beet, en de ander hijst hem op aan z'n bovenarmen – en hem verplaatsen naar de dichtstbijzijnde roltrap, aan de overkant van de sporen, waar de lift lijkt te werken of anders een vergelijkbaar apparaat is geïmproviseerd. Helemaal scherp is het allemaal niet. Je ogen tranen door de rook.

In de praktijk blijkt het allemaal nog niet eenvoudig. Of de kerel tegenspartelt of te veel pijn te verduren krijgt bij hun actie is lastig te beoordelen. Feit blijft dat hij zich gedraagt als een buitengewoon lastige patiënt. Daar komt nog bij dat zo'n ingestorte tramtunnel annex parkeergarage een speciale looptechniek vraagt. Omdat overal het gevaar dreigt dat je voeten wegglijden op de losse stenen, zet je je schoen steeds neer zonder meteen het zwaartepunt naar het bijbehorende been te verplaatsen. Pas als je merkt dat de ondergrond stabiel is, voer je de druk geleidelijk op. Het heeft iets weg van wandelen in de bergen, met dit verschil dat je nu ook rekening dient te houden met die menselijke vracht en met de manoeuvres van je metgezel, die ook nog eens achteruit loopt. Hoewel je voet een paar keer weg glibbert op de soms onverklaarbaar drassige grond weet je telkens weer, tot je verbaasde opluchting, het evenwicht te herstellen.

Midden tussen de spoorbanen besluit echter ook de gewonde man zelf om het jullie lastig te maken. Hij spartelt met z'n benen, zodat je hem wel neer moet zetten, en begint weer, terwijl hij je smekend, dwingend aankijkt: 'Ama... áma...!' En daarna verliest hij z'n laatste restje redelijkheid en begint hij te gillen: 'Húúúú!! Húúúú-húúúú!!'

Dit gedrag irriteert je. *Verdomme, hou je bek nu eens en werk een keertje mee, hufter. Ik loop je hier niet voor jan lul te redden.* Je collega-reddingswerker denkt er kennelijk heel anders over, want hij heeft z'n bezwete gezicht naar dat van die ouwe toe gebracht en zegt op zo'n luide verplegerstoon die erin slaagt zowel meelevend als laatdunkend te klinken: 'Wilt u dat wij iemand voor u waarschuwen? Is dat wat u wilt zeggen, meneer? Dat doen we als we boven zijn, meneer. We zijn er bijna. Nog eventjes volhouden, meneer.'

Zonder een reactie af te wachten pakken jullie de meneer weer op. Hij lijkt zich niet langer te verzetten. Misschien is hij wel bewusteloos, of dood, dat is ook goed mogelijk, maar je voelt er niets voor om hem weer neer te zetten en z'n ademhaling en/of hartslag te gaan controleren. Verderop in de tunnel staat een tramstel (lijn 6), met een spinnenwebvormige barst in de voorruit. Ook merk je nu pas dat de sprinklerinstallatie in werking is.

Godver. Aan de overkant van het spoor stoot je rechtervoet tegen iets. Of nee, tegen *iemand.* Je kijkt omhoog, langs het lichaam van een vrouw. Ze ligt op haar zij, het gezicht afgewend, en is gekleed in een zomerjurk met zwarte cirkels op iets wat vanmorgen nog als smetteloos wit uit een kleerkast moet zijn getrokken. Dan draait ze haar gezicht, of eigenlijk kantelt het, naar jou toe. Haar ogen reageren onmiddellijk, alsof er licht in aan springt.

Godsamme.

Je kent haar. Je kent haar, maar er is iets geks met je geheugen aan de hand waardoor je niet op haar naam komt. Kennelijk is al je mentale kracht nodig voor het heden, en zijn irrelevante functies losgekoppeld als overtollige ballast. En toch. Toch wéét je wie ze is. Toch weet je dat je je nu met haar bezig moet houden, dat je de benen van jouw huidige patiënt moet loslaten. Je doet dus wat je moet doen, en ontwijkt daarbij vastberaden het gezicht van Rambo, die jullie meneer – hij leeft nog, want hij begint weer te jeremiëren – nu in zithouding moet neerzetten.

Maar wie is ze? Hoe kennen we elkaar? Geen gedachten: er is alleen acute, dierlijke actie, met minimale interventie van het bewustzijn.

Juist op het moment dat je naast haar neerhurkt, grijpt een brandweerman haar onder haar oksels en hijst haar overeind. Daarna plant hij een arm in haar knieholtes en tilt hij haar weg zoals je een slapend kind naar bed draagt. Op weg naar het daglicht kijkt ze nog een keer om, Isa.

III

Het Winterkamp in de derde klas en de Romereis in de vijfde: achteraf lijkt het of de twee schoolreizen die het Stedelijk Gymnasium organiseerde samen uitdrukking moesten geven aan Juvenalis' adagium, *mens sana in corpore sano.*

'Een gezonde geest in een gezond lichaam!' Dat was ook wat Max Kanselaar, de gymleraar, had geroepen, meteen aan het begin van het eerste schooljaar. Schouder aan schouder stonden de brugklasjongens te bibberen op het sportveld, allemaal in de voorgeschreven 'korenblauwe korte broek' onder een wit T-shirt. Kanselaar, robuust en kalend, droeg een glimmend trainingspak en inspecteerde de rij. Grofweg waren er twee soorten jongens: kinderlijke, beweeglijke ventjes en lange, lijzige types met de baard in de keel.

Johannes Vermeer behoorde, met een handjevol klasgenoten, tot die laatste. Hij tuurde over het hek naar het aangrenzende hockeyveld waar de meisjes bijeen waren, in vergelijkbare broekjes en shirts, al permitteerden zij zich meer afwijkingen en stonden ze ook niet zo strak in het gelid. Een brugklas is altijd een raar gezicht. De fysieke veranderingen voltrekken zich snel maar allerminst simultaan, waardoor je amper gelooft dat zo'n ratjetoe van ukjes en slungels allemaal dezelfde leeftijd heeft. Net als in de laatste klas van zijn basisschool waren er al wat meisjes in het bezit van volle borsten, hoewel de meerderheid het moest stellen met beginnende, nog niet door bh's gestutte zwellingen rond tepels die soms hun reliëf drukten in het weefsel van shirtjes en bloesjes. Een handjevol was zelfs nog helemaal plat.

'Elk jaar merk ik dat voor ouders die hun kinderen naar onze school sturen...' zei Kanselaar, en hij speurde uitdagend over de gezichten, alvorens zijn vonnis te plaatsen: '...sport niet bepaald op de eerste plaats komt.'

Het klopte. Zelf had Vermeer nooit ergens 'op' gezeten, zoals dat heette. Als hij het gezelschap rondkeek, moest hij tot zijn opluchting aannemen dat hij daarin niet de enige was. Heel anders dan op zijn basisschool, waar zo ongeveer iedereen op voetbal zat – of preciezer geformuleerd: op *foebbeluh* –, bij voorkeur rondbanjerde in sporttenue en groepsfoto's vereerde van elftallen die als *pin-up*pantheons boven zijn bed hingen.

Op het kunstgrasveld begonnen de meisjes aan een warmingup. Hij volgde een klasgenote in een lange zwarte trainingsbroek onder een geel T-shirt. Vanaf de eerste schooldag was ze hem al opgevallen, in eerste instantie omdat ze overduidelijk behoorde tot de groep met de volgroeide borsten, die nu veerkrachtig deinden op haar tred. In de namenlijst volgde ze direct onder hem: Isa Verstuijven.

Ze woonde vlak bij school, in een van die waanzinnige herenhuizen aan de Singel, en was de enige die lopend naar school kwam ('ík kan tenminste lekker lang in m'n bedje blijven liggen...'). Mogelijk verklaarde dat ook haar opgewekte en hautaine houding, alsof haar klasgenoten bezoekers waren die ze welwillend duldde op haar eigen territorium. Er ging iets zinnelijks en uitdagends van haar uit, alsof ze zelfvertrouwen putte uit haar gerijpte meisjeslichaam.

'Toch, mannen, kunnen jullie hersenen pas goed presteren als jullie ook dat lijf onder handen nemen,' vervolgde Kanselaar, die die taak uiterst serieus ging nemen in de jaren die volgden. Niet zelden vond hij het nodig om de 'mentaliteit' van de jongens te 'breken', of misschien juist te sterken; in beide gevallen kwam het erop neer dat hij de klas het volle uur rondjes liet rennen – in de lente, zomer en herfst rond het sportveld, en 's winters in het gymlokaal dat tevens dienstdeed als zaaltje voor toneeluitvoeringen, popconcerten en de eindexamens, die nog eindeloos ver weg waren.

Het Winterkamp was Kanselaars geesteskind. Verdeeld over twee opeenvolgende dagen moesten de leerlingen uit de derde klas zo'n zeventig kilometer afleggen, in groepjes van twaalf, samengesteld door loting. Het ging een *survivaltocht* worden, waarbij ze zich oriënteerden met kaart en kompas, en onderweg opdrachten uitvoerden. Ze overnachtten in eigenhandig op te zetten tentjes. Consumpties anders dan uit de uitgedeelde blikken, opgewarmd in een legerkookstelletje, waren strikt verboden, zoals bleek uit het *Handboek Winterkamp* dat Kanselaar drie maanden vooraf in de kleedkamer distribueerde.

> ETEN – *Dit wordt verstrekt, hiermee moet men uitkomen. Geen extra's van thuis meenemen. Alle afval direct in de afvalzak. Laat geen sporen na. Wees zuinig met de verwarmingsblikjes. Eerst schatten hoeveel eten je met je groep nodig hebt, dan pas de blikken openmaken. Dit voorkomt verspilling. De avondmaaltijd krijgen de leerlingen niet eerder dan nadat ze hun tent hebben opgezet en hout hebben gesprokkeld voor een vuurtje.*

'Je mag helemaal niks meenemen, ze gaan zelfs fouilleren,' zei Ronnie in de pauze. Ze stonden op wat 'het bordes' heette, een verhoogd podium bij de ingang, onder drie bogen, opgetrokken uit dezelfde rode baksteen als het hele gebouw, dat uit de jaren dertig stamde en vanuit de wijde omgeving was te zien door de hoge toren, met een klok (die altijd vijf minuten voor liep), en daar weer bovenop een slanke zwembadgroene torenspits. Het woord 'bordes' had Vermeer vanaf de brugklas al gefascineerd. Er hing een sfeer van geheimzinnigheid omheen, ook omdat het deed denken aan 'bordeel' of de 'bordesscène' bij de koningin. Het bordes was stilzwijgend de apenrots voor de populairste leerlingen. Elke pauze hing er een verstikkende rookwalm, vermengd met de geur van kantinetosti's en mandarijnen.

'Fouilleren? Echt waar?' vroeg Dennis. 'Het is hier toch fucking *Russia* niet?' Dennis droeg in die dagen een baseballcap achterstevoren op zijn hoofd, verplaatste zich bij voorkeur per skateboard, en las *comics* die hij van zijn Amerikaanse familie kreeg doorgestuurd: *Daredevil*, *Wolverine*, *Spiderman*. Nog voor het eindexamenjaar zou hij naar Philadelphia verhuizen. Als Vermeer twintig jaar later zijn naam googelt, leest hij dat Dennis in Boston zijn leven is gaan wijden aan technologische applicaties die toegepast worden in het analyseren van geschillen. Ronnie blijkt zijn doordeweekse dagen te vullen met de ontwikkeling van risicoanalysemodellen voor pensioenfondsen. Onwetend van die werelden stonden ze zich nu op het bordes op te winden over het aangekondigde Winterkamp, totdat er een jongen op ze afkwam, gekleed in een blauw T-shirt met daarop: KERSTACTIE 1990.

'Hebben jullie al loten?' vroeg hij. Elk jaar organiseerden de leerlingen uit de vierde klas een inzamelactie voor een goed doel. In de hal ratelde in de pauzes een rad van fortuin, waar de halve school zich rond verdrong. Een Giant-mountainbike bungelde aan kettingen boven aan de balustrade, als grote hoofdprijs aan het einde van de week. Charitatieve acties hadden altijd een opgetogen sfeer van entertainment om zich heen hangen, waar je je met goed fatsoen niet afzijdig van kon houden. Dat was al zo toen hij op de basisschool één keer per jaar de deuren langs moest om kinderpostzegels te slijten, en bereikte een climax in de avondvullende tv-shows rond rampen en hongersnood. Liefdadigheid in glitterjasjes.

'We hebben alles al,' zei Vermeer. Dennis vroeg: 'Maar hee, jij zit in de vierde, toch? Dan ben je vorig jaar op Winterkamp geweest. Is het waar dat ze je vooraf gaan fouilleren?'

'Ja man...' De jongen stak een sigaret op, de vlam afschermend met een tot kom gekromde hand. 'Die Kanselaar, die had bij de Gestapo kunnen werken. Maar weet je, ze fouilleren pas 's ochtends bij het vertrek. Alles wat ze niet vinden mag je gewoon houden. Dus wat heb ik met een paar vrienden gedaan? Het spul van tevoren verstopt, ergens op de route. 's Nachts zijn we uit het raam geklommen van die boerderij waar je eerst een nacht slaapt, en toen hebben we zo'n hele zak met Marsen en chips en al die shit gewoon in de grond gestopt. Ergens een gat graven, en hoppakee.'

'Kicken, dat gaan we ook doen!' riep Ronnie, en de tipgever vertrok om verderop z'n loten te slijten. Binnen galmde vervormd microfoonkabaal. Telkens als het rad ronddraaide beukte er een beat met gregoriaans gezang bovenuit, 'Sadeness' van Enigma. In de clip, die Vermeer een paar keer had gezien, dook een Isa-lookalike op, die met ontbloot bovenlijf haar heldere ogen op je richtte en fluisterde: *'Sade, dis-moi... Sade, donne-moi...'*

'En als het vriest dan?' vroeg Dennis. 'Dan kom je de grond echt niet in hoor, met je schepje.'

'Du-huh. Dat zien we dan wel weer, bijdehand. Het is toch gewoon héftig!'

'Ja, heftig de beftig,' reageerde Vermeer. 'Maar we zitten vast niet eens bij elkaar in de groep.'

Dat was waar. De groepen werden pas op het allerlaatste moment, op de ochtend van de expeditie zelf samengesteld uit alle zes de klassen van hetzelfde jaar. Eerlijk gezegd zag hij daar nogal tegenop. De leerlingen uit de parallelklassen kende hij amper. Met moeite had hij de afgelopen jaren wat sociale zekeringslijnen uitgeworpen, en uitgerekend op zo'n padvinderstocht in de sneeuw was je weer terug bij af, overgeleverd aan god weet wat voor malloten.

'Nou en?' zei Ronnie. 'Dan maken we toch drie van die pakketten. Voor het geval dat. Reken maar dat we dan de *cool guys* van onze groepjes zijn.'

In schoolklassen openbaren onze statusmechanismen zich onverbloemd en meedogenloos. Ook op het Stedelijk Gymnasium liep er een spectrum vanaf de *nerds* – het groepje stakkers dat tot elkaar veroordeeld was en altijd tien minuten voor de bel braaf voor het lokaal stond te wachten – tot de *coole* types, het handjevol populaire jongens en meiden die alles leken te bepalen en die iedereen als vanzelfsprekende oriëntatie beschouwde. Vanaf de eerste schooldagen leek die wereldorde onwrikbaar als de banen van de planeten. De nerds waren puisterig, autistisch en in het bezit van broodtrommels, melkbekers en leren boekentassen. Ze leken een beetje misvormd en neigden naar de categorie van de mongooltjes, al hadden ze nu juist een bovengemiddelde intelligentie en haalden ze steevast de hoogste cijfers. Ronnie, Dennis en Vermeer zelf hadden alle drie verledens die dicht langs die diepste cirkels van de hel scheerden, maar halverwege de tweede waren ze aan hun opmars begonnen. Die was vooral te danken aan een reeks baldadige acties, zoals het plaatsen van graffiti-*tags* op de deuren van 'De Smidse' (het bijgebouwtje dat dienstdeed als tekenleslokaal), het bezit van luchtdrukpistolen en vlindermessen, plus die dag dat ze uit een seksblad een foto kopieerden en verspreidden van een vrouw die sprekend leek op hun blonde lerares Grieks – een jong en voor haar leeftijd nogal lekker ding dat net van de universiteit kwam.

Helemaal zonder slag of stoot verliep hun opgang niet. Er waren de uiterlijke zaken – Vermeer moest zijn moeder bewegen z'n brood niet langer in een plastic trommel maar in een zakje mee te geven (dat hij evengoed wegflikkerde, met zweterige plakjes kaas en al, om daarna bij de buurtbakker in de rij aan te sluiten waar iedereen een halfje wit, ongesneden, kocht en pluksgewijs leegvrat), z'n dikke nylon jas te vervangen door een spijkerjack, z'n boekentas door een rugzak, z'n bruine schoenen door gympen, et cetera – en er waren aanvaringen met andere autoriteiten, zoals de schoolleiding. Die kon het kattenkwaad beboeten waar je in eigen gelederen juist promotie door maakte. Die fotoactie leidde bijvoorbeeld tot een week corvee. Groepen van puberjongens neigen van nature naar een maffia-achtige structuur. Dat is op een gymnasium niet anders dan in een achterstandswijk. Daarbij is het driemanschap een vaste figuur, die je door de hele geschiedenis heen ziet. Van Caesar, Pompeius en Crassus tot de graven van Egmond, Oranje en Horne. Van de trojka's tot de drie musketiers. Het is als met meubels: drie poten geven stabiliteit. Wie verraad pleegt, krijgt represailles van twee kanten. Ook doorbreekt een derde de starheid, en sust hij opvlammende vetes tussen twee bondgenoten. Pas met z'n drieën kun je bovendien een prooi omsingelen, omdat elke krijger dekking heeft van twee kameraden.

De driemansformatie had hun altijd lef gegeven, maar nu was de kans groot dat ze het zonder elkaar moesten stellen. Zo ging het steeds. Dacht je eenmaal dat je er was, dan was je haast terug bij af. Of liever gezegd, dan bleek het speelveld gegroeid, beperkte het zich niet langer tot de kleine groep waarin je je tot de top gestegen waande. Nee, misschien was het niet eens zo'n gek idee, zich in te kopen met Marsen en chips.

Sigaretten en drank gingen pas later als valuta dienstdoen, hoewel er leerlingen waren die in de derde al rookten. Isa bijvoorbeeld. Shag rolde ze, Drum of Samson, in speciale vloeitjes, uit een groen pakje met een gouden zon erop. 'Ik draai alleen nog met Dr. Duval,' ving hij eens op. 'Want in Rizla en Mascotte zitten kattendarmen. Dat is toch smerig, ik ga toch geen kátten-darmen staan roken!'

Nu zat ze een eindje verderop naast het docentenfietsenrek, dat als enige overdekt was, op het grasveld in een kringetje punkers uit de bovenbouw, jongens die drum of basgitaar speelden in bandjes en in het weekend rondhingen in kroegen, waar ze bier zopen en drugs gebruikten. Vermeer hoorde flarden van het gesprek dat zij voerde met een meisje dat ook hier kerstloten kwam aanbieden en dat behoorde tot de soort die hij Isa eens had horen aanduiden met 'Oililytrutjes'.

'Dat geld komt helemaal niet bij die kinderen terecht!' viel Isa uit tegen het Oililytrutje, dat wat begon te sputteren, waarna een knul, die z'n haar had geschoren in een hanenkam, opstond uit de groep, om uitleg te geven op zo'n geduldige doceertoon die niettemin stijf stond van provocatie: 'Kijk, van al het geld dat jullie hier bij elkaar lopen te bedelen, kopen ze daarginds de gemeenste wapens. Clusterbommen. Gifgas. Want het komt allemaal in handen van die regimes, en niet bij de hulporganisaties.'

Hoewel Isa van huis uit alle ingrediënten mee had gekregen om uit te groeien tot een Oililytrutje *pur sang* – dochter van een rechter uit de Professorenwijk, blond lang haar, lief, ietwat kinderlijk gezichtje – had ze duidelijk een andere afslag genomen. Van haar stevige blonde haar had ze in de herfstvakantie de helft afgeknipt, en het restant roodgeverfd met henna. Haar kleren haalde ze bij de legerdump en waren overwegend zwart. Alleen de allermooiste meisjes konden zich zo'n alto-outfit permitteren. Alleen bij hen werkte die groezelige look van punk, grunge, skunk of hoe die subgroepen zich ook noemden juist mee om het meisjesachtige te accentueren door het contrast.

Nog maar een half jaar terug was ze zowat de belichaming van het schoonheidsideaal van die jaren, eind '80, begin '90: sportieve surfmeiden in felle O'Neill-badpakken, zoals in *Baywatch*, of in die Enigmaclip – volle, sensuele lippen en een bezwete huid. Er hoorden geuren bij die hij associeerde met aerobics, disco en zwembaden, werelden die hem voorkwamen als even ver van hem verwijderd als wolkenkrabbers.

Sommigen beweerden dat Isa het al *gedaan* had, met Alexander, die inderdaad een tijdje haar *vriendje* was geweest. (En die twintig jaar later incidentmanager bij een grote verzekeringsmaatschappij zal blijken te zijn.) Vorig jaar, in de tweede, zaten ze naast elkaar achterin bij Duits, toen de leraar, Ad Meijboom, met zijn indringende basstem uitviel: 'Zouden jullie het voorspel misschien voor in béd willen bewaren?' Als één wezen keek de klas om, naar handen die losschoten. Zelf ontkende Alexander overigens dat hij het met haar gedáán had, al had hij wel aan haar tieten gezeten. 'Handjevol,' had hij met een *smile* op z'n bek gezegd in de kleedkamer.

Handjevol. Ja ja, godverdomme, alsof zij dat zelf niet konden zien, alsof zij zich daar zelf niet elke avond bij aftrokken. Alsof zij zelf niet een steek door hun hart voelden trekken als ze haar passeerden. Alsof zij zelf niet 's ochtends vroeg – de school begon op het inhumane tijdstip van tien over acht – alleen uit bed waren te branden met de gedachte háár weer te zien. Alsof zij dan zelf niet even omfietsten langs haar huis, in de hoop haar net te zien vertrekken, douchenat nog, loom en bedwelmend. Alsof zij zelf niet het gemis voelden op de dagen – verdacht talrijk, de laatste weken – dat ze niet kwam opdagen – waar was ze? wat was er toch met haar aan de hand? – en er een aureool van hunkering en spijt hing rond haar lege stoel.

4

Leegte. Stilte. Het heeft Johannes Vermeer altijd verwonderd hoe die twee, hoewel ze juist de afwezigheid van iets zijn, toch een eigen substantie bezitten. Tussen een 'vredige' en een 'gespannen' stilte zul je bijvoorbeeld geen decibel verschil meten, maar laat iemand in zo'n geluidsarme omgeving los en hij zal je probleemloos kunnen zeggen met welk type hij van doen heeft.

Bij LVE ARCHITECTEN heerst overduidelijk een stilte uit de tweede categorie: strakgespannen en verstikkend onder het ruisen van laptopventilatoren. Zelfs muisgeklik wekt al ergernis, niet alleen in het directiekamertje dat Vermeer deelt met Olivier en Kasper, maar ook in de andere kamers van dit jugendstilpand, dat ze twee jaar geleden betrokken, aangespoord door het succes uit hun beginjaren en de overtuiging dat een representatief kantoor als het ware vanzelf lucratieve opdrachten zou genereren. Twee extra tekenaars namen ze aan, plus een landschapsarchitect en een receptioniste, wat het totale aantal medewerkers op zeven bracht, al met al een flinke lijst van ir.'s en ing.'s naast de ontvangstbalie en op de website.

Buiten dempt een sneeuwdek het stadsverkeer. Ze hebben ingezonden voor een prijsvraag, waar de beoordelingscommissie vandaag een vonnis over velt. Prijsvraag: Vermeer heeft dat altijd al een onnoemelijk infantiel woord gevonden – *alsof we kleurplaten in schoenendozen mikken*. Zeker in dit geval staat de frivoliteit ervan in onthutsend contrast met de aanleiding, de wederopbouw ('herinrichting', volgens de gemeente) van het getroffen gebied van 6 juli.

Of beter gezegd: Zes Juli. In de berichtgeving is er nog altijd weinig overeenstemming, anders dan over deze kale feiten: dat er die ochtend tussen de vijf en tien voertuigen gevuld met springstof de ondergrondse parkeergarage in zijn gereden, en dat die min of meer gelijktijdig tot ontploffing zijn gebracht. Dat ook elders aanslagen op stapel hadden gestaan, hoorde hij pas toen hij thuiskwam na zijn reddingsactie.

'Het Binnenhof was al een half uur eerder afgezet,' vertelde Celine opgewonden aan de telefoon. 'Ik hoor het net op de nieuwsvloer. Het Strafhof en Paleis Noordeinde net zo. Kennelijk waren ze op de hoogte dat er iets stond te gebeuren.'

Ze belde vooral om te horen dat alles in orde was met hem en Anne, die hij, zoals veel ouders die dag deden, eerder van school had gehaald, zonder te weten welk belang dat diende. Het was het telefoontje dat iedereen kreeg die die ochtend in Den Haag was.

Waarom hij toen niet meteen verteld heeft over zijn avontuur in de tunnel is hem nog altijd niet duidelijk. Goed, hij wilde het niet vertellen waar Anne bij was, en er was die rare toestand bij de uitgang – maar de verschijning van zijn vroegere klasgenote was op zichzelf onvoldoende reden om het er thuis niet over te hebben. Dat had immers niets voorgesteld. Of nauwelijks iets. Oké, hij had die dikke kerel willen laten barsten – in één seconde had hij twee levens tegenover elkaar afgewogen, het ene afgestreept ten gunste van het andere. Dat was allemaal verwarrend, maar niet onverdedigbaar. *Bovendien héb ik die vadsige spekhond uiteindelijk bij de spoedeisende hulp gedropt.*

Kom mee. Vergeet niet hoe waanzinnig de weken na de aanslag waren. Eerst was er die onwezenlijke atmosfeer op straat. Alles in de stad had het wankele aureool dat je herkende van dodelijke ongevallen op kleinere schaal. Aan het einde van je eigen straat was een paar maanden eerder een vrouw verpulverd onder de wielen van een zes ton zware vrachtwagen van de C1000. Haar gele krijtsilhouet, dat de politie op het asfalt had aangebracht, was na twee regenbuien nog zichtbaar. Hoewel je wist dat het niet zo was, leek de hele materiële omgeving – stoepranden, tramrails, publieke bankjes – van slag. Zo was het ook na die juliochtend: alles leek op een gekke manier naakt, in het bezit van een extra dimensie, die uitermate kwetsbaar was. Iedereen merkte het, iedereen had het idee dat de stenen onder zijn voeten permeabel waren, oppervlakten minder solide.

Als architect kon jij daar wel iets van begrijpen. Jij wist bijvoorbeeld dat wij materie altijd vermenselijken. Hoewel staal en aluminium zich niet bekommeren om hun eigen vorm, onderscheiden we toch opgewekte auto's van chagrijnige, gastvrije balkonhekken van defensieve, timide deurkrukken van lompe exemplaren. We registreren gebouwen en voorwerpen met dezelfde hersendelen die menselijke lichamen en uitdrukkingen duiden. De mens als mal voor alle dingen. Onmogelijk naar een grachtenpand, telefoon of regenpijp te kijken zonder die met je blik te bezielen, die een eigen identiteit mee te geven.

Kom mee. De stenen waren van streek en je liep er jachtig overheen. Je zag ongerustheid in elkaars ogen. Vooral in het centrum, in de buurt van de dranghekken, die geplaatst leken te zijn als een dam tegen de almaar aangroeiende knuffel- en bloemenzee, en waarachter mannen in witte pakken hun sporenonderzoek verrichtten. Later kwamen er de graafmachines op rupsbanden, containers, generatoren, gasflessen, hekken met voorschriften en waarschuwingen. Stukken dekzeil. Erachter het geraamte van een ontmanteld gebouw, noodstutten torsten een ratjetoe van plafonds en bekabeling.

Mensen keken elkaar nadrukkelijker aan, indringender, misschien om in één oogopslag te staven aan welke kant van de streep iemand stond, om bliksemsnel elkaars morele opvattingen te synchroniseren. Naast dat eigenaardige kijken was er iets labiels. Wie zou gillen, kon kolossale paniek ontketenen. Iedereen was geconfronteerd met de eigen nietigheid, en ook met de onverschilligheid, de onuitstaanbare onverschilligheid waarmee alles gewoon was blijven doorgaan en voortbestaan. Iedereen moest zich op een nieuwe manier tot de buitenwereld gaan verhouden.

In zo'n toestand kon er gemakkelijk iets bij inschieten. Was dat het? Hoe langer Vermeer het uitstelde, hoe onmogelijker het in elk geval werd om zijn heldendaad op te biechten. Wat bij sommigen een bron van trots zou zijn, werd bij hem het tegendeel, schaamte met knaagtanden.

O jawel, hij stond op het punt het allemaal te vertellen, meteen die middag, aan de telefoon, maar toen kapte Celine alles af met de woorden: 'Hé, ik moet verder nu. Ik krijg net de luchtdrukprognoses binnen. Ja, nogal onwezenlijk, maar er komt gewoon een weerbericht.'

Het weer stopt nooit. Het weer, dat Celine 's avonds als afsluiting van het journaal voorspelt ('hoe vaak moet ik dat nu nog zeggen: het is een verwáchting, geen voorspelling'), trekt zich niets aan van menselijke actualiteit, en bestond dan ook al vijf miljard jaar voordat de eerste primaten verschenen. Kijk, zei hij in Ostia Antica, en hij wees naar het amfitheater. Tweeduizend jaar geleden zag het er precies zo uit. Kijk, zei zij, en ze wees naar de wolkenlucht. Twee miljard jaar geleden zag het er precies zo uit.

De publieke omroep was onmiddellijk live gegaan, en zond non-stop uit vanuit de journaalstudio. Tijdens nationale rampen speelt onze publieke omroep ineens CNN. Zulke vertoningen kenmerken zich altijd door een hectische sfeer waarin bij gebrek aan concrete feiten eindeloos dezelfde flarden herhaald worden. Elk nieuw ingrediënt voor die lus, elke reactie en elk vers ooggetuigenverslag onthalen de crisispresentatoren tromroffelend als 'brekend nieuws', zodat je tegen je zin aan het scherm blijft gekluisterd.

De uitzending meldde al in een vroeg stadium dat alles erop wees dat ze te maken hadden met een vergelding voor het laten overkomen van Ayman al-Zawahiri, de ideoloog van Al Qaida, naar het Internationale Strafhof. Kort na het sluiten van internationale verdragen die ook terrorisme voortaan schaarden onder 'misdaden tegen de menselijkheid', was hij opgepakt in Jemen. De minister van Buitenlandse Zaken stond bij die gelegenheid onderkoeld trots aan de internationale pers te verklaren dat nu voor het eerst een terrorist ging worden berecht in Den Haag, de hoofdstad van het internationale recht. *'The Legal Capital of the World!'* riep hij, alsof er een beker gewonnen was in een wereldkampioenschap. Het fragment kwam een aantal keren langs, bij gebrek aan beter materiaal, want de autoriteiten hielden zich urenlang koest. Pas aan het begin van de avond kwamen ze met een persconferentie, die de nieuwswaardigheid had van een afdruiprek.

Over de exacte cijfers en feiten is een half jaar later nog altijd discussie. Elke week zit er bijvoorbeeld wel ergens een explosievenexpert in een tv-studio. Vaststaat dat vijf kilo van het gebruikte spul – een 'pyrotechnisch mengsel met gecompliceerde stikstofrijke verbindingen', volgens de meer wetenschappelijke publicaties – al volstaat om een woonhuis op te blazen. Als je ervan uitgaat dat het gebruikte type minibus een laadruimte heeft van zo'n vierduizend liter, nou, dan is het nog een wonder dat... Maar hier begint het wadlopen op speculaties al. Laat staan hoe onbegaanbaar de abstractere regionen zijn, de achtergrond van de daders, hun precieze motieven, het functioneren van de inlichtingen- en veiligheidsdiensten, de handelwijze van de hulpdiensten, de onafhankelijkheid van de onderzoekscommissie, de kwaliteit van de nazorg, de uitkeringsbereidheid van verzekeraars – elk aspect genereert tv-items, documentaires, openbare debatten, achtergrondartikelen, wolken van duiding, kluwens nasleep.

De commerciële zenders lijken zich vooral tot doel te hebben gesteld om geen enkele splinter uit het privéleven van alle drieenveertig doden onderbelicht te laten. Aanvankelijk leken het er zesendertig te zijn, maar de dag erna liep het 'dodental' op. Vijf mensen waren in het ziekenhuis overleden. Twee werden er pas een dag later alsnog onder het puin aangetroffen, onder wie een meisje van Annes leeftijd. Drieënveertig doden. Drieenveertig mobieltjes die overgingen zonder dat er werd opgenomen. Wat een kwartier eerder nog levens waren met verlangens en herinneringen, waren plotsklaps hoopjes overschotten, in kisten en zakken afgevoerd naar mortuaria en laboratoria. Dat is verontrustend, al kun je, vindt Vermeer, ook overdrijven. Dat er elke maand in het verkeer een nog grotere groep landgenoten omkomt die het zonder zo'n postume realityshow moet stellen, lijkt niet alleen niet tot de kijkers door te dringen, maar kun je ook publiekelijk maar het beste voor je houden, zoals hij leerde toen hij er eens voorzichtig op hintte op een borrel bij Celines collega's.

'Verkeersongelukken zijn wel eventjes wat anders dan doelbewuste acties om dood en verderf te zaaien!'

'Nou ja, het netto resultaat is ongeveer gelijk...'

'Nee, hoe kún je zo denken?'

Bij ieder telefoontje veren ze op, totdat degene die als eerste z'n toestel heeft met een wegslaande hand of matte intonatie te kennen geeft dat het loos alarm is. Gewoonlijk loopt Kasper stipt om twaalf uur het pand uit om broodjes te gaan halen op 'de Fred', zoals de Frederik Hendriklaan is gaan heten. Vandaag is het erbij ingeschoten. Niemand anders heeft de aandrang gevoeld om eten te halen.

Het is half drie als Olivier opneemt en meteen in een vormelijke rol schiet – 'Ah, goedemiddag, meneer Visserlink...' – en met opgeheven wijsvinger maant tot stilte die allang is ingetreden. 'Dat is ook waar... Ja... O... Aha... Nou, dat is... geweldig nieuws. Ik ben blij om te horen dat...'

Wát?! Kasper en Vermeer kijken elkaar aan, maar Olivier schudt meteen z'n hoofd. 'Natuurlijk, dat is... heel begrijpelijk. Aha... Ja... Ja... Uiteraard. Dat is een verrassende nieuwe wending, maar... Juist. Nee. Nee. Zeker in dit geval kan ik me heel goed indenken dat de gemeente daarvoor kiest... Goed.' Zo gaat het nog een tijdje door, totdat 'goedendag meneer Visserlink' en een 'u ook een prettig weekend' een einde maken aan het gesprek met de wethouder.

Drie tellen zwijgt Olivier – *verdomme man, kan de champagne nu open of hoe zit het?* – en verklaart dan: 'We zijn er nog niet, maar het gaat de goede kant op.'

'Want?'

'Ze hebben vier ontwerpen geselecteerd. Daar willen ze mee verder, en daar mag de bevolking een oordeel over gaan geven.'

'De bevólking?' vraagt Vermeer. 'Wat heeft die er nu weer mee te maken?'

'Het wordt een soort referendum, als ik die vent goed begrijp. Heel verhaal, dat het een monument is voor de Haagse bevolking, bladibladi.'

'Dat hadden ze ons vooraf wel even mogen vertellen. Is zoiets bindend dan?' wil Kasper weten. En Vermeer, nog voor Olivier kan reageren: 'Wie zijn de anderen?'

'Weet ik veel,' antwoordt hij, op beide vragen tegelijk. 'Daar gaan we het allemaal over hebben. We krijgen een uitnodiging voor een etentje, waar ze alles uitleggen.'

'Dan mogen we nu dus stemmen gaan werven,' zegt Vermeer. 'Campagne voeren. De popiejopie uithangen bij de goegemeente. Alsof die iets van stedenbouw af weet.' Maar daarmee jaagt hij, en dat weet hij best, Kasper juist in het harnas.

'Kom op. Dit gaat niet zomaar om een kantoorpand, maar om een gedenkplaats. Dan mogen hun emoties best meespelen.'

'Wat zeg je, Kas? Emóties?'

'Ja, emoties!' Hij kijkt erbij alsof hij het woord in Vermeers gezicht rochelde. Kin heerszuchtig iets omhoog, om zijn toch al aanzienlijke lengte te accentueren. Kasper heeft de scherpe blik van iemand die geleerd heeft nooit als eerste weg te kijken, vastberaden en met een onderlaag van wantrouwen, op z'n hoede. Kasper heeft altijd een dubbele agenda, heeft Celine eens opgemerkt. Ze zag het aan z'n ogen.

'Jongens...' zegt Olivier. 'We zijn in elk geval door naar de volgende ronde. Dat lijkt me reden voor een feestje.'

'Bravo,' zegt Vermeer, 'we hebben vijfentwintig procent kans gewonnen. Dan zou ik het ook op een zuipen zetten. Geniet ervan jongens.' Hij trekt z'n jas aan en stapt de buitenlucht in.

Het is de spanning, maar hij is ook nijdig over de gang van zaken. Ineens zo'n referendum uit de lucht toveren betekent niet alleen dat ze de spelregels tijdens de wedstrijd veranderen, het is ook een dikke middelvinger naar alle professionele jury's en beoordelingscommissies, die hun tijd klaarblijkelijk vergooien aan iets wat elke lulhannes zelf ook kan. *Met één vinger in een stemhokje*. En dat terwijl er best wat van afhangt.

Hun voortbestaan, om eens iets te noemen. Eén op de drie architecten is de afgelopen jaren ontslagen. Tientallen bureaus hielden ermee op. Op het macro-economische vlak lijkt het gestaag tot de wereld door te dringen dat het ideaal van een eindeloos groeiende vrije markt en eindeloos leven op krediet onhoudbaar is. Eerst waren er banken omgevallen, of konden ze met moeite overeind blijven, gestut door onwaarschijnlijk grote kapitalen die regeringen leenden in Azië en het Midden-Oosten.

Even later is hetzelfde gebeurd met complete landen, die nog altijd aangewezen zijn op ogenschijnlijk charitatieve gebaren van de Europese Unie, die uit puur lijfsbehoud handelt, met de rug tegen de muur. Langzaamaan dringt ook door dat met de mondiale vergrijzing de pensioenen in gevaar zijn, wat een nog diepere crisis belooft te worden dan de *credit crunch* van het eerste decennium.

Regeringsleiders komen nerveus bij elkaar voor spoedvergaderingen in Brussel – donkere auto's met geblindeerd glas rijden af en aan bij imponerende hoogbouwaquaria – en niemand kan zich aan de indruk onttrekken dat die lui geen enkele grip hebben op de catastrofale processen en alleen plakbandoplossingen kunnen presenteren vanaf hun spreekgestoelten met Europese vlaggen op de achtergrond. Wat ze tot Vermeers verwondering nooit vertellen, is de simpele waarheid: dat er op dit continent waanzinnig op de pof is geleefd. *En nu is het payback time, rukkers. Jarenlang heb je je poen in breedbeeld-tv's en hoeren mogen pompen, en nu loop je te janken omdat de deurwaarder je speeltjes afpikt.*

Dat de meeste burgers er nog niet al te veel van merken, maakt de malaise er niet minder op. Die kan, iedereen weet dat, juist elk ogenblik onverhoeds toeslaan. Dat heeft de crisis gemeen met klimaatverandering en terrorisme.

Zelf was Vermeer kleuter aan het einde van de jaren zeventig, kind in de jaren tachtig, puber in de jaren negentig. Het is in die drie decennia geweest dat in het Westen de gedachte postvatte dat ongebreideld comfort in principe voor iedereen beschikbaar was en het louter aan je eigen stompzinnigheid te danken was als je de boot miste. Leven zou voortaan met hetzelfde gemak gaan als icoontjes aanklikken. Elk obstakel dat opdook tussen jouw verlangen en de bevrediging ervan, was een defect dat in principe oplosbaar was. Bijvoorbeeld door met het toverstafje te zwaaien dat creditcard heet. Aan het eind van de twintigste eeuw hadden Nederlanders een gezamenlijke creditcardschuld van 200 miljoen euro. Tien jaar later was dat al anderhalf miljard.

Aan alle straatkanten ziet hij hetzelfde tafereel. Geparkeerde auto's, bedolven onder een dikke vacht sneeuw, worden schoongeveegd terwijl de motor zachtjes pruttelt, als een pan op laag vuur. Met een schop scheppen de bestuurders sneeuw weg rond de wielen – vastgekoekte ijsbrokken bikken ze los met de steel. Soms duwen passagiers of passanten een auto bij de laadklep, terwijl het gas giert en de banden slippen. Schiet een voertuig uiteindelijk in het spoor van ingereden smurrie, dan heeft dat altijd iets verrassends wat reden is voor een bescheiden feestje van lichtseinen of claxonneren.

Zo'n crisis, denkt Vermeer, legt feilloos bloot hoe de wereld in elkaar zit, waar de macht huist, wie de bebouwbare wereld letterlijk in beheer hebben. *En dat zijn wij, armetierige tekenaartjes, in elk geval niet.* Dat ze niet allang failliet zijn, is grotendeels te danken aan Kasper, die een privévastgoedbedrijfje heeft waaruit hij het bureau een lening heeft geschonken, in de vorm van een of ander feestelijk obligatiepakket. Heel precies weet Vermeer het allemaal niet; hij is allergisch voor geldzaken en hoopt dat zo te houden, ook al ontgaan hem daardoor steeds vaker grote delen van het nieuws. Kredietbeoordelaars, wat doen die precies? Wat betekent het als de rente op de kapitaalmarkt stijgt? Sinds een paar jaar is het wereldcommentaar verbannen naar een kil register – monetair beleid, centrale bank, *credit default swaps*, deposito's, schuldenherstructurering, en dan zijn er nog die codewoorden, ECB, IMF, ESM, EFSF... Begrijpt iemand het werkelijk nog? Hij is toch niet de enige die het niet meer volgt? Zelfs het jargon is hem duister, laat staan de 'crisis' waarnaar dit verwijst. Vreemd genoeg neemt het aantal stemmen dat de oplossing zegt te hebben toe. Van politici en bestuurders tot professoren en hobby-economen, van publieke figuren tot de min of meer gewone mensen (de 'anoniemen', die in de demonstraties met witte maskers op verschijnen): allemaal weten ze exact waar het misging, hoe het anders moet, wie er schuld heeft, allemaal vertellen ze het fel en verongelijkt in de camera's.

Gewoonlijk eisen overheden dat een architectenbureau dat in aanmerking wil komen voor een grote opdracht een astronomische jaaromzet heeft en tientallen grote, liefst internationale projecten in z'n portfolio. De kans dat LVE ARCHITECTEN onder normale omstandigheden voor zo'n project in beeld zou zijn, is klein. *Om precies te zijn: even groot als de kans dat je een fonkelende diamant aantreft in een varkensreet.* Maar de omstandigheden zijn niet normaal. Daarom staat deze prijsvraag ook voor de kleintjes open. Wat daar de logica achter is weet niemand, maar laten we in hemelsnaam ons lot omarmen.

5

Hij haalt Anne van school en maakt een paddenstoelenrisotto terwijl zij aan de keukentafel zit te tekenen met de aquarelpotloden die hij haar vorige week met Sinterklaas heeft gegeven. Na het eten kijken ze samen naar haar moeder op tv. Sinds een paar weken hebben ze afgesproken dat Celine haar optredens afsluit met een 'geheim teken'. Tegen de achtergrond van een weekoverzicht vol regenwolken constateert ze met een glimlach: 'Meer kan ik er, jammer genoeg, niet van maken', en daarbij kruist ze dan twee keer heel kort haar rechter wijs- en middelvinger, die onopvallend bij haar bovenbeen hangen. *Dag Anne, slaap lekker*, wil ze daarmee zeggen. In haar kamertje leest hij haar voor uit Gianni Orzans *Avonturen van Pizzano Pizza*. Ze valt halverwege in slaap. Hij laat het licht op de gang aan en gaat beneden koffie maken.

Hij bezit een zespits Borettifornuis, een espressoapparaat naar een ontwerp van Luca Trazzi en een salontafel van Chris Lebeau. Voorts twee fauteuils van Josef Hoffman, drie Gispenlampen, twee kleine zeefdrukken van Matisse aan de muur en een Saab 9-5 in de garage. De gewenning aan dat soort eigendom is heel ongemerkt gegaan. Hij hecht geen bewuste of actieve waarde aan die spullen en zou zich toch geen raad weten als ze hem plots zouden ontvallen. Ze zijn opgelost in de materiële achtergrond van zijn bestaan, ondanks het feit dat hij er voorafgaand aan de aanschaf ontzettend veel geluk van moet hebben verwacht. Hij vermoedt dat het koesteren van zulke irreëel hoge verwachtingen biologisch verankerd is. Het geloof in een beter bestaan is een overlevingsmechanisme, dat slim gekaapt wordt door loterijen, reclame en makelaars.

Toch is hij niet blind voor de consequenties van bezit. Elke aanschaf van iets wat, zeg, meer dan tweeduizend euro kost, noopt tot de aanschaf van secundaire producten – onderhoudscontracten, beveiliging, verzekering, abonnementen, gereedschap – en naarmate je meer van zulke spullen als auto's, huishoudelijke apparatuur en kunstwerken onder je hoede hebt, ontstaat er een hevigere wildgroei omheen van satellieten – taxatierapporten, certificaten, jaarnota's – waar je gemakkelijk het overzicht over verliest, met als tol een aanhoudende belasting van het zenuwstelsel. *En voor je het weet sta je weer te telefoneren met een of andere trut van een klantenservice.* Het probleem is dat je die hele organisatie nooit helemáál op orde hebt, dat heeft niemand, terwijl al die instanties die jou in hun greep hebben in alles uitstralen dat dit wel degelijk mogelijk, ja zelfs je burgerplicht is, en het dus je eigen nalatigheid en domheid zijn die je falen bevorderen.

Celine zou nu onderhand wel thuis moeten zijn, maar hij wil niet kinderachtig zijn door haar te bellen terwijl ze alleen in de file staat. Misschien, denkt hij, is ze nog even langs haar ouders gereden in Voorburg. Bij haar moeder is een mysterieus soort peesaandoening geconstateerd, en haar vader – die vier jaar geleden gepensioneerd is als advocaat – lijkt overspannen en/of depressief te zijn. De lamme helpt de blinde. Celine wil er eigenlijk vaker zijn, maar waar haalt ze de tijd vandaan? Hoe doen mensen van rond de veertig dat? Je zit tussen vóór- en nageslacht in dat allebei zorg en tijd eist, terwijl tegelijkertijd je carrière tot een kookpunt komt.

Teletekst meldt geen files, ziet hij. Als hij het beeld terugschakelt, tuimelt hij in een documentaire over Ayman al-Zawahiri, die hem niets nieuws leert: Egyptische oogchirurg uit een respectabele familie van artsen en wetenschappers. Leefde in de jaren negentig in Zwitserland en Denemarken met een vals paspoort. Heeft – oké, dat is een klein nieuwtje – ook nog in Nederland asiel aangevraagd, maar tevergeefs. Een voice-over citeert uit een van Al-Zawahiri's brieven, waarin hij spreekt over zijn vrouw en kinderen die omkwamen bij een Amerikaans bombardement op Afghanistan, in november 2001.

Het is een donkere stem met Arabisch accent: '*And I say to you with sure feeling and I say: That the author of these lines has tasted the bitterness of American brutality, and that my favorite wife's chest was crushed by a concrete ceiling and she went on calling for aid to lift the stone block off her chest until she breathed her last, may God have mercy on her and accept her among the martyrs. As for my young daughter, she was afflicted by a cerebral hemorrhage, and she continued for a whole day suffering pain until she expired. And to this day I do not know the location of the graves of my wife, my son, my daughter, and the rest of the three other families who were martyred in the incident and who were pulverized by the concrete ceiling, may God have mercy on them and the Muslim martyrs. Were they brought out of the rubble, or are they still buried beneath it to this day?'*

'Pap?' Ineens staat zijn dochter in een dun nachthemd naast hem. 'Waarom is mama nog niet thuis?'

'Ze zal zo wel komen, Anne, ga maar weer lekker slapen.'

Sinds Zes Juli moet hij haar steeds opnieuw vertellen dat er niet overal om de haverklap autobommen afgaan, en dat je niet onmiddellijk wordt opgeblazen als je een tunnel in rijdt. *Al Qaida bedankt.*

Maar ze wil niet slapen. Ze schenkt in de keuken een glas melk in en komt naast hem zitten. Zijn vingertophuid telt haar wervels. Terwijl de televisie in slow motion boven een dreigend muziekje de beelden herhaalt waarop te zien is hoe Ayman naar de Scheveningse gevangenis wordt overgebracht, gaat de telefoon. Ze schrikken allebei; ze schrikken van elkaars schrikreactie, en hij probeert geruststelling uit te stralen, hoewel ook hij zich realiseert dat Celine nooit op de vaste lijn belt.

'Ja?'

Ondanks hun geheime nummer bellen er nog geregeld imbecielen. Het is onbegrijpelijk wat een moeite je moet doen om zelfs als de *minor celebrity* die zijn vrouw is, je privéleven af te schermen.

'Spreek ik met Johan Vermeer?' vraagt een vrouwenstem.

'En u bent?'

Ze is van het tv-programma *Zoeklicht*. Hij wil al antwoorden dat Celine niet thuis is, als blijkt dat ze voor hem belt.

'We hebben begrepen dat u een van de architecten bent die mogelijk de nieuwbouw van Zes Juli mag gaan ontwerpen. Hartelijk gefeliciteerd daarmee. Nu is ons plan om een serie portretjes te maken, van het proces van de herontwikkeling, en dan met name van de gegadigde bureaus. En het lijkt ons leuk om daarvoor in eerste instantie te filmen bij de plek zelf, dus...'

'Wacht eens. Wilt u zeggen dat dit allemaal al bekend is?'

'Misschien niet officieel, maar wij hebben natuurlijk onze eigen contacten,' zegt ze, 'en we zitten er het liefst dicht bovenop. We willen volgende week al de eerste aftrap geven van de serie.'

Anne heeft inmiddels de afstandsbediening te pakken en is doorgezapt naar een film met beschietingen vanuit politieauto's. Ze gaapt.

'U weet hopelijk,' zegt Vermeer, 'dat dit soort projecten monsterlijk lang duren en dat de eerste schop op z'n vroegst volgend jaar de grond in gaat?' *Als we al gekozen worden, veenteef.* 'In de tussentijd is zo'n ontwerp op allerlei manieren aangepast.' Zelfs zonder armen is de Venus van Milo een meesterwerk, behoor je dan te zeggen tot je beulen.

'Juist daarom,' vervolgt de vrouw. 'We willen een serie maken waarin we juist het hele ontwerpproces en alles daaromheen belichten. Behalve de architecten komen ook de gemeente in beeld, de bevolking, hopelijk ook nabestaanden van slachtoffers, winkeliers in en om het gebied, en de gewone Hagenaar. De architecten hebben in onze serie in feite een symbolische betekenis. Zo van: de ontwerpers van de wereld na de aanslag. Alhoewel de architectuur vanzelfsprekend het vertrekpunt blijft. Onze redactie heeft twee verslaggevers vrijgemaakt om zich de komende tijd fulltime met dit project bezig te houden. In eerste instantie was ons idee om...'

Hij komt er niet tussen. Dit mens is stellig voornemens om de hele opzet van haar documentairereeks over hem uit te storten. Hij kan iets roepen als: 'Vooruit, laten we ter zake komen...' maar hij is te moe. Als het ergste voorbij is en hij een afspraak maakt voor een 'verkennende sessie' op kantoor, schuift beneden de garagedeur open. Kort daarop hameren Celines hakken op de marmeren gangtegels. Het is een van de heerlijkste geluiden die hij kent, opluchting verbonden aan lust.

'Pff, ik kon niet wegkomen,' zegt ze binnen. 'We hadden opeens een hele zeikdiscussie over het weeralarm. Of we die wel zo snel moeten uitgeven. De nieuwsredactie vindt dat ik te weinig tegengas geef aan het KNMI. Hé, moet jij niet naar bed jongedame? Wat doe jij hier beneden? Kom, ja, mama gaat nog één verhaaltje lezen. Ván Pizzano Pizza. Oké.'

Tijdens haar studie, geofysica, was Celine niet alleen een van de weinige vrouwelijke studenten, ze was ook – en dat was pas echt zeldzaam voor bètameisjes – een *ongelooflijk lekker wijf*. Zodra ze de faculteitskantine betrad was het alsof er een fokzeug werd binnengereden in een stal zwijnen in bronsttijd. Het gekantelde wereldbeeld dat die constellatie bij haar teweeg moet hebben gebracht – 'alle jongens willen me, geen één uitgezonderd' – kreeg later een officiële, als het ware legitimerende status door haar televisiebekendheid. De voortdurende dreiging die hiervan uitgaat – de dreiging die elke man met een mooie of bekende vrouw kent – heeft hij leren onderdrukken.

'En ja, natuurlijk hadden ze een punt,' zegt Celine als ze weer beneden is. 'Maar ik kon toch ook niet weten dat het helemaal niet zo spekglad ging worden als berekend. En misschien viel het met die verkeersongelukken vanochtend juist wel mee omdát ik een weeralarm gaf. Wat was er gebeurd als ik m'n mond had gehouden? Nu hebben de mensen tenminste een goed gevoel. Nu denken ze tenminste: nou, dat viel reuze mee. Van mij mogen ze dat hele weeralarm afschaffen. Ik ben het spuugzat, dat kloteding. Maar ik gá daar helemaal niet over. Dat vergeten ze op de nieuwsvloer nog wel eens.'

Nooit kan hij naast haar over straat lopen zonder in de stroom van passanten overal dat nerveuze onderdrukte lachje te zien verschijnen. Relicten overlevingsinstinct: ooit was het gunstig om je in de nabijheid van succesvolle soortgenoten op te houden, omdat daar een beschermende werking van uitging, een verhoogde kans op overleving, wat het *dierlijke* van al die beroering verklaart. Inmiddels gaat 'op televisie zijn' op zichzelf al door voor een blijk van evolutionair succes, ook al kan iedereen vaststellen dat tv-bekendheid steeds onafhankelijker optreedt van uitzonderlijke prestaties of talenten.

Af en toe groet iemand op straat haar opgewekt, reflexmatig. Vertrouwde tv-gezichten houden passanten in eerste instantie vaak voor persoonlijke kennissen, zodat het verraste 'hé, hallo!' er al uit is eer men het doorheeft. Amusant zijn ook de halve herkenningen, in de trant van: 'Jij speelt toch in Sesamstraat?' Buiten hun context herkennen we gezichten moeilijker, en dringt alleen hun vertrouwdheid door. De tandarts die je op de kinderafdeling van de Bijenkorf ziet, de weervrouw die over het Noordeinde loopt, de receptioniste van je hypotheekadviseur die je blij begroet boven de groentebakken in de Albert Heijn, de klasgenote die roerloos aan je voeten ligt in een ingestorte tramtunnel.

'Trouwens...' zegt Vermeer, 'ken jij mensen bij *Zoeklicht*?'

'Tuurlijk, hoezo?'

'Daar belde net een mevrouw van.'

'O, was het Karlijn? Wat moest ze?'

'Nee, ze belde voor mij.'

'Waarom, in godsnaam?'

'Ons Zes Juli-ontwerp.'

'Nee... Wát!? Was dat vandáág! Zijn jullie...!'

'Nee, niet. Nog niet.'

Hij legt het haar uit.

'Wat fantastisch!' roept ze uit, en ze omhelst hem. 'Had je dat niet wat eerder kunnen vertellen? Jij vertelt me ook nooit wat.'

'Laat mij het woord maar voeren,' zegt Kasper, als Vermeer hem even later belt. 'Die lui van de televisie zijn gehaaid. Dit moeten we goed neerzetten.'

Uiteraard voert hij het woord. Dat doet hij bij elke opdracht, dat is in zekere zin waarvoor Kasper bij LVE werkt: presentaties houden voor klanten, bekvechten met welstandscommissies, opdrachten ronselen en, later deze week dus, voor het eerst, een televisieoptreden verzorgen.

'Ik was net bij Paul, en hij gaat ook kijken hoe hij ons kan helpen.'

'Ah, onze wonderdokter uit Rotjeknor... Hoe dacht hij dat te gaan aanpakken? Door stembiljetten op te kopen soms?'

Paul Teijmen is een Rotterdamse projectontwikkelaar *slash* investeerder *slash* vastgoedbaron die Kasper heeft opgescharreld bij hun laatste grote project, alweer twee jaar geleden. In de duinen tussen Kijkduin en Monster ontwierpen ze een cluster vakantiehuisjes, of zoals de folders beweren: een 'rustiek resort' met 'luxe recreatievilla's'. Het kreeg de naam die Vermeer aanvankelijk voor de grap boven een schets had gezet: Klein Elysium. De ingang was een soort triomfboog, die na kaarsrecht asfalt op een rotonde kwam met zes vertakkingen. Het interne stratenplan is een aardig kunststuk geweest. Het moest rekening houden met allerlei variabelen: voetgangers, auto's, spelende kinderen. Een computermodel heeft berekend hoe de loop- en rijroutes het meest effectief zijn en tegelijkertijd de hoogste veiligheid garanderen.

'Paul denkt dat we misschien een tandemconstructie met hem kunnen vormen. Dat hij private middelen aan de gemeente aanbiedt op voorwaarde dat wij de gunning krijgen. Ik heb voor maandagavond een bilateraaltje met hem geregeld. In hotel New York. Ik nam even aan dat jij dan niks anders te doen hebt. Olivier bel ik straks nog.'

Zelf heeft Kasper nooit iets te doen, op de keper beschouwd. Hij laat links en rechts wat afspraken inplannen, waar het er nooit om gaat wat hij er doet, maar om hoe hij dat doet. In al die kantoren, lunchrooms, hotellobby's en restaurants laat hij mensen achter met het gevoel dat zijn aureool van charme en drukte zo niet iets wezenlijks dan toch zeker wel iets aangenaams teweeg heeft gebracht.

Vanaf het moment dat ze elkaar op de faculteit in Delft leerden kennen was er een vaste rolverdeling tussen hen drieën, of het nu ging om gezamenlijke werkstukken, het organiseren van huisfeesten en excursies of – en dat was Kaspers talent, en is dat in wezen nog onverminderd – het regelen van 'kippetjes', zoals studentes uit Leiden heetten, die de Delftenaren op hun beurt weer 'fietsenmakers' noemden.

In *De architectura* bestempelt Vitruvius de architect tot alleskunner. Filosofie, muziek, wiskunde, medische wetenschap, astronomie, retorica... de bouwmeester beheerst het allemaal, zonder echter in een van die specialiteiten te hoeven uitblinken: 'Geen schilder als Apelles, maar niet onbedreven met de tekenstift, geen beeldhouwer van de klasse van Myron of Polycletus, maar niet onbekend met het wezen van de sculptuur, geen arts ten slotte als Hippocrates, maar niet onkundig van de medische wetenschap.'

Dat schreef hij rond 15 v. Chr. en wat Vermeer betreft geldt het nog steeds. Misschien nog wel sterker, alleen verdelen ze de uiteenlopende vaardigheden nu over meerdere zielen van één bureau. Zo is Kasper sterk in presenteren, onderhandelen en financiën; Olivier heeft een feilloze materiaalkennis, hij is de man van de constructies en het bestek, iemand die raad weet met de doorgaans ondoorgrondelijke eisen van vergunningpooiers, welstandsnazi's en aanverwante clowns, die bij Vermeer altijd een mentaal eczeem laten opspelen.

Buitenstaanders kunnen zich gemakkelijk vergissen, en menen dat het een heerlijk beroep is, de hele dag schetsen krabbelen, huisjes tekenen, in alle vrijheid verder scheppen aan de wereld zoals God die na de zesde dag had achtergelaten. Vergeet het maar. Niet alleen is het feitelijke ontwerpen juist *een en al beperking*, ook is het slechts een gering aandeel in de mallemolen van werkzaamheden als bouwaanvragen, begrotingen, vergunningen, aanbestedingen en juridisch bellenblazen. Voeg daarbij dat zelfs bij de grote bureaus van naam en faam maar een klein percentage van alle ontwerpen ooit echt tot stand komt, en je begint je af te vragen *waar je het allemaal nog voor doet.* Elke dakgoot die Vermeer bedenkt staat onder streng toezicht van een gemeente, een provincie, het Rijk, de Europese Unie... Als hij in zijn beginjaren een gemeente belde voor de maten van een lantaarnpaal kreeg hij meteen de tekening. Nu moet hij twee weken wachten voordat ze hem doorverwijzen naar een extern bureau dat die tekening pas mailt als hij een rekening betaalt. Het zijn klachten die je overal hoort, vooral in beroepen met sterke publieke ankers – onderwijzers, huisartsen, politieagenten. De kernactiviteiten staan onder druk door de aanwas van *bullshit*.

Binnen LVE reageert ieder op z'n eigen manier op de veranderingen. Olivier heeft er vooral de pest over in dat hij minder kan experimenteren met nieuwe materialen dan gehoopt. Steeds vaker moet hij zich beperken tot het gestandaardiseerde spul – kunststof kozijnen en schuifdeuren; je koopt het nog net niet bij de Praxis. Voor Kasper maakt het allemaal wat minder uit. Die heeft hun avontuur van meet af aan al meer beschouwd als *ondernemen*, een bv'tje opzetten, businessplan schrijven, startkapitaal vergaren. Als daar al idealisme en vernieuwingsdrang aan te pas komen, dan spiegelt hij zich eerder aan types als Mark Zuckerberg, Steve Jobs en andere *nerds* die bedrijfjes in garageboxen uitdokteren die uitgroeien tot miljardenconcerns. De poen pakken en daarna wegwezen, zoiets moet hem als droom voor ogen hebben gestaan. Zich met twee of drie talentvolle prostituees terugtrekken in een of andere verre kustplaats, met een Maserati voor z'n huis met zwembad.

Vermeer kun je zonder overdrijving de creatieve ideoloog van het architectenteam noemen. Niet dat de zakelijke of technische kanten hem onberoerd laten; welnee, die boeien hem beslist, maar ze boren geen diepere lagen in hem aan, en ook omdat hij meent dat ze door iedereen zijn aan te leren wekken ze geen passie in hem op, hooguit wat welwillende belangstelling.

Om kwart voor tien, net als hij de gordijnen aan het sluiten is, ziet hij Oliviers busje achteruitparkeren in de krappe lege plek naast de stoep. Hij kan zich moeilijk vergissen: zijn Volkswagen Transporter is knaloranje. Als hij de voordeur opent ziet hij nog net hoe de trekhaak het nummerbord van een Toyota Prius indeukt, waarna Olivier uitstapt.

'Klotezooi,' zegt hij somber. 'Hark zit erbij... Hark is ook geselecteerd. Ik krijg net het persbericht.' Hij wappert met een A4'tje.

Vermeer laat Olivier binnen en leest over diens schouder mee. Het staat er inderdaad. *Felix Harkema Architecten.* Felix is een jaar of twee ouder dan Vermeer, en was op de sociëteit al zo iemand die hij met liefde een stel blauwe ogen zou slaan. Omhooggevallen makelaarszoontje dat z'n afkomst eer bewijst met breedgestreepte hemden en bretels. In gedachten ziet Vermeer hem door de straten gaan van Rotterdam, zijn voornaamste afzetmarkt, met een documentenmapje onder zijn arm, alsof hij huis aan huis pensioenen gaat slijten. In alles straalt hij uit: ja, ik ben een vérkoper, een klootzak, en daar schaam ik mij dus niet voor.

'Het komt net binnen op de mail. Blijkbaar is het vanavond de deur uitgegaan. Ik zat nog te werken.' Olivier heeft een deadline voor de uitbouw van een wegrestaurant, waar hij al meer dan een half jaar aan zit te pielen.

'De laatste keer dat ik Hark tegenkwam,' zegt Olivier, 'was op die borrel van het Bouwfonds. Begon hij meteen te zeiken dat iedereen, en wij dus ook, veel te veel tijd aan onze ontwerpen besteden. Ja, want opdrachtgevers bladeren tegenwoordig toch gelijk door naar de begroting.'

'Dat zou ik ook doen met die troep van Hark. Nog meer verrassingen?'

'OPA. Dat was te verwachten. Als ik die jongens goed inschat willen ze de boel gewoon in oude staat herstellen. Hooguit prikken ze ergens een glazen gedenkzuiltje in voor die drieënveertig doden.'

'Wie verder?'

'KuDoX,' bromt Olivier. 'Daar zouden we van kunnen winnen. Dat blijven tijdschriftarchitecten. De kans is groot dat ze met zoiets buitenissigs op de proppen komen dat het publiek ze meteen weghoont.'

Vermeers mobiel gaat een kwartier later: ook Kasper heeft z'n mail inmiddels geopend op z'n telefoon. *Jaja, Kas, wij zijn ook wakker.*

'Ik zou ook OPA niet onderschatten,' tettert hij in het microfoontje, boven caférumoer uit. 'Mensen zijn zo behoudzuchtig als een betonfundering. Zeker als het heet onder hun voeten wordt houden ze alles liever bij het oude. Ik denk dat de gemeente ook graag met OPA'tje zakendoet. Prestige. Plus dat ze die gasten al jaren kennen.'

'Kortom,' antwoordt Vermeer, die op het punt had gestaan om naar bed te gaan – Celine is al boven – 'het belooft heel spannend te worden, dat referendum.' *Ziezo. En nu allemaal opgedonderd.*

'Dit is geen referendum,' zegt Kasper. 'Dit is oorlog.'

6

De eerste menselijke werktuigen waren vuistbijlen: afgeplatte stenen met een scherpe punt. Zo'n anderhalf miljoen jaar geleden doken ze op in Afrika, Europa en Azië, bij de *homo ergaster*, de *homo habilis*, de *homo erectus* en de *homo heidelbergensis*.

Merkwaardig genoeg zijn die voorwerpen een miljoen jaar lang exact gelijk gebleven. Een miljoen jaar, stel je dat voor! In duizendmaal duizend jaren heeft de techniek geen greintje vooruitgang geboekt. Onvoorstelbaar is dat voor ons, die in een paar jaar, nog binnen één generatie, van elektrodebuizen naar microchips overgingen, van magneetbandjes naar mp3 en *streaming media*.

Die vuistbijlen zijn gemaakt zoals beverdammen of vogelnesten, die ook constant dezelfde vorm behielden. Pas toen de werktuigen zo'n 150 duizend jaar geleden in handen kwamen van de neanderthaler, de cro-magnonmens en de *homo sapiens* begonnen ze over de generaties heen steeds verfijnder, geavanceerder en complexer te worden. Er ontstonden naalden, schrapers, messen, platte naalden, hakbijlen, priemen... een hele prehistorische gereedschapskoffer.

(Johannes Vermeer in een lezing, april 2001)

Bij de opening van hun nieuwe pand heeft Vermeer een stuk of tachtig foto's, tekeningen en reconstructies van prehistorische werktuigen in lijsten opgehangen aan de wanden en in het trappenhuis. Wie iets wil maken moet zich bewust zijn waar ons maken vandaan komt, vindt hij. Bovendien brengen al die vuurstenen objecten hem steeds weer op andere gedachten. Zo moet hij op maandagochtend ineens aan Adam en Eva denken.

Kom mee.

Die aapmensen met hun eerste vuistbijlen handelden spontaan, gedachteloos, terwijl de makers van die naalden en messen doelgericht te werk gingen, zich vooraf een beeld vormden van wat ze wilden maken. Ze hadden een blauwdruk, een mentaal plaatje, een droom.

Vermeer bekijkt de foto van een langwerpige naald, waar een neanderthaler misschien wel vier, vijf dagen aan heeft zitten slijpen. Hij koos dít ontwerp en verwierp dus andere. Hij kon slagen of falen in zijn opzet. Daarmee was hij ook *verantwoordelijk* en trad het begrip *schuld* de menselijke evolutie binnen. De overgang was een *morele*. Waar die eerste vuistbijlmakers zich nog konden beroepen op instinctieve onschuld, had de homo sapiens kennis van zijn handelen. Ergens moet er een mensachtige of een hele clan geweest zijn die er de vruchten van at en *innovatief* werd, de stap maakte naar een vooruitdenkende vorm van ambacht, planmatig, gericht op een toekomst die voorheen niet bestond. Ergens tussen de homo erectus en de homo sapiens, ergens tussen twee miljoen en een kwart miljoen jaar geleden, moet de boom van goed en kwaad hebben gestaan.

Design als erfzonde: in zijn geval geldt het vrij letterlijk. Dat hij dezelfde naam heeft als de schilder is iets waar Johannes Vermeer zich nooit helemaal mee heeft kunnen verzoenen. De wisselende roepnamen die hij zijn hele leven al verslijt, weerspiegelen zijn weerstand. Hij heeft zich Jan, Hans en zelfs eventjes John genoemd, en houdt het momenteel bij Johan. Ergens komt het hem voor dat die maskerades niets anders betekenen dan pogingen om tegen de stroom in te roeien. Iets in hem weet allang dat hij het uiteindelijk op zal geven, dat hij ooit tegenover iemand zal komen te staan tegen wie hij met uitgestoken hand verklaart, achteloos, alsof het helemaal niet de eerste keer is dat hij dit doet: 'Johannes Vermeer.'

In zijn familie van vaderskant leefde de stellige overtuiging dat ze direct afstamden van de schilder. Die had dan ook vijftien kinderen gekregen met zijn vrouw Catharina Bolnes, van wie er slechts vier jong stierven, wat de kans op een bloedband aanmerkelijk vergrootte. Als hij de legende mocht geloven dan was het een-na-laatste kind, Ignatius Vermeer, zijn over-over-overgrootvader, of nog verder. Bewijzen ontbraken. Uiteraard. Zelfs van de meester zelf, de Sfinx van Delft, bestonden amper biografische gegevens. In de hoop dat met zijn voornaam ook het genie omhoog kwam drijven uit de genenpoel, noemden zijn ouders hun eerste en enige zoon Johannes.

Zijn vader is industrieel vormgever, zijn opa was meubelmaker en diens vader instrumentbouwer. Het grootste wapenfeit van zijn vader, Anton Vermeer, is de Juicy Drop, de citruspers in de vorm van een vallende druppel. Slim en elegant ontwerp: de druppel staat iets hoger op een standaard en kan via een zwenkmechanisme leeggegoten worden in een kan. Het pers- en centrifugeersysteem is een wonder op zich: een slim raderwerk, zonder elektriciteit, mechanisch aangedreven, dat zichtbaar is in de transparante behuizing.

Natuurlijk gaat er aan alle gebruiksvoorwerpen een hoop denkwerk vooraf (telefoon, laptop; zelfs een autosleutel is tegenwoordig al een technologisch wonder), maar daarbij blijft elke verwondering achterwege, omdat ze samen met honderdduizenden identieke zielloze zusjes uit Taiwanese of Japanse fabrieken rollen. Niemand die de integratie van een radiogolfafstandsbediening met een XPDR-transpondersysteem prijst in een doorsnee autosleutel, terwijl die de inventiviteit van de Juicy Drop vele malen overstijgt. De aantrekkingskracht zit hem dan ook niet in de inventiviteit op zichzelf maar in het onverwachte en zichtbare contrast: dat de maker erin geslaagd is om een relatief complex vraagstuk op te lossen met een ogenschijnlijk eenvoudig foefje.

Sprezzatura of *elegantie*, zoals Vermeer het zelf noemt. De spanning tussen een complexe opgave en de ogenschijnlijk moeiteloze oplossing ervoor. De ranke zuilen die een groot gewicht torsen in de Patio de los Leones in het Alhambra in Granada. De enkele penseelstreek die in een pareloorbel de weerspiegeling tovert waarmee alles pas echt tot leven komt. En ook: zoiets met twee mensenhanden tot stand kunnen brengen.

▶

Al het gemaakte is *ontworpen*, is dus *design*. Design is het voortdurende streven naar de optimale condities voor onze materiële wereld, waarbij onwenselijke bijeffecten zoveel mogelijk zijn uitgebannen. Design is een doelgerichte integratie van functionaliteit ('handig, praktisch'), esthetiek ('fraai, elegant'), duurzaamheid ('slijtvast, krasbestendig') en de voorgeschreven veiligheidsnormen.

Design kreeg in de laatste tien jaar van de twintigste eeuw een ongekende verspreiding in de massa, waar nog altijd geen einde aan is gekomen. Design is overal. Kijk alleen maar naar de buitenproportionele aandacht voor koken en huisinrichting op televisie en in bladen. Er is een fixatie op het stileren van het persoonlijke leven, op de poëtisering van het thuis.

Ikea begreep dat goed toen het de aanval opende onder de slogan *design your own life*. In 1978 startte Ikea een filiaal in Sliedrecht. Vier jaar later volgden Amsterdam en Duiven. In 1992 kwamen daar Delft en Eindhoven bij, waarna het marktaandeel tot monopolistische proporties groeide en de zegetocht vervolgde: Heerlen (1994), Utrecht (1996), Groningen (1997), Hengelo (2002), enzovoorts...

Design is een van de grote uitvindingen van de twintigste eeuw. Vanaf dan zijn niet alleen publieke ruimtes en die van de rijken object van stilering, nee, aan alles wat door mensenhanden glijdt is een nieuwe dimensie toegevoegd naast de materiële en de functionele: die van de vormgeving. In het kielzog hiervan veranderde ook onze kijk op *status*. Nu de designdimensie niet langer het exclusieve domein van vermogenden en machthebbers was, moest men zich op andere manieren onderscheiden en werden ontwerpstijlen, namen en merken identiteitsbepalende attributen.

Design your own life. Door combinaties van kant-en-klare modules ontwerpen we onze ideale leefwereld. De werkwijze beperkt zich allang niet meer tot de materiële wereld. We monteren een spirituele overtuiging uit de brokstukken van wereldreligies en stippelen carrières uit langs banen en *traineeships*. We leven naar ons eigen design – als in het Italiaanse *designo*, tekening: 'het plaatje'. We kiezen uit kant-en-klare verzekeringspakketten, opleidingstrajecten, sportschoolprogramma's, vakantiearrangementen en belbundels, die zich allemaal presenteren als optimaliseringsmodules. Hun som is een identiteit, een sociaal design of 'profiel'.

Zoals een werktuig niet langer een door de natuur gegeven steen uit de rivier is, zo zijn onze maatschappelijke posities, levenspaden en gezondheid evenmin nog door God gegeven. We 'krijgen' geen kinderen meer, maar 'nemen' ze, voegen ze toe aan ons winkelmandje en profiel, samen met de Bugaboo en de cursus babyyoga.

Dat is allemaal prachtig, al brengt het ook met zich mee dat we er voortaan zelf verantwoordelijk voor zijn als het tegenzit. Het leven is hard, vooral als je nog steeds ongelukkig bent in een Ektorp-fauteuil, terwijl je theedoeken aan een Grundtal-stang hangen, want dan is het ook nog eens je eigen schuld. Wie in deze wereld, die iedereen volop de kansen biedt om op eigen kracht een ideaal levensdesign te realiseren, nog tegenslag ervaart, moet wel een enorme sukkel zijn.

(Johannes Vermeer in een lezing, mei 2011)

Drie jaar na het lanceren van de Juicy Drop verscheen er bij Ikea een vrijwel identiek apparaat in de catalogus. Acht jaar na diens pensionering is Vermeer *senior* nog steeds verwikkeld in juridische procedures met de Zweedse meubelmagnaat, die toch al geen naam had thuis. Nog altijd heeft Ikea voor Vermeer *junior* dezelfde klankkleur als Al Qaida.

Dat herinnert hem eraan dat hij een lunchafspraak heeft met Arend Koolvis. Ze hebben in Plein XIX afgesproken. Bij aankomst ziet Vermeer hem nog nergens. Hij neemt plaats bij het raam, tussen de ambtenaren en de dagjesmensen. Voor de ingang van de Tweede Kamer staat het gebruikelijke groepje demonstranten – iets met geschonden mensenrechten ergens in Azië, meent Vermeer uit hun spandoeken op te maken. Ook hangen er trosjes zwarte ballonnen in de wind. Op elk van de vier hoeken van het Plein staat een duo beveiligers, zwart van petje tot laarzen, met gele vesten, als een insectachtige soort levende hoekvlaggen, afwachtend de handen op de ruggen, nu en dan iets mompelend in de opgespelde microfoons. De laatste weken is de beveiliging overal in Den Haag opnieuw *opgeschaald*, omdat het eindeloos vertraagde proces tegen Ayman al-Zawahiri nu toch van start is gegaan.

Achter de panden rond het Plein steken hijskranen boven de bebouwing uit. Aan de rand van elke historische stad verrijst vroeg of laat allerlei glimmende, *spacy* hoogbouw, eeuwig geflankeerd door die stalen giraffenhalzen die gelaten toezien hoe de vierkante meters van de grote experimenteertuin zich vullen aan hun voeten. De oude stadskern verschrompelt. De ooit zo imponerende zuilengalerijen, kerktorens en pilasters staan er een beetje schlemielig bij: weliswaar erkent iedereen hun kwaliteit in contrast met de nieuwe wereld – zo is er brede consensus dat bezieling in de kilheid van kantoortorens ver is te zoeken – maar niemand lijkt daar consequenties aan te verbinden. De algemene houding is er een van een zich-neerleggen-bij, zuchtend, alsof het de natuur zelf is die nu eenmaal een weg is ingeslagen die helaas ver verwijderd is van de menselijke wensen en proporties.

Als hij dichterbij zou komen zou Vermeer het bekende beeld aantreffen: de bouwketen, betonmolens, de pishokken, de rijbanen van metaalplaten en de hoge borden waarop logo's en namen van projectontwikkelaars, gemeente, aannemers en investeerders getuigen van de hoeveelheid betrokken partijen bij zo'n te realiseren project.

'Kijk eens wie we daar hebben, Johannes Vermeer. Een echte.'

'Arend, hoe is het?' Nooit heeft hij kunnen wennen aan het joviaal-studentikoze dat Koolvis altijd meedraagt, als een jas die eerst uit moet voordat ze weer terug zijn bij de doorlopende dialoog die een vriendschap altijd is. Vooral sinds de liberalen twee jaar terug tegen alle verwachting in de regering waren gekomen en Koolvis een al even onverwacht staatssecretarisschap was toegevallen, dat van Justitie, blijft die jas langer kleven. Koolvis heeft zijn sociale flair tot publiek pantser gemaakt. In kamerdebatten en tv-interviews ketst alles af op zijn jachtige nonchalance. Nu maakt hij zich los van zijn twee begeleiders, een jongen en een meisje met naambadges en stapels papieren, en graait een terrasstoel naar zich toe.

'Goed, uitstekend. Goed je te zien man. Hoe gaat het? Ik

heb jullie ontwerp nog nergens gezien, maar wat ik erover lees klinkt veelbelovend. Iets met een burcht, toch?'

'Zoiets ja. De gemeente vroeg zoals je weet om een gebied met winkels, verkeer en recreatie gemengd. Bij ons is dat een rond plein, met winkels en etalages aan de rand, die zowel naar beneden in de tunnel doorlopen als de hoogte ingaat. De vorm gaat terug op...'

Koolvis toetst iets in op z'n telefoon. Als hij merkt dat Vermeer stilvalt, zegt hij: 'Ik luister hoor, ga door...'

'De vorm gaat inderdaad terug op de middeleeuwse vestingmuur, maar het belangrijkste gebeurt wat mij betreft in de omloop, bovenin. Dat is een elliptische weergang, met spectaculaire uitzichten over de stad.'

'Een weergang zeg je. Uitkragend?' Zonder z'n telefoonscherm los te laten steekt hij z'n hand op naar een passerende serveerster.

'Deels.'

'Klinkt spannend. Overdekt?'

'Ook deels.'

'Kantelen?'

'Haha, ben jij soms niet helemaal lekker?'

'Nou ja, dat kon toch...'

'Ik twijfel nog wel over allerlei details, bijvoorbeeld of we ergens machicoulis moeten aanbrengen, en als jij niet naar de rechtsgeleerdheid was afgedwaald, had je nu ook geweten wat dat zijn.'

Meteen na het propedeusejaar was Koolvis tot de ontdekking gekomen dat bouwkunde hem niet lag, en was hij in Leiden gaan studeren. Toch bleven ze contact houden, ook omdat Vermeer nog vaak in zijn geboortestad terugkwam.

Veel politici ogen op televisie veel stijver en ernstiger dan ze in werkelijkheid zijn. Ontmoet ze buiten het zicht van de camera's en wat hebben ze een humor, wat zijn ze ontspannen, vlot, gemakkelijk. Met Koolvis is het precies omgekeerd, al had het ook bij Vermeer even geduurd voordat Koolvis iets liet zien van de ernst die zijn grondhouding was. Die was aangeboren, en werd nog versterkt na 24 maart 1999, toen zijn vader omkwam bij de grote brand in de Mont-Blanctunnel. Vermeer was net afgestudeerd, Koolvis zat in zijn laatste jaar, dat hij met nog grotere overgave afmaakte. Meteen na het behalen van zijn meesterstitel stortte hij zich in een tredmolen van baantjes en functies. Hij werd gemeenteraadslid, bestuurslid bij de jongerenafdeling van zijn partij, adviseur bij een of ander juridisch loket, bleef een ijverig tennisspeler en schreef in de tijd die overbleef een proefschrift over Justus Lipsius. De dood van zijn vader had hem in een versnelling geschakeld. Omdat hij dit wilde 'verdringen', zeiden sommigen. Omdat hij ineens het besef van een deadline had, zeiden anderen.

'Bizar eigenlijk,' zegt Koolvis, 'dat wij een afspraak hadden precies op 6 juli. Als je met de tram was gekomen, had je hier misschien niet meer gezeten.'

'Als, als... Daar doen jullie politici toch niet aan?' Dat is althans wat hij ze op tv altijd hoort antwoorden op lastige vragen: 'Op als-vragen geef ik geen antwoord.' Terwijl die als-situatie nu juist hun *core business* zou moeten zijn: voorbereid zijn op mogelijke scenario's. Wat als het water over de dijken loopt? Wat als Al Qaida toeslaat? Wat als de vakbonden niet instemmen met een verhoging van de pensioenleeftijd? Waag het dan maar eens om met je bek vol tanden te staan.

Ook over Zes Juli blijven Koolvis en de minister van Justitie, Joris Schaal, vaag. Was er informatie over een aanslag? Is er wel adequaat gehandeld? Publiekelijk blijven ze vasthouden aan een korte verklaring: dat ze alles gedaan hebben wat ze konden doen om de aanslag te voorkomen. 'We hebben alle mogelijkheden uitputtend benut,' is de formule die Schaal altijd in interviews herhaalt, haastig, verkrampt, alsof elk moment de spuitpoep eruit kan knallen, en hij alleen door die wandelgangen holt omdat hij een toilet zoekt.

'Ik snap die strategie niet,' zegt Vermeer. 'Jij weet toch ook dat je alleen maar speculaties voedt als je zo geheimzinnig blijft doen. Waarom geef je het niet allemaal ruiterlijk toe? Waarom zeg je niet: oké, er waren aanwijzingen voor een aanslag, die kregen we op het laatste moment binnen, toen zijn we als een gek alle plausibele doelen gaan barricaderen, maar ja, je kunt niet een hele stad op slot gooien. Blijkbaar hebben die eikels spontaan besloten om dan maar de parkeergarage op te blazen.'

Dan liever de lucht in. Dit was in elk geval in grote trekken het scenario zoals dat het meest algemeen aangenomen werd.

'Jaja, en dat slikken ze wel, geloof jij?'

'Het gaat er niet om of ze het slikken, het gaat erom dat je ze de waarheid vertelt.'

'Daar hebben we die onderzoekscommissie voor.'

'En die neemt de tijd. Wanneer komt dat rapport?' Hij is er nieuwsgierig naar. Niet alleen omdat hij het idee heeft dat het hem vooruit kan helpen met zijn ontwerp, maar ook omdat hij hoopt dat het iets kan verduidelijken van wat hemzelf die ochtend van de aanslag overkwam.

'Dat kan even duren. We hebben het hier niet over een tasjesroof.'

Buiten groeit het clubje betogers aan, heel vreedzaam, zo op het eerste gezicht, waar die beveiligers kennelijk op hebben gewacht.

'Zodra het er is reserveer ik een plekje voor je bij de perspresentatie.' Hij denkt even na, en vervolgt dan: 'Het vreemde is dat iedereen veel meer geïnteresseerd is in die ene politieke vraag: heeft de overheid juist gehandeld? Ik zal de laatste zijn om te ontkennen hoe belangrijk die vraag is, maar iedereen lijkt haast te vergeten dat er intussen ook nog een onderzoek loopt dat een reconstructie maakt van de feitelijke gebeurtenissen. Wat weten we van de daders? Nauwelijks iets. Ze noemen zich aanhangers van Al Qaida in hun afscheidsbrieven en video's. Maar wat is Al Qaida? Een machtige instantie die ergens kantoor houdt en leden rekruteert? Welnee, iedere gek kan zich Al Qaida noemen. Die organisatie staat niet bij een Kamer van Koophandel ingeschreven. En als je slim bent als radicale splinterterrorist dan noem je je Al Qaida, want dan bereik je pas wat je wilt. Dan worden mensen pas bang, omdat ze je voor een onderdeel van een ongrijpbaar netwerk houden.'

De demonstranten op het Plein zijn donker en somber gekleed. Uit hun spandoekkreten maakt Vermeer op dat ze ageren tegen de oprukkende Europese invloed op nationale regeringen.

'In mijn middelbareschooltijd,' zegt Vermeer, 'was er die Eurodusnie-beweging in Leiden. Daarna heb ik de antiglobalisten zien komen en gaan, net als de Occupy-beweging. En nu is er deze groep, waarvan ik de naam alweer ben vergeten. *Nil novi sub sole.*'

'Alleen lopen ze nu gewapend met iPhones en verloopt de communicatie via Facebook, Twitter en meer van zulke geschenken van het kapitalisme en de vrije markt waar ze zo tegen tekeergaan.'

'Dat doet me eraan denken: we hebben vanavond een afspraak met een investeerder, die denkt dat hij het beste bij ons achterop kan springen, een tandem vormen, en met private middelen de gemeente wil overhalen om met ons in zee te gaan. Een beetje vreemd, nietwaar, nu er al een referendum is uitgeschreven?'

Het is nu 10 december, en die volksraadpleging staat gepland voor begin juli, op of rond de eerste jaarherdenking. Nog zeven maanden te gaan.

'Dat weet ik niet. Ik ken de randvoorwaarden van dat referendum niet. Wat doen ze als de kritische drempel niet wordt gehaald, hoe zwaarwegend zijn de stemmen, enzovoorts.' Daarna volgt er een technisch verhaal dat als een brandscherm tussen Vermeer en Koolvis neervalt en pas opgetakeld wordt als hun broodjes zijn gebracht, wat een natuurlijke pauze brengt om van gespreksonderwerp te veranderen.

'Zijn er eigenlijk particuliere voertuigen ingezet, bij de reddingswerkzaamheden op 6 juli?'

'Ik heb geen idee. Ik neem aan dat er mensen in de buurt waren met een eigen auto, ja.' Weer bliept z'n telefoon, en tikt Arend een antwoord in.

'En doelgericht? Ik bedoel: grote bestelbussen die als alternatief voor ambulances zijn aangehouden en naar de plek gebracht om te helpen?'

'Lijkt me een raar verhaal. Maar dit is niet echt mijn portefeuille. Daarvoor moet je bij de burgemeester zijn. Of bij zijn korpschef. Waarom wil je dat allemaal weten?'

'Gewoon... ik probeer een zo concreet mogelijk beeld te krijgen van die hele ochtend. Ik moet me die letterlijk kunnen voorstellen. Kijk, Arend...' Hij leunt voorover, en dempt zijn stem. 'Eerlijk gezegd ben ik nog niet tevreden over ons ontwerp. Er moet meer gebeuren. Zoiets als dit is niet zomaar het zoveelste stukje projectontwikkeling...'

Eindelijk laat de ander z'n telefoon met rust.

'Zo'n ontwerp moet de spanning belichamen tussen het noodlottige en de menselijke wil om de wereld te beteugelen. Ik denk dat ik de ravage op het moment van de aanslag meer wil toelaten in het ontwerp. Het beeld ervan. Ergens wat brokstukken intact laten. Zoals de Romeinen hun overwonnen vijanden als zuilsculpturen gebruikten, die voor eeuwig een zware last moesten dragen. Zoiets. Of zoals die archeologische vloer in de tramtunnel, die putten met gevonden resten, opgenomen in het heden. Maar het gaat me om meer.'

'Het liefst was je er zelf bij geweest.'

'Het liefst zou ik iets maken wat die ramp voortdurend transformeert. Wat geen pleister is op de wond van de stad, en evenmin een kledingstuk dat het bedekt. Het moet een blijvende oriëntatie zijn op het gevoel van dat moment. Het moet het vastgrijpen maar wel bijeenhouden en de toekomst in stuwen.'

Hij antwoordt snel, als iemand die over een wankele brug loopt en zo gauw mogelijk aan de overkant wil zijn.

'Er bestaan natuurlijk beveiligingsbeelden,' zegt Koolvis, en hij kijkt op z'n horloge.

'Kan ik die niet eens komen bekijken?'

'Haha, ben jij soms niet helemaal lekker?'

7

Mannen als Paul Teijmen lopen door de wereld alsof ze die in bezit hebben, alsof ze het imperium van kavels en objecten dat akten en kadasters op hun naam registreren overal met zich mee dragen, als onzichtbare stutten voor hun montere zelfvertrouwen. Tegenover ongeacht wie stellen ze zich op als kasteelheren op bezoek bij hun pachters, bij wie ze zich iets amicaals kunnen permitteren dat juist hun machtige posities onderstreept.

'Jongens...!' Hij zit aan een rond tafeltje in het restaurantgedeelte van Hotel New York, een loodsachtige ruimte waaruit met zorg en aandacht alle oorspronkelijke art deco-atmosfeer is verjaagd. 'Jongens, ik hoop dat jullie het me niet kwalijk nemen dat ik al een fles champagne heb besteld. Op overwinningen moet je altijd een voorschot nemen. Kom zitten. Zijn jullie maar met z'n tweeën? Waar is die bolle, hoe heet ie?'

'Olivier heeft een deadline,' zegt Kasper. Z'n wegrestaurantaanbouw is nu werkelijk in de slotfase beland. Teijmen draagt een donkergrijs pak. Tot voor kort liep hij in krijtstrepen, hoe breder en hoe kleuriger hoe liever, maar gelijktijdig met de verdampte miljarden tijdens de bankencrisis zijn zulke pakken uit de wereld verdwenen.

'Juist, Olivier... Nou ja, hoe minder zielen hoe meer vreugde nietwaar?'

Kasper glimlacht. Kasper kan gemakkelijk onder de indruk raken van eikels als Teijmen, die hun beroep hebben gemaakt van wat bij Kasper zelf vooralsnog een hobby lijkt: het annexeren van stukken aarde. Architecten zijn in de ogen van zo'n kerel veelal een beetje sneue types die ofwel megalomaan zijn ('ze willen alleen maar een monument voor zichzelf oprichten') ofwel hinderlijk de weg naar knallende winsten versperren met hun artistieke bevliegingen. Meestal zorgen zulke investeerders ervoor dat het contact tussen architect en opdrachtgever verloopt via door hen aan te wijzen projectontwikkelaars, zodat ze de regie houden over allebei, als marionettenpoppen aan hun handen. Zo ging het in elk geval in de projecten waarin Paul Teijmen tot nu toe met LVE samengewerkt heeft, zoals de vakantiebungalows bij Monster. Klein Elysium is ingelijfd in Teijmen Vastgoed Holding bv en loopt boven verwachting, vertelt Teijmen. De huisjes worden verhuurd aan de nog altijd groeiende groep Duitse en Belgische gezinnen die de Nederlandse kuststreken bezoekt. Alleen de Britten, vertelt hij, laten het afweten, ongetwijfeld door de verzwakte positie van hun pond.

'Eigen schuld,' zegt Kasper gretig. 'Hadden ze maar niet zo stronteigenwijs moeten zijn om buiten de euro te blijven.'

Dat stimuleert Teijmen om het zijpad van de mondiale economie in te slaan. 'Volgens mij is het allemaal heel eenvoudig. Wat gebeurde er nadat al die EU-leiders het Verdrag van Maastricht sloten?' Vermeer zwijgt geduldig en doopt een stuk ciabatta in het schaaltje olijfolie. 'Ze zijn met de cijfers gaan klooien en hebben zich niet aan de regels gehouden. Griekenland, Portugal, Spanje, Ierland, Italië... Een voor een kwamen ze in de shit.' Hij kijkt Vermeer triomfantelijk aan, en zijn handen maken een het-is-niet-anders-gebaar, waarmee hij lijkt uit te willen drukken dat als de wereld wat beter naar Paul Teijmen had geluisterd er helemaal niemand in die shit was beland.

'Bij bedrijven laat je normaal gesproken iemand van buitenaf komen om de shit op te ruimen. Maar Europa wil niet reorganiseren. Europa pakt het geld van de landen die hun zaken wél goed op orde hebben en stopt dit in de landen die verlies draaien, zodat die weer mee kunnen spelen. Zo houd je de shit niet alleen in stand, je maakt die strontberg alleen maar hoger! Ik wil de kalfsoester, en jullie?' Zonder de toegeschoten serveerster aan te kijken, werpt hij de menukaart op de rand van de tafel. Hij leunt achterover en strekt z'n benen, zodat z'n suède schoenen, cognackleurig, onder de tafel uitsteken. 'Ach, ze moeten het allemaal zelf maar weten. Ik heb m'n spulletjes allang naar Azië verplaatst. En we nemen een cabernet sauvignon. Frans, geen Australische troep. Daar zouden jullie eens iets moeten ontwerpen, in Qingdao, Suzhou of Yantai. Nee, daar hebben jullie nog nooit van gehoord, maar over tien, vijftien jaar zijn dat bekendere plaatsen dan Milaan of Kopenhagen.'

'Goed...' besluit Vermeer. 'Ik neem aan dat je ons niet naar Hotel New York hebt laten komen voor een college wereldeconomie.'

'Misschien niet,' zegt Teijmen, niet zichtbaar beledigd. 'Al is het wel het kader waarbinnen mijn voorstel zich afspeelt.'

'Het is het kader waar alles zich in afspeelt.' *In jouw wereld dan, waar niemand andere interesses heeft dan hoge torens, snelle boten en ronde billen.*

'Kijk, ik kan niks beloven, laat ik dat vooropstellen.' Eindelijk ter zake. 'Maar alle ruimtelijke-ordeningswind waait in de richting van de publiek-private samenwerking.' Pauze. Vragende wenkbrauwen nodigen de aanwezigen uit om die wind ter plekke te voelen langswaaien. 'Voor mij hoeft het niet zo heel moeilijk te zijn om die jongens op het gemeentehuis te laten inzien dat ze het niet zonder private samenwerking kunnen. En anders komen ze daar vanzelf wel achter, haha!'

Teijmen pakt z'n glas en klokt de inhoud voor de helft naar binnen, alsof hij er dorst mee lest. 'Ik begrijp het best hoor. Voor de bühne doen ze nog eens zo'n referendum. Da's leuk en aardig en misschien komen jullie zelfs nog met jullie smoelen op tv, prachtig allemaal. Maar denk je echt dat de bevolking hier iets over te zeggen heeft? Ga toch weg, die krijgen een telefoontje van iemand op het ministerie, die een glas te veel heeft staan drinken met wat lobbyisten in dat Nieuwspoort. Wel eens geweest? Ranziger dan welke privéclub ik maar ken. En dat zijn er nogal wat.'

Zijn kalfsoester valt een al even onachtzame behandeling ten deel. Teijmen hakt met z'n mes op het ding in, en kijkt er enkele tellen misprijzend naar, alsof het met geen ander doel vervaardigd is dan hem diep te krenken.

'Nou goed, als je daar de weg kent, kun je best wat bereiken.'

'Zoals?' vraagt Vermeer, die een vermoeide blik krijgt als afstraffing.

'Kijk, hier in Rotterdam doen ze het veel verstandiger. Havenstad, handel. Valt veel beter mee te praten, op alle niveaus. Hier is het al jarenlang *markt-tenzij*. Komt geen ambtenaar meer tussen. Ondernemers, investeerders, we doen alles zelf. En in Den Haag? Allemaal zo god-ver-geten regentesk. Graven en hertogen die zich invreten in dossiers. Maar ja, ook voor die lui is dat bij die tramtunnel een prestigeproject. Ze kunnen het zich onmogelijk veroorloven dat het plebs daar een beslissende stem in krijgt.'

'Dus jij denkt dat het een referendum voor spek en bonen is?' vraagt Kasper.

'Noem me één geval van een referendum waarbij er naar de uitslag is geluisterd.'

'Europese Grondwet, 2005,' lepelt Vermeer meteen op, alsof het een mondeling tentamen betreft.

'O ja? O já? Zijn wij in 2005 uit de EU gestapt? Dat heb ik dan even gemist. Nee vriend, dat referendum is nu juist het beste voorbeeld van wat ik hier zeg. Geef het volk de illusie dat het meebeslist, en duw het even later gewoon door de strot wat je het door de strot wilt duwen. Noem het alleen even anders. Geloof me, zo gaat het straks in Den Haag ook. Dan bevalt de uitslag ze niet, wordt er een projectgroep op gezet, enzovoorts, enzovoorts...'

'Enne...' begint Kasper. 'Wat zou er concreet van ons verlangd worden als wij zo'n... tandem vormen?'

Ook dat nog. Voor wat hoort natuurlijk weer wat.

'Niet veel. Het zou alleen helpen als lokale ondernemers inspraak krijgen in jullie ontwerp. Zij zijn tenslotte de eindgebruikers, voor het grootste deel. Ik kan me ook voorstellen dat er wat meer kavels met een detailhandelsbestemming kunnen komen. Er gaan nu wel heel veel vierkante meters op aan dat ronde plein, en helemaal boven in die toren...'

'Weergang,' corrigeert Vermeer.

'Boven in die mooie wéérgang van jullie zit helemaal niks waar je als ondernemer iets aan hebt. Daar zit alleen uitzicht.'

Vermeer knijpt in de steel van z'n wijnglas en reguleert z'n ademhaling, om te voorkomen dat hij de inhoud in Teijmens gezicht kiepert. *Het is een gedenkplaats, smerige klootzak. Daar kwak je geen hamburgertent neer.*

'Over alles is te praten,' zegt Kasper.

De rest van de avond gaat heen met gekeuvel waar Vermeer niet veel van snapt. Menselijke taal heeft de homo sapiens een aantal evolutionaire voordelen opgeleverd, die er hoogstwaarschijnlijk verantwoordelijk voor waren dat hij alle andere mensachtigen kon uitvagen. Taal maakte gerichte aanvallen van prooien en vijanden mogelijk ('morgen als de zon opkomt, sta jij op die rots, jij daar, ik hier...'), en bewerkstelligde een grote sociale binding en beroering, door de mogelijkheid over elkaar te praten, andermans positie in de groep te beïnvloeden, te weten te komen wie wel en niet betrouwbaar is, enzovoorts.

Oorlog en roddel zijn de kraamkamers van de taal. Het is Vermeer opgevallen dat nog altijd zo'n driekwart van alle gesprekken die hij hoort tot de roddelcategorie behoort. In treinen, cafés, op tv: altijd gaan de gesprekken over anderen, zoals Kasper en Teijmen nu ook meanderen langs de namen van projectontwikkelaars en politici, en collega-architecten, van de kitschwerken van Felix Harkema tot de bloedeloze bedenksels van Rem Koolhaas.

'Drinken we nog ergens wat? Club Vie of zo?' vraagt Teijmen na de koffie. Hij en Kasper doen nauwelijks hun best om de opluchting te verbergen die hen bevangt als Vermeer, zoals ze vast al verwachtten, afhaakt onder vage excuses.

Buiten steekt hij de brug over, en hij duikt de metro in die net aankomt, in de verkeerde richting, zo ontdekt hij na een paar haltes, als hij bij een treinstation van een Rotterdamse buitenwijk uitstapt. Hij loopt naar het tegenovergelegen perron en wacht. De westelijke hemel gloeit nog wat na, lichtend blauw, met gitzwarte wolken daarboven. Langzaam ziet hij alle kleur uit de wereld verdwijnen. Op de galerijen van de flats aan de overkant branden tl-lampen, evenals in de glazen liftschachten. Naast de aanrijweg waakt een sliert oranje lantaarnpalen. Twee robijnrode achterlichten schuiven door dit ontmenselijkt decor, als door het binnenste van een computer. De lucht is koud en draagt een vage herinnering aan regen.

Hij stapt de trein in die aankomt. Twee meisjes staren apathisch naar hun blikjes Bacardi Cola. Een bank verder zitten vier jongens met elk hetzelfde halveliterblik Heineken in de hand en oortjes in die een pulserend gesis produceren, waar hun hoofden simultaan op knikkebollen.

De dagen die volgen maken steeds duidelijker dat ze daadwerkelijk in een *verkiezingsstrijd* zijn beland. Van 's morgens tot 's avonds zijn er pottenkijkers over de vloer. Verslaggevers, fotografen, gemeentemensen, en, met de meeste bombarie aanwezig, de tv-ploeg van *Zoeklicht*, die ongevraagd met meubilair schuift, een wirwar van snoeren uitrolt en her en der softboxen opstelt met synthetisch studiolicht.

Kasper staat ze meestal te woord, soms geassisteerd door Olivier of een van de tekenaars voor technische details. De directiekamer fungeert allengs als *war room*, waar medewerkers in wisselende samenstelling zich met klikkende ballpoints door brainstormsessies heen werken, voeten op de tafel. Er dient zich een campagnestrategie aan, waarbij ze zich moeten positioneren ten opzichte van het waarschijnlijk conservatieve OPA en het populisme van Harkema, die ongetwijfeld wat hebbedingetjes uit z'n schroothoop trekt.

'Je kunt het zo uittekenen,' zegt Olivier. 'Een half pipe voor die skateboardkids die zich nu nog te pletter vervelen op het Spuiplein, hippe terrassen voor elk jaargetijde, en kinderspeelplaatsen, want verkiezingen win je vooral door kinderen te knuffelen.'

'Ik denk ook,' vult Kasper aan, 'dat Hark zal hameren op veiligheid op straat, en daar een of ander bewakingssyteem voor bedenkt. Hij zal vooral niet nalaten een paar gevoelige woorden aan de slachtoffers te wijden. LVE zal zich als een alternatief moeten profileren dat vernieuwt en verrast, zonder het zo bont te maken als de laboratoriumfreaks van KuDoX.'

Het hele bureau staat onder spanning. Overal is die zindering voelbaar. Veel sterker dan in de ontwerpfase, denkt Vermeer. Toen waren ze hun bed niet uit te branden. *En nu ze met hun koppen op de treurbuis komen, zijn ze er als de kippen bij.* Op de stoep heeft de tv-ploeg haar busje pontificaal geparkeerd, met het iconische logo op de carrosserie, een z die als een bliksemschicht door een globe jaagt. Geannexeerd. Bestempeld tot actualiteit.

'Wat is Harks zwakste punt?' vraagt Kasper.

'Zijn ijdelheid,' zegt Olivier.

'Dan moeten we daar op hameren,' besluit Kasper. 'Laten zien dat die jongen vooral monumenten voor zichzelf wil oprichten. Neem dat laatste ding van hem, dat rare drijvende hotel in de haven van Hamburg. Of die ondergrondse tennisbanen in Charleroi. Allemaal stunts die er spectaculair uitzien, maar die voor de eindgebruiker helemaal niet praktisch zijn. Terwijl ze verschrikkelijk veel geld kosten. Dat moeten we bij de pers laten doordringen. En duidelijk in beeld krijgen dat wij het tegenovergestelde doen. Dat bij ons juist alles draait om de eindgebruiker.'

Hij kijkt Vermeer even aan, en mompelt: 'Bij wijze van dan. Dat is hoe we het verkopen.'

Vermeer bedwingt zijn aandrang tot protesteren. Langzaamaan begint hij zich erbij neer te leggen dat architectuur niet onvermijdelijk gelijkstaat aan wereldverbetering. Als hij de hoogdravende traktaten leest van Berlage en zijn tijdgenoten, dan kan hij het niet helpen altijd iets te voelen tussen plaatsvervangende schaamte en spot. Allemaal gaven ze zich over aan visioenen van nieuwe werelden, ideale samenlevingen of het einde van oorlogen en/of klassenverschillen. Het kon niet op. Het klonk allemaal nogal – en dat contrasteert met hun vakkundigheid als ingenieurs – *puberaal.* Je hoeft maar een paar zinnen uit geschriften van mannen als Berlage, Gropius of Le Corbusier te lezen om te zien dat ze van een tomeloze naïviteit getuigen, die niet alléén valt toe te schrijven aan de pech dat wij hun utopia's uitsluitend nog kunnen waarnemen door de rookwalmen van de jaren direct erna. *'Wat is bouwkunst? Het is de kristallen uitdrukking van de edelste gedachten der mensen, van hun inborst, hun menselijkheid, hun geloof, hun religie!'* Zoiets lijkt eerder door een puber geschreven dan door Walter Gropius. Sterker nog: het komt redelijk overeen met

Vermeers eigen geestestoestand rond zijn zeventiende.

Vroeger geloofde hij dat architectuur iets kon uithalen, iets wezenlijks, dat ze niet alleen oppervlakkig de stemming van mensen beïnvloedde, maar ook diepere geestelijke lagen aansprak. Materialen, verhoudingen en vormen konden innerlijke ruimtes openen, vastleggen, consolideren.

De buitenwereld maakt de binnenwereld. In een kale flatwoning, uitkijkend over een A-zoveel en een verlaten bedrijvenpark is het veel lastiger om je te realiseren dat het menselijke bestaan eenmalig en kostbaar is dan onder de ranke zuilengalerijen van het Florentijnse Ospedale degli Innocenti.

Het was, zo herinnert hij het zich althans, begonnen op schoolreis naar Rome, bij de Romeinse tempels en katholieke kerken. Dat waren bouwwerken die gemaakt waren om de bezoekers te herinneren aan geestelijke waarden – het besef van de eigen nietigheid in gigantische kathedralen, dat van de moederliefde in de gestalte van Maria of dat van de vruchtbaarheid in een tempel gewijd aan Venus. Waarom zag je zulke ambities in seculiere gebouwen zo weinig?

Zelfs Vitruvius wees erop dat stijlvoorschriften en evenwichtige verhoudingen vooral golden 'voor gebouwen ter ere van de goden, omdat de verdiensten en gebreken daarvan gewoonlijk eeuwig zichtbaar blijven'. Alsof die oude mensen met hun godenwerelden het exclusieve alleenrecht hadden op de eeuwigheid en op diepere emoties!

Uit die verontwaardiging ontstond LVE. Hun eerste project was een kapel op een begraafplaats zonder specifieke godsdienstige grondslag. Vermeer kwam met het idee: een lemniscaat als basisplattegrond, met de dode in de ene cirkel en het levende publiek in het andere. Het schuin oplopende dak had een ronde opening voor het daglicht, gefilterd door een velum. Het grootste geheim van de ruimte was het gebruik van stromend water langs de vier slanke zijramen op de snijpunten van de 8-vorm. Dit gaf in eerste instantie de illusie dat het buiten zachtjes regende, en vooral als de zon scheen schilderde dat prachtige patronen op de witte marmeren vloer. Als je geconcentreerder keek, merkte je dat het water omhoog stroomde. In het hele gebouw werkte die opwaartse beweging door. Het ontwerp had iets eenvoudigs, iets bescheidens, maar het effect was juist intens: meditatief, troostend en verwonderend. Pas toen het bijna af was en hij erin rondliep, zag hij dat het behalve een lemniscaat ook een zandloper was, waarin de tijd van de ene helft naar de andere sijpelde. Het bevestigde wat hij in lezingen wel eens verkondigt, dat *het gebouw altijd meer weet dan zijn maker*. 'Met zo'n kapel zou je bijna voor je genoegen een uitvaart bijwonen,' zei een jurylid bij de uitreiking van de AM-NAI Prize for Young Architects die ze ermee in de wacht sleepten. Daarmee kregen ze enige status in 'het veld', en, een tijdje althans, een aardige toestroom van opdrachten. LVE maakte een recreatieruimte voor een psychiatrisch ziekenhuis, een aanbouw bij een buurthuis in een achterstandswijk, ontwierp wat woningen voor particulieren en drie begraafplaatsen kwamen voor kleinere klussen. Zo gaat dat: je raakt bekend met een rouwkapel en ineens zit je in de kaartenbakken als funeraire architecten, al komt dat ze nu van pas.

Buitenwereld maakt binnenwereld. Verbeter het innerlijk, begin buiten. Net als muziek modelleert architectuur stemmingen. Net als muziek is architectuur een kunstvorm zonder voorbeeld in de natuur, uit de eigen menselijke geest afkomstig. Net als muziek verwijst architectuur niet naar iets voorbij zichzelf. Wat je hoort is wat je krijgt. Het enige verschil is dat muziek zo snel verdampt. Liever kerft hij in steen, kalkt hij, hakt en stapelt hij, met hout, balken, blokken en glazen, om permanent de geest te manen zich te richten op het betere. Gebouwen moeten uitnodigen om boven jezelf uit te stijgen.

Geleidelijk aan leerde Vermeer dat de realiteit zowel platter als eenvoudiger was. Vooral bij particulieren. Die hadden nu eenmaal behoefte aan herkenbare, heldere vormen. Ze kochten het liefst serieblokken en bekommerden zich hoofdzakelijk om voorzieningen als het kookeiland, de inschuifbare patio-overkapping, de jacuzzi met led-verlichting, en wat je nog meer allemaal zag in VT *Wonen*. Wat de woningen zelf betrof, die moesten gewoon lijken op huizen zoals ieder kind ze tekende (waarmee de overbodigheid van architecten afdoende was aangetoond):

met een puntdak en een schoorsteenpijp. Niemand zat te wachten op zijn walhalla's. Bovendien werd het crisis. Kasper vertelt af en toe hoe diep ze in de rode cijfers zitten, maar echt rampzalig is het niet, zo begrijpt Vermeer. Nog net niet. Er is dat mysterieuze obligatiepakket en er komen weer grotere opdrachten aan, via het netwerk van Paul Teijmen. Steeds meer ontwerpen zijn gestokt op de tekentafel of in de presentatiefase. Klein Elysium is hun laatste grote project geweest.

Zelf ontwerpt hij al een tijdlang niets substantieels meer. In plaats daarvan heeft hij een aantal lezingen samengesteld: over de biologisch-evolutionaire wortels van architectuur, over het nut van religieuze vormgevingsprincipes in een seculiere wereld, over (die heeft hij samen met Celine geschreven) het nut van meteorologie in stedenbouw, over de invloed van Étienne-Louis Boullée... In de loop der jaren heeft hij een stuk of tien kant-en-klare powerpointpresentaties gemaakt die hij elk moment kan opvoeren.

Nu, voor het Zes Juli-project, is hij weer met felle geestdrift gaan tekenen. Het ontwerp is een ovaalvormig plein, te betreden onder bogen door, die een rond gebouw dragen dat de hoogte ingaat, en waar zich spiraalsgewijs een pad langs de verschillende winkels omhoog slingert. Helemaal bovenin hangt, ogenschijnlijk zwevend, maar door een transparante ring verbonden aan die winkeltoren, een weergang met een spectaculair uitzicht over de stad door drieënveertig smalle ramen of schietgaten, elk met de naam van een slachtoffer eronder.

Diep in hun hart weten ze bij LVE dat ze de kleinste en jongste speler aan deze roulettetafel zijn en dat het in elk opzicht op z'n minst verrassend zou zijn als hun weergang de competitie won.

De schamelheid van die kans blijkt al snel wanneer er gelijktijdig op nu.nl en op nrc.nl kleine *opiniepolls* verschijnen. De paar honderd bezoekers die de moeite nemen een keuze aan te vinken, plaatsen LVE op een genadeloze vierde plaats.

'Ach,' reageert Olivier, 'dit is zonder dat iemand ook maar iets van de ontwerpen heeft gezien. Dit heeft totaal geen voorspellende waarde.'

'Dat is waar,' zegt Kasper, met een bittere trek rond z'n mond.

'Het is niets anders dan een heel grove inventarisatie van de naamsbekendheid. Maar het betekent wel dat we veel werk te doen hebben.'

Niks nieuws, denkt Vermeer. Vitruvius klaagde al dat opdrachten niet naar de bekwaamste maar naar de bekendste bouwmeesters gingen. Die ergernis was een van de drijfveren voor het schrijven van *De architectura*, herinnert hij zich ooit in een lezing te hebben beweerd. 's Avonds vindt hij de passage terug. Het komt uit de proloog bij boek III, over de Ionische tempel:

> *Natuurlijk hoeft het ons niet te verwonderen dat artistieke prestaties door onbekendheid in het duister blijven. Het is evenwel bijzonder ergerlijk dat tijdens een banket aangeknoopte relaties er dikwijls toe leiden dat zelfs een oprecht oordeel uit vleierij wordt omgebogen tot gehuicheld enthousiasme. Als dus naar Socrates' wens onze gevoelens en meningen en door vakstudie verworven kennis, duidelijk en glashelder te zien waren, zouden relaties of gunstbejag geen effect hebben. Wanneer iemand dankzij echte en eerlijke inspanning tot een volmaakte beheersing van de theorie van zijn ambacht was geraakt, zouden hem vanzelf opdrachten worden gegund.*

'Ik heb de pest aan prijsvragen,' klaagt hij in bed tegen Celine. 'Altijd maar leuren, marchanderen...'

'Wen er maar aan,' antwoordt ze. Ze draagt een fluwelig nachthemdje en veegt met haar vingers over het scherm van haar *tablet-pc*. Zij is het gewend om voortdurend bloot te staan aan het oordeel van een onvoorstelbaar veelkoppig huiskamerpubliek. En dat publiek begint steeds meer terug te praten. Er blijken zelfs internetfora te bestaan die dagelijks haar optredens nabespreken. Daarnaast zijn er de sociale netwerksites. Duim op, duim neer: het Facebookoordeel.

'Hier,' zegt ze, en ze geeft hem het apparaat door. Ze heeft op Twitter op haar voornaam gezocht, wat vandaag een bescheiden rijtje oplevert.

Boris: Waarom moet die Celine Vermeer zich altijd zo aanstellen!
Tessy: Oh, Celine Vermeer, TA GUEULE!
Tasvolverhalen: Celine, kind, wat heb je nu toch weer an.
Dannyt: Schiet die Celine nu is af joh.
DisjeNgmn: Kan dat kudtje van Celine V. ff ophouden met acteren en aanstellen aub.
PvermaasV2: #Celine #Vermeer, ga alsjeblieft wat anders doen dan 'presenteren'. Zucht! #nos #hetweer

'Je hebt het toch niet in de hand,' zegt ze. 'Dus waarom moet ik me er druk om maken? Het beste is om er niet te veel bij na te denken. Net als bij dansen. Als je gaat nádenken over die voeten, dan ga je zéker op je bek. Ik zie ze genoeg. Mensen die altijd perfect konden praten en dan tips krijgen van een media-adviseur. Én een houten klazen dat het ineens zijn.'

Drie jaar geleden maakte Celine de sprong van radio naar televisie – eerst alleen naar een ontbijtprogramma – en kreeg ze te maken met een heel team van stylisten, logopedisten en aanverwante sleutelaars. Ze sliste, heel lichtjes, en Vermeer had dat altijd een aantrekkelijk, tamelijk sensueel trekje gevonden, maar ineens vereiste dat reparatie. Urenlang liep ze door het huis hardop te oefenen: 'Sinaasappelkissie sinaasappelkissie sinaasappelkissie...'

Het gezamenlijke doel van al die mediatrainers was Celine over te laten komen als een Hollandse gezinsmoeder. In haar voorkomen en vocabulaire moest iets zitten van zo'n vrouw die je 's zomers op een parkeerplaats langs de Route du Soleil krentenbollen en chocolademelk ziet uitdelen aan drie witblonde meisjes van negen. Van het type vrouw dat in een SUV naar het strand rijdt met twee goudblonde honden achterin. Veel meer dan het reguliere nieuws is het weer verbonden aan het familiaire leven, aan zeilen, barbecueën, kamperen, het uitlaten van huisdieren en het bezoeken van pretparken. Celine praktiseert geen van die activiteiten, maar moet zich voordoen als iemand die ze allemáál beoefent, iemand die dat archetypische beeld zelfs geperfectioneerd heeft, opdat de kijksters haar probleemloos als rolmodel omarmen. Dat ze daar heel behoorlijk in slaagt, verklaart het schokje dat Vermeer vooral in het begin van haar tv-tijd veel voelde wanneer hij haar op het scherm zag verschijnen: een compleet andere vrouw.

Het valt hem op dat steeds meer programma's in het format van de competitie zijn geperst. Elke avond zijn er vier kookwedstrijden, verschillende nationale edities van *Next Top Model*, allerlei zang- en dansconcoursen en de realityshows waar kijkers via een sms-dienst deelnemers wegstemmen. Natuurlijke selectie, flink opgevoerd. Darwin in een snelkookpan.

'Ik blijf het ontstellend idioot vinden,' zegt hij, al heeft Celine zich al omgedraaid om te slapen, 'dat steeds meer beroepen onder toezicht komen te staan van een massa die ze beoordeelt. Nu geldt het net zo goed voor rechters, advocaten. En vergeet de bankiers niet. Bij alles wat ze doen is er ineens een meute die roept of het ze wel of niet zint. Iedereen is zich daardoor veel sterker van zichzelf bewust dan een paar eeuwen geleden.'

De techniek helpt er ook een handje aan mee, denkt hij, als hij het licht uit doet. Ver weg klinkt een sirene, vervormd door het dopplereffect. Bij de buren staat de televisie keihard, op een Amerikaanse serie met lachband. Telkens lijkt het geluid even verdwenen, waarna blijkt dat dit alleen een golf was geweest die in stilte kwam aanrollen en dan stukslaat op een branding van geestdriftig publieksgelach. Zijn naamgenoot gebruikte als eerste de camera obscura bij het maken van z'n schilderijen. Hieruit ontsproten de fotografie en de film. Naarmate die technieken zich wijder verspreidden, raakten mensen ermee vertrouwd te worden afgebeeld, tentoongesteld, te kijk gezet. Inmiddels kun je nooit uitsluiten dat iemand je met een mobieltje of veiligheidscamera filmt, zodat je je uit voorzorg maar altijd gedraagt alsof je op tv bent. Iedereen doet voortdurend auditie, zonder precies te weten waarvoor.

VIII

Het had niet eens een conciërge, zo bekakt was het. *Claviger* heette de klusjesman bij wie je je te-laat-briefjes haalde en de daaropvolgende corveestraffen uitvoerde. Sleuteldrager. 's Ochtends zat hij klaar achter de balie, die vette vent met z'n baard waar altijd wat speekseldraden in kleefden, en hij zag uit op de ovale hal, met Romeinse beelden boven aan de trap (gipsen replica's, tik er maar eens met je vinger tegen) en tegen het plafond de wapenschilden met dierenriemtekens (van hetzelfde spul). Elke ochtend vulde die ruimte zich met honderden twaalf- tot achttienjarigen. Ze verdrongen zich rond het mededelingenbord als dieren rond de voederbak. Met geduldige krijtletters noteerde meneer Lézar – conrector en scheikundeleraar – wie van zijn collega's ziek waren. Elke naam ontketende in steeds weer andere hoeken van de menigte gejuich. Onder het langgerekte rinkelen van de bel liep de hal leeg als een badkuip waar de stop uit was getrokken, waarna de laatkomers alleen nog hun lokaal in konden na zich te melden bij de claviger, die onverbiddelijk een blaadje uit z'n bonnenboekje scheurde.

Een paar weken vóór het Winterkamp vielen Amerikaanse troepen Koeweit binnen om een einde te maken aan de Iraakse bezetting. Het was de claviger die het uitbreken van de Golfoorlog bekendmaakte, door triomfantelijk een groot vel karton in de kantine te hangen met onder elkaar vier tekeningetjes – een soldaat, een tank, een marineschip en een straaljager – met aan weerszijden ruimte om de slachtoffers te turven. Nog voor de grote pauze moest het scorebord op last van Lézar verdwijnen. Toch sloot het wonderwel aan bij hoe de meeste leerlingen de oorlog zouden ervaren. Het was de eerste die ze meemaakten, althans met vertrouwde westerse partijen, inclusief Nederland, dat een min of meer symbolische steun gaf. Bovendien was het de eerste die zich *live* voltrok op tv. Doordat ze Operation Desert Storm op hetzelfde scherm zagen als films en series, was er dat mengsel van opwinding en betrokkenheid die er niet in slaagde werkelijk ernstig te worden, net als bij de videogames, die gelijktijdig in opmars waren. De Game Boy en de Nintendo hadden zojuist hun tronen ingenomen in het mondiale jeugdbewustzijn, onwrikbaar naast die van Nijntje, Donald Duck en Michael Jackson. De PlayStation zou een paar jaar later volgen.

Zelf had Johannes Vermeer een Commodore Amiga op z'n jongenskamer staan. Daarop speelde hij vooral Populous, de pionier in het genre van de *god game*, waarin je over een landschap waakte dat je naar eigen inzicht inrichtte met huizen en kastelen, wier bewoners je diende te beschermen tegen vijandige volkeren, met wie het geregeld tot veldslagen kwam.

Dat ook het Winterkamp een militaire inslag had, kwam niet alleen doordat het ging plaatsvinden in een militair oefengebied, maar ook doordat Kanselaar z'n leerlingen erop voorbereidde alsof ze een bataljon waren dat op uitzending moest. Extra rondjes hardlopen. Touwklimmen. Tijgeren. Conditietraining. Achter in het *Handboek Winterkamp* stond een trainingsschema waarmee ze zich – buiten schooltijd, alsof ze nog geen huiswerk genoeg hadden – dienden in te lopen voor de grote mars.

Week 1 – 10 km. Week 2 – 15 km. Week 3 – 20 km. Week 4 – 15 km op één dag te lopen met beladen rugzak. Week 5 – 25 km. Week 6 – 25 km op één dag te lopen met beladen rugzak. Week 7 – rust. Week 8 – Winterkamp.

Wij wijzen de leerlingen met nadruk op de noodzaak van het goed volgen van het oefenschema. Vast en zeker zijn er enkelen die geen kilometers trainen. Wij maken de leerlingen erop attent dat zij door niet te trainen niet alleen zichzelf extra belasten maar ook een grote claim leggen op de groep.

'Ja, dáh-hag!' riep Isa toen ze het las. Dat gebeurde in lokaal 13, waar de klas wachtte op mevrouw Stam, al sinds de brugklas hun lerares Latijn. 'Ik ben toch niet léíp of zo. Ik ga echt niet in m'n eigen vrije tijd tienduizend kilometer door het bos lopen marcheren. Ik vertik het gewoon. Stelletje slavendrijvers.'

Ze zat vooraan bij het raam, naast de gele gordijnen die in alle lokalen even rafelig waren en één keer per jaar, op de informatieavond voor ouders van nieuwe leerlingen, tijdelijk werden verwijderd.

'En wel op legerkisten lopen,' schimpte Alexander, die recht achter haar zat. Het mocht dan allang 'uit' zijn tussen hen, dat weerhield ze er niet van publiekelijk te kibbelen, als getrouwden. Isa draaide zich een kwartslag en leunde met haar gestrekte arm op de vensterbank. 'Wat heeft dát er nou weer mee te maken? Ik ben pacifist hoor. Alle pacifisten dragen kisten.'

Behalve kisten droeg ze in die dagen donkere shirts met lange mouwen en een halsgat zo wijd dat er met gemak de kop van een nijlpaard in had gepast. Dientengevolge hing het kledingstuk dwars over één schouder, de andere naakt latend, haast tot op de elleboog, samen met een bh-bandje en een deel van de cup.

'En die Amerikanen in Koeweit?' vroeg Alexander. 'Zeker ook allemaal pacifisten op kisten.' Gegrinnik alom, waarna zij tegenwierp: 'Die zitten daar alleen omdat ze de olie willen die daar in de grond zit. Echt niet omdat ze Koeweit zo nodig willen bevrijden.' De veters in Isa's zwarte kisten waren felroze en geel. Met Tipp-Ex had ze een nijdig omcirkelde A op het leer geschilderd, en een symbool dat veel weg had van het logo van Mercedes.

'Ja hoor, en toen ze ons in 1945 kwamen bevrijden,' reageerde Alexander, 'deden ze dat zeker omdat ze zo dol waren op Goudse kaas.'

Nu schoot Isa zelf in de lach, en nog voor ze zich kon hernemen, viel er al een nieuw verbaal projectiel haar richting uit. Met een blik omlaag opperde Alexander: 'Vegetariër zijn en dan wel op leren schoenen lopen. Ook lekker consequent van je.'

Ze ademde in, zette zich schrap. Je zag hoe ze al haar verontwaardiging en argumentatie bijeenraapte om die te ontladen in één woedend verweer, maar toen zwaaide de deur van het lokaal open en viel iedereen stil.

'Jawél kindertjes, stáákt allemaal uw wild geraas, en sláát uw boekjes maar eens open.' De stem van mevrouw Stam leek er altijd iets eerder te zijn dan zijzelf. De woorden marcheerden als het ware voor haar uit, laconiek-theatraal. 'Slaat uw boekjes maar open bij Ovidius, boek acht. Wij waren, zoals u zich dat nog zéér levendig zult herinneren, gebleven bij vers honderdachtentachtig.'

Zonder de klas aan te kijken stiefelde ze naar het lerarenbureau op het verhoogde podium, trok haar jas uit en hing die aan een haak bij het raam. Ze liep altijd streng rechtop in die lange kapiteinsjas, met op de schouder de Nederlandse leeuw gestikt boven de tekst: *Je maintiendrai.* Staccato scandeerde ze de hele passage, waarbij ze voor het bord heen en weer liep, af en toe een accent met een hoge armbeweging kracht bijzettend, zoals een dirigent een sforzando markeert.

'Daedalus interea Creten longumque perosus
exilium tactusque loci natalis amore,
clausus erat pelago. "Terras licet" inquit "et undas
obstruat, at caelum certe patet: ibimus illac!
Omnia possideat, non possidet aera Minos."
Dixit et ignotas animum dimittit in artes,
naturamque novat. Nam ponit in ordine pennas,
a minima coeptas, longam breviore sequenti,
ut clivo crevisse putes: sic rustica quondam
fistula disparibus paulatim surgit avenis.
Tum lino medias et ceris alligat imas,
atque ita conpositas parvo curvamine flectit,
ut veras imitetur aves. Puer Icarus una
stabat et, ignarus sua se tractare pericla,
ore renidenti modo, quas vaga moverat aura,
captabat plumas, flavam modo pollice ceram
mollibat lusuque suo mirabile patris
inpediebat opus.'

Pas bij die laatste woorden stond ze stil. Al die tijd had ze de klas niet aangekeken, wat je het ongemakkelijke gevoel bezorgde iemand gade te slaan die alleen meende te zijn. Toen, met tegenzin uit god weet wat voor ijle regionen teruggeworpen naar deze maandagmiddag, het vijfde uur, en het veelkoppige monster dat 3F heette, speurde Stam het lokaal rond. Je durfde haast niet te ademen.

'Vertáált u dat maar eens... vanaf *dixit*,' instrueerde ze, met een lichte aarzeling, zelf ook verrast weer Nederlands te spreken. Ze nam plaats achter het hoge bureau. 'Vertáált u dat maar eens vanaf... vers 188... Eens even kijken...' Ze sloeg haar agenda open. 'Ik prik... Ik prik...' Een rode bic zweefde over de namenlijst, als een roofvogel, klaar om een prooi bij het nekvel te grijpen. '... en geprikt is... menéértje Vermeer!'

Meteen ging z'n hart tekeer in z'n keel. 'Ehm...' Rustig ademhalen. 'Hij zei. Of... hij heeft gezegd. Hij heeft gezegd, en... stuurde... nee, hij stuurt... eens even kijken... een geest in de kunst?'

'Ach nee!' viel Stam uit. 'Lantijns is niet raden met de pet op en de klep totaleménte links! Lantijns is uit uwe dopkens kijken! Kiest exact, kiest Lantijns. Waar congrueert *ignotas* mee?'

'Aha, ja, met *artes*. Onbekende kunst dus. Kunstén zelfs. Hij stuurt de geest, hij stuurt z'n geest in onbekende kunsten?'

Hakkend, persend, grissend, syllabe voor syllabe moest die gebeeldhouwde taal uitgegraven worden en terugveroverd op de levenden. Het Latijn kwam hem voor als een marmeren paleis, ook door die regelmatige afwisseling van klinkers en medeklinkers, bogen en zuilen, steen en leegte. Stukje bij beetje kwamen er menselijke sporen onder de onwrikbare metriek tevoorschijn, losgetrokken met hulp van woordenlijstjes.

'O ja, stúúrt hij z'n geest? Is Daedalus z'n geest soms een automobiel die hij ergens achteruit moet inparkeren?'

Zo gingen die lessen bij Stam, als een inquisitie, waarbij je nog zat na te hijgen als je eindelijk de gewenste zin had geproduceerd, als het eindelijk was alsof je de juiste cijfercombinatie van een kluis te pakken had en de zin opensprong. Sprak je die hardop uit, dan was het alsof je een modderig stuk glas onder een drukspuit had schoongespoten en er onverwacht dwars doorheen kon zien, in taal die zowel transparanter was als banaler en onbeholpen: 'Zo sprak hij, en richt zijn geest op onbekende kunsten, en hij vernieuwt de natuur.'

Een half uur later rinkelde de bel en krioelden de leerlingen door de galmende hallen naar hun volgende lokalen als betrof het een grootschalige stoelendans. Voor 3F stond er scheikunde op het programma, in het practicumlokaal, waar het uur begon met een stormloop op de witte jassen in de hoek, waarna iedereen in duoformatie plaatsnam achter titreerinstallaties. Vermeer werkte samen met Arnoud, een jongen die uit Oegstgeest kwam (en die zich twintig jaar later zal ontpoppen als nierspecialist), en onderdeel was van de Groep Oegstgeest, het groepje rond Alexander, die zelf met Kees-Jan samenwerkte (die jaren later als fondsenwerver in de cultuursector werkzaam zal blijken). Omdat Isa afwezig was geweest op de eerste les, toen de practicumpartners verdeeld werden, was ze ingedeeld bij Monique en Bianca, twee nogal duffe, *nerderige* meiden (die in de toekomst onduidelijke ideële stichtingen zullen oprichten), aan wie ze het werk grotendeels overliet, terwijl ze zelf naar buiten staarde, en op een gegeven ogenblik ostentatief een shaggie begon te rollen.

'Isa...' klonk de stem van meneer Lézar, verrassend kalm. 'Of je gaat nu actíéf meedoen, óf je kunt nu meteen het lokaal verlaten, als het je toch niks interesseert.'

'Nou,' reageerde ze, even rustig, 'dat is makkelijk, dan weet ik het wel.' Ze veerde opgewekt op, trok de witte jas uit – ook door de stof heen waren de rondingen van haar borsten altijd goed te zien – en smeet die in de vensterbank.

'Hé, hé! Die jas hoort daar niet!' viel Lézar uit. 'Hang die eens terug op z'n plek!'

'Ach, flikker toch een eind op,' beet Isa terug. Toen ze het lokaal uit was, liep Lézar haar achterna. Binnen klonk voorzichtig gegniffel. De rest van de dag kwam Isa niet meer opdagen. Ook vrijdag was ze er niet.

'Dat wijf is niet helemaal lekker,' zei Ronnie zaterdagochtend. Alles moest nog beginnen. Ze liepen met z'n drieën door de duinen bij Katwijk, om te trainen voor het Winterkamp. Week vier was het. Dat betekende vijftien kilometer, 'met beladen rugzak', maar die lieten ze achterwege, zoals ze ook de rest van het trainingsprogramma achterwege hadden gelaten.

Het was gaan vriezen. De struiken staken als verkoolde skeletten af tegen de witte bevroren grond. Helmgras was bedekt met een laagje rijp, als het binnenste van een vrieskist.

Voor Ronnie waren deze duinen vertrouwd terrein. Hij woonde in een buurtje in Katwijk aan den Rijn, vlak naast het kassengebied, en fietste elke ochtend vijfenveertig minuten naar school. Binnenkort zou hij zestien worden en van zijn ouders een brommer krijgen, volgens het gangbare beloningssysteem waarbij je zo'n voertuig kreeg als je tot die tijd niet had gerookt. In de meeste gevallen gingen die jongens daarna alsnog voor de bijl en scheurden ze straallam en/of knetterstoned met hun opgevoerde Puchjes door de binnenstad.

'Niet helemaal lekker, maar wel een lekker ding, toch?' zei Vermeer.

Langs de schelpen- en zandpaden slingerden de houten paaltjes die prikkeldraad droegen. Onaangeraakt zand daarachter, kommen met in wind geribbelde huid, als in de woestijn. Hoger in de duinen hoorde je het water ruisen, bulderen. *Hier is de zee, hier kunnen we de stad vergeten!* Dat zinnetje had hij in een boek van Nietzsche gelezen, *Morgenrood*. Hij meende het na te kunnen voelen. De zee ontkrachtte alle vormen, sloeg ze weg. Er zat iets opgeluchts in dat uitvagen van menselijke sporen: zo belangrijk waren die dus nu ook weer niet.

De zee heeft op het leven en werk van Johannes Vermeer een grote invloed uitgeoefend. Hoewel het gezin waarin hij opgroeide 's zomers nooit tussen de badgasten was te vinden – dat was immers alleen voor het plebs weggelegd – liep hij met zijn ouders wel vaak en lang in alle andere seizoenen langs het strand en door de duinen. Hij associeerde het kustgebied eerder met veldflessen en broodtrommels dan met ijs en cola. Die lange wandeltochten waren ervoor verantwoordelijk dat hij het Winterkamp niet als al te grote uitdaging inschatte en ook de training ervoor nogal overbodig achtte. Net als Ronnie kende hij hier de weg. Als het niet zo pathetisch klonk, kon je zeggen dat hij van dit landschap hield, van de grilligheid van de begroeiing, de kronkelpaden die je het gevoel van avontuur gaven, de verscholen oorlogsbunkers, die dat nog eens versterkten, en dan het strand en de zee zelf, dat vlakke grensgebied – het enige waar je blikveld ongehinderd was – dat een absoluut einde markeerde van het land, de horizon met z'n scheepjes erop, die je eraan herinnerde dat we op een bol leefden, het schrille gekrijs van meeuwen, en het licht, het felle en toch mild gezeefde licht dat te danken is aan de delicate balans van spiegelend watervlak en luchtvochtigheid. Het maakt contrasten sterker, kleuren intenser.

'Kijk,' zei Ronnie. 'Ze heeft natuurlijk grote tieten. Haast net zo groot als die van Cécile. Die heeft als je het mij vraagt de lekkerste van de hele klas. Maar je zou eens moeten zien wat er hier in het dorp allemaal rondloopt.'

Ronnie was het soort jongen dat om niet helemaal begrijpelijke redenen eerder in de smaak viel bij de ordinaire Katwijkse meiden dan bij de doorsnee gymnasiummeisjes. Misschien, dacht Vermeer, was hij bij geen van beiden echt in z'n element. Te veel een straatschoffie bij de gymnasiasten en in eigen dorp te veel een studiebol. Vis noch vlees, zogezegd.

'Je hebt ze toch gezien, van de zomer, aan het strand?'

O ja, hij had ze gezien. Aan alle Nederlandse stranden ging het op dezelfde manier. Groepjes achttien- tot eenentwintigjarigen, doorgaans gescheiden naar geslacht, betraden het strand. De meisjes, veelal in koppels, wurmden zich uit hun jurkjes waar ze het badpak al onder aanhadden, en installeerden zich languit op handdoeken, eerst op hun strakke buikjes, kopjes omhoog om te kwebbelen en de overige strandgangers met commentaar te taxeren, en vervolgens op de rug, *Viva* en Marlboro Lights binnen handbereik. De jongens verplaatsten zich in grotere groepen van drie tot acht leden, met blote bast, en slenterden op een onwillige manier – met hun slome mimiek wilden ze veinzen er een beetje *met tegenzin* te zijn – langs de groepjes, die ze af en toe een blik over de schouders toewierpen ('zo hee, check die tieten'). Rond dit jonge volk dat zich de natuurlijke en rechtmatige eigenaren van de kuststroken beschouwde, bewogen de clusters waar hun huidige levens onvermijdelijk in zouden overgaan, de *gezinnetjes*. Dat wil zeggen: spelende kinderen, gadegeslagen door verveelde moeders en soms ook apathische vaders, mannen voor wie het leven was uitgedraaid op bier drinken, roken en barbecueën.

O ja, hij had ze gezien, de meisjes. Hij kende de tergende macht die uitging van hun soepele, gladde lijven, de achteloze manier waarop ze met hun volmaaktheid omgingen, de iriserende gloed in hun lange haar. Na elke stap veerden, vertraagd, hun borsten even op en neer in hun bikinitopjes. Als ze zich in de branding door water en schuim hadden laten overspoelen, trokken ze de badstof recht, met snelle blikken omlaag, om te zien of alles nog goed zat, wat jammer genoeg meestal zo was.

O ja, hij had ze gezien. Hij had gezien hoe een meisje met lang donker haar, ze was misschien twee jaar ouder dan hijzelf, zich uit haar kleren had gewurmd, op een rode bikini na. Ze veegde haar haar met haar handen naar achteren, terwijl ze haar ogen sloot om te genieten van de zon op haar gebruinde huid. Toen ze opmerkte dat Vermeer haar – vanuit de beschutting van z'n twee vrienden, een meter of vijf verderop – zat aan te gapen, had ze iets gedaan waar hij de komende maanden erg veel zaad aan zou verschieten. Ze keek hem even aan, en zonder zijn ogen los te laten greep ze de rode badstof van haar broekje beet om die, razendsnel, opzij te schuiven, nauwelijks langer dan de sluiter van een camera, zodat het doelbewuste van die actie in het vage bleef en het evengoed kon zijn dat ze het kledingstuk herschikte wegens kriebel. Ze giechelde en liep met haar vriendinnen naar zee: de gracieuze slentergang van iemand die gewend is zich nagestaard te weten en de eigen blik daar onderkoeld bij in de verte houdt.

Hij had ze gezien. Elk genot was op een geraffineerde manier doortrokken van het tegendeel. Nooit kon hij naar zulke meisjes kijken zonder steeds het ingrediënt *pijn* te voelen schroeien in de golfslag van sensaties. Het was een specifiek soort pijn, diffuser en minder acuut dan dat van letsel, maar niettemin overwegend fysiek, hoewel het ook psychische sporen droeg, van vergelijkbare orde als spijt of heimwee. Toch zou het genot niet zijn wat het was zonder dit bestanddeel.

'Maar in Noordwijk,' zei Ronnie, 'in Noordwijk zitten de heetste meiden van allemaal. Van de zomer ben ik met een paar jongens daarheen geweest, en hebben we er een paar mee de duinen in genomen. Gewoon het prikkeldraad over geklommen,' – hij wees over de omrastering van het schelpenpad omhoog, alsof het hier gebeurd was – 'en in zo'n duinpan heb ik er eentje liggen vingeren.'

Het pad kronkelde nu omlaag, in de richting van Wassenaarse Slag. Er hing een wolkenlucht van dofgrijs, violet en vegen oker. De kou rook naar haardvuur.

'Echt waar?' vroeg Dennis. 'Wie was dat dan?'

'Weet ik veel. Debby of zo. En nat dat ze was. Nát! Ik was met twee jongens uit het dorp meegegaan, achter op de brommer, en zij kenden die wijven. We kwamen ze tegen op de boulevard. Die gasten waren ouder dan ik, en volgens mij heeft een van de twee verderop met zo'n wijf liggen krikken. Dat wilde die Debby van mij niet. Die wilde me niet eens aftrekken.'

'Sjezus, arelaxed zeg,' oordeelde Dennis.

'Straks in de zomer heb ik m'n eigen brommer,' beloofde Ronnie. 'Dan gaan we met z'n allen naar Noordwijk, en slepen we die hoeren de duinen in en gaan we ze naaien... nááien...! Tot we d'r bij neervallen!'

Tussen Wassenaarse Slag en Meijendel voelde Vermeer z'n tenen haast bevriezen in z'n schoenen. Hij had z'n dikke wandelsokken aan moeten trekken. Ook z'n vingers waren ijskoud. 'Je gaat met dit weer toch niet zonder je wánten naar buiten?' had z'n moeder vanochtend in de keuken staan roepen, maar hij verdomde het. 'Ik ga niet voor lul lopen!' Wánten: kon het knulliger? Een paar van die ovenwanten met zo'n domme duim die uitstak. Als het dan echt moest, dan zouden het *skihandschoenen* zijn, en ook dan luisterde het erg nauw. Scholieren hebben een feilloos instinct voor mode, dat gelijke pas houdt met de genadeloosheid waarmee ze elkaar erom afstraffen. Verkeerde schoenen kunnen je vermorzelen van schaamte. Een iets te gretige kapper kan verantwoordelijk zijn voor een volle week spijbelen. Helemaal onbarmhartig zijn leeftijdsgenoten tegen de dragers van een leren *boekentas* – Vermeer torste zijn eerste gymnasiumjaren nog zo'n vermaledijd nerdaccessoire mee, dat hij pas recent, na lang zeuren had weten in te wisselen voor een geaccepteerd model rugzak. ('Waar is dat allemaal voor nodig? Die tas is toch nog goed? Hij ziet er nog spiksplinternieuw uit!')

Het leek of Isa en haar altoclub dit kledingfundamentalisme wilden keren, met hun afgedragen zesdehandsgewaden. Later zou hem duidelijk worden dat ook deze subcultuur z'n *do's* en *don'ts* kende, dat ook hier één foute keuze je uit de gratie kon brengen, dat ze slechts een *alternatief* waardesysteem volgden en vormgaven, in plaats van waardesystemen als zodanig te verwerpen.

'Dé tering,' zuchtte Ronnie, toen ze eindelijk bij Boerderij Meijendel waren en zich opwarmden bij het haardvuur. 'Hoeveel hebben we nu gelopen? Tien kilometer?'

'Ik denk wel vijftien,' zei Dennis.

'Dan moeten we straks het dubbele. Met een zware rugzak om.'

Vermeer dacht aan het lijstje 'persoonlijke bagage' uit Kanselaars *Handboek Winterkamp*:

Slaapzak tot –10°, matrasje, veldfles en mok, mes, vork en lepel, zaklamp, toiletpapier, toiletartikelen, EHBO*-setje, extra sokken, extra gymschoenen voor nood, talk/voetpoeder, doeltreffende regenkleding, lucifers, evt. verrekijker/ fototoestel indien nodig, handschoenen, muts/band, sjaal, evt. kranten als isolatie onder je matje, zwemkleding voor de slotmiddag. De school verstrekt: eten, mestins (kookblikken), verwarmingselementen, schop, kaart, kompas, één deken p.p.*

Ze namen de bus terug, door weilanden en woonwijken. Alles moest nog beginnen. Het Winterkamp, meisjes, vriendschappen, leven. Zelfs op school was het allemaal nog droogzwemmen geweest, voorbereiding, opmaat, voorportaal. Straks kon hij steeds meer kiezen. Z'n eigen vakkenpakket om te beginnen. Dan dropte hij Duits en Grieks. Daarna kwamen de nieuwe keuzes, grotere vrijheid. De toekomst was een verandering van aggregatietoestand, met steeds meer bewegingsvrijheid en expansie.

9

Het dooit als hij langs de Hofvijver het schelpenpad volgt, dat veranderd is in een glibberige smurrie. Vijf voor zeven. Alleen in het Torentje van de premier brandt nog licht. Aan de voet ervan is het ijs weggebroken, een wak dat doorloopt langs de hele breedte van het Mauritshuis, om te voorkomen dat men de minister-president via het ijs komt lynchen. Of de doeken van zijn beroemde voorvader komt gappen, dat kan ook nog, denkt hij. Uit de hele wereld komen mensen zich vergapen aan Het Meisje met de Parel, de Mona Lisa van het Noorden. In 1881 kocht een verzamelaar haar nog voor twee gulden dertig op een veiling. Twee eeuwen lang had er geen hond naar omgekeken. *Natuurlijk hoeft het ons niet te verwonderen dat artistieke prestaties door onbekendheid in het duister blijven.*

Halverwege het Voorhout ziet hij Olivier en Kasper al voor Hotel Des Indes staan. Een voor een mogen de gegadigde bureaus zich bij dit intimiderend opgedirkte pand melden. *Om een paar uur lang de reet te likken van Visserlink en z'n bestuursvriendjes.* Het is Vermeer opgevallen hoe het vergaderen in westerse samenlevingen een prominente rol heeft verworven. Elke organisatie van enige omvang heeft een aparte ruimte ingericht waarin alles gewijd is aan die specifiek menselijke activiteit. Elke werknemer besteedt er gemiddeld een kwart van z'n tijd aan, en hoe hoger hij staat in de hiërarchie, hoe groter dat aandeel is. Ongeacht wat hij bespreekt, verleent het vergaderen hem op zichzelf al gewicht. Helemaal statusverhogend is het om met een invloedrijke persoon 'om de tafel te zitten'. Veelzeggend genoeg hebben de hoogste maatschappelijke functies titels die zijn ontleend aan de vergadercultuur. Wat is een president anders dan een *voorzitter* van een vergadering, iemand die van overleggen zijn beroep heeft gemaakt? Zelf is Vermeer er bepaald niet dol op.

'Daar zul je ze hebben,' bromt hij, als hij zich bij z'n compagnons heeft gevoegd en er twee donkere Audi's bij het parkeerplaatsje stoppen. Alsof dat een berisping was, werpt Olivier z'n sigaret neer en vermaalt de peuk onder z'n schoenzool.

Doordat ze op een rijtje staan, krijgt het handen schudden iets van de start van een voetbalwedstrijd. Op de stoep schuifelt de sliert van heren in pak – ze zijn met z'n zessen – langs hen. Van de eerste drie mist hij de namen, omdat ze die gelijktijdig tegen elkaar mompelen en uit angst voor een gênante herhaling geen herstelpoging ondernemen. Bij de andere drie wacht Vermeer tot zij als eerste hun zegje hebben gedaan, al is dat nu juist onnodig. De gezichten van burgemeester Antonie van Quist, wethouder Guus Visserlink en Koen Grevers, voorzitter van de commissie Ruimte en Wonen van de Provincie, zijn hem bekend van eerdere opdrachten, recepties, kranten, tv. Achter hen sluipen de auto's die hen gedropt hebben weg over het Lange Voorhout.

'Goed u te zien, heren...' begint Van Quist, met een uitnodigend armgebaar. Even blijft het stil en staren ze afwisselend naar elkaars gezichten en schoenpunten. *Zés man, godverdegodver.* Ook Olivier trekt kort zijn wenkbrauwen op en ademt diep in. Alleen Kasper oogt ontspannen. Als de portier, een Indische man met een zwarte hoge hoed, hen door de draaideur wil toelaten, klinkt er een stem achter ze: 'Hei...! Kennen jullie niet een eurootje missen, voor een dakloze?'

De portier knikt routineus geruststellend met getuite lippen, alsof dit gebruikelijke hinder is die hij wel even afhandelt, maar Kasper zegt: 'Laat mij maar,' en hij maakt zich uit de groep los om op de jongen af te stappen. *Jezus, ga nu niet lollig lopen doen, Kas.* De dakloze draagt een afgedragen trainingsjack, in ADO-geel-groen, en een spijkerbroek met scheuren.

'Natuurlijk, jongen. Waarom zou ik niet wat kleingeld kunnen missen?' Kasper trekt z'n portemonnee tevoorschijn, bekijkt de inhoud, die kennelijk teleurstelt, waarna hij in z'n broekzakken graait.

'Hm, nou,' mompelt hij. 'Da's nu eventjes heel vervelend. Ik zit slecht in m'n liquide middelen, ik heb niks aan contanten bij me...'

Snel kijkt hij zijn collega's aan, maar Olivier en hij hebben hier geen zin in. *Kom mee zeg. Sta de boel niet te verstieren, oetlul.* Maar Kasper Eijsvogel is er het type niet naar om zich ergens bij neer te leggen.

'Weet je wat,' gaat hij verder, met een hand op de schouder van die knul. 'Zie je daar voorbij die bomen die bank en die pinautomaat? Als jij daar eens twintig euro opneemt, met mijn pasje. De pincode is tweeënnegentig-veertien. Negen-twee-een-vier. De ontdekking van Amerika, veertien-tweeënnegentig, maar dan omgekeerd. Dat moet je kunnen onthouden, toch? Met dat geld koop je wat je nodig hebt om te eten, en je brengt straks hier het pasje en het wisselgeld terug. Is dat een goed idee?'

Wat nog het meest verbaast, is dat die klaploper niet verbaasd is. Hij knikt, als een koerier na een instructie en verdwijnt met Kaspers pasje langs de rij kale kastanjes.

'Het is heel simpel,' verklaart Kasper binnen aan tafel. 'Ik zie in één seconde of iemand te vertrouwen is. Die jongen is helemaal niet uit op rottigheid. Hij heeft gewoon wat meer pech gehad in het leven dan wij.'

Ze hebben de *private dining*-zaal, ingericht door Jacques Garcia. Alle materialen spannen samen om het gevoel op te wekken dat ze omgeven zijn door een weldadige zachtheid, ze lijken letterlijk in de watten gelegd. Er valt een avondgloed uit de kroonluchters en de thermostaat staat een paar graden te hoog. Als dit niet zo'n belangrijke bijeenkomst was, zou Vermeer achteroverleunen en zich in de weldaad onderdompelen. Hij zit echter op het puntje van z'n stoel aan de ronde tafel, en is bloednerveus, ook omdat hij niet helemaal gerust is op Kaspers gedrag. *Zeker gezopen, de lamlul.*

'Zoals ik het ook onmiddellijk herken of iets met hartstocht gemaakt is,' vervolgt Kasper, net iets te luid. 'Of het nu om een gebouw gaat, een overhemd of zelfs een kop koffie. Dat kun je van tien meter afstand zien en ruiken.'

'Nou, we wachten in spanning af,' reageert Visserlink, die de menukaart openslaat en er zuchtend in begint te bladeren, als in een krant waarin hij alleen maar narigheid verwacht. 'Ik mag hopen dat je het nummer paraat hebt om je rekening te blokkeren, voor het geval je intuïtie het dadelijk onverhoopt niet helemaal bij het juiste eind blijkt te hebben.'

'Wat een cynisme, wethouder!'

Het informele decor, denkt Vermeer, onderstreept alleen maar het uitgesproken *formele karakter*, zoals ze zich ook aan tafel dienen te houden aan nauwgezette voorschriften inzake de omgang met bestek, servies, personeel en tafelgenoten, ondanks de overvloed van producten die wijzen op een onbezonnen schranspartij.

'Goed, heren,' zegt Van Quist. 'Ik ben erg blij dat we hier samen zijn, zodat we eens met elkaar kennis kunnen maken, voor zover dat nog niet in het verleden is gebeurd, en we van gedachten kunnen wisselen over onze ideeën, en zo hopelijk tot iets moois kunnen komen.'

Een van de vaardigheden waar gemeentebestuurders in moeten uitblinken is eenvoudige mededelingen tot bonte slingers rekken, op een toon alsof het allemaal van het grootste belang is. Omdat Vermeer al zo'n vermoeden had dat ze vanavond niets nieuws gaan leren, neemt hij de gelegenheid te baat om de man beter te observeren. Hij ziet er vitaal en opgewekt uit, wat opmerkelijk is als je bedenkt waar zijn stad sinds Zes Juli allemaal mee te maken heeft gehad. Brandende moskeeën, vechtpartijen, autobranden. Eindeloze discussies over de kwaliteit van de hulpverlening. Onderzoeksrapporten, veiligheidsevaluaties. Die hele wervelwind van woorden waarin de onnoemelijke verschrikkingen, die juist te groot voor woorden zijn, veranderen in veilige feiten: 'slachtoffers', 'nabestaanden', 'hulpverleners', 'dodental' – al die gestolde, van iedere dramatiek ontdane kreten moeten de 'gebeurtenissen van Zes Juli' terugbrengen tot een hanteerbare werkelijkheid.

Van Quist wekt in het geheel niet de indruk hieronder te bezwijken. Je mag het niet denken, maar die aanslag heeft Van Quist werkelijk goedgedaan. Van een wat halfzachte, uitgerangeerde oud-partijleider is hij veranderd in een sterk *aanwezige* figuur. Hij organiseert bijeenkomsten voor slachtoffers van nabestaanden, laat wekelijks moslims met Hagenezen met elkaar 'in dialoog gaan', praat zich de blaren op de tong in buurt- en theehuizen. Iedereen heeft hem horen spreken op de verschillende herdenkingsbijeenkomsten, waarbij het hem uitstekend van pas kwam dat hij een gezicht heeft dat veel beter aansluit bij begrafenissen dan bij feesten. Waar je in de actieve, wetgevende politiek steeds meer ondernemers, managers en bedrijfsjongens ziet – types die je kortom op huwelijksfeesten nodig hebt – komt het in deze situatie goed uit om te ogen als *van de oude stempel.* Van Quist heeft zijn zware, monotone stemtimbre weten te verkopen als betrokken en warm, en zijn ouwelijke en onhandige fysieke voorkomen als waardig à la Sinterklaas of de paus. Wat in de publieke waarneming ooit handicaps waren, is door de aanslag omgevormd tot het tegendeel. In de tv-praatprogramma's is iedereen het erover eens dat 'Van Quist het goed doet', dat hij de mensen probeert 'te binden', dat hij 'stevig in zijn schoenen staat', 'een rots in de branding' is, enzovoorts. Vermeer vermoedt ook dat wanneer je in de positie zou zijn het hem te vragen (maar dat is hooguit diens eigen vrouw), de burgemeester zal toegeven dat deze nieuwe rol hem energie heeft gegeven, dat zijn leven er zin, richting en glans door kreeg. Aanstonds zal het langverwachte rapport verschijnen van de commissie die onderzoek deed naar de aanslag. Van Quist lijkt zich niet te veel zorgen te maken over de inhoud ervan. Het enige onderdeel waarop hij mogelijk te pakken is, is dat van de hulpdiensten, die feitelijk onder zijn portefeuille vallen, maar vooralsnog is er niemand geweest die hem publiekelijk op zijn verantwoordelijkheid heeft gewezen.

Boven het voorgerecht licht Van Quist de procedure nog maar eens toe: dat er in het voorjaar een referendum georganiseerd gaat worden dat 'zwaarwegend van invloed zal zijn op de besluitvorming', enzovoorts.

'Bedoelt u met zwaarwegend... ook bíndend?' probeert Olivier, waarop Van Quist, een en al welwillendheid, met een serene glimlach antwoordt dat wanneer de opkomst 'substantieel is' en 'laten we zeggen, veertig, vijftig procent van de bevolking een heel duidelijke voorkeur heeft voor een specifiek ontwerp, bijvoorbeeld dat van jullie', het dan wel 'heel onwaarschijnlijk' zou zijn dat het college en de commissie 'zo'n helder signaal' naast zich neer zouden leggen. 'Kijk, laat ik het zo zeggen. De vier ontwerpen die nu zijn geselecteerd, zijn wat ons betreft alle vier in onze binnenstad te realiseren. Met elk van die vier zouden wij buitengewoon gelukkig zijn. Voor ons zijn het alle vier winnaars.'

Hij gunt Vermeer en zijn collega's even de tijd om zich op te warmen aan de gloed van dat laatste woord, en komt dan ter zake. Gelijktijdig met het referendum zal in het atrium van het stadhuis een tentoonstelling ingericht worden met de maquettes, tekeningen en/of audiovisuele presentaties van de vier kandidaten. 'We overwegen nog of het aardig is om daar ook een forumdiscussie aan te koppelen, of een interviewprogramma,' zegt Van Quist en hij pauzeert dan even, zijn wimpers wat samengeknepen en schuin omhoogturend alsof die bijeenkomst daar in een visioen aan hem verschijnt.

Zowel de bevolking als de beoordelingscommissie – gedeeltelijk hier aan tafel – brengt zijn stem uit, en elk weegt even zwaar. 'Als zowel de jury als de kiezer dezelfde keuze maakt, ja, dan is het snel bekeken. Maar in het minder ideale geval dat daar een discrepantie tussen bestaat, zullen we bekijken welke mogelijkheden er zijn om te komen tot een oplossing die het meest recht doet aan alle verschillende wensen en voorkeuren.'

Op die manier glijden ze moeiteloos door het voorgerecht. Als dit weggehaald is, realiseert Vermeer zich dat hij geen idee heeft wat hij heeft gegeten. Echt, zelfs tegenover een vuurpeloton zou hij het niet kunnen herhalen. Het moet iets droogs en brokkeligs geweest zijn, want aan tafel zijn twee lakeien in de weer met zilveren schrapertjes die de kruimels van het kleed moeten vegen.

'Meneer?'

Een serveerster met paardenstaart is op Kasper afgestoven, met een pinpas en wat papiertjes, die hij met een glimlach in ontvangst neemt. Een briefje van vijf, wat munten, bonnetjes.

'Proficiat Kasper,' zegt Visserlink, 'en de rest van je rekening natuurlijk leeggetrokken. Ik mag hopen dat je een beperkte limiet hebt.'

'Echt,' begint Kasper, 'ik twijfel er zelf geen moment aan, maar aangezien niet iedereen een even groot vertrouwen in z'n medemens heeft...' Hij trekt z'n iPhone 6G tevoorschijn, '...gaan we het gewoon even controleren. Tsjak. Inloggen... Ja... Transactieoverzicht... Ja... En kijk eens aan... 19 uur 12. Lange Houtstraat, 's-Gravenhage, 20 euro...' Hij wil z'n telefoon laten rondgaan, maar Visserlink werpt er alleen een vluchtige blik op, en bromt wat onverstaanbaars.

Het hoofdgerecht verdrijft de verwarring enigszins. Op de binnengedragen borden staan bouwwerkjes van lamskroon, snijbonen, gegratineerde aardappels plus een handvol niet thuis te brengen ingrediënten.

'Smakelijk,' zegt Van Quist met een hoofdknik, waarna iedereen zich op het eten stort in een door smak- en snijgeluiden versterkte stilte. De stilte van negen aapachtigen die de ruggetjes oppeuzelen van een gezin van babyschaapjes.

'Jullie begrijpen,' zegt Visserlink, kauwend achter de rug van z'n hand, 'dat dit kennismakingsrondje een hele straf is voor deze commissie.' Plichtmatig gegrinnik, waarna iemand van de gemeentelijke hofhouding opmerkt: 'Na de selectieprocedure kunnen we allemaal op dieet.'

Kasper petst met z'n vlakke handen op z'n buik, die lang niet zo dik is als die van Visserlink en Van Quist, en verklaart: 'Ik heb volgende week een afspraak bij m'n psychiater, die lult het er allemaal weer af!'

Hij heeft inderdaad gezopen. En omdat het personeel hier steeds je glas bijvult, even ongemerkt als zakkenrollers, is het alleen maar erger geworden. Vermeer ziet de Kasper uit Delft onder z'n sociale masker tevoorschijn barsten. Schaamteloos, agressief, overmoedig, overtuigd van z'n eigen groots- en geestigheid. In zekere zin is het nog een geluk dat er geen vrouwen bij zijn, zoals zelden in de wereld van het bouwen, al twijfelt Vermeer er niet aan dat Kasper later op de avond nog wat sletjes in de stad zal willen oppikken. Voor zover Vermeer weet, heeft Kasper geen privéleven, of beter gezegd, hij heeft allerlei vriendinnetjes, zonder dat die ook maar in de verste verte leiden naar iets wat lijkt op het gezinsleven zoals dat zich bij de meesten van zijn leeftijdsgenoten heeft gemanifesteerd.

Intussen is Visserlink ijverig op dreef met het ontvouwen van zijn visie op het stukje grond bij de Grote Marktstraat. Natuurlijk moet daar iets moois komen, zoals in het programma van eisen al is neergelegd, een combinatie van winkelen, horeca, recreatie en verkeer, maar het liefst ziet hij ook dat de ontwerpen rekening houden met onverwachte wendingen en ontwikkelingen.

'De tijd van het integrale aanbodsdenken is toch echt wel voorbij,' verkondigt hij profetisch. 'Je ziet dan ook dat we steeds meer toegaan naar dynamische structuurplannen, die zich aanpassen aan de omstandigheden in de markt. Hoe dat in dit geval handen en voeten kan krijgen, zal in de uiteindelijke fase van het ontwerp met de stedenbouwkundigen moeten worden onderzocht.'

'De stedenbouwkundigen?' Kasper walst z'n wijn in z'n glas en zegt: 'Die hebben voor architecten maar één functie: de rode loper uitrollen!'

Vermeer schraapt z'n keel. *En nu je bek houden, Kas.* Al klopt het wat hij zegt: stedenbouwkundigen zouden hun werk moeten opvatten als dingen mógelijk maken in plaats van eropuit te zijn je te beknotten en te sarren, je werk ónmogelijk te maken. De stedenbouwkundige minacht de architect, die op zijn beurt weer de projectontwikkelaar minacht, die zelf de pest heeft aan aannemers, enzovoorts. De hele bouwwereld is een reeks van elkaar wantrouwende partijen die daarom gezamenlijk de scheppers zijn van een waanzinnige puinzooi.

De komst van het dessert is blijkbaar een teken om complimentjes te gaan uitdelen, want de 'pappardelle van Betuwse peer' (met 'moscatelmousse en hazelnotenspread', zoals de menukaart geheimzinnig vermeldde) staat nog maar net op tafel als Visserlink zich naar Vermeer toe buigt om samenzweerderig te verklaren: 'Een van de knapste dingen aan jullie ontwerp vind ik hoe jullie erin geslaagd zijn om, hoe moet ik het zeggen, allerlei verschillende etniciteiten en culturele achtergronden erin te verenigen.'

Vermeer knikt, al begrijpt hij maar half waar de man op doelt.

'Neem die witte bogen rond dat plein. Als daar het zonlicht in valt, dan komen die Arabische accenten erg goed uit. Schitterend lijkt me dat.'

Arabisch? Hooguit kon je in de ornamentiek iets Byzantijns herkennen, denkt Vermeer, terwijl hij werktuigelijk blijft knikken en de zoete pappardelleslierten om zijn vork probeert te wikkelen (*met de klok mee, dat is etiquette,* heeft een Italiaanse ontwerpster hem eens wijsgemaakt). Hij heeft opzichtige referenties juist zoveel mogelijk willen vermijden. LVE streeft, en dat is beslist geen geheim, naar een nieuw universalisme, dat in idealen weliswaar verwant is aan dat van de renaissance, maar er ook van afwijkt, al is het maar omdat de vormtaal van de renaissance uiteindelijk juist op een beperkt palet van regionale principes leunde. Maar Vermeer heeft weinig zin dit allemaal uit te gaan leggen.

'Jazeker,' begint nu ook de man van het provinciebestuur zich ermee te bemoeien. 'En volgens mij is dat een heel goede manier waarop architectuur kan bijdragen aan het integratiedebat.'

Vermeer kreunt inwendig. Hij heeft de pest aan het integratiedebat, het islamdebat, het hoofddoekjesdebat of wat er nog meer voor stompzinnige namen zijn gegeven aan het spel dat een handjevol columnisten en tv-prominenten onvermoeibaar blijft boeien. Ga je af op opiniepagina's en achtergrondprogramma's, dan is iedereen in Nederland zich de godganse dag aan het afvragen wie 'ze nu eigenlijk zijn', 'welk Nederland' ze 'met z'n allen willen', wat de bron is van al die fameuze 'onderbuikgevoelens', enzovoorts. Elke week is er een nieuw relletje waar elke politieke partij haar zegje over doet, gevolgd door een rondje langs de volstrekt voorspelbare cynische pret van de krantencolumnisten. Het enige wat dit in Vermeers ogen 'nu eigenlijk' zegt over 'ons' is dat er te veel mensen rondlopen met te veel tijd en te weinig verstand.

Stukjes, commentaren, meningen. Hij houdt zich bezig met het verst denkbare tegendeel ervan: bouwvolumes, stevige muren, gemaakt om eeuwen te overleven. In zijn fantasieën stelt hij het zich letterlijk zo voor. *Bwham! En nu allemaal opgerot met jullie geneuzel. Hiero, pak aan! Steen, beton, balk. Pats!*

Deur d'r in. Klatsj! Raamkozijn. Dat zal je leren. Hap! Dáár heb je je dakterras. Ga maar lekker liggen neuken achter die schutting. Kdèng! Trambaan.

'Dat is heel vriendelijk van jullie,' hoort hij Olivier zeggen, als de loftuitingen blijkbaar allemaal zijn uitgesproken. 'We zijn blij dat jullie ons enthousiasme delen.'

'Juist,' besluit Van Quist. Hij dept z'n mondhoeken droog met een servet dat hij naast z'n lege bordje legt. Even lijkt hij diep na te denken, en is het alsof de inwendige machine hapert, maar dan komt die met onvermoede geestdrift weer op gang voor een slotbeschouwing: 'Ik kan niet anders zeggen dan dat ik genoten heb, en ik heb er alle vertrouwen in dat, wat de uitslag uiteindelijk ook gaat zijn, we tot nu toe steeds op een uitstekende samenwerking hebben kunnen rekenen, die in elk geval voor ons buitengemeen leerzaam is, zoals die dat hopelijk ook voor jullie is. En als die behoefte ontstaat, is het altijd mogelijk om een nieuw overlegmoment te creëren.'

Hear hear. Halleluja. Amen. Als publiek na een voorstelling rijst iedereen simultaan uit z'n stoel, waarna de groep verbrokkelt in onderonsjes en handen schudden. Ciao ciao. De ballen. We houden contact. Halleluja.

10

'We nemen een glas op de goede afloop,' besluit Kasper. *Welja, alsof er nog niet genoeg gezopen is.*

Buiten is het opnieuw gaan vriezen. Tijdens het eten heeft Celine het land ongetwijfeld gewaarschuwd voor gladheid op de wegen door 'opvriezing', denkt Vermeer. Straks staan al haar berichten weer in het teken van het schaatsen, die nationale folklore, die het soort hysterische saamhorigheid weet te mobiliseren die je anders alleen bij voetbalwedstrijden en Koninginnedag ziet. Als extra parameter zal Celine daarom de ijsdikten vermelden, waarschuwen wanneer het nog te dun is, speculaties over een Elfstedentocht voeden of ontkrachten, bij de beelden van Friese ijsmeesters die hun priemen het ijs in timmeren.

Ze lopen langs de Amerikaanse ambassade van Marcel Breuer, een Bauhauslid dat nog met Walter Gropius samenwerkte en hoogleraar was aan Harvard. Dat alles heeft hem niet kunnen beletten aan de rand van het Voorhout, recht tegenover de schouwburg, een grijs blok Atlantikwall te laten neerdalen. Aan de overkant, achter het raam van Bodega De Posthoorn, is het personeel de lege ruimte aan het schoonmaken. In deze omgeving sluit alles absurd vroeg. Alleen de Taste Winebar is nog open.

Kasper duwt de glazen deur open. De wijnflessen liggen er op transparante planken die alle muren vullen, en tussenschotten vormen voor zithoeken met banken en fauteuils van leer in chroom. De bar zelf is een matglazen lichtbak met champagneflessen in gouden ijsemmers als decoratie, allemaal ingericht naar de smaak van de middenklasse, de 'nieuwe opkomende middenklasse', zoals die in alle tijdperken en werelddelen is aan te wijzen. Vooral in de horeca heeft die de laatste decennia voor een nietsontziende yuppificatie gezorgd.

'Mooi werk, ouwe!' Kasper is op een kennis afgestoven die hij op de schouders slaat. Olivier kijkt Vermeer aan en zucht. 'Als je met Kas door de stad loopt,' zegt hij, 'is het net of je met Sinterklaas op stap bent. Iedereen begint te zwaaien.'

Dan draait de kennis zich naar hen toe, en nodigt ze uit te komen zitten. *Nee toch, is dat niet die zwerver?* Ook Olivier herkent hem. De jongen heeft zich in de tussentijd omgekleed, en draagt nu een pantalon met een soort ruitjesmotief (een clownsbroek, zou Anne zeggen) en een jasje met grof stiksel.

'Jongens, even voorstellen: Emiel. Woont bij mij op het pleintje.'

'Juist,' zegt Olivier.

'Emiel en ik doen wel eens een klusje voor elkaar.'

'Juist...' Olivier negeert de uitgestoken hand en zegt: 'Ik zou het geloof ik wel op prijs hebben gesteld als je ons hier vooraf over verteld had.'

'Ach kom. Het was spontaan bij me opgekomen. Bovendien is het bij zo'n sketch belangrijk dat je er zo min mogelijk mensen bij betrekt. Hoe meer mensen ervan weten hoe groter de kans dat het niet meer naturel overkomt. Dat begrijp je hopelijk.'

'Eerlijk gezegd niet nee. Eerlijk gezegd begrijp ik er allemaal heel weinig van. En eerlijk gezegd heb ik hier ook even geen zin in.' Op weg naar de uitgang passeert Olivier de serveerster die met de wijnkaart komt toegesneld.

Vermeer laat zich naar een zithoek dirigeren en neemt plaats tussen Kasper en deze Emiel in. Zelf begrijpt hij er ook niet veel van. Goed, blijkbaar was dat gehannes met die pinpas een voorgekookte grap, maar de clou ontgaat hem.

'Snapt Olivier na al die jaren nog niet hoe de dingen werken?' vraagt Kasper hem, alsof hij door hier plaats te nemen zich al aan zijn kant had geschaard. 'Wil hij soms proberen om ordners te vullen langs de koninklijke weg? Dan kun je lang bezig blijven. Het is al erg genoeg dat je voor je broodwinning afhankelijk bent van zulke mensen als Van Quist en Visserlink. Dat ze zich ook inhoudelijke oordelen over je werk aanmatigen is helemaal een ramp.'

Vermeer zucht. Toen ze nog aan de universiteit studeerden en hun eerste plannen maakten voor wat later LVE ARCHITECTEN zou worden, stelden ze het zich nog heel anders voor. Zij wisten hoe het moest. Zij waren de stedenbouwers van de toekomst, hoonden het prulwerk van anderen. Nog twee, drie jaar en zij waren aan de beurt.

Dat was de theorie. In werkelijkheid heeft elke architect te maken met opdrachtgevers die niet alleen hun praktische eisen bij je neerleggen (twee liften, een dakterras op het zuidwesten, enzovoorts) maar ook, en dat is kwalijker, altijd het idee hebben dat ze het zelf allemaal beter weten, en dat het alleen gebrek aan tijd of technische scholing is – iets waar ze doorgaans een amper verholen minachting voor koesteren – dat ze het ontwerp niet eventjes eigenhandig uittekenen. In hun ogen ben je alleen een uitvoerder van hun plannen, en dan ook nog eens een weinig behulpzame.

In de loop der jaren hebben ze geleerd hoe daarmee om te gaan. De basisregel bedacht Kasper en houdt in dat je die betweters nooit tegenspreekt maar dat je ze, onder het mom van meedenken, suggesties aan de hand doet die ze in het gunstigste geval adopteren als eigen vondsten.

'Toch snap ik je ook niet helemaal, Kas. Waarom gaan die lui voor ons ontwerp stemmen omdat jij je pinpas aan een zwerver uitleent? Daar zie ik de logica niet van.'

'Omdat het ook geen ene reet met logica te maken heeft!' Hij spreidt z'n armen, handpalmen omhoog. 'Het gaat om iets heel anders. Weet je nog hoe dat ging met die prijsvraag voor die fietsenstalling in Haarlem?' Daar mocht je geen maquette naar de expositie meenemen, alleen tekeningen. En wie komt daar pontificaal met een maquette onder z'n arm binnengestapt? Harkema. Dat was niet de bedoeling, zei de burgemeester. Waarop Harkema zich omdraaide en zei: goed, dan ben ik toch weer vertrokken? Nee, nee, dat was nu óók weer niet de bedoeling. Hij mocht blijven, met maquette en al. Sterker nog, hij wón de wedstrijd. 'En waarom wón Hark? Je moet laten zien dat je uit het juiste hout gesneden bent, dat je mensenkennis hebt. Je moet laten zien dat er met jou niet gefuckt wordt.'

De serveerster komt de wijn brengen die zij blijkbaar besteld hebben, en schenkt een bodempje in het glas van Vermeer, die er alleen maar ongeduldig aan snuift en wrevelig knikt. *Voor mij is het allemaal bocht. Gooi alles maar vol met die rommel.*

'Ik kreeg anders niet de indruk dat die wethouder daar erg gevoelig voor was.'

'Hij misschien niet. Maar er zaten nog vijf man aan tafel, en die hebben ook wat te vertellen. Proost, jongens. *Cheers.*' De wijn smaakt ontiegelijk zuur. *Ja, wat wil je? Wie gaat er dan ook wijn bestellen als je je net met hazelnotenspread hebt volgepropt.*

'Kijk daar eens,' mompelt Kasper en hij stoot Emiel aan.

'Goede spullen...' reageert die, en hij staart de vrouw na die voorbijkomt: hakken, panty, beige rokje en jasje dat, inderdaad, een stel flinke borsten samenhoudt. Ze heeft een naambadge opgespeld als teken dat ze aan een congres of iets dergelijks deelneemt en dus heel goed alleen in een hotel kan overnachten. *Dat kind had net zo goed een badge kunnen opspelden met de tekst: neuk me.* Kasper veert onmiddellijk op om haar aan te spreken bij de bar. Daar zit een clubje soortgenoten, allemaal voorzien van naambordjes. Na een tijdje gebaart Kasper naar Vermeer en Emiel: *kom, jongens, hier gebeurt het.* Emiel schiet overeind alsof hij een trein moet halen. *Even heel dringend iets delegeren naar de erectiesecretaresse.*

Alleen achtergebleven probeert Vermeer zijn standpunt te bepalen. In theorie is de koninklijke weg van wederzijds vertrouwen en respect mooi en aardig, maar eenmaal in het werkelijke, volwassen bestaan van opdrachten en transacties, sneuvelde die oprechtheid als eerste, zoveel is hem wel duidelijk geworden. In alle sectoren die hij kent domineert een meedogenloze concurrentie en een hardvochtig wantrouwen. Dit alles heeft zo z'n sporen nagelaten in het gedrag van de werknemers. Hun stemmen hebben vaak die combinatie van opgefokt en laconiek – alsof ze doen alsof, alsof er een voortdurend sluimerend lachje is om de boel niet al te serieus te hoeven nemen, alsof ze er nog steeds controle over hebben, en er elk moment nog uit kunnen stappen.

'Nanda vond het wel een mooie doorpak van de ontwikkelaar,' klinkt het aan het tafeltje naast hem. Iedereen gniffelt. Tegen een kolom staat een man van rond de vijftig afgezonderd, met een telefoon aan z'n oor. 'Ik heb een privéafspraak, dus moest met de tram...'

'Ik zeg: wat doe je hier dan? Ja, weet ik veel,' gaat het aan de tafel verder. 'Wij zijn ook maar gevraagd, zeiden ze. Godgod, en die hebben een hoop geld gekost!' De korte sketch wordt beloond met een luid lachsalvo, waaruit weer een andere stem zich losmaakt om op te merken: 'Ze vinden het op de dienst al bijzonder zat. We hebben nog een DT-sessie woensdag, dus dan kan ik het daar afkaarten.'

Kasper en Emiel hebben inmiddels twee of drie van die congresmeiden in een zithoek weten te lokken. *Als afgebefte hobbyhoeren in een blotetietentent.*

'Ik heb een privéafspraak,' deelt de man bij de kolom opnieuw mee, 'dus ik kan verder vanavond mijn telefoon niet beantwoorden, maar ik hoor graag van jullie of jullie iemand sturen.'

Ook buiten kantoortijd en -ruimte ademt deze stad ambtelijkheid, dat wil zeggen dat mensen zich ook in restaurants en cafés kleden en gedragen als op een werkvloer. Als hij die populatie langer observeert, dringt de constatering zich op dat ze er helemaal niet uit kunnen stappen, dat hun jachtig-ironische houding geen uiting is van *hands on* en *in control zijn*, maar een overlevingsstrategie. Meer dan in welke voorafgaande periode ook worden mensen geacht een extreme mate van discipline op te brengen voor het verrichten van de dagelijkse taken die hun banen ze opleggen. In loondienst werken betekent dat je het grootste deel van je wakende bestaan doorbrengt in een rol, in een rigide houding die haaks staat op je eigen natuur of daar in elk geval weinig ruimte aan biedt. De voornaamste functie-eis voor elke werknemer is er een die je in geen enkele vacature terugleest: zelfverloochening. Het gevolg is een overreactie in de schaarse vrije tijd, waar tv-films tjokvol mierzoete emotie de boel in balans moeten trekken. Dan heerst er een hysterie die in alles het tegendeel is van de gestructureerde discipline, de efficiënte rationaliteit van vergaderzalen en kantoren. Van de vier grote deugden uit de Oudheid heeft alleen die van de *fortitu-*

do, moed, nog aanzien. *Prudentia, iustitia* en *temperantia* zijn verdrongen in een allesverstikkend arbeidsethos. Behoedzaamheid, rechtvaardigheid en gematigdheid betekenen hooguit nog iets in de privésfeer – en ook daar steeds minder.

Hij neemt de laatste tram naar huis. Buiten, als grijze schimmen onder oranje lantaarnlicht, loopt een oudere vrouw voorbij met een aangelijnde hond. De eb en vloed van de bevolking van straten. De laatste dagbewoners gaan op weg naar bedden. Daarna is de stad voor de nachtmensen, voor het gedonder achter dichte deuren.

Die Kasper, denkt hij, zit in een heel ander bestaan. Was hijzelf vrouw- en kinderloos gebleven dan zou Vermeer zich ongetwijfeld ook in dat milieu bewegen, dan ging hij ook twee of drie avonden in de week met Kasper mee de stad in, dan zou hij er ook zo'n verlengd studentenbestaan op na houden dat veel artistiekelingen beschouwen als levensvoorwaarde.

Vroeger heeft hij het ook gekend, de dierlijke opwinding, je door de avond heen drinken in de overtuiging op weg te zijn naar de ultieme extase, één moment dat ergens aan het einde wachtte, als een uiteenspattende vuurpijl, één waanzinnige orgastische ontlading die steeds dichterbij kwam; met ieder glas, met iedere minuut voelde je haar afglans aanzwellen, opgloeien: bijna, bijna, nog even!

Meestal zonk het ongemerkt in nog vóór de climax was bereikt, maar omdat je geproefd had van die top en wist dat die intensere explosies in het verschiet stelde, nog zoeter, weldadiger gejuich verborgen hield, probeerde je het na de kater stug opnieuw. En vier, vijf jaren gingen voorbij.

Hij denkt aan het werk dat nog gedaan moet worden voor die tentoonstelling. Hij denkt aan Celine, aan Anne. Hij denkt aan Isa en aan zijn reddingsactie in de tramtunnel.

Er zijn allerlei redenen om iets te verzwijgen. Dat hoeft geen misdaad te zijn. Je kunt een verrassing voor iemand in petto hebben. Dan is de leugen zelfs een plicht, een voorwaarde voor de feestvreugde. Je kunt iets verzwijgen omdat het te futiel is om er de aandacht aan te schenken die het anders zou krijgen. Zo verzwijgt Vermeer thuis wel eens verkeersboetes. Of onverwachte hoe-gaat-het-met-jou-mailtjes van ex-vriendinnen. *En aanpalend gezeik.* Dan is er nog de leugen om bestwil; allemaal nog in de groene zones. Aan het andere uiterste staan achterbakse leugens, schaduwlevens, misleiding, oplichting. Maar eer je in dat rode gebied bent, moet je een langgerekt schemergebied door, waar zijn verzwegen tramtunnelavontuur ook ergens staat gemarkeerd.

Thuis slapen Celine en Anne. Bij allebei kijkt hij even om het hoekje van de deur. Hij houdt ervan als zij slapen en hij nog op is. *Wakend over zijn meisjes.* Dan kan hij hun aanwezigheid voelen zonder dat hij zich met hen bezig hoeft te houden, zich baden in hun slaaplome warmte en intussen nog wat werken, want door alle toestanden en alcohol is zijn interne machinerie op gang gekomen. Beneden op de bank klapt hij zijn laptop open. Tegelijkertijd krijgt hij een sms-bericht: BUIT BINNEN. GOED VOORTEKEN.

Ja hoor, Kas, zoals de Romeinen hun toekomst aan de ingewanden van vogels konden aflezen, zo kun jij dat doen aan roze kutjes.

Zoals er tientallen redenen zijn om de waarheid geweld aan te doen, zo zijn er ook tientallen soorten overtreders. Kasper heeft hij altijd beschouwd als een *rebel*, iemand die regels en wetten aan zijn laars lapt om hun onrechtvaardigheid aan de kaak te stellen, en ze op die manier te veranderen. Maar klopt die analyse wel? Is Kasper niet eerder de *schelm*, iemand die er domweg plezier in heeft de morele grenzen te tarten, zonder te streven naar een verandering? Of moet hij hem toch scharen onder de ordinaire *dieven en bedriegers*, die hun daden plegen om er zelf profijt van te hebben?

Hij opent de CAD-presentatie van hun zwevende weergang, kantelt het, verplaatst poppetjes over het plein beneden, schuift wat trams heen en weer, zonder veel enthousiasme. Nog iets meer dan een half jaar. Dan moet hij met iets beters voor de dag komen, op die tentoonstelling die kennelijk gekoppeld is aan het referendum.

Wat te denken van terroristen? Een gewone misdadiger (dief,

moordenaar, fraudeur) zal er alles aan doen om zijn daad onopgemerkt te laten, terwijl de terrorist juist maximale publiciteit wil. De terrorist is verwant aan de *rebel* en streeft eveneens naar mentaliteitsverandering. Osama bin Laden beweerde dat zijn aanslagen slechts tot doel hadden om 'redevoeringen te verspreiden'. Aanslagen als perspresentaties: weliswaar moeten ze het stellen zonder gratis bier plus iets te knabbelen, maar niettemin weten ze alle media langdurig in hun greep te houden. Een theoretisch effectieve manier om het terrorisme te bestrijden is om over geen enkele aanslag meer te berichten, en de lijken stilzwijgend af te voeren. Uiteraard loopt dat stuk, zowel op de morele plicht van de journalistiek om de waarheid te vertellen, als op de praktische onuitvoerbaarheid. Terroristen parasiteren zodoende ongeremd op de westerse media. Ze veranderen de communicatiekanalen van de vijand in wapens en laten de lcd-schermen *friendly fire* spuwen.

In dit geval waren het zelfmoordterroristen, die weer van zowel de dief als de schelm verschillen in de zin dat ze hun daden niet primair *voor zichzelf* plegen. Als zo'n moslimstrijder z'n lichaam laat exploderen doet hij dat niet met het oog op zelfverrijking, statusverhoging of uit lustbeleving – nee, hij opereert in essentie altruïstisch: hij offert zijn eigen leven in de hoop dat van zijn verwanten te verbeteren. Hij waant zich de uitvoerder van een plan dat zijn persoonlijke leven overstijgt. Dat maakt het lastiger, zolang zich onder zijn slachtoffers geen directe naasten van je bevinden, om de concrete plegers onterughoudend te haten en te minachten. Je ontkomt er niet aan een heroisch aspect te bespeuren in de terreurzelfmoord.

De zelfmoordaanslag volgt de tegenovergestelde ethiek als die van de onbemande *drones* waarmee de Amerikanen steeds hartstochtelijker uitpakken, of van de biologische wapens waar Saddam in de Golfoorlog mee dreigde. Naar de erecode van ridders en aanverwante krijgers zou dat volstrekt lafhartig zijn, zo'n geavanceerde techniek waarmee je als aanvaller onzichtbaar en onschendbaar bent, en dus geen gelijkwaardige tegenstander. Totaal andere koek dan de padvindersuitrusting waarmee het spektakelstuk van 9/11 is uitgevoerd: mes, touw en vliegbrevet. De zelfmoordaanslag is een terugkeer naar het primitieve man-tegen-mangevecht, een terugkeer naar de *ambachtelijke* oorlogsvoering.

Hij is moe, maar voelt dat hij nog niet in slaap kan vallen. Hij opent een tekstdocument waar hij na het incident in de tramtunnel aan is gaan werken. Sindsdien is er een stroom herinneringen op gang gekomen die niet van plan lijken hem rust te gunnen. Het zijn gebeurtenissen die hij was vergeten, een beetje tot zijn verrassing, al is het niets wereldschokkends. Het gaat niet om een grote liefde, hooguit om een kleine – en waarschijnlijk dat niet eens. Het is eerder een brok verleden dat is komen bloot te liggen, zoals je op oude vloertegels kunt stuiten bij het uitgraven van een kelder. Het is, denkt hij, een *episode*, in de oorspronkelijke betekenis van het woord, *epeisodion* = *epi* (bij) + *eis* (in) + *hodos* (weg). Een zijingang dus, een vergeten halletje tussen grotere bouwvolumes. Toch blijft dit hem dwarszitten, en vult het zich met spoken, flarden. Op rare momenten duiken ze op, en ze jengelen harder als hij ze fermer probeert te negeren.

Ze eisen een beschrijving. Het document dat hij is gaan typen is een capitulatie. Of een reconstructie. Vanzelfsprekend kan hij hiervoor geen één-op-éénschaal hanteren. Als dat al praktisch mogelijk was, zou zijn episode verzuipen in details. Anderzijds is er het gevaar van te veel abstractie, constructie, versimpeling, en moet hij waken voor de valse glans van schaalmodellen.

Een echte oplossing heeft hij niet. Hij is architect, geen schrijver. Hij moet zijn toevlucht nemen tot hulplijnen, werkbruggen, rolsteigers. Hij houdt vast aan een handjevol voornemens. Zo creëert hij afstand door over zichzelf te schrijven als over een derde persoon, en neemt hij de vrijheid om over *om het even wat* te schrijven, met dezelfde grilligheid als waarmee de herinneringen hem invallen. Hij meent zich dat te kunnen permitteren, juist omdat de episode van zichzelf al steunt op twee verankerde elementen: het Winterkamp in de derde klas en de Romereis in de vijfde.

XI

De maandag erna was Isa nog altijd niet op school. Na de eerste pauze viel ze met een te-laat-briefje de les Frans binnen, met een doffe blik in haar ogen. Kees Zwaard – *monsieur Zwaard* voor leerlingen – reageerde gelaten, en ging door met zijn uitleg over de *futur proche*. Ten slotte vertaalde de klas een gedicht van Rimbaud, en Isa leek bij de bespreking ervan in slaap te vallen, totdat iemand de beurt kreeg en niet wist wat het werkwoord 'baiser' betekende in de regels: *Le vent baise ses seins et déploie en corolle / Ses grands voiles bercés mollement par les eaux.*

'*Baiser*, dat is kussen of zoenen. Al is het ook,' zei Zwaard, zonder zijn geduldige intonatie te verliezen, 'het gebruikelijke woord voor neuken.'

Het uitbundige, hinnikende gelach schudde Isa wakker uit haar sluimertoestand.

'Nou,' zei Zwaard, 'volgens mij moet ik jullie nog een hoop uitleggen.'

Nu pas zag Vermeer dat Isa een ringetje in haar neus had. Het zilveren sieraad ging dwars door haar linker neusvleugel. *Ik heb gaatjes laten prikken*, zeiden meisjes vroeger op de lagere school. Dat was schattig, en toonde op jonge leeftijd al de bereidwilligheid aan van de andere sekse om pijn te verduren als prijs voor een aantrekkelijk uiterlijk. Nu prikten diezelfde kinderen hun complete oorschelp lek, en zelfs het orgaan dat nog veel minder voor zulke ingrepen bedoeld leek, de neus. Het was onuitstaanbaar: waarom verminkte ze zich zo?

Vermeer hield van Rimbaud, zowel van z'n gedichten als van de verhalen die Zwaard over hem vertelde. Hoe hij zoop en tierde tussen de schilders en dichters in Parijs. Hoe hij '*merde*' riep na elke regel die een collega voordroeg tijdens een diner. Hoe hij een 'ziener' wilde worden, door een 'langdurige, buitenmatige en beredeneerde *ontregeling van alle zintuigen*'. Hoe hij daartoe experimenteerde met hallucinogene paddenstoelen. De onverbiddelijkheid waarmee hij weigerde mee te doen intrigeerde Vermeer. *Maintenant, je m'encrapule le plus possible*: op het moment leef ik er zoveel mogelijk op los. Wat moest het heerlijk zijn om de hele zooi naast je neer te leggen, radicaal nee te zeggen. *De tyfus konden ze krijgen.* En tegelijk was er bij Rimbaud ascetische verstilling, melancholie en lyriek. *Par les soirs bleus d'été / j'irai dans les sentiers...* Rimbaud was Dionysus en Apollo ineen.

Merkwaardig, die jongen had zo'n beetje alles gedaan wat de school verbood – weglopen, spijbelen, mateloos drank- en drugsgebruik –, maar werd er wel met ontzag 'behandeld' (zoals het onderwijs met literatuur pleegt te doen). Blijkbaar betekende het schrijven van een stuk of wat gedichten een rechtvaardiging. Wangedrag was geoorloofd zolang het bijzondere kunstwerken opleverde, die blijkbaar een andere, een hogere morele orde representeerden. Wat aanvankelijk nog laksheid en halsstarrig egoïsme leken, waren dan ineens heroïek en talent. Het had iets onuitstaanbaar hypocriets.

Het uur erop – ze wachtten op Stam, die wel vaker te laat was – pestte Alexander Isa met haar piercing. Eerst imiteerde hij zachtjes het geluid van een koe, wat instemmend gegniffel teweegbracht in de directe omgeving. Daarna vroeg hij: 'Hee Isa, heb je ook je tepels laten piercen?' Routineus wist hij de schaterlach die nu aanzwol naar een uitbarsting te tillen met een goed getimede opmerking. 'En je kreeg vast korting als je meteen een stuk ijzer door je schaamlippen liet prikken.'

Isa stond op, greep haar stoel en smeet die met de uitgestoken poten naar Alexander, die hem met z'n armen wist af te weren waarna die tegen de radiator bonkte, met een dreun die nagalmde in de leidingen. Even bleef het stil, totdat de stem van mevrouw Stam het lokaal vulde.

'In-ter arma si-lent leges!' Met één vlakke hand opgeheven, op een intonatie van: en nu houd je mooi je mond dicht!

Iedereen hield z'n hart vast, terwijl Stam naar Isa en Alexander toe kwam, hen indringend aankeek en herhaalde, maar nu bijna fluisterend, onheilspellend: 'Inter arma silent leges...' En daarna tot de hele klas: 'Naar dat citaat verwees minister-president Lubbers bij het uitbreken van de oorlog: de wapens spreken.' Ze maakte haar armen breed: 'De wapens spreken, en ze hebben ook hier gesproken, in de vorm van deze... zetel.'

Nooit wist je of ze het grappig bedoelde. Om het zekere voor het onzekere te nemen, beperkte Vermeer zich tot een halve glimlach. Stam ging door: 'En zoals Cicero beweert, zwijgen in dat geval de wetten. *Inter arma silent leges*. Of zoals Cicero het in de *Pro Milone* letterlijk zegt: *Silent enim leges inter arma*. Stíl zijn immers de wetten te midden van wapens. In de volksmond is dat verbasterd tot het gezegde waar ons aller Ruud – tuut tuut tuut – op hintte: als de wapens spreken, dan zwijgen de wetten.'

De klas was gewend aan dit soort spontane exercities. Het beste wat je kon doen was zo geïnteresseerd mogelijk kijken, veinzen niet verbaasd te zijn. Ronnie was er eens uitgestuurd omdat hij tijdens een van Stams optredens in de lach was geschoten.

'Maar als je de tekst in de juiste context leest, zul je ontdekken dat Cicero uiteraard allerminst de prioriteit zonder meer bij de wapens legt. Dat zou wat worden! Neen, natuurlijk stelt Cicero – een staatsman! een man van de rede! – de wetten boven het geweld. En dus... Isa...?'

Kennelijk meende ze hiermee een vraag gesteld te hebben, of in elk geval een antwoord te mogen ontvangen, maar Isa kon alleen maar wat schamper herhalen: 'Dus?'

'En dus... mag u eventjes vijf minuten naar de plee.'

Stam had zo haar eigen sancties, die zich onttrokken aan het reguliere arsenaal van nablijven, melden bij de conrector of strafcorvee. 'Vijf minuten naar de plee' was haar formule voor wie iets uitvrat wat haar niet zinde. Een andere was 'op je horloge zitten', wanneer je daarop had gekeken om te zien hoe lang de les nog duurde. Soms zei ze: 'Gaat u maar even rondjes om het schoolplein fietsen.' Straal voor aap stond je dan, hoewel iedereen die uit het raam keek onmiddellijk wist: die is er uitgestuurd bij Stam.

'Te midden van het wapengekletter zwijgen dus de wetten,' ging ze verder, toen Isa de deur dichttrok van het lokaal, dat met haar vertrek meteen veranderde van temperatuur en kleur. 'Cicero zegt dit op het moment dat hij wil aantonen dat Milo niet schuldig is aan moord, maar uit zelfverdediging handelde. Kan werkelijk, zo vraagt hij zich af, een belager en een rover onrechtvaardig een gewelddadige dood worden aangedaan? Wat betekent onze gewapende escorte, vraagt Cicero. Wat betekenen zwaarden? Het zou toch zeker níét zijn toegestaan die te hebben, als het in géén geval toegestaan zou zijn om ze te gebrúíken? Natuurlijk. Allemaal mooi en aardig, maar als Ruud zegt dat de wapens spreken, in welke taal spreken die dan? Toch niet in het Perzisch? Nee, Ruud beweert helemaal niet dat vijándige wapens spreken en dat het Amerikaans geweld daarom rechtvaardig is. De wapens spreken Amerikááns. En zouden dan de internationale wetten zwijgen? Dat zou een mooie boel worden. Dat zou een vrijbrief betekenen voor Amerika om zomaar om het even welk land binnen te vallen.'

Uiteindelijk begeleidde ze de klas naar het inzicht dat de minister-president er niets van begrepen had, dat hij Cicero's pleidooi voor het recht op zelfverdediging had gemaltraiteerd, een misdaad die alle schendingen in het Midden-Oosten in de schaduw leek te stellen.

'...en daarom weet u vanaf nu,' besloot ze, 'dat het Latijn geen dode taal is. Zeg dat maar als ze u de volgende keer vragen waarom u een taal moet leren die niemand meer spreekt behalve de paus. Ik dank u allen. Aan Ovidius komen wij vandaag niet meer toe. Ik begin nu aan mijn lunch.'

Ze klapte het stroeve, roestige raampaneel open, schudde een filterloze sigaret uit een krijtblauw pakje Gitanes en stak die op. Kou trok het lokaal in, samen met de eerste vlokken sneeuw.

Nederland had net drie marinefregatten in de richting van Irak gestuurd, en Israël steun aangeboden in de vorm van Patriotraketten. Afweergeschut, dat waarschijnlijk dus Cicero's zegen had. Israël hamsterde intussen gasmaskers. Dagelijks groeide de angst voor gifgas en biologische wapens waar Saddam Hoessein over zou beschikken. Dat was een nieuwe stap in de evolutie van het krijgsbedrijf. Zoals de Eerste Wereldoorlog het tijdperk van de man-tegen-mangevechten verliet door de inzet van chloorgas en luchtbombardementen, zo maakten de biologische wapens van Saddam de tegenstander nog abstracter, nog minder menselijk. Het gas was in de Tweede Wereldoorlog al succesvol toegepast als massavernietigingswapen onder geconditioneerde omstandigheden van gesloten ruimtes. Met Saddams innovatie hoefde de vijand niet meer naar speciale vernietigingslocaties getransporteerd te worden. Dood liet zich van op afstand zaaien, in de thuishaven van de vijand. Op het NOS *journaal*, dat nu dag en nacht verslag deed van de oorlog, had de Israël-correspondent een zwart gasmasker op z'n bureau liggen, dat wel een zwartgeblakerde schedel leek, een modern *memento mori*.

Het was allemaal nog doortrapter dan die kernwapens waar Vermeer al z'n hele leven over hoorde steggelen op televisie. Jarenlang hadden Amerika en de Sovjet-Unie elkaar opgenaaid zoveel mogelijk van die krengen in elkaar te knutselen, allebei onder het mom van zelfverdediging, terwijl ze evengoed voor bedreigingen konden doorgaan. Een jaar geleden was de Berlijnse Muur gevallen, Duitsland was herenigd. In lokaal 5 hing een poster met een reusachtige bierpul boven de tekst: *Duitsland wordt weer één pot nat.* De Koude Oorlog was voorbij. Het IJzeren Gordijn smolt. De Sovjet-Unie was in ontbinding. Dat alles kwam over als de laatste van een reeks toch al niet zo hevige naschokken uit een ander tijdperk: van toen er nog oorlogen waren, zoals zijn grootouders die hadden meegemaakt.

Van alle kanten werden Vermeer en zijn leeftijdsgenoten gesterkt in een vanzelfsprekend superioriteitsbesef. Oorlogen, armoede en een gebrekkige technologie behoorden allemaal ofwel aan een barbaars verleden toe, zoals de geschiedenisboeken leerden, ofwel aan verre, nogal achterlijke landen, zoals het journaal elke avond liet zien. In eigen contreien zou de maatschappelijke opwinding zich voortaan beperken tot min of meer ludieke demonstraties: tegen atoombommen en kernenergie, voor het kraken van leegstaande gebouwen, of voor individuele belangen van geïsoleerde groepen – geschreeuw dat in verreweg de meeste gevallen beperkt bleef tot een banale roep om loonsverhoging.

12

In maquettes oogt alles vreedzaam. Neem een schaal van 1:25 en ieder bouwsel wekt vertedering, zoals met een kort bezoekje aan Madurodam is vast te stellen. Met nog een paar passen achteruit, naar 1:100 of 1:200, glijdt er een last van je schouders. Je merkt het ook aan luchtfoto's, die een zalige, bevrijdende gewaarwording schenken omdat ze de chaos en het ongemak van het straatniveau hebben overstegen en ons een serene, organische orde tonen. Ineens herkennen we een grotere samenhang in onze kleine werelden.

Nog dichter bij de verrukking brengt ons de schaal van een ANWB-wegenkaart, 1:300.000, waarin we het land in één oogopslag overzien, in z'n vertrouwde iconische vorm, vol met intrigerende details – dorpen, steden, rivieroevers; overal wonen mensen, voor wie we blindelings een weemoedig soort sympathie voelen.

Het is februari. Kerst en Nieuwjaar zijn voor zijn gevoel ongemerkt voorbijgegaan. Hij heeft gewoon doorgewerkt. Vanochtend is hij als eerste in het LVE-kantoor. In het souterrain staat hun geschiedenis uitgestald in perspex vitrinekastjes. Het zijn er achtentwintig. Vijf projecten bestaan op ware grootte. Drie zijn in aanbouw. Twintig zullen er alleen als idee voortleven en staan hier als embryo's op sterk water.

Op een lage schraagtafel in het midden staat het schaalmodel van het Zes Juli-ontwerp, van hun weergang, hun plein, en hun tunnel in dwarsdoorsnede. Vermeer gaat op de grond zitten, benen onder de tafel, met zijn gezicht dicht bij de miniatuurmensjes die over het plein lopen. Het is allemaal nog in aanbouw. Hij heeft nog maar vijf maanden en ziet dat er nog steeds iets niet klopt, dat het niet de *juiste* oplossing is. Hij staat op, doet een paar passen achteruit.

Alleen over de weergang zelf is hij tevreden. Het is een plek die gelijktijdig midden in de stad is opgenomen en erbuiten staat. Als hij oprecht was, zou hij zeggen dat alle overige segmenten – de winkelpanden, de kantoorruimtes, de parkeergarage, de tramtunnel – er alleen maar zijn om die ene verstilde cirkelgang te ondersteunen, die ene kroon te dragen. Juist die dragende elementen zal de opdrachtgever zien als hoofdzaak, de weergang zelf als ornamentiek, lege onbenutte ruimte. *Daar zit alleen maar uitzicht.*

Een knagende ontevredenheid bekruipt hem. Weerzin, angst, schaamte: hij voelt het allemaal, terwijl er zweet tintelt op z'n rug. Goed, er ontbreekt glas in de ondergrondse etalages en het centrale plein krijgt nog convexe terrassen. *Maar er ontbreekt wel even wat meer, fucking beunhaas.* Pas als het huis af is zie je wat je had moeten weten toen je aan de bouw ervan begon, zegt Nietzsche. *Maar daar hebben we die maquettes toch voor, virtuele presentaties, animaties, de hele technologische rimram...*

Er ontbreekt veel meer, er is iets grondig mis, en het frustreert hem dat hij er geen vinger achter kan krijgen. Zijn instinct weigert het te onthullen. Vanaf zijn eerste ontwerpen ging het altijd zo: hij maakte het zich vertrouwd, dompelde zich onder in de omgeving van het project, zoog alle mogelijkheden ervan in zich op, de historie, het pakket van eisen, de functies, alles, totdat, vanzelf en onontkoombaar, de vorm zich aandiende, gestold, voortgestuwd door eigen gravitatie. Alle kanten van een project moest hij leren kennen – van de bodemgesteldheid tot de bevolkingssamenstelling, van de politieke implicaties tot de invloed op de luchtstromingen en lichtval. Al die elementen waren als kleuren die pas wanneer ze allemaal samenkwamen één heldere bron waren, één helder en onontkoombaar ontwerp afdwongen. Vóórdat dit gebeurde had het geen enkele zin om iets te schetsen. Tekenen is juist het omgekeerde van wat de meesten zich bij zo'n scheppende activiteit voorstellen, het omgekeerde van de materie je wil opleggen.

Een ontwerp maken is als het oplossen van een puzzel met als extra moeilijkheden dat de oplossing niet bestaat en meerdere dimensies heeft; anders dan de puzzels die hij Anne ziet maken is het eindplaatje niet eerst afgedrukt en vervolgens in flarden gezaagd. Evenmin beperkt het ontwerpen zich tot het platte vlak. Er is een dik dossier met eisen en wensen, er zijn tekeningen van de locatie, en uit die kakofonie van stemmen, tegenstemmen, uit die hele gisting van paradoxen en antithesen moet hij iets baren.

Kom mee.

Je staart je met al je gepieker en aandacht blind op details, een probleem, een obstructie, en als die hobbel genomen is, klapt erachter ineens een wereld open. Het enthousiasme dat dit losmaakt stuwt het hele bouwwerk in allerlei richtingen door een transformatie heen, die vanzelf lijkt te gaan, alsof het werk zelf besluit dat het tijd is om te groeien. Die schijn van autonomie wordt nog eens versterkt doordat het daadwerkelijk ánders is, totaal verschilt van alles wat je je er vooraf van bedacht had, zoals je je van kinderen vooraf geen voorstelling kunt maken, hoewel er wel herkenning is bij hun geboorte. Pas als het bouwwerk de macht naar zich toe getrokken heeft en z'n eigen schepper blijkt, is er een kleine kans dat het *niet helemaal* waardeloos is.

Wat ze ook vertellen aan de universiteiten, wat jij zelf ook aan jullie stagiairs vertelt en in jouw lezingen beweert, uiteindelijk komt het minder aan op techniek en logica, dan op intuïtie en instinct. Jarenlang hebben die je feilloos bijgestaan, samen met de bijbehorende overmoed. Want je moet over een fabelachtige megalomanie beschikken om iets te ontwerpen, om je eigen verzinsels zo nadrukkelijk en onontkoombaar op te dringen, niet alleen aan je tijdgenoten, maar ook aan hun kinderen en hun kleinkinderen.

We wonen in andermans gedachten, wandelen door fantasieën van derden, werken in verzinsels van nog weer anderen. Al het gebouwde is bedacht, van de stoepranden tot de omrastering van een sportveld. Waar normale stervelingen hun spinsels nog privé weten te houden, dringen de bouwers hun binnenwerelden op. Dat is geen bijkomstigheid van hun vak, het is er het wezenskenmerk van. Zoiets kun je niet zonder extreme trefzekerheid. Ontwerpen zonder de overtuiging meteen ook de béste architect te zijn, zou cynisch zijn. Megalomanie is geen excentrieke karaktertrek voor een architect, maar een *voorwaarde.*

O, natuurlijk had jij als student dat citaat van Frank Lloyd Wright boven je bureau hangen. *'Early in my career I was a very arrogant young man. I was so sure of my ground and my star that I had to choose between an honest arrogance and a hypercritical humility... and I deliberately choose an honest arrogance, and I've never been sorry.'*

Maar nu ontbreekt je die stormachtige opwinding waar eerdere projecten op dreven en die vanzelf die oprechte arrogantie liet oplaaien. Objectief gezien, door de ogen van een buitenstaander, is dit zonder enige twijfel je beste werk. Het is goed doordacht, virtuoos, krachtig, en zelf weet je dat het iets mist.

Rampzalig hoeft dat niet te zijn, stel je jezelf gerust. Dit is de fase waarin alles nog vloeibaar is, kneedbaar. *De fase waarin je die hele gore teringzooi nog tegen de vlakte kan sodemieteren.* Je moet je inhouden dit niet onmiddellijk te doen. Om de maquette te beschermen, draai je je om en klim je de zes treden op naar het gelijkvloers.

'Jij bent er vroeg bij...'

Voor de ontvangstbalie loopt hij Kasper tegen het lijf. Die heeft een plat koffertje bij zich waar Vermeer hem niet eerder mee zag.

'O, hee... Jij bent er ook al? Ik kom alleen iets halen, ik moet er gelijk weer vandoor...' Hij blikt verstrooid rond. *Te veel gezopen. Halve nacht liggen neuken, en nu daas van een kater, de lamzak.*

'Rustig aan, Kas...'

Door het raam ziet hij hem z'n cabrio in stappen, koffertje onder de passagiersstoel schuiven, als Kaspers telefoon op z'n bureau gaat.

'Ja?' Het is een reflex die hij zich heeft aangeleerd. Nooit met z'n naam opnemen. Op z'n Frans.

'Kas, jij bent zover?'

Een bekende stem. Een klant? Nee, het is Teijmen. De sonore bas. De lichte spot.

'Ik zie hem net wegrijden eh... Paul? Je spreekt met Johan.'

'O... jij? Merkwaardig. Ik had met Kasper afgesproken te bellen...' *Om zeven uur 's ochtends?* 'Ik probeer het wel op z'n gsm. Dag.'

Gsm. *Ouwe zak.* Alleen mensen van boven de zestig zeggen gsm tegen een mobiel. Meestal hadden ze dan begin jaren negentig als een van de eersten zo'n apparaat.

Het blijft rustig op kantoor. Olivier is de hele dag afwezig en heeft een van de tekenaars meegenomen: er is een *ground breaking ceremony* van z'n wegrestaurantaanbouw, waarvan de eerste paal eindelijk de grond in gaat. *Tsjongejonge, en dadelijk pannenbier hijsen als die bouwvakkers de daknok bereiken.* Op Oliviers bureau ligt een opengevouwen tekening van de weergang. Bij het zien van de plattegronden en verklarende teksten (een Staedtler, lijndikte 0,35 millimeter) voelt hij meteen de moedeloosheid weer krampen in z'n ingewanden. Hij probeert die te sussen. *Kom, kom, wat betekent zo'n prijsvraagje nu helemaal?*

In Delft waren Olivier en hij gefascineerd geraakt door Étienne-Louis Boullée (1728-1799). Samen hebben ze zelfs nog de Étienne-Louis Boullée Eetclub opgericht. Van Boullées werken is maar een handjevol uitgevoerd. 'Ik blijf dat doodzonde vinden,' had Olivier eens gezegd, waarop Vermeer tegenwierp dat je het daadwerkelijke bouwen ook als iets secundairs kon zien, als een min of meer hinderlijk bijproduct bij de evolutie van de bouwkunst, bij de ontwikkeling van architectonische ideeën. 'Zet een basiliek van Brunelleschi naast eentje van Gaudí en het is de bouwkunst zelf die gegroeid is, over de hoofden van de architecten heen. Tegenwoordig is Boullée algemeen erkend als verbindende schakel tussen classicisme en modernisme. Wat denk je, zou hij daar de energie voor hebben gehad als al die krankzinnige bedenksels van hem echt uitgevoerd moesten worden? Dan zou hij zich met het bouwproces moeten hebben bemoeien, had hij non-stop in de clinch gelegen met magistraten en aannemers. Bovendien had hij dan z'n werken moeten aanpassen aan de eisen van z'n klanten. Nu hebben we tenminste de zúívere Boullée.'

Misschien hebben hun eigen ongebouwde werken juist het meest bijgedragen aan de ontwikkeling van LVE, houdt Vermeer zichzelf voor. Die hoefden tenminste geen concessies te doen aan opdrachtgevers en aannemers. Kijk om je heen: *veertien zuivere LVE's.* Alle uitgevoerde projecten moesten goedkoper dan beoogd. Zonder uitzondering is er beknibbeld op de detaillering. De profielen op de deuren van hun buurtbibliotheek waren veel smaller, eleganter (en ja, duurder) dan ze in werkelijkheid zijn geworden. De vazen die de eentonige zijgevels van hun vakantiehuisjes van Klein Elysium moesten breken: spoorloos verdwenen in het bestek van de aannemer, die volhield het juiste model nergens te kunnen vinden. Vaak ging het veel verder. Geschrapte erkers, platgewalste portalen, complete vleugels zijn afgehakt door calvinistische bestuurders. En Johannes Vermeer maar vergoelijken. *Zelfs zonder armen is de Venus van Milo een meesterwerk, godverdomme.*

Veertig minuten later rijdt Kaspers cabrio weer voor. *Wat moet hij eigenlijk met zo'n pooierwagen?* Heb je zoiets nodig om met meiden rond te toeren? *Blonde haren in een automaat.* Die formule had hij Kasper in Delft eens horen brallen, zonder dat Vermeer er iets van begreep. In wat voor automaat? Maar het ging om zoiets, zo'n dakloos BMW-tje. Voor zover hij weet stellen vrouwen het niet erg op prijs als rukwinden hun kapsels omploegen. Evenmin kunnen de kou en het snelweglawaai zo'n ritje tot een plezier maken. Dat hele cabriogebeuren, peinst hij, is volledig gebaseerd op een externe representatie, op het *plaatje.* Op het haast mythische beeld van rondtoeren op landweggetjes, inclusief het meisjeshaar wapperend vanaf de passagiersstoel, nemen cabriorijders het fysieke ongemak voor lief. Een paar weken terug schoof Kasper een folder met een nieuw model Rolexhorloge onder Vermeers neus. Wat hij ervan vond. *Nou, wat dacht je? Vunzig kermisspul waar een paar gehaaide klootzakken te veel geld aan verdienen.* Op een vrijdagochtend verscheen hij ineens met een petje op, in een poloshirt boven een geel-blauw geruite pantalon: meneer ging *golfen.* Onder de kapstok bij de receptie stond pontificaal z'n tas met *clubs* klaar.

Elke bevlieging verleidt hem zich te tooien met nieuwe outfits en attributen. Bij elke nieuwe kennismaking moet hij zich ergens in kopen.

'Teijmen belde nog,' zegt Vermeer.

Even is er schrik bij Kasper, die in de deuropening blijft staan. Er is een luik opengewaaid, maar hij trapt dit meteen dicht door te zeggen: 'Klopt. Hij belde me ook op m'n mobiel.' Hij snuift en loopt zwijgend naar z'n bureau.

Om tien over twaalf de volgende dag belt Mandy, de receptioniste: 'Een meneer voor jullie.' Zo gaat dat altijd. Nooit vraagt ze wat de beller wil, nooit onthoudt ze een naam; ze schakelt iedereen domweg ongevraagd door. Ze heeft geen andere functie dan dat van ritueel tussenstation, dat een rookgordijn van drukbezetheid moet opwerpen. 'Zet hem nog maar even in de wacht,' zegt Kasper meestal, en gaat dan koffie halen.

Het is iemand van Oliviers wegrestaurant, met een vraag over een factuur. 'Zowel Olivier Liebach als de man die over onze financiën gaat zijn op dit moment niet op hun plek...' Nee, terugbellen is niet nodig. De man wil alleen een factuurnummer checken.

'Dan zal ik kijken wat ik...' Vermeer rolt zijn stoel naar Kaspers bureau, activeert het scherm en heeft na enig zoeken zowaar een map in beeld met de naam *facturen.* Hij controleert het gevraagde nummer en het bedrag – alles is in orde.

Dan gebeurt er iets vreemds. Waarschijnlijk komt het doordat Kasper een muis gebruikt van een type waar hij niet mee overweg kan, een muispen. Hij wil de factuur wegklikken, maar in plaats daarvan komt hij in de lijst met recent geopende bestanden, waarvan hij er onbedoeld eentje activeert, waarop een waarschuwingsscherm meldt: *'Teijm4.pdf' cannot be found. Check your spelling or try a different path.*

Dan herinnert hij zich een truc die hij eens heeft moeten uithalen toen er per ongeluk een bestektekst verloren was gegaan. Hun netwerk maakt dagelijks kopieën van alle mappen, en je kunt daarom kiezen om een geselecteerde map terug te halen zoals die een, twee, drie dagen geleden, of zelfs maanden terug was geweest. *Earlier versions.* Vermeer hoeft maar één dag terug in de tijd te reizen om het bestand op te halen.

De factuur is gericht aan Teijmen Vastgoed Holding bv en het te factureren bedrag is €190.462 exclusief btw. Onder de omschrijving staat: 'Aanbrengcourtage' gevolgd door een lang nummer, en een naam die hem niets zegt.

Twéé ton? Hij mag dan immuun zijn voor geldzaken, Vermeer weet er voldoende van af om te zien dat dit niet klopt. Twee ton voor een natte vinger in de lucht steken.

Kasper komt om half een binnen met de broodjes. Zoals altijd op dat moment ziet hij er wat ongeduldig en kribbig uit. Waarschijnlijk omdat hij niet ontbijt, heeft Mandy eens gezegd. En ook een vroegere stagiaire in de maquettewerkplaats – van wie Vermeer later hoorde dat Kasper haar neukte – had hij een paar keer horen vertellen dat het ontbijt de belangrijkste maaltijd van de dag is.

'Er belde nog iemand,' zegt Vermeer. 'Het ging over een aanbrengcourtage, of zo...'

Kasper kijkt niet weg. Hij verstart in z'n trotse houding. Kasper loopt altijd net iets rechter op dan je op grond van zijn fysionomie zou verwachten. Sommigen menen daar rugklachten in te lezen, maar Vermeer heeft het al lang geleden gediagnostiseerd als het rechtop lopen van de nieuwkomer, van de jongen uit het provinciale gat (Maassluis, in zijn geval) die het gemaakt heeft in de stad, in de kring van types waar hij altijd tegen opkeek en nu in op wil vallen, in door wil stijgen, middelpunt van wil zijn, een streven dat zich vertaalt in zo'n rechte, al te rechte rug.

Er gaat opnieuw een telefoon, Vermeers mobiel, maar het zou onzinnig zijn die nu aan te nemen. Al zouden de bouwtekeningen op tafel ineens vlam vatten, dan nog zou Kasper als een standbeeld blijven stilstaan.

Vermeer knikt in de richting van Kaspers Macbook en zegt, overbodig, als het laatste zetje dat hem over de rand duwt: 'Facturen.'

Dan verwijden Kaspers neusvleugels zich en loopt hij rood aan. 'Wat loop jij in mijn spullen te snuffelen?' Zijn blik blijft op

Vermeer gericht, die zelf verbaasd is over zijn eigen kalmte.

'Het zijn niet alleen jouw spullen. De boekhouding is van ons allemaal.'

Kasper blijft hem aanstaren. 'Zo!' roept hij alleen maar uit.

'Kas, ik weet niet wát hier speelt, maar ik zou graag iets meer inzage in onze boekhouding krijgen. Volgens mij heb ik er recht op om te weten hoe we ervoor staan.'

Weer een telefoon, nu vanaf de receptie doorgeschakeld. Kasper neemt de hoorn op en laat hem meteen terugvallen. Stilte.

'Zo!' Met een tik tegen de muis veegt Kasper de screensaver weg. 'Zo...!' En daar staat hij weer, de schaduwfactuur, uit de virtuele dood herrezen.

'Dus jij wilt inzage in onze boekhouding? Dan zal ik je inzage in onze boekhouding geven. Uitstaande schulden: drie en een kwart ton. Netto omzet: al vier boekjaren op een rij volslagen prut. Hypotheekschuld: een tonnetje of drie. Inkomsten: achtendertigduizend. Met dank aan Oliviers wegrestaurant. Dus jij wilt weten hoe we ervoor staan? Zo staan we ervoor. Klote. Kapot.'

'En dat obligatiepakket?'

'Volg jij de beursberichten niet?'

'Nee. Zou dat moeten?'

De deur zwaait open; David, een van de tekenaars, voelt kennelijk de spanning en maakt zich, als na een vergissing, uit de voeten.

'Er zijn twee manieren om niet totaal naar de knoppen te gaan. Het eerste is die prijsvraag winnen. Het tweede is hulp van Paul accepteren.'

'Hulp? Interessant eufemisme.'

Het woord is niet gevallen, en toch is het meer aanwezig dan wat ook, kleurt het de wanden van het kantoor, maakt het de lucht er zwaarder, vertraagt het het ademen: fraude.

'Dat is hoe jij het wilt zien, en van mij mag je het zo noemen, als je tenminste ook allerlei andere praktijken zo beoordeelt. Die schoonmaakster, die bij jullie altijd op donderdagochtend het hele huis komt doen? Krijgt zij een jaaropgave? Nee, die pakt elke week een envelopje dat op de keukentafel klaarligt.'

Dat is waar – al gaat het niet in een envelopje. Vermeer legt de briefjes, verzwaard door een twee-euromunt, klaar op het aanrecht, een gebaar dat hij altijd als ongemakkelijk ervaart, maar het lijkt hem toch van een andere orde.

'Iedereen laat zwart klussen. *Heb je die bon nodig? Nee? Kijk, dán kunnen we wel een mooi prijsje maken.*' Ook dat klopt. Prijsje: steevast het diminutief, dat in het Nederlands niet alleen een verkleining aangeeft maar ook een gezelligheidswaarde, zodat het een knipoog is tussen spreker en luisteraar. Nederlanders zijn het enige volk op aarde dat altijd in 'hotelletjes' slaapt, 'drankjes' nuttigt en 'prijsjes' maakt.

'Iedereen probeert de belastingdienst te slim af te zijn. Jij weet net zo goed als ik dat je als ondernemer een eersteklas oetlul bent als je braaf de volle mep belasting overmaakt. Op z'n minst zet je je privé-uitgaven op je zakelijke balans.'

Vermeer weet dat het enige wat hij ertegen inbrengt, het enige wat hij ertegen in kán brengen, meteen ook zwak is: hij kan alleen op een *gradueel* verschil wijzen, terwijl het nu juist een *principiële* zaak is.

'Hou toch op, man.'

In de frauduleuze gevallen waar hij in de kranten over leest – vastgoedfraude, excessieve declaraties, belastingontduiking – is doorgaans sprake van een 'cultuur' waarin het exorbitante en het illegale normaal zijn geworden, stapsgewijs, in een proces van jaren en met tientallen betrokkenen. Vrijwel nooit gaat het om de eenling die ineens een wilde sprong maakt. Het is een geleidelijk proces binnen een groep die groeit, die een interne legitimatie bewerkstelligt ('iedereen in mijn omgeving doet het; dan kan het nooit volkomen abject zijn of te risicovol') en die druk uitoefent op gewetensvolle weigeraars. Zodoende ontstaat er een alternatief circuit, een *cultuur* inderdaad, maar dan eentje die op een interne *eer* is gebaseerd: mondelinge afspraken, zwijgplicht, interne sociale controle.

'Overleef je, of ga je naar de klote,' zegt Kasper. 'Dát is de vraag.'

Stilte. Beneden bij de receptie tingelt opnieuw een telefoon. *Wat willen die kutmensen toch van ons?*

'Het is echt maar voor één of twee keer, dit soort transacties.'

Stilte. De stilte van iemand die met zijn zwijgen gedoogt. Van iemand die zich neerlegt bij het onvermijdelijke. Iemand die er niets meer over wil horen. Die zich schikt. Wat weet hij ook eigenlijk van transacties? Liquiditeit, geldmarkt, obligatierating, kredietbeoordelaars... Al die termen die hij sinds 2008 dagelijks in het nieuws hoort, zeggen hem even weinig als Kaspers 'transactie' of 'aanbrengcourtage'.

'Zie het als een lening. Paul geeft ons nu een kapitaalinjectie, zodat wij dóór kunnen. We betalen hem terug als de economie weer wat is aangetrokken. Het is domweg een investéring. Je zou juist blij moeten zijn dat er een investeerder is die zoveel vertrouwen in ons heeft. Denk je dat Paul dit zomaar cadeau doet? Denk je dat het voor hem niet moeilijk is? Ja, we factureren het als een aanbrengcourtage, dat is de enige manier waarop hij het in zijn boekhouding kan verantwoorden, zegt ie. Bovendien... Gást, straks heeft Paul voor ons misschien wel een opdracht in Qingdao.'

Qingdao. *Nee, dat moet het paradijs op aarde zijn, klotige imbeciel.* Maar hij zegt niets meer.

Veel aandacht wil hij er ook niet aan besteden. *Hij heeft godverdomme wel wat beters te doen.*

Het blijkt Celine die steeds belde.

'Waarom ben jij niet bereikbaar?' begint ze. 'We zitten met een probleem. Ik heb een aanrijding gehad. Nee, niks aan de hand. Een of andere imbeciel knalde hier vlak voor op de rotonde keihard tegen me aan. Verzekeringspapieren erbij, allemaal gebeurd, maar de auto staat dus hier in Hilversum in een garage. Ik denk niet dat ik het red om Anne van school te halen.'

'Maar ik moet straks naar die persconferentie bij Nieuwspoort. Voor dat onderzoeksrapport.'

'Dan vraag je m'n ouders maar. Ik red het niet om hier op tijd weg te zijn. En straks ook nog met de trein terug.'

'Kreeg je geen vervangende auto mee?'

'Ik mocht blij zijn dat ze die Saab überhaupt nog in de werkplaats toelieten.'

'Lekker is dat. En moet je nu met de trein terug?'

'Heb jij een beter plan?'

'Als jouw ouders oppassen kunnen we ook samen weer iets doen. Na die persconferentie ergens gaan eten. Een film kijken. Anders probeer ik hier een auto te regelen, haal ik je op in Hilversum en gaan we samen eerst naar die persconferentie.'

Dat besluit Kasper, die meeluistert, aan te grijpen om een gebaar van verzoening te maken. 'Leen anders mijn auto,' zegt hij.

'Hm.'

Vermeer belt met Celines ouders in Voorburg, die Anne straks moeten ophalen van school, en daarna naar haar turnles brengen, wat weer andere complicaties geeft. Celines vader raakt zodanig zenuwachtig dat hij het de man drie keer moet uitleggen, en daarna belt hij nog steeds om allerlei details. Zijn haar turnkleren dan wel ingepakt? Moet hij iets te eten voor haar meenemen na afloop? Het is lastig voor te stellen dat deze man in zijn leven als advocaat tamelijk veel grotere strafzaken bevredigend heeft afgehandeld. Bij elke verplaatsing in deze choreografie van halen en brengen moet bovendien rekening worden gehouden met de files en wegen die vol staan.

Daarna wurmt hij zich in Kaspers cabrio en rijdt hij naar de snelweg toe, stapvoets in de gebruikelijke file in de Javastraat. Soms is hij een half uur bezig om alleen maar de stad uit te komen. Uitwijken naar de trein is al helemaal geen optie: die zit in spitsuren barstensvol, zelfs in de eerste klas. Onze transportkanalen zijn waanzinnig overbelast.

Eenmaal op de A12 kan hij onverwacht redelijk doorrijden. De wind suist op de canvas kap. Als hij erg hard rijdt, klappert die zelfs. De zijruit omlijst het Hollandse landschap. Ooit keerden we stormvloeden, maakten we zoute zeeën zoet en toverden we land uit zee. Een omgekeerd Atlantis, dat was Nederland, denkt hij. Wereldfaam kregen we met onze vaardigheden in het indammen en rangschikken van ons ieniemieniegebiedje, dat toch al beroemd was, met dank aan de landschapsschilders.

Iets voor Utrecht komen de matrixborden in actie, eerst de 70, dan de 50, en dan volgt het vermoeiende gehannes met koppeling en gas. Stapvoets in de file kan iedereen het op z'n gemak bekijken: de blokkendozen van uitdijende wijken, de kantoortorens – veelal leeg en 'TE HUUR', zoals acht miljoen vierkante meter kantoorvloer in het land – en de rommelige bedrijvenparkjes achter graffitischotten. Al die schakeldozen in het grasland wekken niet het geringste verlangen op ervoor stil te blijven staan om ze beter te bekijken, zoals een negentiende-eeuwse boerderij even verderop wel doet.

De mist hangt over het weiland. Stroken loofbos drijven grijsgroen aan de horizon. Een sloot glijdt voorwereldlijk voorbij, samen met de elektriciteitsmasten. Nog een geluk dat het Eiffel is geweest die die apparaten heeft ontworpen, denkt Vermeer. Stel je voor hoe een zogenaamd fantasievollere geest complete landschappen had kunnen verminken. Deze wijdarmige goedmoedige reuzen lijken hun plaats te kennen, zonder zich te verschuilen. Ze staan er stevig, alsof ze behalve het gewillig doorgeven van in centrales opgewekte energie ook het bewaken van ons land als hun opgave zien.

Als een pianist een slechte dag heeft, verpest hij de avond van één zaal concertbezoekers. Een architect kan in één zo'n *off day* de levensdagen van complete generaties verzieken. Een architect dringt zijn gedachten op, ook aan wie er niets van wil weten. Een lezer heeft nog de simpele mogelijkheid om een boek dat hem niet langer aanstaat dicht te klappen. Met een gebouw kan dat niet. Je kunt je hoofd afwenden, stug en verbeten naar je schoenpunten blijven staren, en toch zal je er niet aan ontkomen dat het gehate bouwsel je psyché in sijpelt, dat het je herinneringen en je dromen infecteert, dat het als decor en oriëntatiepunt blijft opduiken, dat het een niet te miskennen deel wordt van je leven.

Het beste kun je in de stedelijke architectuur van doen hebben met niet al te creatieve geesten, vindt hij, of beter gesteld: met geesten die niet tegen elke prijs vernieuwend of oorspronkelijk willen zijn, maar juist niet terugdeinzen voor een noodzakelijke dosis saaiheid, conformisme, conservatisme, bereidwillig om niet meteen de meest basale bouwprincipes overboord te gooien.

Quod non fecerunt barbari, fecerunt Barberini. Waarom moet hij ineens aan die spreuk denken? Wat de barbaren niet deden, deden de Barberini wel. Hoe zat het? Hij heeft het op Romereis gehoord van mevrouw Stam. Het baldakijn boven het graf van Petrus, met z'n absurde kurkentrekkervormige kolommen, was door Bernini opgetrokken uit brons dat hij uit het cassettenplafond van het Pantheon sloopte, in opdracht van de paus, Urbanus VIII, Maffeo Barberini.

Wat rechtvaardigde die daad? Waar was de balans? Wat maakt die kurkentrekkers waardevoller dan dat plafond? Maffiose mafkees, barbaar. Anderzijds: wat maakte dat plafond waardevoller dan die kurkentrekkers? Is een ontwerp van Johannes Vermeer het waard om drie busjes met springstof te laten ontploffen in een tramtunnel? Weegt zo'n ontwerp op tegen het aannemen van zwart geld? *Of wat is het dat die klojo's bekokstoven.* Rustig blijven.

Kom mee.

Op het terrein van het Mediapark doorloop je de procedure met pasjes en slagbomen. Sinds Pim Fortuyn ergens op deze parkeerplaatsen is vermoord, is de beveiliging strenger. Je parkeert in de garage bij het Audiovisueel Centrum. Je bent net op tijd voor Celines korte radio-update, waarbij het presentatorduo van het middagprogramma kort met haar schakelt. Je beluistert het in de auto. Iemand heeft onlangs bedacht dat alles in het format van de dialoog moet op de radio; omdat onze concentratiespanne steeds verder slinkt, heeft het brein behoefte aan afwisseling. Daarom zijn er twee presentatoren, een mannen- en een vrouwenstem, als een duet. Net als bij het televisiejournaal krijgen boodschappers van buiten de basisstudio niet zomaar een podium om hun verhaal te doen, nee, ze worden onderworpen aan een kruisverhoor door de hoofdpresentatie.

'Celine, blijft het zo stormen?' 'Het wordt nog veel erger, Sven, dus zet je tuinstoelen nog maar even in de schuur. Vooral in de kustprovincies verwachten we vanavond rukwinden tot kracht acht of zelfs negen.' 'Maar we houden het wel droog?' 'Ik sluit niet uit dat er een spatje gaat vallen, maar veel kan het niet zijn.' 'En morgen?' 'Morgen houden we dit weerbeeld vast, al gaat de wind gedurende de ochtend wat liggen, en wordt hij matig tot kracht drie uit het zuidwesten, maar tegen de avond kan die weer gaan aantrekken tot stormachtig.' 'Storm dus. Dank je wel Celine. Stormen doet het ook in Den Haag, daar maakt men zich op voor de presentatie van het eindrapport van de onderzoekscommissie die de aanslag van 6 juli heeft onderzocht. In Den Haag is Jeroen Tjallinga. Jeroen, is er al nieuws te melden?' 'Heel weinig. De persconferentie gaat vanmiddag beginnen. Ik heb wel gezien dat er een steekkarretje met dozen bij het perscentrum Nieuwspoort is afgeleverd. Daar zitten dan waarschijnlijk die rapporten in, maar wat daar dan weer precies in valt te lezen, daar zullen ook wij pas over... eens zien... dik twee uurtjes achter komen.' 'Dank je wél, Jeroen... Dan komen we zéker bij je terug, eerst schakelen we naar de ANWB want er is...'

Ineens blaast er koude lucht binnen en fladdert er iets door het interieur van de auto. De achterklep is open. Celine zet haar tas in de bagageruimte, klapt de klep weer neer, en stapt in.

'Een snelle wagen met chauffeur,' zegt ze, 'precies wat ik nodig heb.'

'Een chauffeur met een snelle wagen, bedoel je hopelijk.'

'Een chauffeur met een vluchtauto. Ik word gek van die zeikerds op de redactie.'

'Het klonk anders heel gezellig. *Zet je tuinstoelen maar in de schuur Sven.*'

'Gek word ik van die arrogante lul. Op de redactievergadering vond hij dat ik maar eens moest vertellen wat die extreme stormen precies met de klimaatverandering te maken hebben. Niks, zei ik... het is februári, wat wil je? De *uari* zit weer in de maand, dan stormt het. Nee, nee, het weer is echt van slag, vond hij. Want straks is het weer zomer in maart en april en herfst van juni tot augustus.'

Bij Utrecht begint een file. Vermeer heeft een half uur vertraging in gerekend. Hij bekijkt de vierkante blokken, de hoge flats, de gebruikelijke stadsperiferie. Exclusief Nederlands is het allerminst. Hij mag dan dwepen met Rome, hij weet al te goed dat ook daarvan de buitenwijken – vele malen omvangrijker dan het *centro storico* – uit afzichtelijke flatgebouwen zijn opgebouwd. Iedere pretentie om die trieste onderkomens enig elan te geven heeft men totaal laten varen. De oude arbeidersbuurten van Berlage zijn weelderig hierbij vergeleken.

Het is de meest zichtbare, de meest confronterende manifestatie van hoe een scala aan gevoelens, opvattingen, mentaliteiten de mensheid verlaten heeft. In z'n eentje is Vermeer een dwerg tegenover een reuzenfamilie van vulgariteit, wanstaltigheid, lompheid, gevoelloosheid. *Wat is er toch gebeurd?*

'En hij kapte me veel te vroeg af, Sven. Ik had nog een heel verhaal voorbereid over wat er ná dat stormfront komt. Prachtig helder weer.'

'Het laatste sprankje hoop is de mensheid bruut ontnomen.'

'Gelukkig ben jij onze redder in nood.'

'Je moest eens weten.'

Alsof er gratis tv-toestellen worden uitgedeeld, zo druk is het rond het Plein. Al bij het verlaten van de parkeergarage stuit hij op cameraploegen, drommen dagjesvolk, beveiliging, en daar doorheen allerlei ondersteunende ambtenaren, herkenbaar aan werktenue en naambadges. (Naambadges: omdat in sommige groepen elke initiële vraag altijd dezelfde is – 'en wat doe jij zoal?' – faciliteert dit opgeprikte onderschrift in pasklare antwoorden. Naam, functie. Wie ben je, wat doe je?)

Juist als hij de Lange Poten op wil lopen, is er hevige beroering vanaf rechts. Een kluwen van camera's, statieven en kabels beweegt zich gonzend zijn richting uit. Tegelijkertijd draait die kleine menigte zelf ook rond, en omdat er van alle kanten steeds meer mensen aankleven, ontstaan er tentakels aan die traag rondmalen. Als dit hele spinachtige wezen voorbijtrekt aan hem en Celine – bij de trappen van het ministerie van Defensie zijn ze stil komen te staan – zien ze over schouders en tussen armen door wat het centrum van de werveling is: de voorzitter van de onderzoekscommissie, een doodgewone, wat oudere hoogleraar bestuursrecht, die gedacht had de vijftig meter tussen parkeergarage en perscentrum ongestoord te voet te kunnen afleggen.

'Wat verwachten die journalisten nu eigenlijk?' vraagt Vermeer. 'Dat zo'n man ze hier op straat een primeurtje geeft?' *In z'n blote reet op de zeepkist.* 'En zelfs dan: dan "heb" je "het" een paar minuten eerder dan de rest van het land, die het rechtstreeks in de live-uitzending ziet, of het op internet leest.'

'Niet helemaal,' zegt Celine, als ze in de rij voor Nieuwspoort aansluiten voor de verscherpte toegangscontrole. *Alsof we godverdomme een vliegtuig naar Tel Aviv in stappen. Of zo'n soort klotestad.* 'Die verslaggevers weten heus wel dat ze niks krijgen, maar ze moeten het *shot* van de aankomst hebben. Ze willen als eerste een glimp opvangen van die man, en van het rapport.'

Dat droeg de hoogleraar overigens niet bij zich, ook niet in een tas, omdat het binnen al in dozen klaarlag om uitgedeeld te worden onder het uitverkoren, streng geaccrediteerde gezelschap.

Koolvis heeft woord gehouden en twee plaatsen gereserveerd. Wat hij er te zoeken heeft, weet Vermeer niet goed, maar hij heeft het idee dat hij er dichtbij moet zijn, dat hij contact moet houden met het thema, in de hoop dat er vroeg of laat nog iets openspringt, dat de ultieme oplossing zich aandient.

Ze hebben stoelen op de tweede rij, pal naast de kale verslaggever van *RTL nieuws*. Als ze plaatsnemen zijn er de bekende blikken: is dat niet... die weervrouw? Wat komt die doen? Even later schiet een redacteur van *Zoeklicht* Vermeer aan – 'hé, jij ook hier?' – en als die z'n cameraman beveelt een snel *shotje* te draaien – je weet nooit waar het goed voor is – treedt het schapengedrag van de pers op en zijn ze een paar gênante seconden het middelpunt van drie of vier schoudercamera's die hun witte licht over hen heen sproeien als confetti.

Dan verschuift hun aandacht, even abrupt, omdat een deur is opengezwaaid om een kleine stoet van gezagsdragers polonaisegewijs binnen te laten. De minister-president voorop, gevolgd door de minister van Justitie, dan die van Binnenlandse Zaken, dan een voorlichter, en daarachter drie staatssecretarissen, Koolvis helemaal aan het eind. Gezichten in de plooi, wat des te meer opvalt omdat politici vrijwel altijd lachen. Nu kan dat niet. Bij het opkomen moet de premier geroepen hebben:

grafkoppen op! Officieel hebben ze nog geen kennis van het rapport, en misschien zelfs in werkelijkheid niet. De stoet neemt plaats op de vrij gebleven stoelen op de eerste rij. Koolvis knikt vlug naar Vermeer, maar waagt het niet ook maar de geringste glimlach te geven. Er hoeft maar één fotograaf te zijn die het toevallig in een *lucky shot* vangt en Koolvis staat te boek als die eikel die zit te grinniken terwijl er tientallen doden vielen, mede door zijn toedoen, want daar zal het uiteindelijk wel op neerkomen.

Een voorlichter komt naast het spreekgestoelte staan en kondigt zonder veel tijd te vermorsen (en ook zonder enige expressie of intonatie) de hoogleraar aan. Vermeer verstaat z'n naam niet goed, en krijgt alleen mee dat ze met een *professor doctor meester* van doen hebben. Die had er bouwkunde bij moeten doen, denkt Vermeer. Dan had hij prof.dr.mr.ir. op z'n deur kunnen schrijven, zoals een zeer beroemde schrijver dat als jongen had gedaan.

De hele setting heeft iets weg van een galapremière, en de doffe teleurstelling is haast fysiek voelbaar zodra duidelijk is dat de onderzoekscommissie exact heeft gedaan wat ze moest doen: een gortdroog rapport schrijven.

Het harde nieuws laat zich eenvoudig samenvatten. De minister-president en de minister van Justitie kregen een ambtsbericht van de AIVD, dat er mogelijk een aanslag of aanval zou komen. Doelwit van de aanslagplegers zou in elk geval het Internationaal Strafhof zijn, en mogelijk zou het ook om andere overheidsgebouwen zoals het Binnenhof of een van de ministeries gaan. Daarom nam de Nationaal Coördinator Terrorismebestrijding samen met de twee regeringsleden het besluit om een zogenaamde GRIP 3-procedure te starten, die na ongeveer een half uur is opgeschaald naar GRIP 4.

'Dat is zoiets als jouw weeralarmen,' fluistert Vermeer naar Celine, terwijl de man meldt hoe 'een achttal locaties' vervolgens hermetisch is afgesloten. Hij somt ze op, en vertelt dat dus niet is besloten om ook publieke locaties te beveiligen, zoals het treinstation en de tramstations in de tunnel.

'Nu gaat u mij dadelijk natuurlijk allemaal vragen...' Voor het eerst kijkt de prof.dr.mr. van zijn papier op, recht de zaal in, wat een stroboscoop van flitslicht uitlokt dat hem van zijn stuk brengt. 'Dadelijk gaat u mij natuurlijk allemaal vragen of het niet beter was geweest dit wel te doen, dus laat ik op die kwestie dan maar gelijk ingaan.'

Tegen heug en meug. Omdat hij nu eenmaal weet hoe dit gespuis denkt. Omdat hij nu eenmaal weet wat het volk wil: beschuldigingen, rollende koppen, de hardere politieke porno.

'Kijk, daar kan ik heel helder in zijn: uiteraard.' Camera's ratelen. Sommige fotografen staan, tegen de regels, op om de gezichten van de regeringsleden onder vuur te nemen. *Recht in hun bek flitsen. Precies als ze struikelen, die kutmongolen.* 'Uiteraard. Met de kennis van de gebeurtenissen die volgden zal niemand een ander antwoord geven dan dat: uiteraard. De vraag is echter of de dreiging zoals die op die ochtend van de zesde juli bekend was, ook voldoende aanleiding was om de genoemde openbaarvervoerslocaties als het ware hermetisch voor het publiek af te sluiten. Laat ik daar ook helder in zijn: dat soort oordelen vallen nadrukkelijk búíten de bevoegdheid van deze commissie. Wat deze commissie gedaan heeft, is een reconstructie en een feitenanalyse maken. Wat de oordelen over procedures en actoren zijn, en welke eventuele consequenties hieraan verbonden dienen te worden, dat is niet aan ons, dat is aan u...'

Dat is het enige terzijde dat hij het publiek gunt, de enige opwinding. De rest van de tijd leest hij zijn papier voor, zonder ook maar één keer op te kijken. Sommige journalisten pennen nog mee in hun kladblok, totdat ze doorhebben dat de integrale tekst in hun persmapje zit, en ze pas weer tot leven hoeven te komen bij het vragenmoment.

Zonder uitzondering proberen ze hierin de prof.dr.mr. alsnog een oordeel te ontlokken. 'Maar hoe kwalificeert u dat?' 'Was het niet beter geweest om toch die tramtunnel af te sluiten?' 'Wat had u zélf in die situatie gedaan?'

Aanvankelijk probeert de man nog in zijn antwoorden te variëren, maar na de vijfde vraag besluit hij stug een vaste riedel te herhalen, steeds chagrijniger. Als ten slotte een jongen van een gratis treinkrant, zonder de beurt te hebben, roept: 'Wie moet er volgens u aftreden?' wordt het de man te gortig.

'Nu moet u goed naar mij luisteren. Ik heb het nu een aantal keren gezegd en zeg het nu hopelijk voor de laatste keer: van ons gaat u geen oordeel horen. Wij stellen vast dat er een substantiele dreiging was voor het Internationaal Strafhof en het gebouw van World Forum. Wij stellen vast dat de regering daarop besloot die locaties te sluiten. Wij stellen vast dat uit voorzorg vier ministeries en twee koninklijke paleizen strenge bewaking hebben gekregen en zijn afgesloten. Als u dan blijft vragen waarom die paleizen wel en waarom de stations niet, en als u dan blijft vragen: was het niet beter geweest als... dan komen we niet veel verder en verdoet u, met alle respect, uw eigen tijd en die van uw collega's die wellicht vragen hebben waar ik wel een antwoord op heb.'

Met alle respect: dan zijn zulke mensen werkelijk *pissed*.

De juridische cyclus die altijd volgt op rampen, denkt Vermeer. Na het dodental volgt het onderzoek, geschiedschrijving die voor de buitenwacht geen andere functie heeft dan het verzamelen van de adressen voor schadeclaims en volkswoede. Met noodlot valt niet meer te leven. Het is vervangen door een juridisch spinsel van taken, verantwoordelijkheden, en als daar een lek in optreedt, betekent dat dat iemand zijn plicht verzuimde. Wie heeft verzuimd die stations af te sluiten? Ook over de vraag of de reddingswerkers wel op tijd waren brandt de discussie opnieuw los. Is hier sprake van een *menselijke fout* of van een *technisch mankement*? Het einde van de cyclus is altijd een openlijke spijtbetuiging, doorgaans gevolgd door het neerleggen van de functie. Democratie kenmerkt zich door dit soort onophoudelijke terugkoppelingen, gefaciliteerd door de pers. Als Vermeer dit perscentrum had mogen ontwerpen zou hij dat veel meer zichtbaar, in een oogopslag voelbaar maken. Behalve dat het een echte *tribune* zou zijn, zou hij meer buitenlucht en buitenwereld in de ruimte toelaten, in een boog achter de persvertegenwoordigers. Het liefst een smal venster op het passerende publiek. Bijvoorbeeld een venster in de vorm van de Nederlandse leeuw, of nee, de landkaart, en dan gekanteld, met de kustlijn omhoog, zodat je alleen benen en voeten ziet. Het woelen van de menigte, cartografisch gekadreerd. *Ja, já! Godverdomme, dat is het. Ik zal ze architectuur in hun smoel slingeren!*

Arend heeft het er niet gemakkelijk mee. Na afloop staat hij de pers op het eerste gezicht te woord met hetzelfde guitige optimisme als altijd, maar wie hem beter kent, herkent een zenuwachtige, bittere trek rond z'n mond, tegenover al die ondervragers met hun technische compagnons, hun zendapparatuur en hun schrijfblokken.

In feite, begrijpt Vermeer, hebben we hier met de klassieke rechtbanksituatie te maken, met slachtoffers en nabestaanden als aanklagers, de onderzoekscommissie als onafhankelijke deskundige, het parlement als rechter, geruggensteund door het volk, de jury. In het beklaagdenbankje de regeringsleden, de veiligheidsdiensten en een aantal uitvoerende machthebbers, niet zozeer voor het delict – want daarvan zijn de plegers overleden – maar voor het niet verhinderen ervan.

Koolvis en zijn minister kiezen ervoor om stug de boodschap te herhalen dat zij wel degelijk opdracht hebben gegeven tot verscherpt toezicht bij zowel de trein- en tramstations, als bij de parkeergarages. De cameraploegen hebben zich nu opgesplitst in kleinere cirkeltjes rond de verschillende kopstukken. Tel het aantal omstanders en je weet hoe hoog iemand in de hiërarchie staat.

'Johan... Celine! Blijven jullie nog even?' Koolvis heeft zich even losgemaakt van een cirkeltje microfoons, en schiet hen aan op weg naar het volgende, dat zich al, als was Koolvis met een magnetisch veld omgeven, naar hem toe draait. Zijn blik heeft iets smekends: bevrijd me, verlos me.

'We wilden eigenlijk straks ergens wat gaan eten. Of naar de film.'

Celine heeft zijn blik ook begrepen en stelt voor: 'Kom anders met ons mee.'

'Naar een restaurant?'

'Ja,' zegt Vermeer. 'Dan kun je even weg uit... uit dit hier.'

'Ik zou niets liever willen, maar ik denk dat ik beter even ergens kan zijn waar geen mensen zijn.'

'Dan kom je bij ons thuis wat eten,' besluit Celine.

Veel rust krijgt Arend daar ook niet, al was het maar omdat ze vrijwel meteen de televisie aanzetten om *de beelden terug te zien*. Te zien wat ze ervan gemaakt hebben. Zien hoe de wereld ertegenaan kijkt. Hoe de wereld verteld wordt ertegenaan te kijken.

In het zesuurjournaal ontkent een politiewoordvoerder weer dat er een verordening zou zijn om alle busjes bij parkeergarages te doorzoeken, zoals Schaal en Koolvis bij de persconferentie hadden beweerd. Er gold voor die 'objecten' slechts een verscherpte waakzaamheid, volgens de man, die zich ergens buiten in uniform liet filmen.

Om half acht worden bij *De Wereld Draait Door* de messen pas goed geslepen. Schaal is te gast, en blijkt de co-presenterende 'tafelheer' als tegenstander te hebben. Schaal had moeten besluiten om de héle stad op slot te zetten, vindt deze.

'Hoe kun je zo na-íéf zijn. Ik geloofde wérkelijk niet wat ik hóórde!' De co-presentator heeft besloten er een hele act van te maken, met opgeheven handen en een verbijsterde blik: als met stomheid geslagen, zoals dat heet, al praat hij juist honderduit. 'Hébben ze dan niet gezien waar ze in Madrid toe hebben geslagen? Hébben ze dan niet gezien waar ze in Londen toesloegen? En waar sloegen de Tsjetsjeense zelfmoordislamieten toe in Moskou? In het ó-pen-baar ver-vóér. Natuurlijk. Dat is het éérste wat ze dicht hadden moeten smijten. Alles op slot. Treinen stil. Alle trams. Bussen. Metro's. Veerdiensten. Ik heb hier maar één woord voor: ópstappen.'

Schaal vertrekt geen spier, terwijl achter hem het applausje klinkt waar de co-presentator naartoe heeft gewerkt. Vermeer durft niet opzij te kijken, maar voelt Arends wanhoop. Zo werkt het dus, object van spot zijn, van hoon. Eén keer eerder heeft Vermeer ook niet naar Arend durven kijken. Dat was toen ze in het voorjaar van 2002 gingen fietsen in de Alpen. De Mont-Blanctunnel was net opnieuw geopend. Op weg ernaartoe reden ze er met de auto doorheen. 'Stop hier maar even,' zei Arend halverwege. Schijnbaar op een willekeurige plaats, maar hij had de hectometerpaaltjes nauwlettend in de gaten gehouden. Vermeer stopte op de vluchtstrook, zijn knipperlichten aan. Vrachtwagens raasden langs.

'Er was wel degelijk verscherpt toezicht,' werpt Schaal tegen, ongeduldig, geprikkeld (*verkeerd* kortom, maar kun je in deze situatie iets goed doen?). 'En dat verscherpte toezicht hield onder meer in dat alle bestelbussen van het verdachte type in en om Den Haag zijn aangehouden en doorzocht. Dus zeker ook bij de ingang van de parkeergarages, ook die boven de tramtunnel.' Zijn aanvaller neemt niet eens meer de moeite rechtop te gaan zitten als hij zegt: 'Nee, dat hebben we gezien. Ga toch weg man...'

Ga toch weg man. En hij ís al weg. Iedereen is er getuige van. *Exit Joris Schaal.* Misschien niet morgen, misschien niet overmorgen, maar zijn val is ingezet. Arend hangt aan hetzelfde zekeringslijntje, en zal in hetzelfde dal te pletter vallen. Hun tegenstander speelt een thuiswedstrijd. Hun tegenstander is lid van de grote televisiefamilie. Goedgekeurd door publiek en kijkers. Evenzeer op voorhand te vertrouwen als Schaal is te wantrouwen. De rollen liggen vast. Dat is ook waarom Celine zo vaak door reclamespotjes benaderd wordt (ze weigert altijd, niet alleen omdat haar contract het verbiedt): als dagelijks gezicht is ze huisgenoot geworden, vriendin. Vooral op haar positie is de affectieve binding sterk. Als weervrouw is ze nooit onderdeel van controverses of relletjes. Ze informeert, en doet dat vriendelijk en over het algemeen correct.

De hoofdpresentator neemt het over. 'Maar meneer Schaal. Er moeten toch béélden bestaan, van beveiligingscamera's. Ik kan me zo voorstellen dat die ook op de ingang van die garages stonden gericht. Kunnen die niet vertellen of het klopt wat u hier beweert?'

'Ja,' zegt Schaal, 'maar die heeft de commissie niet kunnen terugvinden.'

De zijspan begint te zuchten en steunen. 'Tsss...' brengt hij alleen maar uit. En dat volstaat, want naar Schaals uitleg – 'die beelden hoeven niet noodzakelijk te zijn zoekgeraakt, laat staan bewust kwijtgeraakt, het is namelijk goed mogelijk dat de bewuste camera defect was, niet aanstond, of dat het materiaal tijdens de aanslag verloren is gegaan' – luistert niemand meer. Het scherm kent slechts sterren en sukkels.

Sterren en sukkels, *rising stars* en *has beens*. Die voortdurende behoefte aan nieuwe talenten, vers vlees, jong bloed om in het zadel te hijsen. Vermeer heeft het zelf ervaren, toen ze met LVE die prijs wonnen. Jong, veelbelovend. Zo ziet de wereld ze graag. Om ze daarna met hetzelfde enthousiasme neer te kunnen trappen als het succes te groot dreigt te worden. Wat jong is kan alleen oud worden, wat veelbelovend is alleen teleurstellen. Dat is Vermeers bezwaar tegen zulke rubriceringen, tegen de manier waarop carrières *geframed* en gerepresenteerd worden. Opkomst en verval: de bloei is eruit.

Vooral in crisistijd zijn politici een gemakkelijke prooi, want zij zijn het die het spaargeld afpikken. Zij zijn het die er een potje van maken. Zij zijn het die Ayman al-Zawahiri zo graag in Den Haag wilden hebben. Zij zijn het die Al Qaida de tramtunnel in lieten rijden. Zij zijn het die hun dochters van vaders beroofden. Zij zijn het die vaders van hun dochters beroofden.

Het achtuurjournaal herhaalt de persconferentie, en monteert er interviews met mensen op straat achteraan die het alleen maar erger maken. In een winkelstraat wordt een man geïnterviewd die de verhoudingen op scherp stelt door te beweren dat de regering wél voor de beveiliging van haar eigen gebouwen had gezorgd – paleizen, strafhof, ministeries – maar niet voor de plekken waar juist de gewone mensen komen: de tram.

En die tramtunnel van Rem Koolhaas was dan zeker het paleis voor de armen, denkt Vermeer, zoals de metrostations van Stalin in Moskou. Daar was hij vorig jaar met Olivier geweest. Hij herinnert zich de marmeren geblokte vloeren, de bogen, de schilderingen, het absurde suikerwerk van ornamenten. Alsof die overdaad is uitgestort met opzet: *ziezo, nu heb je zoveel moois, dat je de rest van je leven je bek mag houden.*

De weerman met wie Celine afwisselt krijgt wel de gelegenheid om het zonnige weer aan te kondigen. 'Na regen komt zonneschijn zeggen ze, maar na storm vaak ook.'

Als de avond vordert is het onduidelijker waarom ze Arend thuis hebben uitgenodigd. Om te schuilen, ja, maar daarvan komt niets terecht. Als een beurshandelaar is hij paniekerig in de weer met zijn telefoon en zijn laptop. Ook hun eigen vaste lijn, die ze hem ter beschikking stellen, gaat op in de grote jongleeract. En er is niets wat ze hem uit handen kunnen nemen.

Vermeer bladert door het exemplaar van het onderzoeksrapport dat hij bij Nieuwspoort mee heeft gekregen. Pas op driekwart leest hij iets waar hij van opschrikt. De AIVD had, zo leest hij, sterke aanwijzingen dat de aanslag gepleegd ging worden met bestelbussen gevuld met explosieven. Daarom is ook opdracht gegeven om in de wijdere omgeving voertuigen van dat type aan te houden en te doorzoeken. Ook was, leest hij in een volgend hoofdstuk, het eerste uur na de aanslag niet duidelijk of de capaciteit van de hulpdiensten toereikend is geweest. Omstanders zijn gericht benaderd met het verzoek te helpen, met name bij het vervoer van slachtoffers naar de ziekenhuizen in de regio.

Juist. Hij was dus benaderd door een agent die die twee instructies bij elkaar had opgeteld, begrijpt Vermeer. Eenvoudig, logisch. Hij zou het nu kunnen vertellen. Zo van: jongens, ik lees hier over die bestelbussen, en... Onmogelijk. De paniek is al pijnlijk genoeg.

Als een Indiase veelarmige god raast Arend door de woonkamer. Ze spartelen, zijn armen, om hem boven water te houden. Uit de gesprekken meent Vermeer te begrijpen dat er in het Kamerdebat een motie van wantrouwen gaat worden ingediend, die waarschijnlijk net niet voldoende steun krijgt. Vreemd hoe dat werkt in onze parlementaire democratie. Alle standpunten worden voorafgaand aan het debat ingenomen. Tijdens het debat is er dan ook geen enkele mogelijkheid dat iemand door argumenten overtuigd kan raken van een ander standpunt. Wie dat doet maakt een 'draai' en is dus dood. Waarom moet het debat dan nog gevoerd worden? Het debat is er niet om iemand binnen de Kamer nog te overtuigen, het is er alleen voor de buitenwereld, de toeschouwers, de potentiële kiezers. Het feitelijke debat is één lange opnamesessie voor de journaals, één langgerekte casting; de nieuwsprogramma's moeten jouw woorden uitkiezen. Deelnemers aan het debat zijn daarom verplicht zich van overdreven emoties te bedienen, heftige confrontaties uit te lokken en rare stunts uit te halen. Zoals gevels aan de straatzijde, denkt Vermeer: alleen daar hoeven ze in het oog te springen. Alleen daar zijn duurdere materialen nodig. Als reactie hierop pleitten negentiende-eeuwse Britten als John Ruskin (*The Seven Lamps of Architecture*) en Augustus Pugin (ontwerper van de Big Ben) voor een *eerlijke architectuur*, die de eigen materialen en constructies niet verhulde, zich van voren niet beter voordeed dan ze van achteren was. Hierna gaf de Arts and Crafts-beweging die idealen vorm, en in Nederland was het vooral Berlage, met zijn voorliefde voor eenvoudige baksteen, die de 'eerlijke architectuur' in de praktijk bracht. Eerlijk: Vermeer heeft de term altijd aantrekkelijk gevonden, omdat het de bouwkunst in eerste instantie als een ethische opgave ziet.

Af en toe, dat hoort Vermeer aan een abrupte modulatie in zijn stem, heeft Arend zijn vrouw aan de telefoon. Ja, de kinderen slapen. Nee, ze heeft de telefoon maar uitgezet. Ze hebben twee jonge kinderen, van drie en anderhalf. Ze zijn, kortom, totaal kapot aan het einde van een dag.

Het tienuurjournaal herhaalt de pijnlijkste momenten uit het optreden van Schaal. Om elf uur sluit *Pauw & Witteman* af met de minister-president en de minister van Binnenlandse Zaken. Het regeringsduo brengt het er heel redelijk van af. Ook de prof.dr.mr. zit aan tafel, een beetje tot ieders teleurstelling, want het is allang duidelijk dat de man nergens op wil ingaan.

'Waarschijnlijk hebben ze hem al lang van tevoren geboekt,' zegt Celine, die een schaal toastjes met garnalen rond laat gaan, 'en zijn ze hem vergeten af te bellen.'

13

De dag dat hij Rambo opnieuw tegenkomt, begint met die idiote helderheid die februariluchten kunnen hebben, vooral dicht aan zee. Vermeer fietst over de langste laan van Nederland, die van Meerdervoort, op weg naar een tv-opname voor *Zoeklicht*, dat voor het eerst 'op locatie' wil draaien. Licht spoelt door de ontbijtkalme straten, glinstert in de lak van daklijstornamenten en scherpt de contouren waarin de vlakken opgloeien tegen de koelblauwe lucht. Het is werkelijk allemaal veelbelovend, vindt hij, en hij denkt vaag aan Weissenbruch, Mesdag. Haagse School. Elders in Nederland was het kenmerkende licht – helder, dubbel gereflecteerd, eerst tegen water en daarna tegen wolken; en in die dampige atmosfeer die alles vriendelijk diffuus maakt – veranderd na het inpolderen van de Zuiderzee, die waanzinnige spiegel in het hart van het land, maar hier aan de Hollandse kust, waar de Noordzee de hemel beschijnt, is het licht nog intact. Het Haagse licht legt met meedogenloze helderheid elk detail bloot, maar dekt het meteen ook toe met een sluier van strooilicht. Pas bij zulk weer als vandaag komen de straten tot hun recht. Den Haag is een stad van lange zichtlijnen waarin het suikerwerk van witgeschilderde erkers, daklijsten en ornamenten perspectivisch verdwijnt in gevelrijen van terracotta baksteen. Al die torentjes, erkers, balkons en dakruiters zijn gemaakt om Haags licht te vangen. Daarom heeft Vermeer boven in zijn weergang een reeks grote houten bogen bedacht, waarvan hij nu pas begrijpt dat ze glinsterend wit geschilderd moeten worden. Hoe kun je ooit iets voor deze stad ontwerpen zonder een diepgaande vertrouwdheid met en een intense verwondering over dit licht?

Een 'winterlente' zal Celine het vanavond noemen, vermoedt hij. Het weer is het laatste onderwerp dat de gemeenschap als geheel is blijven boeien. Zelfs voetbal is daar nooit helemaal in geslaagd. Het weer gaat iedereen aan, dwingt iedereen in een permanente rol van atmosfeerrecensent, die beoordeelt of de temperatuur inderdaad te laag is 'voor de tijd van het jaar', of het door de wind inderdaad 'nog wel fris aanvoelt', enzovoorts. Welbeschouwd is het weer ook het enige domein dat we nooit in onze greep hebben gekregen. De laatste onbeheersbare machten zijn ook de laatst bindende. Ze hebben de gedaantes van koudefronten, hogedrukgebieden en storingen. Al die sferische schommelingen *overkomen* ons, als onverwachte beloningen of onverdiende straf.

De impact van deze winterlente is groot. Bij een stoplicht hoort Vermeer gefluit vanaf een steiger komen. Verderop is een trosje praters voor de supermarkt ontstaan, met strakke riem verbonden aan een beweeglijke hond. Bij de poort van het Gymnasium Haganum zitten leerlingen tegen een muurtje te roken in de zon. Na de altijd al en zeker dit jaar zo sombere, koude winter is dit het eerste signaal dat er heel misschien nog iets plezierigs in het verschiet ligt, denkt hij, dat die mogelijkheid van het bestaan niet volledig is geamputeerd.

Doordat hij altijd stipt op het afgesproken tijdstip verschijnt, is hij in feite overal te vroeg. Toch voelt hij er niets voor om zich te schikken naar de ongeschreven regel dat je altijd later komt, vooral om degenen die op je wachten, hulpeloos overgeleverd aan een overgestileerd bladerblad, te doordringen van je gewichtige positie. Juist zijn accuratesse voelt aan als een rebels trekje. Hij past zijn tempo aan als hij de bestemming nadert en blijft in de laatste meters de secondewijzer volgen op zijn horloge.

Ook nu hij op weg is naar die cameraploeg heeft hij tijd over. Hij is de Prinsestraat helemaal uit gereden en zet zijn fiets vast bij het Kerkplein. Dat onder in Berlages eerste grote gebouw nu een Grieks restaurant huist, is nog tot daar aan toe, vindt hij, maar wie heeft ooit toegestaan dat een onverlaat er die kale pisgele passage aan vastplakte, met een fantasieloze betonboog verbonden aan een rood gevaarte, eveneens in socialewoningbouwstijl uit de jaren zeventig? *Neerhalen, de hamer erin.*

Meestal doorkruist hij steden met een sloopkogel. Hij renoveert de boel in gedachten. Het gaat vanzelf. Het moet toch mogelijk zijn om flatgebouwen te ontwerpen die niet op ladekasten lijken, overheidsgebouwen die niet op Oost-Duitse leest zijn geschoeid, wijken die niet als serieblokken uit verpakkingen rollen om 'leefgebieden' te vullen – stedenbouw kortom, die je niet meteen de stuipen op het lijf jaagt, die zich een ander doel stelt dan je dat mengsel van misselijkheid en ongerustheid te bezorgen dat je in ziekenhuizen gewoonlijk overvalt.

Neermaaien die hap. Dat hebben die klootzakken van Al Qaida dan weer wel begrepen. Al was die tunnel zelf niet het grootste probleem; dat waren de omliggende kantoren, die klompen prefabbeton. Sommige, zoals het gebouw van Randstad, zijn kort na de aanslag gesloopt omdat ze instabiel werden, onder meer door weggesijpeld grondwater. Van andere is het lot nog onduidelijk. Gemakshalve zijn ze in het schetsontwerp van LVE met de grond gelijkgemaakt.

Na Zes Juli is dit hele gebied afgezet met bouwhekken in betonvoeten. Zelfs nu nog is er een bescheiden aanwas van bloemen, in het hekwerk gevlochten, en van knuffelberen en kaarsjes in gekleurde glazen houders van de Xenos. *Woest en ledig,* zo heeft hij het 't liefst. Hoe kon Rotterdam anders het mekka worden van de nieuwste bouwkunst? *Adolf, bedankt.*

Elke ramp heeft onverwachte winnaars. Op een congres heeft hij ooit de Nederlandse jongen gesproken die stomtoevallig op een dinsdagochtend in september aan het filmen was in New York. De beelden van de eerste inslag in de Twin Towers, eindeloos herhaald op alle schermen van de wereld, waren van hem. De rechten garandeerden een onbekommerde voortzetting van zijn leven.

Verderop zijn op een paar plaatsen doorgangen geconstrueerd naar de winkels, bereikbaar over houten loopplanken. In die hindernisbaan lichten gele verkeersborden op:

ALLE WINKELS ETC. AAN DE
GROTE MARKTSTRAAT
ZIJN CONTINU BEREIKBAAR

Continu. Aan het woord proef je dat het na eindeloos overleg met de verenigde winkeliers is gekozen. Er klinkt iets wanhopigs, iets smekends in de mededeling door, vindt hij. Al die uitbaters van 'winkels etc.' weten maar al te goed hoe troosteloos het hier oogt, en welke klappen dat gaat uitdelen aan hun omzet.

Exact op tijd staat hij voor de Boterwaag, als enige van het verwachte ensemble. In de vijftien minuten die volgen arriveren achtereenvolgens Olivier, een vrouw van het tv-programma – die zich na het handen schudden afzondert aan een terrastafel om nerveus te bellen –, een cameraman, een regieassistente op een fiets die ze zonder op slot te doen tegen een van de hekken parkeert, en dan pas – gespeeld gehaast en met precies dat beetje wrevel dat de indruk moet wekken dat hij vanuit een veel hogere, gewichtige wereld is afgedaald naar dit banale, terloops af te handelen interview – Kasper Eijsvogel.

'We wachten nog op het geluid,' verklaart de vrouw, die zich kortstondig losmaakt van haar telefoon om hem de hand te schudden.

De terrasstoelen rond de cafés druppelen langzaam vol, voor het eerst dit jaar, met mensen die hun jassen aanhouden ('zolang je uit de wind zit is het best te doen'). Na een tijdje maakt zich een gestalte los uit een groepje rond de houten bankjes aan de overkant, bij café September. Hij steekt met opgestoken hand het plein over.

'Joh!' roept hij in hun richting. 'Dat ik jou nou nog eens tegen zou komen...!'

Hun blikken flitsen over elkaars gezichten. Nee, niemand die hem kent.

'Gekken hou je altijd,' mompelt de cameraman. 'Vooral als er televisie in de buurt is. Dan gaan mensen zich toch als idioten gedragen. Dat wil je niet wéten.'

'Dat ik jóú nou nog eens tegen zou komen!' roept de jongen opnieuw. Hij heeft lang donker, plakkerig haar dat als een mat tegen z'n achterhoofd wappert. 'Uitgerekend hiero!'

Op een meter of zeven afstand blijft hij stilstaan. Vermeer ontwijkt zijn blik, in de stille hoop dat hij dan uit zichzelf opdondert, *zoals al die agressieve kuthonden ook schijnen te doen.* Of waren het juist katten die je niet recht aan moet kijken?

'Ga me nu niet vertellen dat je mij niet meer herkent. Hallo dan?'

Nee, hij dondert niet op. Hij dwingt Vermeer tot een snelle blik, en terwijl hij wegkijkt, weet hij dat het al te laat is. Rambo.

De geluidsjongen is zijn redding. Hij is gearriveerd en de interviewster klapt in haar handen, roept iedereen bijeen als kinderen na het speelkwartier. Toch blijft Rambo als dreiging aanwezig, ook als hij afgedropen is naar z'n terrastafeltje.

Wat moet die lamlul van me? Kan het zo'n raar mechanisme zijn van mensen die samen in een crisissituatie zijn geweest? Die willen de boel vaak doorspreken, verwerken, vanuit alle gezichtspunten herhalen, eindeloos en oeverloos, net als die stoet van ooggetuigen, reddingswerkers en nabestaanden op tv.

Vermeer concentreert zich, terwijl het team om hem en z'n collega's heen scharrelt met kabels, kastjes en statieven. Hij staart naar de puinhoop achter het hek. Hier is het geweest. Toch kan hij zijn herinneringen aan hoe hij die dikke kerel naar boven hielp en naar het ziekenhuis reed maar lastig in verband brengen met deze omgeving. Eerlijk gezegd kan hij ze amper met zichzelf in verband brengen. Het was ook onvoorstelbaar. De wereld was net gaan geloven dat het islamitisch terrorisme op z'n retour was, zeker na de executie van Osama bin Laden, en feitelijk al daarvoor, want die man had niet eens een telefoon- en internetverbinding. Die zat daar maar een beetje de *fool on the hill* uit te hangen. Anderzijds had de Arabische Lente van 2011 als voornaamste resultaat gehad dat zich overal strenge islamitische regimes vestigden, in tegenstelling tot wat de westerse wereld kennelijk verwachtte van die revoluties, die ze tot vervelens toe aan de zegeningen van Facebook toeschreven en daarom in één moeite door verbond met het soort democratie en vrijheid dat Europese en Amerikaanse jeugdcultuur kenmerkt (festivals, winkelcentra, hamburgerketens en in alcohol gedrenkte *happy hours*). Ze zagen over het hoofd dat de gelovige burgers in landen als Egypte en Syrië in opstand kwamen tegen de *seculiere dictatuur*, met de in hun ogen verderfelijke scheiding van kerk en staat. Vrijheid was voor die rebelse Egyptenaren juist te vinden in de religie.

Dat we er zo weinig van merkten dat Al Qaida nog actief was, wilde blijkbaar niet zeggen dat de terreur niet in het geniep verder smeulde, ondergronds als veenbranden. Hoeveel jaren voorbereidend sleutelen had er niet in 9/11 gezeten? Fundamentalisten leven op een andere tijdschaal. Net als God zelf. *Eén dag is bij de Heer als duizend jaar, en duizend jaar als één dag.* Wrok die in eeuwen gegroeid is hoeft zich niet *overnight* te ontladen.

'Ga je zenderen of hengelen?' vraagt de interviewster aan de geluidsjongen. Die kiest voor het laatste, wat betekent dat hij voortdurend met ze meeloopt om een stang boven ze te hijsen met een witte cavia erop.

Het *item* zal een minuut of tien duren, en een cocktail zijn van virtuele presentatie (hun 3D-animaties en de maquette), een gesprekje met de burgemeester, en ten slotte hun toelichting hier 'op locatie'. Wat ze nu ook gaan zeggen, er blijft een minuut of drie van over. Het is dus zaak, heeft Kasper hun ingepeperd, om elke zin te brengen alsof het de enige is. 'Let er maar eens op bij politici. Vooral jouw vriendje Arend Koolvis is daar goed in. Nooit verwijzen naar iets eerder in het gesprek. Geen enkele redenering langer maken dan twee zinnen.' Zoiets oogt in de werkelijkheid machinaal, maar in een televisiemontage juist natuurlijk.

'Ons idee van een stedelijke beleving is simpel,' begint Kasper. 'Zorg voor zichtbare bedrijvigheid. Al die werkplaatsen, keukens en ateliers die gewoonlijk onzichtbaar achterin zitten weggestopt, verplaats die naar de straatkant. Stel je voor: dit plein hierachter. De helft is etalage, is atelier. Je ziet pizzabodems door de lucht slingeren, fietsen gerepareerd worden, schoenen hersteld, meubels getimmerd, haar geknipt, doeken beschilderd, brood gekneed, koffie gedronken – één feest van activiteit, van ambacht, van leven.'

Secuur en zonder aarzelen produceert Kasper z'n soundbites. Olivier en Vermeer staan naast hem, als beeldvulling. Dat Kasper goed op dreef is, komt ook doordat het verhaal goed is, denkt Vermeer, hun visie kloppend, hun droom *juist*. Zoals verwacht stelt de interviewster de vraag naar de juridische kaders – 'Maar wie bepaalt dan of iemand ambachtelijk genoeg is om hierin te mogen?' – waarop Olivier onberispelijk inhaakt door te beweren dat gemeente en ondernemers in 'nauw overleg zijn' om 'tot een aantrekkelijk vestigingsklimaat' te komen. 'Kort gezegd zouden wij het liefste zien dat ze vrijgesteld worden van sommige gemeentebelastingen, precarioheffing en dat soort narigheid.'

Dan besluit Kasper dat dit zijweggetje doodloopt, en neemt het over: 'Én daar komt nog iets bij.' Zo'n zinnetje kun je altijd afvuren om abrupt een onderwerp aan te snijden waarvan de toehoorders te laat in de gaten krijgen dat het geen enkel verband heeft met het voorafgaande. 'Namelijk de vraag: waarom vinden we het zo plezierig om naar die kleine mediterrane stadjes op vakantie te gaan? Omdat de middenstand die plaatsen tot juwelen van openluchttheater heeft gemaakt.'

Italiaanse steden als Lucca, Siena of Perugia lijken organisch gegroeid te zijn, met adembenemende zichtlijnen, doorkijkjes en pleinen. Zonder dat hier een blauwdruk en vergaderingen aan vooraf zijn gegaan, beantwoorden ze op een heel kalme, intuïtieve manier aan wat pas eeuwen later wetmatigheid werd: dat je om de paar honderd meter een bocht moet hebben, met een nieuw uitzicht. Dat blijken we volgens psychologische onderzoeken als aangenaam te ervaren. Van bovenaf gezien lijken die plaatsen uit zichzelf in het landschap te zijn gevormd, zonder tussenkomst van structuurplannen, wethouders en welstandscommissies. Vermeer beschouwt gebouwen het liefst als levende organen, met eigen stofwisselingsprocessen, zenuwbanen en aderen. Samen vormen ze het grotere organisme van een stad of dorp. Hij heeft de stedelijke beleving in die Italiaanse stadjes altijd jaloersmakend *echt* gevonden, in de zin dat hij onmiddellijk geloofde dat dit was hoe steden horen te zijn. Loop door een willekeurige zijstraat en je vangt glimpen op van antiekwinkels, gesprekken aan de toog van een koffiebar, oude mannen met een glas wijn aan een houten tafeltje op de stoep. Het leven heeft zich veruitwendigd, alsof alle adressen kleine theatertjes runnen. Eeuwige vraag: heeft architectuur invloed op de stedelijke activiteit, op de sociale mentaliteit, op dat wat vage etiketten als 'atmosfeer' en 'volksaard' draagt. Lang was Vermeer ervan overtuigd dat het inderdaad zo werkt. Die overtuiging was zelfs een van de fundamenten van LVE ARCHITECTEN bij de oprichting. Inmiddels is hij er niet zo zeker meer van. Dat wil zeggen: hij ziet het te vaak spaak lopen.

Ja, er zijn pogingen genoeg. De laatste jaren ziet hij dat vooral in het ijverige mengen, de nasleep van het *new urbanism* dat rond de Muzentoren van Léon Krier zo gefaald had. Wonen en winkelen, paupers en notabelen, singles en gezinnetjes, blanken en zwarten: flikker ze allemaal bij elkaar en *flatsj!* de staafmixer erop. Eenmaal gerealiseerd blijkt zo'n gebied helaas nog sterieler en ziellozer dan de maquettes en computerpresentaties al deden vrezen. Even ziet Vermeer de Mariënburg in Nijmegen voor zich, dat in de hoogte gebouwd woon- en winkelgebied opgetrokken uit natuursteen met decoraties in wat paradoxaal 'sierbeton' heet, en geplaveid met strakke terrastegels: de Vinex-variant van de negentiende-eeuwse passage. Je blijft in zulke gebieden het gevoel houden door een plastic decor te wandelen, beklemmend overdag en ronduit griezelig in het donker.

Architecten moeten naar Vermeers mening de wetmatigheid overwinnen dat iets pas bezield kan zijn na langdurige bewoning, zonder te zwichten voor historiserende kitsch. Dat is niet eenvoudig. Zaak is dat je je vernieuwingsdrift tempert, dat je je schikt naar bescheiden maten, organische verhoudingen, vriendelijke, natuurlijke, niet al te uitgesproken kleuren en vormen. De beste bouwmeesters paren hun genie aan de klassieke deugd van matigheid en zelfbeheersing, van *temperantia*. Vlieg tussen zee en zon. Niet te laag, niet te hoog.

Kaspers woorden zijn een gestaag voorttrekkende vrachtwagen, waar Vermeer pas weer op springt als die is aanbeland bij wat volgens hem de kern is: hun ontwerp geeft nieuwe gezichtspunten, letterlijk. Elke student leert dat architectuur behalve ruimtes ook uitzichten maakt, maar tot Vermeer drong dat pas werkelijk door toen hij op een studiereis in Florence toegang kreeg tot de gangen die Giorgio Vasari ontwierp voor de Medici: tussen de gebouwen door, in de lucht, ver weg van gepeupel en moordlustige vijanden. Vasari had het zo uitgekiend dat elk raam een schilderij maakte van de stad, die zo uit nieuwe hoeken was te zien. De les van Vasari: het kozijn als lijst.

'Stel je voor,' vertelt Kasper nu, en hij kijkt daarbij niet naar de interviewster maar recht in de cameralens met z'n zeepbelkleurige reflecties, 'dat je Den Haag kunt overzien vanuit een punt hier tien, twintig meter in de lucht.'

Ze hebben hier al maanden aan gewerkt, weekenden opgeofferd aan geklets met planologen, stedenbouwkundig adviseurs en verkeersplanners. Ze kennen elk detail, elke overweging. Vermeer hoeft z'n ogen niet eens meer te sluiten om het te zien: links de perspectieflijnen van de Prinsegracht, de klassieke stad, en rechts de hoogbouw van de huidige wereld. Daartussen hebben ze een smal, hoog venster geplaatst dat door het exacte midden van de Schoolstraat uitkijkt op de Grote Kerk.

'De basis van ons ontwerp is een weergang,' stelt Kasper. 'Een weergang is een verdedigingsmuur zoals je die op oude burchten had. Alleen hebben wij de schietgaten veranderd in ramen, die een nieuw perspectief geven op de stad. Wij maken een eigentijdse weergang rond een eigentijds winkelplein dat ons antwoord is op terreur, een verdedigingsmuur die juist ópen is. Onze verdedigingsmuur scheidt niet af, maar verbindt juist. Het plein is verbonden aan de benedenwereld, de etalages die doorlopen tot in de tramtunnel, zoals in het oorspronkelijke plan van de tramtunnel ook bedoeld was.'

Al die tijd staat de interviewster te knikken zonder ook maar één geluid te produceren. Ook dat oogt onnatuurlijk en stijf, maar voor een tv-kijker is het juist raar om iemand buiten beeld voortdurend 'ja, ja' te horen zeggen, begrijpt Vermeer.

Rambo loert nog steeds vanaf het terras. *Flikker een eind op, theedoek.* Misschien denkt hij wel dat zij hier geïnterviewd worden als ooggetuigen of reddingswerkers. Dat is wat cameraploegen hier altijd komen doen. *Terug naar De Plek. Zeven maanden na zes-zeven,* zoiets. En dus is Rambo boos dat hij buiten beeld blijft.

'Nu is het bezwaar tegen bouwen in de hoogte altijd geweest

dat het winderige gebieden vol schaduw maakt in de stad. Toch hoeft dat niet zo te zijn. Onze oplossing is een hoogbouw die poreus is. Een poreuze hoogbouw wil zeggen dat de elementen er vrij spel in hebben. We laten onze weergang als het ware zweven boven de stad.'

De camerajongen zwenkt plichtmatig naar het aangewezen gebied in de lege lucht. 'Wat wij gaan laten zien,' vervolgt Kasper, 'is dat Zes Juli een compleet nieuw perspectief kan geven.' Foldertaal. Verkooppraat. 'Door de aanslag juist te beantwoorden met zo'n bouwwerk, laten we zien dat we ons niet laten afschrikken, dat we het te boven zijn gekomen, ja, dat we er zelfs letterlijk boven staan.'

Aangestoken door de retoriek valt Vermeer hem bij, hoewel hij Kaspers ergernis al als een gifwalm over zijn schouders voelt dampen als hij verklaart: 'Als de wapens spreken dan zwijgen de wetten. Ook die van de zwaartekracht.'

Dan is het even stil, voordat de interviewster zegt, met een bemoedigende glimlach: 'Mooi...'

Direct daarna veert ze op en verklaart: 'Zo, dat hebben we. Dat viel best mee, toch?' Alsof ze een verstandskies lieten trekken. Het groepje verkruimelt en opnieuw is er bedrijvigheid. Snoeren worden ingerold, telefoons maken weer geluid, aluminium koffers tonen hun schuimrubberen binnenste. De camerajongen krijgt instructies om 'nog wat omgevingsshotjes te maken'. Terwijl de vrouw achteloos wat objecten aanwijst, komt ook Rambo zich ermee bemoeien. Vermeer ziet hem naderen, en denkt: deze vent wil niet zomaar gezellig een potje napraten, hij is niet uit op een reddersreünietje, nee, hij *moet wat van me*. Even flakkert het beeld op van hoe hij die dikke kerel losliet om hem in te ruilen voor Isa. Ook toen had Vermeer Rambo's gezicht ontweken. Ook toen was hij daar niet volledig in geslaagd. Een angstig gevoel zet zich vast in z'n schouders.

'Misschien,' zegt de interviewster, en ze tikt Vermeers bovenarm aan, 'misschien is het aardig als jullie even vanaf die kant komen aanlopen.' Ze wijst naar het caféterras en maakt van haar vingers een poppetje dat de route wandelt. 'Zo over het pad, en langs deze hekken hier.'

Kasper zucht, lijkt te willen protesteren, maar gehoorzaamt uiteindelijk. Olivier zegt: 'Je moet er iets voor over hebben.'

'En? Wanneer draait-ie, de fillum?' roept Rambo als ze zijn pad kruisen. Vermeer doet alsof hij hem niet hoort en loopt stug achter de andere twee aan. Fotografisch scherp ziet hij nu ook een flard van die witte jurk, met zwarte stippen ter grootte van cd-schijven. Vroegere klasgenoten tegenkomen heeft altijd iets ongemakkelijks. Zelfs wanneer je slechts oppervlakkig met ze omging lijkt de situatie van de onverwachte ontmoeting te gebieden dat je elkaar bijpraat, maar eigenlijk voel je daar weinig voor, net zomin als de ander waarschijnlijk. Wegduiken of veinzen elkaar niet gezien te hebben is echter niet meer mogelijk, zodat het in de meeste gevallen uitdraait op een vluchtige groet, een verraste uitroep, opgevolgd door een onduidelijk schuldgevoel.

'Man!' Rambo laat zich dit keer niet afschepen. Terwijl ze bij het terras wachten op een teken van de interviewster, positioneert hij zich pal tegenover Vermeer en blijft hem verbluft aanstaren, met ogen die schichtig heen en weer schieten tussen Vermeers linker- en rechteroog. Zijn kaakspieren bollen op, alsof hij op een stuk kauwgom kauwt dat hij elk moment in Vermeers gezicht kan spugen. Het hoofd iets naar achter om groter te lijken. Dit is iemand die gewend is in anderen op voorhand een tegenstander te zien.

'Ik heb geen flauw idee wie u bent,' zegt Vermeer, en hij kijkt langs hem heen naar het cameraploegje. 'Dus ik zou het erg op prijs stellen als u mij met rust laat.'

Daar zou hij het bij moeten laten, maar tot zijn ongenoegen doet hij iets wat het er allemaal niet gemakkelijker op maakt. Hij loopt weg. Eerst nog met kalme passen, alsof hij werkelijk die kant uit moet, maar zodra hij doorheeft dat Rambo hem volgt, zet hij het op iets wat voor een hollen kan doorgaan, in de richting van de Schoolstraat. Die is hij helemaal uit als hij omkijkt. Weg Rambo. Waarschijnlijk heeft die hem niet eens achtervolgd.

Goed, dat was allemaal niet zo verstandig. Vermeer staat na te hijgen op het terras bij de kerk. Ook daar zitten al mensen, al ligt het in de schaduw. Tram 17 schraapt de bocht door. Een duif stuift net op tijd weg van de rails. Aan de overkant, voor de ingang van een zaak met gokmachines, gaat een Marokkaan tekeer in z'n telefoon ('Luister, ze zweert, ze zwéért zegt ze... Kijk, ik heb ruzie met haar, waarom zou ze liegen? Geef me één reden...'). Dan trilt ook Vermeers toestel. Olivier.

'Iemand die ik niet wil zien,' zegt Vermeer. Hij voelt een duizeling. In zijn ogen tintelt een patroon van donkere vlekken.

'Die vent staat hier een heel verhaal te houden, dat jullie samen op 6 juli iemand...'

'Jaja, praatjesmaker... Zeg, ben ik nog nodig, of zijn we nu wel zo'n beetje rond?'

14

In het weekend houdt het mooie weer stand, en omdat het Celines vrije week is, rijden ze zaterdag in alle vroegte naar Oostende. Pas als hij de Belgische grens over is, is het incident uit zijn gedachten verdwenen. Alsof hij het land ervoor ontvlucht, al is dat niet zo: ze gaan vaker naar deze Vlaamse badplaats, omdat ze elkaar hier ontmoet hebben.

Van achter het glas van een brasserie volgt hij even later hoe Celine en Anne over het strand naar de branding rennen, een en al wapperende kleding en haren. Een en al levenslust. *Hier is de zee, hier kunnen we de stad vergeten!*

Het is snel gegaan, denkt hij. Acht jaar geleden kwam hij Celine hier tegen bij een congres over duurzaamheid, waarbij Vermeer een van zijn lezingen gaf, in een gebouw van glas en wit kalksteen dat opmerkelijk genoeg casino en 'Kursaal' ineen was. Zij zat in een team dat de klimaatverandering onderzocht. Alle congresgangers sliepen in hetzelfde hotel, hetzelfde waar ze nog steeds af en toe naar terugkeren. Hij herkende haar gezicht van zijn Delftse studietijd. Ze lunchten samen in een klein visrestaurant aan de Langestraat.

'Ga jij het middagprogramma nog volgen?' had ze gevraagd, terwijl ze zijn glas wijn bijschonk.

'Ja, tenzij jij zin hebt om te spijbelen in het hotel.'

Toen ze klaarkwam had ze in zijn bovenarm gebeten. Dagen erna was de afdruk nog zichtbaar.

Het is snel gegaan. Hij was zo jong als Anne geweest, had zijn lagere school afgemaakt, was op het gymnasium tussen leerlingen beland, die inmiddels ook allemaal door de volgende fasen zijn gegaan. Ze hadden hun rijbewijzen gehaald, hadden verschillende vriendjes of vriendinnetjes gehad tijdens hun studie, ze waren waarschijnlijk gaan samenwonen, hadden huuretages ingericht met Ikea-bouwpakketten en afdankertjes, ze hadden vakanties doorgebracht in de Europese hoofdsteden die ineens voor een prikkie per vliegtuig bereikbaar waren, ze hadden er de *happy hours* afgestruind, hadden hun relaties zien stranden, waren weer alleen komen wonen, waren zich te buiten gegaan aan het uitgaans-, borrel- en partycircuit dat tot ongekende intensiteit was gegroeid, ze hadden nieuwe partners ontmoet, ze waren getrouwd, hadden hun huizen gekocht, hadden zaterdagochtenden in Gamma's doorgebracht, hun hoofden gepijnigd met de vraag of ze de plafonds moesten witten in kleurcode RAL 9001 of RAL 9010; ze hadden weekenden opgeofferd aan het woonklaar krijgen van hun eengezinswoningen of grootstedelijke bovenhuizen, ze hadden leasecontracten voor hun auto's afgesloten en waren in die voertuigen naar ziekenhuizen gereden (naast puffende echtgenotes of zelf puffend op de passagiersstoel) en teruggekomen met baby's, die even later gearmd met hun moeders terugkwamen uit zee.

Vaak heeft de horizon aan dit gedeelte van de Belgische kust door een toevallig samenspel van lichtinval en atmosfeer de vorm van een brede streep, als getrokken met dikke viltstift, in een kleur die kan variëren van turkoois tot purper.

'Volgens de oude Oostendenaren kun je de weersverwachting aflezen aan die kleur,' zegt Celine. Ze zitten in hetzelfde visrestaurant als bij hun ontmoeting, Stad Kortrijk, net op de hoek van de boulevard.

'Zie je wel. Jij bent volstrekt overbodig.'

'*Avondrood is regen in de sloot. Kring om de zon een volle waterton.* Al die boerenwijsheden kloppen, en zijn wetenschappelijk te verklaren. *Noordenwind met volle maan, kondigt een strenge winter aan.*'

De primitieve, mythische wortels van haar vak hebben hem altijd aangetrokken. Het weer is een macht die aanvankelijk aan goden werd toegeschreven, die je gunstig kon stemmen of per ongeluk boos kon maken. Wolkenhemelen werden met bezielende blikken bezien. Later zwakte dat af tot die in rijmpjes gevangen waargenomen wetmatigheden. Pas na zeventiendeeeuwse uitvindingen van de thermometer en de barometer ontstond er een meer rationele kijk op de zaak. Een tijdlang was er zelfs de droom dat we het weer even nauwkeurig zouden kunnen voorspellen als de maanfasen, maar daar rekende Edward Lorenz halverwege de twintigste eeuw resoluut mee af in zijn chaostheorie. De gekoppelde differentiaalvergelijkingen, waarmee we het actuele weer extrapoleerden, konden instabiel zijn zodat fouten in de berekening in de tijd groeiden. Anders gezegd: een minuscule afwijking in de koers is na een maand varen een immense.

'Jij hebt het maar makkelijk. Jij hoeft alleen het weer voor de komende twee of drie dagen te voorspellen,' zegt hij, intussen om zich heen speurend naar bediening. 'Terwijl ik minstens tien jaar en het liefst tweehonderd jaar vooruit moet kunnen kijken.'

Dan verschijnt de eigenaar, een iel mannetje dat de menukaart voorzet, en zich dan weer terugtrekt in de keuken.

'En dan nog zitten jullie er met die drie dagen vaak naast. Sterker nog, ik heb steeds vaker het idee dat de terugblik op het weer van de dag zelf niet eens klopt. Als het heden niet meer te voorspellen is, wat moeten we dan?'

'Ach, hou toch op. Zo ben je precies als die idioten die me mailtjes sturen.'

Vooral in de zomervakanties is het vaste prik: elke storing boven een populaire vakantiebestemming genereert een handvol grimmige mails. ('Alsof ik het weer máák!' roept Celine dan. '*Don't shoot the messenger*, jongens, kom op.') Afgelopen zomer waren er zelfs gemeenteraadslieden uit Hoek van Holland die weermannen aansprakelijk wilden stellen voor de schade die de toerismebranche leed door voorspellingen die niet uitkwamen.

Ze bestellen 'pladijs', zoals schol in het Vlaams heet, met frites, en een portie kibbeling voor Anne, die intussen gekke bekken aan het trekken is naar een dreumes in een houten kinderstoel aan het tafeltje naast ze.

'Tweehonderd jaar,' zegt Celine. 'Dat mocht je willen. Denk je echt dat er nog gebouwen gemaakt worden die zolang mee gaan?'

Zoals al het gemaakte is ook de architectuur onderhevig aan vervluchtiging. Norm lijkt de kortzichtigheid van de couturier, die zich alleen bekommert om het komende seizoen.

'Het moet in elk geval het streven blijven.'

'Want?' vraagt ze, en ze neemt een slok van haar wijn.

'Misschien om grip te hebben,' zegt hij. 'Je kent die regel van René Char? *Comment vivre sans inconnu devant soi?* Hoe te leven zonder het onbekende vóór je? Maar als dat onbekende te groot wordt, maakt dat de boel ook lastig.'

Celine wappert met de menukaart naar Anne. Haar haar waait naar achteren. 'Morgen hebben we een orkaan in Seattle. Alles verandert. En je weet nooit hoe.'

Ineens, onaangekondigd, en daarom nogal belachelijk (maar hij kan het niet helpen) spoelt er een intense golf van ontroering door hem heen. Het is een fysieke reactie, zelfs zijn traanklieren zijn geactiveerd. Ze kijkt precies zoals toen ze, op deze zelfde plek, gevraagd had of hij naar de middaglezingen ging en hij voorstelde om te spijbelen.

Hij pakt haar handen beet, en drukt ze tegen zijn mond. Zij kust hem daarop tussen zijn ogen. Hij herinnert zich de ochtend dat ze Anne voor het eerst naar school brachten: het plotselinge besef van haar autonomie, van een zelfstandig leven dat zich aan hun invloed zou onttrekken, dat in grote lijnen (en overigens ook in kleine) onvoorspelbaar was. Iedereen was weer teruggegeven aan zichzelf.

Zoals iedereen heeft hij zich na Zes Juli even in de positie proberen te verplaatsen van degenen die een partner of een kind verloren, vermorzeld onder het beton. Hij hoefde zich maar een fractie van een seconde in dat gedachte-experiment te wagen, er maar met één teen in te pootjebaden, om vast te stellen dat hij in zo'n geval geen idee zou hebben hoe hij nog verder moest leven, dat in zo'n geval de bodem onder zijn bestaan zou zijn geslagen. Toch gebeurde het telkens weer; er was geen enkele reden om aan te nemen dat hun zulke verschrikkingen gegarandeerd bespaard bleven.

Heeft hij met LVE een monument ontworpen voor de nabestaanden? Zoiets was godsonmogelijk. Wat weet hij ervan? Je hoeft het immense leed maar heel even via een kiertje toe te laten – ongefilterd, los van de mediakleuring en andere theatrale representaties – en alles blokkeert onmiddellijk.

Of, vraagt hij zich af, is dat juist een voorwaarde, er niet zelf bij betrokken zijn? Zoals je op herdenkingsdiensten ook beter speeches kon horen van buitenstaanders als Van Quist, dan de keeltoeschroeverende woorden van intimi. Afstand, dat heeft hij voor een architect altijd de beste houding gevonden. Afstand, overzicht, het brede perspectief.

Is dat het dan? Praat hij daarom niet over zijn eigen betrokkenheid? De verklaring is hem te gekunsteld voor zo'n eenduidige, instinctieve weerzin.

Als ze willen afrekenen is de iele eigenaar opnieuw nergens te vinden. *Amai, is het hier selfservice of wat?* Vermeer gaat op onderzoek uit, maar treft hem nergens meer aan, zelfs niet in de keuken, die helemaal verlaten is: blijkbaar doet deze man alles alleen. Niemand weet waar de eigenaar uithangt. 'Ach, da's ons René, hè...' merkt een mevrouw op. Ze laten geld achter tussen de etensresten.

Buiten, terug aan het strand, is het kouder geworden. De zon is met veel misbaar aan het ondergaan, discreet aan het zicht onttrokken door een paarsgrijs wolkengordijn, en hier lopen ze, als acht jaar geleden, maar anders: het duo tot driehoek vergroot door de dochter. Niemand weet hoe het over nog eens acht jaar is. *Alles bestaat maar voor één dag.* Waar hij dat gelezen heeft, weet hij niet, wel dat het waar is, dat het alleen vandaag is dat ze samen zijn, dat ze alleen vandaag dit zorgeloze, kalme plezier beleven, dat morgen alles anders kan zijn, dat hier de zee is waar ze de stad kunnen vergeten.

XV

Prop een groep volwassenen in een bus op excursie, en het duurt niet lang voordat ergens op de stoelen gniffelend het woord 'schoolreisje' valt. Blijkbaar verankeren al die bustochten uit de kindertijd zich stevig in het bewustzijn, tot het vaste referentiepunt voor alle latere. In hoeveel bussen is Vermeer al op schooltripjes geweest? Altijd was er de opwinding als zo'n voertuig klaarstond, met de laadkleppen omhoog, zoals ook nu, op de avond van 12 februari 1991, bij het grasveld van de school aan de Fruinlaan. Van het witte gevaarte – LABYRINT TOURS BV – ging de belofte uit van avontuur. Aan beide kanten krioelde een opgetogen chaos van plunjezakken, koffers, ouders, broertjes en zusjes die ze uitzwaaiden alsof ze naar de andere kant van de aardbol emigreerden.

Isa sliep al voor ze de stad uit waren. Haar hoofd leunde tegen het raam, dat trilde als de bus voor het stoplicht stond. Twee zwarte snoertjes slierden onder haar rode haar uit, verbonden aan een walkman die wiebelde op het vlees van haar bovenbenen. Stroken lantaarnlicht schoven over haar gezicht. Haar oogleden waren gesloten, haar lippen glommen en weken soms even uiteen. Vermeer had een stoel aan de andere kant van het gangpad bemachtigd en hoefde maar iets opzij te kijken om haar te zien. Hij volgde de schaduwgleuf tussen haar lippen, en de kleine holtes in haar mondhoeken. Dromerig en tegelijk statig was ze, een en al meisjesachtige *noblesse*. In haar slaap had Isa niets meer gemeen met haar alto-imago dat ze overdag hooghield. Ze leek er zelfs doodmoe van.

Hij betrapte haar in haar natuurlijke vorm, dacht hij, zoals platgewalst gras terugveert als je ervan bent opgestaan. Omdat ze zo tergend mooi was durfde hij niet lang achtereen te kijken, maar alleen schichtig, snel alles inzuigend om het met dichte ogen te kunnen proeven. Erg behulpzaam waren zijn klasgenoten daar niet bij, en omdat hij geen koptelefoon had om zich af te schermen van hun gekeet, lukte het hem niet om zijn fantasieën uit te bouwen, zoals hij anders 's avonds deed in bed.

'Ik zie een pils! Waar? Dáár op de tap!'

Elke excursie activeert primitieve reflexen. Arnoud, Kees-Jan en Alexander zaten achterin te zingen, en kregen al gauw een hele groep mee: *'Waar op de tap? Nou daar! Een gele met een kráááá-áááágie. Nee het is geen grap. Het is van dat heerlijke goudgele sap. Tap-tap.'*

Direct bij aankomst in de logeerboerderij stortte iedereen zich op de stapelbedden. Die bevonden zich in twee zalen, gescheiden naar sekse, aan weerszijden van een eetzaaltje. De leraren die mee waren gekomen, een stuk of acht, sliepen in bovengelegen kamertjes.

Met Dennis en Ronnie had Vermeer de bedden in de hoek bij het raam weten te bezetten, precies volgens plan. Pas iets na twaalven, toen al het rumoer was verstomd – Kanselaar was in die tijd al drie keer langsgekomen om de groep tot stilte te manen – gingen ze over tot de uitvoering van hun plan. Op toekomstige invallen van Kanselaar anticipeerden ze door hun slaapzakken te vullen met kussens en kleding, gekneed tot mensvormige hoopjes. Het raam was laag genoeg om er via de vensterbank uit te klimmen. Omdat ze vooraf de route in grote lijnen hadden bekeken, wisten ze welke kant ze het wandelpad moesten volgen.

Het was uitgestorven. Er ging iets defensiefs uit van onbewoonde werelden. De lucht was al zo lang niet door longen van mensen in- en uitgeademd dat ze nu onwillig was zich door zulke wezens te laten inzuigen. Ook was de hemel wijder, ruimer, nadrukkelijker dan overdag. Die immense koepel leek, zeker met de sikkelmaan die nu over het bevroren landschap waakte, een en al oog, een en al uitheemse bewaking.

'Daar verderop,' siste Ronnie, en hij wees met z'n zaklamp in de verte. 'Bij die bomen.' Zelfs op minuten afstand van de logeerboerderij durfden ze nog niet hardop te praten. Zoals bij al hun acties groeide de opwinding door het besef een grens over te gaan, een wet te doorbreken. Alleen schenden bracht je verder. Wie binnen het uitgestippelde parcours wilde blijven, kon even goed thuisblijven.

Boven zag hij alleen maanlicht en het strooisel van sterren. De vrieskou had ook elk geluid verjaagd. De grens tussen hier en de lege kosmos was werkelijk niet anders dan een flinterdun schilletje lucht. Als je niet uitkeek spatte je uiteen en loste je erin op. De angst die dat teweegbracht liet zich moeizaam bedwingen.

'Wat doen we?' 'De grond is veel te hard...' Dennis en Ronnie overlegden, nog steeds met gedempte stemmen. Vermeer verstond ze nauwelijks, alsof ze in een vreemde taal spraken. *Ich bin der Welt abhanden gekommen.* Zo was het ongeveer. Al was het merkwaardig genoeg ook het omgekeerde: hij realiseerde zich deze nacht pas goed dat je erin gesmeten bent, in die wereld, tegen wil en dank. Zelf had je nauwelijks iets te zeggen over je bestaan: lichamelijk waren het de duizenden en duizenden aanrommelende voorouders die verantwoordelijk waren voor jouw celstructuren, bloedbanen en spiermassa's, en mentaal was je de uitkomst van een al even geconstitutioneerde hersenpan plus wat scholing en opvoeding – die ook al buiten jouw invloedssfeer vielen. Zo bezien was niks van jezelf. *Nil habet ipsa sui.* Het heeft niets van zichzelf, zoals ze bij Stam hadden vertaald uit Ovidius, die het over Narcissus' spiegelbeeld had. Maar het gold evenzeer voor de bron van het fantoombeeld: niets had dat van zichzelf. Kijk in de spiegel en vraag wat van jou is. Je bent ontstaan op deze uithoek van het heelal, in stand gehouden door processen waar je geen benul van hebt, in een universum waar je amper een minuscule fractie van kent. *Nil habet ipsa sui.* Wat je denkt te denken is voorbedacht. Het is opgeschreven, naverteld, overhoord. Twee keer vijftig minuten. Pauze.

Elders in dit heidelandschap hield een gigantische radiotelescoop de kosmos in de gaten, hadden ze bij natuurkunde geleerd. Bij Nederlands hadden ze dan weer een gedicht gelezen waar die telescoop in voorkwam. Het was van Gerrit Achterberg en hij herinnerde zich alleen nog een paar regels: *De dagen hebben haast geen wolken meer.* En: *Afwachten is 't consigne; luisteren. / In Dwingelo hoor je het fluisteren / der leegte in de radiotelescoop.*

Blaise Pascal meende dat je maar het best in je kamer kon blijven zitten. *Le silence éternel de ces espaces infinis m'effraie.* Jezelf zo klein te voelen was inderdaad angstaanjagend. Toch ging er iets weldadigs achter schuil. Je moest er alleen even doorheen. Je moet er even doorheen en dan – *wham!* – dan grijpt die ruimte je bij de keel en rilt die overal om je heen. Waar blijf je, Johannes Vermeer? Jij die leegte wilt temmen en steden wilt bouwen. Stéden zeg je? Waar blijven de myriaden zuilengangen van dauwlicht, de gewelven die de wolken tot voetveeg degraderen? Teken het uit. Vul de ruimte. Schud de wateren.

In drie dimensies denken en voelen. Niet alleen het landschap omvatten, overspannen, maar ook al die gefragmenteerde stukken kennis in elkaar schuiven. Wit licht valt uiteen in een kleurenwaaier als je het door een prisma stuurt. Kennis valt op school uiteen in vakken, lokalen, leraren en boeken, afgebakende tijdsdelen: tweemaal vijftig minuten, kleine pauze. Iemand zijn die alles samenbrengt, die de oppervlakten van de compartimenten ontmaskert als transparant, als vensters op hetzelfde.

Ronnie en Dennis stonden een eind verderop wat takken af te breken, die ze in een wigwamvorm tegen elkaar stapelden, als om een kampvuur te maken.

'Hier. Hierin. Johan, waar blijf je nou, man?'

Bouwen is strijden tegen de elementen. Verzuim het onderhoud een jaar en het verval is zichtbaar. Na een jaar of tien is elk bouwwerk een ruïne, overwoekerd door onkruid, verminkt door het weer. Honderd jaar en er is niks meer van over. Al het mensenwerk is strijd. Zelfs al doen we alsof we samenwerken met de natuur, we blijven indringers, te oordelen naar de niet-aflatende weerstand waarmee alle andere krachten uit de kosmos uit zijn op onze vernietiging.

Elke levende soort, dierlijk en plantaardig, streeft naar de to-

> tale en ongeremde overwoekering van de aarde, naar totale alleenheerschappij. Uit de onophoudelijke oorlog van elkaar bevechtende krachten ontstaat een biologisch evenwicht, een min of meer stabiel ecosysteem dat als het ware de *resultante* is van al dat machtsbeluste geweld. Het enige wat mensen tegenover het vijandige buiten weten te stellen, is de hoop dat hun strijd even meedogenloos blijft, dat hun voortplantings- en veroveringsdrift intens genoeg zijn om niet ten onder te hoeven gaan, om in elk geval niet *voltallig* naar de klote te gaan. Dus bouwen we vestingen bij windkracht tien. Architectuur is de consolidatie van onze doodsstrijd.
>
> (Johannes Vermeer in een lezing, juni 2001)

Dieren waren ze, maar vaardige dieren: drie mannetjeszoogdieren met een nieuwe list in de strijd tegen het buiten. Zie ze scharrelen met hun zakken winterproviand. Het was allang niet meer een spel om Kanselaar en de hele docentenkliek te slim af te zijn. Het ging verder, en was toch minder beredeneerd. Waar verstop je de buit zonder dat anderen die vinden? Hoe verstop je die zodat je hem terug kunt vinden overdag? Die vragen vertaalden zich onmiddellijk in gedrag, en daarmee in constructies en vormen. In hun geval werd dat een uit takken opgetrokken piramide, verstevigd door een ommuring van stenen.

De toestand waarin hij zich bevond, zou hij later vaker en sterker gaan ervaren. Het was aanvankelijk iets beklemmends, intens, maar voorbij de angst die erbij hoorde, sloeg het om in iets geëxalteerds, euforisch. Het was alsof hij vanuit een vliegtuig of wolkenkrabber keek, waarbij je ook eerst vliegangst of hoogtevrees moest overwinnen, alleen werd hier die ruimtelijke vervreemding ook nog eens aangevuld met een veranderd tijdsbesef, waarbij je door de oppervlakte heen zakte, en regelrecht contact had met het verleden van een plek, alsof dit jou toesprak.

Alle vakken waren de afgelopen tijd ingegaan op een thema rond het Winterkamp. Bij aardrijkskunde had je de kale feiten geleerd over deze streek: honderdduizenden jaren hadden ijsmassa's en gletsjers het uitgeslepen, smeltwater had de zandgrond tot vruchtbare klei gemaakt; honderddertigduizend jaar geleden was de neanderthaler hier verschenen, die zestigduizend jaar later gezelschap zou krijgen van de cro-magnonmens.

Bij Latijn had Stam je verteld over de opbouw van Romeinse kampen, en daar passages uit Livius bij voorgelezen. Ze had het verschil uitgelegd tussen het *castra aestiva* en het *castra hiberna*, het zomer- en winterkamp, en dat uit zulke vaste kampen latere steden groeiden, wat je nog ziet in het van *castra* afgeleide *chester* in plaatsnamen als Manchester of Winchester.

Nu je hier stond, was dat meer dan boekenkennis. De waanzinnige hoeveelheid tijd was een reële aanwezigheid, met een eigen soortelijk gewicht, vastgelegd in het landschap. Het was als met oude huizen. Daarvan kon je ook weten dat ze bijvoorbeeld uit de zestiende of negentiende eeuw stamden, maar elk huis zelf had een atmosfeer die veel meer vertelde, zonder dat je aan anderen over kon brengen wat dit was. Er bestond een andere manier van zien, voelen, waarnemen, zonder dat daar klopgeesten en paranormale rimram aan te pas hoefde te komen. Eerder was het verwant aan klassieke muziek, oude boeken of schilderijen van vroegere meesters. Die gaven je ook toegang tot mentaliteiten die, hoewel vergeten, nog altijd oproepbaar waren.

Bij biologie had je over een onderzoek gelezen dat met DNA-testen bewees dat vier van de vijf Nederlanders afstammen van bewoners uit de Oude Steentijd. Dat kon je voor kennisgeving aannemen, maar je kon je ook voorstellen, je kon ook ervaren en weten dat hier veertigduizend jaar geleden iemand liep met wie je, via een keten van erven en sterven, was verbonden. Als je grofweg rekende, dan was hij via zo'n tweeduizend vaders, grootvaders en zonen verbonden met die jager-verzamelaar.

In latere jaren zou die toestand je vaker en intenser overvallen, haast als in epileptische aanvallen.

Kom mee.

Een keer gebeurde het in de V&D op een drukke zaterdag. Je was twaalf of dertien. Boven aan de roltrappen keek je omlaag naar het winkelpubliek dat verschrompelde tot een insectenplaag, die uit de poldergrond was komen kruipen. Altijd al was je gevoelig geweest voor wat je later *de biografie van plaatsen* ging noemen. Het kostte je geen moeite om bij de Beestenmarkt het vee af en aan te zien lopen, het te ruiken, om de schapenscheerders in de weer te zien bij de wollendekenfabriek, om schepen hun goederen te zien lossen op het kruispunt van de Oude en de Nieuwe Rijn, op de kade, en het gemeten en gewogen te zien worden in de Waag.

Zolang je opging in de cocon van het heden was er niets aan de hand, maar de ruimte en het verleden konden zich ineens opdringen, in hun kolossale, verpletterende onmetelijkheid, en de futiliteit onthullen van alles wat je kende.

Pas na je studie zou je begrijpen dat die buien een voorbereiding waren op jouw werk als architect, waarbij je eveneens de mensen en hun biotoop moest kunnen waarnemen in een bredere tijdsschaal dan de lichtflits van het heden. Je bouwt tenslotte voor de toekomst en vanuit het verleden. Het heden vertroebelt het zicht en is alleen een oppervlakkige realiteitsschil of zelfs, in de publicitaire variant van 'actualiteit', een flinterdun vernislaagje. Later zal het je met stomheid slaan dat veel van je collega's geen enkele aandacht hebben voor de historische dimensie van een locatie, dat ze het zintuig missen om door de oppervlakte heen te zakken.

Hoe zou je ooit iets in Antwerpen of (zoals je in een volgende eeuw zal doen) Gent kunnen ontwerpen zonder oog te hebben voor het gegeven dat in elke Vlaamse stad passanten rondlopen die iets blijven houden van de figuren van Brueghel. Hoezeer een stad ook is meegegroeid in de moderne tijd, iets van de oorsprong blijft rondwaren. In Gent zul je, tussen de mooie meisjes die zelfbewust op hun leren laarsjes langs de modezaken stappen, altijd wel ergens zo'n chtonische gestalte voorbij zien slenteren – in zichzelf gekeerd, verweerde kop – alsof hij al even oud is als de panden met hun scheve trapgevels, en eenzelfde soort onverschilligheid over het straatrumoer bezit. Elke stad heeft een atmosfeer, een historie, een karakter, vooruit, een zíél. Zonder die te kennen en te doorvoelen is elke bouwkundige ingreep een misdaad. Een architect moet zich als het ware kunnen veranderen in zo'n chtonische oerbewoner, die oud is als de stad zelf, blind lijkt voor het heden, maar in feite alles juist scherper ziet omdat hij het duizenden keren voorbij heeft zien trekken, al die levens, al die intriges. Al die variaties: in grove lijnen kent hij hun afloop al.

Toen hun schuilplaats af was, lieten ze er hun plastic zakken in achter en dekten ze die toe met dunnere takken. Hij moest denken aan hutten met rieten daken, een dorpje geformeerd rond een vuurplaats van stenen.

Architectuur ontstond zodra nomadische jager-verzamelaars overschakelden op landbouw en veeteelt. De beperking tot vaste plaatsen moet een enorme omwenteling in het wereldbeeld hebben veroorzaakt. Voorheen was de aarde een jungle waar we met duizenden andere diersoorten in ronddoolden en probeerden te overleven. Nu – twaalfduizend jaar geleden – werd ze bewerkbaar, in te temmen, aan te wenden voor eigen nut. Dat zorgde voor differentiatie van ruimtes naar functies – slapen, opslag, koken, wassen –, zoals ook de bewoners van de vroegste nederzettingen zich specialiseerden – veehouders, landbouwers, mandenvlechters... Vanaf het vroegste begin hebben deze prehistorische architecten een voorliefde gehad voor geometrische figuren: vierkanten, cirkels, driehoeken. Instinctief kozen ze voor logische, rationele constructies tegenover de chaos van het woud, de grilligheid van de rivieren, de willekeur van het weer.

Bouwen betekent beschermzones optrekken tegen het noodlot, dat achtereenvolgens de gezichten heeft gedragen van natuurgeweld, concurrerende diersoorten en rivaliserende medemensen. Het domein van het 'buiten' is daarna steeds meer uitgedijd en omvat inmiddels alle ongemak in de breedste zin van het woord.

Tegenover het grote buiten van de schepping (bergen, vlakten, zeeën, sterren, kosmos) maakten we het herbergzame binnen, de utopie van een onbegrensde indoorrealiteit, van die rieten hutten naar houten huizen, stenen steden, glazen torens. Vliegvelden naderen het ideaal van de overdekte stad al heel aardig, met bioscopen en kappers, kiosken en musea. Denk ook aan die grote, luxe en veelal sfeerloze hotels met parkeergarages waarvan de lift regelrecht in de lobby uitkomt. De periode dat je huid kan blootstaan aan lucht die niet zojuist nog door een airco is geslingerd, is tot een minimum teruggedrongen.

(Johannes Vermeer in een lezing, maart 2011)

'Stop!' Dennis hield Vermeer en Ronnie tegen toen ze bijna terug bij de boerderij waren. 'Ze hebben licht aangedaan,' fluisterde hij. Door de boomstammen heen gloeide oranje licht uit drie ramen op de begane grond. Ze slopen om de boerderij heen, en schoven vanaf de achterkant, als tegen de muur geplakt, onder het raam waaruit ze waren ontsnapt. Het stond nog op een kier.

'Mijn geduld is op! Je kunt vertrekken!' Kanselaars stem, schel in de leegte. 'Nee, geen gemaar, morgen stap jij die auto in en is het einde Winterkamp.'

De tegenstem was te zacht om te kunnen identificeren.

'Drie keer heb ik het je gevraagd, drie keer! Dan houdt het op... dus ik vraag het je nog één keer: wat is het telefoonnummer van thuis?'

Voorzichtig trok Dennis zich op aan de kozijnrand, centimeter voor centimeter, en spiedde door een kier tussen de gordijnen. Wie nu voorbij zou komen, diep in zijn kraag weggedoken tegen de vrieskou (maar zo iemand was er niet op dat moment), zou menen dat hier drie jongens de meisjesslaapzaal begluurden.

'Het is Arnoud,' siste Dennis tussen zijn tanden.

'Wat?'

'Arnoud. Arnoud moet eruit. Is z'n spullen aan het pakken.'

Het licht bleef lang aan, en wierp een trapeziumvormige projectie aan hun voeten. Elke minuut groeide de vrees dat Kanselaar hun gecamoufleerde bedden ontmaskerde. Dan zouden zij ook naar huis moeten, opgehaald door teleurgestelde ouders. Na twintig minuten ging het licht uit. Donkerslag. Opluchting.

Binnen hoorden ze wat er gebeurd was: een groep jongens had de keuken geplunderd, en uit de koelkast wat flesjes bier soldaat gemaakt. Alleen Arnoud was op heterdaad betrapt. Hij weigerde zijn kompanen te verlinken, waar unanieme lof voor was, al waren de andere betrokkenen er nog niet over uit of ze zichzelf, om solidair te zijn, vrijwillig zouden aangeven. Er bestond een kans dat Kanselaar zo'n geste zou honoreren met clementie voor de hele groep, maar uiteindelijk durfde niemand die gok te wagen.

Buiten was de stilte diep en weldadig. In de verte dacht hij een uil te horen, en daarna een tractor die grommend optrok.

16

Maandag raapt hij zich bijeen en neemt hij het besluit om zijn collega's alles te vertellen. 'Besluit' is naar zijn smaak te sterk uitgedrukt, want wat kan hij anders? Hij moet hoe dan ook z'n idiote gedrag van vrijdag verklaren, en de door Rambo opgeworpen verwarring tenietdoen. Alles wat hij aan alternatieven kan bedenken, opent alleen maar zicht op nieuwe vragen, en voor je het weet ben je gevangen in 'een web van leugens'. De waarheid vertellen dus, en niets dan dat. Het is, begrijpt hij, tevens de generale repetitie voor de biecht die hij thuis zal moeten afsteken.

Ze verzamelen rond de middentafel op de eerste verdieping, zoals ze gewend zijn geraakt om op de maandagochtend te doen. Met het oog op het referendum wordt het 'groepsgevoel' steeds belangrijker, aldus Kasper. Er zijn niet genoeg stoelen. Een nieuwe stagiaire en een jongen van de maquettewerkplaats leunen in de vensterbank. Achter de ramen is het gaan regenen. Af en toe, als de wind aantrekt, roffelt het tegen de ruiten.

'Voor we beginnen...' zegt Vermeer. Dat zinnetje heeft hij ingestudeerd, tijdens de lange terugrit uit België, maar hoe ging het verder? 'Voor we beginnen, moet ik jullie iets vertellen.' Dat zijn niet de woorden die hij bedacht had, maar zo eenvoudig kan het ook. 'Ik moet jullie iets vertellen wat ik al veel eerder had moeten vertellen.'

Hij brengt zijn verhaal rustig. Tegen het einde toe, als de sterkste verbijstering onder zijn collega's is gesmoord in zijn eigen kalmte, maakt hij zelfs wat grapjes. Alles vertelt hij, tot aan het moment dat hij die man overdroeg aan die verpleegster die net van het strand leek geplukt. Daarna was hij samen met Rambo – hij weet nu zeker dat dit diens idee was – teruggereden naar de tunnel. Daar leek het inmiddels al wat rustiger. Aan elke hulpverlener die ze tegenkwamen vroeg Rambo of er nog vervoer nodig was, en hij was teleurgesteld toen dat niet zo was en hun te kennen werd gegeven dat ze beter konden vertrekken. Van de meeste panden waren de ramen gesprongen, herinnert hij zich nu te hebben opgemerkt. Zelfs in de verdere omgeving zag hij open kozijnen, donkere gaten, soms omrand met scherven als achtergebleven tanden in een uitgevallen gebit. Wat ook bijdroeg aan die mengeling van verlatenheid en dreiging – ook dat herinnert hij zich nu hij het vertelt – waren de alarminstallaties van winkels en auto's die maar bleven snerpen, een afgrijselijk jammerkoor dat opsteeg uit de stenen. 'Goed, toen ben ik naar huis gegaan, heb ik Anne van school opgehaald. En dat was het dan.'

Stilte. Alle ogen staan op hem gericht. Hij weet welke gedachten zich boven hun hoofden formuleren. Hij weet wat zijn collega's hem verwijten. Maandenlang werken ze nu al aan hun Zes Juli-inzending. Eindeloos hebben ze de situatie tegen het licht gehouden, de locatie binnenstebuiten gekeerd, de maatschappelijke facetten tot vervelens toe bediscussieerd, samen met de technische, de filosofische, de historische, de stedenbouwkundige... Alle onderdelen zijn afgepeld, uitgeperst, als preparaatplakjes onder microscopen gelegd, behalve nu juist wat het meest relevant is, Vermeers eigen betrokkenheid. Dat maakt hem tot een infiltrant, iemand die met terugwerkende kracht al die tijd een rol heeft gespeeld. Elke ontmaskering dwingt de omgeving tot een reconstructie van het verleden vanuit het nieuwe inzicht: ook toen al droeg hij dat masker. Ook toen, bij al die vergaderingen in deze zelfde kamer, verzweeg hij al het belangrijkste feit. Juist hij. De ideeënman. De ontwerper. De visionair. Man van de grote lijnen. Ideoloog, vooruit. Degene die de initiële impuls geeft en waarop zij moeten bouwen. Uitgerekend Johannes Vermeer verzuimde het achterste van zijn tong te tonen.

'Tjezus...' stamelt Kasper zachtjes. 'Tjezus...' Hij brandt zijn blik enthousiast in die van Vermeer en zegt: 'Had dat net even wat eerder gezegd, man. Snap je dan niet dat we hier goud in handen hebben? Hallo-ho, gást. Had dat even ietsjes eerder gezegd...'

Aan het thuisfront zijn de reacties die avond een stuk minder welwillend. Hij moet wachten tot Celine thuis is, een uur of tien. Niet het meest optimale tijdstip, voor iemand met vijf deadlines op een dag – drie radiopresentaties en twee televisiejournalen – maar is er een keuze? Is het niet al onvergeeflijk dat hij zijn collega's eerder inlicht dan z'n eigen gezin?

Anne zit op de bank met een pop en een brandweerauto die in een spel verwikkeld zijn geraakt. Op tv draagt Celine vandaag een paars jasje boven een witte broek. Ze toont in radarbeelden hoe een 'buienfront' vandaag van west naar oost is gevlogen, wat 'gepaard ging met zware windstoten', ja zelfs met 'een klap onweer', maar ze belooft dat het land morgen 'brede opklaringen' staan te wachten. Vreemd, denkt hij, hoe het weerbericht, die coda bij het nieuws, een heel eigen versteend jargon heeft gekregen. Bij de dagprognose voorspelt ze in de noordelijke helft eerst nog 'lokaal wat neerslag'. Neerslag. In de bouwwereld heet datzelfde verschijnsel steevast 'hemelwater'. Ooit heeft hij haar geplaagd toen ze 'buiige regen' in het vooruitzicht stelde. Puur pleonasme, als je het hem vroeg, maar hij had er niets van begrepen. Buiige regen was doodgewoon een afwisseling van regen en droog weer. 'Regen die in buien komt, zoals hooi in balen komt en melk in pakken. Jezus, hoe moeilijk kan dat zijn?'

Daar staat ze, zijn vrouw, tegen de achtergrond van een weekkaart. Ze heeft de globe vanuit de ruimte getoond, de luchtstromingen erin zichtbaar gemaakt en geëxtrapoleerd naar de toestand in de atmosfeer in de komende drie of vier dagen. En dat alles als toegift op de menselijke drama's van één dag. Crisis, politieke spanningen, moord, een aardbeving. Hier geen brede opklaringen of buiige regen, maar dodental en bezuinigingspakketten – evenzeer versteende uitdrukkingen, gestolde taal.

Iets meer dan een uur later loopt diezelfde vrouw de huiskamer in, zonder paars jasje – dat studiogarderobe is; hij heeft er al drie verschillende nieuwslezeressen in gezien – en met een vermoeider gezicht.

'Kom even zitten,' zegt hij.

'Is er iets?'

'Nee, niet echt...'

Doordat de bekentenis bij zijn collega's zo mee is gevallen, is hij ervan uitgegaan dat het nu ook wel los zou lopen, dat ook Celine na een korte verbijstering het nieuwe inzicht snel zou accepteren. Die inschatting is onjuist.

'En wat moet ík daarvan denken?' roept ze. Ze staat op. 'Heb je ook maar een seconde stilgestaan bij wat ik daarvan kan vinden? Jij stapt doodleuk een tunnel in die staat in te storten, alleen omdat een of andere klote*copper* dat van je vraagt. En waarom eigenlijk? Jij maakt mij niet wijs dat jij eruit geplukt bent omdat je overkwam als de meest onverschrokken en gespierde kandidaat.'

'Het was het busje. Alleen het busje. Ze hadden vervoer nodig.'

'Vervoer, ja hoor. Koeriersservice Johannes Vermeer. Ook in te huren als ambulance en lijkenwagen. Lekker is dat.'

'Alsof ik iets te kiezen had. Wat had jij in zo'n situatie gedaan?'

'M'n gezonde verstand gebruikt. Als die hele zooi daar in elkaar sodemietert, ga ik er niet tussen lopen scharrelen. En dat zeg ík, terwijl ik hier niet degene ben die als bouwkundig ingenieur is opgeleid.'

'Ach kom, zo gauw ga je niet dood...'

'Nee, zo gauw gebeurt het niet. Dat dachten al die mensen die daar onder het puin lagen ook. En nu groeien hun kinderen zonder ze op. Is dat wat je wilt? Dat Anne zonder vader opgroeit? Heb je één seconde bij die mogelijkheid stilgestaan?'

'Bedaar nu even. Wind je toch niet zo op. Doe eens rustig!'

'O, zitten we hier op de kleuterschool of zo? Het lijkt me dat ik zelf wel mag bepalen wanneer ik me opwind, niet? Mag ik misschien een kléín beetje verontwaardigd zijn als ik hoor wat jij allemaal voor me verzwijgt? God mag weten wat je me nog meer allemaal niet vertelt. Misschien neuk je wel dat meisje van de maquettewerkplaats, weet ik het. Misschien heb je wel een buitenechtelijk kind verwekt op de plee bij dat laatste ruimtelijke-ordeningscongres. Kan ik dat uitsluiten als ik je kennelijk niet op je woorden kan geloven? Nee, toch zeker?'

Ze werkt te hard. Vijf deadlines op een dag, denkt hij, dat breekt een mens vroeg of laat op. En dan is er ook nog het gedonder met haar ouders. Juist die bezorgdheid kan een reden voor zijn stilzwijgen zijn geweest: dit kon ze er niet ook nog eens bij hebben.

Hij ziet de waanzin in haar ogen flakkeren, de spieren rond haar mondhoeken onwillekeurig samentrekken. Hij weet dat hij met één kleine handeling een einde aan deze hele toestand kan maken. Misschien is het heel eenvoudig. Misschien is alles wat hij hoeft te doen zijn arm optillen, zijn hand op haar schouder leggen, misschien volstaat dat al, en anders kan hij haar tegen zich aan drukken, haar laten uitsnikken. En toch komt dit hem als een onmogelijke handeling voor. Hoe sterker dat tot hem doordringt, hoe meer zijn gewrichten op slot gaan. Zoiets als 'ik hou van je' zeggen op de juiste momenten. Hij krijgt die woorden gewoonweg niet uit z'n strot. Hij kan een onbekende uit een ingestorte tunnel redden, waarom slaagt hij er nu niet in zijn vrouw aan te raken als dat nodig is?

Ze stormt de slaapkamer in, en slaat de deur hard dicht. Daar zal, zo stelt hij zich voor, ook zij de reconstructie van het verleden maken vanuit het nieuwe inzicht: ook tóén al was hij niet eerlijk geweest, ook ál die keren dat we het over de aanslag hebben gehad, ook ál die weekenden die we samen hebben doorgebracht, ook toen we in Oostende waren.

De volgende ochtend is alleen Olivier op kantoor. 'Kas zit vandaag de hele dag bij Teijmen,' zegt hij. 'Had je al gehoord wat hij van plan is?'

'Hmm...' Vermeer schudt z'n hoofd, en kijkt uit het raam. Beneden wordt er aan de stoep gewerkt. Een kleine grijze graafmachine heeft een greppel gemaakt, waar mannen met oranje vesten tot hun schouders in staan om aan kabels en buizen te werken; fietsers en voetgangers op weg naar de Frederik Hendriklaan moeten uitwijken naar de rijbaan, waar steeds kleine files van vijf of zes auto's ontstaan.

'Hij is alvast rond gaan vragen welke eventuele huurders er bij ons in kunnen, aan de Grote Markt. Het zijn inderdaad de grote partijen, maar als wij vooraf al tot een overeenkomst met ze kunnen komen, betekent dat onmiddellijk dat de waarde van die panden vermeerdert.'

'Dat ligt er een beetje aan wie Teijmen denkt te kunnen ronselen. De Zeeman en de Wibra gaan ons niet rijk maken.'

'Nike heeft interesse, voor een Nike Store.'

'Ach, kijk aan.' *Koop uw gympen op de ruïnes van Al Qaida.*

'En er is goede hoop...' Olivier pauzeert even, 'dat Apple er de tweede Apple Store van Nederland wil hebben.'

'Apple? Die lui hanteren toch extreme dogma's voor zo'n toko? Glazen winkelpui van zes meter breed, beslist geen drempel, trap zonder leuning. Dat soort totalitair gezeik.'

'Klopt. En dat is precies waarom ze in ons project mee zouden willen. Omdat ze in zo'n nieuw complex hun pand als het ware op maat kunnen bestellen.'

'Als de architect een beetje meewerkt, ja.' *Zelfs met het logo van Apple op haar reet blijft de Venus van Milo een meesterwerk.* 'En wat blijft er op die manier over van ons mooie plan om ambachtelijke bedrijvigheid naar de straatkant te verplaatsen? Wat blijft er over van de stad als openluchttheater? Die gympen en die computers worden daar niet gemaakt. Daar hebben we de Aziatische fabrieken voor. En die moeten juist angstvallig uit ieders zicht blijven. Al die afgematte loonslaven die zichzelf doodwerken achter lopende banden. Kinderen die tien uur per dag dezelfde geestdodende handeling verrichten.' Naast de productie is ook steeds meer boekhouding, administratie en service naar lagelonenlanden geoutsourcet. Europa en de Verenigde Staten worden langzaamaan continenten van zuivere gebruikers en consumenten. De meeste beroepen komen er neer op het aansturen en besturen van groepen die op hun beurt weer allerlei stukjes informatie verwerken. Vermeers droom van de stedelijke beleving als 'zichtbare bedrijvigheid' kan wel eens hopeloos nostalgisch en kitscherig historiserend zijn, nu de voornaamste zichtbare bedrijvigheid bestaat uit mensen achter computerschermen. Als hij naar binnen kijkt bij die achttiende- en negentiende-eeuwse panden aan het Voorhout, de Frederikstraat of de Alexanderstraat, ziet hij overal platte beeldschermen op bureaus. De attributen van het sedentaire werkleven zijn geplant in patriciërswoningen en paleizen.

Meer in het algemeen zijn het de bedrijven die de macht hebben bij de inrichting van de ruimte. De centrale overheid heeft zich zoveel mogelijk teruggetrokken uit de ruimtelijke ordening, zo heeft hij onlangs op een congres begrepen. Grote structuurplannen bestaan niet meer, of hoe zei Visserlink dat laatst ook alweer? *De tijd van het integrale aanbodsdenken is echt voorbij.* Marktpartijen en gemeenten regelen het nu onderling. In de praktijk wil dat zeggen dat het de bedrijven zijn die de nieuwbouwlocaties voor hun zielloze bouwsels opeisen, vaak onder het dreigement anders naar een concurrerende gemeente te vertrekken, werkgelegenheid en belastinginkomsten meenemend.

▶

De vormgeving volgt het geld. Eerst was het de Kerk die de wereld haar esthetische normen aanreikte, met tempels, altaarstukken, schilderijen. Daarna kwamen de koningen en hun paleizen. Daarna de Renaissancekunstenaars in dienst van de adel. Toen de industriëlen, de multinationals, en nu de merken en hun design. Het handboek voor AppleStore-inrichting is dikker dan Vitruvius' *De architectura*. Seculiere esthetiek is mercantiel: hoogbouw gekroond met merknamen, waarvan de ideologie een *lifestyle* is die beleefd en verkregen kan worden in de kapelletjes in alle steden en commerciële centra: de filialen. De rituele kalender van liturgische vieringen is verdrongen door een die geordend is rond een wisseling van afgedwongen omzetpieken, waarvan de hoogste in december ligt, gevolgd door dalen en uitverkoopweken.

(Johannes Vermeer in een lezing, april 2008)

Wat kun je als architect nog doen, vraagt hij zich af, anders dan de schappen uittekenen? Even flitst een mogelijkheid door zijn hoofd die hem zalig voorkomt: weigeren, de hele zaak afblazen, de hele zooi in de verpulveraar van de vergetelheid storten en opnieuw beginnen, ontwerpen zonder rekening te houden met wie dan ook. Tekenen alsof je niets weet, zonder de ballast van eeuwen en regels. Tekenen zonder de geweerloop van je opdrachtgevers. Vrij... Wanneer is hij nu werkelijk vrij geweest?

Om drie uur 's middags komt Kasper alsnog binnenvallen.

'Ik heb eens nagedacht,' zegt hij. 'En met Teijmen overlegd. En we zijn het erover eens dat jij terug naar *Zoeklicht* moet, om alsnog te vertellen wat jou is overkomen in de tunnel.'

'Zo, zijn jullie het daarover éénS? Gefeliciteerd.'

'Doe je mee?'

'Ik vind dat we dat niet kunnen maken,' zegt Vermeer, kalm en beslist, alsof het de uitkomst is van een langdurig wik-en-weegproces. In werkelijkheid is het niet meer dan een onbestemd gevoel.

'Waarom niet?'

Hij loopt naar het raam. De stoep beneden is weer dichtgemaakt; een bouwvakker met oorbeschermers op duwt er een trilplaat overheen; sommige voorbijgangers drukken hun handen tegen hun oren.

'Allereerst omdat ik helemaal niet op eigen initiatief in die tunnel ben gestapt.'

'Maar je dééd het! Jij dééd het mooi wel, en het is het resultaat dat telt. Niemand interesseert het ene flikker in welk teamverband iemand z'n heldendaden verricht. Of hij nu een bevel krijgt van een brandweercommandant – die lui doen het dus ook niet uit eigen beweging – of dat hij als toevallige ramptoerist zelf de held komt uithangen. De mensen zien geen verschil. Omdat er geen verschil is.'

'Ik weet het niet. Ik heb niets gedaan, Kas. Ik was daar gewoon.' Hij heeft zelfs, maar dat zegt hij niet, op het punt gestaan de operatie voortijdig af te breken.

'Dít...' Kasper bekijkt hem taxerend tussen zijn oogharen door. 'Hou dit vast. Dit is nu juist het mooie aan jou, man. Hou deze houding vast. De sterkste helden blijven heel bescheiden onder hun daden. Stoïcijns.'

'Flikker op man.'

Kasper zucht. Hij kijkt om zich heen alsof hij argumentatie bijeen moet scharrelen uit de omgeving. 'Oké,' zegt hij uiteindelijk. 'Dan heb ik nu een vraag. Welke van die vier ontwerpen moet volgens jou gerealiseerd gaan worden?'

Vermeer zwijgt.

'Als jij inderdaad vindt,' vult Kasper zelf in, 'dat dat het onze is, dan ben je het ook met me eens dat de stad slechter af zou zijn als we niet winnen. Dat betekent dat we voor de stad, voor de mensen, alles op alles moeten zetten om ons ding erdoor te krijgen. Je kunt wel de nobele zot willen uithangen, maar uiteindelijk ben je juist helemaal niet nobel, nee, je bent het tegendeel van nobel, en het is aan jouw eigen egoïsme te danken dat we de stad dan opzadelen met een drol van Hark. Want geef maar toe, zo kansrijk zijn we ook weer niet. En dan heb ik het er nog niet eens over dat wij hier personeel in dienst hebben, met gezinnen en hypotheken.'

Hij heeft gelijk. Helaas heeft hij gelijk. Vermeer begrijpt zelf ook niet wat de bron van zijn weerstand is, maar de stap komt hem onoverkomelijk voor. Terwijl die zo eenvoudig is. Bovendien gaat het niet om iets strafbaars, maar juist om iets nobels. Hij hoeft alleen maar domweg de waarheid te vertellen, niet meer en niet minder, om hun kansen op succes te vergroten.

'Vandaag bij Teijmen zijn er enorme stappen gezet. Jongen... wij kunnen investéérders meekrijgen... dat wil je niet wéten. Hier ligt onze kans om het verschil te maken.'

Wat hem tegenstaat is het goedkope ervan, het eerloze, het gemakzuchtige. Zijn architectuur, die zich nu juist kant tegen zowel gemakkelijke volksvleierij als wereldvreemd conceptualisme, zijn architectuur van de nuance, van de redelijkheid, zijn streven om *temperantia* en *prudentia* terug in de wereld te brengen, is nu juist afhankelijk van de gunsten van het grote publiek, van de macht van het getal, van de laag-bij-de-grondse mechanismen die hij nu juist wil bestrijden.

'Oké, je hebt nog wat weerstand. Goed.' Kasper is naar het raam gelopen, en staart naar buiten. Miezerregen. Een tram passeert. Een taxichauffeur rookt een sigaret naast z'n voertuig. 'Probeer er dan eens rationeel naar te kijken. Probeer het te zien als een ontwerp, waarin een oplossing gevonden moet worden, iets overbrugd moet worden. Teken het uit. Reken het door. Dit is de situatie: we staan op verlies en moeten ons ontwerp onder de aandacht krijgen van het publiek. Daarvoor staat ons het belangrijkste kanaal ter beschikking: de televisie. En om daar effectief gebruik van te maken, kunnen we de impact ervan verzwaren door jouw persoonlijke verhaal in te zetten.'

Vermeer herinnert zich hoe hij Anne leerde fietsen. Jaren geleden hadden ze een grasgroene driewieler in de etalage van de Halfords zien staan. Telkens als ze erlangs kwamen zeurde ze erom, totdat hij het fietsje kocht. Ze was twee, bijna drie. Haar voeten konden bij de pedalen komen, en ze kon ze zelfs ronddraaien, alleen deed ze dit altijd de verkeerde kant uit, zodat ze telkens achteruitreed, tot haar woedende verbijstering. Wat hij ook probeerde, het lukte hem doodeenvoudig niet om haar duidelijk te maken dat ze vooruit moest trappen. Ten einde raad greep hij haar bij haar enkels en maalde de trappers vooruit. Maar zodra Anne het zelf overnam fietste ze opnieuw achteruit, met boze tranen.

Kasper voelt zich nu even machteloos als hijzelf destijds, weet Vermeer. Het ís toch inderdaad kinderlijk simpel. Hij mag dan allergisch voor geldzaken zijn, hij weet hoe ze ervoor staan. Het bureau verzuipt zonder deze opdracht. Het ontwerp haalt het niet zonder Vermeers dansje op de buis. Zijn hooggestemde idealen sterven zonder deze knieval.

Waarom zo aarzelend, zo terughoudend? Waarom alsmaar rekening houden met anderen? Waarom je laten inperken? Waarom zo voorzichtig? Kijk naar Kasper, die gewoon een gok neemt, onderneemt. Het felle genot van wie een sprong waagt. De dronken euforie van wie zijn vlag plant. Hoe breng je anders iets groots tot stand? Hoe, als je je aldoor laat insnoeren door behoedzaamheid? Scheppen is avontuur, is duiken, springen, samenvallen met je lot. Rücksichtslos. *Amor fati. Weids! Niet dat benauwde.*

Bij elke keuze die Vermeer maakt, staart hij zich blind op al die twintig wegen die hij ermee afsluit. Zelfs wanneer hij iets besloten heeft, blijven die alternatieve geschiedenissen hem dwarsbomen. Wat als hij niet dit maar dat. Wat als. Wat als. Wanneer houdt dat eens op? Alleen al in zijn eigen vakgebied ziet hij volkomen onbenullen gloriëren niet doordat ze de juiste beslissing nemen, maar doordat ze *überhaupt* beslissen en in die beslissing volharden, zonder om te kijken. Dat is leiderschap. Dat is levenskunst. *I deliberately choose an honest arrogance, and I've never been sorry.*

'Kas,' zegt hij. 'Er zit me iets dwars. In die tunnel doe je maar wat je wilt. In die winkels... in godsnaam dan maar. Jij hebt er toch al nooit in geloofd. Maar van één plek blijven ze allemaal af. Die weergang. In die weergang wil ik vrij zijn.'

'En dan doe je mee?'

Vlieg tussen zee en zon.

'Dan doe ik mee.'

Tot Vermeers ergernis heeft Kasper zich al op dat jawoord voorbereid. Hij belt meteen een *Zoeklicht*-redacteur en vertelt hem waarom Vermeer niet in eerste instantie met zijn verhaal naar buiten was gekomen: 'Hij vond het niet kies om zoiets in te zetten in dit referendum, moet je begrijpen. Maar nu die man op dat terras er zelf mee kwam, kunnen we er ook niet aan voorbijgaan. Jullie hebben die beelden nog? Prima. Van ons mogen jullie die gebruiken. Wij bevestigen alleen maar dat het verhaal van die man helemaal juist is.'

Uiteraard willen ze dat van Vermeer zelf horen. Uiteraard moet dat 'op camera'.

Dus staat hij de volgende middag voor de derde keer binnen een week het verhaal te vertellen dat hij van plan was te verzwijgen. *Da capo.* Weer staat hij in de tunnel, weer tilt hij de man bij z'n enkels weg, weer is er die verpleegster die in haar badpak van het strand was geplukt. Weer hijst de geluidsjongen een cavia aan een stang boven zijn hoofd. Weer zet de regieassistente haar fiets tegen het hek.

'En heeft u later nog iets gehoord van het slachtoffer?' vraagt de interviewster. Ze neemt hem ernstig, begripvol op. Nu pas ziet hij hoe mooi haar mond is. Vol. *Gulzig,* is het woord dat daarbij hoort.

'Kijk, ik...' Het begint hem tegen te staan, maar hij kan niet weg. Alle signalen wijzen erop dat dit zo'n zeikitem wordt waarvan de tv er al te veel heeft vertoond. Irritant is dat. De camera pakt je in de houdgreep. De camera is een geweerloop. Hij ziet wel eens, en feitelijk steeds vaker, filmpjes waarbij tvmensen onverwacht bij iemand thuis aanbellen om hem met iets te confronteren. Hij snapt niet waarom die slachtoffers zelfs dan nog het spelletje meespelen. Waarom ze niet meteen de deur dichtsmijten. Waarom ze toch nog een glimlach opzetten en zich proberen te verdedigen. Nu begrijpt hij het. Een camera wil zeggen: duizenden mensen op bezoek hebben. Als er duizenden mensen aan je deur staan, smijt je die niet zomaar dicht. Niet zonder reputatieschade. Niet zonder letterlijk gezichtsverlies te lijden. De camera zal immers bij de deur blijven filmen, registreren hoe je de gordijnen dichttrekt, en daarna na herhaaldelijk bellen niet meer opendoet. De duizenden die je niet zien, zien je dan zo: in bed, hoofd begraven onder kussens, nééééé jammerend, smekend om genade. Een grotere schuldbekentenis is ondenkbaar. Elke verdediging, elk op de drempel geïmproviseerd pleidooi, is winst vergeleken bij die vernedering.

Wat ze willen dat Vermeer vertelt, is dat hij die kerel in het ziekenhuis heeft opgezocht en dat die hem daar toen vertelde dat hij... en dan moet hij even stilvallen om de zoomlens de gelegenheid te geven om de verhoogde vochtigheidsgraad van zijn oogbollen in beeld te brengen.

'Ergens, moet je weten,' zegt hij, 'ergens was ik ook wel blij, of opgelucht, dat het er zo snel op zat. Het leek me onnodig om nog contact met hem te hebben, en, nou ja...' Ze kijkt zo teleurgesteld dat ze hem een leugentje ontlokt. 'Ik heb later nog naar hem geïnformeerd, uiteraard, en hij schijnt er weer helemaal bovenop te zijn. Dat is goed. Dat is heel goed.'

'Mooi...' zegt de vrouw. Inmiddels heeft hij zijn lesje geleerd. Hij weet wat dit betekent, namelijk dat ze de boel bij elkaar heeft en ze kunnen kappen met deze vertoning.

Wat hem tegenstaat is de troosteloze banaliteit ervan, dat hij zichzelf moet *framen* naar de grofmazige standaarden van het massapubliek. Dat hij zichzelf zo lomp loopt op te dringen met halve ervaringen en gelogen emoties. Hij weet precies wat het volk wil, het wil immers altijd het ergste en het platste. Hij vervloekt het dat het allemaal zo gemakkelijk gaat, dat die interviewster zo gemakkelijk is in te palmen, dat die imbecielen van *Zoeklicht* zich zo eenvoudig laten strikken voor een promostuntje. Hij vervloekt zijn gemakzucht en vervloekt het *plezier* dat hij er tot overmaat van ramp ook nog aan lijkt te beleven. Ondanks zijn weerzin voelt het alsof hij per ongeluk voor iemand anders is aangezien en nu een viptreatment ondergaat. Neemt u plaats. Anders nog iets? Even pijpen misschien? Veel gasten zijn erg gespannen voor een televisieoptreden; ik vind het geen probleem die spanning er even af te pijpen. Of heeft u liever dat onze regieassistente het doet? *Ja, laat die het maar doen. Anders loopt dat kind er toch maar voor spek en bonen bij.*

Een idioot lachje voelt hij om z'n mond krampen en in zijn buik jubelen, als hij door de winkelstraten loopt, tussen het shopvolk, over het marmer van de Passage, waar z'n voetstappen echoën. Het is het lachje van iemand die net een goede slag geslagen heeft. Licht: kilo's lichter voelt hij zich. Is dat het effect van zo'n tv-biecht?

'Televisie maakt je een paar kilo zwaarder,' zegt Celine altijd. Dat mag dan voor het lichaam gelden, de geest wordt er juist ijler en lucide van, is zijn ervaring. Lichtvoetig, een zacht maar krachtig *juichen* op de achtergrond van zijn gedachten. Vrolijkheid zijns ondanks. Het heeft ook iets weg van de triomfen die hij in zijn studietijd had wanneer hij succes had bij een meisje. Dat hij de halve avond tegen zo'n *chick* had staan aan lullen en dat ze zich ineens gewonnen gaf. Ook toen had hij dat idiote glimlachje om z'n smoel gevoeld, als hij met zo'n meisje naast zich op de fiets, of achterop, langs de grachten naar z'n studentenflat terugreed. Ziezo, die was binnen. *Die kan geen kant meer op, hahaha!*

Hij vervloekt de brede glimlach die bij hem doorbreekt als Kasper hem met precies zo'n zelfde *big smile* op z'n bek op kantoor onthaalt. Hij vervloekt het opgetogen *high five*-sfeertje, vervloekt de geur van gezamenlijkheid als in een kleedkamer na een gewonnen wedstrijd.

Thuis realiseert hij zich pas dat hij Celine moet inlichten. *Jezus, dat zal ze leuk vinden.* Ze heeft deze week 'dienst', zodat hij de hele avond heeft om de juiste woorden voor te bereiden. *Daar gaan we weer.* Nog tijdens het journaal begint hij aan zijn verdediging. Soms, zal hij zeggen, is er een klein kwaad nodig om een groter kwaad te voorkomen, of om iets beters tot stand te brengen.

Het journaal staat hoofdzakelijk in het teken van het debat in de Tweede Kamer over het onderzoeksrapport. Hij kan zich niet concentreren op al die stemmen die vanaf het spreekgestoelte diep verontwaardigd zijn – verontwaardiging die steevast vanaf briefjes wordt voorgelezen.

En bovendien, zal hij vervolgen, zo kwaad is het toch niet? *Ik heb godverdomme iemands leven gered, luister nou eens naar me!*

Celine heeft vanavond een spectaculaire animatie van een cycloon die in de Golf van Mexico actief is.

Nee, rustiger. Luister Celine, ik begrijp best dat het een schok is. Dat is het voor mij ook. Maar in de eerste plaats wil ik je zeggen... *Ja, wat eigenlijk?* Hoe ging het ook alweer volgens Cicero? Exordium, narratio, argumentatio... En dan de een-na-sterkste argumenten vooraan, de sterkste achteraan, zoals de troepen in het leger van...

'O, néé! Néé!!' Anne springt van de bank en stormt op de tv af. 'Ze heeft het teken niet gedaan! Mama heeft het teken niet gedaan!'

De nieuwslezer is bezig iedereen 'een mooie avond' te wensen (*ondanks alles*, denkt Vermeer er altijd achteraan), en Anne staart hem met open mond aan. Ze is op die leeftijd dat je niet helemaal kunt uitmaken of een emotie oprecht is of een gespeelde uitvergroting. Beide misschien, denkt hij. En omdat het allemaal voor het eerst is, overdrijft ze, zoals ze zal overdrijven als ze voor het eerst haar lippen zal stiften.

'Misschien deed ze het teken wel, maar was het buiten beeld.'

'Néé-héé, ik heb er supergoed op gelet. Ze deed niks.'

'Misschien is ze het vergeten. Omdat ze het zo druk had met die cycloon.'

'Maar ze is het nog nóóit vergeten!'

'Kom. Het is tijd om naar bed te gaan.'

Om kwart over negen hoort hij de garagedeur. *Daar gaan we weer.* Waarom weet hij niet, maar hij gaat meteen in de aanval zodra ze binnenkomt, een tas nog om haar schouder.

'Anne is boos. Je hebt het teken niet gedaan.'

'Kut... Jezus...'

Ze zet de tas naast de bank neer, knoopt haar jas open.

'En ik heb bij *Zoeklicht* verteld over wat me is overkomen in de tramtunnel.'

'...'

'Kasper wilde het per se.'

'...'

Niks irritanter dan zwijgen. De minachtende hooghartigheid ervan. Zo van: en wie ben jij dan, dat je verwacht dat ik met je in discussie ga? Zo van: bedenk zelf maar waarom ik boos ben. Tergend vindt hij dat.

'Hij denkt dat het onze kansen vergroot.'

'Tss... En jij leent je daarvoor?'

'Heb ik een keuze?'

'Blijkbaar niet, nee.'

Ze loopt de gang in, smijt haar jas over de kapstok.

'Wat wil je?' vraagt hij, en hij loopt haar achterna. 'Had ik die man dan moeten laten doodgaan?'

'Daar gáát het helemaal niet om. Snap je het echt niet?'

'Sorry, geen redding vandaag voor u, meneer. Mijn vrouw wil het niet hebben.'

'Je had het gewoon moeten vertellen.'

'Mijn vrouw wil het niet hebben, dus wacht u maar eventjes.'

'Je luistert niet. Kijk naar me. Je hád het moeten vertéllen.'

'Ik héb het verteld.'

'Nadat je het aan de rest van heel Nederland hebt verteld.'

'Nadat ik het op kantoor heb verteld. De rest van heel Nederland weet nog van niets.'

'De rest van heel Nederland heeft wel wat anders aan z'n hoofd dan jouw achterlijke heroïek.'

'De rest van heel Neder...'

'Mamááá!!!'

Nog iemand die ruzie zoekt. Celine stommelt de trap op. Even later hoort hij zuchtende excuses, en de belofte om morgen 'met allebei haar handen' het teken te maken. *Welja, en een dansje erbij.* Daarna loopt ze door naar zolder, waar hij haar de sauna hoort inschakelen.

Hij valt in slaap op de bank.

Als hij wakker wordt en de televisie aanzet, valt hij midden in *Nieuwsuur.* Na het Kamerdebat over het rapport van de onderzoekscommissie had de oppositie een motie van wantrouwen ingediend tegen Schaal en Koolvis. (Dat is waar! Hij is helemaal vergeten naar dat debat te kijken.) De oppositie had aangedrongen op een hoofdelijke stemming. Er gingen immers geruchten dat ook binnen de regeringsfractie er minstens drie Kamerleden waren die vonden dat de minister het veld moest ruimen. De dissidente leden stemden alsnog tegen de motie, die daarmee verworpen was, nipt verworpen.

Hij kijkt op het klokje van zijn mobiel. Kwart over één. Hij kijkt dus naar de nachtelijke herhaling. Boven is het stil. Net als buiten trouwens, waar een halve maan, precies in het midden doorgesneden, boven de schoorsteen van de overburen uit steekt.

17

Wie in een aanbestedingsronde een opdracht binnensleept, krijgt, zoals dat in het beleidsjargon heet, de *gunning*. Het woord gaat terug op het Middelnederlandse *gonnen*, wat toestaan of geven betekent, en wat later als extra connotatie 'niet benijden' kreeg.

Er zit iets edels, iets ruimhartigs in het gunnen, iets wat herinnert aan een vroegere wereld met een ander waardesysteem, waarbij overeenkomsten meer gebaseerd leken op eer en deugd dan op procedures en wetten. De culturele antropologie maakt onderscheid tussen 'culturen van eer' versus 'culturen van recht'. In de eerculturen ziet sociale controle toe op het naleven van de vaak ongeschreven en niet vastomlijnde erecodes. Denk aan het familierecht volgens sharia, de maffia of het studentencorps. Bij culturen van recht is alleen een officiële rechtbank bevoegd om gedragingen te toetsen aan de geschreven wetten.

Gunning komt uit de wereld van de riddercodes en het feodale stelsel – culturen van eer – maar is meegegroeid in de rechtscultuur die onze moderne samenleving is.

De gunning van het Zes Juli-project is in handen van een *gunningscommissie* die *gunningscriteria* hanteert. In die samenstellingen is de *gunning* van zijn ridderlijke poëzie ontdaan. Het heeft niets te maken met nobelheid, met reputatie of met eergevoel, maar domweg met objectieve feiten, cijfers, *criteria*. Zeker nu er een referendum is gehouden, hoeft er in principe zelfs geen menselijke beoordeling meer aan te pas te komen.

Vitruvius was een architect die volgens de eercultuur te werk ging in het vergaren van opdrachten. In de proloog van boek VI van *De architectura* stelt hij:

Maar ik, Caesar, heb mij niet ingespannen om munt te slaan uit mijn vakkennis, want mij leek het beter bescheiden inkomsten en een goede naam na te streven dan geweldige rijkdom en een slechte reputatie. Daarom is mijn bekendheid gering gebleven. Door de publicatie van deze boeken zal ik hopelijk toch bekend worden, zelfs bij het nageslacht. Het is trouwens ook niet vreemd dat ik bij het publiek zo weinig bekend ben. Andere architecten dringen zich op en vragen om opdrachten. Mij is door mijn leermeesters bijgebracht dat het een goed gebruik is een opdracht aan te nemen op verzoek en er niet zelf om te vragen, omdat een fatsoenlijk man rood wordt van gêne als hij om iets vraagt wat argwaan kan wekken.

Vitruvius presenteert zich als een man van eer: nooit jezelf voor laten staan op je voortreffelijkheid (dat moeten anderen doen), en altijd je reputatie hoger achten dan geldelijk gewin.

Tweeduizend jaar later is dit radicaal gekanteld. In de moderne rechtscultuur is het van het grootste belang dat je jezelf juist aanbiedt en verkoopt. Wie niet openlijk naar de *gunsten* van magistraten solliciteert door op prijsvragen in te zenden, plaatst zichzelf domweg buiten de maatschappij en zal ten onder gaan. En wat de rijkdom betreft: de gunningscriteria eisen dat je de afgelopen jaren een omzet hebt gedraaid boven een bepaald minimum. Geld is de maat van reputaties.

Vanuit een economisch perspectief is de rechtscultuur onmiskenbaar efficiënter dan de eercultuur. Ze heeft heldere regels, die het maatschappelijk verkeer snel stroomlijnen. Zo kan in een aanbesteding de meest rendabele partij geselecteerd worden, die het beste werk levert tegen de geringste kosten. De rechtscultuur bant alle subjectieve oordelen, ondoorzichtigheid en onmeetbaarheid van de eercultuur uit. Voor het economisch gewin zijn de deelnemers aan rechtsculturen vaak bereid hun eergevoel opzij te zetten. De Nederlandse VOC werd onder meer zo succesvol doordat ze de uitheemse bevolking niet hoefden te bekeren. Laat ze hun kralen en totempalen maar aanbidden, zolang we aan ze kunnen verdienen, was de mentaliteit.

Toch is de eercultuur nooit werkelijk uit te bannen. Vooral in kleinere kring (familie, bedrijf, straat, buurt, school) heersen codes die niet op schrift staan, en waar onderlinge sociale controle op toeziet. Onder het volk bestaan vrij krachtige noties als: 'zoiets dóé je gewoon niet' of 'dat vind ik echt grote klásse', wanneer iemand eerloos dan wel eervol heeft gehandeld. Zonder uitzondering zijn zulke uitingen hevig emotioneel geladen. Er is woede of ontroering om iemands lompheid of generositeit. De eercultuur is een cultuur van het *gevoel*, de rechtscultuur een van het verstand.

Het Zes Juli-project begon als een aanbesteding volgens de regels van de rechtscultuur, maar is steeds meer naar die van de eercultuur opgeschoven. Nu het volk direct meebeslist, spelen er andere overwegingen dan alleen de economische en technische gunningscriteria. Zeker nu de televisie zich als medium tussen de architectenbureaus en het volk heeft opgeworpen, en zeker nu die de persoonlijke aspecten van zowel de architecten als van Zes Juli zijn gaan belichten, is het eerconcept terug in het gunningsproces. De televisie bracht de *gunning* terug naar de wereld van eer.

Als je het op een moment zou willen aanwijzen, dan is het dit: als Vermeer aan de camera vertelt over zijn reddingsactie. Of nauwkeuriger: het ogenblik dat de documentaire wordt uitgezonden.

Kom mee.

Het is 26 februari, kwart over acht 's avonds. Viereneenhalve maand voor het referendum, achttien weken. De medewerkers van LVE hebben zich in het souterrain verzameld, waar een beamer het tv-beeld op de witte wand projecteert. Ook verder heeft het alles weg van een met de hele zaak te volgen voetbalwedstrijd: de uitgelaten sfeer, de spanning. Alleen het kratje bier ontbreekt.

Omdat ze de dossiers van de concurrentie kennen en minutieus hebben doorgenomen op zwakke punten, vertonen de eerste minuten van de uitzending geen verrassingen.

KuDoX heeft zich geheel en al uitgeleefd op de mode van de duurzaamheid, en een gebied bedacht dat vrijwel helemaal energieneutraal zou zijn en bovendien ook nog eens voor een groot deel uit hergebruikte materialen zou worden opgetrokken. Zo is er een overdekte fietsenstalling waarvan het skelet van de overkapping bestaat uit fietswrakkenframes. Uiteraard is het geheel – dat nog het meeste lijkt op het internationale ruimtestation ISS – volgehangen met zonnepanelen. Het bureau claimt zelfs een systeem te kunnen ontwikkelen dat de trillingen van het verkeer omzet in energie. Om het groene imago nog wat aan te dikken, heeft het centrale plein de vorm van een tuin, met, enigszins voorspelbaar, drieënveertig bomen.

Hoe ambitieus dit ontegenzeggelijk is, bij het grote publiek zal het waarschijnlijk niet aanslaan, heeft Kasper betoogd, en voor de gemeente zal het te duur zijn. En mocht dat niet overtuigen, dan zullen de bouwbedrijven en projectontwikkelaars – die gebaat zijn bij een meer traditionele aanpak – druk uitoefenen om dit plan weg te stemmen. 'Het is net als met de elektrische auto, de zonnepanelen of de windenergie: in theorie prachtig, maar zolang er nog te veel mensen verdienen aan de oude systemen, krijg je het nooit grootschalig ingevoerd.'

OPA is inderdaad weer onthutsend behoudend, en wil in het gebied te werk gaan als een archeologisch opgravingsteam: met fluwelen handschoentjes. Om recht te doen aan de historische omgeving willen ze een traditioneel symmetrisch plein, van het type Piazza del Popolo, met een al even klassiek monument voor de gevallenen.

De geestelijk vader van het bureau verschijnt in beeld, bij de Grote Markt, en krijgt de gelegenheid om een verhaal af te steken over de historische situatie van het gebied, toen de gracht nog niet gedempt was en het hier – 'in deze oude Joodse volksbuurt' – een wirwar van gezellige straatjes was geweest. Kasper proest het uit bij die woorden. 'Gaat ie soms ook de paardentram weer laten rijden?'

Het ginnegappen verstomt zodra het hoofd van Harkema het beeld vult. Zijn voorstel is in essentie prima, heeft Vermeer meteen al gezien. In feite is het, al zal hij dat nooit hardop durven toegeven, exact wat er nodig is. Met een gespeelde weerzin waarvan hij weet dat die door het gif van afgunst is gevoed, gromt Vermeer met z'n collega's mee zodra de eerste schets in beeld komt. 'Ga toch weg, dit méént hij niet... Tsjjj...' De basisvorm is geïnspireerd op de overdekte markten à la Covent Garden in Londen of Les Halles in Parijs, zoals Hark niet nalaat erbij te vertellen. Als op commando hebben de *Zoeklicht*-makers er de bijbehorende beelden bij gemonteerd, die illustreren wat Hark oplepelt: 'Bruisende kruispunten die het hart vormen van grootsteedse centra...' Harkema's 'Markt XXXL' moet onderdak gaan bieden aan zo'n honderdvijftig winkeliers en horecaondernemers. Het is een soort Magna Plaza, maar dan met het tramstation erin geïntegreerd. Plus hightech automatenhal waarin veel uit het detailhandelassortiment *twenty four seven* te krijgen is, parkeergarage met een ingenieus systeem om ook fietsen ondergronds te stallen, verticaal, in inklapbare aluminiumconstructies.

'Waar is het helikopterplatform?' vraagt Olivier. 'Hij belooft een versmarkt en levert een vliegveld. Fucking eikel...'

In honderden huiskamers gaat het zo, ongetwijfeld ook bij de fragmenten waarin zijzelf verschijnen. *Moet je die zien. Zo hee, die had wel even naar een kappertje gemogen. Hoor die baviaan eens uit z'n neus poepen.* Het tv-scherm als nationale klaagmuur.

Als je hun filmpje ziet, kun je je nauwelijks voorstellen dat al die camerajongens en redactiemeiden er zo lang voor over de vloer moesten zijn. Nou ja, niet zeuren: in zijn eigen vak is de discrepantie tussen het aantal geïnvesteerde manuren en het gerealiseerde aantal kubieke meters pas echt enorm. Ook nu is hij niet tevreden met wat hij ziet. Het is te massief. De kolommen die de weergang moeten ondersteunen zijn hem te log, te dicht, en de winkelpanden zijn lompe hokken. Een rond gebouw heeft altijd iets defensiefs, denkt hij. Het keert zich van je af. Het staat daar maar een beetje arrogant en quasi-soeverein over de stad te waken, potdicht als de Engelenburcht.

Zijn denken stokt als hij de *voice-over* hoort zeggen: 'Bovendien heeft een van de architecten van LVE een wel heel persoonlijke band met de gebeurtenissen van Zes Juli.'

Hij denkt aan Vitruvius, en herinnert zich dat ook Cicero in

De Officiis stelt: 'Voor iemand die werkelijk groot en wijs is, berust de eer, waar wij van nature het meest naar streven, niet in de roem, maar in de daad.' Naar eerbetoon solliciteer je niet openlijk. Voelt hij zich daarom zo ongemakkelijk als hij zichzelf in beeld ziet? Zoals vrijwel niemand graag zijn eigen stem terughoort – die is immers anders door de resonantie in de eigen schedel – zo is jezelf in beeld terugzien onaangenaam omdat we gewend zijn onszelf alleen in *spiegelbeeld* te zien. Dit gaat verder.

Kom mee.

Het is niet alleen de confrontatie met je fysieke voorkomen die je doet wankelen. (Je verschrompelt, maakt je klein, wilt verdwijnen.) Het is ook om wat je zegt. Wilde je daarom je tunnelervaring verdringen en verbergen? Omdat je voorvoelde wat er het bedenkelijke effect van kon zijn: dat je publiekelijk in een heldenrol gehesen ging worden terwijl je je eerder het tegendeel had getoond?

Waar je eigen relaas heroïek ontbeert, compenseert de documentaire dat ruimhartig met een voice-over, wat archiefbeelden van Zes Juli zelf, een aanzwellend dreigmuziekje.

'Ik heb later nog naar hem geïnformeerd, uiteraard, en hij schijnt er weer helemaal bovenop te zijn.' Het beeld zoomt in op jouw ogen, die nerveus heen en weer blikken in de lucht. 'Dat is goed. Dat is heel goed.'

Het beeld glijdt terug naar een *long shot*, dat je tegen de achtergrond van de ravage van top tot teen in beeld neemt. Bij intro-akkoorden van een akoestische gitaar vergroot de omgeving zich zelfs tot een *extreme long shot*, waarna een zangeres inzet, een Engelse tekst die je niet verstaat. Over het braakliggend stuk stad worden nu de verschillende ontwerpen geprojecteerd, in een *loop* die steeds sneller draait. 'Hoe zal de stad veranderen na de aanslag?' vraagt de stem. 'Wie zal de stad een nieuw gezicht geven? In *Zoeklicht* blijven we ernaar op zoek.'

De zangeres zingt voort en de aftiteling kruipt door het scherm. En dat was het dan. Kasper schakelt de beamer uit. Iedereen applaudisseert. Spanningsontlading. Als bij het veilig landen van een vliegtuig.

Zelfs Kasper is een beetje verbluft als hij de volgende ochtend de cijfers raadpleegt. In praktisch alle peilingen staan ze op een tweede of zelfs eerste plaats. Op internet zijn zij het die het vaakst besproken worden.

Daar komt bij dat zijn bekentenis ook in andere programma's een rol krijgt. Soms voeren ze hem alleen op als intermezzo in een fragmentenrubriekje, soms om smalend commentaar te geven en hun bureau er openlijk van te betichten het allemaal schaamteloos uit te buiten als lijkenpikkers *pur sang*, en soms brengen ze zelfs de maquette van hun weergang in beeld. Dat Vermeer de naam van de schilder heeft en 's lands beroemdste weervrouw als echtgenote, vergroot de belangstelling.

Het is lastig uit te maken wat de zaak 'aan het rollen' brengt. Alléén 'de man van de weervrouw' zijn, zou niet genoeg zijn. Alléén Johannes Vermeer heten evenmin. Alléén een handje meegeholpen hebben bij de hulpverlening misschien ook niet eens (dat deden er tientallen). Het gaat om de combinatie, en het gaat om het geluk eenmaal op verschillende plekken in de media aanwezig te zijn. Voorbij een bepaald niveau van media-aanwezigheid gaat het vanzelf, krijgt het een eigen niet te stuiten dynamiek; omdat alle kranten, sites en programma's hun grondstoffen uit diezelfde mijnschachten van kranten, sites en programma's opdelven, ontstaat er een motorisch circuit met een energie *sui generis*.

Het gaat gemakkelijk. Een week na de uitzending ziet hij 's ochtends in z'n elektronische agenda dat hij op die ene dag vier interviewafspraken heeft, twee bladen (die komen bij hem langs, en sturen apart nog hun fotografen, die hem allebei bij de maquette kieken), een tv-programma (dat een item maakt rond de 'stille helden van Zes Juli'), en een radioprogramma (*Met Het Oog Op Morgen*, waar hij na enig aandringen niet heen hoeft; vanuit de NOS-studio naast café Dudok wordt hij geïnterviewd). Hij wordt het niet moe. Het tilt hem zelfs op. Nooit heeft hij dit van zichzelf verwacht – hij is van nature introvert, en hunkert dus na elk contact met de buitenwereld naar de oplader van de afzondering.

Kennelijk, denkt hij, gaat zoiets in golfbewegingen. Na elke periode van opwinding, afspraken, veel in cafés en restaurants rondhangen en het gevoel hebben dat het geld als water binnenkomt, is het ineens weg, zoals het na hun beginjaren ineens weg was geweest. Stilte en armoede, die niet alleen viel toe te schrijven aan de economische crisis. En dan ineens zijn de kaarten weer anders geschud en begint de boel weer op rolletjes te lopen. Doordat het zo onverwacht is, lijkt het bijna onverdiend.

Hij moet eraan wennen dat bij zijn lezingen – waarvoor hij ineens vaker gevraagd wordt – de organisatie en het publiek op voorhand een beeld van hem hebben, hem bij een ontmoeting schaapachtig en verwachtingsvol aanstaren: hij is de *starchitect*, nietwaar? Dan moet hij het maar doen. Zeg iets grappigs. Doe iets. Betover ons.

Veel maakt het niet uit, leert hij al gauw. Zijn beduusdheid kan even gemakkelijk doorgaan voor wijsheid, zijn verstrooidheid voor grootsheid. Hij kan, bij zulke gelegenheden, als het ware niet meer stuk. Tijdens lezingen hangt men aan zijn lippen. Terwijl er toch niets veranderd is. Toch wel: hij is, een paar keer achter elkaar, op tv geweest. Een paar keer spreken onbekende moeders hem aan als hij met Anne in een speeltuin is, wat Celine veel vaker gebeurt.

Met Celine zijn ze nu zoiets als een *celebritykoppel*. Goed, niet van het kaliber dat bij *RTL-Boulevard* in de belangstelling staat, maar wel in de kleinere *scene* waar zich ook kunstenaars, musici, advocaten, fotografen en schrijvers bewegen.

Studentes stellen hem verlegen vragen voor hun bachelor- of masterscripties, fotografen leggen hem professioneel vast en van de krantenredacties krijgt hij telefoontjes als er zich iets voordoet in zijn vakgebied, zoals het overlijden van een oudere vakbroeder. Dagelijks zijn er verzoekjes in z'n inbox: vakbladen willen een stukje, universiteiten een gastlezing, debatcentra een paneldiscussie... Hij is verrast. Hoe moet het mensen vergaan die werkelijk beroemd zijn? Die komen toch nergens meer aan toe?

Het rare is dat het helemaal niet moeilijk is, zeker niet als hij eenmaal het cynische misverstand van zich af heeft gezet dat hij een rol zou moeten spelen, of anderszins iets zou moeten presteren. Verre van dat. Tussen de mensen en de wereld hangt een doek waarop ze hun ideeën projecteren. Hij is al voorgeïnterpreteerd, voorgevormd en alles wat hij in hun aanwezigheid doet zal ingepast worden in dat beeld. Het meeste succes – dat heeft hij al gauw in de gaten – heeft hij als hij zo min mogelijk doet.

Al die *exposure* maakt dat LVE in de polls en peilingen stijgt. Blijkbaar is het waar dat het belangrijker is dát ze over je praten dan wát ze allemaal beweren. Vermeer is nu vertegenwoordiger geworden van een *merk*, en moet zorgen dat de merknaam op diverse locaties gelijktijdig oplicht. Om het vuurtje gaande te houden koopt Kasper op strategische momenten advertentieruimte. Regelmatig betrapt Vermeer zich erop dat hij zijn eigen naam in zoekmachines of sociale media invoert. Nog een hele klus, omdat hij daar alle verwijzingen naar Johannes Vermeer *senior* uit moet filteren. (Zijn naam: gekozen om een behulpzame duw te krijgen, maar in werkelijkheid juist overschaduwd door zijn homonieme voorvader.)

Tot zijn verbazing is men behoorlijk welwillend over hem, waarmee automatisch hun ontwerp aan waardering wint. Vreemd: zijn populariteit mag dan publiekelijk groeien, in intiemere kring kukelt die juist omlaag. In eerste instantie bij zijn eigen vrouw.

'Je begint een actualiteitsjunk te worden,' merkt Celine op als hij in de auto om stilte sist, als er een hoogleraar *slash* opiniemaker iets over Vermeer op de radio zegt, waarop Vermeer vraagt of Celine even op Twitter kan kijken naar de reacties.

'Dit is nu eenmaal even belangrijk voor me. Dat begrijp je toch wel? Ik had eigenlijk gehoopt dat je een beetje met me zou meeleven.'

Ze passeren het politiebureau op de Burgemeester Patijnlaan.

'Meeleven, tsjonge.' Hij remt voor een stoplicht bij het Vredespaleis. Ze wachten zwijgend tot het op groen springt. 'En waarmee wilde je precies dat ik meeleef? Met jouw grote egotrip?'

Hij wil gas geven omdat het licht op groen springt, maar de auto staat in de derde versnelling en de motor slaat af en ze schudden heen en weer. Achter hem klinkt meteen een claxon.

'Godverdomme!'

Hij schakelt naar de eerste versnelling en geeft gierend gas waardoor hij bijna de bocht van de Carnegielaan uit vliegt.

'Doe eens rustig zeg! Doe eens rustig!'

Weer slaat de motor af. Achter hen vormt zich een opstopping, nijdig toeterend. Celine klikt haar gordel los, stapt uit, loopt naar zijn portier en trekt dit open.

'Ik rij. Of ik ga lopen.'

Diezelfde avond spreekt Arend Koolvis een snibbig berichtje in z'n voicemail in: dat hij het nogal merkwaardig vond dat hij dit achter had gehouden. 'Je begint haast te geloven dat je het alleen maar verzint om je in de kijker te spelen. Goed, ieder z'n vak. Ieder z'n strategie. Dag hoor.'

Koolvis is niet de enige die zijn waarachtigheid in twijfel trekt, ontdekt hij, uit *tweets* met zijn naam erin, en uit krantenartikelen die hij van vage kennissen krijgt doorgestuurd. (Nog zo'n verschijnsel: schrijven ze vriendelijk over je, dan kraait er geen haan naar, maar is het laster en vuilspuiterij, dan krijg je het van alle kanten toegezonden.) Als hij de bron van het gerucht ('de grote duim van Johannes Vermeer', en varianten daarop) wil achterhalen, komt hij uit bij een radioprogramma waar Felix Harkema te gast was. Ergens in een mompelend terzijde merkte Harkema op: 'En die Vermeer zou zelf voor reddingswerker hebben gespeeld.' 'Zou, zegt u. U gelooft hem niet?' 'Dat zeg ik niet. Ik zeg alleen dat het hem wel heel goed uitkomt om hier nu ineens mee te komen, terwijl die er al die tijd geen woord over gerept heeft.'

Dat zelfs zijn vriend Arend vatbaar blijkt voor die onzin is kwalijk, temeer daar hij dit nooit zou zijn geweest als er niet op een fundamenteler niveau argwaan moet hebben bestaan, een scheur in hun verstandhouding moet zijn gekomen waar Harkema's gerucht mooi in kon sijpelen om de boel vervolgens van binnenuit te verzieken.

Waar het onwetende publiek vooral sympathie krijgt met deze Vermeer, die zo bescheiden over z'n heldendaad bericht, daar maakt hij geliefden en vrienden juist nijdig: die man vertelt op tv wat hij voor ons verzweeg. Wat achterbaks, wat een verraad. *Verraad:* dat is het juiste woord, denkt hij. Hij geeft duizenden onbekenden iets wat hij een handvol intimi onthoudt. Daarmee verraadt hij ze, laat hij hooghartig blijken dat hij ze niet van voldoende belang acht.

18

Alles verandert als hij op zaterdagochtend 5 maart een harde dreun hoort, beneden in de gang. Celine staat te douchen. Boven aan de trap weet hij al onmiddellijk dat het slecht nieuws is. Op het marmer bij de voordeur ligt een pakketje, in een bruine envelop. Geen naam, alleen een adres, dit adres, op een stuk papier geprint dat met plakband op de envelop is bevestigd. Als hij die opent vindt hij een leistenen tegel, waar met twee postelastieken een papier aan vastgebonden is, met de mededeling: 'JOUW BEURT KOMT.'

Aanvankelijk houdt hij het voor een bericht van de min of meer gebruikelijke gekken die Celine stalken vanwege haar werk. Zo was er eentje die cd's vol brandde met wat hij 'weersymfonieën' noemde, geluidsopnamen van regen, wind en dergelijke. Eerst waren er wekelijks die cd's. Daarna de klagende brieven dat de radio er geen aandacht aan had besteed. Vervolgens stuurde hij waanzinnige facturen voor wat hij 'inkomstenderving' noemde. Uiteraard is er ook een constante stroom van liefdesbetuigingen, seksuele intimidatie ('Ik zag je toen ik net de douche uit kwam; de handdoek bleef hangen') en de klachten over het weer. Zelfs hij ontvangt zulke e-mails wel eens, vooral als hij zich in een huis-aan-huiskrantje heeft uitgelaten over een of ander bouwbesluit. Er is een radicalisering gaande die je op straat niet opmerkt maar die zich buiten het publieke oog om botviert bij binnenvetters.

Hoe moet hij dit interpreteren? *JOUW BEURT KOMT*. Is dat al een *doodsbedreiging*, waar je tegenwoordig zoveel over hoort? Van alle verschijnselen in het kielzog van de digitalisering is die van de doodsbedreiging een onverwachte maar veelzeggende. Een grote groep mensen wenst het niet-bestaan van anderen, of liever gezegd: ze voelt zich, terecht of niet, door die ander in een hoek gedrukt, belemmerd. De chaos en de onvrede, gepaard aan verlies van idealen en nivellering van opinies, denkt hij vagelijk. Hij heeft het koud in zijn inderhaast aangeschoten ochtendjas.

Aan de keukentafel houdt hij het papier tegen het licht. Niets bijzonders. Laserprinter. Lettertype Arial, 36 punten. Ook aan de envelop is niets te zien. Het poststempel zegt 'S-GRAVENHAGE. Dan de tegel. Die is iets specialer, met kleurschakeringen van roestig tot paars. Komt misschien uit Spanje of Portugal, al weet Olivier dat soort dingen beter. Wie doet zoiets? Een dreigmailtje kost niets. En heeft, moet hij toegeven, ook minder impact.

Losse, op drift geraakte cellen torpederen de wereld vanuit alledaagse bunkers. Vooralsnog zijn die bombardementen niet ontregelend, hooguit irritant, en zolang je je er betrekkelijk simpel van kunt afsluiten, is er weinig loos.

Als symptoom is het allemaal echter verre van geruststellend. Al die onderhuidse frustratie betekent dat mensen zich massaal niet gewaardeerd voelen, dat hun ambities falen, dat hun banen op de tocht staan, dat ze te maken hebben met liefdeloosheid, met ziekten, dat ze giftig zijn van afgunst, teleurgesteld zijn in hun liefdes, klemzitten. Hun geklaag en gedreig kan disproportioneel ogen, in het licht van onze uitzonderlijke welvaart en het gedegen bestuur dat ons land al decennialang heeft, maar die visie gaat voorbij aan één menselijke eigenschap: dat we onze eigenwaarde en ons welslagen niet aan de hand van objectieve feiten beoordelen, maar afhankelijk laten zijn van het succes van een kring gelijken, waarbinnen altijd winnaars en verliezers zijn aan te wijzen. Tel daarbij op dat succes tegenwoordig in ieders vermogen ligt en het uitblijven ervan alleen aan een persoonlijk tekort valt toe te schrijven en je begrijpt dat de statusstrijd zowel grimmiger als vileiner is geworden. Altijd is er op je eigen terrein wel iemand te vinden die succesvoller is. Zelf kent Vermeer die haast dierlijke razernij maar al te goed wanneer hij hoort hoe een generatiegenoot onredelijk veel lof krijgt toegezwaaid. Zijn gemopper verschilt *au fond* niet van die virtuele doodsbedreigers. 'Die eikel heeft zeker een paar ambtenaren omgekocht. Godsamme, en dan zo'n drollenbak neerplempen, zo'n enorm volume op de stad afsturen, waar die toogpissers van de gemeente nog voor staan te applaudisseren ook. Alsof ze niet weten...'

'Rustig nou maar,' heeft Celine dan meestal allang gezegd. In het virtuele domein ontbreken zulke terugkoppelingen, zodat het proces van socialisatie niet op gang hoeft te komen. De doodsverwensers hoeven geen *community* te vormen die hun radicalisme kan temperen. Virtualiteit is immuniteit.

Maar die leisteen is niet virtueel, en Celine is nu ook minder bereid tot kalmte. Dit is ook duidelijk niet iemand die de pest heeft over een voorspelde onweersbui of vindt dat zijn provincie is overgeslagen in de berichtgeving. Dit is niet iemand die zijn ongenoegen over een van Vermeers ontwerpen of opvatting wil kenbaar maken. Dit is een actie die regelrecht en genadeloos wil zijn door hem en Celine te raken in hun intieme domein.

'Godverdomme Johan, dit kunnen we niet laten gebeuren! Zoiets dóé je gewoon niet!' Instinctief is ze al naar Annes kamertje gelopen, blikt even door de deuropening en vervolgt als ze de deur weer sluit: 'Ik bel meteen de politie.'

'En wat gaat die zeggen? Wat gaat die doen? Heus niet een bewakingspost voor de deur zetten.'

'Dat weet je niet.'

'Dat weet ik wel. Ik weet precies hoe het gaat. O, mevrouw is een Bekende Nederlandster. Ja, dan krijg je dit soort dingen. Kom maar eens terug als het echt menens is, mevrouwtje.'

'Het kan me niet schelen. Ik ga ze nu bellen en ze komen die gast opknopen of ik doe het zelf.'

Terwijl zij telefoneert, tast hij zijn wereld af op zoek naar een lek, een zwakke plek. Al het onaangename dat hem overkomt ervaart hij op een duistere manier als iets terechts, iets waarvan het nog een wonder is dat het niet veel eerder was gebeurd.

Jouw beurt komt. Kan de afzender vermoeden dat hij hiermee precies Vermeers angstige voorgevoelens verwoordt? Vroeg of laat zal alles wel in elkaar moeten storten. Alles wat je opbouwt biedt slechts tijdelijk soelaas.

Daarbij denkt hij ook altijd dat onheil hem als enige treft. Volslagen irrationeel, één blik op de nieuwsberichten leert je dat, maar dat doet niets af aan het gevoel dat hij de enige is die dit overkomt, de enige die iets fout heeft gedaan, de enige die iets niet begrepen heeft. Het zeurende, jankerige gekramp in zijn buik is feilloos verbonden aan eerdere situaties waarin hij zich geen raad wist: als hij op school bij gym als laatste van de bank werd gekozen, als hij als twintiger in z'n eentje in een vreemd land was geland en de weg moest zien te vinden. Altijd leek het of de anderen wel wisten hoe iets werkte, en alleen hij de taal niet sprak, de codes niet kende, de vaardigheden miste.

Jouw beurt komt. Dat impliceert dat er al anderen aan de beurt zijn geweest. De agressor/afzender zelf, die Vermeer en z'n gezin in een vergelijkbaar onheil wilde storten dat hemzelf was aangedaan?

'Kutpolitie,' zegt Celine, die de slaapkamer in komt. 'Totaal niet geïnteresseerd. We kunnen eventuéél vanmiddag aangifte doen op het bureau, als we dat zo graag willen.'

Op 8 maart – vier maanden voor het referendum – valt er opnieuw een tegel naar binnen. Ditmaal met een envelop eraan, die, als hij hem openmaakt, een rouwkaart bevat, met de volledige naam van Celine, en een sterfdatum over een week. Op zaterdag 10 maart komt er exact zo'n brief, nu met de naam van Vermeer zelf erop. Als op de bewolkte dinsdag van 13 maart een envelop verschijnt, waarin hij ANNE VERMEER in het zwarte kader leest, boven haar geboortedatum (ook die is juist), begrijpt hij dat het tijd is om naar de politie te gaan.

'En hoe concreet zijn deze bedreigingen?'

De agent die hem dit vraagt heeft stekelig kort haar, eerder stoppels, die ongemerkt overgaan in z'n gezichtsbeharing. Z'n huid is bleek met paarse vlekken.

'Hoe bedoelt u? Dit is wat het is.' Vermeer heeft hem de hele stapel poststukken overhandigd.

'Geen telefoontjes? Geen bedreiging met specifieke feiten, zo van: ik wacht je dan en dan op, of ik kom je in elkaar slaan, of ik steek je huis in brand?'

'Nee, dat niet. Gelukkig.'

'Tsja...' De agent geeft de monitor een duwtje en kijkt Vermeer aan. 'Of juist niet. Mag ik open kaart met u spelen?'

'Als het moet.'

'Zolang er geen concrete dreigementen worden geuit is het voor ons heel moeilijk om ertegen op te treden. Zou die gast nou een tijdstip of een plaats noemen, dan zitten wij d'r zo bovenop. Maar blijkbaar is hij slim genoeg om dat achterwege te laten.'

'En dit dan?' Vermeer grist een van de kaarten van tafel. 'Hoe concreet wil je het hebben? Die gast wil ons dood hebben. Dat is toch de boodschap? Hoe moet ik dat anders zien? Dit is geen reclamefoldertje voor pakken hopjesvla. Dit is een doodsbedreiging, ja? Dit is iemand die kinderen in z'n auto trekt en hun strottenhoofden dichtknijpt met een staalkabel. Dit is godverdomme geen onschuldig plagerijtje.'

De man laat de storm geduldig uitrazen, zoals hij in zijn opleiding geleerd heeft te doen. Dan zegt hij: 'Maar die zogenaamde sterfdata, die heeft u allemaal heelhuids overleefd, als ik het zo mag uitdrukken.'

Die van Anne nog niet, die is over een week, denkt Vermeer, maar hij weigert daarbij stil te staan. Hij gunt het de bedreiger niet dat z'n methode werkt en die datum zich in z'n bewustzijn vast vreet. Twee weken geleden is er bij hen in de wijk een meisje van vijftien dood gevonden, naakt, midden op straat, tussen de tramrails, op een zaterdagochtend tegen zessen. Een twintiger die ooit in een jeugdtbs-kliniek had gezeten, had haar met een vleesmes bewerkt.

'Wat bovendien nog ontbreekt,' vervolgt de ander, die zich voorgenomen heeft de kalmte vast te houden van een arts tegenover een lastige patiënt, 'is een zekere stelselmatigheid. Drie kaarten en twee briefjes. Dat is alles, en dat is, het spijt me dat ik het moet zeggen, onvoldoende om tot een belagingsdelict te komen. Wat ik u daarom wil aanraden, is om zulke post in de toekomst op te sparen en van een datum te voorzien. Als u op die manier als het ware een dossier aanlegt, dan hebben we een veel sterkere basis voor een aanklacht.'

Alsof hij hier een hypotheek komt aanvragen en nog niet alle stukken compleet heeft.

'Wat moet ik dan?' vraagt Vermeer, en hij heeft meteen spijt van die wanhoopskreet, van de banaliteit ervan.

'Ik kan u alleen aanraden om zo'n dossier bij te houden, en om zoveel mogelijk alert te blijven.'

Dit is waanzin. *Alert blijven.* Waarop in godsnaam? Op iemand die met een mitrailleur op het schoolplein van z'n dochter verschijnt? Op iemand die een bom onder hun Saab monteert? *Alert blijven.* Op iemand met een hakbijl? Het is dezelfde loze kreet die de overheid verspreidt om burgers 'waakzaam' te maken tegen signalen van terrorisme. *Alert blijven.* Ziet u iets verdachts, bel dan de politie. Met als gevolg dat het treinverkeer steeds vaststaat om een boodschappentas. Met als gevolg dat iedereen met een baard in een lange jurk kan worden opgepakt. *Alert blijven.* Een tas met prei is genoeg om de Explosieven Opruimingsdienst te laten uitrukken, maar regent het rouwbrieven dan bonjourt de politie je de deur uit.

'Zo dwingen ze je om je eigen beveiliging te organiseren,' zegt Olivier op kantoor. Vermeer zucht. Is dat wat hij moet doen? Met een revolver onder z'n hoofdkussen slapen?

'Dreigers moorden niet en moordenaars dreigen niet,' zegt Kasper, die met z'n rug naar de anderen toe staat, en boven een meterslange bouwtekening hangt. 'Dat blijkt uit alle studies.' Het klopt. Ook de studies die ze er zelf voor bekeken hebben voor hun ontwerp bevestigen het. Van *lone wolfs* die hun mitrailleurs leegschieten op een menigte en van aanslagplegers zoals die jongens die die springstofbusjes de tunnel in reden vind je altijd pas achteraf een manifest, doorgaans een klunzig videofilmpje.

'Net als zelfmoordenaars,' vervolgt Kasper, zonder zich om te draaien. 'Juist degene die steeds maar roepen dat ze zichzelf van kant maken doen het niet. Echte zelfmoorden komen altijd onverwacht.'

Erg gerust stelt dit Vermeer niet.

'Kun je niet tijdelijk ergens heen?' vraagt Olivier.

'Onderduiken. Leuk bedacht. Maar waar kan ik heen met een heel gezin? Ik heb geen familie in de buurt wonen waar we zomaar even kunnen *couch surfen* voor onbestemde tijd.'

'En Elysium, is dat geen optie?' vraagt Kasper.

'Ik weet het niet,' zegt Vermeer. 'Zou daar iets vrij staan waar we zomaar in terechtkunnen?'

'We hebben het toch zelf ontworpen?' Kasper kijkt op de klok. 'Ik ga wat broodjes halen op de Fred. Nog voorkeuren?'

'Iets ontwerpen maakt je er nog geen eigenaar van,' zegt Vermeer. Kasper reageert niet en verlaat de kamer.

Olivier vermoedt dat Rambo de dader is. 'Ga maar na. Die deed toch al raar bij de Grote Markt? Die stond ons de hele tijd aan te staren.'

'En zijn motief?'

'Miskenning. Wanneer zijn die dreigementen begonnen? Nadat je op tv bent verschenen. Die mafkees wilde overduidelijk ook voor de camera vertellen dat hij op 6 juli geholpen heeft.'

'Goed, ja...'

'En hij wordt nergens genoemd.'

'Goed, daar kan ik inkomen. Maar dat is toch geen reden om iemands gezin te gaan terroriseren?'

'Je weet niet wat er in mensen omgaat. Wat voor processen zich in iemands kop afspelen. Als je het zoekt bij iemand die een legitieme reden heeft, zul je hem niet vinden. Iemand die dit doet is per definitie niet goed bij z'n hoofd.'

Als Vermeer twee van de tegels laat zien die de dreiger gebruikt heeft als drager van zijn macabere boodschappen, verandert Oliviers toon.

'Dit zijn in elk geval niet zomaar wat tegels uit het tuincentrum.' Hij pakt er een beet, draait hem rond, laat hem op z'n vingers balanceren, en besluit dan: 'Vakkundig gekalibreerd. Ik heb bijna hetzelfde spul eens gebruikt. Dat kwam uit een Chinese steengroeve. Dat heeft een vermogen gekost.'

'Waar heb je die gebruikt?'

'Ik weet het niet meer. Misschien op een van die begraafplaatsen. Of dat buurthuis... Ik kan het nazoeken.'

'Doe geen moeite.'

Olivier strijkt langs het materiaal. Klopt er zachtjes tegen, bevoelt de randen. *Well, Sherlock...?* Maar er komt niets meer. 'Mooi spul,' mompelt hij alleen.

Kasper is een half uur later terug, plaatst de papieren tassen met broodjes op tafel, tussen schetsen, stukjes maquette, probeersels. Hoe zou dat plein werken als we de treden recht in plaats van convex maken? Hoe houden die kolommen zich als we die weergang verhogen? En dat stukje fietstunnel, kan ik daar een los modelletje van krijgen, van 1 op 20 of zo? Een architectenbureau heeft veel weg van een knutselclub. Door het hele kantoor heen zijn delen van hun Zes Juli-inzending te vinden, op bureaus, op tafeltjes, op de grond. Alsof het bouwwerk uiteengespat is door een grote explosie. Als losse ledematen zwerven al die gedachten rond in het pand.

'Trouwens,' zegt Kasper, en hij gooit z'n jas over z'n stoel. 'Ik had Teijmen net aan de lijn. Ik heb hem je situatie uitgelegd, en ook hij vindt het vrij ernstig klinken.'

'Zozo, dan moet het wel zo zijn, nietwaar?' *Het orakel uit Rotjeknor laat van zich horen.*

'Hij heeft een van de gezinschalets uit de comfortcategorie voor je beschikbaar. De toegangspas wordt vandaag nog hier bezorgd. Zelfs de receptie van Klein Elysium weet er niets van. Je kunt er elk moment in terecht, zolang het nodig is. Uiteraard zonder kosten.'

Voor Celine is het een reden om te doen wat ze ogenschijnlijk al een tijdlang van plan was te doen, maar waarvoor het laatste duwtje legitimatie ontbrak: ze trekt met Anne bij haar ouders in.

'Jij gaat maar in je eentje de idioot in de duinen uithangen,' zegt ze. Ze lijkt haast opgelucht. Ze legt zich erbij neer. Ze wilde wel bij haar zieke moeder intrekken, maar kon de keuze niet maken. Nu die buiten haar om gemaakt is, valt dat dilemma weg.

Als hij z'n spullen inpakt vraagt hij zich af of het echt nodig is. Misschien bestaan er mildere middelen. Een camera op de deur richten. Een waakhond nemen. Ja, misschien. Misschien reageren ze overtrokken, maar het zijn geen tijden om risico te nemen. Dan heb je zo'n camera en dan? Dan registreert die hoe iemand het vuur opent. Camera's, denkt hij, filmen slechts de adressanten voor toekomstige dagvaardingen. Als je eenmaal een gevaar hebt gesignaleerd, kun je het risico niet meer nemen. Niemand koopt nog een auto zonder airbags. Daarom hebben we ook zoveel verzekeringen, en spannen de maatschappijen erachter zich in om zoveel mogelijk beren op de wegen te tonen. Het sterretje in je ruit kan een scheur worden. Je fototoestel kan op het station gejat worden. Je werkgever kan je aanstaande maandag ontslaan. Alle onzekerheden uitbannen. De *fata* terugdringen in een klein hoekje waar hun grillige spinsels geen kwaad kunnen. Ongevallen, autopech, ziektes, autoschade, diefstal, brand, arbeidsongeschiktheid, voor elke ramp is er een 'dekking', met als ultieme, in al z'n stoere hybris zo contradictoire vorm: de levensverzekering.

XIX

It sure been a hard, hard winter.
My feet been dragging 'cross the ground
and I hope it's gonna be a long, hot summer
and the light of love will be burning bright.
–THE ROLLING STONES, *'Winter'*

Naar zijn eigen idee was hij nog maar net in slaap gevallen toen er, schel en met rafelige uithalen, een trompet klonk. Eerst nog dof, vanuit de hal, totdat de deur openzwaaide en Kees Zwaard voluit het reveil tetterde. Kreunend draaide Vermeer zich om. Het was nog donker.

'Jawel jongens, allemaal opstaan! Ontbijten in de zaal hiernaast. De eerste groepen vertrekken om zeven uur.'

Weer die trompet, nu vlakbij, alsof er een waterval van spijkers op z'n trommelvliezen stortte.

'Is er al geloot?' vroeg Ronnie, toen het weer stil was. 'Voor de groepen?'

'Die gaan gewoon alfabetisch,' zei Zwaard, en hij trompetterde weer voort, op weg naar de meisjeszaal.

De namen van alle klassen bleken te zijn samengevoegd tot één lijst, die in twaalf stukken was gehakt. In de eetzaal hing de indeling, naast een tv-toestel dat de vertrouwde beelden uitspuwde. Ineens keek iedereen 's ochtends televisie. Ze hadden hun koffie nog niet gezet of de oorlog moest aan. Wat hadden ze gemist? In een buitenwijk van Bagdad waren die nacht vierhonderd burgerslachtoffers gevallen bij een Amerikaans bombardement. De Amerika-correspondent stond het op een dak met uitzicht op het Witte Huis allemaal netjes te vertellen, afgewisseld met flitsen van slachtoffers onder een voddenkraam van bebloed textiel.

Ze zaten dus niet bij elkaar. Ronnie en Dennis wel, maar Vermeer was in de laatste groep ingedeeld. De volle betekenis van die mededeling drong tot hem door toen hij de lijsten bekeek. In het midden van groep 12 – waar verder geen andere 3F'ers in te vinden waren – zag hij hun namen onder elkaar:

Johannes Vermeer
Isa Verstuijven

Bij elke administratie was het weer een verrassing onder welke voornaam hij er ingeschreven stond. Hij was Hans op tekenles, Johan in het klassenboek, maar in de computers van de schooladministratie heette hij voluit 'Johannes'. De keren dat hij zich in die naakte, oubollige, overmoedige vorm tegenkwam voelden altijd een beetje beschamend. Ook vanmorgen, nu hij zich weer moest gaan verantwoorden aan onbekenden uit de klassen 3A tot en met E, met wie hij in groep 12 van dit Winterkamp was ingedeeld, en die hem alleen onder die legendarische naam op de lijst hadden gezien. Toch bleven de gebruikelijke opmerkingen achterwege. Waarschijnlijk had iedereen het te druk met het vinden van een eigen houding. Of het waren achterlijke cultuurbarbaren, dacht hij.

In elke groep overlevers die zich min of meer toevallig vormt – denk aan zoiets als een verongelukte bus – ontstaan in de eerste seconden al taakverdelingen, dienen zich spontaan initiatiefnemers aan, mensen die het voortouw nemen of het werk delegeren. Zo wierp zich hier meteen al een groepje op van drie meisjes, kneusjes die op de scouting hadden gezeten, nam hij aan, wier welpjesbloed harder begon te ritselen bij het vooruitzicht twee dagen lang de Indiana Jones uit te hangen op de Drentse heide.

Vermeer deed zijn best om – met de degelijke Nomadrugzak om z'n schouders die z'n ouders speciaal voor dit evenement hadden aangeschaft ('en daar heb je op vakantie ook nog plezier van, zo'n ding gaat je hele leven mee als je hem een beetje goed behandelt') – een afwachtende en niet per se onbereidwillige houding aan te nemen. Isa had nog met niemand gesproken en slenterde helemaal achteraan. Haar rugzak was feloranje en had aluminium stangen. Ze droeg een witte wollen muts. Een zacht meisjeslichaam, verpakt in een dikke vacht.

'Jezus hee, ik moest gewoon m'n walkman inleveren.'

Ze leek het tegen niemand specifiek te zeggen. Het was een open sollicitatie naar bijval.

'Echt?' vroeg hij, met een blik achterom. Hij vertraagde zijn pas, om zich zo te laten afzakken uit het kleine peloton.

'Dat is toch niet normaal meer, zo'n... fascístische manier van doen!'

'Wat stond erop dan?' Je moest, wist hij, zo luchtig mogelijk doen tegen meisjes.

'Ik had van alles meegenomen. Al m'n bandjes moeten inleveren. Iets van de Pixies. En van de Sex Pistols, en *Disintegration* van de The Cure. Ken je The Cure?'

'Zo'n beetje.'

In de tweedehands lp-winkel in een steegje van de Haarlemmerstraat had hij pas onlangs een plaat gekocht buiten de kisten met het klassieke aanbod. Eentje van The Rolling Stones, een gifgeel album met een vervormd, vaag gezicht erop. De titel was al even raadselachtig: *Goats Head Soup.* De zanger van die geitenkopsoep had zo'n bizarre tongval dat je de teksten mee moest lezen. Uiteindelijk waren er drie nummers waar hij verslingerd aan raakte: 'Angie', '100 Years Ago', en 'Winter', allemaal in een kalmer tempo dan de rest van het album.

Nu, terwijl hij naast haar liep over de lege vlakte, en ze iets achterbleven bij de rest van hun groep, en de lucht bij de horizon paarsroze was met randen hel goud, kon hij de gitaren uit het begin van 'Winter' horen: snerpend en toch mild, een klacht die z'n eigen troost al in zich droeg.

'Pfff. Laat die wijven maar lekker kaartlezen,' schimpte Isa. 'Stelletje padvinders.' De groep stond stil bij een ANWB-paddenstoel op een kruising. De meisjes uit 3D of 3C bogen over de kaart en over hun kompassen, die ze aan koordjes om hun nek droegen.

'Ja, ze doen maar lekker,' mompelde Vermeer. In een schok besefte hij dat in deze eerste kilometers de rollen wel eens definitief verdeeld konden zijn. Het uiteenvallen van grote groepen in kleinere vindt altijd in de eerste paar minuten plaats, zal hij later vaker ondervinden, bijvoorbeeld wanneer hij met grotere gezelschappen in restaurants komt, waar een geringe aarzeling om direct bij binnenkomst de juiste stoel te kiezen zijn hele avond kan verzieken.

Ditmaal had hij dom geluk. De komende dagen zou hij *aan één stuk door* samen met haar achteraan blijven slenteren. De verrukte sensatie die dit teweegbracht was weer doortrokken van wanhoop. Hoe moest hij dit doen? Het geforceerd laconieke toontje dat hij speelde, en naar zijn eigen smaak nog te weinig overtuigend, kon hij onmogelijk twee volle dagen vasthouden. Genadeloos zou de ontmaskering zijn. Met stijgend sarcasme zou Isa blootleggen dat hij een sukkel was. Of erger: ze zou het, hoogstaand als ze was, stilzwijgend constateren en het vonnis voor zich houden, intussen het moment afwachtend dat ze hem zonder gedoe van zich af kon schudden.

Voorlopig was het niet zover. Voorlopig was zij bij lange na niet uitgepraat over zichzelf. Hij had geen andere rol dan het terugkaatsen van banale zinnetjes bij wijze van ontvangstbevestigingen. Af en toe wachtte de rest op hen bij een kruispunt of een plaats waar een opdracht moest worden uitgevoerd. Ook waren er vaste posten bemand door docenten die stempels uitdeelden, en verkleumden van de kou.

'Gelukkig heb ik iets om warm te blijven,' zei *monsieur* Zwaard, die de wacht hield in een schaapskooi. De rest van groep 12 was al vooruitgelopen toen hij Vermeer en Isa z'n veldfles toestak. 'En jullie weten van niks hè?' De koude, vettig aandoende vloeistof gloeide in z'n keel en joeg een korte siddering door z'n lijf. 'Smirnoff,' verklaarde Zwaard. Isa klokte vier, vijf teugen naar binnen.

'Kan ik ook een shaggie van je rollen?' vroeg ze, maar ditmaal weigerde de man, mogelijk omdat er verderop een ander groepje was verschenen.

'Maakt niet uit. Ik heb zat sigaretten bij me. Die zitten in de stangen van m'n rugzak.'

Hoe wordt iemand punk, grunge of gothic? Er is geen machtige instantie die de leden van bovenaf rekruteert, geen kantoor waar ze hun groezelige uniformen krijgen uitgereikt. Zo'n subcultuur verspreidt zich van binnenuit, zoals epidemieën, revoluties of de rages op de basisschool. De ene week liep iedereen met een frisbee, de volgende met een Rubik's Kubus, Star Wars-poppetjes, flippo's of furby's.

Zo was het ook met Isa's linkse anarchisme. De hele schoolpopulatie telde een jaar terug misschien vijf, zes punkers, maar inmiddels was de groep uitgegroeid tot een heuse kliek, een obscure sekte van wel vijftien of twintig leden, hoofdzakelijk uit de twee hoogste klassen, maar met een groeiende aanhang onder de jongere jaren. Als hij haar goed begreep, verliep Isa's eerste contact met hen via de Weggeefwinkel.

'Ken je die? Daar in dat buurtje achter de Hooglandse Kerk? Daar kun je dus gratis spullen meenemen en zelf naartoe brengen. Ik vind dat echt een onwijs tóf idee. Ik was er al een paar keer buiten wezen kijken bij de lp's, maar ik had nog nooit wat meegenomen. Want ik vind dat je dan zelf ook echt iets moet meebrengen, in ruil. Dat is ook zo tof aan de Weggeefwinkel. Dat je ziet dat mensen van nature helemaal niet zo inhalig en hebberig zijn, maar juist alles gewoon willen delen. Als er overal anarchie zou zijn, dan zouden mensen misschien vanzelf alles onderling eerlijk gaan verdelen.'

Ze wikkelde haar sjaal strakker om, begroef haar kin erin, en vervolgde: 'Dus heb ik wat oude boeken en schoenen en zo in een doos gedaan, en ik kom daar binnen en wie zie ik daar achter in die winkel zitten? Remco. Een jongen die ik nog ken van hockey. Ja, jezus, echt érg, ik heb dus op hockey gezeten. Hóckey, hallo-óh...! Ik herkende hem eerst niet, die Remco, want hij had z'n haar geverfd, met een paar strepen groen erin, echt zo tóf. Dus ik geef Remco mijn oude boeken en schoenen en zeg dat ik die lp van The Cure wel wil die ik voorin had zien liggen. Blijkt dat Remco ook helemaal into de *new wave* is. Wist ik helemaal niet. Ik dacht altijd dat hij zo'n ongelooflijk kakkertje was weet je wel. Maar goed, misschien hebben mensen dat van mij ook wel heel lang gedacht. Maar wat bleek? Remco speelt gitaar, echt tof, elektrisch gitaar én basgitaar. Achterin had hij allemaal té gekke apparatuur en hij liet me meteen van alles horen.'

Hun groepsleden verdwenen in de verte. Inmiddels nam niemand meer de moeite op hen te wachten of zelfs maar om te kijken.

'Ik heb altijd al gitaar willen spelen,' ging Isa verder, 'en dat vertelde ik hem ook. Blijkt hij lés te geven. Maar ik heb helemaal geen gitaar, zeg ik. Kon ik er zomaar een van hem lénen. Dat is zó tof van die anarchisten.'

Elke donderdagmiddag – 3F was dan al om tien over twee uit – ging ze bij hem langs en sloeg ze haar prille rifjes, in het gekraakte vroegere schoolgebouw, tegenover die Weggeefwinkel. Die hele stadshoek, rond de Koppenhinksteeg en de Kaasmarkt, was min of meer door de punkers geannexeerd en ingericht als een eigen minidorpje, een 'vrijstaat', zoals ze het zelf noemden, hun over uitgeleefde panden verdeelde nederzetting, bastion tegen de burgerij, met Weggeefwinkel, woningen en creatieve ruimtes, plus een café annex poppodium – Bar & Boos genaamd. Hier trad Remco op met z'n band, die zoiets als 'Rotte Toast' heette, als Vermeer het goed verstond. Tegen de zin van haar ouders in bezocht Isa de optredens van die Rotte Toasts.

'Hoe laat ben je dan thuis?'

In elk gezin met kinderen klonk die vraag vroeg of laat. Nu had Isa een oudere zus – ze zat in het eindexamenjaar van een naburig lyceum – die al wat voorbereidend puberwerk had verricht en het pad al grofweg had geëffend. Isa mocht al 'uit', daar waren haar ouders heel 'vrij' in. De onderhandelingen gingen alleen nog over het tijdstip van thuiskomst. Van elf uur wist ze dit naar middernacht te rekken en, nadat dit twee keer min of meer goed was gegaan, zelfs tot half een.

'Toen gíng ik dus al met Remco,' zei Isa, waarop Vermeer knikte, al wist hij niet welke barrière met dit 'gaan' was geslecht. Je had het 'bekken' of 'tongen' waar al zijn leeftijdsgenoten het over hadden. Dat leek hem al een onbereikbaar stadium, maar daarbovenop kon je – als betrof het een hoger *level* – met iemand 'naar bed gaan'. Dat was dus ook 'gaan', al leek met iemand 'gáán' vooral een zekere bestendigheid uit te drukken. Zijn voornaamste zorg was nu of die punkmalloot het inderdaad al met haar gedáán had. Lang liet Isa hem er niet over in onzekerheid.

'Maar half een is eigenlijk nog megavroeg. Ga maar na. Zo'n optreden begint pas om tien uur op gang te komen. Als hij dan om twaalf uur klaar is, kunnen we hooguit even naar zijn kamer voor een vluggertje en nou, daar vind ik toevallig helemaal niks aan, dan is het net alsof het allemaal alleen maar om de seks gaat, dus ik wilde voortaan gewoon bij hem kunnen blijven slapen. Ik snap het niet. M'n ouders altijd maar zeiken over hoe laat ik thuis moet zijn, over roken, over blowen, over drinken. Terwijl zij zelf jong waren in de *sixties*. Volgens mij hebben ze echt superveel geblowd in die tijd, maar dat zullen ze mij niet vertellen.'

'Nee, zo gaat dat...'

Hij stelde zich voor hoe dat gegaan was, aan de eettafel bij de Verstuijvens, waar haar moeder net had opgediend, en vroeg: 'Zo, en hoe laat dacht je dan thuis te zijn?'

'Ik,' zei Isa, en ze schepte op, alleen om zo de blikken aan tafel te ontwijken, 'slaap vannacht niet thuis.'

'Zo...' mompelde haar vader na de ingevallen stilte. 'Zo...'

Daarop was haar moeder in tranen uitgebarsten. Haar ouders lagen al een half jaar 'in scheiding', dat wil zeggen dat haar vader nog maar een paar avonden per week thuis was, en ergens in Den Haag, waar hij werkte, een appartement had, plus een jongere vriendin. De gebruikelijke puinhopen, en Isa's opstandigheid was de volgende fase op weg naar de totale ontbinding van hun gezin. Haar moeders tranen hielden Isa niet thuis.

Naar het concert had ze een rokje met Schots ruitmotief aangetrokken, boven gescheurde panty's, en hier en daar wat veiligheidsspelden aangebracht – het symbool van de punkbeweging.

Ze was bij het optreden geweest, ook *backstage*, zoals dat heette, een woord met een magische glans. Backstage promoveerde je onmiddellijk van out- tot insider. Achter elk concert hing zo'n backstage die altijd begeerlijker was dan wat er *on stage* gebeurde.

De kamers van de kraakpandbewoners bevonden zich boven het podium, *up stage*, als het ware, en toen Remco haar er na de laatste toegift mee naartoe nam, kon ze het rumoer van het publiek beneden nog door de vloer horen.

Zo moet het gegaan zijn. Ze had zich in haar zware legerkisten en met haar grafzwart opgemaakte ogen tegenover hem gepositioneerd. Ze had haar dunne ingescheurde hemdje afgestroopt. Ze had hem haar stevige, volle borsten getoond, waarvan de tepels hebberig opsprongen. Ze had het effect nog iets vergroot door haar rug te hollen. Hij had haar bekeken, taxerend, met een pijpje bier aan z'n lippen. Ze had haar slipje uitgetrokken onder haar ruitrokje en dit opgetild tot aan haar kruis. Hij had z'n lege bierflesje in een hoek van z'n kamer gegooid. Ze had geen weerstand geboden of tegenspel en zich volledig overgegeven aan zijn handelingen, aan hoe hij haar op de matras neerwierp, hoe hij haar panty verder uitscheurde, de riem van z'n eigen jeans lostrok en in één beweging door, zonder inleiding of voorspel, en daardoor nogal onverwacht bij haar naar binnen stootte – relatief pijnloos, want ze was al, zoals ze het zelf uitdrukte, 'doorweekt van het geil'.

Lang duurde het niet. Dat deed het nooit. Remco neukte haar stevig maar kortstondig; in tien, vijftien stoten was hij klaar. Isa hield van de agressie die hij zowel op het podium als in bed de loop liet. Het mocht *best een beetje pijn doen*. Dat was ook wat haar in de punkbeweging aantrok, de agressie, als tegenreactie op het al te weeë bloemetjesgeklef van de flowerpowerbeweging die haar ouders hadden meegemaakt, voordat ook bij hen de burgerlijkheid intrad. De ijle wierook van de *love*-makers en de *peace*-brengers verdween onder de middelvinger van de punks. FUCK THE SYSTEM. NO FUTURE. DO IT YOURSELF. Dat waren de kreten die verschenen op haar shirts en schoolboekkaften.

Ze waren al uren onderweg, en nu pas dacht hij aan het bouwwerk, aan hun zakken met smokkelwaar.

'Kut...'

'Wat?' Voor het eerst keek ze hem recht aan.

'Die zak. We hadden zakken met snoep en zo verstopt. Vannacht ben ik met Dennis en Ronnie uit het raam geklommen. Op de route hebben we ze verstopt.'

'Nou, dat had je mij dan wel even mogen vertellen. Had je m'n walkman daarbij kunnen doen.'

'Maar goed. Nu zijn we er al voorbij. Balen.'

Ze grinnikte. Daar had je het al. Ze vond hem volslagen bespottelijk. Niet alleen die nachtelijke smokkeltocht, ook die andere rebellie van Ronnie, Dennis en hem leek in Isa's bijzijn kinderachtig. Van de karategevechtjes in de pauze in de gangen, het gestunt op skateboards en het geklooi met stiletto's en vlindermessen die je in de Haarlemmerstraat kocht bij de legerdump van Peter Labruyère (spreek uit: *Petuwr Labwrujèwre*). Goed, ze was een *meisje*, een ander domein, maar dat was niet de enige oorzaak van die devaluatie. In de wereld van Isa Verstuijven heersten andere wetten, een andere orde. Het kwam hem even vreemd als opwindend voor.

Hij zette zich schrap, maar ze vroeg alleen: 'Wil je een Mars?'

'Heb je die mee weten te krijgen?'

'Hm hm...' Ze lachte de kuiltjes in haar wangen tevoorschijn. En hier, op dit harde bevroren zandpad, langs een kleine geul waar ijs in stond, net als in het ingereden karrenspoor, was ze wat hij wilde dat ze was: *een en al meisje*.

'Waar heb je die verstopt dan?'

En haar smalle, lenige vingers verdwenen in de dikke voering van haar jas die niettemin de legendarische vorm van haar borsten bleef volgen, en kwamen terug met twee Marsen.

'In m'n bh...'

En o, dat *vertellen ze je niet*, als je naar school gaat, als je de wereld in gaat waar alles knelt en knarst, waar niks te begrijpen is en niks *gewoon eens een beetje normáál gaat godverdomme*, dat vertellen ze je niet, dat er zulke momenten bestaan, dat zij die Mars, nog warm, wat zacht geworden van het contact met haar naakte huid, dan in je hand legt, die je eerst moet ontdoen van een dikke, wollen, door je moeder speciaal bij de Hema gekochte handschoen, en dat haar naakte vingers dan die van jou raken, o, dat vertéllen ze je niet, dat de warmte door het cellofaan heen dan een tinteling begint te verspreiden over jouw bloedbanen. Dat vertellen ze je allemaal niet, want het ís niet te vertellen, of het moest zijn door Arthur Rimbaud: *Par la nature, heureux comme avec une femme.*

20

Zes meter brede ramen en toch totale privacy. Bij het ontwerp van Klein Elysium had Vermeer er rekening mee gehouden dat vanuit elk afzonderlijk huisje de andere huisjes zo min mogelijk te zien waren. Vanaf elk terras en elke woonkamer had je de suggestie dat je omgeven was door een breed gazon, ook al deelde je dat in de praktijk met je buren, die zich achter bomen en struiken bevonden. Op die manier had elke vakantieganger het gevoel een 'unieke beleving' te hebben en werd aan het zicht onttrokken dat al die *units* hetzelfde waren, cellen met dezelfde condities en apparatuur: een vaatwasser, combimagnetron, dvd-speler, flatscreen.

Nu ziet Vermeer dat hij zich hiermee vooral op het voorjaar en de zomer gericht had. Half maart lijken de omringende huisjes een decor in aanbouw, een theater dat je buiten de voorstellingsuren per ongeluk binnen bent gekomen en nu bij het verkeerde licht treft, klunzig en onaf.

In het krantenrek van het supermarktje liggen uitsluitend de *Telegraaf*, *Bild Zeitung* en de *Gazeta Wyborcza*. De prijzen van de levensmiddelen zijn zo exorbitant hoog, zo afwijkend van wat hem vertrouwd voortkomt, dat hij eerst meent dat ze in een andere, plaatselijke valuta staan. Smurfeneuro's of Disneydollars, zoiets. Op zijn vraag of dit euro's zijn, knikt het kassameisje wantrouwend. Al het personeel, van de receptie tot het café, het zwembad en de pizzatent, is tussen de vijftien en de achttien jaar. Allemaal dragen ze blauwe shirts en jacks met een Klein Elysium-logootje erop. Allemaal staren ze verveeld voor zich uit bij hun balies, *counters* en kassa's, en alleen als ze voorovergebogen over een mobieltje zitten wijkt hun lethargie soms voor even.

Klein Elysium is een voorgeprogrammeerde wereld, die de bewoners maar weinig vrijheid geeft. Er is een beperkt repertoire aan recreatiemogelijkheden – zwemmen, het kinderanimatieprogramma bijwonen, koffie en bier drinken op het terras van het Elysische Veld, loom de kleine kontjes nastarend van de serveermeisjes. Ook in de bungalows beweeg je je volgens strikte patronen. De architect houdt de wereld bij elkaar, hij dringt al die beperkingen op zonder dat de gebruikers dat merken. Overigens willen ze ook niet anders, is Vermeers indruk, en zouden ze zich met meer vrijheden reddeloos verloren voelen (dat is waarom ze hierheen zijn gegaan in plaats van avontuurlijk in het wild te kamperen). De architect is hier aanwezig zoals God in z'n schepping: nergens zichtbaar, maar overal voelbaar.

Iedere ochtend om kwart voor negen *sharp* passeert er een stoet geestelijk gehandicapten Vermeers huisje. Ze resideren in een van de iets verder gelegen groepsaccommodaties – vermoedelijk de *gethematiseerde familievilla* – en worden kennelijk op vaste tijden gelucht. Dichter aan de weg zijn de twee halfvrijstaande familiebungalows uit de goedkopere standaardklasse permanent verhuurd aan een enorme groep Polen en/of aanverwante Oost-Europeanen. 's Ochtends staan die bij de ingang te lummelen, waar ze door grote bestelbussen worden opgehaald, om ergens muren te stuken, kozijnen te schilderen, beton te gieten. Tegen etenstijd zijn ze weer terug, bepoederd met gruis, kalk en verf, en drinken ze op het tuinmeubilair hun blikken Żywiec leeg.

Zaterdagochtend komt Celine voorrijden in de stokoude Volvo van haar vader. De zon valt door het rijtje dennen tegenover het huisje, in nevelige stralen. Ze komt Anne brengen voor een weekend. *Bezorgd: dochter. Eén stuk. Gaarne tekenen voor ontvangst.* Alsof ze een omgangsregeling hebben.

'Nog nieuws?' vraag Celine. Ze laat haar zonnebril op als ze hem kust.

'Nog steeds hetzelfde.' Hij is nog drie keer thuis geweest. Twee keer lag er dreigpost, vertelt hij. En weer op leisteen geplakt. Hij heeft de berichten ongelezen in de doos met bewijsmateriaal gegooid.

'Bereiken we hier iets mee?' Ze haakt de zonnebril in de hals van haar trui. Achter de aangrenzende bungalows is iemand aan het klussen met een grommend apparaat dat snerpende uithalen voortbrengt.

Ja, wat heeft het voor zin je huis uit te vluchten als je vervolgens gewoon je dagelijkse gangen volgt? Alsof die mafkees hen daar niet te grazen kan komen nemen. Of bedoelt ze dat niet? Bedoelt ze deze scheiding, deze plotselinge pauze in hun relatie? Ja, dat bedoelt ze. Ze zet de zonnebril meteen weer op, en wendt haar gezicht af.

Ja, misschien zijn ze volstrekt irrationeel bezig, maar tegelijk komt het hem voor als een juiste ontwikkeling: hij in de afzondering van z'n idiote duinhuisje, zij bij haar ouders. Laten ze maar even afstand nemen. Ook zijn scheppende werk zou dit ten goede moeten kunnen komen. Eenzaamheid en creëren horen nu eenmaal bij elkaar.

Hij neemt Anne mee naar het subtropisch zwemparadijs. Zo moet elk pierenbadje in een familie-enclave met huurbarakken zich tegenwoordig noemen, en zo heet ook het zwembad van Klein Elysium. Feitelijk is het het enige onderdeel van het park waar hij werkelijk tevreden over is. Al in de kleedhokjes, dat labyrintwerk van klapdeurtjes, gangen en kluisjeswanden, herinnert hij zich het plezier waarmee hij eraan gewerkt heeft.

Als architectuur het temmen en bewoonbaar maken is van de natuur, het onherbergzame buiten veranderen in een behaaglijk binnen, dan zijn zwembaden er de overtreffende trap van, door juist zo'n veranderlijk, ongrijpbaar en bij uitstek uithuizig element als *water* als basis voor een interieur te nemen. Wie een zwembad ontwerpt, herschept de wereld, rangschikt de elementen opnieuw, maar dan zoals we die zelf het liefst hebben. Ontdaan van doodsgevaar. Ontdaan van kou. Ontdaan van levensgevaarlijke stromingen. Ontdaan van onmetelijkheid. Ontdaan van bacteriën en algen. Gedomesticeerde meren, beteugelde rivieren en gladgestreken zeeën.

Vermeers ontwerp is gebaseerd op een eenvoudige kegelvorm. Halverwege stroomt een wildwaterbaan, één waanzinnige ring waar het allemaal om gaat, de triomf van het frivole. Het lichtvoetige plezier van het drijven en het spelen contrasteert met de enorme batterij aan techniek (pompen, filters, verwarming, isolatie) die behendig uit het zicht blijft. In zwembaden is alles schijnbaar moeiteloos, een elegante, achteloze triomf op de elementen.

In die hoge waterbaan wordt dat allemaal nog intenser. Het idee was simpel geweest, de realisatie complex. In de omloop, die lichtjes daalde, als een soort neerwaartse spiraal, hebben de zwemmers vrij zicht over de duinen door een reeks van acht ramen die direct aan het wateroppervlak grenzen, glas op water, zonder drempel of vensterbank. Het effect, merkt hij nu opnieuw, is fantastisch. Even heeft hij de sensatie boven de duinen te zweven. In de glooiende lijnen van de duinen steken stroken bos uit, groene dennen en nog kale loofboomtakken; soms jaagt een groep meeuwen door de staalgrijze lucht; soms schuift een auto beneden door het park of ziet hij een flits van kleine kinderen in een speeltuin. De afstanden tussen de ramen is exact genoeg om je te laten bijkomen en meteen naar een nieuwe teug uitzicht te laten verlangen (wat heeft het voor zin te drinken zonder eerst dorst te krijgen?). Olivier heeft het eens zijn Ring des Nibelungen genoemd, toen hij er zelf 's ochtends in februari was gaan zwemmen en de mist dicht in de duinpannen lag en het licht van de opkomende zon eroverheen scheerde.

Zelf had Vermeer in de ontwerpfase aan Vasari gedacht, en daarom zelfs even overwogen om de ramen af te wisselen met enorme spiegels, zoals ze zich in Vasari's *corridoio* in Florence afwisselden met zelfportretten – een geniale ingreep, die de blik in een slingerbeweging dwong tussen het binnen en het buiten, tussen het individu en de stad, het zelf en het landschap, uitzicht en inzicht. Uiteindelijk liep dat stuk op de projectontwikkelaar, of op Paul Teijmen, of misschien wel op de aannemer. Het had in elk geval met geld te maken, en geldzaken glippen altijd gemakkelijk weg uit zijn geheugen.

Natuurlijk, denkt hij, als hij voor de vierde keer het rondje zwemt, achter zijn dochter aan. Natuurlijk. Nu pas ziet hij het. Deze waterring is de voorloper van zijn weergang. Ook die werpt de blik afwisselend midden in de stad ver naar buiten, kadert de stad in, en zorgt voor verstilling, introversie, juist omdat het zo'n nutteloze ruimte is.

Er moeten plaatsen zijn om je te verwonderen over wat we normaal zijn gaan vinden. Zeker zo'n plat en klein land als Nederland, dat het zonder natuurlijke belvedères moet stellen, heeft zulke vergezichten nodig, die het landschap inkaderen, er bewondering voor losmaken.

Ze volgen de slingerpaden langs de bungalows, de door computers doorgerekende slingerpaden langs de bungalows waar hij elke dwarsbalk van kent. Het bevreemdende aan zo'n vakantiepark, merkt hij, is het kabouterachtige ervan. Alles is kalm, veilig, gemoedelijk, efficiënt. Hij voelt zich een paar maten te groot. Alsof hij met het indelen van hun leefruimtes ook over het lot van de bezoekers beslist. Doordat hij Anne bij zich heeft, glimlacht iedereen naar hem, en ook dat versterkt zijn gevoel een landheer te zijn die een kijkje neemt bij zijn pachters.

Terug bij hun huisje schiet Anne meteen met een nieuw buurmeisje een speeltuin in. Klein Elysium heeft maar liefst veertien van zulke speelinrichtingen; met *modulaire toestellen die voldoen aan de eisen van het Attractiebesluit*, herinnert hij zich. Hij blijft aan de rand van een klimrek staan, wat hem dwingt een gesprekje aan te knopen met de ouders van het andere kind. Ze zien eruit als... nou ja, vakantieparkbezoekers. Corpulent ondanks sportieve kleding. Luidruchtig. Babbelziek. *Met hun degeneratieve inteeltkoppen. De kroon op onze evolutie.*

'Kijk ze toch eens gaan die kleine donderstenen daar, die lopen meteen met elkaar weg,' zegt de vrouw. 'Zo is ze hoor, Shirley, maakt haar allemaal niet uit, als ze maar iemand heb om mee samen kattenkwaad uit te halen.'

Vermeer glimlacht. 'We hebben ook prima weer om er even tussenuit te zijn...'

Celine heeft voor de komende twee dagen zonnig weer aangekondigd, en daarna pas van die 'maartse buien', maar die komen waarschijnlijk nog te vervallen. Soms doet ze dat, opzettelijk slechter weer aankondigen dan berekend, zodat het meevalt en mensen zich beter voelen.

'Maar wij zijn hier niet voor de vakantie hoor,' antwoordt de vrouw. 'We hebben thuis een verbouwing die helemaal uit de klauwen loopt. Ze zouden boven een tweede toilet gaan plaatsen en beneden kregen we een vaatwasser in de keuken. Dat wilden we eerst doen, en daarna het muurtje in de badkamer wegbreken. Komt die aannemer ineens met het verhaal dat het allemaal later ging worden, dat de leverancier niet op tijd was, weet ik het. Nou, ik zeg, doe het dan allebei in enen. En dan gaat ik hier niet in de troep zitten. Niet met twee kinderen, ja toch.'

Al die tijd staat haar man – hij heeft een ringsikje met snor – wat schaapachtig te glimlachen. Vermeer heeft nooit goed begrepen waarom het in lagere milieus altijd de vrouw is die het woord voert, zoals schilders en loodgieters zich ook steevast tot de vrouwelijke partij wenden, maar is allang blij dat ze geen vragen stelt over zijn aanwezigheid. Hij instrueert Anne dat ze over een half uur bij het huisje moet zijn om te eten en maakt zich uit de voeten.

Tijdens het koken – het zwemmen heeft hem in zo'n bui gebracht waarbij hij de bordjes in de keuken wil opmaken tot kunstwerkjes zoals ze in *Masterchef* doen – zet hij de televisie aan. Onder het toestel is een plankje met dvd's, achtergelaten door voorgangers, waaronder hij *Baantjer*-afleveringen aantreft, wat avonturen van *Woezel en Pip*, drie vechtfilms en een Duitse uitgave van *Der Alte*. Van achter het fornuis volgt hij met een half oog een actualiteitenrubriek, die zich concentreert op radicalisering onder jongeren. Voor zover inmiddels bekend is geworden, waren ook de daders van de aanslag van Zes Juli tussen de achttien en de vijfentwintig jaar. Naar alle waarschijnlijkheid waren ze allemaal in een westers land opgegroeid. In hun puberteit waren deze *home grown terrorists* met radicale imams in aanraking gekomen. 'Bij pubers,' verklaart een pratend hoofd, 'is een deel van het brein nog niet volledig tot ontwikkeling gekomen, waardoor ze de gevolgen van gevaarlijk gedrag niet kunnen overzien.' 'Terwijl ze,' aldus pratend hoofd nummer twee, 'juist wel hormonen produceren die ervoor zorgen dat ze het gevaar opzoeken.' 'Heel juist,' complimenteert pratend hoofd één, om meteen het woord terug te stelen: 'En dat heeft een duidelijk evolutionair doel. Het is namelijk een prikkel die ervoor moet zorgen dat je nieuwe ervaringen opdoet, de wereld ingaat, de ouderlijke invloedssfeer verlaat.' Hoofd twee vult aan: 'Maar wat je ziet bij met name de pubers met een dergelijke culturele achtergrond, is dat er een enorme onzekerheid is over de identiteit, en dat maakt ze zo vatbaar voor mensen met radicale ideeën.'

Hij bakt zeeduivelfilets en legt hier plakjes gebakken chorizo op, drapeert er geroosterde repen gele paprika naast en druppelt er een kappertjessaus overheen. Voor de kleur strooit hij er wat schaafsel van een citroenschil overheen. *Lovely. This is what fine dining is all about.* Anne moet opschieten, zo'n vis moet je niet een minuut laten staan. Als hij haar wil roepen, ziet hij dat het klimrek leeg is. Snel kijkt hij het terreintje rond. Schommels, wipwap, draaimolen. Allemaal verlaten. Vlug (maar het is nog altijd geen rennen wat hij doet, alsof hij door te rennen de mogelijkheid van onheil zou toelaten) stapt hij op de glijbaan af, waaraan een houten huisje zit. Ook dat is leeg. Zijn voetzolen tintelen en het wordt zwart voor z'n ogen. Hij rekt zich uit, en speurt over de heggen en tussen de bomen. Ook op de doorgaande asfaltweg is niemand te zien. Een auto rijdt een bocht in. Hij stapt meteen die kant uit, en voelt een gloeiende striem door z'n milt en darmen trekken.

Er is niets aan de hand. Er is niets aan de hand. Hij herhaalt die woorden in zichzelf, of eigenlijk herhalen ze zichzelf, als een jengelende dwanggedachte, terwijl hij langs het huis van de nieuwe buren loopt. Lopen, rustig lopen. Zolang hij nog kalm beweegt, is er niets gebeurd. Ook binnen, de deur is niet op slot, is het stil. Hij roept iets ('Hallo?' en registreert het trillen van zijn eigen stem in de laatste klinker). Hij hoort alleen het gelijkmatige tikken van de secondewijzer op een plastic Ikeaklok. *Er is niets aan de hand er is niets aan de hand er is niets...*

Maar dan begint het. Ergens in de diepte is zijn denken al aan het anticiperen op wat er is gebeurd, en dit stuwt een intense massa naar de rand van zijn bewustzijn: beelden, klanken, gewaarwordingen die alleen met een krachtige tegendruk van zijn wilskracht uit zijn te bannen, al verhindert dat niet dat er sporen doorheen sijpelen (hij ziet zichzelf het nieuws aan Celine vertellen; hun dochter, hun enige kind, hoe kón hij haar uit het oog verliezen, hoe kón hij...), en dan is hij werkelijk aan het rennen, over de centrale rondweg, en hij weet niet of hij op de vlucht is of op zoek.

Twintig meter van de receptie hoort hij gegiechel achter een dichte ligusterhaag. Omringd met roze speelgoedpony's zitten het nieuwe buurmeisje, een ander meisje en Anne op een kleed. De buurman en buurvrouw staan een eindje verderop, handen in de zij, een praatje te maken met een medewerker van het park.

'Verdomme An!' roept Vermeer. Hij voelt tranen, maar zijn verdriet krijgt geen ruimte en slaat meteen om in woede, in een kokende razernij waar hijzelf net zo van schrikt als Anne. 'Als jij ergens anders heen gaat dan vertél je dat verdomme eerst aan mij, heb je dat goed begrepen? Heb je dat heel goed begrepen, Anne? Verdomme. Verdomme, Anne!' Zijn buren kijken om, en vuren hem een verwijtende blik toe. Z'n hart bonst in z'n keel. Zijn benen voelen wankel, rillerig.

'Rustig maar,' zegt de man met z'n ringbaardje. 'We gingen gewoon even een wandelingetje maken. Ik heb ook wat gehaald uit de supermarkt. Drink je straks een pilsje mee?' Het zijn de eerste woorden die hij zijn buurman hoort spreken, en hij beseft dat hij geen goede indruk maakt door hem te negeren, maar hij kan het niet helpen.

'Het eten staat klaar,' zegt hij tegen Anne. 'Kom mee.'

Olivier belt om acht uur. 'Johan, ik heb het telefoonnummer. Van die praatjesmaker aan de Grote Markt. Die man met wie jij in de tunnel was. Bij *Zoeklicht* hadden ze het genoteerd.'

'Wat denk jij?'

'Ik denk niet dat hij het is, maar ik vind wel dat we hem moeten bellen.'

'Om wat te zeggen?'

'Om een kop koffie met hem te drinken, en de situatie na te bespreken. Ik ga natuurlijk met je mee.'

'Dat moet dan maar.'

'Hij schijnt een of andere onderdelenwinkel te hebben, in Transvaal. Ik vraag wel of we hem daar een keer mogen opzoeken.'

XXI

Tegen vieren kwam het bericht dat het overnachten in tentjes niet doorging omdat het te hard vroor. In plaats daarvan zouden ze hun slaapzakken uitrollen in de hal van een militaire kazerne.

'Godzijdank, anders was ik echt dóódgevroren!' riep Isa uit. Zelf was Vermeer wel teleurgesteld, en had hij nog rekening gehouden met de onwaarschijnlijke maar duizelingwekkende mogelijkheid met haar in een tentje te eindigen. Wel werd er een kampvuur gemaakt waar alle leerlingen zich omheen verzamelden. Een gitaar rouleerde tussen langharige jongens die er Beatles en John Denver uit sloegen.

Vermeer liet zich door Zwaard overhalen om extra hout te sprokkelen in het bos. Op weg erheen zag hij Isa tegen een muurtje van de kazerne zitten, samen met haar mede-punkvriendinnetje Kathleen. Ze deelden een sigaret en staarden somber voor zich uit. Ineens kreeg hij een por in z'n zij.

'En?'

Ronnie keek hem glunderend aan. En? *Wat nou en?*

'Ook lekker uitgedeeld?' Ronnie had duidelijk een *statusvoordeel* kunnen realiseren in zijn groepje. Met name de grosverpakking chocoladerepen van Verkade was in de smaak gevallen, zeker bij de meisjes, en Ronnie had welbeschouwd twee à drie *lekkere wijven* in z'n groep. 'Cécile die smolt bijna!' riep hij uit. 'Ze liep gewoon te *soppen*, gast. Zal me niks verbazen als ik er nog een keer overheen kan. Echt, jongen. Echt, zo zijn die wijven.'

IJverig begon hij takken op te rapen tussen de kale boomstammen. Samenzijn in grotere groepen biedt evolutionair gezien bescherming tegen roofdieren, maar intern, binnen de groep, is er altijd competitie om overlevingsmogelijkheden, om voedsel en sekspartners met andere woorden. Die competitie blijkt het sterkst te zijn in groepen die het moeten hebben van grotere concentraties voedsel op één plaats (een groep fruitbomen, een gedood dier). Is het voedsel verspreid in kleinere stukken, over een groter gebied (een graasweide, onbeperkt *spareribs*-menu), dan valt de onderlinge strijd weg, en gaat het er alleen nog maar om wie het snelst kan schranzen. Koeien zul je nooit ruzie zien maken over grassprieten.

Het Winterkamp was ogenschijnlijk ingericht volgens het eerste principe (*'ETEN – Dit wordt verstrekt, hiermee moet men uitkomen'*), en benadrukte de gelijkwaardigheid binnen de groep (*'Eerst schatten hoeveel eten je met je groep nodig hebt, dan pas de blikken openmaken'*). Buiten dit officiële kader was er echter een informeel circuit met illegale luxeproducten, die juist door de gecreëerde schaarste aan waarde wonnen. Onder de façade van gelijkwaardigheid en groepszin groeide daarom een verticale statusstructuur, die de docentenstaf oogluikend gedoogde.

'Hoeveel heb jij nog trouwens?' vroeg Ronnie.

Vermeer voelde zich rood worden. Het had geen zin het te ontkennen.

'Ik heb er niet meer aan gedacht,' verklaarde hij kortaf.

'Gást!' Ronnie schoot in de lach. 'Gást! Jij bent echt... váág! Ongelooflijk. Dus ik had net zo goed jouw spullen ook mee kunnen nemen. Dan had ik die Cécile helemaal vol kunnen proppen. Dan had ze me ter plekke afgezogen. Gást...'

Cécile zat een eindje verderop, in de buurt van het vuur, in een groepje meisjes die zich allemaal met dezelfde kleurige kasjmier-sjaaltjes en roze oorwarmers warm probeerden te houden, een dampende kom soep in de hand.

'Ach,' zei Vermeer, 'wat moet je nou met die Cécile? Dat is toch alleen maar een Oililytrutje.'

'Ja hoor, ga jij dan maar lekker met die rooie stoephoer. Héé vuurtoren, zijn je hoofdluizen soms ongesteld?'

Ronnie grinnikte uitbundig. Vermeer ademde diep in om een opkomende golf agressie te onderdrukken. Hij smeet de takken neer en zei: 'Dat is helemaal niet gráppig. Het is niet eens het begín van een grap. Het is zó fucking kinderachtig zoals jij je hier staat te gedragen. Kijk naar jezelf, Ronnie. *No way* dat die Cécile je ziet staan. Die heeft alleen maar oog voor die kakkers uit de vijfde en de zesde, met hun polootjes en hun corduroybroeken. Die Cécile van jou wil alleen maar zo'n imbeciel die later huisarts wordt, net als z'n vader. Net als haar éígen fucking vader.'

'Haar vader is rechter.'

'Nog erger. Nog erger...'

Dat verwarde hem. Ook Isa's vader was rechter.

'Hij zit bij de Hoge Raad.'

'*So what.* Al zou die man bij *fucking* koningin Bé-atrix werken. Lekker belangrijk, weet je wel. En bovendien... bovendien blijf ik erbij dat Isa gewoon grotere tieten heeft.'

Dat zei hij om ervan af te zijn. En blijkbaar werkte het. Ronnie lachte en sloeg hem opnieuw op de schouder. 'Jij je zin man. Béter toch. Hoeven wij tenminste niet te vechten om een wijf.'

Terug bij het vuur had zich een groepje verzameld bij de lerares Grieks – Binnendijk, degene die zo op hun gefotokopieerde pornomodel had geleken –, die zat te vertellen hoe vuur in alle culturen met rituelen omgeven is geweest.

De eerste vuren, vertelde zij, ontstonden door toevallige blikseminslag of vulkaanuitbarstingen, en al gauw werd hun enorme waarde duidelijk: je kon er warm door blijven, het duister mee verdrijven, roofdieren mee op afstand houden, er vlees boven roosteren dat daardoor aan smaak en energiewaarde won. Zoiets moest wel een geschenk van de goden zijn. Vroege samenlevingen stelden speciale bewakers aan die het vuur aan moesten houden. Bij de Romeinen zag je dat van oorsprong biologisch-evolutionaire gegeven terug in een rituele vorm: de vestaalse maagden, meisjes die het eeuwige vuur in de Vesta-tempel moesten bewaken. Doofde dit, dan had dit catastrofale gevolgen. De meisjes werden zorgvuldig geselecteerd uit twintig kandidaten tussen de zes en de tien. Seksuele gemeenschap was streng verboden gedurende de dertig jaar van hun dienst. Zondaressen wachtte een levende begrafenis of ze werden van de Tarpeïsche Rots gesmeten en vielen te pletter aan de voet van de Capitoolheuvel.

's Nachts, in z'n slaapzak, op de grond in de zaal tussen de andere jongens, moest hij daaraan denken. *Wham,* van die rots af. *Met dat gesop van je. Is dat wat je wil? Lekker doorweekt zijn van het geil?*

Voor iemand van zijn leeftijd waren de mogelijkheden om met vrouwelijk naakt vertrouwd te raken beperkt. Je had twee bladen die in een min of meer geaccepteerd maar nog altijd met schaamte omgeven segment vielen: de *Playboy* en de *Penthouse.* Die kocht hij al sinds de brugklas met enige regelmaat bij een sigarenkiosk in de stad. Vaak stonden er maar drie of vier fotoreportages in, waarvan er hooguit eentje bij was waar je ook schaamlippen op zag. Wat bewegend beeld betrof waren de mogelijkheden al helemaal bedroevend. Op het piepkleine kleurentv'tje dat hij van een overleden oudtante had geërfd kon hij wekelijks de *Pin-Up Club* zien, en een enkele keer zond de nieuwe commerciële zender een oude aflevering van *Emmanuelle* uit. Heel anders ging het eraan toe in de bladen die hij pas onlangs had durven kopen, samen met Ronnie en Dennis, bij de Walk-In op de Breestraat, die achterin vol stond met bladenrekken tot aan het plafond. Hier geen artistieke impressies met softfocus, maar het harde werk, *Hustler, Seventeen, Teenagers from Holland...* Ze rekten hun kutjes gewoon open voor de camera, staken er vingers in of zogen harde pikken af die ze in hun gezichten lieten klaarkomen. Vaak droegen die meisjes geruite rokjes, om de lolita-*look* te versterken, vooral voor Angelsaksische rukkers, die hier het schooluniform in herkenden.

Vermeer dacht aan Isa's rokje. Hij dacht aan haar gescheurde panty. Hij dacht aan de Mars die ze uit haar bh haalde. Hij dacht aan haar borsten. Hij onderdrukte een schreeuw en ejaculeerde in zijn slaapzak. *Par la nature, heureux comme avec une femme.*

22

Ze rijden er op de laatste dinsdag van maart heen, in Oliviers busje, waardoor Vermeer nog sterker het gevoel heeft op safari te zijn: van achter glas naar de wildernis koekeloeren.

Vergeleken met Klein Elysium is elke stad een rimboe, maar vooral dit stadsdeel, *wrong side of town*, straalt onbehagen uit in elke stoeptegel. Vermeer stelt vast dat hij veel opschriften op winkelruiten niet kan lezen. Hij onderscheidt islamitische slagers, döner kebabtenten, groezelige kruidenierszaakjes, Turkse bakkers, autogarages, kleermakers, en absurd veel zaken met trouwkleding. Gesluierde vrouwen slepen boodschappenkarretjes achter zich aan. Bij elke straathoek lummelen jongeren samen, rond scooters en kleine auto's, volgehangen met spoilers, race-uitlaten en sportbumpers. Gevels zijn in slechte conditie, met gebarsten en afgebladderde verf, loshangende regenpijpen, dichtgetimmerde ramen.

Het is niet moeilijk te voorspellen waar het met zulke wijken naartoe gaat, denkt hij, ondanks allerlei goedbedoelde subsidie-injecties die de 'leefbaarheid' moeten vergroten. Zo ziet hij op het Paul Krugerplein allerlei pastelkleurige klinkers in de bestrating aangebracht. Bij die vloerconfetti weet je dus dat het oppassen is geblazen. Net als bij sociale woningbouw uit de jaren zeventig, die voor hetzelfde kleurenpalet koos. De ironie is dat juist wat moet verdoezelen signaal wordt.

Voor zichzelf vergelijkt Vermeer de situatie graag met dieren in een glazen hok, waarin je met één draaiknop een crisis nabootst, de voedseltoevoer vermindert. Ook op mondiale schaal stelt hij zich zulke processen altijd als in laboratoriumopstellingen voor. Laten we in dit ecosysteem de temperatuur eens wat graden omhooggooien, en zien wat voor gevolgen dat heeft voor de drinkwatervoorziening in toch al weinig rijkbedeelde continenten als Afrika.

Oorlog is in zekere zin de natuurlijke staat van de mens. In de hele geschiedenis van de homo sapiens zijn vrijwel geen perioden te vinden waarin ze elkaar niet met fanatieke ijver afslachtten. De afgelopen zestig, zeventig jaar in West-Europa vormen een zeer lokale uitzondering. Vermeer beseft dat hij en zijn generatiegenoten nooit met echte crisissituaties te maken hebben gehad. Vanaf hun geboorte waren ze opgegroeid in een frivole, lichtzinnige wereld. Hij gelooft niet dat iemand van zijn generatie zich ooit werkelijk *volwassen* is gaan voelen. De decennia waarin ze opgroeiden waren precies die waarin de meeste hinder de deur uit was gewerkt. Er waren de Hutu's en Tutsi's die elkaar om banale redenen met knuppels en hakbijlen uitmoordden, er waren Israëli's en Palestijnen die zich vanuit al even stompzinnige motieven verloren in eentonige conflicten, er waren tsunami's, aardbevingen en orkanen die stapels lijken verzwolgen, maar dat alles gebeurde *buiten*. Het was stof voor de amusementsmachine, voor tv-programma's en *opiniemakers*. Zelfs ziekten waren tot aanvaardbare proporties geminimaliseerd en samen met het sterven adequaat uit het zicht gehouden.

Het terrorisme, begrijpt hij, heeft zich als indringer toegang weten te verschaffen tot de geprivilegieerden van de wereld, en zal snel gezelschap krijgen van ander geteisem. De energiecrisis, de overbevolking, de voedselcrisis: boven de carnavalsvierders pakken paarszwarte wolken zich samen, die dadelijk hun catastrofale krachten bundelen tot een ontlading die zich blind als een vonnis voltrekt. Als daar al een antwoord op mogelijk is, dan is de architectuur een tamelijk onbeholpen uitdrukkingsmiddel. De dreigingen richten zich feitelijk nu juist op alles wat de architectuur behelst, ook in haar ruimere betekenis van het absolute tegendeel van de vernietiging.

Toch kan hij niet ontkennen dat hij ook genot, geluk misschien wel, peurt uit de voorstelling van afbrokkelende ijsschotsen, of de onverschillige macht waarmee de natuurlijke processen de aarde omploegen, overstromen... Hoe die uit z'n voegen gegroeide homo sapiens-populatie met de geëigende natuurmechanismen als epidemieën, voedseltekort en interne slachtpartijen weer tot haar genetisch meest taaie kern wordt gekortwiekt, zoals in de loop van haar geschiedenis steeds is gebeurd, of misschien wel totaal wordt weggevaagd, zoals ooit gebeurde met de neanderthaler, de homo erectus en al die honderden andere uitgestorven primaten die zich toch ook ooit het centrum van de kosmos moeten hebben gewaand.

Rambo handelt in wieldoppen en lichtmetalen velgen. Van de versleten linoleumvloer tot het systeemplafond hangen de wanden er vol mee: metalen schijven, los of in dozen, met gaten, spaken, bouten.

Rambo zit aan tafel met een kaal type met een asbak en koffiemokken voor hun neus.

'Zo...' zegt Olivier. 'Hier zijn zo'n beetje alle wieldoppen ter wereld te vinden...' Hij blikt nog maar eens obligaat rond. *Dus hier gebeurt het allemaal,* hoor je dan te zeggen. *In dit klotige kot dat stinkt naar sloop en verderf.*

'Nou, bijna dan,' zegt de kale (of eigenlijk zegt hij 'bèna'), die blijft zitten als hij verveeld een pootje geeft.

Rambo zet een gevulde mok voor ze neer en dan blijft het stil. Nu, begrijpt Vermeer, is het nodig dat hij zich verantwoordt. Eerst voor z'n gedrag bij de tv-opnamen. Daarna voor dat in de tunnel. Het is onuitstaanbaar dat hij op de knieën moet voor hem. *Voor zo'n minkukel, zo'n degeneratieve kwak diarree.*

'Het is bizar,' zegt hij, en hij pauzeert, de voorbedachte frasen uit z'n geheugen schrapend. 'Die hele aanslag heeft me behoorlijk van slag gemaakt... Dus het liefst wilde ik er helemaal niet meer aan denken. Niet meer aan herinnerd worden. Ook voor mijn kinderen.' Kinderén? Waar haalt hij die andere ineens vandaan? Toch laat hij het zo. Kan hij meteen checken wat die gek van z'n gezinssamenstelling weet. 'Dus dat verklaart een beetje mijn reactie...'

'Snap ik heel goed,' zegt Rambo. 'Ik ken er zat die zijn gaan flippen na Zes Juli.'

Bij de verhoging die voor toonbank moet doorgaan ziet hij nu ook andere attributen: stuurhoezen, stickers, spiegels. Soms razen ze hem voorbij op de weg, die verbouwde bakken, met lage bumpers, spoilers, roosters, de meest idiote verlichting. *Als sociale huurwoningen rond Kerstmis.*

Wat onder Vermeers hoogopgeleide kennissen voor vulgair doorgaat, is hier juist statussymbool, zoals bezoekers van Rambo's winkel omgekeerd waarschijnlijk hun neus ophalen bij de *oldtimers* waar Vermeers soortgenoten zich op zondag mee vermaken. Waarom zou je een roestige Citroën DS Prestige oplappen als je een BMW in een raceauto kunt veranderen?

Hoe kun je in zo'n wereld ontwerpen voor alle mensen? Waar haal je nog de pretentie vandaan dat een 'nieuw universalisme' mogelijk is?

'Heb jij die man nog gezien?' vraagt hij.

'Die we naar het ziekenhuis brachten? Nee, ik ben de volgende dag gaan vragen daar, maar niemand kon iets vertellen. Gekkenhuis natuurlijk. Maar jij hebt gehoord dat het goed met hem gaat?'

Eh, ja... Dat had hij gezegd. *Met z'n lompe kop op tv.* Hij bromt iets wat als instemming kan overkomen.

'Nou, gelukkig maar,' zegt Rambo. 'Want tsjongejongen, wat ging die man tekeer hè? Ik dacht later nog: misschien was het wel helemaal niet goed wat we deden. Je moet slachtoffers altijd zelf op laten staan, of anders laten leggen, niet dan? Best goed van ons.' Zijn vette lach heeft iets samenzweerderigs. Het lukt Vermeer niet om mee te lachen, ook niet uit beleefdheid.

'Juist. Dan moeten we nog iets ophelderen,' zegt Vermeer. *Ja, nu we toch zo gezellig bezig zijn.* 'Dat meisje... Die vrouw...'

'Welke?'

'Toen we die man bijna aan de overkant hadden, en ik hem losliet... Omdat daar... een vrouw lag...'

Hij likt langs de plakrand van z'n shaggie, rolt die dicht en constateert dan hoofdschuddend: 'Ken ik m'n eigen niks van heugen...' Waarop de kale opmerkt: 'Dat gebeurt niet veel, dat Jan een vrouw niet ziet staan.'

Jan, zo heet hij dus, denkt Vermeer.

'Oké, goed...' *Die sukkel had er niet eens iets van gemerkt.* En hij zich maar druk maken om niks.

'Hier, neem een bokkenpootje.'

Vermeer zegt niets. Het gevoel is hetzelfde als wanneer hij de detectiepoortjes op een vliegveld voorbij is zonder dat er alarm klinkt: eventjes ben je compleet onschuldig en zweef je, opgelucht, lichter.

De rest van hun samenzijn bespreken ze de problemen van de kleine middenstand. Alles komt leeg te staan, te huur, te koop. Maanden, jaren achtereen. En als er al durfallen komen dan zijn het de grotere ketens als Kruidvat, Blokker, Halfords of Gall&Gall. Gevolg: een enorme uniformisering van de winkelstraten, althans, van het renderende deel daarvan.

'Maar die zaken zie ik hier ook niet zo gauw komen. Het is allemaal döner kebab, halal en Pakistaanse bruidsmode. Wij zitten hier al vijfentwintig jaar,' zegt Rambo, 'en we zijn de enige Nederlandse zaak in de buurt.'

Rambo en z'n kompaan hebben dat schouderophalende dat Vermeer bij veel kleine ondernemers ziet, een soort geforceerde onverschilligheid, een moedwillige desinteresse die kennelijk beantwoordt aan een of andere ongeschreven conventie. Al te veel ijver of enthousiasme brengt je uit de gratie. Je moet die het-is-niet-anders-mentaliteit uitstralen. Je ziet het ook aan hun tred op straat, dat quasi-achteloze, dat geveinsd-verveelde. Daarin lijken die Hollandse jongens hier juist precies op die Marokkanen, Turken en Antillianen. De onverschilligheid is waarschijnlijk een universele uiting van masculiniteit en alleen op detailniveau is er verschil in choreografische uitvoering.

'De Haagse Mart daar komen wij al niet meer. Daar moet je tegenwoordig je paspoort laten zien om d'r in te komen. Haha.'

Hun spottende lach suggereert dat ze iemand goed tuk hebben, maar wie dat kan zijn blijft in het ongewisse.

'En hebben jullie al eens overwogen,' probeert Olivier, 'om de zaak op te knappen, ook aan de buitenkant, zodat deze hele straat misschien een beetje een *boost* kan krijgen...'

'Ja hoor, en wij zo zeker betalen voor de rest van de straat.'

'Er zijn allerlei subsidies voor. Hoor je daar nooit iets over, via de winkeliersvereniging of zo?'

'Als je het echt wilt weten, die spullen van de gemeente gaan bij ons zo' – Rambo maakt een wegwerpgebaar – 'de papierbak in.'

Weer dat lachen. Alsof ze de gemeente hierdoor te slim af zijn.

Terug in het bestelbusje kijken Olivier en hij elkaar aan. Nee, dat was dus niet de belager. *En toen waren er nog maar... ja hoeveel eigenlijk?* Dit is geen Agatha Christiethriller, zoals die in de Ikeakasten van Klein Elysium liggen. Dit is geen besloten gemeenschap, waarin je de kandidaten een voor een wegstreept. Dit is geen cruiseschip dat als *vas hermeticum* ronddobbert in de Oceaan, geen afgelegen landhuis of exprestrein met gereserveerde plaatsen. Hier zijn de potentiële daders niet te tellen, hun motieven schimmig, hun wapens vluchtig. Hier geen moordenaars-uit-eigen-kring die de bestaande maatschappelijke orde tijdelijk ontwrichten totdat er een Miss Marple opduikt die met deductie, inductie, harde feitenanalyse en spitsvondig vernuft de rust herstelt en de triomf viert van de ratio. Aanvallen komen niet voort uit het verstand maar uit affecten, gekte, toorn, hysterie, wanen, godsdienst, wraak, eer.

'Had jij niet zo'n setje ronddraaiende velgen willen meenemen? Voor die Saab van je,' zegt Olivier, als ze voor een stoplicht wachten.

'Het is maar net in welk systeem je zit. Voor types die opgroeien in huizen waarvan de tuinen oranje kleuren tijdens voetbal-EK's en -WK's, en in december veranderen in lichtkermissen, zijn die bewegende wieldoppen een statustrofee, terwijl ze vanaf de overkant van de Laan van Meerdervoort juist abjecte vulgariteit vertegenwoordigen. De verschillen kunnen nog veel subtieler zijn. Op manchetknoopniveau, zal ik maar zeggen.'

Toch, denkt hij, slaagt niemand erin ervan los te komen. In welke contreien je je ook beweegt, je zit in een waardesysteem waarin je op z'n minst een minimum aan ontworpen attributen mee moet torsen als kringtenue. Zelfs als je het niet weet – wat vaak zo is – dan nog laat je je referentiegroep meebeslissen over je automerk, je winterjas, je brilmontuur. Het lijkt chaos, maar blijkt orde op een andere schaal. Individuele keuzes zijn niet zo onvoorspelbaar als dat ze zich op het eerste gezicht kunnen voordoen. Dat is met kleding zo, maar ook met routes die mensen door een stad of park afleggen: die laten zich eenvoudig sturen, zoals Vermeer heeft geleerd.

Grote supermarkten hebben vaak de ingang aan de rechterkant, en laten de consumenten een bocht tegen de klok in afleggen. Omdat de meesten van hen rechtshandig zijn en met hun karretje rechts aanhouden, liggen de populairste producten aan de rechterkant, waar in de bochten de meeste schapruimte is.

Onze wereld is hanteerbaar gemaakt met een spoor van icoontjes en teksten. Al vrij jong leren we commerciële uitingen te onderscheiden van informatieve, verkeersaanwijzingen van toiletwegwijzers, concertaanduidingen van politieke affiches. Wat chaotisch lijkt is op een ander niveau heel rustig, voorspelbaar, een kalme golfslag van passanten, serene cycli van geboortes, carrières, ziektes en ontbinding.

Architectuur, denkt hij, zou in staat moeten zijn je dat ruimere perspectief te geven, je bewust laten zijn van je nietigheid als eertijds de kathedralen, en zoals zijn cirkelbaan in het zwembad doet. Zelf heeft hij zo'n groter perspectief iets vaker dan de gemiddelde sterveling, denkt hij. Dat is ook waarom de cijfers hem zo weinig zeggen: drieënveertig doden. *Ach ja.* Leed ontbreekt. Op een bepaald niveau weet hij bij zo'n bericht (en de persbureaus produceren ze zoals ze in fabrieken shampooflacons vullen) dat er drieënveertig keer één onbevattelijke tragedie heeft plaatsgevonden, maar zelfs die hele mediamachine met nabestaanden die huilend naar homevideo's turen en kinderen die met gebroken stemmetjes hun ouders toespreken, zelfs die grove middelen slagen er niet volledig in om Vermeers onverschilligheid (de onverschilligheid van het helikopterperspectief, met het 'dodental' van drieënveertig) te doorbreken. Is hij dan zo ongevoelig, zo hardvochtig? *Vuile teringklootzak.* Misschien. Hoeveel doden raken ons werkelijk gedurende ons hele leven? Drie, vier, zes? Hooguit. Het aantal werkelijk intieme banden die mensen met elkaar aan kunnen gaan (van het kaliber ouder-kind of partners) blijkt bij alle leden van de homo sapiens beperkt te zijn, telbaar op zijn tien vingers, en meestal zelfs op vijf. Dat is, denkt hij, waarom onze steden eruitzien zoals ze eruitzien, waarom ze gecompartimenteerd zijn in cellen voor gezinnen, waarom restauranttafels en auto's gemiddeld vier stoelen hebben. Stel je voor dat we drie benen zouden hebben, negen vingers of twee hoofden, dan zouden al onze gebouwen er totaal anders uitzien, dan was onze wereld volstrekt anders vormgegeven.

Het is een misvatting dat globalisering en verbondenheid in een netwerk ook wereldwijd een sterke onderlinge betrokkenheid zou brengen. Het tegendeel is waar, vermoedt Vermeer. De passieve onverschilligheid die we vroeger ten aanzien van soortgenoten buiten de eigen kring hadden, verandert in een actieve vorm, uiteenlopend van weerzin tot haat. Nu glasvezelkabels en satellietgolven ons onophoudelijk blootstellen aan burenrumoer, moeten we ons actief isoleren en lopen we ook buiten volle treinen en winkelstraten met harde, chagrijnige koppen rond. Wat de zogenaamde antiglobalisten, in heel hun ietwat carnavaleske verscheidenheid, in feite willen, is alle herrie uitbannen. De agressie richt zich tegen het grote buiten dat hen langs alle kanalen gijzelt.

Hij heeft niets te eten in huis en Anne is bij Celine. Hij besluit een pizza af te halen in het parkrestaurant. Hij volgt het pad dat naar de ingang leidt. Het restaurant is al zichtbaar achter een heg, waar je met een grote bocht omheen moet. Maar lang niet iedereen heeft daar het geduld voor, ziet hij. Het gras rond de heg is ingelopen, er is een modderig zandpad ontstaan, dat leidt naar een gat in de heg dat eveneens door tientallen ongeduldige mensenarmen is gevormd in de loop der jaren. Ondankbaar tuig, denkt hij. Geeft hij ze privacy en zicht op groen, maken ze het zelf weer kapot. *Zes meter brede ramen en toch nog kankeren.*

Als hij wacht op zijn bestelling (hij neemt altijd Quattro Stagioni, de pizza voor wie niet kiezen kan), komt de man van het huisje naast hem voorbij op een racefiets. Hij zwaait, keert terug en zet de fiets tegen het glas. Overdreven hijgend komt hij op Vermeer af.

'Geweldig fietsweer,' zegt hij. 'Gewéldig! Achtenzeventig kilometer gereden. Dan gaan de pondjes er wel vanaf.' Hij bestelt een AA-drankje dat hij in een keer achteroverslaat. 'Eerst van Hoek van Holland via Maassluis en Schipluiden naar Delft gegaan.' Hij hijgt, veegt zweet van z'n voorhoofd, knijpt het flesje samen. 'Daarna langs Rijswijk, dwars door Den Haag en Scheveningen zo weer terug.' Hij werpt het flesje in een prullenbak. 'Geweldig.'

'Mooi zo,' mompelt Vermeer. De man draagt een wielrennersbroekje. *Je ziet gewoon z'n pik, gadverdamme.*

'Alles goed verder, ook met de kleine?'

'Ja ja, ze zitten... hoe heet het... bij haar ouders.'

'Lekker bij opa en oma.'

Lekker ja. Godverdomme. De man kijkt hem glimlachend aan, alsof hij nog meer verwacht. Wat is dat toch met die mensen? Waarom willen ze zo graag vriendjes worden? *Opgeflikkerd nu, mafkees. Terug naar die zeekoe van je.* Maar hij blijft aan hem kleven. Als Vermeer met z'n pizzadoos terug naar het huisje loopt, door de invallende schemering, loopt de man mee met z'n fiets aan de hand. Nu Vermeer er alert op is geraakt ziet hij allerlei ingesleten sporen, in de grasperken en hagen. Olifantenpaadjes. Waarom snijden mensen stukken af van het netwerk dat er op de tekentafel zo goed uitzag? Eigenzinnigheid, zo lijkt het, maar vreemd genoeg heeft het olifantenpad ook iets slaafs: als eenmaal een paar mensen zo'n illegale route hebben bewandeld, volgt de rest vanzelf.

'Wat is er? Wat loop je naar de grond te kijken?' vraagt Vermeers buurman. 'Je contactlenzen verloren soms? Haha!'

Bek dicht, kutlul. Vermeer blijft stilstaan bij een dubbel spoor dat een bocht afsnijdt en halverwege in twee gekromde sporen vertakt, zodat ze een figuur schilderen die heel organisch oogt. In feite stellen ze het officiële, met schelpengruis bedekte pad, dat er onbetreden en kaarsrecht uitziet, in de schaduw. Vroeg of laat verzetten de gebruikers zich tegen de beperkingen die de architect ze oplegt. Zelfs dit soort recreanten dat er als het ware om vráágt om aan de ketting te mogen, kerft uiteindelijk z'n protesten in de grond, als krassen op de celwand van een gevangene.

Op grotere schaal is dat precies wat er in steden gebeurt. Je verzint het allemaal mooi, scheidt fietsers van voetgangers, plant bankjes en boompjes voor sociale ontmoetingen, tekent slaapkamers waar mensen de liefde kunnen bedrijven en dan ineens vrijen ze in de gang, wordt het parkbankje de toonbank voor softdrugs. Het leven gaat er doorheen. Het weer gaat erop los.

'Gaat het wel goed?'

Maar is het erg? Is dit niet precies de terugkoppeling die noodzakelijk is om de hybris van de architect te temperen? Is dit niet de *temperantia* tegen het radicalisme dat met zijn metier verkleefd is, het antwoord op de oprechte arrogantie die architecten eigen is? Een stad is een organisme, geen machine. Na de initiële schepping moet je je eruit terugtrekken, achter de coulissen je nagels gaan vijlen.

'Luister, buurman. Je hoeft mij niets te vertellen. Volgens mij hebben jij en je vrouw even een break genomen, nietwaar? Een pauze. Een time-out. Daarom is je dochter maar af en toe bij je. Maar weet je... Zulke dingen gaan weer voorbij. Ik heb het zelf ook eens meegemaakt. En wij zijn er juist... Gaat het wel?'

'Huh...? O, ja... Prima... Ik moet even rustig kunnen nadenken... Ga maar gewoon naar huis... Ik moet even... Ik moet even alleen zijn...'

'Goed...' Aarzelend beent de man weg, al kijkt hij na elke vijf stappen achterom.

Vermeer is zo gewend met Celine samen te leven, die zijn buien onmiddellijk herkent en er soepel mee omgaat (en ook de collega's met wie hij zich overdag omringt begrijpen dit soort processen) dat hij vergeten is hoe hij zich in ander gezelschap dient te gedragen. *Nou ja, dan vinden ze me maar een randdebiel.*

Hij maakt een omweg, blijft af en toe stilstaan om het patroon van nieuwe paadjes te tekenen. Ongemerkt is het donker geworden. Uit bijna alle huisjes ziet hij het blauwige schijnsel van de televisie. Het journaal is bezig.

Hij is precies op tijd binnen voor het weerbericht. Celine draagt een wit truitje. En ziet hij dat goed? Hij knielt voor het toestel neer. Nee, hij vergist zich niet: haar tepels zijn hard.

Godverdegodver. Dan hoort hij ineens een tik op de ruit naast hem. De buurman, die blijkbaar wil verifiëren of alles wel goed gaat. Hij trekt een beteuterd en zorgelijk gezicht. *Klootzak.* Vermeer trekt de gordijnen in één bruuske beweging dicht. *Zes meter brede ramen en toch totale privacy. Gloeiende tyfus. Totale privacy, ja? Dat betekent dus ook de privacy om godverdomme naar de tieten van je eigen vrouw te kijken als haar tepels hard zijn. Dus ook de privacy om je pik uit je broek te halen als je die tieten ziet en voelt en je haar lichaam ruikt en herinnert. De privacy om haar mond om je pik te voelen terwijl je handen die volle borsten omvatten. De privacy om je zaad over het beeldscherm te spuiten terwijl ze daar staat te glimlachen, tegen een achtergrond van een kortetermijnprognose – mist, wolken, een halve zon – en met haar handen het geheime teken maakt voor de dochter die jullie zeven jaar geleden verwekten.*

Als hij tot rust is gekomen tikt hij een mailtje naar Kasper en Olivier. Ze moeten het wegenplan in Klein Elysium aanpassen, schrijft hij. En ook in het Zes Juli-ontwerp moet het verkeersplan anders. De stad is een organisme, met een eigen stofwisseling, hartslag, ademhaling. Ze hebben zich vergist. Niemand zit te wachten op hun walhalla's. De tijd van het integrale aanbodsdenken is inderdaad voorbij. Wat zij doen is te krampachtig, schrijft hij. Bouwen mag dan het optrekken van beschermzones zijn, je moet ook durven om de elementen er vrij spel in te geven, chaos toe te laten.

Hij leest het bericht na en verwijdert het. Hij is te onrustig, te ondoordacht. Bovendien zijn ze nog maar drie maanden verwijderd van het referendum. Hij klikt z'n mailprogramma dicht en opent zijn tekstdocument. Dat is het enige wat de laatste tijd nog in staat is hem te kalmeren, zijn reconstructie van een vergeten episode.

XXIII

Ook in de kazerne stond de televisie 's ochtends aan, met meer details over het bombardement van de vorige dag. Amerikaanse vliegtuigen hadden een schuilkelder abusievelijk aangezien voor een militaire bunker, verklaarde een defensiewoordvoerder. De bommen hadden zich door drie meter gewapend beton heen weten te boren.

'Foutje, bedankt...!' riep Kanselaar. Een paar van zijn collega's grinnikten. Dat was voor Isa het signaal om in actie te komen.

'Ik snap niet hoe jullie daar grapjes over kunnen maken,' riep ze uit.

De docenten smeerden zwijgend hun boterhammen.

'Er zijn daar godverdomme honderden mensen als... als béésten afgeslacht.'

'Hee, hee, wel even op je taalgebruik passen, jongedame,' zei Kanselaar.

'Op m'n táálgebruik? M'n táálgebruik? Jullie zitten hier als een stelletje apen te grinniken omdat jullie het kennelijk heel grappig vinden dat er honderden mensen worden afgeslacht, en ik mag op m'n táálgebruik letten? Nee, dat is lekker belangrijk, zeg.'

Kanselaar was niet gewend aan meisjes. Hij gaf alleen de jongens gymles, die hij zonder moeite afbekte en commandeerde. Met meisjes wist hij zich kennelijk geen raad, want hij zweeg, geïntimideerd haast, en keek zijn collega's aan alsof hij om assistentie vroeg.

Inmiddels, zag Vermeer, toonde het journaal een item over een rozenkwekerij, waardoor hij zich herinnerde dat het vandaag *Valentijnsdag* was. Niemand deed er iets aan. Hij hoorde in elk geval nog nergens het opgefokte gedoe over anonieme kaarten dat anders altijd de hele dag domineerde.

'Volgens mij, Isa,' begon Binnendijk uiteindelijk, toen niemand anders het woord nam, 'moet je dingen soms ook kunnen relativeren, hoe erg het ook is. Natuurlijk raakt het ons ook wel, al die ellende in het Midden-Oosten, maar als je je alles wat er aan ellendigs op de wereld gebeurt zou gaan aantrekken, dan heb je toch ook geen leven meer?'

De televisie was bij het weerbericht aanbeland. Het had vannacht twaalf graden gevroren en het zou de hele dag iets onder nul blijven. Door de hoge vochtigheid lag de gevoelstemperatuur zelfs nog lager. Gelukkig bleef de wind beperkt tot kracht twee.

'Weet je wie er geen leven meer hebben? Die vierhonderd mensen daar!'

Vermeer benijdde haar snelle geest en haar brutale felheid. Zij durfde maar mooi.

Het had gesneeuwd, een dunne laag, maar genoeg om de wereld nieuw en leeg te maken, om je iets van de arcadische gloed te geven die plaatsen krijgen waar je als *eerste* bent. *De aarde nu was woest en ledig.*

Opnieuw vertrokken de groepjes, in het donker nog, een voor een, met tussenpozen, door Kanselaar geklokt als was het een tijdrit. Bij het vertrek van hun groep 12 was het al lichter. Eventjes loerde de zon onder lage wolkenbanen door, en liet wat ijskristallen fonkelen in de sneeuw, voordat hij wegdook achter een grijsblauw dek.

'Relativeren... Tss... Moet Binnendijk nodig zelf zeggen...' Isa had haar positie naast Vermeer weer ingenomen en zette haar geklaag voort, onafhankelijk van haar toevallige toehoorder.

'Het probleem met al die leraren is dat ze totaal zijn afgestompt,' zei ze. 'Dat ze zo ultra-onverschillig zijn. Dat zou iedereen zijn als ze tien jaar met van die kutpubers als wij omgaan, en elk jaar precies dezelfde dingen vertellen. En wat voor dingen? Altijd maar één kant van het verhaal. Heel gek, sinds ik Remco leerde kennen ben ik heel anders tegen school gaan aan kijken. Ik dacht altijd: hier léér ik iets, hier leer ik hoe het wérkelijk in elkaar zit. Ik bedoel, we zitten hier niet in Rusland of Korea, waar je in de schoolboekjes een of ander sprookjesverhaaltje krijgt te lezen terwijl ze intussen mensen martelen en hun koppen afhakken. Maar wij, wij worden net zo goed gemanipuleerd. Laatst nog, stond Binnendijk te verkondigen dat het zo goed was dat Oost- en West-Duitsland herenigd waren. Oké, dat is misschien nog wel prima, maar daarna begon ze d'r gelijk over dat Europa ook maar één staat moet gaan worden. Hállo? En wat gebeurt er dan in de praktijk? Dan krijgt dat Duitsland van haar het allemaal voor het zeggen, want die zijn economisch gezien het machtigst. Nou, en volgens mij hebben we nu juist een hele oorlog uitgevochten om te voorkomen dat Duitsland het in heel Europa voor het zeggen krijgt.'

'Tsja... Is dat niet een beetje overdreven?' Het volgende jaar, 1992, moest inderdaad het jaar van de Europese Eenheid gaan worden, als je de reclame mocht geloven die politici ervoor maakten. Hij had er alleen vaag en zijdelings over gehoord. Het had, begreep hij, vooral met geld en economie te maken, en daar was hij immuun voor, net als voor wiskunde, dat volkomen langs hem heen kon gaan. Scheikunde, natuurkunde of biologie waren geen probleem, ook niet als er stevig gerekend moest worden. Hij had iets tastbaars nodig, moest iets kunnen beetpakken.

'Volgens Remco moeten we ons juist verzetten tegen die hele Europese eenwording. Hij is nu acties aan het voorbereiden tegen die bijeenkomst in Maastricht, waar ze een of ander verdrag willen gaan ondertekenen.'

Ze stopte om een sigaret uit een van haar rugzakstangen te peuteren. Vanmorgen had ze lucifers meegenomen uit een keukentje, die ze hem liet afstrijken terwijl ze de vlam met haar gekromde handen beschermde tegen de wind. Haar gezicht gloeide in het vlamlicht.

'Remco, die weet het echt heel slim te verwoorden.' Ze inhaleerde en hoestte uitgebreid. 'Laatst zei-die dat Columbus in 1492 Amerika ontdekte, precies vijfhonderd jaar geleden, en dat dat vijf eeuwen zijn geweest waarin wij de derde wereld helemaal hebben uitgebuit. En dat die derde wereld ook nu nog opdraait voor onze verslavingen. Hij heeft gelijk. Dat hele Europa gaat dat alleen nog maar erger maken. Europa, zegt Remco, dat is alleen maar bedacht door de grote multinationals, Philips, Shell... Díé profiteren ervan. Die kunnen straks lekker nog meer geld verdienen met Azië en Amerika. We worden echt keihard genaaid. Het is onbegrijpelijk dat niet iedereen dat ziet. Onbegrijpelijk!'

Waarom zo fel, zo meedogenloos, zo overtuigd van haar eigen gelijk? Binnendijk had daar wel een punt, vond hij. Je kon je toch onmogelijk al het leed van de wereld aantrekken. Bovendien luisterde hij maar half naar haar politieke tirades. Nooit kon hij zulke uitbarstingen echt serieus nemen. Evenmin als gelovigen. Mensen met zulke stellige overtuigingen verdacht hij er altijd van te willen provoceren. Of misschien waren ze zelf ook wel niet zo heel overtuigd van hun opvatting en wilden ze je juist uitdagen om tegengas te ontvangen voor hun overtrokken waanbeelden. Dat is in elk geval wat Alexander altijd deed, en op een gekke manier leek Isa daarvan te genieten. Ze leek zijn tegenspraak juist op te zoeken omdat ze het best gedijde in de contramine.

Tegen lunchtijd kwamen ze bij een controlepost. De rest van de groep stond er al om een stempel op hun kaart te krijgen van de docenten. Toen zij even later passeerden, vroeg Kanselaar aan Vermeer: 'Zo, is ze weer een beetje bijgetrokken?' Hij gaf een snelle knipoog. Tegen de achtergrond van de grauwe lucht dwarrelden sneeuwvlokjes wit neer.

'Godsamme, m'n schouders zijn finaal naar de klote.'

De groep pauzeerde bij een schaapskooi. Isa had haar rugzak afgezet en was ernaast neergeploft. 'M'n spieren lijken wel... hoe heet het... stáálkabels.'

De rest van de groep reageerde allang niet meer. De harde kern begon onmiddellijk met de bereiding van de maaltijdblikken, als was het een wedstrijd.

'Kun je me niet even masseren?'

Hij had nog nooit iemand gemasseerd, laat staan een meisje.

'Gewoon m'n schouders even losmaken. Hier, als jij achter me komt zitten...' Ze ritste haar jas open, en hij zat achter haar, z'n benen aan weerszijden van die van haar. Haar handen leidden die van hem naar de warme huid van haar schouders.

'Heerlijk...'

Hij had onmiddellijk een stijve. Isa zou maar een paar centimeter naar achteren hoeven te verplaatsen om hem te voelen, tegen haar billen of onderrug.

'O ja, goed zo... En m'n nek ook... ja... wat heb ik daar naar verlangd...'

Nu strekte ze zich uit en leunde ze achterover tegen hem aan. Hij bleef met beide handen de ronding van haar schouders voelen, streelde voorzichtig onder de bandjes van haar bh door. Het was uitgesloten dat Isa zijn erectie nu niet voelde, maar blijkbaar had ze er geen bezwaar tegen. O, kon hij maar even alléén met haar zijn, uit het zicht van de groep. Misschien moest hij iets ensceneren straks, vertragen, verdwalen, verdwijnen met haar, vandaag, Valentijnsdag. Maar het is anders geworden.

'Jongens, kom op,' zei een van de padvindsters, met een blik op haar felgele duikershorloge. Ze klapte haar wanten tegen elkaar. 'Als we nú doorzetten dan lopen we nog wat in op de anderen. Gisteren hebben we veel te veel tijd verloren.'

Niemand had de energie om tegen haar in te gaan. Bovendien was het zo koud dat de meesten er de voorkeur aan gaven in beweging te blijven.

'Nou ja,' zuchtte Isa, en ze maakte zich van Vermeer los om overeind te komen. 'Ik zal in elk geval blij zijn als dit achter de rug is. O, ik kan echt niet wáchten tot ik straks weer gewoon bij Remco ben.'

'Ja... Ja...' zegt hij.

Veel van de opdrachten op de route kwamen neer op het oversteken van een beek of stroompje, via touwbruggen of kabelbanen, maar omdat het water bevroren was konden ze gemakkelijk over het ijs. Soms moesten ze een heideveld oversteken zonder pad. Het kompas moest de juiste richting bepalen, waarin je je voetstappen uittelde, die achterbleven in het verse sneeuwpak.

Des pas sur la neige. Een prelude van Debussy die hij vaak op z'n walkman luisterde. Hoewel hij geen piano kon spelen, had hij wel de bladmuziek ervan, en las hij de noten soms mee. *Ce rythme doit avoir la valeur sonore d'un fond de paysage triste et glacé*, had de componist boven dit stuk gezet. Als een triest en bevroren landschap moest het klinken. En ergens halverwege: *Comme un tendre et triste regret*. Als een teder en triest berouw.

Later zou hij die noten nooit meer kunnen horen zonder zich daarbij dit landschap te herinneren, met een paarsig-oranje gloed tussen de lichtgrijze wolkenstroken boven de sneeuwvlakte, met Isa naast hem, scherp en helder in het winterlicht, dunne wolkjes damp ademend uit haar witte wollen sjaal. *Echt niet?* Dat waren de woorden die hij voor zichzelf bij die klimmende noten, die twee voetstappen, bedacht. *Echt niet...?*

Alsof het de bestemming was waar ze die twee dagen naar op weg waren, bereikten ze de Pieter Postkazerne. Voorbij de hekken liepen ze ineens tussen de militairen, die zich vrolijk maakten over dit bezoek. 'Hoeveel hebben jullie gelopen? Vijfenzeventig? In twee dagen? Da's niks. Moet je ons eens meemaken als we mars lopen.'

Als ultieme beloning was er een zwembad, waar iedereen een uur in los mocht.

'Dat hadden ze vooraf wel mogen vertellen,' zei Isa. 'Had ik m'n badpak meegebracht.'

'Het stond gewoon in het *Handboek Winterkamp* hoor,' zei een van de padvindersmeisjes.

Isa en Vermeer schoten gelijktijdig in de lach.

'Ik ga wel gewoon in m'n ondergoed,' besloot Isa, die even later – gelukkig stond hijzelf in het water, wat zijn erectie aan het zicht onttrok – inderdaad in een zwarte bh en een zwart slipje aan de rand van het bad verscheen. De stof was deels doorschijnend.

'Ik zie je tepels!' schreeuwde Alexander. Hij gooide een bal over naar Kees-Jan.

'Nou en?' riep ze.

'En je schaamhaar!'

Ook dat kon waar zijn, al moest je er goed voor kijken.

'Flikker op, Alex. Op het strand loopt iedereen topless. En daar vindt iedereen dat doodnormaal.'

'Nou dan!' Ook Kees-Jan begon zich ermee te bemoeien. 'Dan kun je toch net zo goed alles uitdoen?' En Alexander weer: 'Maar dát doe je dan weer niet. Nee, dát durf je dan weer niet. Dát noem ik pas hypocriet.'

'Stelletje eikels.'

'Hypocriete sloerie.'

'Domme rukkers.'

'Veenteef.'

'Jullie zijn echt triest. Als jullie dan zo nodig iets willen zien om je op af te trekken, dan kun je het wat mij betreft krijgen ook...'

En midden in het woordengevecht stapte ze op de duikplank af, liep naar het uiteinde ervan, waar ze even bleef staan, haar bh loshaakte, en haar prachtige volle meisjesborsten toonde voordat ze het water in dook, waar een hoop gegil, geduw, getrek en gekeet ontstond, dat al gauw door een gealarmeerde monsieur Zwaard werd afgekapt: 'Isa, het is hier geen peepshow, dus je komt nu als de sodemieter het water uit en gaat je aankleden.'

Het was snel gegaan, te snel. Twee, drie seconden had hij haar borsten gezien, die het bloed uit z'n wangen hadden getrokken en hem vastnagelden aan de zwembadbodem, in een machteloze extase. Twee, drie seconden: hij wist niet of die sluitertijd voldoende was om een blijvend en oproepbaar beeld in z'n brein te branden.

Toen ze uit het water ging, zag hij alleen haar rug. Achter het glas bij het bargedeelte stond een groepje militairen te juichen en te gebaren. Vermeer kookte inwendig: woede en verrukking kolkten in hem rond zonder een uitweg te vinden. Ze groeven zich in, tot gloeiende lava onder de aardkorst van zijn huid.

'Zo hé,' zei Ronnie tegen hem, 'die is ver heen, die del van je.'

Vermeer haalde uit naar Ronnies gezicht en duwde hem onder water.

'Ronnie! Johan! Eruit!' Kanselaar was aan de rand van het bad verschenen, in z'n eeuwige trainingsbroek. 'Nu!'

Isa zag hij niet meer. In de bus terug zat ze achterin, buiten zijn zichtveld. Alleen toen ze samen met haar moeder haar rugzak uit het bagageruim tilde, sprak hij haar nog even.

'Pfff. Blij dat het weer voorbij is. Godzijdank dat jij er ook nog bij was, anders had ik het echt niet uitgehouden in die groep, met al die tutwijven.'

Haar moeder – een kleine, pittige vrouw met kort haar – knikte hem uitdrukkingsloos toe.

'Dag,' zei Vermeer tegen Isa, toen hij zijn eigen ouders opmerkte in de groep wachtenden bij het muurtje. 'Prettige krokusvakantie...'

Met een zwaai wierp ze de rugzak om één schouder. Ze glimlachte de kuiltjes in haar wangen tevoorschijn en riep: 'Doeg!'

24

'Wegwezen!'

Hij weet niet waar hij wakker van is geschrokken: van het gegil van Anne of van de harde mannenstemmen bij hun huisje. Meteen is hij uit bed gesprongen, heeft hij onderweg de pook van de open haard gepakt, waarmee hij het alleen maar erger maakt als hij haar kamer binnenstormt.

Ze zit ineengedoken, kin tegen de kniepunten, in bed. Tegen het gordijn beweegt, scherp in de ochtendzon, de schaduw die ook een stok draagt.

'Wegwezen,' sist Vermeer. Anne schiet de woonkamer in. Dan is er een knakkend geluid, brekend hout, gevolgd door geritsel. Voorzichtig loopt Vermeer op het raam af. Weg. Niets. In één ruk schuift hij het gordijn open. Hij ziet een kale tak die omlaag is gevallen. Langs een boomstam loopt een rood touw omhoog. Dan snerpt er zaaggeluid, is er een kreet van iemand uit de bosjes eronder, die beantwoord wordt door een stem aan de andere kant van het huisje. Vermeer verstijft. *Omsingeld.*

In een van de boomstammen is een jongen geklommen, met een bergbeklimmersuitrusting. Aan z'n riem bungelt een arsenaal aan werktuigen, een kleine elektrische cirkelzaag en een lang kapmes aan een aluminium staaf.

'Pap, wat is er?' hoort hij Anne vragen. Ze klinkt heel rustig. Misschien is ze al die tijd al rustig geweest. Had hij haar wel horen gillen? Of was het alleen het hoge gesnerp van die zaag, die hij nu weer tekeer hoort gaan. *Ie-ie-ie-ie...* In bed ligt haar boek van Pizzano Pizza.

'Het is oké,' stamelt Vermeer. Ja, dat is het. Ze zat gewoon te lezen. 'Het is oké... geloof ik.'

Een jongen die beneden toekijkt – hij draagt een witte helm – schrikt als hij Vermeer opmerkt. Hij gebaart het raam te openen.

'Boomverzorgers Hollandse Hoek,' zegt hij. 'Ik wist niet dat deze woning verhuurd is. Volgens de receptie stond-ie op vrij. Anders had u van ons wel vooraf bericht gehad. We komen die zieke esdoorn wegzagen. Momént, Daan! Dat doen we met een team van drie man. We zijn tot zeker drie uur vanmiddag bezig en ik moet u voor uw eigen veiligheid vragen om niet aan deze kant van het huis te komen. Daan, zég het maar!'

Er echoën kreten heen en weer, het gezaag loeit weer aan. Opnieuw valt er een tak, langzamer dan Vermeer verwacht. De bladeren geven kennelijk een enorme luchtweerstand. Je zou je nauwelijks bezeren als je zo'n gevaarte op je hoofd kreeg.

'Dus aan u even het verzoek om dat ook door te geven aan eventuele andere huurders. Maak er een mooie dag van.'

'Ik zal m'n best doen.'

Hij brengt Anne naar school, levert haar uit aan het gekrijs en gekrioel achter het hoge hek van het mooie oude schoolgebouw in een zijstraat van de Fahrenheitstraat. Het is maandag, en Celine werkt deze week; Annes opa of oma zal haar ophalen. Heel precies weet hij het niet, wat hem dwarszit. Het kan niet goed voor een kind zijn om heen en weer geslingerd te worden tussen verschillende huizen en verwanten. Daar moet Celine ook zo over denken. Al toen Anne op de crèche zat konden ze er samen over mopperen dat er elke keer weer andere leidsters en invalkrachten 'op de groep stonden'. *Reinheid, rust, regelmaat, verdomme, dat hebben die koters nodig. En niet alleen zij.*

Kasper en Olivier verkeren in een jubelstemming als hij het kantoor binnenkomt. Opgewonden delen ze een computerscherm, als gamende pubers.

'We kregen een cadeautje,' zegt Kasper.

Eerst denkt Vermeer dat het inderdaad een videogame is, of een nieuw design-*tooltje*. Het zijn bewegende beelden, grijzig wit, vaag, met een te lage resolutie. *Een beetje nostalgisch afrukken boven retrogames. Nee, zo komen we ergens.*

Hij ziet een parketvloer, daarnaast een rij tl-balken. Dan

schuift er een tram voorbij. *Verdomme, is dit...?* Als hij roltrappen ontwaart, begrijpt hij dat hij het goed ziet.

'Zijn die beelden al vrijgegeven?' vraagt hij.

'Ik zeg toch dat het een cadeautje is.'

Tramdeuren openen, braken een waaier mensen uit, scholieren grotendeels, gebogen over telefoons, oren ingeplugd, rugzakken om de schouders. De stad is een organisme, dat mensenzwermen rondpompt, lichamen vermaalt, afval afscheidt, wonden oploopt.

'Van wie?'

'Vriendje van Paul. Heeft er een slimme *nerd* op gezet met connecties bij de HTM.'

Dan is het perron weer leeg.

'Nou nou nou, die Paul...' zegt Vermeer, en hij kijkt Kasper aan. 'Je vraagt je wel eens af: waar hebben we het allemaal aan verdiend?'

Op de lange, uit beton gegoten bank tegen de wand loopt een meisje heen en weer, tussen de opwaarts gerichte lampen; een spelletje dat Anne ook wel eens deed, maar dat hij haar verbood, aangezien die bank spekglad is.

Dan begint het beeld te trillen – alsof er een trein boven voorbijdendert – en valt het weg. Zwart.

'Dit moet een van de eerste explosies zijn geweest,' zegt Olivier, 'en de camera is meteen uitgevallen.'

'En waaraan hebben we dit te danken?'

'Puur aan Pauls egoïsme,' zegt Kasper. 'Hij gunt het zichzelf dat wij de gunning krijgen en hij meeprofiteert op de tandem. Daarom spelen we dit aan *Zoeklicht* door. Die zenden jouw reddingsactie uit aan de vooravond van de grote verkiezingsdag.'

'En heb ik daar zelf nog iets over te zeggen?'

'Wat jij eens moet leren,' zegt Kasper, 'is om buiten de box te denken.'

'Ach, flikker toch op.'

Vermeer heeft de pest aan de panische, hooghartige oproepen om 'buiten de box' te denken, 'uit je eigen comfortzone te stappen' en wat ze nog meer aan hippe dogma's verzinnen, allemaal om je te doen geloven dat er iets gruwelijk *moreel* mis is met je als je niet met de slimste *gadgets* en hipste *apps* vertrouwd bent, als je niet om de haverklap naar Azië, Zuid-Amerika of Afrika afreist waar je *ontzettend goede vrienden* maakt, en er niet naast een opwindend werkend bestaan ook nog wat kunstenaarsvrienden op na houdt die onnaspeurlijke producten afscheiden in grootstedelijke souterrains en kelderboxen met witte wanden en kil licht.

Maar de camera is niet uitgevallen, zo blijkt. Alleen de lichten waren uit. Want nu flakkert er toch nog een beeld op, eerst nog vaag, dan helderder. Het komt doordat er verderop vuur brandt.

'Hier...' Olivier bevriest het beeld. 'Dit is vlak na die explosie.' Veel is er niet te zien. Het is te onduidelijk. Een deel van het perron is bedolven, er rennen mensen weg, in silhouet tegen de achtergrond van fel licht. Een paar seconden verder in de opname is er nog zo'n lichtflits. *Le travail humain! C'est l'explosion qui éclaire mon abîme de temps en temps.* Arthur Rimbaud. (Vreemd, meer dan twintig jaar geleden heeft hij het gelezen en ineens schiet het hem woordelijk te binnen. *Het werk van de mens! Die explosie zorgt van tijd tot tijd voor licht in mijn afgrond.*)

Nog weer iets later – al die tijd is het beeld zwart – verschijnen er lichtstralen, nevelige cilinders in de rokende ruimte, afkomstig van lampen op helmen, of staaflantaarns.

'Hier ergens moet jij dan straks ook tussen lopen...' mompelt Olivier.

'*Smile, you're on candid camera*,' roept Kasper. Lach, je bent op tv. Lach, ik maak een foto. De cameralens: een revolver die dwingt te lachen. Wie wil er als chagrijn de eeuwigheid in? Daarom zien we overal alleen maar lachende gezichten: in bladen, op beeldschermen, in albums. Overal, behalve op straat.

En in architectenbladen. Architecten lachen nooit op foto's. Sinds hij erop is gaan letten, ziet Vermeer het overal bevestigd. In tijdschriften, in kranten, zelfs op hun profielfoto's op internet kan er geen lachje van af. Ook collega's met wie hij toch regelmatig lachbuien heeft, verstijven voor het oog van de camera. De lach is te frivool voor zo'n ernstig beroep. Al die stalen gezichten, priemende of toegeknepen ogen moeten de suggestie wekken van iemand die, verstrooid, van z'n visioenen is weggesleept, terwijl zijn ogen nog het nabeeld waarnemen, ruimtes zien openen, meanderen, lijnen zien kristalliseren. De lach is het banale bindmiddel voor politici en entertainers. Wie lacht, begeeft zich onder de mensen en richt zich op de korte termijn, waar de architect, die in de verte staart, geen boodschap aan heeft. Hem is het om verhevener beelden te doen.

Kom mee.

Het duurt ontstellend lang. Je ervaart opnieuw iets van wat je toen ervoer. Nu is het zwakker, maar ook bewuster. Het is ingekaderd: hoe alles buiten jou om gebeurt, hoe er geen keuzes meer zijn, hoe die totale verslagenheid alle vragen heeft weggevaagd. De leegte na de knal. De stilte is weliswaar maar schijn – bij deze beelden zit geen geluid – maar strookt toch met de verslagenheid en de geconcentreerde bedrijvigheid die nu volgt. Af en toe is het licht ineens fel, en zie je lichamen opgetild worden. Lichamen gehesen op andere lichamen die ermee weglopen. (Kruisafname en kruisdraging ineen, denk je vagelijk.)

En godverdomme dat kind. Dat kind dat op die bank bij de lampen speelde. *En godverdomme dat kind.* De huid van je onderarmen trekt zich samen. Onvindbaar verpulverd onder het betonnen plafond.

Hij kopieert de filmbestanden naar een usb-stick om ze op zijn eigen laptop in het huisje van Klein Elysium te kunnen bekijken. De bomen rondom het huis zijn gesnoeid door die boomalpinisten, merkt hij onmiddellijk. Er valt meer licht binnen en het naastliggende huisje is ineens te zien vanuit zijn huiskamer.

Er is een groot verschil, denkt hij, terwijl de software opstart, tussen iemand die de komst van een nieuwe technologie bewust heeft meegemaakt (auto, televisie, computer) en degenen die dat niet hebben. Voor die laatsten behoren auto's, televisies en computers evenzeer tot de wereld waarin ze zijn geboren als de bomen, de wolken en de maan. Ze accepteren die verschijnselen als vanzelfsprekend en zullen minder verwonderd zijn over de latere evoluties van die uitvindingen. Vermeer, die de komst van de DOS-computer meemaakte (rond z'n tiende), verbaast zich nog altijd over de tablet-pc's, swipebare touchscreens, smartphones en BlackBerry's, die hij studenten en stagiairs ziet gebruiken met de achteloosheid waarmee je lucifers afstrijkt (die toch ook ooit bij een hele generatie verwondering moeten hebben gewekt). Hoezeer zijn vak hem ook bovengemiddeld vertrouwd heeft gemaakt met allerlei hard- en software, hij kan het niet helpen nog altijd verbluft te zijn door het vernuft, de vindingrijkheid van de menselijke soort.

De laatste jaren heeft hij een ontwikkeling gesignaleerd naar wat hij de *absolute beschikbaarheid* noemt, die van *alles overal*. Zowel de inhoud ('content') is onuitputtelijk (alle ooit verschenen muziek, alle landkaarten, al je documenten, enzovoorts) als de locaties om ze te raadplegen ('landelijke dekking', 'wereldwijde toegang'). De technologie lijkt op eigen gravitatiekracht bij haar onvermijdelijke eindbestemming te zijn aanbeland. Welkom in de *cloud*: alles is overal. Verdere ontwikkelingen zullen geen revolutionair nieuwe principes onthullen, maar zich eerder richten op verfijning, verfraaiing, versnelling, vergemakkelijking van de bestaande toepassingen. Maar deze gedachten leiden hem alleen maar af van het onvermijdelijke.

Acht verschillende mediabestanden telt hij, allemaal met 06-07 als datum en een tijdsverloop van 8:00 tot 10:00 uur. Ze corresponderen met acht verschillende cameraposities.

Bij het vijfde bestand doet hij een ontdekking. Het is een registratie van een parkeergedeelte uit de tunnel, waar een bestelbusje komt binnenrijden en vrijwel onmiddellijk tot ontploffing komt.

Eerder, in het derde bestand, had hij dit busje gezien vanaf de camerapositie bij de ingang van de garage. Hij zoekt het terug. Het kan niet missen: de kentekens komen overeen. De bestelbus, een Volkswagen Transporter, wordt bij de ingang tot de Q-Park-garage bij het Spui tegengehouden door twee agenten. Als hij het goed ziet (en waarom twijfelen?), dragen ze zelfs kogelvesten. Het raampje van de aanslagpleger gaat omlaag, documenten (rijbewijs? autopapieren?) worden aangereikt aan een agent, van wie de collega het busje opent en rondkijkt in de laadruimte, met een zaklampje, als een tandarts in een opengesperde mond. De papieren gaan retour, de slagboom opent. *Komt u verder. Anders nog iets?* Drie minuten later verandert het voertuig bij de andere camera in een helwit licht, daarna wordt het beeld grijs, en dan is er slechts het effen blauw: signaal verloren.

Lacrimosa.

Je bent niet religieus, voor zover je weet. Als mensen er expliciet naar vragen zeg je dat je 'agnost bent maar daar niet zoveel meer aan doet'. *Lacrimosa dies illa.* Toch zijn dat de woorden die in je opkomen. Vol van tranen die dag. Uit het requiem van Mozart. Je herkent de muziek, de vioolstreken, de zangstemmen, de tekst.

Je klikt de camerabeelden weg, tikt 'lacrimosa' in het zoekvenster van Spotify Unlimited en krijgt een keuzelijst van honderdvijfenzeventig uitvoeringen (de absolute beschikbaarheid van alles overal). Je klikt er een aan (door de Wiener Philharmoniker), en laat de muziek spelen terwijl je de videobeelden van de tramtunnel terughaalt.

Lacrimosa dies illa,
Qua resurget ex favilla
Judicandus homo reus:
Huic ergo parce, Deus:
Pie Jesu Domine:
Dona eis requiem. Amen.

Kom mee. Luister. Stil. Luister beter. Dit is wat je hoort:

De violen maken vriendelijke, kalme huppelsprongetjes, als op ranke ballerinabenen. Met z'n drieën lijken ze een achtervolgingsspel te spelen. Toch zijn zij het die de enorme zwaarte, de verpletterende tragiek van de zangstemmen dragen, zoals al na twee maten blijkt:

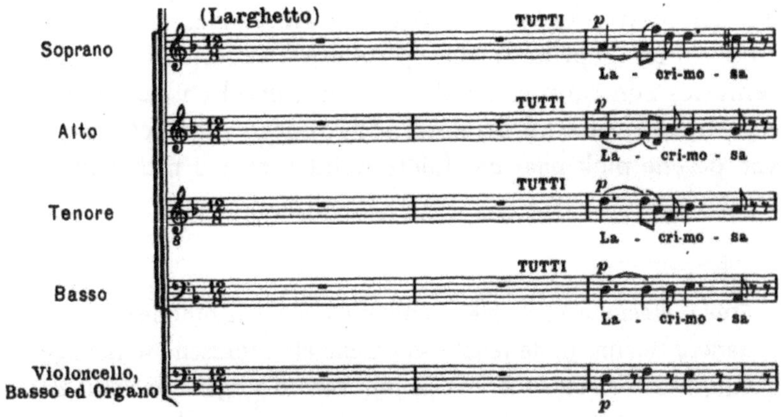

Lacrimosa. Vol tranen. Stemmen als windstoten. Ze stuwen de woorden tegen de vioolstreken aan, en het wonderlijke is dat die standhouden, dat die hun lichtvoetige tred ongestoord vervolgen, en de zware lading van de zangpartijen moeiteloos op zich nemen, als een gemakkelijk te dragen last.

Dat is het, begrijp je met een schok die je huid laat tintelen. Dat is wat je moet maken. Een ontwerp waarin een ranke constructie een groot volume stut. Een ontwerp dat de hele wereld bij de randen beetpakt en optilt, zodat het kan zeggen wat deze muziek zegt: ook jij kunt dit; ook jouw lasten zijn gemakkelijk te dragen.

Je sluit je ogen, en ziet het gebouw voor je. Het spreekt rechtstreeks tot jou, jij die hier over de perrons speurt, langs de parkeerdekken en de roltrappen. Jij die via deze filmpjes door de ruimte zweeft op dezelfde manier als in de virtuele presentaties zoals je die zelf maakt. Of laat maken. Want je hebt er een jongen voor in dienst die er zelfs eens een prijs voor gewonnen heeft. Met de nieuwste techniek ziet het er vaak extreem realistisch uit, op kleine details na: in die filmpjes zal je nooit aantreffen wat je nu ziet, en wat het juist authenticiteit schenkt. Iemand staat te hannesen met een onwillige koffer, iemand mist net de wegrijdende tram, iemand peutert in z'n neus, iemand parkeert en trekt een jengelend kind van de achterbank, iemand probeert een tweepersoonsmatras in de laadruimte van z'n krappe *hatchback* te wurmen, iemand laat een busje met explosieven ontploffen. In 3D-presentaties oogt alles vreedzaam, verloopt alles *smooth*, en loopt het leven op rolletjes, vederlicht. In 3D-presentaties zijn ruimtes als deze – tramtunnel en parkeergarage – gereduceerd tot supergeleidende ruimtes, passages waarin je van de ene plek naar de andere komt met een minimum aan wrijving.

Steeds meer vierkante meters ruimte hebben de functie om in *onderweg* te zijn, in de regel van de ene elektronische werkomgeving naar de volgende. Om de pijn van zo'n *offline realiteit* wat te verzachten zijn er de zoethoudertjes van smartphones en oorpluggen, die een vergelijkbare rol vervullen als het knuffelbeest van thuis dat je een kind meegeeft naar het kinderdagverblijf. Wat de ruimte zelf betreft is het van belang dat die zo onopvallend mogelijk is, zo min mogelijk de aandacht voor zichzelf op mag eisen om tijdsverlies te voorkomen. Vandaar die explosieve groei van gladde, transparante materialen en het met succes bedreven exorcisme van ornamentiek.

(Johannes Vermeer in een lezing, december 2010)

Hij blijft zichzelf zoeken, in die grote zwerm van trampassagiers en passanten. Hij geeft het al min of meer op, als hij ineens die figuur met z'n zweetdoek opmerkt, in een hoek van het beeld. Rambo, Jan. Hij komt via de hoofdingang aan de Grote Markt binnen en verdwijnt uit beeld. Door het exacte tijdstip te onthouden, weet Vermeer hem in een andere camerapositie terug te vinden. Hij volgt hem beeld voor beeld, en dan... Dan ziet hij zichzelf.

Er is maar één moment waarop zijn eigen gezicht herkenbaar in beeld is. Hij zet het weer stil, zoomt in op z'n gezicht, dat er uitdrukkingsloos uitziet. Het blijft onduidelijk, maar voor wie hem kent is hij het onmiskenbaar. Frame voor frame wandelt hij de opname door. En daar is hij, die dikke man, in hetzelfde bestand als waar hij eerder dat kind heeft gezien. Zodra ze de sporen overgestoken zijn, zijn ze uit het zicht van camera's.

Buiten is de zon aan het ondergaan, het licht reflecteert dieppaars tegen de onderkant van de wolkenlucht en zet alles in een onwezenlijke en indringende gloed. Even heeft hij het gevoel alsof hij het draaien van de aarde lijfelijk kan voelen.

De volgende dag is er een van tumult en koortsig overleg op het kantoor. Eind april is het. Tien weken voor het referendum. Kasper verdwijnt eerder om met Teijmen te overleggen in Rotterdam. Ook Olivier slaat aan het telefoneren.

'Denk na,' zegt Kasper bij terugkomst. 'Kijk eens wat we in handen hebben. Dit overleeft toch niemand? Busje aanslagplegers 6/7 doorzocht maar doorgelaten. Dan kunnen ze allemaal aftreden. Van basis tot top. Van het politieapparaat tot aan de hele regering. Dit overleeft niemand als het naar buiten komt.'

'Maar kómt het naar buiten?'

'Niet alles.' Kasper zwijgt triomfantelijk. Hij heeft blijkbaar al een heel scenario klaarliggen en in gang gezet. 'Maar genoeg om aan degenen die ervan weten duidelijk te maken dat we wel alles hébben. Genoeg om ze ervan te doordringen dat we alles ook naar buiten kúnnen brengen. Tenzij.'

Tenzij? Vermeer en Olivier vallen stil. *Allejezus, gaat dit echt gebeuren?*

'Tenzij ze bereid zijn om ons die gunning te verlenen.'

Juist. Dus dit is het, denkt Vermeer. Dit is waar al dat geheimzinnig gedoe met Teijmen naartoe werkte. Naar een ordinaire chantage. Wat een respectabel architectenbureau moest worden is nu een frauduleus knokploegje, een ondergrondse misdaadcel die hun pistolen tegen de slapen van bestuurders drukken.

'Ik wilde ook nog iets voor het ontwerp zelf voorstellen,' zegt hij, in de hoop dat het onderwerp daarmee vanzelf uit de lucht verdwijnt. Hij begint aan zijn verhaal over het *Lacrimosa*, en de smalle draagconstructie. Hij vertelt het wat warrig en wordt al gauw weggehoond door Kasper, die kortaf verklaart: 'Die huurders die Teijmen heeft gestrikt zijn allang akkoord met ons ontwerp. Als je daar nu nog in gaat lopen klooien kun je even goed je kop in een lus hangen. Kijk, dit is een pdf'je van de brochure die die huurders krijgen.'

Meteen valt Vermeers oog op de weergang bovenin, waarin ineens wanden zijn getekend, en deuren, tafels.

'Wat is dat?' vraagt hij.

'Winkelpanden.'

'Wínkelpanden?'

'Maak je geen zorgen, die zijn er alleen voor de presentatie. Dit is het ontwerp zoals Teijmen het aan de huurders gaat laten zien. Als het eenmaal zover is maken we het weer gewoon leeg.'

'En dat moet ik geloven? Verdomme Kasper, je hebt me je woord gegeven. In die weergang zou ik vrij zij. Dat was voor mij de voorwaarde om aan die hele kermis van Teijmen mee te doen. En nu? Wat blijkt jouw woord nu waard? Hoe kunnen wij nog samenwerken als jij je zelfs niet aan zulke basale afspraken kunt houden?'

'Ik hóú me aan de afspraken. Doe eens rustig, man. Dit is hoe we het verkopen. Als de gunning binnen is herstellen we het weer. Betweters nooit tegenspreken, en ze uiteindelijk alsnog je eigen ideeën door de strot duwen. Uiteindelijk! Begrijp dat nu eens. Die naïviteit van jou begint me de keel uit te hangen.'

Hij loopt naar huis, naar zijn echte huis. Het is een korte wandeling van een minuut of twintig. Tegen beter weten in verwacht hij Celine er aan te treffen. Hij verwacht Anne er te horen spelen in de tuin. Hij verwacht dat alles weer normaal is. Het huis: ze hebben ervoor gespaard, zich in bochten gewrongen om er een hypotheek voor te krijgen. Ze hebben er hun kind in verwekt. Ze hebben er kinderpartijtjes gehouden en avonden met vrienden. Ze hebben kleine maar gênante maatregelen moeten treffen. Zo heeft hij de schoonmaakster gevraagd 'voorlopig' nog maar eens per maand te komen, zonder hier een reden voor op te geven.

Al in het voortuintje valt hem de kleine camera op die boven de deur hangt. Kennelijk heeft Celine er toch voor gekozen die op te hangen, al begrijpt hij niet goed waarom. De dreigementen zijn altijd door de postbode bezorgd. Maar, werpt hij tegen, het gevoel van veiligheid, de illusie iets uit te richten, is ook wat waard. Drie weken geleden heeft hij zijn ANWB-lidmaatschap opgeschaald naar de Europa Wegenwacht Service met Vervangende Autoservice, ook al rijdt hij zelden over de grens.

De deur klemt. Hij moet flink wat kracht gebruiken om hem open te krijgen. Op de deurmat ligt, tussen de werkbriefjes van de glazenwasser en de oproepkaart voor de periodieke tandartscontrole, een stapel nieuwe bedreigingen. Opnieuw met stenen. JOUW BEURT KOMT. De man is weer overgegaan op z'n oude refrein. Vermeer neemt niet de moeite om alle teksten te lezen.

Hij loopt door zijn eigen huis alsof hij het bezichtigt met het oog op een eventuele verkoop.

Even kijkt hij tv op de bank. Hij besluit gewoon in de slaapkamer te gaan liggen, maar het lukt hem niet om in slaap te vallen. Wat moet hij in z'n eentje in zo'n groot huis, waar alles afwezigheid ademt, waar elk detail hem z'n gemis inwrijft: de kindertekeningen, de ingelijste vakantiefoto's, haar winterjas aan de kapstok en haar laarzen eronder.

Om half twee 's nachts rijdt hij naar Klein Elysium, waar hij zijn laptop opent en verder werkt aan zijn nieuwe ontwerp terwijl hij luistert naar Mozarts *Lacrimosa*. Hij tekent smalle kolommen, en verbindt de etalages van de winkelpanden met bogen die naar een accoladevorm neigen, die hij vervolgens ook laat terugkeren in het plein en in het ondergrondse gedeelte. Het is beter. In het plein plaatst hij drie lichtkoepels, waardoor je vanuit de tramtunnel het plein in kan kijken, en er daglicht neervalt. *En een extra traktatie als er sletjes met rokjes overheen lopen.* Dat het nooit gebouwd gaat worden hoeft hem niet te beletten het te tekenen, als een theoretische mogelijkheid. Voor zichzelf noemt hij het zijn schaduwontwerp, hoewel het in feite andersom is: dit is het zuivere ontwerp, de zuivere Johannes Vermeer, waar hun inzending slechts een schaduw van is. Vreemd, denkt hij, hoe alles omgekeerd uitpakt. Dat waar hij tevreden over is, moet hij in het geniep verrichten, terwijl hij publiekelijk bekend wordt met wat hij juist wilde verzwijgen.

Om kwart over drie opent hij de schuifdeuren, en laat de indringende, balsemachtige geur van naaldbomen binnen, samen met zilte zeelucht. Buiten is de stilte van de duinen diep en weldadig. Zijn muziek is gestopt; hij hoort de zee ruisen. Achter een donker groepje dennen straalt een zandbleke maan. Hoewel die nauwelijks op een kwart is, zet ze de hele omgeving in een gloed, die de sterren bijna onzichtbaar maakt; alleen meer naar het oosten, landinwaarts, fonkelen ze in de zwarte lucht, al straalt ook daar een zwavelkleurig schijnsel van de kassen van Midden-Delfland.

Ook zonder god is er devotie mogelijk, denkt hij. Ook wanneer je meent dat je door een krankzinnig toeval bent ontstaan en weer in hetzelfde gedachteloze nergens zult verdwijnen, kun je ervan doordrongen zijn dat je deel bent van een ecologisch systeem dat veel groter is dan jouw individuele bestaan. Natuur en afzondering roepen dat vanzelf op, als je tenminste de tv uitzet en *offline* gaat. In steden is dat een stuk moeilijker te vinden sinds het sluiten en herbestemmen van kerken, kloosters en kathedralen.

XXV

Elk op zichzelf waren de toevalligheden die hem steeds dichter bij Isa brachten nog niet onwaarschijnlijk of wereldschokkend, maar doordat ze optraden in een reeks, kon je er achteraf de stuwende kracht van een lot achter vermoeden.

Was hij eerst bij haar ingedeeld in de Winterkampgroep, daarna werden ze al even toevallig elkaars practicumpartners bij scheikunde. Arnoud, met wie Vermeer tot dan toe samenwerkte, werd langdurig ziek – een mysterieus vermoeidheidsvirus verwant aan de ziekte van Pfeiffer – zodat Lézar het logische besluit nam om het groepje van drie – Bianca, Monique, Isa – op te splitsen en Isa bij Vermeer aan tafel te zetten. Vier sprongen had het toeval nodig gehad om hen bij elkaar te brengen.

Het noodlot. 'Fata' heette dat bij Ovidius, *pluralis*, alsof lotsbeschikkingen en schikgodinnen te machtig waren voor een enkelvoud. Eindeloos had hij lopen puzzelen op een zinnetje dat ze bij Stam moesten vertalen: *Eurydices, oro, properata retexite fata.* Ik smeek u, maak de overhaaste lotsbeschikkingen van Eurydice ongedaan.

Vanaf het laatste punt gezien lijkt die hele evolutie een noodzakelijk proces, eenduidig en doelgericht: het wilde ons mensenparadijs realiseren. Elk stapje – de vorming van het oog, de vondst van gereedschap, de ontdekking van de spraak – lijkt op de uitwerking van dat plan. Dat is een vergissing, maar zelfs als we dat weten, kunnen we ons nog heel moeilijk een transformatieproces voorstellen dat geheel willekeurig is, geen doel nastreeft, even goed totaal anders had kunnen zijn, en domweg weer zal vernietigen wat het tot stand bracht, zonder sporen na te laten.

(Johannes Vermeer in een lezing, februari 2007)

Was het waar? Was deze verschuiving bij scheikunde een zet van het lot? Heel serieus kon hij die gedachte niet nemen – het zou betekenen dat die schikgodinnen het ervoor over hadden om Arnoud pfeiffer te bezorgen – maar ze helemaal negeren kon hij evenmin. Veiligheidshalve nam hij maar de gewillige houding van de *volentem* aan, zoals Seneca maande: *Ducunt volentem fata, nolentem trahunt*. Het lot leidt degenen die willen en sleept degenen die niet willen.

Voor zover hij nog in staat was zijn houding te kiezen. Op de practicumklusjes kon hij zich nauwelijks concentreren. Een keer verbrijzelde hij een erlenmeyer, een andere keer knapte een reageerbuis en de keer daarop blakerde er eentje helemaal zwart omdat hij vergat de zuurstofring van de brander omlaag te draaien. Normaal gesproken zou hij het allemaal feilloos kunnen uitvoeren – hij werkte altijd secuur en was sterk in exacte vakken – maar dacht je dat daar *ook maar ene neuk* van terechtkwam bij een vijftienjarige jongen die de Goddelijke Tweeling Van Isa voor zich zag deinen door de stof van de witte jas?

Geef toe, hij was een eind gekomen. Het cellofaan van die Mars: *one handshake away from the real thing*. Hij had de lege verpakking zelfs bewaard, indachtig de instructie uit het *Handboek Winterkamp*: *Laat geen sporen na*.

O, de kwellende verrukking van die scheikundesessies. Haar lijf naast zich te voelen gloeien. Het was alsof hij baadde in een explosie van zoetheid, zachtheid en zuiver licht. Soms, als ze iets opschreven, botste haar bovenarm tegen de zijne – zij schreef met links en zat rechts van hem. Soms boog ze zich over hem heen om iets te lezen in zijn *Binas* of van zijn rekenmachine. Hij verschoof het boek dan zo onopvallend mogelijk wat meer naar de tafelrand aan zijn kant, zodat ze zich nog meer over zijn armen heen moest buigen en hij de warme naakte huid voelde, of nog méér. Een keer vroeg ze hem te helpen bij het dichtkrijgen van een armbandje. Terwijl hij hanneste met de sluiting voelde hij hoe zijn gezicht gloeide en warm aanliep. Ook haar wangen waren rood, wat zijn blozen alleen maar verdiepte. Tot in zijn nek voelde hij het, tot in z'n schouders was hij vuurrood.

'Ik had gister zoiets raars,' zei Isa een volgende keer. Ze slingerde verveeld de plastic veiligheidsbril rond bij een van de pootjes, terwijl ze hem iets op een glazen schaaltje liet indampen. Het was half maart.

'Hm...?'

'O, het is eigenlijk zó... gênant!'

'...'

'Ik had gisteravond dus gewoon zo'n...' Ze dempte haar stem, fluisterde haast: '... *zín.* Dus toen heb ik een banaan gepakt, haha, ja... Jezus, en toen brak dat ding ineens af.' Ze giechelde. 'En ik kon hem helemaal niet meer terugkrijgen. Echt, ik schrok me dus echt de tyfus. Echt, zo ráár!'

Thuis, 's avonds in bed, trok hij zich er eindeloos op af. Alleen al de herinnering aan hoe ze het woord 'zin' had uitgesproken was voldoende om hem een stijve te bezorgen. Soms gebeurde het midden in de les. Zín. Ik had zo'n... zín. Na een tijdje had hij al een stijve zodra de bel rinkelde voor het practicumuur. Als haar hand of bovenbeen hem per ongeluk raakte tijdens de proefjes, schoot er een elektrische tinteling door hem heen. Hij wist zeker dat wanneer ze hem maar iets langer aan zou raken, hij midden in de klas met een schreeuw zou klaarkomen.

De lente van 1991 werd de droogste sinds zijn geboortejaar en kenmerkte zich door lange vrijdagnamiddagen in parken rond kratten bier, meestal in de Leidse Hout, bij Oegstgeest. Alexander, Arnoud en Kees-Jan kenden er de plekken waar ze geen bekenden zouden tegenkomen. Wie een brommer had parkeerde die tegen een boom. Fietsen gooide je achteloos in het gras.

Vermeer was via Ronnie tot de Groep Oegstgeest toegelaten. Ronnie was tijdens het Winterkamp bij Alexander ingedeeld geweest. Of het aan die smokkelactie had gelegen was onduidelijk, maar vast stond dat Ronnie sindsdien stilzwijgend was gaan horen bij de Groep Oegstgeest. In tussenuren ging Ronnie met ze mee naar het Poolcentrum, en toen hij eenmaal zestien was geworden en z'n brommertje had gekregen, hoorde hij erbij alsof hij een van de stichters van de groep was.

Erg vond Vermeer dat allerminst. Weliswaar brokkelde hun

driemanschap af, het voordeel was dat hij via Ronnie ook toegang had tot de Groep Oegstgeest. De vrijdagmiddagen brachten ze door in snookercentrum Het Dijkje, een rokerige, donkere hal met minstens dertig tafels bekleed met groen vilt. Hier bestelde Johannes Vermeer ook z'n eerste glas bier.

'Een biertje.' In de drang het zelfverzekerd te laten klinken had hij de bestelling van alle franje ontdaan en haar als een bevel gebracht: 'Een biertje.'

'Graag,' corrigeerde de barman streng.

'Graag. Eén biertje graag...'

'Zo mag ik het horen.'

Het afbrokkelen maakte het voor Vermeer tegelijkertijd ook gemakkelijker om nieuwe contacten aan te knopen. In 3E, de klas waar ze samen mee gymden, zat bijvoorbeeld een jongen die ook van de poëzie van Rimbaud en Verlaine hield. Maarten heette hij, en hij had een melancholiek voorkomen, met diepliggende ogen. Ook was hij in het bezit van een brommer, maar anders dan de meeste eigenaren van zo'n voertuig was hij allerminst een opvliegende druktemaker. Hij leek zijn oude oranje Zündapp vooral uit noodzaak te hebben, omdat hij helemaal in Hazerswoude woonde. Toen Vermeer bij hem thuis kwam liet hij hem Franse chansons horen, op een pick-up die in een schuurtje stond van de immens diepe tuin. Aan het eind van de middag zwom er een zwaan door de sloot die de verschillende percelen scheidde. Uit de luidsprekers klonk het: *'Pourtant que la montagne est belle / Comment peut-on s'imaginer / En voyant un vol d'hirondelles / Que l'automne vient d'arriver?*

Mooie tekst, vond Maarten, en hij vertaalde: 'Hoe kun je je voorstellen... bij het zien van een vlucht zwaluwen... dat de herfst net is begonnen...'

'Schrijf je zelf ook gedichten?'

'Niet veel bijzonders,' mompelde Maarten. 'Eerder een beetje van die vage shit. Een beetje als Jim Morrison.'

'Wie?'

'Jim! Jij kent Jim Morrison niet? The Doors? Terwijl jij die Arthur Rimbaud zo goed vindt. Jim is precies zo'n dichter. Precies zo een als William Blake, T.S. Eliot of Baudelaire. Of Slauerhoff voor mijn part. Man... Jím!' Uit de platenkoffer in de schuur trok hij een lp tevoorschijn. *An American Prayer.* Maartens Jim had lang haar en een baard en keek gepijnigd opzij. 'Deze zet ik voor je op tape. Dit is zijn poëzie, die hij vlak voor z'n dood in Parijs heeft ingesproken en waar de bandleden zeven jaar later muziek onder hebben gezet. Parijs... Daar zou ik nog wel eens heen willen op m'n Zündappje...'

Zo ging het steeds: het waren anderen die je nieuwe werelden toonden. Zo had hij op de lagere school sonates van Beethoven en nocturnes van Chopin op cassettebandjes gekregen van een jongen die pianospeelde. Eindeloos had hij ze beluisterd. Nu draaide er in het cassettedeck onder Maartens platenspeler een bandje (een SONY METAL XS-90) dat de woorden van Jim Morrison in zich opslokte die hij de komende weken vaak 's nachts op zijn walkman zal luisteren: *Awake. Shake dreams from your hair, my pretty child, my sweet one. Choose the day and choose the sign of your day, the day's divinity.*

Doordat de walkman rond dezelfde tijd is geboren als hij zelf, is Vermeer getuige geweest van alle gedaanteverwisselingen van het apparaat. Hij heeft de grote, oorwarmerachtige koptelefoons zien veranderen in ranke omegavormige diademen, en vervolgens in losse oordopjes. Zelf had hij aan het begin van het schooljaar een walkmanmodel met *auto-reverse-functie* gekocht. Intussen was ook de compact disc aan een opmars begonnen. Veel klasgenoten waren al overgestapt op de discman. Isa had er in maart een gekregen voor haar zestiende verjaardag.

Geschiedenis, begon Vermeer steeds sterker te vermoeden, was een zelfstandige entiteit, een krachtveld dat de toevallige individuen in haar ban kreeg, ze meesleurde, terwijl ze meenden dat zij het waren die háár vormgaven, in plaats van andersom. Het was de geschiedenis zelf die Beethoven, Rimbaud of Jim Morrison baarde. Het was de tijd zelf die de fonograaf met z'n koperen toeter transformeerde tot een iPod, over de hoofden van Thomas Edison en Steve Jobs heen.

De biologieleraar, meneer Schroefman, had ze geleerd dat een embryo in de baarmoeder alle stadia van de menselijke evolutie versneld doorloopt. Kon dat, vroeg Vermeer zich af, met cultuur niet net zo gaan? Dat je de hele geschiedenis in grove trekken recapituleert tijdens het opgroeien. Van het primitieve geklooi met stokken en stenen in de kindertijd tot aan de Renaissance, en van barok tot hardrock. Zijn muziekvoorkeuren waren opmerkelijk chronologisch veranderd, van de barok en klassieken die hij als negen- en tienjarige veel draaide (Corelli, Bach, Mozart, Haydn), via de romantici op z'n elfde en twaalfde (Beethoven, Liszt, Chopin), naar de twintigste-eeuwers op z'n dertiende en veertiende (Mahler, Poulenc, Satie) tot aan de recente nieuwigheden, Simon and Garfunkel, de Rolling Stones en nu blijkbaar ook The Doors.

Lang had Vermeer aangenomen dat popmuziek herrie was, banaliteit. Klootjesmuziek, zo heette dat thuis, waar uitsluitend klassiek werk gedraaid werd, en dan niet eens als achtergrondmuziek, maar alleen met een concertzaalachtige aandacht. De voornaamste coryfeeën van de klootjesmuziek waren André Hazes en Lee Towers, die zo'n beetje de verpersoonlijking van het kwaad op aarde waren.

Dit was toch anders. Dit was poëzie. Er was niet eens zo gek veel verbeeldingskracht nodig om te begrijpen dat deze Jim Morrison eerder verwant was aan Ludwig van Beethoven dan aan Lee Towers.

Toen hij met Isa tijdens een van hun scheikunde-uren – waar hij de hele week naar uitkeek – over Jim Morrison begon, bleek zij net een dubbel-cd te hebben gekocht met de registratie van een liveconcert (Boston, 1970). Ze liet hem er iets uit horen: elk één oordopje in, de wangen dichter bij elkaar dan ooit, totdat meneer Lézar ze met één handgebaar verjoeg uit dit wankele paradijs.

Een ander kenmerk van die droge lente van 1991 was de steeds duidelijkere manifestatie van subgroepen op school. Voorheen waren ze kinderen geweest, een amorfe massa, door ouders gestoffeerd met mainstreamkleding van de C&A of de V&D, en vanuit dit kleurloze centrum ontsproten allerlei stromingen met een eigen uiterlijk, muzieksmaak en ideeënwereld.

Samenleven in groepsverband heeft evolutionair voordeel

voor soorten, die zich zo gemakkelijker tegen roofdieren kunnen beschermen. Zodra een groep echter te groot wordt, heeft dit een negatief effect op de individuele prestaties van de afzonderlijke leden, en ontstaat de neiging om in twee rivaliserende kampen uiteen te vallen.

Zijn gymnasiumklas begon uiteen te vallen in twee hoofdstromingen, die van de 'brommergasten' versus die van de 'alto's'. In die tweespalt voelde Vermeer zich steeds sterker verwant worden aan Maarten, die immers ook straffeloos in beide kringen verkeerde. Die Zündapp maakte hem vanzelf een graag geziene figuur bij de Groep Oegstgeest met hun brommers, hoewel Maarten, evenals Vermeer, in karakter meer bij de alto's paste. Toch kwam ook hij even gemakkelijk in café De Beest – dat een sfeer nastreefde van hardrock, Hell's Angels, Jack Daniel's, Harley Davidson, Guns 'n' Roses, enzovoorts – als in de WW – de *arti* verzamelplaats voor alto's, punkers, kunstenaars, jongens en meiden die in *bandjes* speelden enzovoorts, en die tussen het drinken door hun joints rookten in De Gekroonde Liefdepoort, het naastgelegen hofje, waar Jan Steen had gewoond en diens vader een kroeg had.

Alles begon. Ineens waren er contacten met voorheen vijandig rivaliserende scholen, waar een synchrone ontwikkeling plaatsvond. Grenzen wankelden. Het was de tijd van de grote groepen. Vrij ongemerkt kwam Vermeer erin terecht en werd hij er – wat hij zich een jaar eerder onmogelijk had kunnen voorstellen – onderdeel van. Vermeer werd zestien en begon vaker uit te gaan. Met ruzie en geschreeuw wist hij af te dwingen dat hij later thuis mocht komen: twaalf uur. Nog altijd absurd vroeg. Hij kon het tot half een rekken. Zijn netwerk breidde zich uit, explosief. De gymnasiasten ontmoetten de atheneumscholieren van het Bonaventura. Die kenden op hun beurt weer mensen van het Agnescollege bij Oegstgeest en het Rijnlands Lyceum in Wassenaar. In de stad leek iedereen iedereéén op den duur wel te kennen. Op al die scholen bleek een vergelijkbare tweespalt gaande te zijn tussen de alto's en de regionale variant op kakkers en tutjes. Uit alle richtingen kwamen de alto's op vrije uren en in weekenden bijeen op het grasveld van de Burcht, om te blowen en gitaar te spelen, in cirkels van tieners die rond elkaar klitten en mengden. Zodra Vermeer de lange trap op was gelopen en onder de poort door naar het binnenste van de Burcht liep, bevond hij zich in een cirkel met andere wetten.

Vroeg in de avond (of laat in de middag) begon het vaak onder de zuilen bij het stadhuis. Kakkers zaten overdag bij Annie's Verjaardag of op het terras van Einstein, tussen de studenten, vroeg-volwassenheid te spelen.

'Zijn er nog mensen, op de Burcht?'

O, de opwinding, de gierende zenuwen. Op de een of andere manier kwam het je voor dat cafés tempels waren naar extase en erotiek, alsof dáárginds, achter die deuren – vaak met een uitsmijter gekroond als poortwachter – er niet alleen andere wetten golden, maar dat zich daar ook het ijkpunt bevond, dat achter die deuren alternatieve maar waarachtiger maatstaven golden dan op school of thuis; dat het echte leven, het werkelijke referentiepunt, als het ware voor het grijpen lag.

Elk weekend kwam hij een stapje dichter bij het vuur. Al die cafés – de WW, het LVC, Bar & Boos – waren het decor van een verhaal dat doordeweeks alleen even op pauze ging.

'Zijn er nog mensen op de Burcht?' Zo klonk het vrijdagmiddag al in Meneer Jansen, het koffiehuis bij de Koornbrug op de Nieuwe Rijn, het vaste terras van de alto's. 'Wie heeft er wiet?' 'Wie gaat hem bóúwen?' 'Geef me die tip eens.' 'Paas me die joint.' 'Zo... ik voel hem hángen...'

Er was het onverbiddelijke besef dat je *erbij moest zijn*, dat *jij ook* op vrijdagmiddag op het terras van Meneer Jansen bier moest drinken, dat *jij ook* in die cirkels, groepen, stammen moest verkeren, er gezien moest zijn, dat *jij ook* met achteloos gemak de namen kende van de tofste gasten, o – wat verrukkelijk, wat ongelooflijk verrukkelijk was het, dat dit moment nu aangebroken was, en zoals het ernaar uitzag, eindeloos zou blijven.

O, die zomernamiddagen dat de zon door rookslierten scheen en de scherpe zoet-weeë geur van smeulende wiet de heuvel doortrok. Voor wie jong is, is elke verandering een totale gedaantewisseling, die permanent is. Pas na een wat langduriger omgang met de vergankelijkheid en ontoereikendheid van het bestaan kantelt dat en luidt een verandering veeleer een nieuwe episode in, waarvan de tijdelijkheid van meet af aan al helder is en die je bovendien alleen gedeeltelijk verandert, aan de oppervlakte.

Tussen z'n vijftiende en z'n achttiende leeft iedereen in een dubbele situatie: hij voelt zich gedwongen zijn doordeweekse dagen te spenderen aan scholing tot een wereld die hij wantrouwt, minacht, of in elk geval van geringer waarde acht dan die waar hij zich 's weekends aan vergaapt – een vuur dat hij van zondag tot donderdag gaande probeert te houden door zich onder te dompelen in muziek (nooit luister je die zo intens als op die leeftijd), en het roken van sigaretten in de pauzes op het bordes. Voortdurend was er die andere, die tweede wereld. Hoe verder je je erin begaf (wentelde, kotsend, *juichend*), hoe groter je walging werd van de eerste.

Het vreemde was dat al die paden, groepen, netwerken en kroegen hem nog altijd geen toegang hadden verschaft tot Isa's wereld. Die leek zich in nog weer onzichtbaarder locaties te verschansen. Een enkele keer zag hij haar op de Burcht, tussen haar krakers en muzikanten, en hoewel ze hem moest hebben gezien negeerde ze hem, hooghartig, alsof wat hij en zijn groepje alto's hier dachten uit te spoken maar kinderspel was. Van meelopers, zoals dat heette. Lui die zich zogenaamd tot een subcultuur bepaalden maar dan wel in de *ultralight*-variant ervan.

Isa's kring bevond zich vooral achter gesloten, defensief dichtgebarricadeerde deuren. Als hij langs het gekraakte gebied kwam bij de Kaasmarkt, keken de rondlummelende *punks* hem schichtig, argwanend aan. Hun enige communicatie naar de wereld buiten hun graffitimuren verliep via anoniem drukwerk op kringlooppapier, in nijdig gebeitelde kapitalen.

Op een donderdagavond – op koopavond ging hij altijd naar de bibliotheek in de binnenstad – pakte hij een foldertje van een stapel bij de ingang van de Weggeefwinkel. Hij las:

EEN ANDERE WERELD IS MOGELIJK.
BESTAANDE PARLEMENTAIRE INSTITUTIES ZIJN ONMACHTIG, GECORRUMPEERD EN ONGESCHIKT GEWORDEN VOOR HET ORGANISEREN VAN DE ECHTE DEMOCRATIE. NIEUWE SAMENWERKINGSVERBANDEN KUNNEN EVENMIN HIËRARCHISCH ZIJN EN KUNNEN OOK NIET DE GEHELE MENSHEID VERENIGEN: HET LEVEN, EN DUS OOK DE POLITIEK, IS DIVERS EN NIET IN EEN ENKELE IDENTITEIT TE VATTEN. NIEUWE VORMEN VAN DEMOCRATIE KUNNEN DAAROM ALLEEN WERKEN IN HORIZONTALE VERBANDEN, ZONDER CENTRAAL BESTUUR.
WIJ HEBBEN EEN PROGRAMMA OPGESTELD VAN GEMEENSCHAPPELIJKE WAARDEN VOOR EEN NIEUWE WERELDORDE. DEZE WAARDEN KUNNEN ONS BIJ ELKAAR BRENGEN EN ONS IN STAAT STELLEN SAMEN TE WERKEN.
WERELDBURGERSCHAP. IEDER MENS HEEFT RECHT OM ZICH OVER DE WERELD TE VERPLAATSEN, ZONDER GRENZEN. EEN WERELDBURGERSCHAP BIEDT MENSEN DEZELFDE BEWEGINGSVRIJHEID ALS DE GELDSTROMEN.
DIVERSITEIT. EEN NIEUWE WERELDORDE GAAT UIT VAN DE VOORTDUREND SCHEPPENDE KRACHT IN DE DIVERSITEIT VAN MENSEN.

Hij las het half, diagonaal, en legde het pamflet terug, toen een punker hem aansprak: 'Neem maar mee, hoor. Kun je een hele hoop van leren.'

'Nee dank je,' zei hij. 'Ik weet alles al.'

De jongen was wat ouder, maar oogde een beetje schuchter en was minstens een kop kleiner, wat hij compenseerde met een bizarre hanenkam, gevormd uit vijf afzonderlijke punten ter grootte van schoollinialen. Hoeveel gel was er niet nodig om die stekels overeind te houden? Of zou hij daar behangerslijm voor nemen?

'Zo, wéét jij alles al?' Onderzoekend keek hij Vermeer aan, alsof hij aftastte welke vervolgtactiek het beste zou aanslaan. 'En weet jij dan ook waar ons belastinggeld naartoe gaat? Weet je dan ook dat wij in een illegale en smerige oorlog verwikkeld zijn geraakt? En weet jij dan ook dat dit alleen maar is omdat Shell met Koeweit handelt en afhankelijk is van die olie.'

In de houten stellingkasten zag hij een klein assortiment broodroosters, een schaakbord, drie strijkbouten.

'Ja hoor,' zei Vermeer. 'En toen die Amerikanen ons in 1945 kwamen bevrijden, deden ze dat ook zeker omdat ze zo dol waren op onze Goudse kaas.' Hij leed aan een soort omgekeerd conformisme: tegenover Alexander en z'n hockeyvriendjes zou hij het linkse standpunt verdedigen, maar tegenover zo'n overtrokken anarchist kon het hem niet rechts genoeg zijn. *Dat gezeik altijd van zieken en zwakken.* Krakers en veganisten waren uiteindelijk de ideologische erfgenamen van negenjarige meisjes die ernstig 'dierenbeul!' riepen op schoolpleinen.

'Aan zo'n opmerking leid ik af dat jij al hopeloos gecorrumpeerd bent door het neokoloniale denken waar het hele Nederlandse onderwijssysteem door is vergiftigd.'

'Ja hoor, en bij jou zouden ietsjes meer uren in dat onderwijssysteem geen kwaad kunnen. Kijk alleen maar even naar dat wereldburgerschap van jullie...' Vermeer zei het kalm, maar inwendig voelde hij zich opgewonden: wat zou er gebeuren als hij volhardde? Zou die punker in staat zijn tot agressie over te gaan? Of waren ze allemaal pacifisten? 'Dat wereldburgerschap komt toch een stuk dichterbij als je van Europa één staat maakt? En toch zijn jullie tegen de Europese Unie. Lekker consequent, zeg.'

In de hoek zag hij een wastrommel, kledingrekken, kinderstoelen.

'Dat dácht je,' zei de ander, en zonder hapering, alsof hij deze discussie al honderd keer gevoerd had: 'Maar als Europa de grenzen dichtgooit, wordt het één groot fort, waar je van buiten als vluchteling niet meer in komt. En wat denk je dat er gebeurt als er geen grenscontroles meer zijn? Dan moeten ze op straat gaan controleren. En de gewone witte Nederlander, die zullen ze niet gaan fouilleren. Maar iedereen die een kleurtje heeft of die er op een andere manier een beetje opvallend uitziet, die pakken ze.'

'Ach wat een onzin,' zei Vermeer. Omdat hij zo gauw geen nieuwe argumenten kon verzinnen en daar tijd voor moest rekken, herhaalde hij het nog maar: 'Wat een ongelooflijke onzin allemaal, zeg.' Voor hij weer een zet kon doen, draaide de ander zich al om en besloot, tot Vermeers teleurstelling: 'Goed, jij je zin.' Weg liep hij, een gangpad in tussen kasten met Curverbakken vol sloopelektronica – stekkerdozen, snoeren, luidsprekers.

'Ken je Isa?' riep Vermeer hem na. 'Die komt hier ook vaak. Isa Verstuijven.' De punker bleef staan, en verklaarde botaf, met z'n rug naar hem toe: 'Krakers hebben geen namen.'

Een week later was Isa op school in de weer met een papier dat ze in haar agenda had gevouwen. Vermeer kon het niet goed zien – het leek een brief te zijn. Let wel: dit was een van de laatste lichtingen scholieren die niet vergroeid waren aan mobiele telefoons, die niet voortdurend tekstberichten stuurden via applicatiesoftware. De laatste lichting die nog een tijd en een plaats afspraken en daar maar moesten zien. Die als ze elkaar iets te vertellen hadden en dat niet in een gesprek aandurfden – daarin kreeg je toch nooit de kans om precies te formuleren wat je wilde, en viel het voornaamste je pas weer in als je weer alleen was of had opgehangen – daarvoor een *brief* schreven.

Bij Nederlands verstopte ze het papier onder een *Bulkboek*-uitgave (Nescio's *De uitvreter, Titaantjes en andere verhalen*). Soms haalde ze het tevoorschijn, en dan las ze, met een voor haar doen ongekende concentratie. Bij wiskunde deed ze geen moeite het te verbergen, en begon ze ook aan een antwoord te schrijven. Bij Latijn liet ze de brief – hij wist nu vrij zeker dat het een brief was – in haar agenda. Het scheikunde-uur was een practicumles, waarbij ze Vermeer het werk liet doen, en de agenda op de hoek van de tafel legde.

Schoolagenda's: ze lagen de hele zomer uitgestald in alle denkbare thema's. Met een enkele aanschaf verbond je jezelf voor de rest van het jaar aan striphelden, auto's, sport of een specifiek genre in de popmuziek. Die agenda's onthulden het wezen van *design* in alle helderheid: dat het een signaal is in twee richtingen. Naar de buitenwereld om je voorkeuren, je opvattingen, je stijl af te bakenen, en naar jezelf om je te allen tijde te herinneren aan diezelfde voorkeuren, opvattingen, stijl. Ontworpen objecten belichamen kwaliteiten waar we naar streven en die we willen uitstralen en consolideren. De schoolagenda was de voorloper van de mobiele telefoon, de auto en de outfit, en had als eigenschap dat je haar personifieerde met eigen teksten en plaatjes.

Isa, die haar eerste schooljaren was doorgekomen met felgekleurde strand- en surfagenda's, had dit jaar een neutrale, themaloze uitvoering, die ze eigenhandig tot een ratjetoe van collages en symbolen had gemaakt – flarden songtekst en leuzen in nijdige stiftletters. *AND I WANNA BE ANARCHIST. I GET PISSED, DESTROY!*

Toen ze naar de wc ging, keek hij er voorzichtig in. De brief, in een moeilijk leesbaar handschrift, moest van die Remco zijn. De woorden die hij inderhaast herkende waren jammerend van toon – 'waarom kunnen we niet...', 'voor mij ben jij alles', 'van je hou' – en het volgende vel, waarop zij een antwoord was begonnen was beduidend koeler, en ook beter leesbaar: 'Lieve Rem, waarom is het voor jou zo moeilijk om in te zien dat het gewoon *NIET WERKT* tussen ons?'

De deur zwenkte open, en meteen klapte Vermeer de agenda dicht. Hoewel het niet Isa was die binnenkwam, durfde hij haar agenda niet meer te openen. Aan de onderkant steekt een smal strookje met in haar ronde meisjeshandschrift: *It's torture – but I'm almost there.*

Uit de biologielessen had Vermeer begrepen dat bij vrijwel alle diersoorten het vrouwtje bepaalt of er gepaard gaat worden. Goed, de mannetjes vechten zich te pletter om één keertje te neuken, maar het is uiteindelijk het vrouwtje zelf dat daarover beslist. Niet anders was dat in de mensenwereld. Het meisje, voor wie de lasten die voortvloeiden uit zo'n vrijpartij ingrijpender waren, moest een juiste *klik* ervaren, ze koos dus berekenender, rationeler en minder instinctief dan de jongen, die domweg z'n geilheid volgde, *z'n pik d'r in rauschte*, zoals Ronnie dat noemde. In het vrouwelijke afwegingsproces wogen potentieel vaderschap, fysieke parameters, intelligentie en betrouwbaarheid allemaal mee in een grote *blend* van wat dan vrouwelijke intuïtie heette.

Het werkt gewoon niet tussen ons. Dat was de beleefde formule waarmee ze haar keuze herriep. Was er met hem, Vermeer, een mogelijkheid dat het ging 'werken'? Hij wilde het graag geloven. Die twee dagen op de heide hadden een vertrouwdheid gecreëerd, die zich nog eens verdiepte in hun donderdagse uren. Meer nog betekende dit dat er een brug was ontstaan naar die overkant, naar dat domein dat hij altijd als onbegaanbaar had beschouwd, dat van vrouwen, meisjes. Als ze geen bekenden vond, rookte ze in de pauze met hem op het bordes.

Een keer brachten ze samen een tussenuur door, toen Stam ziek was, in het plantsoen, waar ze een joint deelden die zij had gedraaid. Daarna aten ze een zak Haagse hopjes leeg.

'Weet je,' vroeg ze, languit in het gras, 'weet je wat het kutte is aan een lekker wijf zijn en populair zijn, zoals ik in de brugklas en de tweede was?'

Haar borsten ademden rustig op en neer. Langs de knoopjes van haar blouse keek hij op de onderkant van haar bh uit, die wit was en waarop, wat hem verbaasde, een dun strikje was gestikt.

'Je bent nog st...' begon hij, maar schaamte sneed zijn adem af.

'Dat is dat niemand je écht aardig vindt, dat niemand je écht mag.'

De wiet had hem duizelig gemaakt. Z'n hart bonsde. Even zwenkte het grasveldje opzij, en greep hij zich vast aan de grond.

'Ga maar na,' zei Isa. Zonder te kijken griste ze een hopje uit de zak, en peuterde ze het papiertje eraf. Het harde suikerwerk knarste onder haar glazuur. 'Ga maar na. Die meiden gaan alleen met je om omdat ze ook willen dat alle jongens op ze geilen, en die jongens, die gaan alleen maar met je om omdat ze je willen verkrachten.'

Dat was blijkbaar erg grappig, want haar schouders begonnen te schokken – waardoor hij aanvankelijk dacht dat ze begon te snikken – en ze hinnikte het uit van pret. 'Shit, ik heb een lachkick,' proestte ze. 'Sorry hoor...'

Nu lachte hij ook mee, maar het was gemaakt, onecht, en hij hield ermee op zodra hij doorhad hoe idioot het klonk. Isa gaf hem de joint door, die nat was aan het uiteinde. Dit kwam dicht in de buurt van zoenen. Bekken. Tongen. Misschien zouden ze dat straks doen. Waarom niet? Waarom zou hij haar niet gewoon 'op haar bek pakken', zoals anderen dat noemden? Met stoned zijn als excuus om achter de hand te hebben, voor het geval Isa er toch niet van gediend was door hem op haar bek gepakt te worden.

'En dat is ook het relaxte aan jou vind ik,' ging ze verder. 'Ik heb het idee dat wij gewoon... nou ja, normáál met elkaar kunnen praten. Zonder dat er gelijk al dat gezeik bij komt, zonder dat je je gelijk op een heel andere manier moet gedragen. Zonder dat je gelijk een ról moet spelen weet je wel.'

'Ja... ja... Dat zou best kunnen.'

'Maar ik bén dus echt verkracht,' zei ze. 'Nou ja, of misschien ook niet. Het was in elk geval wel stom van me.' Ze giechelde nog steeds, of weer. 'Soms kun je volgens mij ook niet zeggen of het verkrachting is of niet. Want op zich was ik wel nieuwsgierig, weet je wel. Hoe het zou zijn. Het waren twee gasten hier uit de buurt. Die ik kende van het sporten. En die zaten altijd al te keten weet je wel, zo van of ik het wel eens met ze wilde doen. Op een keer waren we bij een van die jongens thuis. Niks bijzonders, ik kwam daar wel vaker. Beetje napraten na het sporten. En die gast wilde iets laten zien in z'n kamer, een of ander spel op z'n computer of zo, maar zodra ik op z'n kamer ben, duwt ie me het bed op. Volgens mij hadden ze het afgesproken, samen. Want die ander wist precies wat ie doen moest. Ik roepen natuurlijk. Blijf van me af, teringlijer. Handen thuis, kutlullen. Maar ja. D'r was niemand thuis, en het is zo'n vrijstaand huis, weet je wel, veel groter nog dan bij ons. Echt zo'n vies kapitalistisch teringhuis aan het water. En hop, já hoor, meteen een hand in m'n broek natuurlijk. Ik tegenspartelen. Maar op een gegeven moment, heel gek is dat, op een gegeven moment kun je je beter eraan overgeven dan dat je d'r tegenin gaat. Ik bedoel: je kunt je wel blijven verzetten, maar dan wordt het alleen maar nóg arelaxter, en gaat het nóg meer pijn doen. Jezus, ik kan niet geloven dat ik dit allemaal aan je aan het vertéllen ben. Maar goed. Dat bewijst volgens mij alleen maar dat ik er nu echt overheen ben. Want pas als je over iets heen bent, kun je erover praten, toch?'

Aan de overkant van het water kwam een stroom scholieren op de fiets langs. Tien voor twaalf. De grote pauze was begonnen. Nog een half uur, en dan zouden ze terug moeten zijn voor wiskunde.

'Dat zou goed kunnen... Ik weet het niet goed...'

'Dat is denk ik ook waarom ik het met Alexander ben gaan doen. Gewoon, omdat ik ook wel eens wilde weten hoe het echt voelt. Hoe het voelt als je het écht doet, als je het zelf ook wilt, weet je wel. Dus toen deden we het echt. Hij heeft me ontmaagd.'

26

Zoeklicht brengt de beelden met Vermeers reddingsactie erin op maandag 7 mei – acht weken voor het referendum. Met Kasper en Olivier bekijkt hij de uitzending. Dit is net *Opsporing Verzocht*, denkt Vermeer, maar dan omgekeerd. De beveiligingscamera's wijzen hier geen dader aan, maar juist een redder. Redder: de absurditeit van het woord ergert hem. Gelukkig raakt het allemaal snel ondergesneeuwd. Dat het programma *überhaupt* beelden van die beveiligingscamera heeft en toont, blijkt veel spectaculairder en zal tot veel meer beroering leiden. Met verholen zelfvoldaanheid meldt een vrouwelijke voice-over dat het programma nog meer beeldmateriaal heeft, maar dit 'uit respect voor de slachtoffers en hun nabestaanden' niet zal uitzenden.

Bovendien begint in diezelfde aflevering het moddergooien. Felix Harkema grijpt de gelegenheid meteen aan om precies te doen waarvoor taal is uitgevonden: roddelen en oorlog voeren. Harkema beweert dat de oplossing van LVE enorm veel energie verspilt. 'In deze tijd op die manier bouwen is niet alleen ontzéttend naïef, het is ook – en dat vind ik veel erger – ontzettend onverantwoord. Iemand uit een tunnel redden is mooi, maar een goed en duurzaam ontwerp kunnen maken is een ander vak. Laten we die dingen wel uit elkaar houden.' Opgetrokken wenkbrauwen. *Nu jij weer.*

'Juist.' Kasper en Olivier zitten naast elkaar op het driezitsbankje van Vermeers huisje. Door de open schuifdeuren klinken de harde stemmen en het uitbundige gelach van de Poolse bouwvakkers. Een geluidsinstallatie stampt regelmatig.

'Wat doen we eraan?' vraagt Olivier.

'Wat een ontzettend slechte journalistiek,' zegt Kasper. Vermeer moet hem gelijk geven. Hij zegt wat hij Arend Koolvis wel eens heeft horen zeggen: 'Deze verslaggevers hebben niet al te veel energie gestoken in het in de journalistiek niet ongebruikelijke principe van hoor en wederhoor.'

'Wat een flapdrollen. Geef je ze een primeur, naaien ze je intussen in je reet. Mooi dat ze het harde materiaal niet krijgen. Ik regel meteen met Paul dat *Zoeklicht* niks krijgt, nooit.'

'Maar wat doen we eraan? We moeten hier meteen op reageren,' zegt Olivier. 'Duidelijk maken dat dit een schetsontwerp is, en dat we voor de uitwerking juist wel met duurzaamheid bezig zijn. Dat we allerlei mogelijkheden aan het onderzoeken zijn en laten doorrekenen.'

Kasper: '*Happy sustainability*. Dat wil iedereen zien. Duurzaamheid die geen beperkingen oplegt, maar van alles mogelijk maakt, nieuwe vormen vindt, bladibladi. Zoals die maffe Deense architect, die een energiecentrale *slash* afvalverwerking maakte *slash* skipiste.'

Zo is het, denkt Vermeer. We willen best het klimaat redden, als het maar *fun* is, als het maar past in ons frivoliteitsbeginsel. Skiën op een kerncentrale.

Na de onthullingen op tv laat ook Koolvis ineens weer van zich horen. Ja, moest hij erkennen, Vermeer had dus toch de waarheid gesproken.

'Nou goed... Zo zie je maar,' zegt hij, als ze elkaar weer zien. 'Nooit te vroeg met je oordeel klaarstaan... Wat doe je vanmiddag? Ik kan wel wat frisse lucht gebruiken.'

Ze lopen langs het strand, maken een wandeling vanaf de strandingang bij Klein Elysium naar Hoek van Holland. Het is een warme dag, broeierig, plakkerig.

'Ach, het is ook mijn eigen fout geweest,' zegt Vermeer. 'Ik had het van begin af aan gewoon moeten vertellen.'

Rond elke strandopgang die ze passeren liggen badgasten, uitgestrooid over kleurige handdoeken, ligstoelen, naast windschermen en koelboxen.

'Maar over die beelden. Hebben jullie ál het materiaal gezien?'

Vermeer houdt zich van de domme. 'Ik geloof het wel ja,' zegt hij. Of moet hij het anders aanpakken? Moet hij nu met stalen gezicht zeggen: Jazeker, en als jij wilt dat het niet naar buiten komt, dan zou ik me maar ietsjes meer gaan inspannen om die gunningscommissie ervan te overtuigen dat wij die gunning verdienen. Dag Arend.

En dan weglopen. Of nog weer anders: Jazeker, en luister Arend. Kasper en Teijmen willen het als chantagemiddel gaan inzetten. Je hebt het niet van mij, maar dit is hoe de zaken ervoor staan. Loyaliteit aan de een is verraad aan de ander. Behoedzaamheid is geboden. Vlieg tussen zee en zon.

Ze blijven staan bij de Zandmotor, het enorme schiereiland van zand dat hier kunstmatig is aangelegd om de eroderende duinen weer aan te dikken door zandsuppletie. Het strand is daardoor over een kilometer lengte ineens veel breder, even breed als op Terschelling. Stromingen en wind verspreiden het zand vanaf daar over de kuststrook tussen Scheveningen en Hoek van Holland.

Een jeep van de kustwacht sluipt stapvoets langs de branding. Na de aanleg zijn er sterke stromingen ontstaan die niemand had voorzien en die in staat zijn zwemmers diep de zee in te sleuren.

'Schitterend, hè,' zegt Arend. 'En een typisch Nederlandse vondst.' Hij maakt een breed armgebaar naar het schiereiland, alsof hij het eigenhandig heeft opgespoten. 'Ons zompige landje, dat met z'n kop onder het zeeniveau duikt, is een grote beverburcht van dammen, sluizen en kanalen.'

'Daarom is ons land voorbestemd om architecten voort te brengen,' zegt Vermeer. 'Zo'n poldergebied levert ingenieurs op omdat we het water het hoofd moeten bieden, en kunstenaars door het typische Hollandse licht dat je krijgt door al die reflecties in die dampige atmosfeer. En wat is een architect? Een ingenieur en kunstenaar ineen.'

'Bravo...'

Alleen is de balans tussen die twee nogal zoek, denkt Vermeer. Tegenwoordig zijn Nederlandse architecten bijna altijd uitsluitend als ingenieur geschoold. De beeldende kunst doen ze er gewoon eventjes bij, heel anders dan bij mannen als Gaudí of Étienne-Louis Boullée.

'Ik blijf dit een van de beste oplossingen vinden,' gaat Arend verder, in de verte turend. 'De natuur het allemaal zelf laten doen. Dit is gewoon afgekeken van wat er bij de Waddeneilanden al eeuwen gebeurt. Zo simpel. Zo hoorde ik laatst van een club die beton had ontwikkeld dat zelf scheuren kan herstellen. Met bacteriën. Zelfhelend beton noemen ze dat. Misschien gaat het daar allemaal wel naartoe. De zee en de wind herstellen hier zelf de duinen. Heel organisch. En in de toekomst krijgen we gebouwen die zichzelf repareren. Zoals wonden.'

Het voelt alsof er een zweep over zijn rug striemt. *Ja, godverdomme, zoals wonden ja.* De stad is geen machine maar een organisme. *Natuurlijk!*

'Maar dat is het...' Nerveus kijkt hij Arend aan. 'Maar dat is het!'

Ducunt volentem fata, nolentem trahunt. Meebewegen met de stromingen. De natuurlijke processen vrijlaten.

Ze bereiken Hoek van Holland op het moment dat de zon net achter een grijze, ongemerkt aangedikte sluier duikt. Onder het afdakje van een strandtent drinken ze een glas witbier.

De bezoekers van zomerse badplaatsen. Naast hun onuitsprekelijk gruwelijke bezigheden treft hem hun lelijkheid. Als de regenbui even later het complete strand leegveegt, observeert hij de aftocht van mensen met buggy's, parasols, handdoeken. Het overgrote deel is te dik. Onder de overigen ziet hij geen enkel gelaat met zelfs maar een aanzet tot edele trekken, intelligentie of anderszins iets wat op ontwikkeling wijst. Zelfs de kleine kinderen ontbreekt het aan frisheid, karakter of levendigheid. In eerste instantie meent hij naar mismaakten of verstandelijk gehandicapten te kijken. Maar nee, het zijn *Nederlanders*. Nazaten van Michiel de Ruyter, Johan van Oldebarnevelt of Willem van Oranje, zou je toch denken, maar wat hier langsschuifelt ziet er zo gedegenereerd uit dat Vermeer meent dat zelfs hij, die in sport nooit een uitblinker was, ze met één vuist kan vermorzelen.

Alleen vanuit de verte – als hij het silhouet van huisjes uit het helmgras ziet oprijzen tegen een lege hemel waaronder hij de zee vermoedt – is hij in staat van zo'n voormalig vissersplaatsje te genieten.

'De ene helft stemt er conventioneel christelijk, de andere plat populistisch,' zegt Arend. 'En daarmee zijn dit soort kustplaatsjes een graadmeter voor de rest van het land. Ze laten in gecondenseerde vorm zien hoe het er gemiddeld voor staat. De kustdorpjes zijn de thermometer in de reet van het achterland.'

Vermeer luistert nog maar half. Hij kan alleen nog aan het zelfhelende beton denken. Dat is precies wat er nodig is. Een op het eerste gezicht idioot soort toepassing, met bacteriën, die op het tweede gezicht het toonbeeld van duurzaamheid en innovatie is. Haast even belangrijk komt hem de symbolische betekenis voor, dat van een organisme dat in staat is z'n eigen wonden te laten helen. Heeft hij dat niet eens precies zo tegen Arend gezegd in het begin? Iets maken wat die ramp voortdurend transformeert. Geen pleister op de wond van de stad, en evenmin een kledingstuk dat het bedekt.

Zodra het droog is, wandelen ze terug naar Monster, dwars door een woonwijkje in Ter Heijde. Het is vreemd voor Vermeer om zich te realiseren dat Nederlanders voor het overgrote deel in dit soort buurten leven. Te midden van het uitgestrekte boerenland – reis een stukje per trein of auto en je ziet hoe waanzinnig léég dit land is – zijn samenklonteringen ontstaan van bedrijvigheid, doorgaans van ketenfilialen: een Etos, Blokker, Albert Heijn, twee bakkers en een keurslager. Rond die dorpskernen verrezen deze bakstenen rijtjeswoningen, identieke *units* van drie lagen, geformeerd rond speelpleintjes met klimrek, grasveld en wipkip. In die enclaves, baraksgewijs gegroepeerd, zie je kinderen buitenspelen en mannen auto's wassen of heggen bijsnoeien. Op zomeravonden walmen barbecueluchten uit alle vierkante vakjes tuin. Op de provinciale wegen buiten de bebouwde dorpskom tref je hoofdzakelijk landbouwvoertuigen en opgevoerde brommers aan, plus wat verdwaalde recreatiefietsers die een groene ANWB-route afleggen, met een kaart in een geplastificeerde houder aan het stuur.

Telkens als hij door zo'n Ergensveen of Iemandshuizen komt, moet Vermeer zichzelf eraan herinneren dat hij niet in een uitzonderlijk achtergesteld oord is beland, maar juist van doen heeft met het volstrekte *gemiddelde*, het voor dit land in alle opzichten *modale bestaan*, en dat tachtig tot negentig procent van de inwoners 's ochtends vanuit eenzelfde Bruynzeelkeuken dezelfde veertien meter overziet tot aan de schuur, met een pergola verbonden aan die van de buren, dat hier elke doordeweekse ochtend om half negen alle auto's uit hun vaste parkeervakken wegrijden en tegen etenstijd weer terugkeren; dat op zaterdagochtend iedereen uittrekt naar de sportvelden aan de randen van de bebouwing, dat er eens per jaar op alle opritten caravans verschijnen waarin men een paar weken gaat doorbrengen in Franse of Spaanse badplaatsen, dat dit een bestaan is dat zij niet alleen voor vanzelfsprekend houden maar ook voor wenselijk.

Als hij weer terug is, alleen in Klein Elysium, tikt Vermeer de website in van de mensen achter het zelfhelende beton. De internetverbinding van het park doet er tergend lang over om de site – vol *flashy* animaties en spectaculair visueel materiaal – binnen te halen op Vermeers laptop. Hij gaat op zoek naar een contactpersoon. Zo eenvoudig gaat dat allemaal nog niet. *Self-healing materials* blijkt een compleet onderzoeksveld te zijn van verschillende, internationaal samenwerkende universiteiten en laboratoria. Wie er professionele interesse in heeft moet contact opnemen met een extern bureau, dat zich ontfermt over 'advies en ondersteuning' bij het gebruik van biologische en 'klimaatneutrale' materialen. VERSTUIJVEN & TAYLOR heet het adviesbureau. Misschien familie, denkt hij, en hij klikt op de website – ook die zit vol met franje die niet berekend is op vakantieparkmodems – door naar de medewerkers.

Godsamme.

Het is verwarrend. Het ís Isa. En meteen twijfelt hij: heeft hij Isa toen wel gezien in de tramtunnel? Was het déze Isa, deze vrouw van eind dertig die nu zo zelfverzekerd en toch vrolijk poseert op een websitefototje? Misschien lag daar een meisje – want ze was vooral een stuk jonger dan Isa nu moet zijn – dat domweg op haar leek. Misschien zorgde de situatie ervoor dat zijn brein, omgeschakeld in die vervreemde *modus* van redder-overlever, onwillekeurig haar beeld over de chaos heen projecteerde, dat van Isa toen. Maar waarom zij? Hij had jarenlang niet meer aan haar gedacht. Hij was haar compleet vergeten.

Hij zoekt verder op de site. Die Taylor, Brian Taylor, is dat gewoon haar zakelijke partner? Of is het haar man? Uitsluitsel krijgt hij niet.

Als hij zijn plan de volgende morgen aan Kasper voorstelt, wil die er niets van weten.

'Verdomme Kas, waarom niet? *Happy sustainability*, dat gingen we toch doen? Als dit geen *happy sustainability* is dan weet ik het niet meer.'

'Zelfhelend beton. Met bacteriën zeg je? Haha, dat is inderdaad hartstikke *happy*. Ik lach me kapot. Misschien moeten we het riool erop aansluiten, en dan laten we roltrappen op stront lopen. Je dacht toch niet dat ik bedoelde dat we daar serieus naar gingen kijken? Heb je enig idee wat dat kost? Ik bedoelde dat we het in de campagne inzetten. Dat we Hark om z'n oren kunnen slaan met die *happy sustainability* van ons. Op papier. Het is niet de bedoeling om peperdure adviesmiepjes in te huren om een paar paragraafjes over duurzaamheid neer te pennen. Dat kunnen we zelf ook nog wel.'

Als Kasper weg is om broodjes te halen, stuurt hij Isa een mail, waarin hij vraagt om meer informatie over het zelfhelende beton. Geachte mevrouw Verstuijven, schrijf hij bovenaan. *Alsof er nooit iets gebeurd is*. Dan schrapt hij dat en tikt:

Beste Isa,
Wat een toeval: ik ben voor mijn bureau op zoek naar iemand die me meer kan vertellen over 'zelfhelend beton', dat wij met LVE ARCHITECTEN mogelijk willen toepassen in de nieuwbouw rond de Grote Markt en de tramtunnel in Den Haag (je hebt er ongetwijfeld over gehoord en misschien iets over bij *Zoeklicht* gezien), en zodoende kom ik bij jouw (jullie?) bureau uit. Kan ik via jou meer te weten komen over dit materiaal?
Groeten,
Johan Vermeer

Zijn hart bonkt even als hij binnen drie minuten haar naam vet gedrukt in z'n inbox ziet. Het blijkt de AutoReply-functie te zijn die meldt dat ze deze week afwezig is. Toch verschijnt 's avonds – hij zit in Klein Elysium aan zijn schaduwontwerp te werken, met de schuifdeuren open, want het is onverwacht warm, haast 's zomers zoel – haar naam opnieuw in die lijst. In een blauwe schreefloze letter schrijft Isa Verstuijven:

> Hé wat leuk! Ja, kom eens langs bij ons op de Groenburgwal, dan laat ik je eea zien. Nu in Kopenhagen voor seminar. Volgende week woensdag? Doeg, Isa.
> Verstuurd vanaf mijn iPhone

Verstuurd vanaf haar iPhone. Zelfs na tientallen mailtjes die met dit automatisch gegenereerde zinnetje afsloten denkt hij in eerste instantie telkens nog dat de afzender het zelf schrijft, als een ironisch-trots commentaar: *kijk mij nu eens*. Zeker nu denkt hij even dat ze het zelf schreef (maar dat doen alleen degenen die zo'n iPhone juist niet hebben), want in zijn verbeelding ziet hij Isa nog steeds als een zestienjarig meisje, dat moe en een tikje verveeld in een Deense hotelkamer op bed ligt, en een mailtje aan hem schrijft in woorden die haar moeten neerzetten als vrouw-van-de-wereld ('Kopenhagen', 'seminar') en haast moeten suggereren.

Hij besluit pas morgen terug te mailen dat die woensdag prima is. Hij haalt zijn schaduwontwerp weer tevoorschijn, maar hij kan zich er niet meer op concentreren.

De volgende morgen trekt hij eerst wat baantjes in zijn zwembad. Daarna gaat hij terug naar het strand.

Onder aan de strandingang wappert een gele vlag strak naar links. Gevaarlijk water. Toch wagen drie kitesurfers zich in de stromingen. Het is laag water, en in het schiereiland is een bekken ontstaan, uitlopend in geulen en zwinnen, strak gestroomlijnde vormen. De zee is diepgrijs en de overgang naar de donkere lucht is op sommige plekken diffuus. Soms licht een baan zand helder goudkleurig op, als koren onder een onweerslucht.

Een enkel zeilbootje flikkert tegen de horizon, één dunne streek witte verf. Door de overtrekkende wolken heeft het licht veel weg van *Gezicht op Delft*, waarin zijn naamgenoot ook strandzand verwerkte.

De surfers laten hun vliegers opbollen en trekken lange sporen van opspattend schuim door het waterbekken. Hij hoort ze niet, want de wind staat in zijn rug, en toch meent hij dat ze juichen, gillen. Dit fantastische plezier is een onbedoeld bijeffect van de grote ingreep in dit landschap.

En ineens, helder en vanzelfsprekend, weet hij wat hem te doen staat. Dit is de vorm die het plein moet krijgen. Geen cirkels of ellips, maar deze lijnen, door wind en water geslepen tot deze intens krachtige en toch serene vormen.

De zee buldert. Hij snuift de lucht in. De open ruimte voelt als een bevrijding. *Hier is de zee, hier kunnen we de stad vergeten!*

Hij loopt terug omhoog, steekt het fietspad over en maakt foto's vanuit de hoogte met z'n telefoon. De dagen erna komt hij op verschillende tijdstippen terug om foto's te maken. Steeds zien die zeearmen, zwinnen en meertjes er weer anders uit, maar telkens hebben ze dezelfde kracht, die hem doet denken aan de lijnen van Egon Schiele of Henri Matisse. Hij laat zijn foto's afdrukken en hangt die tegen de langste wand van zijn duinhuisje. Op de computer probeert hij ze uit in z'n schaduwontwerp, alsof het sleutels zijn.

Dat gebeurt ergens op de dinsdag voorafgaand aan zijn ontmoeting met Isa. Ineens staat het plein voor hem op het scherm, onontkoombaar, en op alle manieren juist. Hij voelt het openbloeien. Het knispert, schalt, stroomt, stráált. Hij hapt naar adem. Meteen begrijpt hij ook dat de bestrating niet plat kan zijn, maar lichtjes hol moet zijn, als een schelp. *Maar natuurlijk, dit kent hij allang.* Dit verrukkelijke, weldadig afhellende plein, dat als een immense schaal het zonlicht vangt: dit alles klopt.

Om vier uur 's middags heeft hij het uitgewerkt. Hij draait het *Lacrimosa* en drinkt een fles pinot gris achter elkaar leeg. Daarna werpt hij zich languit op het gras naast zijn huisje.

Hij begint er iets van te begrijpen. Toen hij als scholier 's winters in de heide voor het eerst kennismaakte met het grote, externe, ontmenselijkte perspectief, was dat aanvankelijk beangstigend. Later ging er juist een euforiserende werking van uit. Nog weer later, en eigenlijk pas heel recent, sloeg die sensatie opnieuw om. In het licht van de gewisse rampen die de mensheid staan te wachten jaagt 'groot denken', uitzoomen tot een waanzinnige schaal, je juist de stuipen op het lijf – energiecrisis, kredietcrisis, vergrijzing, vastgoedbubbel, overbevolking – en kun je je beter verschansen in een overzichtelijke wereld, een samenleving op schaalmodel, waar je je, als in een vakantiepark, slechts hoeft te bekommeren om bezigheden die amper verder strekken dan een dag, een week.

Zo is het ook, denkt hij, met de hevige beroering over 'Europa'. Er bestaat een veilig, intern, klein perspectief, en er is een extern, verblindend ambitieus perspectief. Welke van die twee is beter? Die vraag is onzinnig. Beide posities zijn geradicaliseerd en sluiten de andere volledig uit. In de euforie van de Europese samensmelting van begin jaren negentig was iedereen blind voor de gevaren van minder welvarende landen: hun armoede smolt weg in de hitte van schier eindeloze watervallen kapitaal zoals de angst voor een zwangerschap wegsmelt in een niet meer te beteugelen ejaculatie. Het krampachtige van twee decennia later blokkeert evenwel elke lustbeleving.

Hij denkt aan zijn zwembad en aan Vasari's *corridoio*: de afwisseling van uitzicht, overzicht – de ramen – en inzicht, inkeer – de zelfportretten. Het gaat, begrijpt hij, om de juiste balans tussen de twee perspectieven en zijn opgave is om daar uitdrukking aan te geven, om dat te laten stollen.

XXVII

Gebeurtenissen buitelden over elkaar heen. De Golfoorlog liep ten einde. In Harlingen werd een treinconducteur doodgestoken, met stakingen in het openbaar vervoer als gevolg. Op tv verschoof de berichtgeving van het Midden-Oosten naar Bangladesh, waar eind april een waanzinnige overstroming had huisgehouden.

Rond die tijd kwam hij haar op donderdagmiddag tegen bij haar tuinpad. Vermeer had tekenles bij Ars Aemula Naturae aan de Pieterskerkgracht en fietste zowel op de heen- als de terugweg langs Isa's huis.

'Héé!' Ze had net de voordeur van het slot gedraaid en zich omgekeerd om een bruine tas met boodschappen te pakken die ze achter zich op de grond had gezet.

'Hee! Wat doe jij hier?'

'Ik ga zo naar tekenles.'

Ze droeg een zonnebril met kogelronde groene glazen, die scherp afstaken bij haar rode haar.

'En jij?' vroeg hij.

'Ik heb net boodschappen gedaan. M'n ouders zijn er niet. Ik ga lekker voor mezelf koken. Kom je niet even binnen, dan?' Het klonk verwijtend: wat stá je daar nou lullig te staan.

'Ach, ja,' hij keek op z'n horloge, 'dat kan wel even.' Hij zette z'n fiets tegen het muurtje, deed het ringslot dicht, twijfelde of hij z'n kettingslot zou gebruiken, maar verwierp dit, omdat het opdringerig kon preluderen op een langdurig bezoek.

Binnen slingerde een breed trappenhuis met witte spijlen omhoog. Isa stoof door een witte klapdeur met gekleurd glas bovenin. Haar kisten bonkten op de marmeren, zwart-wit geblokte vloer. De lichtinval was betoverend. Dit was eens een ander soort entree dan de halletjes die hij kende, met hun plastic Bruynzeeldeuren naar de plee.

'Ik maak couscous,' riep ze vanuit de keuken, die hem ook al reusachtig voorkwam, en die dezelfde kleurschakeringen had van wit, crème en zachtgeel. 'Met walnoten, en artisjokken. En munt. Verse munt... Superlekker is dat. Ik haal al m'n groente bij de biowinkel. Je wilt niet weten wat voor rommel er allemaal op groenten uit de supermarkt gespoten wordt. Heb je wel eens echte sinaasappels gezien? Hier, vangen!' Tot zijn opluchting ving hij de vrucht. De schil was overwegend groen, met verdwaalde vlekken oranje. 'Zo komen ze dus van de bomen. Al die dingen bij Albert Heijn en zo zijn gewoon geverfd. Gevérfd! Dat is toch niet normaal meer? Ik ga toch geen vérf lopen eten!'

Aan de muur hingen ingelijste foto's waarop hij de Isa uit de brugklas herkende, Isa het meisje, nog intenser doordat er ook foto's waren die nog verder in de tijd teruggingen en haar als brutaal poserende negenjarige toonde, en als zesjarige, met twee staartjes opzij, haar uitgevallen melkgebit bloot glimlachend bij de schoolfotograaf, voor hetzelfde geairbrushte achtergrondscherm als zijn eigen oude schoolfoto's. Verder terug dan de kleutertijd gingen de beelden niet.

'Komkommers. Ook zoiets,' om haar heen begon ze laden en kastdeuren te openen en sluiten, alsof de keuken een muziekinstrument was dat ze geroutineerd bespeelde. 'Die zijn krom van zichzelf. Krom! Heb jij ooit één kromme komkommer gezien? Nee, natuurlijk niet, want de industrie kweekt die dingen kaarsrecht. Dan passen er meer van in kisten. Het gaat allemaal om geld. En een bestrijdingsmiddelen dat ze erop spuiten. Ze zijn ons gewoon aan het vergiftigen en wij vinden dat nog normaal ook. We staan ervoor in de rij bij de kassa. Wat wil je eigenlijk drinken? Volgens mij ligt er geen bier meer in de koelkast. Ik kan wel een fles wijn opentrekken maar dan maakt m'n vader me dood, want die idioot heeft alleen maar flessen van duizend gulden in huis. Belachelijk, ik schaam me dood voor zo'n kapitalistische manier van doen. In Bangladesh zitten ze zonder drinkwater en hier staat voor tonnen wijn in de kelder. We kunnen ook boven wat drinken. Ik heb bessen onder m'n bed.'

'Oké...' Alsof zijn reactie er nog toe deed. Hij volgde haar, terug de hal in, en daarna de met rood tapijt beklede traptreden op, langs flitsen van zomervakanties: het gezin op een zeilboot in een Griekse haven, tussen de wolkenkrabbers in New York, in een Engelse cottage...

'Het stinkt hier als een beerput,' zei ze, en ze stak een staafje wierook aan op een glazen salontafeltje en sloeg een raam open.

'Kun jij trouwens drááien?' vroeg ze. 'Ik heb alleen geen lange vloe meer. Kun jij draaien met twee kleine aan elkaar geplakt?'

'Ik kan eens kijken,' zei hij, waarop zij twee vloeipapiertjes uit een kartonnetje Dr. Duval plukte.

Naast het opengeslagen dekbed lag een elektrische gitaar, glanzend rood en platter dan verwacht. Doordat het instrument met een snoer was verbonden aan een versterker, hoger op een boekenplank, leek het eerder een patiënt aan een infuus.

'Ik weet best,' zei Isa, en ze trok een fles van achter de bank tevoorschijn, 'dat bessen een wijvendrank is, maar iets anders krijg ik niet door m'n strot bij het uitgaan. Ja, of het kost je een vermogen – wodka-jus, cola-tic, gin-tonic, – en het is al erg zat dat ik zoiets malafides als de horeca loop te betalen.'

De joint mislukte, zoals hij al verwachtte, al had hij zich wel de vaardigheid van het shagrollen eigen gemaakt. Dus draaide hij maar een mini-joint, met een kleinere tip. 'Met de plakrand naar me toe,' zei hij. 'Dat begrijpt niemand, maar anders lukt het me niet.'

Ze neemt een diepe trek van de joint. Daarna houdt ze haar adem een paar tellen in, met gesloten ogen. De spieren van haar gezicht ontspannen. Ze blaast de rook langzaam uit, tegen de oplichtende askegel van de joint, die ze hem doorgeeft.

'Komt vast omdat je linkshandig bent.'

'Denk je?' Hij voelde dat hij moest blozen bij de gedachte dat dit haar dus was opgevallen, en omdat hij zich daarvoor schaamde werd het alleen maar erger. *Néééééé!* Hij nam ook een diepe trek, en onderdrukte een hoestreflex.

'Tuurlijk. Als je linkshandig bent span je toch ook de snaren van je gitaar andersom, net als Paul McCartney?'

Ze kwam naast hem zitten – hij kreeg onmiddellijk een stijve – en gaf hem de fles.

'Zó....' zuchtte ze en ze zakte achterover. 'Ik voel hem supergoed hangen.'

Haar strakke broek hing laag op haar heupen, en boven de rand liep een plateau van strakke huid af in de ronde krater van haar navel, waarvan hij de plooitjes haarscherp kon zien. Zijn gestrekte vingers en vlakke hand zouden waarschijnlijk nog net in de ruimte van haar broek hebben gepast. Zijn handpalm zou stug schaamhaar voelen terwijl z'n vingertoppen het warmere en wekere deel zouden raken. Een lichtjes gekromde middelvinger zou hij zachtjes tussen haar binnenste lippen heen en weer kunnen wrijven, alsof hij haar ermee openwrikte. Niets van dit alles deed hij.

'Met Remco begon het allemaal zó relaxed...' zei ze. 'Toen ik hem bijvoorbeeld vertelde dat ik verkracht was, toen reageerde hij zó... zó tof.'

'Aha...' mompelde Vermeer, ervan overtuigd dat hij nooit tot zo'n *toffe reactie* in staat was.

'Echt. Ik had hem alles verteld. Hoe het ging. Wie het waren. Dat soort dingen. En wat deed Rem? Die keek me alleen maar aan en zei: je hebt me niks verteld. Dat zei-die. Je hebt me niks verteld. Dat was zó lief van hem!'

Haar enthousiaste, wijdopen ogen leken te verwachten dat Vermeer dit begreep, maar verkrachting was een terrein waarop hij slecht thuis was, zodat Isa het zelf maar, een beetje teleurgesteld, uitlegde: 'Hij bedoelde dat ik alleen de féíten had verteld, en helemaal niks had gezegd over wat ik erbij vóélde, niks over hoe ik het had erváren.'

Ze zweeg. Op de klok boven haar deur – een kolossaal uitgevoerd polshorloge, dat hij nu kon horen tikken – zag hij dat hij te laat kwam voor zijn tekenles, maar onder deze omstandigheden kon hij daar moeilijk over beginnen. En bovendien: wat donderde het? Hadden Picasso of Modigliani ooit bloemen in een vaas met houtskool zitten natekenen in een kringetje leerlingen met tekenplankjes op schoot? Nou ja, misschien wel. Maar als ze de keuze hadden tussen dat en dronken worden op een meisjeskamer was er geen enkele schilder die ooit voor het eerste zou kiezen. Of het moest er een zonder talent zijn.

Oui, j'ai les yeux fermés à votre lumière.

'Ik denk,' zei ze, en ze blies rook uit in een dun, langgerekt straaltje, 'ik denk dat Remco gewoon nódig was, voor mij, om door die fase heen te komen. Om dat van vroeger allemaal te verwerken. Zodat ik dóór kan gaan met m'n leven.'

Wat kon hij zeggen, wat moest hij doen? Opspringen en met brede armgebaren uitvallen: 'Dit? Noem jij dit doorgaan met je leven? Kijk om je heen, Isa Verstuijven. Kijk in de spiegel.' Zo ging dat tenminste in de films die hij op tv zag, en of het nu een *toffe reactie* was of niet, het kwam hem als onmogelijk voor.

'Ik heb van Remco denk ik geleerd om gewoon mezelf te zijn. Dat ik me niks aan moet trekken van wat ze allemaal denken. Of willen. Ouders. School. Zogenaamde vrienden. Noem maar op.'

'Ja...' De joint begon te werken. Ook hij voelde hem nu *supergoed hangen*. Meestal begon het met een sensatie van vloeibaarheid, van smelten. Nu was het vooral een lichtheid in z'n hoofd – waarschijnlijk omdat ze stuff had gebruikt in plaats van wiet – een lichtheid die hij met de kleur blauw associeerde, een lichtheid die verwant was aan wat hij die nacht van het Winterkamp had gevoeld, lichtheid met angst erin – angst die in het tegendeel omsloeg als je je er maar aan overgaf. Stuff, hasj, wiet... hij moest het allemaal nog leren kennen. Sommigen uit de altokringen hoorde hij erover praten zoals een oom van hem over wijn praatte, met subtiele verschillen tussen soortnamen. Thai, skunk, purple haze, white widow. Je kon het in vloeipapier draaien, puur roken, in een waterpijp, tot spacecake bakken. Je had voorgedraaiden, eigen kweek... Hij moest het allemaal nog leren kennen. Het enige wat nu bestond was haar donkerrode haar. Was haar witte zachte huid. *I can't live through each slow century of her moving.* Jim Morrison had het ook begrepen: het verwijden van de tijd, hoe de minieme verplaatsingen en spieractiviteit eeuwen in beslag namen.

'Dit ding is megawarm,' zei ze, en ze plukte met beide duimen en wijsvingers aan de stof van haar donkere trui. 'Ik trek wat anders aan.'

Ze veerde op, liep naar de hoge houten klerenkast naast haar wastafel. Trok de trui in één beweging over haar hoofd. Schudde haar haren terug in model. Pakte met haar linkerhand het uiteinde van haar bh-sluiting vast achter haar rug. Waarbij het schouderblad wat opbolde en een schaduw omlaagwierp over haar huid. Haakte met de vingers van haar rechterhand het andere uiteinde los. Bracht de handen naar de bandjes van de schouder. Schoof die gelijktijdig opzij. Liet het losse kledingstuk van haar afglijden. Langzaam. Langzaam ging het. Liet. Het. Losse. Kledingstuk. Van. Haar. Af. Glijden.

De kamer zweefde.

De schaduwen bij haar wervelkolom werden dieper in haar onderrug, die ze holler maakte. Ze vouwde haar handen op haar achterhoofd samen. Haar borsten kon hij niet zien, en toch wist hij dat die nu opveerden, en dat de roze huid van haar tepels nu dezelfde lucht, dezelfde jubelend juichende lucht aanraakten als hij inzoog, geruisloos, traag, alsof met de geringste beweging het beeld kon verdampen.

In de ronde spiegel boven haar wastafel zag hij haar gezicht. Haar ogen fonkelden geamuseerd. Om haar mond hielden spieren een lachje in bedwang.

'Ga je nog uit vanavond?' vroeg ze, en ze deed een andere bh aan.

'...'

'Of niet?'

'O, jawel... waarschijnlijk met wat mensen naar de ww.'

Hij zei maar wat. Uitgaan? Op dónderdagavond? Bij zijn ouders had hij met veel pijn en gezeik voor elkaar gekregen dat hij in het weekend uit mocht, één avond. En dan nog moest hij om half een thuis zijn. Als het allemaal net een beetje op gang kwam. Maar probeer ze dat maar aan hun verstand te knopen. Dan pas? Waarom spreken jullie dan niet gewoon wat eerder af met z'n allen? Niks begrepen ze ervan. Nooit zouden ze iets begrijpen.

'Oké, tof. Mag ik met je mee?' Ze draaide zich om. Ze had een zwart T-shirt aangetrokken met rode vlekken erop die iets vormden dat het midden hield tussen een schedel en een embryo. Ernaast het woord *CURE*.

Mee? Zijn gedachten spartelden hulpeloos rond. Mee, mee... Maar hij had met niemand afgesproken. Mee. Hij moest iets regelen en snel. Voor Isa was het de normaalste zaak van de wereld om midden in de week uit te gaan. Haar weekenden groeiden in beide richtingen uit. Eerst spijbelde ze alleen op vrijdag, nu had ze ook de maandag erbij genomen. Nog even en ook de donderdag zou vervallen, en haar bestaan veranderde in één langgerekte zaterdagavond.

'Dan blijf je gewoon eten, en gaan we later op de avond de stad in. Vind ik wel gezellig, anders zit ik hier ook maar alleen. Met m'n couscousschotel.'

'Ja... tof.' En daarna: 'Ik moet alleen even naar huis bellen. Dat eh... dat ik niet mee-eet.'

En dat hij 's avonds de hort op ging. Het liefst ook de hele nacht. En dat ze de tyfus konden krijgen met hun benepenheid. Wat moest hij dan 's avonds in de stad zo nodig uitspoken? *Wijven op hun bek pakken. M'n pik d'r in rauschen, nou goed?* En met wie dacht hij dat te gaan doen? Hij kon de vragen van zijn moeder al horen voordat hij haar aan de lijn kreeg. Hij belde met het toestel dat in de gang op een tafeltje stond. 'Met Dennis en Ronnie... Die ben ik net tegengekomen. Nee, ik ben niet naar tekenles geweest.' Boven het telefoontafeltje hing een prikbord, met nummers van de huisarts, familieleden, school. Plus wat herinneringsbriefjes. Sporen van huiselijk leven. 'We gaan naar de film. Nee, ik weet niet tot hoe laat die duurt. Wat zeg je? Ja, natuurlijk. Nee-héé... Morgen vallen de eerste twee uur uit. Stam is weer eens ziek. Nee zeg! Natuurlijk kom je me niet ophalen! Ben je helemaal gek geworden. Als je dat maar uit je hoofd laat. Jezus zeg.' Hij keek omhoog in het trappenhuis. Isa was in de badkamer bezig. Hij hoorde water stromen. 'Neehéé... Nee, ik heb niet gedronken. En al zou dat zo zijn. Dat mag ik toch zelf weten? Wat? Wát? Wéét ik veel wat hun ouders daarvan vinden. Die vinden het allemaal prima, neem ik aan. Die begrijpen tenminste dat ze wat plezier moeten hebben.' Hij zag de vakantiefoto's nu beter. Eentje was een close-up van Isa met een brede blauwe strohoed, waarin haar twaalfjarige vingertjes een slinger van rode bloemen hadden gevlochten. Klaprozen.

'Nee, dat kan me inderdaad niks schelen, als je dat echt wilt weten. Ach, bekijk het ook maar. Da-háág.'

Klatsj. Hij liet de hoorn overdreven hard terugvallen.

'Irritant hè, ouders.' Isa kwam rustig de trap afgelopen met natte haren in een tot tulband gevouwen handdoek. Had ze hem gehoord? Inclusief zijn leugens over het bioscoopbezoek met Ronnie en Dennis, en het uitvallen van de eerste twee uur?

'Die van mij zijn nog erger,' zei ze, opnieuw in de keuken, waar ze haar soloconcert hervatte. Ze vulde een waterkoker, goot olie in een wok. 'Denk ik tenminste. Want erger kan niet. Daarom ga ik binnenkort ook het huis uit. Het is hier echt niet meer te harden. Ik denk erover om op de Koppenhink te gaan wonen. D'r komt daar straks wat vrij.'

De Koppenhinksteeg. Hij kon zich niet voorstellen dat iemand deze herenhuisluxe vrijwillig verruilde voor zo'n *kraakpand*. Het woord alleen al. Die hele wereld ademde de geur van drugs, dood en geweld. Wat had ze daar te zoeken? Kwam het doordat ze verkracht was? Maar ja, niet iedereen die in een kraakpand woonde was verkracht, toch? En was ze wel echt verkracht? Of was ze toen ook *doorweekt van het geil*? Zo anders dan met die Remco was het toch niet geweest. En hoe dacht ze in zo'n kraakhol ooit haar school af te maken? Maar hij liet het wel uit zijn hoofd om tegen haar in te gaan. Dan zou hij haar juist wegjagen, en het tegendeel bereiken. Om haar terug te krijgen in haar natuurlijke vorm, haar terug te krijgen als het meisje op de foto's, moest hij juist met haar collaboreren, en van binnenuit een verandering bewerkstelligen. De tactiek van het Trojaanse paard moest haar behoeden voor de ondergang.

28

Amsterdam heeft een schaal die net iets groter is dan de menselijke maat. Loop je langs de grachten met hun imposante deurposten, trapgevels en souterrains – overal glimpen opvangend van hippe designbureautjes, advocatenmeubilair van gelakt hout, en de operatielampen van orthodontistenpraktijken – dan voel je je omgeven door panden die net iets te ruim zijn. Doordat ze ook weer niet zo ver buiten de humane proporties groeiden dat het molochs worden waar je geen relatie mee kan aangaan, voel je je juist gesterkt, uitgenodigd om boven jezelf uit te stijgen. Den Haag is in ieder opzicht meer getemperd. De oude woonwijken hebben er altijd een etage minder.

Adviesbureautjes en dergelijke die Vermeer bezoekt zitten meestal verstopt op bedrijvenparkjes, in tijdelijk 'herbestemde' energiecentrales of kantoorflats. Dikwijls ook houden al die consultants en communicatiestrategen kantoor aan huis, in zo'n gladgestileerde kelder of garage van hun gezinswoning in Almere. VERSTUIJVEN & TAYLOR hebben het beter getroffen. Groenburgwal. Zijn hun duurzaamheidsadviezen zo waardevol dat er een grachtenpand in het centrum van Amsterdam mee betaald en onderhouden kan worden? Of heeft die Taylor een zak geld uit Amerika meegebracht? Misschien heeft Isa zelf een erfenis gekregen of heeft haar Hoge Raad-papa haar een handje op weg geholpen.

Hij loopt erheen via het universiteitsterrein rond de Oudemanhuispoort, waar blijkbaar net een schoolbel heeft geklonken. Tegen zijn looprichting in gutst er een stroom studenten langs, met glanzende haren en benen verpakt in glimmend zwart. Hij snuift sigarettenrook in, vermengd met parfum. Zonlicht flakkert in donkere brillen. Het is eind mei, een week of vijf nog tot het referendum.

Vermeer is geïmponeerd door de zelfverzekerde frisheid van de studenten, de onaantastbare triomf die ze haast allemaal om zich heen hebben hangen. Aan alles leest hij af dat ze in een bepaalde, begrensde subwereld bovenaan zijn komen te staan. Ze studeren, *in Amsterdam*! Ze hebben zich niet alleen de codes van die groep eigen gemaakt, de meesten van hen stralen ook uit dat ze ergens in uitblinken, waardoor ze binnen hun groep zeer begeerlijk, beroemd of bevoorrecht zijn. En omdat die subwereld de enige hun bekende is, hun enige relevante referentie, wanen ze zich superieur in het hele universum.

Een benijdenswaardige instelling, vindt Vermeer, die hem ook wel vertrouwd is. Of was. Een instelling die bij vlagen terugkeert, zoals je vroeger in het onderwijssysteem ook telkens weer boven aan de piramide stond – groep 8, eindexamenjaar, laatstejaars – om luttele weken later te constateren dat je weer af was bij het begin – brugklas, eerstejaars, sollicitant, debutant. Die statuscyclus heeft de neiging ook na het opleidingstraject te blijven doorslingeren tussen het gevoel een almachtige overwinnaar te zijn en het type verliezer dat zich adequater laat benoemen met het Engelse *loser.*

Toch hun woonhuis, ziet Vermeer, als hij de treden van de geveltrap betreedt, en door het hekwerk en het raam een blik in het souterrain krijgt: een plank kookboeken, een koelkast behangen met kindertekeningen.

De trekbel naast de groene deur produceert slechts wat belletjesgerinkel. Net als hij een intercompaneel met metalen drukknoppen opmerkt, zwaait de deur open.

Nee, is het eerste wat door hem heen schiet. Nee, zij was het beslist niet, in de tramtunnel. Hij heeft een seconde of drie nodig om de oude Isa in deze volwassen hoedanigheid terug te vinden, zoals wanneer je een huis terugziet waar allerlei nieuwbouw en renovaties hebben plaatsgevonden. Haar haar is redelijk op lengte, donker nu, haast zwart, wat haar huid bleek maakt en haar ogen nog helderder. Voornamer nog is haar kleding: een net grijs colbertjasje van zachte, satijnachtige stof, boven een dito rokje, met daaronder haar benen in een beige panty.

'Dat is lang geleden, zeg.' Ze is zowel frisser, opgeruimder dan hij verwacht heeft als zakelijker, gestileerder. 'Kom erin.'

Bij begroetingen met bekenden van ongelijk geslacht is er altijd even een aarzeling of je een handje geeft of drie zoenen op de wangen. In de halve seconde dat je op elkaar afstapt kunnen beide partijen hier echter wel heldere signalen over afgeven. Hef je je hand op en krom je die lichtjes om de ander bij een schouder te pakken, dan wordt het zoenen, in tegenstelling tot wanneer je je vlakke hand recht naar voren steekt. Vermeer geeft veiligheidshalve maar het handschudsignaal af, maar omdat Isa het hoge, op zoenen voorbereidende handgebaar maakt, gaat het mis en loopt hun begroeting uit in onhandige wangkussen plus een slap handje.

Hij volgt haar door de marmeren hal – er hangen twee mountainbikes aan metalen dragers – een trap op, langs natuurfoto's uit Canada, Alaska, Australië misschien. Die Taylor is inderdaad haar man, zo stelt hij vast, en ze houden kantoor aan huis, op de eerste etage, die helemaal ingericht is met natuurlijke materialen, veel licht ongelakt hout, grijze ronde keien.

Door de ruimte, die open is gebroken tot een kamer van vijftien bij vijf meter, staan stellingkasten, tafels en bakken met materiaalstalen in alle kleuren en vormen. Er zijn snoepkleurige spiraalvormen, metalen tegels, bakken waarin iets honingraatachtigs lijkt te groeien en boeken met stalen als in behangzaken.

'Dit zijn wat *samples*,' zegt ze, 'die de verschillende bedrijven bij ons tentoonstellen. Boven is nog een hele ruimte, en zelf wonen we op de begane grond.'

Ze passeren een sculptuur van een meter of twee breed, een soort muur met patrijsramen erin. 'Dit ding,' zegt ze, en ze tikt er even tegenaan met haar gelakte nagels, 'is helemaal geprint. Met laagjes zand en lijm. Over een tijdje kun je op die manier complete woonhuizen uitprinten. Waanzinnig, vind je niet?'

Achter een bureau hangen kinderfoto's – van jongetjes rond de vier – en gek genoeg drie foto's van zichzelf rond haar vijftiende, zestiende. Heeft ze die daar voor hem opgehangen? Hij doet alsof hij ze niet opmerkt.

'Maar wat leuk je weer te zíén!' roept ze uit, en ze gebaart hem te gaan zitten tegenover het bureau.

'Ja, dat is merkwaardig hè, hoe de dingen kunnen lopen,' brengt hij uiteindelijk uit.

'Echt, heel vreemd. Ik zie bijna nooit meer mensen van het gym. Alleen met Kathleen heb ik wel contact gehouden, maar zo vaak zien we elkaar niet. Als je eenmaal kinderen hebt, wordt het ook moeilijker dat allemaal bij te houden.'

Vluchtig, onwillekeurig, registreren zijn ogen dat de borsten onder haar jasje nog steeds dezelfde omvang hebben.

'Dat is waar. Daar weet ik alles van.'

De paar keer dat hij vroegere klasgenoten tegen is gekomen – soms professioneel, vaak ook in bioscopen of zo – is het hem opgevallen hoe eenvoudig dat gaat: je haakt gewoon aan waar je gebleven bent, praat even gemakkelijk als destijds, als beide gesprekspartners althans bereid zijn om hun latere aangeleerde sociale trucjes en plichtplegingsrituelen aan de kant te zetten. Het is als bij het terugzien van een gebouw waar een aanbouw aan is gemaakt, zoals met hun eigen oude schoolgebouw ook is gebeurd. De basis is onveranderd, en dat is waar je je op richt.

Ook met Isa lijkt dit zo te gaan werken, al merkt hij aan alles dat het ook kan omslaan, dat ze als het ware staat te popelen om in een zakelijke houding te schieten, de aanbouw in, en nu staan ze te aarzelen in een gangetje tussen die twee in.

Ze is 'na belachelijk veel omwegen' (glimlach) uiteindelijk Life Science and Technology gaan studeren, vertelt ze, een studie die biologie, natuurkunde en scheikunde combineert. (Weer die glimlach, die iets van zelfspot moet uitdrukken; begrijpelijk, vindt Vermeer, die ook niet verwacht had dat zijn voormalige practicumpartner bij scheikunde nu juist in die richting verder zou gaan.) Daarna raakte ze betrokken bij 'allerlei duurzaamheidsinitiatieven, ook internationaal'. Ze leerde 'Brian' kennen in Canada (nog een glimlach, nu zonder spot). Hij werkte als projectontwikkelaar, en samen zijn ze zich 'voor de volle honderd procent' op de 'duurzaamheidsmarkt gaan storten'. Sinds twee jaar hebben ze samen dit adviesbureau, dat vooral werkt met duurzame en organische materialen, innovatieve toepassingen en ja, dus ook met *self healing materials.*

'Zo. En jij?'

Ze heeft hem vast gezien, in die tv-uitzending, en in de mediumrepresentaties die daarop volgden. Ze is in grote trekken op de hoogte van zijn arbeidzame bestaan, weet vermoedelijk ook dat hij nu met Celine is, en mogelijk ook dat ze samen een dochter hebben. Toch vertelt hij het allemaal nog maar eens. *Alsof ik hier op een sollicitatiegesprek kom.*

'Mooi, mooi...' Ze schikt wat papieren die ze klaar heeft gelegd, als om de aandacht subtiel hierheen te leiden, in de aanbouw te gaan zitten om te vergaderen. Dat kan ook haar onderkoelde toontje verklaren, denkt hij: zijn halfbakken BN'erschap. Over het algemeen worden bekenden van vroeger niet vriendelijker als je zelf enige bekendheid verwerft. Die zal wel kapsones hebben gekregen, denken ze dan. Vindt de rest te min. Is meteen vertrokken uit ons gezellige geboortedorp. En maar kleppen op tv. Liefst vanuit een auto. Ergens aan komen rijden. Raampje omlaag, en kletsen maar.

'Ik vind het ontzettend fijn dat je ons bureau hiervoor benaderd hebt, juist voor dit project. Juist voor die herbouw in Den Haag.'

'Ik werd doorverwezen door dat laboratorium dat zelfhelend beton ontwikkelt,' zegt hij meteen maar, vanuit de nieuwere verdiepingen uit z'n eigen persoonlijkheid. *Voor ze zichzelf iets in haar hoofd haalt.* 'En dit is natuurlijk allemaal maar een verkenning... Ik eh...' Nog steeds heeft hij iets verlegens als ze hem zo recht aan kijkt, met haar heldere ogen (waren die toen ook al zo helder?).

Hij houdt haar voor de gek en weet niet of hij dat zal kunnen verbergen. Zolang Kasper niks wil weten van haar 'biobakrommel' zit hij hier onder valse voorwendselen. Alsof je je in een winkel een complete demonstratie laat welgevallen van een espressoapparaat waarvan je al weet dat je het niet gaat aanschaffen, of via het internet voor twee tientjes minder thuisbezorgd kunt krijgen.

Ze knikt. 'Ik had al begrepen dat het om een oriënterend bezoek gaat voor de V.O.-fase.'

V.O., D.O.: voorlopig ontwerp, definitief ontwerp. Ze kent het jargon, en gooit er de deur naar de oude vleugels van het gebouw mee dicht. *Vanaf nu zitten we in de aanbouw: geen geflirt, geen nostalgie, geen gezeik.* Die houding verbaast hem, maar bevalt hem wel. Het onhebbelijke, het grillige, het gekke van vroeger lijkt eraf. In een paar zinnen schetst ze de mogelijkheden, zonder zich te verliezen in details en bijzaken. Ze kan op basis van het schetsontwerp wat opties laten doorrekenen. Ze staat op en gaat hem voor naar een paal in de hoek van de ruimte. Die is gemaakt van dit zelfhelende betonmengsel, vertelt ze, en ze laat hem zien hoe de aangebrachte scheuren er geleidelijk dichtgroeien.

'Zelfhelend beton is in dit stadium nog vooral in te zetten op de plaatsen waar regulier onderhoud moeilijk is. Opslagkelders voor radioactief materiaal, maar ook andere ondergrondse constructies. In jullie geval zou het vooral in het ondergrondse gedeelte toe te passen zijn. In de tramtunnel en mogelijk ook in de parkeergarage.'

'Heel mooi, heel mooi...'

Dat is precies waar hij het hebben wil. Op de plek waar de explosies hebben plaatsgevonden.

'Het gaat om alkalifiele bacteriën die calciumcarbonaat produceren,' zegt de vrouw met wie hij ooit samen boven *Binas*-tabellen hing. 'Door die aan het betonmengsel toe te voegen kan scheurvorming meteen worden hersteld. Gewoonlijk gebruik je daar een dikke laag bewapening voor, of een staalconstructie. Vooral in vochtige milieus, zoals die ondergrondse tramtunnel.'

'Ze noemen het niet voor niets de Zwemtunnel of de Tramtanic.' Tijdens de bouw is de tunnel al eens vol water komen te staan. En ook later bleven er schimmels groeien en lekten de muren. Vooral omdat de gemeente geen zin had gehad om de Haagse Beek fatsoenlijk om te leiden. (De Haagse Beek! Een zoetwaterstroom die van Kijkduin naar het centrum loopt, deels ondergronds, intussen toeristische locaties aandoend als het Vredespaleis en de Hofvijver. Waarom zou je die niet, denkt Vermeer ineens, in het ontwerp opnemen? Een waterstroom die door de weergang kringelt en dan als een waterval neerdaalt in een bassin. Fonteinen. Waarom geen waterspuwende leeuwen op het plein?)

Isa Verstuijven heeft hem intussen een geplastificeerd informatieblad met technische informatie toegestoken, en wijst met haar potloodpunt langs de curve van een grafiek. 'Dit is de calciumcarbonaatproductie afgezet tegen de temperatuur, en hier zie je de voedseldistribuerende eigenschappen in milieus van verschillende vochtigheid...'

Vermeer knikt peinzend en zegt: 'Het mooiste zou zijn als het technisch mogelijk is om het helingsproces zichtbaar te maken. Ik bedoel... Bijvoorbeeld door twee losse elementen, een grote scheur in de wand of in de zuilen, te laten dichtgroeien door dat beton van die bacteriën. Achter glas. Dat mag best een proces van jaren zijn, tientallen jaren misschien. Het gaat mij om de symbolische functie. Zoals er na de vuurwerkramp een kuil in Enschede is leeggelaten, die vanzelf langzaam dichtgroeit.'

'Of dat technisch mogelijk is, zou ik niet onmiddellijk kunnen zeggen.' Ze pakt het informatieblad weer op en steekt het in een rieten map. 'Uiteraard kan ik het wel aan het laboratorium voorleggen.' Ze maakt een notitie.

Misschien, denkt hij, overdrijft ze deze rol met opzet. Om te zeggen: kijk eens, toch nog goed terechtgekomen; had je niet gedacht hè? Het kan ook zijn omdat ze een vrouw is, en dus veranderlijk en wispelturig. Ze had het zelf misschien nog uit Vergilius vertaald bij Stam: *varium et mutabile semper femina*. Anders dan bij de jongens en mannen die hij wat langer kent, betekent opgroeien en leven bij vrouwen daadwerkelijk *transformeren*. Zijn mannen in volwassen vorm altijd een grotere variant op zichzelf als kind en tiener, met vrouwen weet je het nooit. Die kunnen zich ontpoppen tot moeders die in niets lijken op het meisje dat ze zijn geweest, zoals zij ook radicaal anders kunnen zijn vóór en na het manifesteren van de secundaire geslachtskenmerken.

Ze bespreken verdere details aan het bureau en ten slotte geeft ze hem een dikke map met informatie mee. 'Ik laat je volgende week weten hoe het lab over jouw plan denkt. En ik zal de energetische aanbevelingen laten uitwerken in de adviesrapportage.'

In de trein zinkt hij neer in het zachte leer van een eersteklascoupé. Hij sluit z'n ogen. Als hij ze weer opent glijdt het blanke geraamte van station Sloterdijk voorbij. Hij sluit z'n ogen opnieuw. Hij is totaal uitgeput.

Hij had geen idee gehad hoe het haar was vergaan sinds ze zich definitief onder de krakers had gevestigd in de anarchistische vrijstaat. Alles kon gebeurd zijn. Het waren de hoogtijdagen van het linkse anarchisme. Het Dierenbevrijdingsfront pleegde overvallen, brandde woningen van slagers af of blies hun koelvrieswagens op. Actiegroep RaRa liet tankstations en supermarkten in vlammen opgaan, en verlegde de aandacht langzaamaan naar het immigratie- en asielvraagstuk. Het huis van een staatssecretaris werd opgeblazen, kort nadat hij Isa voor het laatst had gezien. Kende zij mensen die erbij betrokken waren? Was ze zelf inmiddels afgegleden naar het ondergrondse domein? Alles was mogelijk geweest.

Het radicalisme van Al Qaida verschilt in de kern niet van het links-radicale gedachtegoed van de krakers en van Eurodusnie. Hij herinnert zich ooit in Isa's kraakpand een passage gelezen te hebben die pleitte voor het afleren van de 'socialisatie'. Alle vorming moest kapot, zodat je een nieuwe, zogenaamd betere, zuiverder, waarachtiger identiteit kon aannemen.

In de transformatie die de puberjaren en de vroege volwassenheid zijn liggen de ideologische kapers op de loer. Die kunnen zich in die chaotische, vloeibare, kneedbare overgangsfase van kind naar volwassene opwerpen als uitweg, zeker wanneer dit ook nog eens gehonoreerd wordt met een welwillende acceptatie door een groter collectief.

Overtuigingen, idealen hebben tegenspel nodig, toetsing, terugkoppeling, matiging. Kijk naar de geschiedenis: elke revolutie heeft juist de meest bloederige maatschappelijke monsters gebaard. Kijk naar de strengste religies die exact hetzelfde deden.

Als zelfs een gymnasiummeisje – dat over een bovengemiddelde intelligentie moet beschikken om er toegelaten te worden – op die leeftijd al vatbaar is voor extremistische denkbeelden, hoeveel sterker is dat dan wel niet bij ontwortelde islamitische immigranten?

Isa moet op de een of andere manier weer bij zinnen zijn gekomen, op iets gestuit zijn wat haar radicalisme temperde, een afslag hebben genomen die leidde naar haar huidige rol: wereldverbetering met een zakelijke inslag. De wereld verbeteren en intussen *het spelletje meespelen.*

Tien dagen later bericht Isa dat de adviesrapportage klaar is. Omdat ze toch in Den Haag moet zijn, wil ze het wel komen langsbrengen op hun kantoor, schrijft ze ('Verstuurd vanaf mijn iPhone'). Hij twijfelt. Het is uitgesloten dat hij haar op kantoor uitnodigt, waar ze meteen zou ontdekken dat ze voor spek en bonen aan het werk is gezet. Maar wat kan hij doen? Haar verzoeken om het document maar op de mail te zetten zou een ondubbelzinnige belediging zijn, alsof hij zo van haar geschrokken is dat hij haar niet meer wil zien. Haar naar Klein Elysium laten komen zou absurd zijn. Ten slotte bedenkt hij een ingewikkelde smoes om haar bij hem thuis langs te laten komen, bij zijn echte thuis, het huis van hem en Celine. Daar kleven ook bezwaren aan, maar omdat er bij hun contact in Amsterdam geen zweem van seksuele toespelingen was geweest en dit bovendien ook in háár eigen huis heeft plaatsgevonden, zijn die geneutraliseerd.

Ze spreken af op een ochtend halverwege juni, drie weken voor het referendum. De avond ervoor kan hij van opwinding niet in slaap vallen in zijn vakantiehuisje. Niet dat hij er iets van verwacht, maar het pure gegeven dat hij met een meisje van vroeger stiekem in zijn eigen huis afspreekt, om een adviesrapport te krijgen voor een ontwerp waar hij eveneens stiekem aan werkt, in een periode waarin hij bovendien zijn herinneringen aan die episode stiekem aan het opschrijven is; dat alles zet zijn zenuwen in brand.

Uiteindelijk valt hij zo laat in slaap dat hij pas tegen tienen wakker wordt. Een half uur voor de afspraak. Sinds Annes geboorte heeft hij geen wekker meer hoeven zetten: zij is altijd extreem vroeg wakker geweest. Zes uur, half zeven. Als hij tot zeven uur kon slapen voelde dat als uitslapen. Hij schiet in z'n kleren, springt de auto in en rijdt het rondje naar de slagbomen.

Daarachter rijdt het doorgaande verkeer stapvoets achter een tractor met aanhanger aan.

Hij komt een kwartier te laat bij zijn eigen huis aan. Isa zit er al, op de tweede trede van het kleine bordes. Ze veert op en begroet hem met zoenen op de wang. Nu gaat het meteen goed, al belandt de laatste zoen iets te dicht bij haar mond, en kust hij, het is duidelijk voelbaar, haar mondhoek.

Ze was een mueslireep aan het eten. 'Ik had helemaal geen tijd om te ontbijten,' verontschuldigt ze zich. 'Wil je er ook een?' vraagt ze, en ze steekt hem er al eentje toe.

'Nog altijd op de gezonde toer,' zegt hij, en hij opent het voordeurslot.

Ze glimlacht de kuiltjes in haar wangen tevoorschijn.

Op de deurmat herkent hij meteen wat nieuwe enveloppen van hun stalker. Hij legt ze rustig opzij, en laat Isa binnen. In de keuken maakt hij cappuccino voor haar. Ze draagt een geel truitje boven een broek van leerachtig materiaal. Al zal het wel geen leer zijn, denkt hij, maar kunststof. Kunststof dat strak om haar ronde billen spant, als een tweede huid. Als ze bukt om een map uit haar tas te halen – dat zal de adviesrapportage zijn – ziet hij even een randje ondergoed, zwart, waarschijnlijk een string. Ze bewondert de foto's van Anne, complimenteert hem met de inrichting van hun huis, zegt iets aardigs over Celines tv-optredens en over de smaak van de cappuccino. Allemaal precies volgens het boekje. Allemaal volgens het protocol van de nieuwbouw. Wat hem betreft hoeven ze niet meteen terug naar het oude gebouw, niet meteen een *sentimental journey* te ondernemen, maar iets van hun vroegere verstandhouding zou toch wel mogen doorschemeren, denkt hij, als zij haar map op de keukentafel opent.

Weet je nog, zou hij willen zeggen, maar het is ook pijnlijk. Er hangt iets ongemakkelijks in de lucht. *Het beste zou zijn om het er gewoon af te neuken.*

'Ziezo,' zegt ze. 'Het duurde iets langer dan ik had verwacht, maar hopelijk is het nog op tijd om mee te nemen in de presentatie...'

Gewoon die broek op haar enkels trekken, haar plat op de keukentafel leggen.

'Dit zijn de referentiewaarden... We hebben vooral gekeken naar de maximale...'

Gewoon in één keer bij haar naar binnen stoten. Het mocht toch best een beetje pijn doen?

Hij luistert nauwelijks naar haar verhaal. Ze doet het zo gemakkelijk, zo geroutineerd, terwijl hij verbluft is door de gedachte dat Isa hier in zijn eigen keuken zit. Dat haar billen op een barkruk aan de tafel zitten, dat dit lichaam, dat hem in alle staten heeft gebracht en waar maandenlang al zijn verhitte puberfantasieën naar waren uitgegaan, nu zomaar zijn huis is komen binnenlopen. *Als alles haar bereikte, konden zij haar particuliere zwembaden met sperma vullen, om zich erin te baden als godinnen in de rook van offers.* Dat heeft hij destijds in een boek van W. F. Hermans gelezen dat ze klassikaal bespraken.

Natuurlijk merkt ze zijn opwinding op. Daarom valt ze midden in haar verhaal even stil. Ze kijkt hem aan en zegt: 'Ja, het ís natuurlijk ook een beetje raar.' Ze klapt haar rapport dicht en zegt: 'Dit moet je zelf maar even nalezen allemaal. Het spreekt allemaal voor zich...'

'Ja, dank je wel. Eh... Wil je nog zo'n cappuccino?'

Ze heeft nog maar drie slokken genomen. Uit de mok die Anne ooit voor Moederdag heeft beschilderd, ziet hij nu pas. Aan de ene kant een zon, aan de andere kant een wolk met regen eronder.

'Wat water misschien?'

Terwijl de kraan loopt, zegt ze: 'Ik had natuurlijk iets van me moeten laten horen, toen ik van school was. Ik denk dat ik je eigenlijk iets moet vertellen. Ik had op z'n minst...'

'O, welnee!' Hij zet het glas naast de moederdagmok. Hij lacht, krampachtig. 'Welnee, ben je gek! God, we waren gewoon een stel... een stel kutpubers, en in die tijd is alles gewoon een beetje turbulent, ben je gek. Als je je moest gaan excuseren voor elke gril die je in die tijd hebt uitgehaald, nou, dan had je daar een dagtaak aan.'

'Dat is waar.' Ze schiet in de lach, neemt een slok water en zegt: 'Ik was wel érg hè, in die tijd? Weet je nog bij Lézar? Dat ik gewoon knetterstoned was in de les. Hij moest eens weten, dat ik nu juist de hele tijd met chemici samenwerk.'

'Of bij Stam...'

'Stám! Haha!'

Hij zet een stemmetje op: 'Lantijns is uit uwe dopkens kijken kinderen. Kiest exact, kiest Lantijns.'

Hij lacht, eindelijk voluit en oprecht. De tochtdeuren zijn open en ze zijn terug in de oude vleugels. Weet je nog. En dan de naam van een docent. Zo eenvoudig is het. Zo zal het bij veel mensen gaan die elkaar van de middelbare school kennen. Weet je nog. Binnendijk. Of Zwaard. Zwáárd, néé!

Zo gaat er een half uur voorbij. De vrolijke stemming kantelt wanneer ze samen naar de tuindeur lopen – waar hij haar rond wil leiden alsof ze het komt bezichtigen – en hij zijn hand op haar rug legt. Zij houdt haar pas iets in, kijkt even opzij, en als hij zijn vingers nog verder omlaag laat strijken, blijft ze verstijfd staan. Achter haar rug grijpt ze zijn hand bij de pols, en daar gaat het mis. Hij heeft te laat door dat het is om hem van haar af te halen. Hij heeft te laat door dat dit géén beantwoording van zijn avances is. Hij heeft te laat door dat ze niet zijn arm naar zich toe wil trekken, dat ze die niet optilt om op haar schouders te leggen en zich daarna tegen hem aan te werpen. Hij heeft dit allemaal te laat door, waardoor hij, in die paar seconden, een tweede vernedering moet ondergaan: die waarbij ze haar gezicht abrupt wegdraait om het zijne, dat zich naar haar toe buigt, te ontwijken.

Dit komt niet meer goed.

'Ik eh... sorry...' zegt hij. 'Ik zit een beetje in een rare fase...' Het is twaalf volle tellen stil. De secondewijzer van de keukenklok telt ze met strakke precisie. En dan zegt hij precies wat hij zich voorgenomen heeft niet te zeggen: 'M'n dochter en Celine wonen tijdelijk ergens anders... Ik...'

'Dat is rot voor je.'

Ze zegt het snel en koud, als zo'n zinnetje dat ze eerder heeft gebruikt, toen bleek te werken en daarom in zulke situaties steeds van pas komt. Zo'n zinnetje als 'fijne middag nog', wat je ook sinds een paar jaar bij elke kassa hoort. Rot is het tegendeel van fijn. Fijn voor je. Rot voor je. Alle emoties in één lettergreep.

'Ja, nou ja, ik val je er liever niet mee lastig.'
Ze kijkt op haar telefoonscherm. 'Ik moet nu echt gaan.'

Zelf ontvlucht hij het huis een kwartier later. Hij grist het rapport van de keukentafel, en bekijkt dit in Klein Elysium. Het is briljant. Het is precies wat hij nodig heeft. Zijn plan voor een zelfhelende betonscheur blijkt prima te realiseren, en Isa's contacten doen bovendien nog een aantal ijzersterke suggesties voor ecologische bouwmaterialen in het weerganggedeelte, en een slim systeem om de warmte die geparkeerde auto's afgeven in de parkeergarages op te vangen.

's Nachts, tegen een uur of een, komen de beste ideeën. Vooral wanneer hij rond middernacht een korte wandeling langs de zee heeft gemaakt, en bij terugkomst pianowerk van Bach opzet (*Das Wohltemperierte Klavier*, in de uitvoering van Richter), waar niet alleen rust van uitgaat, maar ook het soort compassie dat hij overdag in de drukte nooit ervaart.

Hij werkt dagen en nachten achtereen aan zijn schaduwontwerp, en laat zich op kantoor niet meer zien. Niemand belt hem.

Hij heeft niet altijd gehouden van de schilderijen van zijn naamgenoot, maar nu, 's nachts in de duinen, hangt hij drie reproducties aan de muren van zijn duinhuisje. Ze roepen een handeling op die in stilte en introversie verricht wordt en waarbij jij een voyeur bent, denkt hij. De melkkan wordt *voortdurend* door het melkmeisje uitgegoten. De brieflezende vrouw leest *voortdurend* haar brief. De schilder, ziet hij, legde *stilstaande beweging* vast. Hij koos voor taferelen die er nagenoeg gelijk zouden hebben uitgezien wanneer ze gefilmd waren. Hij versmolt handeling met stilstand, wat zijn figuren die kenmerkende verstilde bedachtzaamheid gaf, die raadselachtige sereniteit. Bovendien heb je bij die schilderijen altijd het gevoel nét iets te missen, dat je een belangrijk element onthouden wordt, hoewel dit wel in aantocht is, buiten het beeld, dat bij deze werken altijd een *kader* is, dat vooruitloopt op de fotografie. Je mist iets, en misschien is het te vinden als je beter kijkt. Op die manier dwingen de schilderijen de toeschouwer tot nog meer aandacht, terwijl hij stilvalt en de voorbijganger dezelfde houding van geconcentreerde rust aanneemt als het model.

Zoiets wil hij in zijn ontwerp maken, een bouwwerk dat je betrapt in zijn intimiteit.

Hij stuurt Isa een mail waarin hij zich verontschuldigt voor zijn gedrag en de hoop uitspreekt dat ze toch nog professioneel met elkaar om kunnen blijven gaan. Het rapport is namelijk geweldig, schrijft hij, en hij wil er zeker gebruik van maken in zijn ontwerp. Ze reageert binnen een half uur:

No worries, het is oké. Groet, I.
Verstuurd vanaf mijn iPhone

Als hij op een ochtend toch hun kantoor aan het Statenplein binnenstapt, treft hij het zo goed als verlaten. 'Ze zijn allemaal naar het stadhuis,' zegt Mandy bij de receptie. 'De tentoonstelling inrichten.'

Hij kijkt op z'n telefoon naar de datum. Het is 2 juli. Dat is waar. Morgen is het al zover. Dan komt het publiek de maquettes en tekeningen bekijken, is er een forumdiscussie met de genomineerde bureaus, en vindt het referendum plaats. Bij de paneldiscussie moet hij zelfs nog een klein debatje met Felix Harkema voeren. Kasper dacht namelijk dat het sterker overkomt als Vermeer dat doet, in plaats van Kasper zelf, die vreesde zijn zelfbeheersing te zullen verliezen, of in elk geval chagrijnig en boos te worden. 'En dan heb je al verloren,' had hij gezegd. 'Je kunt de grootst mogelijke nonsens vertellen. Zolang je er bij lacht, staat iedereen aan je kant.'

Eigenlijk zou hij zich moeten voorbereiden op dat debat. Hij zou zijn glimlach moeten oefenen. Hij zou alle kritiek en tegenwerpingen eens helder moeten inventariseren en slimme oneliners moeten bedenken om ze te pareren. Hij zou moeten nagaan of hij nog een pak naar de stomerij moet brengen. Hij zou op z'n minst even op de Frederik Hendriklaan bij een kapper langs kunnen gaan.

Niets van dit alles doet hij. In plaats daarvan neemt hij zijn laptop mee naar het souterrain, om verder te schrijven, naast de schraagtafel die leeg is. Dat maakt hem niet uit. Elke centimeter kent hij blind. Nu het ontwerp z'n voltooiing nadert, wordt hij heen en weer geslingerd tussen kinderlijke verrukking en dierlijke paniek. Al die tijd heeft hij door de winkelpanden gezweefd, over het plein gestruind. Hij heeft alle uitzichten over de stad vanaf de weergang ingezogen, hij heeft op de tunnelperrons staan wachten op lege trams. Al die tijd is hij de enige bewoner geweest, afgezien van een select groepje collega's dat af en toe op bezoek kwam, elk in z'n eigen deelgebied. Al die tijd is hij het ontwerp blijven aanpassen, bleef hij foutjes herstellen, heeft hij het bewoonbaar gemaakt, het geïsoleerd, geschilderd, gepolijst, gestoffeerd, geperfectioneerd, en nu gaat het open voor publiek. Nu gaat het doek op, nu springen de poorten van het slot en gutst de meute binnen, met gore schoenen en knorrige blikken, wantrouwend de wanden bekloppend, beglazingen keurend en materialen betastend met hun vette tengels. Maar daar doet hij het toch allemaal voor, voor de *eindgebruiker*?

XXIX

Op een januarimiddag waren er in zijn geboortestad 151 doden gevallen na een explosie aan de Steenschuur. Een schip met bijna achttien ton buskruit aan boord blies alle huizen in de wijde omgeving tegen de vlakte. Tientallen jaren bleef het gebied leeg: de Grote Ruïne. Pas een halve eeuw later is hier een laboratorium in neoclassicistische stijl gebouwd, het Kamerlingh Onnesgebouw, waar diverse Nobelprijswinnaars hebben gewerkt, en is het Van der Werfpark aangelegd, dat Isa en Vermeer die avond betraden via een hek met een zigzagbocht om fietsers te weren.

'Daar kun je goed stoned worden,' zei Isa. Ze wees naar het standbeeld. 'Je wilt niet weten hoeveel tijd ik al op die trappen heb doorgebracht.' Ze raakte zijn hand aan. (Of eigenlijk gebeurde er dit: Ze. Raakte. Zijn. Hand. Aan.) 'Kom mee.'

Van der Werf torende ontspannen boven het park uit, waar de bomen in bloei stonden. Zijn rechterarm leek een uitnodiging te maken: allemaal voor jullie, kinders, pluk maar raak.

'Heb jij wiet bij je?' vroeg ze.

Wietbijen bestaan niet. Een melig grapje dat Sjoerd altijd maakte, een jongen die hij via Maarten had leren kennen.

'We kunnen wat halen bij de Coffee and Dreams,' stelde Vermeer voor, al had hij nog nooit een coffeeshop van binnen gezien. Altijd waren er anderen die 'haalden', en had hij buiten staan wachten. Hij was maar vagelijk op de hoogte van de terminologie en de verscheidenheid aan smaken: super skunk, white widow, purple haze...

Binnen bleek er een menukaart te zijn, bij een loket achter glas, net als bij het postkantoor. Daarachter woog de eigenaar, een getatoeëerd Antilliaans type – volgens Isa een 'Bob Marleykloon' – de wiet op een tafelweegschaal, en schoof de bestelling met een knipoog onder het glas door, in een klein hersluitbaar plastic zakje, van dezelfde soort waarin Vermeer vroeger postzegels kreeg toen hij die nog spaarde. Isa griste een stuk of vijf lange vloeitjes uit een pakje op de toonbank, en wat paarse tipkartonnetjes met geperforeerde vouwlijnen. Buiten scheen uitbundig de zon.

Nooit had hij de explosie helemaal weten te doorgronden die de wereld ondergaat als het voor het eerst onomstotelijk en uitbundig lente is. Die dag – want het was in de praktijk altijd één specifieke dag – was in inslagkracht verwant aan de opening van het slotdeel van Mahlers Eerste: er gebeurde in die ene, samengebalde dag te veel en op te veel fronten tegelijk om door het bewustzijn adequaat geabsorbeerd en verwerkt te worden. Mahlers titanische oerknal viel uiteen in allerlei melodielijnen, verdeeld over alle instrumenten.

Nu is het eindelijk zover. Er gebeurde te veel. Er was de plotselinge verschijning van flarden naakt in de straten – van dunne truitjes waar bh's doorheen schenen, van curves kuitvlees boven schoenen met ranke gespen. Er was het water in de grachten dat glinsterde en bevolkt was door uitgelaten bootjevaarders. Er waren de Japanse kersenbomen die hun hemels van balletroze openvouwden boven de straten. Er waren de meisjes die rechtop liepen, lenig, soepel, sappig, met hun zonnebrillen op waardoor je op de een of andere irreële manier het gevoel had dat ze jouw schichtige maar kortstondig schaamteloze blikken niet opmerkten. Er waren de geuren – vanavond kruidig en vettig en zoet uit de restaurants rondom de Pieterskerk – en er waren de stemmen – ineens zoveel uitgelatener en tegelijk minder schel omdat de atmosfeer van samenstelling was veranderd. Nu was het eindelijk zover.

Bovenal was er Isa die naast hem liep. Ze was een hoofdlengte kleiner dan hij en als hij opzij blikte, zag hij – allejezus – in het zwarte shirtje haar borsten trillen bij elke stap van haar zwarte, felbeveterde kisten.

'Er zijn weer vogels 's ochtends, heb je dat al gemerkt? Vroeger al, toen ik heel klein was, werd ik om half zes of zo al wakker, als de vogels begonnen te fluiten. Je hoort er bij ons thuis heel veel, aan de overkant van de singel, in het plantsoen. Ik word er nog steeds wakker van. Dan zie ik door m'n gordijnen heen dat het net licht begint te worden, en dan doe ik m'n ogen weer dicht. En als ik dan lig te luisteren voel ik me helemaal gelukkig. Ook al is het eigenlijk maar heel kort, dat ze zo fluiten.'

Ze gingen zitten naast een wilg waarvan de lange takken over de gracht hingen en het water net raakten, als vingers die de temperatuur peilden.

'Toch is het nu wel best koud,' zei ze, en ze keek hem vragend aan.

'Ja... best wel...'

Een motorboot vol studenten voer vanaf de Nieuwe Rijn het Rapenburg op. De jongens zaten op omgekeerde bierkratten en staken hun flesjes bier in de lucht en schreeuwden iets wat hij niet verstond.

'Ik bedoel, nu de zon weg is.'

De golven die de boot achterliet klotsten tegen de kade. Hij trok net op tijd z'n voeten weg.

'Ja... Ik kan ook... Ik kan even...' Waarom ging het altijd zo onhandig? Hij tilde zijn arm op, legde die om haar schouders, behoedzaam als op een bermbommenveld. Alsof ze alsnog kon gaan gillen en tegenstribbelen. Ze kroop tegen hem aan. Haar warmte tintelde in zijn zij en verspreidde zich vanuit daar over de rest van zijn lijf. Gebeurde dit allemaal echt? De ellende was dat je van zoiets pas achteraf kon genieten, zo gespannen was je op het moment zelf. Hij moest uitkijken. Eén verkeerd woord, een ondoordacht gebaar en wat binnen handbereik was vloog er toch nog vandoor.

'Zo, dit is beter,' fluisterde hij. Langzaam de lijn binnenhalen. Of moest hij juist snel toeslaan? Zijn blik spartelde rond, op zoek naar houvast, naar iets om neutraal over te babbelen. Aan de overkant stond een stelletje hand in hand bij een geparkeerde auto.

'Moet je die zien,' zei hij.

'Tja, wat denk je dat ze van ons denken?'

Nog voor de betekenis van haar vraag kon doordringen, is het gebeurd, is het in volle gang. Terwijl de wereld buiten nog gewoon doorgaat, hebben hun lippen en monden een wereld gevormd waarin alles warm is, glad, tintelend, verrukkelijk, helder verlicht, zoet. Nu is het eindelijk zover. *Nu is het eindelijk zover!* Het komt op hem over als één gloed, één verzengende schrikreactie, die alles buiten ver, heel ver naar de achtergrond stuwt, één sensatie die pas in tweede instantie in verschillende onderdelen uiteenvalt, waaruit hij pas in tweede instantie onderdelen kan identificeren: tong, bovenlip, onderlip, tanden. En gelijktijdig met het wegebben, het uitvloeien van dat intens zoete gif in z'n aderen komt ook de angst weer terug. Wat moest hij doen? Het voelde plezierig, hemels, maar was dat voor haar ook zo? Was dat ook zo voor Isa, die dit al met god weet hoeveel jongens had gedaan? Even lieten hun lippen elkaar weer los, om direct opnieuw te sluiten. Weer even de tong erbij, en opnieuw los. Uiteindelijk gebeurde dit met steeds grotere intervallen, zodat ze afsloten met een reeks korte kussen.

Isa zei: 'Dat moest er wel een keer van komen.'

30

Nu is het eindelijk zover: het Haagse volk gaat naar de stembus en kiest een ontwerp. De exacte datum is nog een tijdlang in het ongewisse gebleven. Visserlink en Van Quist hielden graag vast aan 6 juli, waarmee de verkiezing zou samenvallen met de eerste jaarherdenking van de aanslag. De kiesraad kon zich daar allerminst in vinden. Een woordvoerder had het op de radio zelfs 'een smakeloos idee' genoemd, wat hij een dag later via een opiniestuk in *de Volkskrant* weer terugnam. Als compromis is bepaald het referendum op 3 juli te houden en de uitslag bekend te maken op 6 juli zelf.

Vermeer maakte het allemaal niet uit. Hij is niet van plan geweest om naar de herdenkingsbijeenkomst te gaan, zoals hij ook nooit naar koninginnenach, voetbalwedstrijden of Ikea op tweede paasdag ging. Volksfeest, volksrouw: alleen de aanleiding verschilde. Voor het overige bleven het dezelfde manifestaties van het collectieve, waar golven van emotie doorheen spoelden, waardoor het leek of zo'n mensenmassa elektrisch geladen was, en bij het minste of geringste de bliksem eruit kon slaan. Zonder dat hij dit verschijnsel met andere landen vergeleken had, kwam het Vermeer voor dat dit 'typisch Nederlands' was. Zelfs in zo'n stille tocht zag je de oranje opblaaskronen al onzichtbaar boven de hoofden zweven van de deelnemers, de rood-wit-blauwe vlaggetjes op hun bleke wangen geschminkt.

Ze stappen precies op tijd binnen, en dus als eerste. Het atrium van het Haagse stadhuis heeft dezelfde afmetingen als het San Marcoplein in Venetië – 4500 vierkante meter – en daarmee houden alle overeenkomsten meteen op. Alles wat eventueel kan verwijzen naar plezier of welbehagen is hier onder het brute functionalistische regime van Richard Meier weggevaagd. Iedere ornamentiek is streng verboden. Wie kleur aanbrengt, riskeert zijn baan.

De argeloze bezoeker die hier zijn paspoort komt verlengen of nageslacht komt registreren krijgt bij binnenkomst onmiddellijk ondubbelzinnig te verstaan dat hij zich in een franjeloos systeem bevindt, waar iedereen geacht wordt zwijgend, en met een minimum aan wrijving zich aan de regels te houden. De hoogte, het krankzinnige volume dienen niet zozeer om, als in domkerken en kathedralen, een verwonderd en aangenaam soort ontzag en betovering op te wekken, maar juist om elke fantasie te elimineren, om te waarschuwen dat dit doodse, mathematische systeem overal is, zover het oog reikt, en dat ontsnapping onmogelijk is.

Op de tweemaal tien zwevende balustrades zie je – door de antizelfmoordnetten heen – de kalme, geruisloze bedrijvigheid: karretjes met koffiekannen, mannen met koffers, schoonmaakwagentjes. Dat zulke totalitaire architectuur vanzelfsprekend tot totalitaire ideeën leidt onder de eindgebruikers lijkt niemand werkelijk te verontrusten.

Bij de ronde welkomstbalie worden ze opgevangen door twee studentes of stagiaires die een smoelenboek hebben gekregen waaruit ze hun namen oplezen. Ze zetten kruisjes op een lijst en brengen een heel draaiboek van administratieve en procedurele handelingen in werking, waarbij ze Vermeer een aantal papieren en enveloppen geven.

Kasper is intussen al doorgelopen, als onbereikbaar in trance, naar hun maquette, in het midden van het atrium. Daar staat het, zijn werk, maar Vermeer kan er niet enthousiast van raken. Het is een schaduw van wat hij echt wil maken, een schaduw van wat hij nu in het geniep maakt. Als het gekozen gaat worden zal het werkelijke gebouw niets anders zijn dan een schaduw van een schaduw.

'Maar dít klopt niet!' roept Kasper uit. 'Maar zó hebben we die niet uitgelicht.' Zijn stem galmt, echoot bijna, tegen de gladde tegels. 'Zó kan het dus niet doorgaan!'

Beide meisjes voegen zich bedremmeld bij wat nog sterker op een plaats delict lijkt wanneer ook een beveiliger komt toegesneld, die z'n portofoon alvast wat laat kraken, hopend op een opstootje dat de monotonie van z'n dag kan breken.

'Ik heb hier twee neutraal witte leds en één warm-witte led op gezet. Dit zijn drie neutrááł witte! Waar is mijn warm-witte led gebleven?' En als om de sprakeloosheid van de omstanders meteen als onwil uit te leggen: 'Wie is er in godsnaam met mijn warm-witte led vandoor gegaan?'

Op dat moment komt een volgende groep uitverkoren tentoonstellers binnen – die van KuDoX, voorop een paar jongens met knalgele schoenen boven geruite broeken; eentje heeft een Engelse pet, de ander een bril met zwaar hoornen montuur – wat de ontreddering onder het personeel vergroot.

'Hier hangt binnen tien minuten een warm-witte led boven, of anders neem ik het hele ding onder m'n arm mee naar buiten,' zegt Kasper tegen een opgetrommelde technicus, een relaxed type dat eerst nog de moed heeft tegen te werpen dat dit 'een warm-witte led ís', maar zich gewonnen geeft als Kasper hem daarop tien tellen lang verbluft aanstaart.

Intussen zet de intocht zich voort – daar is OPA al, daar zijn de eerste persvertegenwoordigers, daar het cameraploegje van *Zoeklicht* – en ondanks ingeroepen versterking gedragen de ondersteunende ambtenaren zich als op een EHBO-post tijdens nieuwjaarsnacht. Gespannen rennen ze heen en weer, telefoons onafscheidelijk tegen hun oren.

Vrijwel iedereen heeft iets te zeuren over het toebedeelde stukje tentoonstellingsvloer, ook al hebben ze dat zelf ingericht. De enige die volkomen tevreden lijkt is Felix Harkema, die als laatste binnenkomt. Hij heeft dan ook als enige géén maquette. In plaats daarvan heeft hij een groot scherm opgesteld, met een soort fotocabine ernaast. Als Vermeer dichterbij komt, ziet hij wat de bedoeling is. De bezoeker kan zichzelf laten fotograferen en wordt op die manier opgenomen in de virtuele presentatie van het ontwerp, materiaal dat 'ook gebruikt zal worden in de definitieve presentatie', belooft het bijschrift. *Alsof de buit al binnen is*. Elke poseur krijgt een gratis kleurenuitdraai mee.

Visserlink komt na een halfuurtje eens poolshoogte nemen. Van Quist komt pas naar beneden als de grootste chaos voorbij is – al ziet Vermeer hem daarvoor wel twee keer uit een raam op de hogere etages omlaagturen – en verklaart aan wie het maar horen wil dat hij 'vastzat' in een 'bespreking'.

Roem, reputaties. Op zulke gelegenheden is eerzucht een brandstof die ontvlamt onder elkaars blikken. Een voor een ziet Vermeer ze rechterop gaan lopen, de juiste hogergeplaatsen, gelijken en rivalen met de juiste houding begroeten. Zelf merkt hij het ook. Zeker nu ze in de nominatie zijn met het Zes Juli-project en landelijke aandacht trekken. Ook al wil je het of weet je het niet: zoiets geeft vleugels, zoiets maakt adrenaline los, testosteron, zoiets geeft blikken bij terugkomst in het basiskamp.

'Zo, daar hebben we de grote redder!' klinkt er uit een groepje.

Ook dat moet hij leren pareren. Ook dat is status. Hoge bomen. Wind. Iets in de rangorde is veranderd. Een van de redenen dat de voorgangers van de homo sapiens grotere hersenen gingen ontwikkelen was het feit dat ze in grote groepen samenleefden. Daarbij was een geweldige hoeveelheid sociale vaardigheid van belang: je moest gezichten herkennen, de leiders volgen, de wisselingen en hiërarchische verhoudingen kunnen afleiden uit het gedrag, onthouden wie er paarde met wie, wie welk gevecht won van wie... al die data vereisten opslag en verwerking, en de primaten die toevallig met de beste opslaghardware waren uitgerust, kregen de gunstigste kansen op nakomelingen zoals die hier in deze hal rondlopen.

'Héé Johan...!' Opgewekte groeten bereiken hem van oud-studiegenoten, die hem bij eerdere gelegenheden stug negeerden. En daar, tussen wat onbekende types – Vermeer rubriceert ze als journalisten, aannemers en projectontwikkelaars – staat Felix Harkema. Typisch Hark, om niet met zijn directe vakgenoten en rivalen te mengen, maar zich te omringen met publiek dat van nature tegen hem opkijkt, of voorwendt dat te doen. Zijn pak lijkt een maat te groot en is zwaar getailleerd. Het heeft bruine strepen op de gele stof, wat de drager ervan een beetje op een tijger doet lijken. Hij heeft z'n halflange haar met een vette gel ingesmeerd en strak naar achteren gekamd, waardoor de blonde krullen in z'n nek hangen. Als hij het trio van LVE opmerkt, doet hij eerst of hij ze niet ziet. Kom zelf maar naar míj toe, ik verlaat m'n apenrots niet.

'Hij kan de tyfus krijgen,' sist Kasper, en ze lopen hem voorbij.

Paneldiscussies hebben iets onnoemelijk treurigs. Ze komen Vermeer voor als een leeg ritueel. Daar zit je dan met vier, vijf vakgenoten, die allemaal een zegje over een veel te algemene stelling mogen doen. Altijd is er te weinig tijd, altijd is er een hapering met de techniek, en altijd is er, ondanks het volstrekt onbelangrijke van zo'n sessie, de onweerstaanbare drang om toch te reageren op een ander. En omdat het onmogelijk is afdoende *ad rem* te zijn in het kleine bestek en de *moderator* elke potentiële discussie in de kiem smoort, blijf je achter in een wrevelige stemming, vol opgekropte adrenaline, die je vervolgens aan de bar mag gaan blussen.

Hoogtepunt is het een-op-een-debatje dat Vermeer met Harkema mag aangaan. Hark heeft vooraf een act ingestudeerd, die hij koste wat het kost wil uitvoeren. 'Geloof jij nu werkelijk,' zegt hij, met opgeheven handen en een gefronst, gepijnigd gezicht vol ongeloof, 'dat dít de manier is waarop mensen zich door een ruimte begeven, dat dít de manier is waarop ze naar hun omgeving kijken? Geloof jij werkelijk dat passanten uit eigen beweging helemaal naar boven klimmen, naar die omloop die jullie een weergang noemen, alleen om even het uitzicht te bekijken? Als je wérkelijk gelooft dat mensen dáár de moeite voor nemen, dan val ik achterover van verbazing.'

Het publiek honoreert zijn optreden met vrolijke bijval. Zoiets vóél je, het is nog niet eens zozeer het geluid; Vermeer begint iets te begrijpen van acteurs en cabaretiers die 'de zaal aanvoelen'. De massa scheidt een stof af, van afkeur of instemming – meer smaken zijn er immers niet – en die verspreidt zich, als een vlug woekerende plaag, over de gelederen. Het gevolg is dat Harkema begint te glimlachen en Vermeer zich schrap zet, nadenkend en voor de onwetende toeschouwer ongetwijfeld chagrijnig gaat kijken. En daarmee is het debatje al beslecht, zonder dat er ook maar iets besproken is, zonder ook maar één argument, één verdediging, één coherente gedachte. Welbeschouwd is dat vrij treurig, realiseert Vermeer zich, maar wat doet hij eraan?

'Ja,' zegt hij, hard, fel – *verkeerd*, kortom – 'dat is inderdaad hoe mensen de ruimte ervaren. En dat is inderdaad wat ze zullen gaan doen.' De weergang is een uitvlucht uit de commerciele drukte. Het is een plein in de lucht. Een adempauze. Dat vertelt hij allemaal. Hij vertelt zelfs over Vasari's *corridoio*, maar het is alsof hij in vette, taaie lucht spreekt, die zijn woorden dempt. Misschien is het een probleem met de techniek. Maar hij ziet wel mensen knikken. Hij baant zich een weg door zijn antwoord, elk woord als voetstappen in diep, droog zand. Juist als hij overweegt of hij nog moet uitleggen wat hij werkelijk beoogt met zijn weergang – dat het een gedenkplaats is, een tempel, een bouwwerk naar religieuze principes maar voor seculier gebruik – plaatst Harkema zijn volgende kritiekpunt.

'Ben je niet bang,' vraagt hij, 'dat die weergang van jou binnen mum van tijd vol zit met junks, gajes, kutmarokkaantjes?'

Vermeer: 'Waarom? Die zaten toch vroeger ook niet in de tramtunnel?' Toch is hij ontevreden over deze tegenwerping. Het heeft hem altijd al geërgerd hoeveel geüniformden daar rondliepen. Je kon nog geen chocoladereep nuttigen of ze spraken je al bestraffend toe. Is dat wat hij wil? Hoe kun je zo in godsnaam een verdedigingsmuur maken *die juist ópen is, die juist verbindt*?

'Als je echt iets goeds voor de mensheid wilt doen, dan moet je geen tempels ontwerpen maar gevangenissen,' zegt Harkema. 'En over die Marokkanen gesproken... Is het niet zo, dat jullie je hebben laten inspireren door Arabische kunst, door islamitische architectuur zelfs?'

'Ik ben blij dat ik dat misverstand recht kan zetten,' zegt Vermeer, die nu zijn zelfvertrouwen weer wat terug voelt keren, alsof er een regenbui is overgetrokken en het langzaam weer opklaart. *Concentreren nu.* Dit gedeelte hebben ze voorbereid. Met Kas en Olivier in de *war room*. Woord voor woord. 'Ik ben blij dat ik dat misverstand recht kan zetten. Al had ik verwacht dat jij toch wel het verschil tussen Byzantijns en Arabisch zou zien. Byzantijnse architectuur ontstond in de vierde tot en met de dertiende eeuw. Het is zelfs een van de bronnen van de Europese Renaissance. Met islamitische kunst heeft dat al helemaal niets te maken, als dat jou geruststelt. Het is juist bij uitstek christelijk. Maar ons is het louter om de esthetische kant te doen.'

'Ja,' zegt Harkema. 'Daar staan jullie om bekend. Veel franje en versiering.' Een kleine lach uit de zaal. Vermeer snuift.

'Het ornament is de oorsprong van architectuur, zoals John Ruskin in de negentiende eeuw al zeer terecht heeft opgemerkt. Tegenwoordig schijnt het hipper te zijn om trouw te zijn aan Adolf Loos. *Ornament und Verbrechen,* 1908. Alle versiering was ineens misdaad. Dat heeft Le Corbusier van hem overgenomen en doorgegeven aan Richard Meier, en het resultaat zie je hier in het IJspaleis, in de bibliotheek, en als het aan jou ligt straks ook bij de Grote Markt.'

Het komt niet aan. Niet bij dit publiek. Zijn methode is verkeerd, begrijpt hij. Hij komt met eindeloze rijtjes, jaartallen, historische feiten, inhoud, maar daar is dit helemaal niet de gelegenheid voor. Het moet feller.

'Want dan jij, Felix Harkema. Jij bouwt een drijvend hotel in de haven van Hamburg, zonder ook maar enige opsmuk. Jij maakt een stel ondergrondse tennisbanen in Charleroi. Die hebben inderdaad geen enkele franje. Dat zijn kale gevaarten die alleen maar spectaculair zijn. Jij bent de stuntman onder de architecten. En net als bij een stuntman gaat het je alleen om je eigen kick. Voor de eindgebruikers zijn die drijvende paleizen en sportcatacomben helemaal niet praktisch. Laat staan aangenaam. En een geld dat die dingen kosten! Alleen al in energieverbruik. Dat is pas een misdaad. Zoals die Covent Gardenkloon ook een misdaad is.'

In zijn ooghoek ziet hij Olivier kalmpjes knikken. Dit is prima. Dit is min of meer hoe ze hun aanval in gedachten hadden. En Adolf Loos met z'n ornament komt aardig van pas. Waar is Kasper? Vermeer ziet hem niet. Maar hij mag niet om zich heen kijken, hij moet zich concentreren. Nu het echt is en live, merkt Vermeer, brandt het retorisch vuur zelfs nog wat sterker. 'Moet je eens zien. Kijk nu zelf eens naar wat je ontworpen hebt. Is dat een ambachtelijke markt zoals Covent Garden of Les Halles? Welnee, dit is een winkelcentrum in dezelfde neutrale, saaie, en quasi-moderne stijl zoals je ze overal ziet, van Nieuwegein tot Alphen aan den Rijn. Het enige verschil is dat dit een tikje megalomaner is. Alleen het helikopterplatform ontbreekt nog. Jij belooft een versmarkt en levert een vliegveld.'

Vermeer neemt een slok water, wat er tot zijn verrassing en tevredenheid heel beheerst uitziet. *Ziezo. Pak aan klojo.*

Harkema's antwoord is minimaal. 'Over smaak valt niet te twisten. Jij noemt het neutraal en saai, maar in de praktijk vinden mensen deze stijl prettiger dan overdreven ornamentiek. En daar komt nog iets bij. Namelijk dat ons ontwerp sterk rekening heeft gehouden met duurzaamheid, en dat van jullie in het geheel niet. In deze tijd op die manier bouwen is niet alleen ontzéttend naïef, het is ook – en dat vind ik veel erger – ontzettend onverantwoord. Iemand uit een tunnel redden is mooi, maar een goed ontwerp kunnen maken is een vak.'

'Het verbaast me hoe slecht je op de hoogte bent,' zegt Vermeer. 'We zijn druk in gesprek met een adviesbureau, dat prachtige ideeën heeft over *happy sustainability*. Ideeën die sterk overeenkomen met onze eigen gedachten over het onderwerp.'

Dan ziet hij dat Celine er is. Ze staat bij een groepje journalisten, dertig of veertig meter van het podium.

Hij grijpt naar het glas water onder z'n spreekgestoelte, dat leeg blijkt; hij slurpt desondanks de laatste druppels eruit. *Waarom krijg je van dat ouwehoeren altijd zo'n ontiegelijk droge bek?*

'We denken altijd dat duurzaamheid minder is, dat het erop neerkomt dat je van alles gaat verbieden en gaat nalaten. Denk aan je *footprint*! Denk aan het milieu! Maar het gaat er juist om dat je nieuwe dingen doet, nieuwe materialen ontwikkelt. Dat is niet minder, dat is *anders*. En wat mij betreft is het verschrikkelijk spannend. En wat mij betreft beginnen we ermee in deze stad, vandaag.'

Amen. Hear hear. Halleluja.

'Goed,' besluit de gespreksleider, die op zijn horloge kijkt.

'Misschien zijn er nog vragen uit de zaal?'

Schaapachtige gezichten. *Drank dan maar.* Ter celebratie en bestendiging van de onderlinge posities zijn er de *borrels*, ogenschijnlijk doelloze bijeenkomsten waar men volgens ongeschreven codes langs elkaar cirkelt, handen schudt, praatjes maakt, 'contactmomenten' voor de komende tijd genereert, uitbundig lacht, meestal dronken wordt. Hij zoekt Celine, maar vindt haar niet meer bij de journalisten, die hem vervolgens belemmeren zijn zoektocht voort te zetten. Als hij zich van ze weet los te maken dringen belangstellenden zich op. 'Johan!' 'Sterk debat!' 'Wil je een biertje?'

Bij hem kan het bij zulke manifestaties van gedwongen informaliteit twee kanten op: of hij aardt in een kring bekenden, met wie hij zich aan de periferie prima vermaakt, of hij kan nergens voet aan wal krijgen waardoor hij wezenloos ronddoolt, zich met de minuut ongemakkelijker begint te voelen, zich dusdanig aan iedereen begint te ergeren dat het elke weg naar plezierig contact barricadeert en hij er uiteindelijk ongemerkt tussenuit piept.

Juist het informele karakter maakt het zo venijnig. Je kunt tonnen mislopen waar je bij staat. Nee, het is geen keihard zakendoen, daar tussen de kaasstengels en pinda's, het is het scheppen van de randvoorwaarden, het voormasseren, het *laten zien van je gezicht*.

'Ik ga weer even door. Spreek je later nog.'

Alleen daarin al verraad je je karakter: je hebt er die aan vertrouwde zakenpartners en collega's blijven kleven, als schipbreukelingen aan wrakhout, terwijl anderen juist alléén op avontuur gaan, het ongewisse tegemoet dat zich schuilhoudt in kringetjes en clustertjes mensen – allemaal met een stapel visitekaartjes in hun vestzak, allemaal met agenda's in hun achterhoofd. Het is om je door en door treurig bij te voelen, tenzij je Kasper Eijsvogel heet en er schik in hebt je door zo'n avond heen te zwalken, en bij wijze van jackpot te eindigen in bed met een en passant opgepikt sletje. (Hier het beeld van een verlaten gracht en tweestemmig dronken gegiechel vanaf een rammelende fiets.)

Waar hangt hij trouwens uit? Wat zijn dat voor manieren? Hem de blaren op z'n tong laten debatteren en dan zelf de benen nemen. *Op zoek naar een hoer natuurlijk weer.* Hij baant zich een weg langs de ronde partytafels, en vindt hem helemaal achterin, bij de trappen naar de trouwzaal, naast Paul Teijmen.

'Ma-gi-strááál!' roept die meteen. 'Má-gi-straal zoals jij die parvenu op z'n falie gaf. Je belooft een versmarkt en levert een vliegveld, haha!'

Schouderklopjes, en dan: 'Ik zie daar iemand die mij niet wil zien. Die ga ik even pesten. Sorry, het moet even jongens.' Bij het weglopen keert hij zich naar Kasper toe, en zegt, met ingehouden stem, maar voor Vermeer nog te horen: 'Ik heb binnenkort weer wat voor je.' En dan volgt er een knipoog, tenenkrommend vulgair.

'Jezus,' zegt Vermeer. 'Wat is dít nou weer?'

'Rustig aan...'

Maar hij is niet rustig. Iets in dit onderonsje, iets in Teijmens optreden heeft hem ziedend gemaakt, heeft een woede in hem naar boven gepompt die met die ene knipoog is ontladen.

'Ik moet daar godverdomme met die lul van een Felix Harkema in debat en jij bent nergens te vinden. Jij staat vierhonderd meter verderop iets te bekokstoven met je Rotterdamse vastgoedpooier.'

'Maar we hebben naar je staan luisteren, Johan. Die speakers zijn overal te horen. Daar hebben ze meer werk in gestoken dan in onze ledlampjes.'

'Daar gaat het niet om. Ik sta daar jouw shit op te ruimen omdat jij zelf te schijterig bent om met Hark in debat te gaan. Dan verwacht ik op z'n minst wat *support*.'

'Tjongejonge, had ik een spandoek moeten meenemen?'

'Ach, flikker toch op.'

Vermeer keert zich om, verdwijnt weer in de menigte – *en waar is mijn eigen vrouw godverdomme?* – ziet hapjes die naar monden worden gebracht, lippen aan glasranden, gestifte lippen, ruwe lippen, gebarsten lippen, verschrompelde lippen, samengeperste lippen, gekloven lippen... Al die monden, pratend en etend.

Ik heb binnenkort weer wat voor je. Dat had Teijmen gezegd. Weer. Hij heeft dus vaker iets voor hem 'gehad', en aan die knipoog (die hem walgelijk voorkomt) te zien ging het ofwel om iets met vrouwen ofwel om iets met geld.

Ineens kijkt hij recht in de ogen van Isa. Ze staat bij een rond tafeltje, wat verloren, al lijkt ze een gelegenheidsgesprekje te zijn aangegaan met een vrouw die hij vagelijk herkent uit de gemeenteraad. Hun blikken hebben elkaar al geraakt, net iets te lang om nog te doen alsof ze elkaar niet gezien hebben.

'Héé!' roept hij uit.

'Hoi.' Ze zet een glas jus terug op tafel. 'Ik was benieuwd en kwam daarom eens kijken.'

'Ja, natuurlijk!' Zijn ogen schieten heen en weer. 'Natuurlijk! Heb ik je geen uitnodiging gestuurd, of... of iemand van ons bureau?'

'Nee.' Ze zegt het onverwacht ferm, en brandt daarbij haar blik in de zijne. 'Nee dat heb je niet.'

Nu pas ziet hij Celine weer terug. Ver weg, maar ze komt naar hem toe gelopen, al worden ook haar bewegingen gestremd door fotografen, reporters en anderen die instinctief in actie komen bij het zien van tv-bekendheden.

'Ik was vooral benieuwd of je nog iets ging vertellen over het zelfhelend beton,' gaat Isa verder, zonder hem met haar ogen los te laten. 'Maar daar zie ik weinig van terug. Ook niet in de presentatietekst.'

'Dat is waar. Dat is waar. Het is natuurlijk nog maar een schetsontwerp... Straks, in de v.o.-fase komt dat allemaal... En ik heb het wel over *happy sustain...*'

'Lul niet, Johan.' IJskoude blik. 'Lul godverdomme niet. Ik sprak net iemand van jullie bureau, degene die over de materialen gaat, Olivier Lieboom ofzo, en die had geen idee waar ik het over had. Die wist nergens van. Lul niet, Johan. Je hebt gewoon een domme kutsmoes verzonnen om met me in contact te komen. Nu begrijp ik ook waarom ik zo nodig bij jou thuis moest komen met dat kloterapport. Ik zal je zeggen wat ik daarvan vind. Ik vind het ziek.'

Ze herhaalt dat laatste woord krachtig voordat ze weg stapt.

Ziek.

De klank striemt nog na in zijn gezicht als Celine naast hem staat.

'Zo, is ze boos? Je nieuwe vriendinnetje.'

'Dát?' Hij ziet haar nog net door de draaideur gaan. 'Dat is gewoon iemand van een adviesbureau. Voor duurzame materialen.'

'O,' zegt Celine kalm, 'ze lijkt toch sprekend op die slet die je laatst stond af te lebberen voor onze deur.'

'Wát?' Het gegons van de stemmen zwelt aan, samen met een bonkende hoofdpijn.

'Beetje dom hè, om dat pal voor die nieuwe camera te gaan doen.'

Hij wil iets zeggen, maar zijn gezichtshuid verschiet van kleur, wat gelijkstaat aan een onomkeerbare bekentenis.

'Je liet haar wel lang wachten. Ik mag hopen dat je haar daar wel een beetje voor beloond hebt.'

'Celine, je ziet dit echt helemaal verkeerd, echt helemaal...'

'Dag Johan.'

En voor de tweede keer binnen vijf minuten loopt er een vrouw bij hem weg. Om hem heen hebben zich fotografen verzameld. *Ze ruiken het gewoon, die aasgieren. Weergodin dumpt starchitect. Komt dat zien.* Hij ademt in, en loopt weg, langs de maquettes. Voor de fotocabine van Harkema staat al een hele rij. Er scharrelen ook wat kinderen tussendoor. Bij de weergang van LVE lijken ze teleurgesteld dat ze nergens op knopjes kunnen drukken. Daarom priemen ze hun vingertjes maar lusteloos in schroeven. Als een joch van een jaar of drie aan het plexiglas begint te likken, straffeloos gadegeslagen door een paarslippige moeder, wil Vermeer in actie komen. *Afblijven, klootzakje.* Maar hij krijgt de kans niet.

Er klinkt een gil rechts van hem. Daarna is er beroering. Dwars door de menigte probeert een scootmobiel zich een weg te banen. Levensgevaarlijke voertuigen, heeft Vermeer die dingen altijd al gevonden. Zodra er zich eentje in zijn nabijheid bevindt, op straat of in de supermarkt, stapt hij meteen opzij. Die lui kunnen ineens te veel gas geven of raar sturen – ze zijn per slot van rekening niet voor niets in zo'n karretje beland – en dan heb jij hun stalen bumper in je achillespees.

Dan ziet hij de bestuurder ervan in het gezicht.

Godsamme.

Ziet hij het goed? Het is die man uit de tramtunnel. Hij is nergens meer zeker van. Niet van zijn eigen waarneming in elk geval, als het om het herkennen van mensen gaat, zeker niet van die ochtend. Maar dit is toch duidelijk die gewonde man.

Er is tumult en gevloek – kennelijk is de man met z'n wiel tegen een tafeltje met glazen aan gereden – maar de scootmobiel is niet meer te zien. Waar is hij gebleven? Opgelost, verdwenen in de meute lichamen die een oppervlakte vullen zo groot als het San Marcoplein, al is het daar open en galmt die menigte niet zo akelig. Al die lichamen. Al die zakken botten en ingewanden. Magen vol lunch, vol soepen, sappen en sloten koffie. Magen met eieren, mandarijnen, bier, brood, wijn, pijnstillers. En dat slingert allemaal omlaag naar opgerolde darmen. Zakken stront, dat zijn de mensen. *Waar is die eikel?*

Mensen schieten Vermeer aan. Willen praatjes maken. Complimentjes uitdelen. Suggesties doen. Tegen hem aan schurken. Zich in de kijker spelen. Parasiteren op zijn vermeende succes. Elke ramp heeft onverwachte winnaars, ha! Of ze met hem op de foto mogen. Allemaal goedbedoeld, maar hij heeft wel wat beters te doen dan het gezeik van strontzakken aan te horen. Opzij mensen, even opzij. Of wat beter helpt: héét! Pas op: héét! Als in keukens. Dan springen ze wel opzij. Héét. Ze zouden hun mooie gezichtjes eens branden aan de spetterende olie.

Dan ziet hij hem, hij stuurt naar de uitgang. Daar aanbeland ziet hij het voertuig achter het raam naar links snellen. Pas op, héét! Opzij.

Buiten ziet hij de scootmobiel over het Spuiplein rijden, over de donkere stenen, langs de fonteinstralen die er op onregelmatige momenten ineens uit omhoogspuiten en waar kinderen doorheen spelen. De stenen reflecteren het lage zonlicht, verblindend.

Naast de invalidewagen loopt een vrouw. Ze stoppen bij een busje dat voor de Nieuwe Kerk staat geparkeerd. De chauffeur stapt uit, opent de achterdeuren en klapt een metalen oprijplaat uit. Tegen de tijd dat Vermeer er is aangekomen, is de man al met voertuig en al de bus in gereden. De begeleidende vrouw steekt haar hand op als het busje optrekt. Ze draagt een donker streepjespak en heeft een geplastificeerde kaart aan een lint om haar nek hangen.

'Wie is dat? Wie is die man?'

De vrouw schrikt, en draait zich om. Even is ze overrompeld, maar dat komt waarschijnlijk doordat ze hier buiten niet een van de hoofdrolspelers van de middag verwacht.

'Dat weet ik niet,' zegt ze. 'Iemand voor Parnassia.'

Parnassia is de naam van een psychiatrisch ziekenhuis. *Gooi alle gekken en kunstenaars maar op één hoop.*

'Verzorgen ze daar ook lichamelijk gehandicapten?'

'Ik heb werkelijk geen idee,' zegt ze. Ze werkt bij de gemeente en begeleidde die man van en naar z'n taxi, zoals ze er vandaag wel meer begeleidt. Ze behoort, ziet hij, tot het type vrouw dat haar mond altijd slapjes open laat hangen als je tegen haar spreekt, wat de indruk wekt dat ze er geen stom woord van begrijpt. 'Hij wilde denk ik alleen z'n stem komen uitbrengen.'

De fonteinstralen komen weer in actie. Een jongetje van een jaar of drie rent er gillend van pret doorheen, hij stampt op de tegels. Belgisch hardsteen, weet Vermeer, hetzelfde spul waar ook de schouwen in de Haagse woonhuizen van zijn gemaakt.

'Juist... Parnassia.... Natuurlijk...!' zegt hij tegen haar. Hij loopt terug het plein over, de meute in, waar hij Olivier zoekt en pas na tien minuten vindt in een kringetje OPA-leden.

'Olivier,' hij trekt hem weg aan z'n schouder. 'Die Chinese tegels. Gebruikte jij die bij Parnassia...?'

'Waarbij?'

'Die Chinese tegels! Gebruikte jij die in die recreatieruimte van dat dolhuis?'

'Waar heb je het over, man.'

'Die tegels, van die dreigementen. Die leisteen.'

'Dat... Ja, dat zou kunnen.' De OPA-mensen kijken om, en ook vanuit een kringetje KudoX'ers is er belangstelling: gedonder bij de vijand, dat kan winst voor hen zijn.

'Dat is het.' Olivier herinnert het zich nu. 'In de recreatieruimte, en op het terras heb ik die ook gebruikt.'

Inmiddels kijkt ook Guus Visserlink vanuit z'n neutrale beschutting van twee ambtenarenruggen zijn richting uit.

'Daar zit die vent die ik uit die tunnel heb gehaald. In een rolstoel. In een scootmobiel. Hij... hij... híj was hier.'

XXXI

Dat er in Nederland nooit een revolutie zal losbreken, komt doordat we geen grote pleinen hebben. Van de Leidse Beestenmarkt zullen we het niet moeten hebben. Toch was dat waar Isa en haar activisten hun hoop op hadden gevestigd, in de lente van 1991.

'Ik ga morgen naar een demonstratie,' zei Isa bij scheikunde. 'Kom je niet een keertje mee?'

Natuurlijk kwam hij mee. Al zou ze hem vragen mee te gaan naar een autokerkhof. Dan nog zou hij zeggen: leuk, een autokerkhof. Daar kwam nog iets bij, namelijk dat Isa na hun samenzijn aan het water, dat na alles wat er volgens Isa 'wel een keer van moest komen', dat zij na dit hemelse moment dat zijn leven overhoophaalde, hem niet meer aangeraakt heeft, laat staan gezoend. Er was een onverklaarbaar soort afstandelijkheid over haar heen gekomen. Alsof er niets was voorgevallen. Alsof de klok een paar weken terug was gezet.

'Tof. Het is op de Beestenmarkt, om drie uur.'

Elke toenadering was welkom. Verdomme, waarom was hij terug bij af terwijl hij de buit binnen waande?

'Maar we hebben wel het zevende uur les morgen.'

'Ja, natuurkunde, bij Van Zevenhuizen. Nou goed, als je dat liever doet, moet jij weten.'

'Nee, dat niet, het is alleen...' Vrijdag het zevende uur Van Zevenhuizen was elke week weer een beproeving. Ook voor de man zelf ongetwijfeld. Een keertje vielen de twee uren daarvoor uit (Latijn en biologie). De klas sprak af om met z'n allen weg te blijven. Maar altijd had je dan nog braveriken die niet meededen. De man scheen aan drie *nerds* les te hebben gegeven; de rest van de klas kreeg een collectieve sanctie opgelegd: de gymzaal vullen met klapstoelen uit de kelder voor een ophanden zijnde ouderavond.

'Kijk, dit is het.' Ze stak hem een vel kringlooppapier toe:

ACTIE-KARAVAAN TEGEN MCDONALD'S

OP VRIJDAG 10 MEI TREKT ER EEN ACTIEKARAVAAN TEGEN MCDONALD'S DOOR WEST-NEDERLAND. DE ACTIE BEGINT OM 10.00 UUR IN ROTTERDAM, BIJ DE MCDONALD'S AAN DE COOLSINGEL, DAN OM 13.00 UUR IN DEN HAAG, BIJ DE MCDONALD'S OP HET PLEIN, EN TENSLOTTE OM 15.00 UUR IN LEIDEN, BIJ DE MCDONALD'S OP DE BEESTENMARKT.

DE ACTIEKARAVAAN IS OPENLIJK EN (VAN ONZE KANT) VREEDZAAM; HIERVOOR IS BEWUST GEKOZEN. WE WILLEN MET HEEL VEEL MENSEN NOG MEER MENSEN DUIDELIJK MAKEN EN LATEN ONTDEKKEN WAAROM MCDONALD'S NOG KAN BESTAAN, WAT DE GROTE M ECHT BETEKENT.

DE START VINDT PLAATS IN ROTTERDAM. ER ZULLEN VEEL TROMMELAARS ZIJN, VEEL LAWAAI, PAMFLETTEN, BALLONNEN, PLEZIER, SPROOKJESBOEKJES, JONGLEUSES, INFOSTANDS, VUURSPUWERS, ACROBATIEK... EEN GROOT EN BRUISEND ACTIEFEEST VOOR EEN LEEFBARE WERELD ZONDER VEELVRAATZUCHTIGE MULTINATIONALS, ZONDER UITBUITING VAN DIER EN MENS.

MET DE TREIN ZIJN WE INMIDDELS IN DEN HAAG AANGEKOMEN, ALWAAR WE OM 13.00 UUR DE ACTIE VOORTZETTEN. HIER KOMT ER EEN MASSALE PICKET-LINE VOOR MCDONALD'S. MENSEN DIE ZO NODIG EEN CHEESEBURGER WILLEN CONSUMEREN KUNNEN ER IN EN (1 ONS VETTER) ER WEER UIT. VEEL SPEKTAKEL UIT ROTTERDAM GAAT MEE NAAR DEN HAAG. VERDER VEEL MUZIEK EN STICKEREN. NA ONGEVEER 1 UUR GAAN WE VERDER.

OM 15.00 UUR START DE AFSLUITENDE ACTIE IN LEIDEN. HIER ZAL EEN GROOTSE SIT-IN GEHOUDEN WORDEN. DE HELE BEESTENMARKT VOL MET STRIJDBARE EN UITGELATEN MENSEN! ER BLIJVEN 1 OF 2 PADEN NAAR DE INGANG OPEN. HIEROVER LATER MEER. ALLE ONDER-

DELEN VAN DE ANDERE STEDEN WORDEN OOK IN LEIDEN TEN TONELE GEVOERD, NAAST DE NODIGE INFORMATIE NATUURLIJK. NA EEN HALF UUR LOOPT DE LEIDSE ACTIE UIT OP EEN KRACHTIGE EN OPEN DEMONSTRATIE DOOR DE STAD. OP DE DAG ZELF MEER INFO HIEROVER.

TIJDENS DE ACTIE WILLEN WE NIET REAGEREN OP PROVOCATIES VAN DE KANT VAN DE POLITIE, BEDRIJFSBEVEILIGING OF OMSTANDERS. VORIG JAAR OKTOBER LIEP EEN BLOKKADE VAN DE LEIDSE MCDONALD'S VOLLEDIG UIT DE HAND, TOEN DE POLITIE BEGON MET ZINLOOS GEWELD EN LAFFE ARRESTATIES. DEZE KEER WILLEN WE EEN CONFRONTATIE OM TACTISCHE REDENEN UIT DE WEG GAAN. WIJ VOEREN ONZE ACTIE, EN DIE IS, VOLGENS ONS, NIET GEBAAT BIJ MEPPENDE POLITIE OF AGRESSIEVE OMSTANDERS. INDIEN NODIG ZULLEN WE ONS FLEXIBEL OPSTELLEN, ZODAT DE ACTIE DOORGANG KAN VINDEN OP ONZE VOORWAARDEN.

Lawaai was het eerste wat Vermeer hoorde, toen hij er de volgende middag kwam aangefietst. Uit alles waar geluid uit kon komen, kwam het ook. Stokken op pannen, kettingsloten, flessen, fluitjes, bekkens. Het geluid gonsde op uit de zwerm demonstranten op het plein, allemaal rafelig en vuil gekleed. Het had iets grotesks, iets beangstigends (de angst die altijd bij het clowneske hoort), en ook iets nostalgisch, want zoals ze daar bijeen waren – een flinke groep, maar nog onder de honderd leden – leken ze ook nazaten van types op doeken van Jan Steen of Pieter Brueghel. Puisterig, grof gevormd, half mismaakt, verminkt, uitgemergeld.

Passanten trokken hun kinderen aan hun arm van het gespuis weg. Sommigen waagden het er wel op, en laveerden hun kroost naar hun beloofde Happy Meals, via het pad dat de protesteerders inderdaad hadden vrijgelaten. Twee McDonald's-medewerkers flankeerden de schuifdeur met voor hun buik gekruiste armen, roerloos en somber, als was er een militaire uitvaart gaande. Over verschillende hoeken en zijden van het plein hadden zich groepjes agenten verspreid. Uit het zicht, op de Nieuwe

Beestenmarkt, had Vermeer een ME-bus paraat zien staan.

Maar waar was zíj? Zijn blik slingerde door de groep, als naar een woord op een dichtbedrukte pagina, een paar keer, langs verschillende routes, totdat hij haar opmerkte, achterin, met haar rug tegen het glas van de hamburgertent geleund, was ze bellen aan het blazen, en zag zij hem op hetzelfde moment. Isa.

Centimeters liep hij boven de grond, opgetild en immuun voor het demonstratielawaai.

'Kijk, dit is Kathleen, die kén je, en dat zijn Klaas, Wiebe en Remco.'

Klaas was een slome, lange jongen met sluik haar tot over z'n schouders. Remco had hij eerder gezien: met die drie grote stekels bij de Weggeefwinkel.

'Aha..!' zei Remco, aarzelde even en ging door met het gesprek dat hij blijkbaar met het groepje aan het voeren was. Het ging over hun band, de Rotte Toast, waar blijkbaar wat bandleden in gewisseld waren.

'Als je het mij vraagt,' zei Remco, 'komt het er allemaal gewoon op neer dat we plezier moeten hebben. Als Klaas lekker speelt, en Wiebe lekker speelt, en ik lekker sta te spelen of zingen, en als we dan Kathleen de ruimte geven om háár ding te doen... Dan gaat het gewoon gebeuren. Echt, ik zweer het je. Dan gaat het gewoon gebeuren, en zijn wij binnen een paar jaar de gasten.'

Klaas wilde daar iets tegenin brengen, maar verderop, vanaf het water, klonk er geschreeuw. Een politiefluit blies vier keer snel en kort. Meteen stoven van alle kanten mensen om het opstootje heen. Twee agenten hielden een jongen in bedwang, ze drukten z'n armen achter z'n rug.

'Geen ge-wéld... geen ge-wéld!...' begon Remco te scanderen, zichzelf begeleidend met handgeklap. Zijn bandleden vielen hem bij. 'Geen ge-wéld...! Geen ge-wéld...!' Erg veel haalde het niet uit, want nu had een tweede actievoerder zich op de agenten gestort, met als gevolg dat alle politiemannen op het plein in actie kwamen, en volgens een ongetwijfeld in gymzaaltjes geoefend protocol de betogers isoleerden door een menselijke haag te vormen. Dat bracht iets van kalmte terug, uiterlijk althans.

Inwendig verstarden alle deelnemers en zetten ze zich schrap voor nieuwe erupties.

'Ongelooflijk. Ze provoceren ons gewoon om geweld te gebruiken! Zie je wat er gebeurt?' Remco had zich opgewonden op een plastic stoel gehesen om alles te overzien. 'Zie je wat er gebeurt? Zo criminaliseren ze ons. Door ons te provoceren tot geweld. Daar gaan wij niet in mee.' En weer schreeuwde hij: 'Geen ge-wéld...! Geen ge-wéld...!' Maar omdat de acute aanleiding al gesust was, kreeg zijn geroep geen bijval.

Isa stopte haar bellenblaas in haar jaszak en zei: 'Ik wil thuis nog even een warmere trui ophalen, kom je mee?' En toen ze de groep uit waren en over de Oude Vest liepen: 'Jezus, die gast laat me ook geen seconde alleen. Sorry hoor. Ik wist wel dat hij zou komen, maar niet dat hij de hele tijd bij mij in de buurt ging lopen rondklooien.'

'Wie?'

'Remco natuurlijk. Ik was blij dat jij er ook bij kwam, dan kon ik tenminste weg.'

Ze slenterden via wat stegen naar het kraakpand waar ze tegenwoordig een kamertje had. *Bij haar thuis*, dacht hij, bijna misselijk van opwinding. En zoals het er naar uitzag, lieten ze die hele sit-in links liggen. Met wat geluk zou hij vanmiddag al met haar naar bed kunnen. Op weg naar de McDonald's was hij een drogisterij binnengestapt om condooms te kopen, maar op het laatste moment durfde hij het toch niet aan. In plaats daarvan had hij een pakje gekocht uit de Durexautomaat die bij het stadhuis hing, in het overkapte gangetje dat het 'trouwstraatje' heette. Hij voelde of het nog in zijn broekzak zat, en hield het stevig vast, alsof het een toegangskaart was.

Al in het trappenhuis stonk het naar vuilniszakken, kaas en kattenpis. Isa's hok bleek niet eens een deur te hebben. In het beton was gewoon een gat uitgehakt, alsof er met een busje doorheen was gereden, waarvoor een doek was gespannen, zwart, met een wit spinnenweb erop geschilderd.

'Ben jij niet bij de Mac?' vroeg een oudere jongen met lang rastahaar, die voorbijkwam en het doek opzijschoof.

'Kom er net vandaan. De sfeer werd mij een beetje te arelaxed. D'r zijn d'r een paar die tegen de politie tekeer begonnen te gaan.'

'Nee toch... We hebben nu juist bij meerderheid van stemmen besloten om niet op provocaties in te gaan. Goed, ik ga zo die kant uit.'

Een bundel wierookstaafjes, geprikt in wat ooit een cactus was, deed een dappere poging de ergste luchten te verdrijven, maar had weer tot gevolg dat je nauwelijks kon ademhalen.

'Ook een voordeel van hier wonen,' merkte Isa triomfantelijk op. 'Je wordt er stoned zonder ook maar een trekje te roken.'

Ze ploften neer op de matras naast het gat in de deur.

'Ik slaap nog wel bijzonder kut, moet ik zeggen.'

'Je moet je bed verplaatsen. Naar de kant bij het raam. Zodat je naar buiten kunt kijken en tegelijk die deuropening in het zicht hebt.'

De psychologie van de interieurinrichting. Later zou hij er in detail over leren. Nu was het eerder intuïtief, instinctief, dat hij aanvoelde wat er niet deugde.

'Ja misschien...'

Niets gebeurde er. Was er wel iets begonnen? Was hij nu met Isa? Gíng hij met haar? Daar zou dan toch wel wat meer uiting aan gegeven mogen worden. In zijn broekzak kneep zijn vuist het pakje condooms samen.

De weken die volgden hielp hij haar voornamelijk met het leefbaar maken van haar kamer, het schilderen, het inrichten. Als hij maar, zo redeneerde hij, haar omgeving behaaglijk kon maken, dan kon hij háár ook terugkrijgen, dan kon hij ook in haar het meisjesachtige naar boven halen.

Een paar keer zat hij erbij als het huis een vergadering hield. Vaak gingen die over het reilen en zeilen van het kraakpand, inkopen, schoonmaken, taakverdelingen. Soms ook ving hij iets op over nieuwe plannen, protesten, sit-ins. Internationaal was er de organisatie STOP EUROPA '92, waar de Leidse krakers bij aanhaakten.

'Europa': bij Stam hadden ze net in Ovidius gelezen over de

mooie koningsdochter die Jupiter verleidde in de gedaante van een witte stier, die haar op z'n rug ontvoerde. Het beeld, in de laatste zinnen van boek II van de *Metamorphosen*, wond hem zelfs op. 'Vol angst ziet het ontvoerde meisje / haar land verdwijnen, achter zich; één hand omklemt zijn hoorn, / één drukt zich in zijn rug. De wind speelt met haar losse kleren...' Die laatste zin was verrukkelijk. Hij had haar onder een potloodtekening geschreven die hij van Europa gemaakt had, gebaseerd op een model uit de *Penthouse*, dat hij Isa's gezicht had gegeven. *Tremulae sinuantur flamine vestes*.

In dit rokerige vergaderhok klonk 'Europa' als de naam van een nietsontziende tiran, die een 'imperialistisch fort' wilde bouwen. Nu was het moment om alle aanwezige krachten ertegen in stelling te brengen.

'Kijk eens wat we hier in Leiden allemaal hebben aan actieinitiatieven,' zei een oudere jongen. 'Antiracisme, antiseksisme, milieu, anti-imperialisme, antidierenleed, enzovoorts. Die moeten we bij elkaar zien te krijgen. Het is daarom belangrijk om niet alleen open te staan voor andere groepen, maar om ze ook actief te benaderen.'

'Maar dat wil toch niet zeggen dat we koste wat het kost met allerlei groepen gaan samenwerken,' wierp Remco tegen. 'We moeten geen compromissen sluiten waar we eigenlijk niet achter staan. Wat mij betreft is het een vereiste dat zo'n overleg horizontaal is. Als er een hiërarchische opzet is, dan is dat onaanvaardbaar. Dan werken we er niet aan mee.'

Nergens werkten ze aan mee. Geen water bij hun wijn. Het liefst waren ze ook voor hun levensonderhoud minder afhankelijk van de Sociale Dienst. 'Die instanties kunnen het je echt moeilijk maken. Ze korten gewoon op je uitkering omdat je kraakt,' zei Remco. 'Of je krijgt gezeik als je een baan weigert om ideologische redenen. Op alle mogelijke manieren proberen ze macht en invloed op ons uit te oefenen.'

Een meisje met rastahaar legde haar joint neer en opperde dat ze zoveel mogelijk eigen werk moesten scheppen. 'We kunnen opgedregde fietsen uit de gracht opknappen, armbandjes maken en die verkopen... weet ik veel...'

'We moeten denk ik,' zei de oudere jongen weer, 'beginnen met een eigen voedselvoorziening. Een volkskeuken of een voedselcoöperatie. Dan zijn we niet meer afhankelijk van supermarkten en multinationals. Misschien kunnen we ergens een groentetuin aanleggen. Dan kunnen we onze eigen biologische groenten verbouwen.'

'Weet je ook meteen zeker dat er geen rotzooi in zit,' riep Isa instemmend.

'Juist,' zei Remco. 'En dat er geen tussenhandel aan te pas komt die er geld aan verdient.'

Het bleef allemaal niet beperkt tot de materiële kant, zo'n alternatieve samenleving buiten de bestaande kaders. Het ging er ook om dat je je geestelijk ontdeed van alle ballast van ouders en opvoeders, en binnen de gekraakte muren samen tot nieuwe ideeën kwam, nieuwe levensovertuigingen. Dat kregen de bewoners van alle kanten ingepeperd, in lezingen, blaadjes, pamfletten. Vermeer bladerde in Isa's kamer in zo'n publicatie, terwijl zij in de keuken salade maakte, en las:

HET IS BELANGRIJK OM NAAR ALTERNATIEVE MANIEREN VAN LEVEN TE BLIJVEN ZOEKEN. IN ONZE JEUGD HEBBEN OUDERS, SCHOOL EN MAATSCHAPPIJ EEN GROTE INVLOED OP ONZE ONTWIKKELING GEHAD DOOR MIDDEL VAN ONZE OPVOEDING. AAN DEZE SOCIALISATIE PROBEREN WE ONS NU TE ONTTREKKEN. MAAR DAARMEE ZIJN WE ER NOG NIET. WAT WE IN HET VERLEDEN HEBBEN AANGELEERD WILLEN WE NU WEER VAAK AFLEREN, WAT WE HEBBEN AFGELEERD WILLEN WE VAAK WEER AANLEREN. DIT GEBEURT NIET ZOMAAR. VAAK IS DE SOCIALISATIE ZO DIEP IN ONS GEWORTELD DAT WE ER ZELF MOEILIJK ZICHT OP KUNNEN KRIJGEN. DAAROM IS HET BELANGRIJK OM DOOR ONDERLINGE DISCUSSIES ONZE PERSOONLIJKE IDEEËN TE VORMEN EN UIT TE WISSELEN. OOK HET KRIJGEN VAN KRITIEK IS ESSENTIEEL.

DE SOCIALISATIE BEPERKT ZICH NATUURLIJK NIET ALLEEN TOT ONZE OPVATTINGEN EN IDEEËN. VERRE VAN DAT ZELFS. DE MANIER WAAROP WE MET ANDERE MENSEN,

DE AARDE EN ONS HELE LEVEN OMGAAN WORDT ER DOOR BEÏNVLOED. HET AFBOUWEN VAN DE SOCIALISATIE BETEKENT NIET ALLEEN VERZET TEGEN DE INVLOED VAN DE MAATSCHAPPIJ. HET LAAT OOK AAN MENSEN DIE SCEPTISCH TEGENOVER ONZE IDEALEN STAAN ZIEN DAT WE NIET AAN LUCHTKASTELEN MAAR AAN IETS CONCREETS WERKEN. TERWIJL DE MAATSCHAPPIJ STEEDS MEER INDIVIDUALISEERT, IS ONZE KRACHT JUIST COLLECTIVITEIT. WE WILLEN OP EEN GELIJKWAARDIGE MANIER SAMEN EEN COLLECTIEF DOEL NASTREVEN. DIT MAAKT ONS VERZET NIET ALLEEN EFFECTIEVER. WE KUNNEN ONS VERZET OOK DIRECT REALISEERBAAR MAKEN, OMDAT GELIJKWAARDIGHEID ZOWEL EEN VAN ONZE DOELEN IS ALS DE MANIER OM NAAR DIE DOELEN TE STREVEN. OOK HIERUIT BLIJKT DAT HET PERSOONLIJKE EN HET POLITIEKE NIET GESCHEIDEN KUNNEN WORDEN.

'Wat lees je?' vroeg Isa, die binnenkwam. De salade bestond uit veldsla, walnoten, druiven en honing. Op haar draagbare stereo-installatie speelde een cd van The Cure, in een vrolijk *up speed* tempo. (*You're so gorgeous I'll do anything... I'll kiss you from your feet to where your head begins...*)

'Over het afbouwen van de socialisatie.'

'En?'

'Het klinkt nogal sektarisch.'

'Sektarisch?'

'Zoals bij de Bhagwan. Dat je de gewone wereld vaarwel zegt en je onderwerpt aan de regels binnen de sekte.'

(*You're so perfect, you're so right as rain...*)

'Tss. Dit is echt wel even iets anders. Bij ons gaat het er nu juist om dat je zelf leert nadenken. Los van ouders en school, maar ook los van je leeftijdsgenoten. Je gaat samen op zoek naar hoe je denkt dat het in elkaar zit. Of hoort te zitten. Iedereen krijgt hier de vrijheid om te denken hoe hij zelf wil.'

'Zolang het maar toevallig precies in hun straatje past. Als ik hier een pleidooi zou houden voor het dagelijks eten van vlees dan was het snel afgelopen met die mooie vrijheid om te denken wat je wilt.'

'Vlees eten is ook barbaars.'

Ze giechelde. 'Maar soms, dat mag je niet verder vertellen hoor, soms trek ik gewoon bij de Febo een kroket uit de muur.'

De zon scheen de kamer in. Ze zat naast hem op bed, keek hem lachend aan. Ze vertederde hem. Hij legde een hand op haar knie, die ze meteen wegtrok. *Wat nu weer?* Hoewel hij aanvoelde dat ze het niet wilde, maakte hij, overmoedig, aanstalten om haar te zoenen. Ze draaide haar hoofd weg. (The Cure zong: *You're such a strange girl... I think you come from another world...*)

'Dit zal je wel niet leuk vinden, maar ik ben er, na al dat gedoe met Remco, gewoon nog niet aan toe.'

'...'

(*You're such a stra-a-a-ánge girl... I'd like to shake you around and around...*)

'Ik ben er nog niet aan toe om weer een... hoe heet het... iets met iemand te hébben.'

En bij het Van der Werfpark dan?

'Kijk, ik... ik wil je niet kwétsen of zo, maar ik heb het idee dat wij toch meer vrienden zijn dan iets anders. Ik bedoel... Ik kan met jou altijd onwijs relaxed over allerlei dingen praten. Toch?'

'...'

(*The way you look like you do... You're such a strange girl...*)

En die ene avond dan?

'En die ene avond... Dat was misschien niet zo verstandig om te doen.'

Zijn maag kromp. Zijn darmen verschrompelden. Hoe kon ze dit zeggen? Hoe kón ze? *Niet zo verstandig om te doen.* Natuurlijk niet. Niks, niks had het met verstand te maken. Wie verstandig wil zijn moet thuisblijven. Hoe kón ze. Ook zij, ook Isa had toch de stuwende kracht van de *fata* herkend? Ook zij had zich daar toch aan overgegeven? *Dat moest er wel een keer van komen.* Ook zij was toch de *volentem* geweest? *Dat moest er wel een keer van komen.* Hij wreef tranen uit z'n ogen, mompelde iets over de wierook en liep door het gat in de muur naar buiten.

De hele fietstocht jengelde de synthesizersolo uit het begin van het volgende nummer in zijn hoofd. ('A Thousand Hours', met die klagende stem: *For how much longer can I howl into this world...*)

Thuis stortte hij zich op bed, begroef zich in zijn hoofdkussen en voelde de wereld aardbevingsgewijs ineenzijgen.

De avond erop was een zaterdag, de enige avond waarop hij van zijn ouders uit mocht. Dat hele uitgaan begon hij een beetje onder de knie te krijgen. Vroeger dacht hij dat het alleen lomperiken waren die uitgingen, Sjonnies en Anita's die hun brommers voor de discotheken stalden in de buurt van de Beestenmarkt en daar dan een hoop kabaal maakten en agressie uitstraalden. Ook het poolcentrum van Alexander en de rest van de Groep Oegstgeest had die sfeer van discolicht, drank en gedreun. Er hoorde een geur bij van verstikkende cosmetica, zoete mixdrankjes en zweet.

Sinds hij Maarten had leren kennen, en via hem Sjoerd en Mieke, ontdekte hij dat het uitgaan ook andere gedaantes aannam. Er waren donkere cafés waar je gelijkgestemden tegenkwam, waar je de avond pratend en lachend doorkwam, waar je telkens *nieuwe mensen leerde kennen.* Het belangrijkste trefpunt was het Leids Vrijetijds Centrum, LVC, dat ondanks de naam – die eerder voor een gemeentelijke sociale voorziening bestemd leek – een opwindende plaats was, een totale wereld op zichzelf, die zich schuilhield achter een van de oude gevels aan de Breestraat.

Het LVC telde drie verdiepingen: een danszaal op de begane grond, een klein inpandig coffeeshopje, gerund door twee oude hippies met baarden, plus een filmzaaltje op de eerste verdieping, en een zoldercafé, met een podium voor muziek in kleine bezetting, doorgaans singer-songwriters met gitaren. Akoestisch. *Unplugged.*

Met Maarten, Sjoerd en Mieke zat hij vaak daar op zolder. Met Maarten besprak hij vanavond het fiasco rond Isa in grote lijnen.

'Tsja,' reageerde Maarten. 'Wat zie je eigenlijk in haar?' En haastig, omdat dit verkeerd over kon komen: 'Ik bedoel... Ik ben zelf eens op een meisje verliefd geweest, en toen ik daar beter over na ging denken, kwam ik erachter dat ik vooral van het verlangen zelf genoot. Hoe ellendig dat soms ook was. Die hele melancholie, al dat smachten... Toen ik haar eenmaal had, was het weg.'

Vermeer wist dat zo net nog niet. Was er iets weg geweest, toen, die avond aan het water? En genóót hij van hoe hij zich nu voelde, ellendig, verlaten, vervloekt, vergeefs?

Wat zag hij in haar? Hij zag vooral wat ze kón zijn, wat ze uiteindelijk wel wás, maar wat bedolven lag onder lagen die hij niet begreep. Toch, moest hij toegeven, was het ook haar radicale houding die hem aantrok. Haar vrolijke koppigheid, haar nonchalante nee-zeggen, haar lichtvoetige rebellie. Het bellen blazen ten overstaan van ME'ers.

Ze zwegen. Een zangeres – het meisje was een jaar of twintig – begon te zingen en begeleidde zichzelf op akoestische gitaar. Maarten rolde een shaggie. Sjoerd stond aan de bar om plastic muntjes te wisselen voor bier. Mieke luisterde naar de muziek. Zo ging het altijd, met vrienden. Je zat bij elkaar, tastte in hetzelfde duister, ontregelde je zintuigen. Je had vermoedens over elkaars werelden, maar er bleef een mist tussen jullie hangen, elk bleef zich verschansen in z'n eigen persoon, in degene die hij was wanneer ook hij weer alleen in bed lag. Je leidde elkaar af. Al moest hij toegeven dat hij met het huidige kringetje vrienden meer overeenkomsten had dan destijds met Ronnie en Dennis, die uit zijn aandachtsveld waren weggegleden. Maar ging het daar om, om iets overeenkomstigs te hebben? Je wilde toch juist het nieuwe, het vreemde, het avontuur? Ja, maar wel avontuur vanuit een gezamenlijke basis. Samen op ontdekkingstocht. Je had een basiskamp nodig.

Later zal het hem opvallen hoe in elke leeftijd vriendschappen om iets anders draaien, en hoe dit vaak maar rond één aspect is. Met Dennis en Ronnie ging het over strips, videogames, chips en films. Met deze groep ging het over blowen, popmuziek, filosoferen, een wereldbeeld opbouwen. Later zal hij vrienden krijgen met wie het over architectuur en het studentenleven gaat, daarna over reizen en een vaag verlangen naar amoureuze ervaringen in verre steden. Daarna over alles rond de kinderen. Of rond de start van je carrière, het boeken van de eerste successen, het incasseren van de eerste teleurstellingen. Het kwam voor dat vrienden van de ene fase meeverhuisden naar een volgende – doorgaans omdat hun levenspaden dezelfde baan volgden – maar regel was dit allerminst.

Daar kwamen de anderen binnen. Vanuit de trap was het de hele avond door een komen en gaan. Daar waren Giel en Justus, die op de Vrije School zaten, en ook in een bandje speelden. Daar was Sebastiaan, die pianospeelde en naar het conservatorium zou gaan. Daar waren Matthijs en Rob, die allebei schilderden en kunstacademie zouden gaan doen. Daar waren Thomas en Lodewijk, bij wie hij volgend jaar in de groep zou zitten met Romereis. Daar was Kathleen, een punkster die veel met Isa optrok. Daar waren Bart en Inge, die ook allebei in Delft zouden gaan studeren. Daar was Daniël, die voor de radio zou gaan werken. En daar was, geëscorteerd door twee nogal zwartgeklede altomeiden – een dikke met kort haar, en een graatmager exemplaar waarvan alles futloos neerhing als van een treurwilg – Isa Verstuijven.

Hun blikken hadden elkaar al geraakt, net iets te lang om nog te doen alsof ze hem niet gezien had. Isa loosde haar zwarte vazallen aan de bar en kwam een praatje maken, op zo'n voorzichtige, zorgzame toon die half medelijden, half schuldgevoel uitdrukte.

'Gaat het een beetje?'

Wel godverdomme. Hier had hij geen zin in. Meteen schoot hij in de contramine. 'Hoezo?'

'Nou eh... gewóón... Je was gisteren opeens mega-snel weg...'

'Ja, omdat de stank niet meer te harden was, in dat stinkhok van je.'

Ha, wat ging dat makkelijk! Als het kapot moest, dan moest het maar goed kapot.

'Nou já zeg...' Ze keek rond, op zoek naar bijval. De rest van Vermeers groepje was iets opgeschoven en had zich afgezonderd. 'Nou já...'

'En nóg wat, Isa.' Wat zei hij nu? Hij had nog nooit haar voornaam in haar nabijheid uitgesproken. (Hij behoorde niet tot de mensen die dat doen. Ook later zal hij nooit iemand bij z'n voornaam aanspreken als dat te vermijden is.) En wat wilde hij nog meer zeggen? Hij wist het niet. Het leek hem gewoon passend om haar dat zinnetje toe te bijten: 'En nóg wat Isa.'

'Nou?'

'Ga weg uit dat kraakpand. Dump al die halve lijken met wie je zogenaamd bevriend bent. En maak gewoon je school af.'

Zo. Dat was gezegd.

Ze was niet eens boos. Ze was alleen verrast, giechelde een beetje verbouwereerd. Vervolgens liep ze weg en riep ze, toch nog ontdaan, uit: 'Teringklootzak, je lijkt m'n vader wel!'

Die avond zag hij haar niet meer, loste ze op in de menigte. Iets na twaalven plukte hij z'n jas uit de garderobe en fietste hij naar huis.

Altijd op de fiets: het lange traject langs de spoorlijn naar de stad, naar school, naar huis, naar de stad, naar de cafés, en 's nachts weer terug naar huis, het asfalt alleen beschenen in een waaier van koplamplicht, met het gezoem van de dynamo. Altijd was er die ontnuchterende terugtocht. Altijd dezelfde weg, het nagonzen in z'n oren en de doffe teleurstelling dat het alweer voorbij was zonder dat het echt ultieme was bereikt.

Altijd de gang. Altijd de trap waarvan hij wist welke treden kraakten. Altijd zijn kamer. Altijd de walkman waarmee hij wegdook. Altijd het bed dat ineens veel zachter leek (kwam dat door de wiet?). Altijd het fantaseren van werelden bij de muziek, bij de teksten. Ergens kwam het hem voor dat het uiteindelijke doel van die uitgaansavonden was om hier alleen in bed te liggen en naar muziek te luisteren, om zijn interne reis in de halfslaap te intensiveren, zijn geest te verruimen, te voelen en te denken in drie dimensies.

Ook dat zal hij later vaker ervaren, alsof het een thema met variaties betrof. Veel van zijn dagen zullen bestaan uit voorbereiden, naartoe leven, en uit het weer alleen zijn erna. Die twee situaties zijn ruime, behaaglijke kamers aan weerszijden van een smal halletje – de zogenaamd werkelijke gebeurtenis – waar hij zich altijd ongemakkelijk, geneigd tot vluchten voelt. Zelfs bij die scheikundepractica met Isa. Zelfs als zij zich over zijn rekenmachine heen boog, en haar zachte borst zijn bovenarm onder hoogspanning zette, zelfs dan had hij de aandrang om zich uit de voeten te maken om het allemaal goddomme eens rustig op z'n gemak te voelen en te laten bezinken. Vooraf en nadien: de geliefde domeinen van Johannes Vermeer.

Samen met de vroegste nederzettingen kwam een ander verschijnsel de mensheid gezelschap houden: de vrije tijd. Het boerenbestaan kliefde de tijd uiteen in werken (ploegen, melken, zaaien, slachten, plukken) en wachten (de boel laten rijpen, bloeien, grazen, groeien). Die tweedeling bracht ook een nieuwe omgang met het spirituele. Het wachten op de oogst transformeerde in een langgerekt hopen, verzacht door verzinsels over goden, tot wie je je kon richten en voor wie men gebeds- en offerplaatsen inrichtte. Voor het eerst gaven we ons over aan het opluisteren van binnenruimtes.

(Johannes Vermeer in een lezing, maart 2011)

32

In een opwelling belt hij met Parnassia zodra hij terug in z'n vakantiehuisje is. Of ze iets meer kunnen vertellen over die oudere meneer met z'n rode scootmobiel.

'Meneer Van Locht?' vraagt de receptioniste.

'Ja. Kunt u mij vertellen waarvoor hij in behandeling is?'

'Wie bent u? Dat is privacygevoelige informatie. Bent u familie?' Ze heeft, hoort hij aan haar stem, al te veel verteld. Hij hangt op. *Stik er maar in, vuile hoer.*

Olivier heeft de volgende dag een beter plan: er langsgaan onder het mom van een evaluatie. Een middag in de recreatieruimte doorbrengen om te zien hoe die functioneert, en hoe ze hiervan kunnen leren voor vervolgprojecten.

Het lukt, hij is de volgende dag al welkom. 'En nee,' zegt Olivier, 'natuurlijk kom jij niet mee. Stel dat die gek je ziet.'

Vermeer herinnert zich de ruimte, kan hem met gesloten ogen visualiseren: een arena, met een koepeldak met een eivormige oculus erin, gestut door vierkante kolommen – betegeld met wat dus blijkbaar Chinees leisteen is, een materiaal dat terugkomt in een laag buitenmuurtje, dat de afscheiding is van een vijver die vanuit de lage, brede ramen te zien is. Natuurlijke materialen. Organische vormen en verhoudingen. Duidelijk een vroege LVE, nog barstensvol idealisme. Verbeter het innerlijk, begin buiten. En dat heeft allemaal niet kunnen voorkomen dat een randdebiel hier fictieve rouwkaarten in elkaar knutselt.

Parnassia en Klein Elysium verschillen als concept niet wezenlijk van elkaar: het zijn besloten gemeenschappen, omheinde enclaves waarbinnen het leven gemakkelijker gaat, 'geheel verzorgd' dan wel in een 'klinische opname'. Gekken en vakantiegangers zoeken uiteindelijk hetzelfde.

Tegen zessen is Olivier klaar en komt hij verslag doen in Vermeers huisje in Klein Elysium, dat maar een paar minuten rijden ervandaan is.

'Nou, allemaal niet niks. Die man zit daar niet voor z'n aambeien.'

Ze zitten naast elkaar op het terras, achter twee pizzadozen, opengeklapt als laptops, die een meisje van zeventien heeft bezorgd met een van de vier elektrische golfkarren waar het park over beschikt.

'Van het verplegend personeel wilde niemand praten. Ik heb uiteindelijk één schoonmaakster gesproken, en een paar patienten. De man zelf liet zich niet zien. Van Locht heet hij dus. David van Locht. Geboren 1939. Is na de aanslag gedeeltelijk invalide geraakt. Na een operatie met complicaties.' Olivier grist een pizzapunt uit de doos. De gesmolten kaasdraden rekken lang uit. 'Ligt psychisch in puin doordat zijn kleindochter van vier, op wie hij die dag paste, het niet heeft overleefd. Hij zit op de semi-gesloten afdeling.'

'Inhoudende?'

'Inhoudende dat hij wel beschikt over een zelfstandige woning, maar onder streng toezicht staat, en een heel dagprogramma krijgt. Volgens die schoonmaakster was er suïcidegevaar.'

'En die tegels?'

Vermeer neemt nu pas een hap van zijn pizza – de *Elysium Diavolo* – en heeft onmiddellijk tranen in zijn ogen. Z'n gehemelte staat in brand. De pepers zijn ontiegelijk scherp. Hij blust het met bier.

'Ook gevonden. Er ligt een hele stapel restanten onder het afdakje naast de ingang van de keuken, onder een dekzeiltje. Kan iedereen zo bij.'

'Kortom... We hebben hem...' Vermeer schraapt alle rode ingrediënten van zijn pizzapunt.

'We hebben hem.'

'En nu?'

'Tja. Dat is aan jou.'

Hij slaagt er niet in om Van Locht als dader te zien. Evenmin als hij zichzelf ooit als redder kon zien. Evenmin als Van Locht gered was. Eerder is Vermeer zijn beul geweest, door hém mee te nemen en zijn kleindochter achter te laten, en dan achteraf nog op televisie te komen pronken met zijn reddingsactie, *en passant* liegend dat hij nog naar hem geïnformeerd had en ja hoor, hij was *er weer helemaal bovenop*. Hij was nergens bovenop, en dat zou hij hem laten weten. Dat zou hij Vermeer laten weten, net als dat Vermeer niet straffeloos zíjn misère als opstapje naar zijn eigen triomf kon nemen. JOUW BEURT KOMT. Redder blijkt beul. Geredde blijkt ontredderd. Niemand is wie hij lijkt. De rollen wisselen met de lichtinval.

'Heb je de naam van die kleindochter?'

'Amalia. Zoals de prinses...'

Vermeer zucht, staart naar een reclamevliegtuigje dat in de verte overvliegt. De tekst kan hij niet lezen, en is bovendien in spiegelbeeld: het toestel is op de terugreis.

Am... am... je moe... áma...

Godverdomme.

's Nachts zoekt hij opnieuw in de cameraopnamen. Godverdomme, dat kind, dat heen en weer rende op de betonnen wachtbank, tussen de lampen die omhoogschenen. Hij hoeft de opname niet lang in de tijd terug te draaien om ze samen te zien: de dikke man, Van Locht, met dit meisje aan zijn hand.

Hij blijft lang voor zich uit turen. Hij zou nu Celine kunnen bellen. Waarschijnlijk zou hij haar zelfs moeten bellen: ze kunnen terug naar huis. Het gevaar is geweken. Maar hij weet dat hij er de woorden niet voor kan vinden. Lafhartig tikt hij een mailtje met de belangrijkste feitelijke informatie. Ook schrijft hij dat die vrouw met wie ze hem bij de tentoonstelling en op de beveiligingscamera zag toch echt een zakelijke relatie is. En ja, hij kent haar van zijn middelbare school, dat is alles. Hij verstuurt het bericht, leest het terug en ziet hoe de ongeloofwaardigheid ervanaf gutst. Als hij zelf zo'n mailtje zou krijgen, zouden al zijn alarmbellen gaan rinkelen. Dat krijg je er nu van. De waarheid verzwijgen betekent dat ze daarna ongeloofwaardig is.

Op z'n computerscherm is een mail verschenen van Celine. Hij durft er alleen scannend doorheen te gaan. Zijn oog raakt slechts steekwoorden aan – 'voorlopig geen contact meer', 'geen barst van', 'weet het ook even niet meer'...

Hij trekt een koude fles riesling uit de ijskast, en drinkt die voor de helft leeg zonder glas. Daarna neemt hij de fles mee naar zee, waar hij de rest naarbinnen slokt. Hij is verrassend kalm, en staart ongeveer anderhalf uur naar de golfslag in de branding. In het zwin bij de Zandmotor weerspiegelt de maan als een zilveren gloed. De rondingen van het zand zijn verrukkelijk, erotisch, sensueel. Hij heeft zin om te zwemmen, en herinnert zich pas op het laatste moment dat hier op sommige tijdstippen een zwemverbod geldt, nadat er een man was verdronken in de sterke stromingen en draaikolken die de ontwerpers van dit project kennelijk niet hadden voorzien.

Hij ziet het nu steeds helderder voor zich, zijn schaduwontwerp. Het ronde gebouw is vervangen door een grote, opstaande schelpvorm met monumentale allure. In het centrum golft een gordijnachtige kloof, waar daglicht invalt. Ernaartoe leidt een brede gang, lichtjes afhellend vanaf de Grote Markt, met aan weerszijden ruimte voor ateliers en winkels, die naar beneden doorlopen in de tramtunnel. Het plein – gevormd door de daken van die winkels – moet dit glinsterende patroon van slierten maanlicht op zeewater krijgen, begrijpt hij nu.

Hij werkt het uit in zijn huisje – hij prikt verschillende tekeningen in voor- en zijaanzicht op – en valt in slaap als het eerste licht verschijnt, samen met een oorverdovend tjilpconcert van kleine vogels, en de lange, huilende krijsen van meeuwen.

Als zijn telefoon gaat, voelt hij een massieve koppijn. Het is Kasper.

'De uitslag,' zegt hij.

In zijn telefoonscherm ziet Vermeer dat het 5 juli is. Morgen wordt het winnende ontwerp toch pas bekendgemaakt? Maar natuurlijk. Ze gaan de winnaar niet op het laatste moment bellen, niet op de eerste verjaardag van de aanslag.

'We zijn gebeld met de uitslag.'

'En?' Nu valt zijn oog weer op zijn tekeningen. Meteen jaagt er een steek van opwinding door hem heen, wat een goed teken is, dat een idee na een nacht nog niet aan kracht heeft ingeboet.

'Remise.'

'Remise?'
'Gelijk geëindigd. Nagenoeg.'
'Met wie?'
'Met wie denk je.'
'Hark?'
'Wie anders.'

XXXIII

Je me crois en enfer, donc j'y suis.
– ARTHUR RIMBAUD, *Une saison en enfer*

Aan alles kwam een einde in pizzeria Karalis, waar de klas gezamenlijk het derde schooljaar afsloot. Het moet een van de eerste dagen van juli zijn geweest. De zomer nam bezit van de binnenstad en kondigde een langgerekte vakantieperiode aan. Op de fiets neuriede Vermeer het *rondo* uit Beethovens Waldsteinsonate. Er zat hetzelfde gretige ongeduld in dat hij altijd had als hij op een uitgaansavond de stad in fietste en dat deze zomeravond nog feller, scherper, kwellender was. *Attacca.* Na het popelende ongeduld van het *allegro con brio* en het langgerekte, sombere *adagio molto* was er ineens die inlossing in de gedaante van een aanval. Attacca! Nu dan, *nu dan!*

'Liftje nodig?' Een brommer raasde langs hem op de Breestraat. Twee brommers: Kees-Jan en Alexander. Hun helmen draaiden een kwartslag. De vizieren al open. 'Liftje?'

Hij greep zich vast aan Kees-Jan z'n schouder en liet zich als een zijspan meevoeren. Anderen had hij dit al vaak zien doen, en het zag er altijd wat wankel uit: een onverhoedse beweging, met maar één hand aan het stuur, en je lag onderuit. Maar nu was het juist, meteen de eerste keer al, soepel, ontspannen. Het voelde machtig om de warme lucht door z'n haren en z'n kleren te voelen blazen, en de stad voorbij te zien flitsen: aan de grachten hadden studenten hun gehavende bankstellen op straat gezet, naast rokende barbecues en kratten bier. In het Van der Werfpark lagen studenten languit in het gras, of ze trapten tegen een voetbal. Hij was over naar de vierde. Hij was halverwege. Drie jaar nog. Nog drie jaar, en dan kon hij ook gaan studeren, dan kon hij zich gaan laven aan het soort vrijheid waar deze avond een voorproefje van moest zijn.

Twee keer vijftig minuten, pauze. Zes maanden, rapportcijfers. Zes jaar, eindexamen. Op school was de tijd afgebakend, niet alleen in het strakke mathematische rooster van lesweken en schoolvakanties, maar ook in het aantal jaren. Eerst moest je die cilindervormige, ingeblikte tijdscapsule door en pas daarna, als je halverwege de twintig was, werd je als het ware gelanceerd in een ruimte die zonder begrenzing leek.

De pizzatent had luifels met brede banen in de kleuren van de Italiaanse vlag, waarvan het groen verbleekt was in de zon tot dezelfde tint als de torenspits op hun schoolgebouw. Binnen leidden twee Italianen met witte schorten om hen naar de vier grote tafels achterin. Isa zat er al, samen met Kathleen. Kees-Jan en Alexander kozen er meteen voor om bij ze aan te schuiven. In één zet was bepaald dat dit de *coole* tafel was. Isa negeerde Vermeer, wat niet moeilijk bleek, zeker niet toen een paar minuten later Arnoud, Ronnie en Cécile met dezelfde vanzelfsprekendheid aanschoven. Nadat Oscar de laatste stoel had bezet, zat er voor de anderen die later binnenkwamen niets anders op dan de tafel ernaast te nemen, veroordeeld tot fletsere types of zelfs de laatste twee tafels, waar ook de docenten zaten, Meijboom en Stam.

'Waarom hebben ze maar één vegetarische pizza?' vroeg Isa. 'En natuurlijk eentje met alleen maar groenten. Alsof je als vegetariër ook meteen een konijntje bent.'

'Dat bén je ook,' zei Alexander, en hij liet zijn handen een snelle copuleerscène uitbeelden. 'Een roodharig fokkonijntje.'

'En die kaas die erop zit is natuurlijk ook niet veganistisch.'

'Nee, die is gemaakt van de ballen van zeehondjes, nou goed?'

'O, écht hoor, jullie weten ook niks. Jullie weten blijkbaar niet eens dat in gewone kaas koeiendarmen zitten.'

Een van de Italianen, die de drankjes kwam opnemen, zei: 'Wij gebruiken altijd die mozzarella. Anders... ís niet pizza, hè? Meeste mensen in Nederland doen op die pizza gewoon ouwe kaas, maar dan kan niet zijn pízza, begrijp jij? Pizza is altíjd met die mózzarélla.'

Inmiddels lagen Alexander en Ronnie allang in een deuk, al was het maar omdat die vent precies praatte als in een reclamespotje voor Iglo Diepvriespizza's dat tot vervelens toe op tv was. Dus was het de rest van de avond telkens: '*Mario, die pizzabakker*!' Ronnie: 'Ik lust nog wel een biertje, jongens.' Alexander: 'Mario! Mario? Mario die pízzabakker!'

'Zeg, gedraag je,' riep Meijboom nog vanaf de andere tafel, totdat hij merkte dat de Italiaan het in het geheel niet leek te deren. Met een wat besmuikte grijns zette die de leerlingen hun drankjes voor. Toen de pizza's al op waren, bestelde Vermeer zijn derde of vierde glas chianti, waarop de Italiaan uitriep: '*Subito signor!*'

'Mafkees,' zei Ronnie.

'Ik vind het anders best een lekkere vent...'

De tafel viel stil. Isa nipte met een glimlachje van haar witte wijn.

'Ja?' vroeg Alexander. 'Maar hij heeft helemaal geen ongewassen rastahaar.'

Vermeer voelde z'n hart in z'n keel kloppen. Had Isa dat echt gezegd? *Best een lekkere vent*? En hoe oud wás die vent wel niet, met z'n blinkende gebit en z'n ongeschoren kaak?

'Dat hoeft toch ook niet,' zei Isa. 'Een beetje een gespierd type kan ook wel eens fijn zijn. Op z'n tijd. Zeker als hij zo'n berg borsthaar heeft.'

Was ze dronken? Ook. Ook waarschijnlijk, dacht Vermeer. Ze had ongetwijfeld ook vooraf geblowd. Dan had ze altijd dat lacherige over zich, dat spottende, dat laconieke, dat air van jullie-weten-nog-niks-en-ik-ben-allang-wereldwijs, dat aureool van je-moest-eens-weten.

'Ja, dat vind je wel lekker?' Alexander, dacht Vermeer, moest zich nu toch ook verbijten? Maar nee, hij leek er juist *op te kicken*, op Isa's provocaties.

'Héérlijk vind ik dat. Zeker als het een beetje stevig en stug is, en dat is het bij hem zo te zien wel.'

'Ja? En wil je dan ook dat z'n schaamhaar *een beetje stevig en stug* is? Dat het haar op z'n zak *een beetje stevig en stug* is?'

'Nou já zeg!' Het was Cécile die dit riep, schijnbaar om Isa in bescherming te nemen. Kathleen zuchtte diep, als om iets wat ze al vaker had meegemaakt.

'Nee,' zei Isa lacherig. 'Nee, als het op dat soort dingen aankomt maakt het mij niet uit. Als hij maar een beetje goed is in bed.'

'Prego, dottore!' Daar was hij, daar stond hij achter zijn stoel, die *best lekkere vent,* en zette Vermeers wijn met een soepele zwaai op tafel. *'Uno vino rosso. Altre cose qualcuno?* Nog driénken iemand?' Vermeer snoof. Nog even, en die gore spaghettivreter kon het glas in z'n bakkes krijgen. *Opzouten nu, uienreet.*

'Ja,' riep Alexander, alsof hem iets te binnen schoot. 'Zij...' – hij gebaarde met de punt van z'n mes naar Isa – 'zij wil graag uw borsthaar voelen.'

De man grijnsde stompzinnig.

'Mi chiamo Frederico. Ik ben Frederico.' Hij stak z'n hand uit – ook die was harig.

'Isa. Eh... Isa heet ik...' Was ze echt verlegen of speelde ze het alleen maar? Ze bloosde wel, dat kon je niet acteren.

'Isabella! Isa... bellissima!' Nu kwam ook de andere Italiaan zich ermee bemoeien. Een hoop gegiechel en geroep. Frederico's shirt werd door de ander een knoopje verder opengedaan. Hij duwde hem Isa's richting uit. Er viel een doffe, zware mist over Vermeer heen, vanwaaruit hij het allemaal waarnam als iets wat op een ander continent plaatsvond. Het gegiechel. Isa die besmuikt weigerde, lippen op elkaar geperst. De Italiaan die haar hand pakte ('O, jij zwéét! Jij zwéét helemaal!') en die over Frederico's borst liet strijken. Het applaus en de verrukte kreten. Isa's blikken. Frederico die niet meer bij hun tafeltje was weg te slaan. De uitgedeelde drankjes ('Alles van de haus! Vanaf noe alles ies van de haus!'). De arm die telkens over haar schouder geslagen moest worden. De foto's die de andere Italiaan dan maakte.

En de genadeklap, na de tiramisu – de *hausgemaakte* tiramisu, godverdomme – en na de koffie, toen iedereen druppelsgewijs vertrok, sommigen naar huis, anderen naar cafés, en Frederico de lege plek van Kathleen had ingenomen. Vermeer had het eerst niet in de gaten, en had zijn aandacht proberen te verleggen naar een gesprek met Ronnie en Arnoud, die plannen smeedden voor de rest van de avond. Ineens was Isa opgestaan, depte haar mond droog met een servet dat ze tussen de resten op tafel legde, en liep rustig naast Frederico naar de uitgang. Het ging zo snel dat iedereen een beetje verbluft was.

Mevrouw Stam, die boven een glas calvados voor zich uit zat te staren, veerde op en vroeg: 'Gaat ons Isa nu met die Italiáán mee?'

'Ik ben bang van wel,' zei Alexander.

Stam zuchtte en zonk weer terug in haar stoel. 'Nou, dat belooft wat als dat kind over een paar jaar op Romereis gaat.'

De Groep Oegstgeest vertrok tegen elf uur naar 'De Harmo', zoals het café op de hoek van de Breestraat heette, De Oude Harmonie. Vermeer had de naam aanvankelijk als een metafysisch-nostalgische verwijzing gelezen, naar een ooit zo harmonische wereld die nu uiteengevallen was in een chaotische kakofonie. In werkelijkheid was er de repetitieruimte geweest van een fanfareorkestje, op de zolder, waar de houten vloeren nu ieder weekend dreunden onder het gestamp van honderden scholieren.

Vooral op de trap was het een gedrang van jewelste. De meisjes-wc's bevonden zich halverwege, waardoor er zowel naar boven als naar beneden een lange rij ontstond. In het voorbijgaan ving Vermeer glimpen op van meisjes die zich verdrongen bij de spiegels, een nerveus ritueel van mascara, lippenstift, tubes, borstels, klemmetjes. Op de trap bond een meisje haar haar met twee handen samen, met een elastiekje tussen haar lippen, haar ellebogen klapwiekend boven haar schouders waarmee ze hem de gladde huid van haar oksels toonde. Ze keek hem uitdagend aan. Of zag hij dat verkeerd? Het liet hem in elk geval koud, nu de enige naar wie hij verlangde in Italiaanse handen was gevallen.

De volgende week zou hij de precieze toedracht horen op school, waar ze nog één middag moesten komen om hun rapporten op te halen en hun oude schoolboeken in te leveren.

'Kun je eigenlijk aids krijgen als je hetzelfde condoom een paar keer achter elkaar gebruikt?' zou Isa achteloos vragen, toen ze op het bordes stond te roken bij de Groep Oegstgeest.

'Wel als je hem de tweede keer binnenstebuiten gebruikt,' zou Alexander grinnikend zeggen, met een stelligheid alsof hij dit dagelijks bij de hand had.

'En als je hem vijf keer op een nacht gebruikt?'

De Groep Oegstgeest zou schateren, Vermeer ineenkrimpen.

'Echt, die vent ging maar door... En hij had er maar eentje. Kan ik straks een aidstest gaan doen. Nou, lékker zeg.'

Nu stonden ze in de bovenzaal van De Harmo, waar een bol opgebouwd uit honderden spiegeltjes gekleurde lichtvlekken door de ruimte slingerde.

'Heb jij nog peuken?' vroeg Arnoud. 'Thanks. Biertje nog, Johan?'

'Graag. *Maintenant, je m'encrapule le plus possible!*' Heerlijk was het om dat eruit te laten knallen. Elke lettergreep als een zweepslag. De anderen lachten. Er school een wrang genoegen in deze rol van gekwelde ziel. 'Reaching your head with the cold, sudden fury of a divine messenger... Let me tell you about heartache and the loss of god...' Hij nam een diepe trek van zijn sigaret, deed alsof hij nadacht en zuchtte: 'Wandering, wandering in hopeless night...' Jim Morrison. Al die teksten kende hij blijkbaar uit z'n hoofd, zo vaak had hij ze op z'n walkman geluisterd. Nu, ellendig en toch geëxalteerd, vielen ze op hun plek. 'Out here in the perimeter there are no stars... Out here we is stoned... Immaculate...' Hij liet z'n hoofd neerhangen, klokte het glas dat voor hem op de toog was verschenen in één keer naar binnen, stond op en schreeuwde door de ruimte: 'Adolf Hitler is still alive... I slept with her last night!'

Dronkenschap. Zijn eerste. Zoals er zoveel Eersten zijn rond die leeftijd, nog niet te vergelijken en dus overweldigend, bewustzijnvullend. We overdrijven waar we voor het eerst mee te maken krijgen omdat we er nog niet mee kunnen omgaan, omdat het nog niet is tegengesproken in de confrontatie met de buitenwereld. Er is een fundamentele *hybris*, zonder relativering, zonder *temperantia*, zonder *prudentia*.

Buiten, in de straat waar de uitsmijters op uitkeken, was het op zulke avonden altijd een chaos van fietsen, brommers, scooters, citta's, en gescharrel tussen de geparkeerde auto's. Dit was waar al dat 'bekken' plaatsvond. Sommige meiden lagen languit op een motorkap, andere stonden tegen een muurtje gedrukt. Bekken. Tongen. Op de bek pakken. Gáán. Al dat soort termen beschreef in de verste verte niet wat hij nog maar zo kort geleden bij háár gevoeld had, verderop aan het water.

'Liftje nodig?' Ronnie scheurde op z'n Puch voorbij, peuk in z'n mondhoek, een hand in de lucht met gestrekte duim en pink. Vermeer liep de Schoolsteeg uit tot aan het Gerecht, rond de Pieterskerk en nam daar de Nieuwsteeg naar het Van der Werfpark. Op het bruggetje bij de Doezastraat kon hij allebei de plekken zien, die vanaf nu merktekens zouden blijven. Toen was het eindelijk zover geweest. Vóór hem de wilg in het water – waar nu een brede motorsloep lag te dommelen – rechts de pizzatent. Hoe klein was het allemaal. Hoe kort was het geweest. Hoe raadselachtig. Alsof ze rechtstreeks de route hadden gewandeld die hij nu zelf aflegde, zwalkend, vanaf die kade naar die gestreepte luifel. Zijn eenpersoonsprocessie telde amper vijftig passen.

34

Eerst denkt hij dat er ingebroken is bij hun kantoor. Twee mannen in donkere vesten staan bij het portiek als hij z'n auto parkeert. *Wat nu weer?* Alle ruiten zijn zo te zien nog intact. De deur is niet geforceerd. De mannen lijken security-types zoals je ze in warenhuizen altijd ziet rondsluipen, en ook steeds vaker bij overheidsgebouwen. Mannen bij wie je op voorhand verdacht bent, die in hun opleiding getraind zijn om zelfs in het onschuldigste oude vrouwtje een potentiële terroriste te zien, die getraind zijn om *fulltime* alert te zijn op die 0,00000001 procent kans dat er iets loos is.

In de deuropening houden ze hem tegen. 'Mag ik u vragen om uw mobiele telefoon aan ons af te geven? En heeft u een laptop in die tas?' Achter de glazen tochtdeur ziet hij nog twee of drie van die apen. Eentje zit achter de receptie boven een uit elkaar geschroefde pc gebogen. Een andere, een vrouw, loopt rond met een kleine laptop in haar armen en een cameraatje. Geen collega te bekennen. *Wat is dit godverdegodver? Blijf met je vieze gore teringtengels van onze spullen af, vuile kutbaviaan.*

Dan ziet hij de letters, in reflecterend wit, op hun vesten: FIOD-ECD. Gelijktijdig toont een van de mannen een identiteitspasje.

'Fiscale Inlichtingen- en Opsporingsdienst,' zegt hij. 'Ik mag u verzoeken om met mijn collega mee te lopen.'

De collega, een jonge vent nog, die zich ongemakkelijk lijkt te voelen, brengt hem naar het maquettesouterrain waar hij zes anderen treft: drie tekenaars, Olivier, de landschapsarchitect en Mandy, die nog staat te hijgen: 'Ik was nog maar drie seconden binnen, tien voor acht was het, en de bel gaat. Komen er meteen acht van die figuren binnen. Acht. Ik dacht: een overval. Dit is een overval. Ik had m'n telefoon al gepakt om een-een-twee te bellen.'

'Laten we rustig afwachten,' zegt David. 'Laten we rustig afwachten, want het zou best eens een gewone standaardcontrole kunnen zijn.'

'Ja hoor, een brandoefening zeker,' zegt Mandy.

Als de anderen een voor een binnen worden geleid door het FIOD-knulletje, beseft Vermeer dat het waanzin is. *Een gijzeling. Dit is een idiote gijzeling en wij zitten gevangen in een schuilkelder.*

'Kan dit niet zíjn werk zijn?' vraagt Olivier.

'Van Harkema?'

'Dat kan ook. Maar ik bedoelde van jouw stalker, jouw bedreiger, wat is het. Dat die gek deze jongens op ons af heeft gestuurd met een of andere bizarre tip.'

'Dit zijn de *fucking* Middeleeuwen toch niet?' zegt Vermeer. 'Waarin je je buurvrouw van hekserij beschuldigt en ze meteen de brandstapel op gaat. Die lui moeten toch iets van een concrete verdenking hebben?'

Hij vloekt, tiert, en beseft ook, vanuit een verlaten controlepost in z'n brein, dat hij dit doet om een pijnlijker inzicht op afstand te houden en te overschreeuwen. Want waar is Kasper? *Ik heb binnenkort weer wat voor je. Ga je overleven of naar de klote, dat is de vraag.* Waarom juist nu? Juist nu de overwinning voor het grijpen lag. Juist nu ze door het stemvolk op de hoogste tribune zijn gehesen, op die podiumplek die ze weliswaar nog delen met Harkema – ze haalden allebei exact vijfendertig procent van de stemmen; de opkomst bedroeg bijna tweehonderdduizend stemmen –, maar ze hoeven maar een por opzij te geven en hij ligt eraf. En als hij Kasper mocht geloven was die por al haast uitgedeeld. De gemeente had namelijk wel oren naar Paul Teijmens voorstel tot een publiek-private samenwerking. Achter de schermen had hij hier al met Visserlink over gepraat, en nu de kaarten geschud waren zoals ze waren, werd dat een steeds aantrekkelijker oplossing. Bovendien: die Teijmen had grote huurders geïnteresseerd gekregen. De Grote Namen. De vervolgprocedure is Visserlink persoonlijk komen uittekenen. De 'bal' ligt nu weer bij de commissie die 'op grond van additieve selectiecriteria' en met hulp van 'externe expertise' de 'aanvliegroute' voor de verdere besluitvorming gaat onderzoeken. Kortom, die zijn nog wel eventjes zoet.

Waarom juist nu? Juist nu hun bedreiger een *loser* in een rolstoel bleek. Juist nu de dreigpost is gestopt, nadat de politie is gaan praten met de man, samen met zijn begeleiders van dat gekkenhuis. Juist nu hij begon te geloven ook Celine en Anne wel weer terug te kunnen krijgen. Juist nu hij geloofde dat hij het fatale misverstand over Isa wel recht kon zetten, vroeg of laat.

Altijd is er wel iets. Heeft hij eindelijk, met de grootst mogelijke inspanning, een toestand van stabiliteit weten te bewerkstelligen, dan ontploft er ergens wel een bom en staat hij weer met lege handen, op een braakliggend stuk grond. Van de weeromstuit is zijn voornaamste geduld, incasseringsvermogen en energie tot wederopbouw tanende. Je kunt verdomme niet telkenmale maar aan de slag *blijven* gaan. De realiteit eist dit echter wel, onverbiddelijk zelfs. Met de onverschilligheid van een konvooi goederenwagons dendert het leven vooruit. Je kunt je niet afzijdig houden. Alles wordt vermalen tussen de tandwielen van de geschiedenis. Knappe jongen die hier het hoofd nog waardig opgericht houdt.

Na meer dan anderhalf uur komt de oudste FIOD-medewerker, die de leiding over het onderzoek heeft, naar beneden en vraagt Vermeer en Olivier mee te komen.

'Kasper Eijsvogel,' begint hij, boven in de *war room*, zonder introductie. 'Waar kan ik hem bereiken?'

'Als hij niet hier is, is hij thuis,' zegt Olivier.

'Daar is hij niet gevonden. Ook niet door het arrestatieteam.'

Vermeer hoort zichzelf slikken. Nu is het menens. Olivier trekt bleek weg.

'Wanneer hebben jullie voor het laatst contact met hem gehad?'

'Gewoon... gisteren,' zegt Olivier. 'Gisteren was hij de hele dag hier.'

'En Paul Teijmen?'

Olivier wil wat zeggen, maar Vermeer onderbreekt: 'Mag ik vragen wat de status van dit gesprek is?'

'U kunt zich beroepen op uw zwijgrecht, als u dat bedoelt.'

'Dan beroepen wij ons daarop.'

De man zucht. Klikt drie keer traag met z'n ballpoint terwijl hij Vermeer tussen z'n oogwimpers door opneemt.

XXXV

Op school kwam Isa na de zomer niet terug. Haar rapportcijfers waren ontoereikend geweest om haar te laten overgaan. Misschien had ze het met wat herkansingen kunnen redden, maar kennelijk had ze daarvan afgezien. En in plaats van de derde over te doen, was ze naar de havo gegaan. Dat is althans wat hij vagelijk had begrepen. De laatste keer dat Vermeer haar zag was op een woensdagavond in de stad. Het was de vooravond van Leidens Ontzet, 3 oktober, en de binnenstad verkeerde in feeststemming, waar Maarten, Mieke, Sjoerd en hij deelachtig aan wilden worden.

Hij was met redelijk goede cijfers overgegaan naar 4F. In Haïti had net een staatsgreep plaatsgevonden. De Sovjet-Unie was in rap tempo aan het afbrokkelen. Gorbatsjov was zogenaamd 'op vakantie' geweest, wat even later een coupepoging bleek. Boris Jeltsin nam de macht over na een vlammende redevoering vanaf een legertank. Oezbekistan, Estland, Letland, Litouwen en Oekraïne hadden zich stuk voor stuk onafhankelijk verklaard, meestal na een referendum. Leningrad heette weer Sint-Petersburg. Ook in Joegoslavië begon het te rommelen.

Veel merkten ze er niet van. De zomer had in het teken van de vrijheid gestaan, een langgerekte lanterfantende zomer op grasvelden en in cafés.

'Waar gaan we heen?' vroeg Mieke. Ze zaten onder de zuilen van het stadhuis.

'Er komt een coole band in de Droom,' zei Sjoerd.

De Droomfabriek was een minder bekend, nogal experimenteel poppodium bij de oude Wollendekenfabriek naast de Lakenhal. Vermeer was er nooit geweest. Maarten evenmin, maar ze gingen mee, al was het maar omdat ze die zomer samen de filosofie van het onverwachte hadden bedacht: wat je raakt is zelden iets wat je al kent, maar altijd iets nieuws wat toevallig op je pad komt, waar je je vooraf geen voorstelling van kunt maken. Aangezien je zoiets om diezelfde reden dus ook niet kunt ensceneren, moet je je toeleggen op wat wel in je macht ligt: er de voorwaarden voor creëren, onbekende, nieuwe plekken opzoeken, nieuwe mensen aanspreken, want overal kon de gift van het onverwachte toeslaan.

Het podium was nog leeg. De toegestroomde menigte, scholieren, overwegend alto, moest zich met een versterkte cd zien te vermaken.

'Geef mij eens een hijs van die joint...'

Ze hadden voorgedraaide stuffjoints ingeslagen, een stuk of vijf. Het was het najaar dat Nirvana *Nevermind* uitbracht en 'Smells Like Teen Spirit' de wereld veroverde. Zelfs Vermeer, die op z'n zachtst gezegd argwanend stond tegenover de allernieuwste muziek, voelde de opwinding toen hij op 2 oktober 1991 in de Droomfabriek de intro-riff hoorde, met die *power chords*, en het gierende *distortion*-effect. Zoals altijd verstond hij niks van de tekst. En zoals altijd moest hij verbaasd constateren dat de anderen van de aanwezigen, ook die uit zijn eigen gezelschap, al die teksten wel kenden en hardop meezongen. Waar leerden ze dat toch?

Hello, hello, hello, how low...
Hello, hello, hello, how low...
Hello, hello, hello, how low...

Vanaf een verhoging aan de zijkant keek hij over de menigte uit. Dicht op elkaar gepakt sprong iedereen verticaal de lucht in, als stuiterballen, om vervolgens, hinkend, uit te zwenken, tegen elkaar aan te botsen – ongeveer zoals in de brownse bewegingen waar Van Zevenhuizen bij natuurkunde over had verteld.

In de stem van de zanger die zich schor schreeuwde zat iets krankzinnigs, zo beestachtig en ongeremd dat Jim Morrison er het toonbeeld van gestileerde zelfbeheersing bij leek. Sjoerd staarde hem sloom maar met een verzaligde glimlach aan, overhandigde hem zijn biertje voordat hij zich ook in het geweld van stuiterende lijven wierp.

Daarna was het ineens stil. Vier jongens betraden intussen het podium en begonnen met veel vertoon te stemmen en te soundchecken.

'Hoe heet die band eigenlijk?' vroeg Vermeer aan Mieke, of eigenlijk schreeuwde hij het in haar oor.

'Rotte Toast,' zei Mieke.

Godverdegodver.

'Die zijn onwijs goed,' tetterde ze in zijn oor. 'En Nederlandstalig.'

Nu herkende hij hem ook. Remco had zijn opstaande punten vervangen door een coupe waarvan een helft totaal kaal was geschoren terwijl op de andere juist lang krullend haar groeide. Het stemmen ging zonder aankondiging of pauze over in een serie harde beuken uit het drumstel en de basgitaar, waarna Remco de microfoon uit de standaard trok om er in te schreeuwen:

Val dood in de stank van je leren driezitsbank
Val dood, trim je slank, pak zo'n kankerzonnebank
Vál... toch... do-hóód..!

Gitaren snerpten in de *overdrive.* Door de versterkers voorbij de eigen volumebarrière te draaien krijgt het geluid iets scheurends, die distortion die een corresponderende geestelijke energie opwekt, het gevoel letterlijk door een grens heen te gaan, een verbod te bruuskeren, een muur te slopen en even te zweven in de leegte na de explosie. Distortion: Rimbauds ontregeling van de zintuigen, opgenomen in een storm, zonder controle. De ultieme vrijheid is juist een onvrijheid.

Opeens was het donker, op een enkel blacklight na, en was ook hij omgeven door pogoënde lijven die hem door de ruimte beukten, van het ene uiteinde van de zaal naar het andere; zelfs wat boven en onder was, was niet altijd duidelijk meer voor hem, totdat hij weer aan de rand gekwakt werd, als aangespoeld wrakhout aan de branding.

Er ging weer licht aan, en tussen de hoofden van mensen die aan de kant stonden lichtte ze meteen op, scherp, alsof ze het licht niet ving maar zelf uitstraalde. Isa: het meisje zonder schaduw.

Ze had bijkans haar volledige oogkassen zwartgeschminkt,

uitlopend in scherpe punten die samenvielen met haar wenkbrauwen. Ze rookte shag, of een joint, en nipte uit een of ander smal blikje. De energiedrankjes, tjokvol suiker en cafeïne, waren in opkomst. Wat deed ze hier? Was ze weer terug bij Remco? Waarschijnlijker was ze hier omdat die band nu eenmaal een van de huisgroepen van die krakers was, en deze muziektempel feitelijk een verlengstuk van hun eigen woonkamer, voor de gelegenheid ook opengesteld voor ander publiek.

Na de beslissende Slag bij Karalis waren er dagen voorbijgegaan zonder dat hij aan haar had gedacht, maar heel talrijk waren die niet. Haar gedrag was met het begrippenkader dat hem ter beschikking stond niet te verklaren, en dus bleef hij rondtasten, blind, als een insect op zoek naar de uitgang van het glas dat over hem heen is geplaatst. Waarom was ze toch zo?

'Hee...'

'Hee...'

'Ben je niet meer met je Italiaan?'

'Welnee joh. Tuurlijk niet.'

'O.'

'Ik ben nog een paar keer bij hem thuis geweest, en daarna heb ik een briefje bij hem in de bus gestopt. Dat ik geen zin had in, hoe heet het, zo'n soort relatie.'

'En je woont nog in dat kraakpand?'

'Yep.'

'Met datzelfde gat naast je bed?'

'Haha, nee, ik heb je advies opgevolgd. Meteen toen ik het bed aan de andere kant had gezet, sliep ik als een roos.'

'Aha...' *Behalve dan als er Italianen over de vloer komen om je kut vol te pompen, vijf keer per nacht.*

'Nou oké dan...'

De muziek beukte weer, Isa schoot zonder aanleiding in de lach en zwalkte uiteindelijk zijn blikveld uit.

Ondanks alle evidente technologische vooruitgang kon je niet ontkennen dat er een minder opwindend tijdperk was ingetreden dan uit de jaren vlak voor hun geboorte. Die energie uit de Stones, Beatles en Doors, die collectieve rebellie – daar kon al die herrie, ofschoon die de herrie van haar voorgangers in volume en tempo in de schaduw stelde, onmogelijk aan tippen.

Ervoor in de plaats kwam iets wat op het eerste gezicht verwant leek maar er toch diametraal van verschilde: de uitgaanscultuur. Het uitgaans- en partycircuit had niet als doel een bestaande orde te herzien, maar was een zuiver consumptief fenomeen, dat juist meehoste op de heersende conjunctuur.

Het krakerswereldje rond Bar & Boos betrok een middenpositie, door zowel mee te dansen op de golven van drugs, bier en dans (of *dance*), als zich ook wel degelijk náást de samenleving te plaatsen, op de rand van de rechtsstaat, gehuld in een nevel van rebelse ideologie. Het was alleen allemaal zo kortzichtig, zo radicaal, zo – kwam het Vermeer voor – onecht. Er zat iets hinderlijk geveinsds in dat hele cultuurtje van ecologische perensapjes en pogomuziek. De tyfus konden ze krijgen met hun dreadlocks.

Rotte Toast ruimde het veld voor het volgende bandje. En terwijl versterkers en kabels weer losgekoppeld werden, en iemand een keyboard aansloot, klonk, als pauzenummer, die openingsriff weer uit de cd-installatie. Later zal de tekst hem voorkomen als het refrein van een generatie, van decennia van verveelde frivoliteit, opgesloten in een amusementsfabriek. Nu was het alleen – maar ook dat ontdekte hij pas later – de soundtrack bij haar laatste blik. Zoals ze daar stond – ernstig, brutaal, alleen – met haar donkerrode haar, bij de verhoging aan de rand van de ruimte, zodat ze iets uitkwam boven de kleine menigte van scholieren, studenten, kinderen die net uit huis waren gegaan of dat spoedig gingen doen, kinderen die op het punt stonden om gelanceerd te worden in het werkelijke leven, met sigaretten en glazen in de hand, attributen die de transitie moesten vergemakkelijken, vastberaden, afwachtend.

Here we are now
Entertain us

36

Opsporingsambtenaren van de FIOD-ECD hebben de bevoegdheid een verdachte aan te houden en voor de officier van justitie te leiden. Na een eerste verhoor kan de verdachte maximaal drie dagen in verzekering worden gesteld.

Dat leert Vermeer in de minuten die volgen. Hij krijgt toestemming in een lege kamer te bellen. Hij belt naar Celines vader, die zoals verwacht meteen van streek is, maar vrij snel kalmeert als blijkt dat hij juridisch advies moet geven, wat een onvermoede daadkracht opwekt. Hij kent verder geen advocaten, en op die manier, zo redeneert hij, kan hij in elk geval ook Celine inlichten.

'Heb je die man z'n legitimatie al gevraagd? En het nummer opgeschreven? Doe dat straks meteen. En verklaar dat je niets kunt zeggen vanwege je geheimhoudingsplicht.'

'Heb ik dat dan? Ik ben toch geen arts?'

'Iedereen is verplicht om te zwijgen over alles wat hij van derden te weten komt bij het uitoefenen van zijn beroep. Of je nu architect bent of accountant.'

'Oké...'

Het is gênant. Hier zit hij, te luisteren naar de man die Celine luiers omdeed en flesjes melk en fruithapjes voedde, de man die haar leerde fietsen en haar voorlas – de man die alles voor Celine deed wat hij zelf nu voor Anne doet. Hier zit hij dan, gegijzeld door een opsporingsteam. Wat moet die man niet van hem denken? Ook hij moet zich belazerd hebben gevoeld, toen bleek dat hij niet over zijn ervaringen op Zes Juli had verteld. Ook hij moet nu denken: als die jongen dat verzwijgt, dan kan hij vast nog meer verzwijgen. En heeft die man daar niet gewoon gelijk in? Vermeer wéét toch meer. Vermeer hád toch kunnen ingrijpen? Misschien heeft hij nog meer gehoord. Misschien heeft Celine ook bij hem het verhaal opgehangen dat hij zou zijn vreemdgegaan. Hij schaamt zich kapot. Wat doet hij die man aan? Juist nu. Juist nu Celine en Anne misschien weer terug zouden kunnen keren in het huis dat door Vermeers ijdelheid *hard target* werd van een of andere imbeciel.

'Goed. Belangrijk is ook om erachter te komen of die FIOD-ambtenaren je willen horen als getuige of als verdachte. Vraag dat, en in het laatste geval vraag je ook waarvan je dan verdacht wordt. Maar zeg verder niets.'

'Ja, geheimhoudingsplicht.'

Zo volgen er nog meer adviezen. Over waar hij wel of niet verplicht is aan mee te werken. Dat hij alle stukken die ze in beslag nemen moet kopiëren. Dat hij zich niet moet laten opjagen.

'En als het echt niet anders kan, dan laat je je maar voorgeleiden. Je moet je goed realiseren dat een onhandige verklaring een straf tot gevolg kan hebben die veel erger voor jullie kan uitpakken dan een paar nachten in de cel doorbrengen. Vanzelfsprekend kan ik jullie bijstaan, maar het is misschien beter als ik een vrind bel die beter thuis is in het financiële.'

'Ik...' Zijn stem beeft. Hij wil iets over Anne vragen, maar weet alleen nog een aarzelend bedankje uit te brengen.

'Niet emotioneel worden nu. Jij moet je hoofd koel houden.'

Dat doet hij. Als hij verklaart dat hij zich zal blijven beroepen op z'n geheimhoudingsplicht, zucht de FIOD-man diep.

'Daar was ik al bang voor,' zegt hij, en hij grijpt zijn telefoon. Hij belt iemand, met wie het kennelijk afdoende is om in halve zinnetjes te praten. Tegen Vermeer en Olivier zegt hij: 'Dan bent u bij dezen aangehouden op verdenking van witwassen van grote hoeveelheden geld, of de medeplichtigheid hieraan. Wij zullen u meenemen naar het bureau en binnen vierentwintig uur voorgeleiden aan de rechter-commissaris.'

Daarna gaat alles snel, vanzelf, haast buiten hem om. Hij belandt naast Olivier in een geblindeerd busje. Godzijdank hoeven ze geen handboeien om. Wel moeten ze even later de vernederende procedure ondergaan die het inchecken in een gevangenis inhoudt: ze worden gefouilleerd, en moeten hun zakken leegmaken in een plastic bakje – als bij vliegvelden. Dan belanden ze in een donkere ruimte tussen allerlei ander geboefte, dat allemaal wacht op een zitting bij de officier van justitie, in een kaal kantoorachtig zaaltje met tl-licht.

'Komt u verder...'

Moet hij niet ergens zijn hand op een bijbeltje leggen? Tussen twee vingers spugen die hij daarna in de lucht steekt? Er horen toch rituelen bij, bij dit soort ceremonies?

Ook zonder parafernalia klapt er een luik open naar het sprookjesachtige, het mythische, het ridderlijke. *Zelfs in zo'n kaal flutkantoortje.*

'U bent Johannes Vermeer, geboren op 29 oktober 1976 te Leiden en woonachtig te 's-Gravenhage?'

'Dat ben ik... Zeker.' *Zo waarlijk helpe mij God almachtig.*

Toverspreuken zijn het. Bezweringsformules. Woonachtig. Dat is heel wat anders dan wanneer die knul zou vragen: 'Woon je in Den Haag?' Het plechtstatig vocabulaire moet de ruimte kleuren, vullen met gewichtigheid, een magische ring om hem werpen die hem dwingt de waarheid te spreken. *En niets dan de waarheid, zwijn.*

Jammer alleen dat de fysieke omgeving er niet een handje bij helpt. In een flits ziet Vermeer wat er anders moet: ramen hoger, om het gevoel van nederigheid af te dwingen. Een lichtkoepel zou ideaal zijn, maar dan zonder uitzicht, om je te dwingen tot introversie, en je het spookbeeld van penitentie voor te houden. Gezandstraald glas. *Ja, godverdomme, dat is precies de oplossing.* Gezandstraald glas: dat filtert gelijk het licht tot iets zachts, vriendelijks, welwillends. *Good cop bad cop* in één architectonische ruimte. *God I'm fucking great.* De toegangsdeur kan dan knipogen naar de *bocca della verità*, die schijf in Rome met een kop erop die je hand afbijt (deurklink op de plaats van de mond) *du moment* dat je liegt. Of draaft hij nu door? *Maar ik kan het nog altijd. Ik kán het nog altijd!*

Binnen een half uur oordeelt de officier dat er goede grond is om Vermeer in verzekering te stellen, 'in het belang van het onderzoek, en rekening houdend met het feit dat de verdachte bewijsmateriaal kan vernietigen'. Over Olivier hoort hij niets;

hij neemt aan dat hij exact dezelfde procedure zal doorlopen.

De cel die Vermeer krijgt toegewezen is precies zoals hij zich cellen voorstelt. *Als je echt iets goeds voor de mensheid wil doen, dan moet je geen tempels ontwerpen maar gevangenissen.* Het is radicale anti-architectuur, in die zin dat zo'n cel exact het omgekeerde doet van wat men grofweg van gebouwen verwacht, dat ze de geleiding bevorderen, transparant en open zijn. Een bed, een wastafel, een toiletpot. Allemaal uit één stuk, vastgeklonken, ready made. Rechts in de muur was over de gehele lengte een smalle spleet die licht doorliet. Isolatie en minimalisme *in extremis*. Vroeger, in de tijd van Casanova, bevonden de kerkers zich in en onder de paleizen. Je kon het feestrumoer boven je horen gonzen. En als feestganger had je het gevoel bijna letterlijk op de hoofden te dansen van de geknevelden. De architectuur volgde op een organische manier de sociale realiteit. Nu, in dit soort cellencomplexen, moet die realiteit met materiaal en vorm tot stand komen. Daarom zijn gevangeniscellen tevens de radicaal doorgevoerde vorm van zijn eigen idealistische opvatting: verander het innerlijk, begin buiten. Deze muren dwingen je tot een beperkt pallet van activiteiten – liggen, plassen, poepen, nadenken – en ontnemen je zintuigen nieuwe invoer, zodat je innerlijke onrust, met alle verwarring en schuldgevoel die daar deel van uitmaken, vol in de schijnwerpers van het bewustzijn komen.

Hij gaat liggen, staart naar de gedimde led-verlichting in het plafond. De vermoeidheid die hem overmant is massief, verpletterend, en toch valt hij niet in slaap. Hij droomt met z'n ogen half open.

Kom mee.

Je zweeft door het ontwerp. Ineens is het er: water. Een vijver, zie je als je dichterbij komt. Een breed bassin, rond als een kelk. Ondergronds, verlicht door scherend daglicht dat van boven door de golvende schelpmond valt. Je hoort het water stromen, ziet het ook, een dunne wand, een vlies, een schil, een... De leegte eromheen, en de hoogte, geaccentueerd door het hoge licht, als uit een lichtkoepel, wekken ontzag.

Na wat aandringen is het je toegestaan papier en een potlood mee te krijgen in je cel. Je tekent terwijl je blijft liggen. Je durft je ogen maar even op het papier te richten, bang dat het allemaal vervluchtigt. Dan zijn er stemmen, kinderstemmen, opgewonden, galmend. Waar komen die vandaan? Je hoeft maar iets omhoog naar straatniveau te zweven om het te zien: een speeltuin. Natuurlijk! Een kinderspeeltuin integreren in het ontwerp, en inzetten als instrument waarvoor de tunnel de klankkast is. Kinderstemmen als het orgel hoog in de gewelven, begeleid door het geklater in het bassin. *Con sordino*.

Wat het waard is weet je allang niet meer, maar je tekent het op, noteert het in de hoop dat je geest er genoeg verankering aan zal hebben.

Dan kijk je helemaal omhoog, naar een punt exact boven je kruin. In het midden van het hoge, ronde dak zit een cirkelvormig gat, dat de blauwe buitenlucht erachter nog intenser blauw maakt. Je begrijpt het meteen. Zo eenvoudig: *gewoon een gat!* Dit houdt de constructie soepel en schokbestendig, zorgt ervoor dat het bij verhitting niet uit z'n voegen barst. Gewoon een gat, als de fontanel in een babyschedel.

De zon schijnt er als een zoeklicht in en werpt een lichtkring in het souterrain. Een opwaarts slingerende weg lijkt alleen gedragen te worden door smalle kolommen, rank als ooievaarsbenen, die dit massieve volume echter met gemak blijken te dragen. Het hele idee is verrukkelijk lichtvoetig. Het onverklaarbare, ja onbehaaglijke geluksgevoel dat de droom begeleidt, jaagt je angst aan en verhindert je er volledig in op te gaan. Wat vreemd, wat vreemd: hier ben je altijd naar op zoek geweest en nu het er is, nu de juiste oplossing doorbreekt, nu de kluisdeur ernaar is opengesprongen als bij de juiste cijfercombinatie, nu het zich eindelijk aandient, met kalme onontkoombaarheid, nu blijkt het zo eenvoudig.

Alles is even eenvoudig als deze ruimte zelf, die vertelt aan de mensen (want nu komt het ontwerp tot leven, spoelt de eb en vloed van bevolking er doorheen, met trams, fietsen, tassen, auto's) dat hun lasten draaglijk zijn, dat de wetten van de zwaartekracht hier weliswaar niet zwijgen, maar wel verminderd zijn, fluisteren, *sotto voce* spreken. Alles is gemakkelijk te dragen.

Architectuur van de kennenden. – Ooit, en waarschijnlijk binnenkort, zal er behoefte zijn aan wat vooral onze grote steden ontbreekt: stille en ruime, uitgestrekte plaatsen om na te denken, plaatsen met hoge, lange zuilengangen voor slecht of al te zonnig weer, waar geen rumoer van wagens en venters doordringt en waar een verfijnder fatsoen zelfs de priesters het hardop bidden verbieden zou: bouwwerken en plantsoenen, die als geheel de verhevenheid van de bezinning en de afzijdigheid uitdrukken. De tijd is voorbij dat de Kerk het monopolie van het nadenken bezat, dat het *vita contemplativa* altijd in de eerste plaats *vita religiosa* moest zijn: en alles wat de Kerk gebouwd heeft, brengt deze gedachte tot uitdrukking. Ik zou niet weten hoe wij met haar bouwwerken, zelfs wanneer die van hun kerkelijke bestemming ontdaan zouden zijn, genoegen kunnen nemen. (...) Wij willen *ons* in steen en plant vertaald zien, wij willen *in ons* wandelen, wanneer wij in deze hallen en tuinen wandelen.

– FRIEDRICH NIETZSCHE, *De vrolijke wetenschap*

XXXVII

Hij schrok wakker van een deur die dichtsloeg en zijn droombeeld verkruimelde. Als je ergens anders sliep, was er eerst altijd verwarring, omdat je je in je halfslaap nog in je eigen bed waande. Dit was een stapelbed, waarvan hij de onderste verdieping had. Boven hem zag hij de spiraalveren van zijn bovenbuurman, die zachtjes snurkte. In de kamer waren een stuk of acht van zulke stapelbedden. Het was donker. Van beneden kwam gerinkel als van een servieskarretje dat over een stenen vloer rijdt. Buiten begonnen klokken te luiden, eerst twee stemmen, ver weg, die na een tijdje bijval kregen van een harde bronzen slag dichterbij.

Rome. *Dat is waar, ik ben in Rome!*

Hij probeerde overeind te komen – koppijn, droge bek – en zich iets van de vorige avond te herinneren. De terugkeer vanaf de Spaanse Trappen was elke avond in opgewonden nevel gehuld. Ergens in de gangen (waar? en hoe waren ze thuisgekomen?) kronkelde je om elkaar heen en druk, driftig, waarschijnlijk luid schreeuwend vertelde je met wie je 'gebekt' had – dit werd bijgehouden in een speciaal voor deze reis uit te komen editie van de schoolkrant *Socius* – of met wie van de andere Nederlandse school die gelijktijdig op Romereis was. Er was een gymnasium uit Dordrecht, en Vermeer had op twee opeenvolgende avonden met twee verschillende Dordtse meisjes getongd. Twéé! Terwijl het thuis zo goed als onmogelijk was gebleken er ééntje het hof te maken.

'Hoe heette ze, hoe heette ze?'

'Iets als Minou. Manou. Miloe. Weet ik veel.'

'Heb je haar op d'r bek gepakt?'

'Ja man. Ja man. Ik heb haar ultra-wreed op haar bek gepakt.'

'Malou? Heette ze Malou? Dan was het dat wijf waar Jelle gisteren mee is gegaan. Jel, hé Jelle! Nou, die zegt niks meer. Die is volgens mij mega-ver heen.'

Hij schraapte zijn keel, wilde iets zeggen tegen Maarten, die ook wakker was en in een bed naast hem zat te bladeren in een boek, maar zijn stem deed het niet.

In de bus naar Italië, in Zwitserland (of was het al Oostenrijk?), hadden ze Oliver Stones film over The Doors gekeken, die net op video was verschenen. Gisteravond had Vermeer zich schor staan schreeuwen met flarden van Jims poëzie.

Kunstenaarsbiografieën gaven heroïek en legitimatie aan zijn toestand. De bohème. Rimbaud, Verlaine, Jim, en in zekere zin ook de componisten, Beethoven, Liszt, en de schrijvers, Dostojevski, de schilders, Picasso, Modigliano. De bohème lonkte. Alle hiërarchieën tuimelden in elkaar onder hun orgastisch vernuft. En hij – Johannes Vermeer – was met hetzelfde gif begunstigd.

Wat hadden ze de vorige dag gedaan? Hij herinnerde zich alleen nog de avond op de Spaanse Trappen, en de namiddag, toen hij was gaan blowen met Lodewijk en Thomas, twee jongens die uit dezelfde klas als Maarten kwamen en wiet hadden gesmokkeld. Zelf kon Vermeer een fles whisky inbrengen. In het klooster hadden ze een ruimte ontdekt, aan het einde van een gang, waar niemand kwam en waar het raam open kon. Het was een opslagplaats voor, ja, voor wat eigenlijk? Een naaimachine, drie klapstoelen, afgedankte elektronica plus bekabeling, naast bijbels en bidprentjes. Vanuit het raam had je een waanzinnig uitzicht. Als je iets naar buiten leunde, zag je om de hoek zelfs een stuk van de Piazza Navona.

'Paas mij die joint eens, Lo...' zei Thomas.

Op de Spaanse Trappen werd het blowen je volstrekt onmogelijk gemaakt. Zelfs als je een shaggie had gerold kwam iemand van de carabinieri op je af en gebood je de sigaret open te breken, zoals Maarten op de eerste avond was overkomen. Enkelingen onder de *native* Romeinen waagden het er wel op. Die stelden zich verdekt op in de ronding van de balustrade en zag je dan bij de komst van zo'n geüniformeerde opzichter wegstevenen, samen met de zwarte straatverkopers en hun gestolen of nagemaakte handtasjes.

Niets voor hen. Zij verkozen deze veilige schuilplaats, die ze van binnenuit op slot konden draaien. De uitwerking leek op die bij spacecake, maar dan in de prettige variant.

Van Rimbauds *ontregeling van alle zintuigen* was hij inmiddels serieus werk gaan maken. Hij blowde zich suf en mediteerde zich te pletter. Van *distortion* naar satori. Uit de bibliotheek had hij vrijwel de hele kast met 'spiritualiteit en esoterie' gelezen, van de obscure hocus pocus als *Seth Spreekt* tot de rigide systematiek van Rudolf Steiner. Uiteindelijk was het zenboeddhisme zijn lievelingsniche geworden. Misschien omdat er zo weinig lichamelijke inspanning aan te pas kwam. De folterende gymnastiekoefeningen van yoga waren onuitvoerbaar gebleken voor zijn slungelige lijf, en ook het getrut met oliën, bloesem, kleurenfilters en magische stenen lag hem niet.

Afgelopen zomer had hij voor het eerst een stuk spacecake gegeten. Hij had het gekocht bij coffeeshop High Times, in een steegje bij de Hooglandse Kerk. Het was een punt chocoladetaart, die hij 's avonds thuis opat. Zonder resultaat. Zelfs na een half uur merkte hij niets en hij legde zich erbij neer dat hij een miskoop had gedaan.

Totdat het spul toesloeg, in één keer.

De ellende met spacecake is dat je die niet kunt doseren. Rokend, over je longen, voel je aan wanneer het te veel dreigt te worden en kun je even pauzeren. Nu moest hij de volle lading in één keer verwerken.

Eindelijk was er die befaamde sensatie van de synesthesie, het samenvloeien van verschillende zintuigen, maar nu was het juist beangstigend, om geluid ineens direct in beelden omgezet te zien. Het waren niet eens zozeer hallucinaties in de meest letterlijke zin, het was eerder zo dat gewaarwordingen die anders op de achtergrond van het bewustzijn bleven – dreinerige geluidjes die nog in je hoofd rondmalen, flarden herinnering, onzinnige associatie – ineens vol in de aandacht stonden, niet meer weg waren te drukken. Ergens was een deksel van af getrokken en die hele interne wereld drong zich aan zonder filter, zonder ordening, zonder hiërarchie in relevantie.

Dit wekte vanzelf nieuwe angsten: dat hij in deze toestand zou blijven hangen, dat er 'iets verkeerds' in die chocoladetaart zat waardoor hij ter plekke zou overlijden, dat hij zijn verstand zou verliezen en z'n ouders wakker zou gillen. Of nog erger. Er schoten twee regels door hem heen die hij bij Pessoa had gelezen: *'Ik voel dat iets gebeuren gaat aan gene zijde van de gevels en bewegingen. / Nee, nee, dat niet! Alles liever dan weten wat het Mysterie is!'*

Muziek kalmeerde hem. Met z'n koptelefoon luisterde hij een cd met Chopinnocturnes, en meteen waren er de beelden bij. Weldadige harmonie, een serene avondlucht boven een bergstroom. Vogels zwermen in de verte.

Het was niet zo dat hij die beelden alleen nu, onder invloed van de spacecake, zag. Nee, ze werden iedere keer als hij het stuk luisterde geactiveerd, maar nu kon hij er dieper in afdalen, zich er laag voor laag doorheen graven, van het droge, zanderige bergpad en de harde rotsen tot het sappige, verrukkelijk zachte gras vanwaar je uitkeek over het dal. Een rivier slingert zich door het landschap. Alles is zoals het moet zijn, betoverend en verrukkelijk eenvoudig.

Telkens wanneer hij zich al te veel rekenschap gaf van het idiote van zijn geestestoestand, telkens wanneer hij erbij stilstond dat dit toch niet helemaal normaal was, telkens wanneer hij schrok of angst toeliet, kantelde alles meteen radicaal, en vloog een gierende paniek hem aan. Totdat hij zag hoe het werkte: het was de paniek zelf die de bijbehorende beelden opriep, een hele keten aan doodsangst en nachtmerries initieerde. Zolang hij de gedachte aan angst niet toeliet, kwamen de angstbeelden ook niet. Zo eenvoudig: je concentreren op het prettige.

Hier, vanuit hun blowschuilplaats naar buiten kijkend, was het anders. De sensaties waren verwant aan die gedroomde en herinnerde landschappen, verwant aan die muziek, maar het waren gebouwen die ze opriepen. Het waren alle tempels, paleizen, fonteinen en kerken die hij de afgelopen dagen had gezien.

Het waren de straten, etalages, pleinen en parken.

De waanzinnige hoeveelheid tijd, levens, gebeurtenissen, geschiedenis die hier had plaatsgevonden leek van de stad een wezen te maken dat onophoudelijk een langgerekte, van weemoed vervulde zucht voortbracht. De zucht was voelbaar op het Forum Romanum, in de warme herfstkleuren op de heuvels rondom. Ze was voelbaar aan de oevers van de Tiber, bij de bruggen met hun ornamenten en hun beelden die leeg in vertes staren, in de fonteinen die in zichzelf gekeerd hun kleine spektakels opvoerden, triest en langzaam, zich niet meer bewust van de stroom passanten. De zucht gleed over de kiezels en bladeren in Villa Borghese, gleed langs de sokkels met bustes, portretten van stervelingen, willekeurig, voorbij, voorbij... Ook de Engelenburcht en de Sint-Pieter hadden het: de treurnis, de kolossale, massieve, verpletterende treurnis, de robuuste melancholie waarmee ze daar verrezen was zo immens dat die zijn eigen getob – dat om Isa, nog steeds – leek te omvatten, er omheen leek te gaan liggen, als armen, en het daarmee tenietdeed, troostte, genas.

Isa. Hij had haar laten gaan. Hij was degene die af was gehaakt. Niet had hij haar kunnen redden. Niet had hij haar terug kunnen veroveren. Hij had haar achtergelaten op een matras in een hok met een gat in de muur, te midden van punks en uitzichtloosheid. *Dan stikte ze er maar in.* Voorbij, voorbij.

Het ontbijt en de warme lunch werden gezamenlijk gebruikt in de refter. 's Avonds at iedereen op eigen gelegenheid in de stad van het uitgedeelde zakgeld. Dat betekende dat ze goedkope stukken pizza kochten om de rest te kunnen verzilveren in drank.

'Even allemaal jullie aandacht,' riep meneer Schroefman toen de broodjes waren uitgedeeld. 'We hebben klachten gekregen over de manier waarop jullie de boel hier achterlaten. Gistermiddag was het hier een enorme puinhoop, en lagen overal stukken brood, waar messen in waren gestoken. Dat kun je niet maken. Zeker niet als je je bedenkt dat het brood hier nog een andere betekenis heeft.'

Aan de wand was een schildering aangebracht van het Laatste Avondmaal, een variant op het werk van Da Vinci.

'Die lui zijn toch volslagen getikt,' zei Maarten tegen Vermeer, 'dat ze geloven dat God op aarde leeft in de gedaante van een stuk *brood*...!'

Vermeer grinnikte. 'Nee, die katholieken zijn niet bepaald dat je zegt...'

Het was oktober 1992. De zondagavond voordat hun bus vertrok was in de Bijlmer een vliegtuig neergestort. Meer dan een week later was er nog altijd onduidelijkheid over het aantal doden en vermisten, zo hadden de docenten in de kranten gelezen. In Amerika was een verkiezingsstrijd gaande tussen Bush en Clinton. Hier in Rome had de paus net verklaard dat Galileo Galileï gelijk had met zijn opvatting dat de aarde niet het middelpunt van het universum was. Na vier eeuwen werd hij ineens weer erkend als gelovige.

Vermeer was niet blind voor de absurditeit ervan. En toch had die explosie van kerken en kunstwerken die uit dit absurde geloof waren voortgekomen hem geraakt. Er sprak een toewijding uit die hem beviel, alle details in deze stad leken gemaakt door mensen die zich ervan bewust waren in een groter verband te leven, passant te zijn in iets wat hun persoonlijke levens oversteeg.

Het ging hun laatste dag in Rome worden. Elke dag had ieder groepje twee excursies, met telkens andere docenten als gids. Vandaag stond Vermeers groepje onder leiding van mevrouw Stam, die hen meenam naar de Capitoolheuvel.

Ze klommen omhoog langs de beelden van Castor en Pollux en kwamen op het hoge plein, met in het midden een grote sokkel, die leeg was. Het bronzen ruiterstandbeeld van Marcus Aurelius stond al drie jaar op een binnenplaats achter glas, omdat het aangetast werd door luchtvervuiling, uitlaatgassen en de mysterieuze 'zure regen' waar je in journaalberichten veel over hoorde. Een vervangende kopie was in de maak, maar het zou nog jaren duren eer die af was.

Niettemin droeg Stam bij die sokkel voor uit de geschriften van de afwezige keizer: 'Kijk eens naar de immense hoeveelheid tijd die achter je ligt, en naar de immense hoeveelheid tijd vóór je, opnieuw een onbegrensde ruimte. Wat is in zo'n oneindigheid dan nog het verschil tussen degene die drie dagen leeft en degene die drie generáties leeft?'

Vanaf die sokkel had je waarschijnlijk het beste uitzicht over de stad, dacht Vermeer, die, ook vanwaar hij stond, op de hoofden van tweelingbroers Castor en Pollux uitkeek die de trap flankeerden. Beneden raasde het verkeer langs, tussen de perken met cipressen; daarachter een groot gebouw van vijf verdiepingen, met op het dak een toren met kantelen; rechts daarvan telde hij vier of vijf kerkkoepels; links slingerde een weg de bergen in.

'Alles,' sprak Stam, met een uitnodigend gebaar naar het uitzicht, haar ogen samenknijpend tegen het zonlicht, 'is er maar voor één dag... Zowel degene die herinnert als hetgeen herinnerd wórdt.'

Het was een raadsel dat hij nooit zou leren doorgronden: dat je zowel onontkoombaar het middelpunt bent van het universum als volslagen verwaarloosbaar. Zoals Marcus Aurelius het middelpunt van dit plein was, het centrum van het elliptische vloerpatroon, en er toch juist niet was. Aanweziger door zijn afwezigheid.

Het heelal had honderden miljarden sterrenstelsels; de aarde bestond vijf miljard jaar; een menselijk brein had zo'n 100 miljard zenuwcellen. Je persoonlijke leven was alles wat je had en tegelijk was het niets. Iedereen leefde met die dubbelheid, met die ultieme tegenstrijdigheid, en toch hoorde je er weinig over. Vreemd, dacht hij. Iedereen was zich er toch van bewust dat hij moest sterven? Iedereen was zich toch bewust van de totale verwaarloosbaarheid en de vergeefsheid van al z'n doen en laten? Niettemin kwam het hem voor dat de meesten in staat waren dat gegeven – die onuitstaanbare, onoplosbare paradox, die de hachelijke fundering was van hun levensbouwsels – te blokkeren, weg te filteren, wat het blijkbaar mogelijk maakte om zin te veinzen.

Aan de andere kant van het plein stuitten ze opnieuw op een tweeling: Romulus en Remus, hoog op een smalle zuil, zuigend aan de tepels van een wolvin, die dreigend haar tanden ontbloot. In de bocht van de weg was er een fenomenaal uitzicht over de resten van het Forum Romanum.

Dit was het moment waarop Alexander met een onthulling besloot te komen. Het afgelopen jaar had Vermeer een soort verstandhouding met hem opgebouwd. Niet dat ze meteen vrienden waren – Alexander was toen al de corpsbal die hij een paar jaar later succesvol zou gaan vertolken, terwijl Vermeer zijn ingetogen houding van kunstenaar-ingenieur begon te ontwikkelen – maar beiden voelden aan dat ze, door zich zo intensief met zo'n excentriek meisje als Isa te hebben beziggehouden, toch iets met elkaar gemeen moesten hebben.

'Wist je dat eigenlijk, van Isa?' vroeg Alexander. 'Dat ze tweeling is?'

'Tweeling? Ze is toch in maart jarig? Volgens mij is dat ram. Ik ben weegschaal. Maar ik geloof niet echt in astrologie.' Hij had het gisteravond boven aan de Spaanse Trappen nog staan schreeuwen, een tekst van Jim – van een live-cd die hij van háár had gekopieerd. (*'I don't know how many you people believe in astrology...*

Yeah, that's right... that's right, baby, I... I am a Sagittarius. The most philosophical of all the signs. But anyway, I don't believe in it. I think it's a bunch of bullshit, myself. But I tell you this, man, I tell you this. I don't know what's gonna happen man, but I wanna have my kicks before the whole shithouse goes up in flames')

'Nee gek, ik bedoel écht een tweeling.'

'...'

In de verte, zag hij nu pas, was ook het bovenste randje van het Colosseum te zien, met rechts daarvan een smalle klokkentoren.

'Ze waren allebei te vroeg geboren, maar haar zusje heeft het niet gered. Raar idee. Dan hadden er twee van die wijven als zij rondgelopen.'

'Waren ze eeneiig?' De achteloosheid waarmee Alexander het had opgeworpen verwarde hem. Waarom deed hij dat zomaar? Was het waar? Waarom heeft zij er nooit over verteld?

Stam stond inmiddels enthousiast te gebaren, en wees tussen de brokstukken.

'Ja, dat maakt het extra *freaky*, vind je niet? Sara en Isa.'

In Plato's *Symposium* verklaarde Aristophanes de seksuele aantrekkingskracht uit het feit dat mensen aanvankelijk bolvormige wezens waren geweest die in tweeën werden gehakt en op zoek gingen naar hun wederhelft, herinnerde hij zich. Maar dit was toch anders, al had hij geen idee wat dit betekende. Kon je van zoiets last hebben, een trauma oplopen? Bewust had ze het in elk geval niet meegemaakt. Tragisch was het hooguit voor haar ouders geweest.

In de *Kijk*, die elke donderdagmiddag op de mat plofte, had hij eens over het verschijnsel van de *vanishing twin* gelezen, waarbij een tweelinghelft de andere verdrukte in de baarmoeder. Was dit hetzelfde, met als klein verschil dat het na de geboorte gebeurde in plaats van ervoor? En hoeveel maanden had die Sara geleefd? Dat maakte ook een hoop verschil.

Langs de smalle stenen trap daalde de groep af naar het Forum. Aan de overkant herkende hij de Tarpeïsche Rots.

Een paar maanden later zou Vermeer in een documentaire op televisie iets opvangen over de gevolgen die de dood van een van de tweelinghelften kon hebben. De levende helft leeft in verwarring over wie er nu eigenlijk gestorven was.

'Hoe zat het ook alweer met Castor en Pollux?' vroeg hij aan Maarten, die dat soort verhalen altijd beter paraat had.

'Die hadden een paar meiden ontvoerd om mee te trouwen, en hun neven kwamen wraak nemen. Ze maakten Castor af, en Pollux kreeg onsterfelijkheid. Maar die wilde hij liever met z'n broer delen. Dat mocht van Zeus. Althans, op een voorwaarde: ze werden allebei onsterfelijk, maar moesten wel om en om in de Hades wonen.'

De Hemelse Tweeling wisselde hel en aarde beurtelings af, zodat het onduidelijk was wie er nu gestorven was, en wat nu het rijk van de doden en dat van de levenden was. Op de heuvels staken cipressen en pijnbomen op tussen de brokstukken. Naast ze sprak een reisleidster een groep Amerikanen toe door een microfoon.

'Wat mij betreft,' zei Alexander, 'had zij maar één Hemelse Tweeling' – en hij greep met z'n handen ter hoogte van zijn borstkas naar denkbeeldige borsten. *Handjevol.* En weer was er die *smile* op z'n bek. Vermeer reageerde niet, en sloot zich aan bij de groep die naar Stam luisterde bij de Saturnustempel. Ze las het opschrift voor. SENATVS POPVLVSQVE ROMANVS INCENDIO CONSVMPTVM RESTITVIT. En daarna: 'Vertáált u dat maar eens!' Glunderend keek ze de kring rond. 'Ik prik... ik prik...' Hilariteit. Naarmate het eindexamenjaar dichterbij kwam, kregen docenten een menselijker gezicht, vooral tijdens excursies. Zelfs voor Stam ging het op. In de brugklas waren er nog leerlingen geweest die *bang* van haar waren, huilend hun beklag kwamen doen bij de mentor. Nu, op Romereis, was dat ondenkbaar, misschien omdat de leerlingen ouder en wijzer waren geworden, misschien ook omdat Stam hier zo overduidelijk in haar element was dat zelfs zij bereid was tot relativerende zelfspot. Toch kon Vermeer niet lachen.

Can death be sleep when life is but a dream? Die zin kwam 's avonds – iedereen was doortrokken van het besef dat dit hun slotavond was – op de Spaanse Trappen ter sprake, toen ze hoorden dat John Keats in het huis ernaast was gestorven. Met Maarten, Lodewijk en Thomas discussieerden ze over die zin, die bij uitstek voor hen en hun leeftijdsgenoten geschreven leek. Er was een min of meer vaste canon van poëzie in hun groepje, die op gezette tijden werd geciteerd.

'Dus het leven is een droom, en de dood is het wakker worden,' zei Maarten. 'Maar hoe moeten we dan verklaren dat wij hier nu allemaal dezelfde droom aan het dromen zijn?'

'Dat denk jij maar,' zei Lodewijk. 'In werkelijkheid zijn wij allemaal producten van jouw eigen fantasie.'

'Dat zeg jij, maar jij weet zelf dat dat niet waar is, en we dus wel als verschillende... subjecten hier samen in Rome zijn.'

'Misschien is het ook jouw droom die mij deze dingen laat zeggen.'

'In dat geval heb ik ook zelf bedacht dat er iemand als John Keats heeft bestaan die dat gedicht heeft geschreven. Sterker nog, in dat geval zou mijn fantasie ontiegelijk geniaal zijn, want die zou dan deze hele stad gebouwd hebben.'

Zo kon het eindeloos doorgaan, dit adolescentengefilosofeer. Toch verstomde het nu, en lag er een gitzwart gewicht op de loer. Een paar maanden eerder, tijdens de zomervakantie, was er een meisje uit hun jaar verongelukt. Zelf had Vermeer haar niet van nabij gekend, maar ze zat wel bij Lodewijk en Thomas in het jaar. Ze was met een groep van negen klasgenoten naar Zuid-Frankrijk gereisd. Op de terugweg van een dorpsfeest naar hun camping was ze geschept door een dronken automobilist.

In zijn hele gymnasiumtijd was het drie keer voorgekomen dat de hele school bijeen werd geroepen voor een doodstijding en een toespraak van de rector. Twee keer was het een zelfmoord – de laatste keer was een half jaar geleden: de oudere broer van een klasgenoot –, de andere keer dit ongeluk. Kort na hun eindexamen zou Richard, een van de luidruchtigste en meest aanwezige jongens uit hun jaar – Alexander ging deze Romereis veel met hem om – in zijn studentenkamer overlijden na een acute hersenvliesontsteking. Nu stonden Alex, Ronnie en deze Richard beneden bij het bassin en lieten een gigantische vijfliterfles lambrusco rondgaan, schreeuwend, buiten zinnen. In de zijstraatjes rond de Piazza Navona verkochten kleine supermarkten wijn, in zulke manden, of in pakken en jerrycans.

Vermeer keek vanaf de trap recht de Via dei Condotti in, een smalle kloof tussen hoge panden vol modehuizen, parfumerieen en restaurants. Dior, Gucci, Yves Saint Laurent, las hij. Op de hoek stond een bebaarde man kastanjes te roosteren in een verroeste ton. Op de daken waren complete tuinen aangelegd, met palmbomen. Tweeduizend jaar geleden was die straat een aquaduct, aangelegd door Agrippa, die ook het Pantheon had gebouwd.

Keats werd ook maar zesentwintig, Shelley dertig, Jim Morrison zevenentwintig, Rimbaud zevenendertig, Slauerhoff achtendertig. Alles is er maar voor één dag.

Maarten begon te citeren uit Pessoa (vooruit: zevenenveertig), of eigenlijk een van diens heteroniemen, Álvaro de Campos:

Ik ben niets.
Ik zal nooit iets zijn.
Ik kan ook niet iets willen zijn.
Afgezien daarvan koester ik alle dromen van de wereld.

Een strofe als een mokerslag, vond Vermeer, en toch zat er iets frivools in, iets heel lichts, cabaretesk haast. Hij merkte onmiddellijk dat de rest net zo onder de indruk was, en hij probeerde daarom zelf wat Pessoa uit zijn geheugen op te diepen, maar kwam niet verder dan die uit die spacecake-angstkick (*'Nee, nee, dat niet!'*), die hij maar achterwege liet.

'Nog zuipen, iemand?'

Maarten hield een van de flessen prosecco omhoog die ze voor deze gelegenheid gekocht hadden.

'Geef hier,' zei Vermeer, en hij zette de fles aan z'n lippen. *'I wanna have my kicks before the whole shithouse goes up in flames.'*

38

Hij schrikt wakker van een deur die dichtslaat en zijn droombeeld verkruimelt.

'Hallo?'

(Gemakkelijk te dragen. *Gemakkelijk te dragen.* Hij klampt zich vast aan de laatste flarden, als aan een vliegertouw waaraan hij de rest kan binnenhalen, kan terughalen.)

'Hallo? Johan, ben je daar?' roept een vrouwenstem buiten.

Hij had de oplossing te pakken, maar hoe harder hij trekt aan het touw ('gemakkelijk te dragen', 'gemakkelijk te dragen') hoe minder het nog meegeeft, totdat het breekt en hij alleen nog dat losse eindje in z'n handen heeft, alleen woorden, geen beeld. Gemakkelijk te dragen. *Ja, nogal wiedes, als je alleen zo'n pokkestukje touw overhebt.*

(Zoals in het Grieks: *eu* ('goed') en *forein* ('dragen') samen het begrip *euforia*, euforie, vormden, zoals hij op het gymnasium heeft geleerd. Maar waarom moet hij ineens aan zijn lessen Grieks denken?)

Hij hijst zich overeind. Laag zonlicht schijnt door zijn raam naarbinnen. Er krijsen meeuwen.

Er is een jaar voorbijgegaan. Hij is vrijgesproken, vrij snel zelfs. De advocaat die Celines vader hem en Olivier toespeelde had weinig tijd nodig om te bewijzen dat zijn cliënten niets wisten van de frauduleuze activiteiten van Kasper Eijsvogel en Paul Teijmen. Teijmen bleek te zijn gearresteerd. De kranten duidden hem aan als de hoofdrolspeler in een wijdvertakt fraudenetwerk. Kasper is met onbekende bestemming vertrokken. Azië? Zuid-Amerika?

Hij en Olivier waren vrijgesproken, maar hoe vrij waren ze? Hun kantoor werd failliet verklaard, de gunningsprocedure voor het Zes Juli-project opgeschort. De gemeente kwam in crisisberaad bijeen en stelde een projectgroep aan.

En opeens, een paar weken later, waren die belastende camerabeelden naar buiten gekomen. De publicerende media – het waren er talloze – waren eensluidend transparant over de herkomst. Paul Teijmen dacht het op een akkoordje te kunnen gooien met justitie: of ze lieten hem onder voorwaarden vrij, of de films kwamen op straat. Om zijn dreigement te bezegelen had hij vooraf al een scenario in werking gesteld. Zou hij meer dan achtenveertig uur niet inloggen op zijn laptop, dan verstuurde een programma automatisch het versleutelde bestand naar verschillende kranten- en tv-redacties. Logde hij vervolgens niet binnen twee weken in op een specifiek hiertoe geopende digitale omgeving, dan werd ook die sleutel automatisch verzonden. Goed, dacht Vermeer. In elk geval is daarmee duidelijk dat LVE het materiaal ook in bezit had maar voor zich hield. *Valse noblesse.*

Het kabinet viel, al was dat niets nieuws. Kabinetten vielen en herrezen alsof het tuimelaars waren. Er heerste een permanente sfeer van verkiezingen, een permanent mengsel van feest en paniek, van kermis en crisis.

'Alles gaat overnieuw.' Arend was het hem komen vertellen, de uitkomst van de projectgroep. 'Alles gaat overnieuw.'

Nieuw. Een van de aandoenlijkste verlangens van de homo sapiens is dat naar het nieuwe, het ongerepte. Daarom verlieten leden van die soort hun partners, begonnen ze eenmansfracties in het parlement, ruilden ze oudere partijleiders in voor jonkies, en bezochten ze de maffe marathonweken. Nieuw: het woord van de reclame. De belofte van het maagdelijke, het woeste en ledige landschap, zelf in te vullen, *from scratch*, maar dan zoals het goed is. Een ritueel offer, om de gemeenschap te zuiveren. Aftreden! Nieuwe verkiezingen! Een nieuwe regering!

Was dat niet wat die terroristen ook wilden: eerst het vuur, dan het paradijs. Al dan niet met tweeënzeventig maagden. Terug naar het domein van de onschuld. Zonder kennis van goed en kwaad. Zonder verantwoordelijkheid. Zonder die hele last te hoeven dragen. Waar instinct en handelen samenvielen en boven iedere moraal verheven waren.

'Alles?'

'Alles. De hele gunningsprocedure. Het hele referendum. Iedereen mag weer inzenden. Nieuwe rondes, nieuwe kansen. 'Doe jij mee?'

'Ze zien me aankomen.'

'Ik meen het.'

'Ik heb geen bureau meer.'

'Je bent nog steeds architect.'

'Ik teken alleen nog wat ik wil.'

Nadat hij zijn besluit genomen had, was alles heel gemakkelijk geworden. Hij hoefde niet meer tegen de stroom in te roeien. Niets van wat hij maakte hoefde gebouwd te worden. Sterker nog: hij zou het de wereld het liefst verbieden ook maar één steen van zijn ontwerp te leggen. De geest was zijn domein, is het altijd geweest. En daar wilde hij schoon schip in maken. Schoon schip maken, zo goed en zo kwaad als het ging. Hij had een sterke drang om alle ballast van zich af te werpen. Allereerst materieel. Celine en hij verkochten het huis. Zijn deel was ruim voldoende om het duinhuisje in Klein Elysium op te kopen – nadat Teijmens vastgoedimperium was geconfisqueerd kwamen de 'luxe recreatievilla's met eigendomskavels' onder de hamer voor bodemprijzen – en voorlopig in leven te blijven.

Daarnaast probeerde hij zijn reputatie te zuiveren. Hij gaf een lang interview in een magazinebijlage van NRC *Handelsblad*, dat smulde van zo'n dubbele traktatie: behalve over de fraude kon het blad hem en passant uithoren over zijn gestrande huwelijk met tv-babe Celine.

Dit had als effect dat hij weer wat vaker voor lezingen werd gevraagd. Er bestond een bloeiend circuit van bedrijfsdagen, symposia, publieksdagen, vaak gesponsord door woningcorporaties, bouwbedrijven of cultuurfondsen.

Een van de verrassendste berichten na dit interview was e-mail van Isa. Ze verontschuldigde zich, in verholen bewoording, en drong erop aan dat hij zou gaan meedoen aan de nieuwe prijsvraag voor het Zes Juli-monument. Ja, omdat ze er zelf aan gaat verdienen als het wint, dacht hij. *Egoïstische del.*

Een jaar na het debacle is er een nieuwe prijsvraag uit geschreven. Ditmaal werd het geen referendum, maar was de jury uitgebreid met mensen uit het bedrijfsleven, nabestaanden van slachtoffers en andere 'gewone Hagenaars'.

Hij heeft Isa hetzelfde teruggeschreven wat hij nu tegen Arend vertelt: dat hij het liever voor gezien houdt, en alleen nog maar tekent wat hij wil. Alleen nog vrij zijn, zonder in de clinch te liggen met magistraten en aannemers. Zonder alles aan te moeten passen aan de eisen van z'n klanten.

'En geld dan,' zegt Arend. 'Ik bedoel, hoe kun je nu rondkomen?'

'Ik heb mijn lezingen nog. Ik ben ze zelfs wat aan het uitbreiden. Er is veel vraag naar. En ik heb het plan om die lezingen eens tot een boek uit te werken.'

Zich op een zuiver theoretisch niveau met architectuur bezighouden. Alleen nog voor zichzelf tekenen, misschien wat colleges geven, wat publiceren in bladen, misschien wat adviezen schrijven, en daarbij zoveel mogelijk buiten het opiniërende circus van wijsneuzen en discussies te blijven. Dat leek hem een aantrekkelijke vorm van ascese.

Wat was er toch gebeurd?

Elke ontmaskering dwingt tot een reconstructie van het verleden vanuit het nieuwe inzicht: ook toen al droeg hij dat masker. Achteraf is alles duidelijk. Achteraf zijn half opgemerkte gedragingen en semi-gebeurtenissen de bakstenen van een verhaal. Pas als het voorbij is zie je wat je had moeten weten toen het begon. Pas als het voorbij is zie je wat je had kunnen weten toen het gaande was.

Elke middag rond lunchtijd, als hij z'n broodjes ging halen op de Fred, pinde Kasper duizend euro, het maximale bedrag, bij de automaat van hun eigen bank. Daarna nam hij nog eens het maximum van tweehonderdvijftig op als gasttransactie bij een andere bank.

Zelfs nadat het hem was uitgelegd begreep Vermeer de financiële truc nog niet. Als het op geldzaken aankomt is hij zoals de hartstochtelijke alfa die niets van exacte wetenschappen snapt tenzij het hem uitgelegd wordt in kleine stapjes met ridicule beeldspraak. Stel je de aarde voor als deze sinaasappel. Stel je een hypotheek voor als een grote appeltaart. Stel je jullie zakelijke rekening voor als de zak van Sinterklaas.

Slechts het rudimentaire skelet van het fraudebouwsel heeft hij in zicht gekregen: dat Kasper valse en/of opgehoogde facturen verzond, die dan door Teijmen (en/of een tussenpersoon uit het netwerk) werden overgemaakt; dit bedrag nam Kasper contant op bij de pinautomaten en liet het weer terugvloeien naar Teijmen, via een koffer en een tussenpersoon; een deel mocht hij zelf houden als dank voor dit witwassen.

Voor de details is hij immuun. Natuurlijk ging het niet rechtstreeks naar Teijmen, maar via een of andere *holding*, die de boel weer verdeelde over een rij bv'tjes. Hocus pocus. De grote verdwijntruc. Panden razendsnel van eigenaar laten verwisselen. Alsof het verhuisdozen zijn die je doorgeeft op een trap. En dan in een cirkeltje, met halverwege de trap iemand die de inhoud eruit haalt en opsplitst over vier dozen. En die gaan via de kelder naar het pand ernaast. Driemaal in de rondte van je hopsasa. Pak een kaart, *any* kaart. Ah... *Boem!* Voorbereidende werkzaamheden. Aanbrengcourtage. Winstrecht. *Katsjing*. Anders nog iets?

Elke ontmaskering dwingt tot een reconstructie. In gedachten heeft hij Kasper al tientallen keren het traject zien afleggen van hun kantoor naar de snelweg, in z'n cabrio. Waarom koos hij zo'n sukkelige methode om het overschot te laten terugvloeien? Contanten, in een *koffertje*. Alsof ze per se een gangsterfilm moesten persifleren. Zelfs wat in het geniep geschiedde diende zich te voltrekken volgens het *plaatje. God god god. Deed ie dat ook voor die wijven?* Oh Kasper! Maak me gek. Met je trukenkoffertje, je dubbele bodem. Zaag me in tweeën. Breng me naar Qingdao.

Hoe klein mag het kleine kwaad zijn dat een groter goed voorkomt? En hoe groot moet dat goed zijn? Welk doel heiligt welk middel? Wat is de verhouding tussen de laaghartigheid van het middel en de hooghartigheid van het doel? Bestaat er in zulke affaires zoiets als een gulden snede?

Eind 2011 werd Osama bin Laden zonder proces doodgeschoten, en zijn lichaam gedumpt in zee. Wat als ze het hele Al Qaida-netwerk op die manier hadden geëlimineerd? Wat als ze het niet met een kogel door zijn schedel en hersenpan deden maar door vergassing in een gevangenkamp? Wat maakte het plafond van het Pantheon waardevoller dan Barberini's kurkentrekkerkolommen? Is een ontwerp van Johannes Vermeer het waard om drie busjes met springstof te laten ontploffen in een tramtunnel? Wat als je geld witwast *slash* wegsluist en daarmee mogelijk een stedenbouwkundig debacle verhindert?

Rijpen, bloeien, grazen, groeien. Pas in het boerenbestaan kwam die onderscheidende eigenschap van de *homo sapiens* tot wasdom: de verbeelding, de fantasie, het vermogen om zich een ideale wereld voor te stellen, Atlantis, Cocagne, het Aards Paradijs, domeinen waarin alle beperkingen van het harde, dierlijke bestaan zijn opgeheven en veranderen in comfortzones.

Vanaf de zestiende eeuw begint de grote opmars van inkomens tegen geringe arbeid. De droom van een plotseling fortuin, euforischer stemmend naarmate de prestatie kleiner is.

Er is het domein van de noodzaak, het harde werken, het overleven, de beperking, de onvrijheid, overgeleverd zijn aan grillen van het lot, en er is het radicale tegendeel ervan: het domein van de vrijheid, het lanterfanten, het leven geheel naar de eigen keuzes en grillen kunnen vormgeven.

Hoe kom je van de ene naar de andere kant? Door plotselinge roem, een grote erfenis, een loterijprijs, een bestseller, een hit, een slimme belegging. In alle gevallen is het het lot, zijn het de *fata*, is het *fortuna* die de poort vormt van beperking naar vrijheid.

Alle leden van de samenleving geven zich over aan enige vorm van speculatie daarop, hetzij door zich op de Postcodeloterij te abonneren (alleen het schrikbeeld dat de rest van jouw straat wél wint volstaat om zo'n contract af te sluiten), hetzij door beursbeleggingen, hetzij door in tuinhuisjes en zolderkamers aan kunstwerken te pielen die alleen nog wachten op hun 'ontdekking' of 'doorbraak'.

Voortdurend krijgen alle lotsconsumenten berichten door dat er elders fortuinlijken zijn die daadwerkelijk door de poort zijn gegaan. De juichende loterijwinnaars, met breedbeeldvullende foamboard-cheques, de interviews met geslaagde piepjonge internetondernemers, de uitgeverijen die de meterstanden adverteren van hun succesauteurs. Dit alles geschiedt om op de loten- en beleggingsmarkten *de moed erin te houden*, de toestroom van investeringen veilig te stellen.

(Johannes Vermeer in een lezing, maart 2004)

Wat Kasper deed, verschilde in essentie niet van die zogenaamd 'legale' strategieën die hetzelfde doel nastreven. Hij nam een gok, een risicovolle sprong, in de hoop het fortuin op die manier af te dwingen. Ooit werd dit door de achterblijvende, minder durfallige gemeenschapsleden als heroïek gezien. Alleen schenden bracht je verder. Is dat niet hoe hij er zelf over dacht, als vijftien-, zestienjarige? Met Rimbaud als voorbeeld. Of Jim. Of wie dan ook. Haal je een succesvolle figuur uit de geschiedenis voor de geest en een grote kans dat hij zijn grootheid nooit bereikt had als hij binnen de wettelijke kaders was gebleven. Het begon al met Christoffel Columbus. Ook die 'pakte' zijn 'kans', ook al waren er tal van bijeffecten die strikt gesproken weinig met rechtvaardigheid uit te staan hadden. *Uitbuiten, landjepik, het startsein voor vijf eeuwen van uitbuiting*, zoals Isa's vriendje eertijds beweerd had. Ontdekkingsreizigers en kunstenaars bewogen zich naar domeinen zonder vlaggen en bakens, landen zonder klaarliggende regels.

Zoals Columbus Amerika veroverde zo kon je als waaghals ook op andere vlakken ineens een onevenredig fortuin verdienen. Fortuin, Fortuna: de godin die in het oude Rome niet voor niets vooral door het *plebs* werd vereerd, zoals het ook nu nog de sociaal zwakkeren zijn die hun heil zoeken bij krasloten en wedpaarden.

▶

Door de ontkoppeling van verdienste en prestatie ziet niemand meer in waarom hij zelf niet even bevoorrecht zou mogen zijn, nu zelfs de grootste onbenullen en minkukels dat wel zijn. De ontkoppeling mobiliseert een reservoir van afgunst, miskenning en het volstrekt juiste gevoel dat er geen enkele *rechtvaardiging* meer is in de verdeling van goederen en vipplaatsen op de verwentribunes van de samenleving. Dat de te verwachten reactie hierop – die van een massaal Robin Hoodisme – beperkt blijft, kan zowel een bewijs zijn van moraliteit als van lafheid. Waarschijnlijk van het laatste, als je afgaat op de ongeremde plunderingen in commerciële stadscentra op de momenten dat het overheidstoezicht of het elektriciteitsnetwerk even hapert.

(Johannes Vermeer in een lezing, november 2009)

Hij kan het niet helpen, hij blijft voor Kasper een mengsel voelen van huiver en fascinatie. Kasper is iemand die risicovol wilde ondernemen, stoer wilde zijn, bij de grote jongens horen. Dat hield hem van jongs af aan al bezig en zou je als het grondthema van zijn persoon kunnen zien.

Teijmen moet dat hebben aangevoeld, hebben *geroken*, en hij parasiteerde op die zwakte. Kasper zelf was slechts tussenpartij, loopjongen, schaakstuk op het bord.

Kaspers transacties laten zich vanuit diens eigen perspectief lezen als een heroïsche vorm van eigenrichting, een risicovol protest tegen het onrecht van de status-quo. Hij nam een voorschot op het fortuin, vanuit een instinctief besef dat hij daar *recht* op had: de frivoliteitscultuur op krediet.

Wie is er erger, vraagt Molière in *De vrek*: degene die liegt, of degene die de leugens maar al te graag gelooft? (Ja, daar zijn wij goed in, in dit oude Europa. Klassieken parafraseren als het lastig wordt, schuldvragen esthetiseren en schijthopen wegtoveren in humanistisch perspectief.) Wie is er erger? Oplichter Teijmen of meeloper Kasper? Maar het gaat natuurlijk verder. *Wie denk je dat je voor de gek houdt?* Hij ziet het voor zich als een wiskundige formule. Kasper : Teijmen = Vermeer : Kasper. K staat tot T is als V staat tot K. Ook Vermeer liet zich maar al te graag bedotten. Ook hij was medeplichtig. Ook hij heeft oogluikend toegestaan dat geld in het donker van eigenaar wisselde. Is een ontwerp van Johannes Vermeer dat waard? Hij heeft nooit ja gezegd. Hij heeft nooit nee gezegd. Maar wie is er erger? Degene die een ja uitbrengt, degene die een nee uitbrengt, of degene die zwijgend wegkijkt en daarmee een ja uitbrengt in camouflage, een ja dat daarmee niet alleen volgens *het recht* onjuist is, maar ook, door die laffe maskerade, volgens *de eer.*

Hij moet denken aan een van zijn andere formules. Elegantie = de spanning tussen een complexe opgave en de schijnbaar moeiteloze oplossing. Daarin zou je een architectonische evenknie kunnen zien van de jacht op het fortuin. Met beperkte arbeid grote rijkdom vergaren; iets van gigantisch gewicht met alle gemak dragen. Toch gaat de vergelijking mank. In het geval van die elegante bouwkunst is die discrepantie immers alleen schijn. Er gaat juist *des te meer* techniek onder schuil, juist *des te meer* inspanningen, die de maker bekwaam verhult: *ars adeo latet arte sua* – zozeer verbergt de kunst haar eigen kunstigheid. (*Jawel, verdomme, ik heb op het gymnasium gezeten*).

Opnieuw de bel. Op weg naar de deur stoot hij flessen om, en struikelt over een bord met sausresten.

Hij herkent haar aan haar houding. In het matte glas van z'n deur ziet hij haar verbrokkelde gestalte een hand door haar haar halen en even achteromkijken, Isa.

XXXIX

Een dag voor Annes derde verjaardag had Vermeer haar het verschil tussen links en rechts uitgelegd. Het ging toevallig en vanzelf. Na het zwemmen, in de kleedkamer, had hij haar schoenen aan de verkeerde voeten gedaan. 'Dit is je linkerschoen, die moet aan je linkervoet. En dat is je rechtervoet. Die moet dus de rechterschoen krijgen.' Onmiddellijk pakte Anne het op. Linkerarm, rechterarm, linkerbeen, rechterbeen... eindeloos combineerde ze de nieuwe woorden, zo soepel en vanzelfsprekend dat Vermeer concludeerde dat ze de begrippen al kende, en er alleen nog niet de woorden voor had.

Er bestond dus kennis die sluimerend wachtte om benoemd te raken. Zelf had hij iets dergelijks ervaren toen hij op z'n elfde voor het eerst de muziek van Chopin hoorde. De stemmingen en emoties die erin optraden kende hij, maar nu pas kregen ze een structuur aangereikt, nu pas kregen ze als het ware een taal die hij verstond en onmiddellijk begreep, terwijl ze daarvóór als het ware in een vreemde taal hadden gesproken: aanwezig als concept, als begrip, maar slechts sluimerend, op de achtergrond. Net als Annes begrip van links en rechts vóór haar derde verjaardag maakte hij er geen actief gebruik van. De pianoarticulatie ervan was als een *herkenning*: maar dat heb ik altijd al geweten!

Steeds wanneer hij later geraakt werd (door een kunstwerk, een gedachte, een romanpassage, een schilderij, een muziekstuk, een ontwerp) dan bleek het door ditzelfde mechaniek te zijn veroorzaakt. Het werk maakte iets expliciet waarvan hij zeker wist dat hij het altijd al had geweten. Sterker nog: hij zou de vorm waarin het inzicht hem nu wordt aangereikt (een Chopinnocturne, een romanalinea) zelf ook hebben kunnen vinden, als hij er meer tijd in had gestoken. Op een ander realiteitsniveau bezat hij het geestelijk eigendom van die werken, die stuk voor stuk plagiaat pleegden op zijn psyche. Zoals de woorden links en rechts Annes eigen ervaringen plagieerden.

Dit is precies hoe het is, en dit heb ik altijd al geweten. Precies die gedachte, samen met de opgetogen, ongeduldige juichgevoelens die haar altijd begeleiden, had Vermeer op Romereis. Hij was niet eerder in Italië geweest. Hij had niet eerder bouwwerken gezien die zo aansloten bij wat hij van ze verwachtte. Het was alsof ze in zijn eigen taal tegen hem spraken.

De bus was van Leiden naar Oostenrijk gereden, waar ze overnachtten in een hotel (Vermeer deelde een kamer met een jongen die hij later als bioloog af en toe in het journaal zag). De dag erop was de eerste tussenstop die ze maakten in Siena. En meteen bij het zien van het Campo was het er: *maar natuurlijk, dit kende hij allang.* Dit verrukkelijke, weldadig afhellende plein, dat als een immense schaal het zonlicht ving, met aan de overkant de toren, de kantelen, en de regelmatige bogen: dit alles klopte, het vloeide zo moeiteloos in een al bestaande innerlijke realiteit dat hij enkele seconden met stomheid geslagen aan de rand bleef staan, bij de scharrelende duiven tussen de terrasstoelen. Het leek op zo'n déjà vu, waarvan hij inmiddels had geaccepteerd dat het geen herinneringen 'uit een vorig leven' waren of dat soort nonsens, maar louter een rare wisselstoring in het netwerk van je brein, zoals Schroefman bij biologie eens had verteld. Epileptische aanvallen begonnen ook vaak met zo'n déjà vu. Bij Vermeer uitte dit zich als de stellige overtuiging dat hij het waargenomene al eens in een droom had gezien. Zo was het ook in Siena. Dit hele plein had hij tot in de kleinste details al eens gedroomd.

De anderen waren al omlaaggerend – na uren in een bus gedroegen ze zich als vee dat in het voorjaar eindelijk de wei in mag – en het groepje docenten slaagde er niet in de groep bijeen te houden voor een educatief praatje en liet ze daarom maar vrij om te doen wat ze wilden. 'Om half twee verzamelen we weer precies op deze plaats,' riep Binnendijk. 'Dus jullie hebben iets meer dan uur.'

Meteen stortte de groep zich op ijswinkels, sigarettenkiosken en zonbeschenen zitplekjes op het plein. Vermeer greep z'n schetsboek en z'n potloden uit z'n rugzak. Hij had een in dieprood leer gebonden schetsboek gekocht voor deze reis. (Een schetsboek dat hij twintig jaar later niet meer terug kan vinden, hoe hij er ook naar zoekt, hoeveel dozen hij ook van de vliering trekt en overhoophaalt.) Een uur: misschien kwam het door de tijdsdruk, dat hij ineens zo snel kon tekenen. De waarneming moest zich zonder al te veel oponthoud in het brein omzetten in lijnen en vlakken op papier.

En zo was hij in zijn eerste uur in de Italiaanse buitenlucht al gaan tekenen. Hoewel hij op zijn donderdagmiddagen bij Ars Aemula Naturae met allerlei technieken en materialen had leren werken, en ze ook 'naar de natuur' leerden tekenen (bloemen, potten, takken, portretten; tot zijn teleurstelling kwamen er geen naaktmodellen aan te pas), had hij nooit gebouwen getekend. Toch lagen die goed in zijn hand. In luttele seconden kon hij een complete gevelpartij neerzetten. In een mum van tijd doorzag hij het ritme in de ornamentiek van daklijsten, het onderliggende geometrische verband van raampartijen, en stond het allemaal op papier.

Gedurende de twaalf dagen die volgden zou hij het schetsboek altijd bij zich houden. Soms had hij maar een halve minuut nodig om een detail na te tekenen, waarna hij zich weer met een drafje bij de groep voegde. Soms schaarde hij zich, tijdens een rustpauze, bij de Amerikaanse studenten die in Florence en Rome overal opdoken, op kerktrappen en terrassen, met tekenplankjes op de knieën.

Maar waar het Vermeer om te doen was, was niet het foutloos kunnen reproduceren van die vormen. Al zou hij dat pas decennia later ontdekken. Nee, het ging erom dat je je de houding, de mentaliteit, de, vooruit, ziel eigen maakte en van daaruit de best mogelijke vorm trachtte te maken. Als het bouwwerk dan al stilistische gelijkenis met de klassieken had, dan was dat aan zielsverwantschap te danken, aan het gegeven dat er nu eenmaal universele opvattingen over schoonheid bestonden, in plaats van een kritiekloze, onbezielde kopieerlust.

Toch was juist dat kopiëren, dat nauwgezette natekenen, zoals hij toen op Romereis voor het eerst was gaan doen, de manier om tot die onderliggende mentaliteit door te dringen, om deze taal die hem zo vertrouwd voorkwam beter te begrijpen. Elk detail natekenen met een scherp geslepen potlood, alsof het lichamen waren waar je elke millimeter van streelde.

40

'Niet schrikken,' zegt ze als hij opendoet. Maar hij schrikt niet. Eerder schiet hij half in de lach.

'Het is idioot dat ik hier aanbel, en ook nog zo vroeg, en het komt vast helemaal niet uit. En je mag me ook meteen wegsturen als dat zo is. Maar ik kwam hier langsrijden, ik ben op weg naar een symposium bij World Forum. Ik dacht, misschien heb je tijd voor een kop koffie?'

'Kom binnen,' zegt hij, en hij heeft daar meteen spijt van nu hij zijn woning bekijkt door haar ogen.

Ze loopt de woonkamer binnen, en blijft dan abrupt stilstaan.

'Tjé-zus...' zegt ze zachtjes.

'Ja, eh... sorry, een man alleen is altijd in slecht gezelschap...'

Zijn gedachten tollen rond. In deze puinhoop kan hij haar niet ontvangen. Iets verderop is een hotel dat een ontbijtbuffet heeft.

'Tjé-zus...' Isa is op de tekeningen afgelopen die de zes meters van de schuifpui bijna helemaal bedekken. 'Dit is fantastisch... Dit is...'

'Ga je me weer proberen over te halen om het alsnog in te zenden?' vraagt hij.

'Nee, ik meen het, Johan... Dit is...'

'Verderop is een hotel waar we kunnen ontbijten. Kom mee.'

Het hotel is rustig. Hij telt drie mannen in pak, alleen, die de krant lezen, en één stelletje. Hij herkent de pianomuziek die aanstaat. Albéniz, Iberia-suite, tweede boek. Almería.

'Waarom wil je zo graag dat ik inzend? Alleen vanwege dat zelfhelend beton? Er zijn toch genoeg architecten die met al dat duurzame spul aan de slag willen.'

'Dat is het niet. Dat niet alleen. Al vind ik nog steeds dat je dat moet doen. Al was het maar omdat jij tegenwicht kunt bieden.'

Isa heeft haar autosleutel naast haar bord neergelegd. 'Proletenbestek': mobiele telefoons en autosleutels naast het bord op een restauranttafel gekwakt. In dit geval lijkt het hem een signaal dat haast en vluchtigheid moet uitstralen: maak je geen zorgen, ik rij zo weer weg.

'Waar ik me echt zorgen om maak, is dat niemand zich ervan bewust lijkt dat we echt aan het einde komen van het tijdperk waarin we onze bouwmaterialen gewoon nog uit de grond halen. Dat onbeperkt opdelven is echt voorbij. We zullen echt iets nieuws moeten bedenken, want het is gewoon zo goed als op. Niet alleen de fossiele brandstoffen, maar ook de bouwmaterialen.'

Hij knikt. Nu pas ziet hij dat er aan de sleutel een pasfotootje hangt. Hetzelfde portret dat hij bij haar thuis had gezien, van Isa als vijftien- of zestienjarige. Wat is hier de bedoeling van?

'Ik las dat China grondstoffen wil gaan delven op de maan.'

'Ja, dáár lossen we de problemen mee op! Waarom zien ze niet in dat er een compleet ander paradigma komt? Dat we in plaats van roofbouw te plegen iets anders moeten doen, dat we met de natuur mee moeten werken, dat we het ecosysteem in balans moeten houden.'

'Dus toch nog,' zegt hij.

'Dus toch nog wát?'

'Toch nog iets van dat... Ik geloof dat je dat idealisme moet noemen... van toen.' Bij dat laatste woord knikt hij naar het fotootje.

'Tóén?' Ze pakt de sleutel op, schiet in de lach. 'Welnee... Haha, die vergissing maken wel meer mensen. Maar dit ben ik helemaal niet. Dit is Sara.'

Verwarring, schaamte. *Hoezo is dat Sara?* Haar tweelingzus? Had hij dan haar tweelingzus in de tramtunnel gezien? Maar die was toch dood? Hij voelt zich rood aanlopen, zijn blik spartelt rond in de ruimte.

'M'n dochter.'

Het woord maakt de verwarring niet minder, maar heeft gek genoeg een kalmerende uitwerking op hem. *Oké, een dochter.* Van vijftien, zestien? Maar die moet dan redelijk snel nadat zij haar school verlaten heeft zijn geboren.

'Ik... ik wist niet dat je een dochter had,' zegt hij. Al bedoelt hij natuurlijk: dat ze een dochter heeft van die leeftijd.

'Dus je hebt helemaal nooit geweten waarom ik van school ben gegaan?'

Hij schudt z'n hoofd.

'Tjezus. Ik maar denken dat iedereen het wist. Zeker jij.'

Wat moet hij zeggen? Ja, Isa, ik heb haar gezien! Ze lag aan mijn voeten in de tramtunnel. Ja, ik had haar bijna eigenhandig naar buiten gedragen als een brandweerman me niet voor was.

Dit was er gebeurd. Isa was na die zomer van 1991 niet teruggekomen op school en ook niet – zoals ze had aangekondigd – naar een andere overgestapt. Half oktober ontdekte ze dat ze zwanger was, al zes of zeven weken. De vader/verwekker was een andere jongen uit hetzelfde kraakpand, die zich echter uit de voeten maakte bij het nieuws. Isa verhuisde terug naar de Singel, terug naar haar ouders, die haar onthaalden als een Verloren Dochter. Ze besloot 'het kind te houden' en Sara werd geboren in april 1992.

Alles veranderde. Onmogelijk kon je met een *baby* in een kraakpand wonen. Onmogelijk konden haar ouders hun scheiding doorzetten. Onmogelijk konden ze negeren of ontkennen wat een zegen dit kind betekende. Het gaf ze niet alleen (want zo voelde het) hun ene dochter terug; ook werden ze (zoals alle nieuwe grootouders) teruggeworpen in de tijd dat zij zelf jonge kinderen hadden, toen de tweeling Isa en Sara was geboren, en hoe krankzinnig het ook klonk, ergens was met de geboorte van deze nieuwe Sara iets opgelost, iets afgerond, iets...

'Ze lijkt... in elk geval sprekend op jou.'

'Gelukkig vooral uiterlijk.'

Pas nu hij het weet vallen hem de verschillen op. Iets bij de neus, iets in de stand van de ogen.

'En ik zal het je nog sterker vertellen,' zegt ze, ogenschijnlijk genoegen scheppend uit zijn verbijstering. 'Ze was op 6 juli 's ochtends hier in Den Haag. Ze had bij een nichtje gelogeerd. Zij... zij was in die tramtunnel. En ze heeft geluk gehad, ze had alleen maar wat lichte kneuzingen. Ze heeft ontzettend veel geluk gehad.'

Ook de trek rond de mond is iets anders.

'Dus daarom,' zegt ze, 'vond ik het ook zo mooi dat je me hiervoor vroeg. Mijn dochter heeft het overleefd, maar ja, ik heb in doodsangst gezeten. En nog steeds word ik wel eens zwetend wakker. De gedachte alleen al, aan wat er allemaal had kunnen gebeuren.'

'Ja...'

'En ik vond dat ik je nog een keer moest spreken. Je hebt er recht op om te weten wat er allemaal is gebeurd.'

'Ik...'

Haar telefoon piept drie keer. Ze kijkt naar het beeldscherm als naar een dreigende wolkenlucht.

'Ik moet gaan. Ik moet nu echt gaan.'

Voordat ze terug de buitenlucht in stapt, pakt ze iets uit haar handtas. Even denkt hij dat ze geld voor de koffie wil neerleggen, maar het is een boek, met een roodleren omslag.

Meteen als hij het opent weet hij wat het is en herinnert hij zich ook hoe het was gegaan. Zijn schetsboek uit Rome. Hij schaamt zich kapot. Zelfs nu Isa al weg is, voelt hij zich rood worden.

In een absurde vlaag van idiote aanstelligheid had hij er de tekst in geschreven die hij nu op het schutblad las: *'Omdat je niet naar Rome kon komen heb ik wat Rome voor je meegebracht. – Johannes Vermeer.'*

41

Stel dat het waar is. Stel dat de achtergebleven helft van een tweeling in verwarring leeft over wie er nu eigenlijk is gestorven. Stel dat die geamputeerde helft zich inderdaad opgedeeld voelt tussen het bestaan en het niet-bestaan, als Castor en Pollux. In dat geval krijgt alles zowel iets voorlopigs als iets onbeduidends. Zo'n gehalveerd individu ontwikkelt iets schouderophalends tegenover de wereld, waar het zich nooit werkelijk mee verbindt omdat het er nooit werkelijk iets opbouwt.

Pas nu hij over die episode is gaan schrijven herinnert hij zich ook wat hij in Rome over haar te weten was gekomen. En pas in dit licht, pas vanuit de vensters van dat bouwwerk, ziet hij haar scherper voor zich, zoals je een stad met een grillig stratenplan overziet vanuit de hoogte.

Isa, denkt hij, sloot zich op in het heden. Ze liet zich willoos, onverschillig meevoeren. Niets was werkelijk van belang en juist daarom kreeg alles bij haar dat vreemd-vrolijke aureool. Ze verschanste zich in het heden en in die ontheemde, geïsoleerde toestand was ze vatbaar voor verlokkingen en excessen. Juist de stilte wekte slapende wonden en moest daarom gevuld worden met roes, avontuur, drugs, dans, met *distortion, overdrive.*

Zijn eigen positie leek verwant maar verschilde diametraal. Hij sloot juist het heden buiten, onttrok zich aan de actualiteit, in zijn extatische buien waarin hij opging in verledens en verre toekomsten, vergezichten. In zíjn euforie verschrompelde de wereld tot schaalmodel.

In Isa's wereld regeerde lichtzinnigheid – wat maakte het uit? – en bleven haar ervaringen een reeks losse gebeurtenissen, zonder causaal verband, zonder onderlinge continuïteit, zonder gevolgen. Isa's wereld was een speeltuin.

Hem plaagde juist het tegendeel: geobsedeerd als hij was met het grotere verband blokkeerde hij en ontbeerde hem het vermogen tot spelen. Hij vroeg zich – we zagen het – bij elke keuze af welke andere wegen hij ermee afsloot. Zij bekommerde zich daar niet om en zag in het geheel geen wegen, maar slechts een veranderend heden, waar ze schouderophalend mee speelde.

Liet de wereld haar dan onverschillig? Allerminst, toch? We zagen nu juist dat ze begáán was met het lot van dieren, onderdrukte volkeren, het milieu, enzovoorts. Thema's die hem nu juist onberoerd lieten (*ach ja*). Het waren abstracties, en Isa's betrokkenheid hiermee was, denkt hij nu, zoiets als een *accessoire*, een ornament dat toegang gaf tot het anarchistische milieu, tot die duistere en vrije wereld die los van de reguliere wereld bestond.

Als het om concrete personen ging, kon Isa juist onverwacht hard zijn. Het was gemakkelijker te treuren om doden in Irak of Bangladesh dan om eentje in de eigen familie of straat.

Ook hierin was Vermeer een spiegelbeeld. Hem lieten rampen en doden op afstand onberoerd. Alleen het concrete en het individuele kon zijn medeleven wekken.

Anders gezegd: haar zachte, emotioneel meevoelende vermogen ging uit naar de grote wereld, en haar harde, rationele blik naar de kleine. Zijn blik was juist streng en gevoelloos voor de grote wereld en mild voor de kleine.

Maar ook hij heeft iets ondernomen wat tegen zijn natuur in ging: zijn meelevende kant inzetten ('aanzetten', noemde hij het voor zichzelf) in een werk dat het grote perspectief aangaat – die drieënveertig doden, de geschonden stad, de getraumatiseerde gemeenschap –, zoals Isa geleerd had die in te zetten in het kleine perspectief van haar eigen leven en gezin. Zij had een dochter gekregen, en daarmee verantwoordelijkheid, toekomst, continuïteit en verbinding met een concreet individu.

Kom mee.

Je hebt een vergeten episode teruggeroepen en beschreven. Je hebt het schetsboek in handen gekregen, en je hebt de aantekeningen die je sinds de aanslag maakte rond het ontwerpproces uitgewerkt tot dit verslag. Je hebt je voorgenomen eerlijk en transparant te zijn. Je hebt jezelf beschreven en toegesproken en nu herken je er het relaas van een radicalisering in. Je hebt je geïsoleerd en aan je schaduwontwerp gewerkt als een extremist aan een aanslag.

Je tekent drie weken onophoudelijk, met amper drie of vier uur slaap per nacht. Je gaat volledig voorbij aan het eisenpakket, aan de kaders die erin zijn gesteld. Sterker nog: je vraagt zo'n beetje het praktisch onuitvoerbare. Bijna letterlijk: wie dit ontwerp wil uitvoeren moet namelijk het water van de Haagse Beek zodanig omleiden dat het helemaal omhóógstroomt.

Kom mee.

Laat alles samenkomen: de gedroomde zuilengang, het zelfhelende beton, de brokstukken die vanzelf aan elkaar zullen groeien, de organische schelpvormen, de afgesneden paden uit Klein Elysium, de verstilde beweging. Je maakt een organisme. Je laat een wereld openklappen. Je laat het enthousiasme dat dit losmaakt het hele bouwwerk in alle richtingen door een transformatie stuwen.

Het is alsof je denken zich in een vreemde taal voltrekt. Wat je maakt is ánders, verschilt radicaal van alles wat je je er vooraf van had voorgesteld, terwijl je er elke kubieke meter van herkent.

Hang de tekeningen aan het raam. Doe een paar passen naar achteren, loop terug en noteer bovenin met een tekenpen van 1,2 millimeter: *Euforie*.

Rol de vellen op en stop ze in een kartonnen koker, die je op je rug bindt. Fiets langs het Spui, baan je een weg langs de winkels. Merk op hoe het gebied bij de Grote Markt nog steeds is afgezet met hekken. Zie de verwelkte bloemen van de laatste herdenking, twee jaar na de aanslag.

Voel de nazomermiddaggloed, die maakt dat alles zich tegelijkertijd vermoeid en licht toont. Alles voltrekt zich in een zijpaneel van de zomer. Ook aan het strand is er een laatste, ingetogen opleving van naakte huid, zwemwater en opwinding, zowel fletser als relaxter, nu het uitbundige jagen voorbij is. Half september: de meeste mensen zijn al terug in het werkritme, plooien hun dagen rond de taken die van ze verwacht worden. Zie de passanten, nadrukkelijker *onderweg*, zo anders dan in de zomer, toen de meeste mensen alleen maar wat leken rond te slenteren en het eeuwig zondag was. Lees de verandering van gezichten en gestes: vanaf nu zijn ze in het domein van de *gemotiveerde verplaatsing*. Zie de doelen dwarrelen rond hun hoofden en voertuigen. Zie dat iedereen weer tassen draagt, het attribuut van de maatschappelijke participatie. Zie de lage zon hun schaduwen uitrekken.

Vervolg je weg zonder te aarzelen. Stap de trein in naar Amsterdam. Loop naar de Groenburgwal. Neem de koker van je rug. Druk op het knopje van de intercom. Wacht tot ze opendoet. Zo moeilijk is het niet. Welja, parkeer dat ding maar gewoon voor haar neus.

XLII

De tweede tussenstop die de bus maakte leverde hem zijn tweede tekening op. In Florence tekende hij het Ospedale degli Innocenti. Opnieuw van Brunelleschi, al wist hij dat niet. Later zou hij dat allemaal leren. Later zou hij leren dat dit gebouw een paar jaar na het terugvinden van Vitruvius' *De architectura* is gebouwd, en dat het voor het eerst werkt met de vaste verhoudingen die hierin beschreven staan. Later zou hij dat allemaal leren, maar nu tekende hij alsof hij niets wist, zonder de ballast van eeuwen en regels.

Wat hem trof was het mengsel van rust en geheimzinnigheid. Midden in het drukke stadsverkeer van Florence, met z'n razende scooters, bussen, auto's en z'n lompe toeristen, die allemaal door de nauwe, hoge, schaduwrijke stegen gejaagd werden en door de straten met de smalle trottoirs, was er ineens deze open ruimte, was er de kalmte van dit plein, aan drie zijden omgeven door zuilengangen.

Later zou hij begrijpen dat dit gebouw precies doet wat hij zelf als architect wil doen of had willen doen: religieuze bouwprincipes toepassen op seculiere werken. Dit was een armenhospitaal, een vondelingenhuis, zoals de blauwe tableaus in de gevel lieten zien (afbeeldingen van ingezwachtelde baby's), maar volgde de bouwkundige principes van kloosters, tempels, kerken.

Hoeveel kerken en kathedralen bezocht hij in die twee weken?

In kathedralen integreren al die sensaties die hem altijd zullen blijven aantrekken: de ervaring van de ruimte, het besef van de eigen nietigheid en de overkoepelende harmonie. Er gaat troost uit van zo'n titanische, lege ruimte, omdat die het persoonlijke niveau relativeert, opneemt als maar één enkel organisme in die zee van levens en die eindeloze ketens van sterven en geboortes.

Gebouwen hielpen je niet verder bij de grote paradox – zowel middelpunt als niets te zijn, zoals de afwezige Marcus Aurelius op de lege sokkel – maar deden toch iets. Ze maakten je bewust van de situatie. Op een raadselachtige manier was dat al troost. Gebouwen deden het directer, lichamelijk, tastbaar. Bovendien waren ze zelf een manifestatie van waar het om ging: de discrepantie tussen het kortstondige mensenleven en zijn langduriger omgeving.

Dit, zou hij twee decennia later pas begrijpen als hij het opschrijft, is waar het hem zelf aan ontbrak en wat hij leren moet: zijn meelevende en emotionele vermogens toepassen op het grotere perspectief.

Het Pantheon herinnert ons aan stille introversie en dwingt ons tot ontzag, tot toewijding, terwijl we tegelijkertijd gekoesterd worden. Wie domweg, zoals vaak gebeurd is, die koepelvorm kopieert, de cassettes en colonnade herhaalt, en hetzelfde fronton boven de toegangspoort plakt, maakt een gebouw dat uiterlijk aan het Pantheon verwant is, maar dit uiteindelijk veel minder is dan een gebouw dat diezelfde doelen bereikt (introversie, ontzag, toewijding, koestering) met materialen en vormen die beter bij de eigen tijd passen.

Ook later zou hij blijven tekenen als hij op reis was. Moorse zuilen en tegeltableaus in Granada. Molenaarshuisjes in Albanië. Metrostations in Moskou. Naar al die plaatsen reisde hij als een opgewonden puber, op zoek naar sferen, geuren, in de verwachting van het ultieme. Nooit vond hij wat hij verlangde, maar het voelen naderen was voldoende. Voor de vervolmaking zou hij zelf wel zorgen, ooit, op een dag.

Als hij er later op terugkeek en moest zeggen wat hem voortdreef, dan moest hij zeggen: het verlangen manieren te vinden om de wereld aangenamer te maken. Mooier, behaaglijker, sfeervoller, bezielder.

Aanvankelijk, tijdens zijn studie en zelfs nog de eerste paar jaren erna, geloofde hij nog dat dit alleen door romantische, quasi-bovennatuurlijke ingevingen tot stand kon komen, maar naarmate hij vertrouwder werd met ontwerpprocessen, ontdekte hij steeds meer logica achter wat eertijds zo raadselachtig en betoverend voor hem was. Het waren subtiele psychologische processen die maakten dat je je bij het betreden van een ruimte ontspande of juist angstig werd. Wilde je je ergens prettig voelen, dan moest je bijvoorbeeld altijd zicht houden op de toegangsdeur en op het daglicht. Mensen zijn zich daar niet voortdurend van bewust en schrijven het onbehaaglijke gevoel dat ze ervaren in ruimtes zonder daglicht of zichtbare deuren aan andere factoren toe. Ze voelen een last van hun schouders glijden wanneer een natuurlijk materiaal met grillige vormen – houtnerven, marmeraderen – in strakke geometrische ordening is ingekaderd in een vloer, wand of plafond.

Als architect moest hij meester leren zijn over zulke subliminale sensaties, met zijn ontwerpen tovercirkels om de bezoekers heen trekken waardoor ze evenzeer in de ban raken van zijn werk als hij destijds van het Ospedale: zonder te begrijpen waarom, zonder er de mechanismes achter te kennen die hij chirurgisch minutieus leerde ontleden.

En toch. Toch begon het altijd intuïtief. Zet dat matras onder het raam. Maak een weergang. Kleur het dak groen. Zandstraal het koepelglas. Maak het plein hol. Stroomlijn het als zeearmen bij eb.

Natuurlijk is het allemaal misleiding, architectuur. Mensen raken verliefd op plaatjes, op een foto van een meisjesgezicht, een strand met een palmboom, een pittoresk straatje, een zuilengang van een binnenplaats. Maar het grote verschil tussen de bouwkunst en de reclamewereld is dat voor die eerste de *belofte tot geluk* niet het middel is (tot een aankoop, die heviger teleurstelt naarmate de afbeelding geslaagder is), maar het einddoel. Architecten hoeven niet verder te komen dan het stadium van de suggestie, de belofte, van ruimte, van plezier, van lichtvoetigheid of juist van gewichtigheid. Alle muren, vloeren en kozijnen, alle verhoudingen en materialen werken samen om de gewenste karakters en waarden op te wekken *en meer is er dan ook niet*. Er is niets *achter*, niets *voorbij* de bouwwerken. En als ze al naar iets verwijzen (in plaats van iets te belichamen) dan is dat naar innerlijke kwaliteiten. Het is niet zo dat je die lichtvoetigheid of gewichtigheid na het zien van die architectuur kunt kopen of anderszins toe-eigenen als bij advertenties. Nee, als de architectonische beloften niet ingelost worden, is dat aan de toeschouwer zelf te wijten. Die wordt immers uitgenodigd om de met de omgeving corresponderende kwaliteiten uit zichzelf naar boven te halen. In die zin klopt het dat architectuur gestolde muziek is, zoals Schopenhauer (*gefrorene Musik*) en Goethe (*verstummte Tonkunst*) vonden. Wat je ziet is wat je krijgt. En verder niets.

43

Winnend ontwerp blijkt van anonieme architect

DEN HAAG – De soap rond het Zes Juli-monument is een nieuwe fase ingegaan. Nadat de eerste prijsvraag is afgeblazen toen bleek dat een van de kanshebbers betrokken is geweest bij de grootschalige vastgoedfraudezaak van Paul T., heeft de jury ditmaal een ontwerp gekozen waarvan de architect zich niet bekend wil maken.

Het ontwerp – dat breekt met de klassieke vormen, en opgebouwd is uit twee golvende kammen met een smalle kloof in het midden – is ingezonden via het Amsterdamse materialenadviesbureau Verstuijven & Taylor. Dit wil de naam van de ontwerper niet kenbaar maken. "Die wilde niet eens dat het ingezonden werd," zegt Isa Verstuijven desgevraagd. "Maar wij waren er zo enthousiast over dat we vonden dat we het niet achter mochten houden." De anonimiteit zou passen bij de filosofie van de architect, die besloten heeft om tegen de tijdgeest in – die van *starchitects* en grote ego's – iets de wereld in te sturen zonder ermee naar roem te streven, zoals romaanse en gotische kunstenaars ook vaak anoniem optraden.

Intussen zijn de speculaties over de herkomst van dit werk niet van de lucht. Het gemeentebestuur heeft besloten dit niet af te wachten en het werk te weigeren. Wethouder Guus Visserlink (ruimtelijke ordening): "Het is bijzonder spijtig, maar we kunnen niet op basis van tekeningen zo'n heel project op poten zetten. Daarvoor is het toch echt noodzakelijk dat er een bureau is dat bij de uitwerking betrokken is, en alle partijen kan aansturen."

Binnenkort onderzoekt een projectgroep hoe het nu verder moet.

Want waaruit bestaat een stad? Uit alles wat er is gezegd, gedroomd, vernietigd, gebeurd. Het gebouwde, het verdwenene, het gedroomde dat er nooit kwam.

– CEES NOOTEBOOM, *Labyrint Europa*

Naschrift

Tot de boeken waaruit ik geput heb behoren: Vitruvius, *Handboek bouwkunde.* (Athenaeum – Polak & Van Gennep. Amsterdam 1997) en Jean-Marie Pérouse de Montelos: *Etienne-Louis Boullée (1728-1799). Theoretician of Revolutionary Architecture.* (Thames and Hudson, Londen 1974).

Een groot deel van deze roman is geschreven in de weldadige omgeving van het Netherlands Institute for Advanced Study in the Humanities and Social Sciences (NIAS) te Wassenaar.

Ik dank architect Kees van der Hoeven voor het enthousiasme waarmee hij me wegwijs maakte in zijn vak. Ook Derksen|Windt Architecten, Architectenweb en het Materia Inspiration Centre wil ik graag bedanken voor hun hulp en inzichten.

Het 'zelfhelende beton' is geïnspireerd op uitvindingen van de Technische Universiteit Delft. Informatie erover is te vinden op selfhealingmaterials.nl.